SANS AUCUN REMORDS

Du même auteur
aux Éditions Albin Michel

A LA POURSUITE D'OCTOBRE ROUGE
TEMPÊTE ROUGE
JEUX DE GUERRE
LE CARDINAL DU KREMLIN
DANGER IMMÉDIAT
LA SOMME DE TOUTES LES PEURS
SANS AUCUN REMORDS Tomes 1 et 2

TOM CLANCY

SANS AUCUN REMORDS

1.

roman

Traduit de l'américain
par Jean Bonnefoy

Albin Michel

Ceci est une œuvre de fiction. Les personnages et les situations décrits dans ce livre sont purement imaginaires. Toute ressemblance avec des personnages ou des événements existant ou ayant existé ne serait que pure coïncidence.

Édition originale américaine :
WITHOUT REMORSE
© 1993 by Jack Ryan Limited Partnership
G. P. Putnam's Sons

Traduction française :
© Éditions Albin Michel S.A., 1994
22, rue Huyghens, 75014 Paris

ISBN 2-226-07463-5

Rien ne se fait jamais sans aide :
Bill, Darrell et Pat, pour les conseils « professionnels »,
Craig, Curt et Gerry, pour le complément,
Russell pour son expertise inattendue,

Et pour une aide, *ex post facto,* mais primordiale :
Shelly, pour avoir fait le boulot ;
Craig, Curt, Gerry, Steve P., Steve R.
et Victor pour m'avoir aidé à comprendre.

Songez où débute et finit la gloire de l'homme
Et dites que ma gloire fut d'avoir de tels amis.

William Butler YEATS

Rien ne se fait, mais sans lui...
Et surtout : Papa, pour les patientes professionnels
Conni, l'investisseur, pour le compte d'un
Russell, pour ensemble, à la tendue.

Et vous, ma amie, à tes camarades, inappréciables
Shelly, pour vouloir tant le bonheur
Ciara, Chris, Corey, Serena, Sean, R.
et Victoria, un avoir que l'on le prendre...

Songez, à aider ce qui a la foi et le bonheur.
Ne laissez pas jamais la clé sous une amie.

—Tennessee LAVIE

Et si je pars,
Alors que tu es encore là...
Sache que je vivrai toujours,
vibrant sur un rythme différent
— derrière un voile pour toi opaque.
Tu ne pourras me voir,
aussi tu dois garder la foi.
J'attends l'heure où nous pourrons à nouveau
prendre notre essor
— mutuellement conscients l'un de l'autre.
D'ici là, vis pleinement ta vie et si tu as besoin de moi,
Tu n'auras qu'à murmurer mon nom dans ton cœur
... Je serai là.

Et il l'est.

En souvenir affectueux de Kyle Haydock,
5 juillet 1983 — 1er août 1991.

« Je chante les armes et les hommes. »

Virgile, *l'Énéide*

« Craignez la fureur d'un homme patient. »

John Dryden

PROLOGUE

Points de rencontre

NOVEMBRE

Camille avait été l'ouragan le plus violent, le cyclone le plus puissant de l'histoire. En tout cas, il l'avait bien arrangée, cette plate-forme pétrolière, songea Kelly en enfilant les bouteilles pour son ultime plongée dans le Golfe. La superstructure était délabrée, les quatre piles massives affaiblies — tordues comme le jouet brisé d'un enfant gigantesque. Tout ce qui pouvait être démonté sans risque avait été déjà découpé au chalumeau et déposé par grue sur la barge qui leur servait de base de plongée. Ne restait qu'un squelette de plate-forme qui ne tarderait pas à former un abri idéal pour la faune locale de poissons d'eau douce, songea-t-il en montant dans la chaloupe avec laquelle il allait aborder. Deux autres plongeurs travailleraient avec lui mais sous sa responsabilité. Ils révisèrent entièrement les procédures pendant le trajet, tandis qu'une vedette de sécurité tournait nerveusement pour éloigner les pêcheurs du coin. C'était idiot de leur part d'arriver déjà — la pêche ne serait guère bonne dans les prochaines heures —, mais c'était le genre d'événements qui attiraient les curieux. Et il risquait d'y avoir du spectacle. Kelly sourit en basculant en arrière du plat-bord de l'embarcation.

C'était sinistre, là-dessous. Comme toujours, mais tranquille, aussi. La lumière du soleil ondulait sous les rides de la surface, créant des draperies lumineuses qui s'accrochaient aux piles de la plate-forme. Elle procurait une visibilité confortable.

Les charges de C4 étaient déjà en place : des pains de quinze centimètres d'arête sur huit d'épaisseur, solidement fixés contre les plaques d'acier et amorcés pour détoner vers l'intérieur. Kelly prit son temps pour vérifier une par une toutes les charges, en commençant par la première rangée, trois mètres au-dessus du fond. Il faisait vite car il n'avait pas envie de traîner là-dessous, et les autres non plus. Les deux hommes derrière lui tiraient le cordon d'amorçage, en l'enroulant serré autour de chaque pain. C'étaient des autochtones, des plongeurs de combat expérimentés, presque aussi bien entraînés que Kelly. Il vérifia leur boulot, ils vérifièrent le sien, car la prudence et la minutie étaient la caractéristique de ces hommes. Ils terminèrent le niveau inférieur en vingt minutes et remontèrent lentement vers la rangée du haut, trois mètres à peine sous la surface, où l'opération fut répétée, avec lenteur et précaution. Quand on s'occupe d'explosifs, on ne se presse pas et on ne prend pas de risques.

*

Le colonel Robin Zacharias était concentré sur la tâche en cours. Il y avait un site de missiles SA-2 juste derrière la prochaine crête. Ils lui avaient expédié trois missiles, à destination des chasseurs-bombardiers qu'il était chargé de protéger. Dans le siège arrière de son F-105G Thunderchief, il y avait son « ours », Jack Tait, lieutenant-colonel et expert en neutralisation de défenses. Les deux hommes avaient contribué à mettre au point la doctrine qu'ils étaient en train d'appliquer. Il montra son *Wild Weasel*[1], cherchant à attirer le tir adverse, avant de plonger par-dessous pour fondre sur le site du lance-missiles. C'était un jeu vicieux, dangereux, non pas celui du chasseur et de la proie mais celui de deux chasseurs entre eux — le premier petit, agile et fragile, l'autre massif, immobile et fortifié. Le site avait donné du fil à retordre aux hommes de son escadrille. Le commandant était un as avec son radar, sachant

---

1. « Fouine enragée », surnom du chasseur-bombardier F-105G Thunderchief, dans sa version biplace de contre-mesures électroniques. Pour tous les détails techniques, sigles ou acronymes, on pourra se reporter au lexique en fin de volume. (*N.d.T.*)

toujours avec précision quand l'allumer et quand le couper. Robin ne savait pas qui était ce petit salaud ; tout ce qu'il savait c'est qu'il avait abattu deux de ses chasseurs la semaine précédente, aussi s'était-il adjugé la mission sitôt qu'était redescendu l'ordre de frapper à nouveau le secteur. C'était sa spécialité : diagnostic, pénétration et destruction des défenses aériennes — un jeu tridimensionnel, rapide et de grande ampleur où la survie était le prix de la victoire.

Zacharias fonçait en rase-mottes, jamais à plus de cinq cents pieds, les doigts contrôlant le manche presque automatiquement tandis que ses yeux surveillaient la crête des collines et que ses oreilles écoutaient les indications venant du siège arrière.

— Il est à neuf heures, Robin, lui dit Jack. Toujours en balayage, mais il ne nous a pas encore accrochés. La spirale se resserre gentiment.

On va pas lui laisser l'occasion de tirer, songea Zacharias. *Ils avaient tenté le coup la dernière fois et il avait plus ou moins merdé*. Cette erreur leur avait coûté un commandant, un capitaine et un avion... un compatriote de Salt Lake City, Al Wallace... des amis de plusieurs années... bon Dieu de merde ! Il évacua cette pensée, sans même se reprocher ce blasphème mineur.

— On va lui en redonner un avant-goût, dit Zacharias en tirant sur le manche. Le Thud remonta brutalement, pénétrant dans la couverture radar du site, et resta là, en attente. Le commandant de la pièce avait sans doute été formé par les Russes. Ils ne savaient pas au juste combien d'appareils il avait abattus — beaucoup trop, en tout cas — mais il **devait** s'en glorifier, et dans ce métier, la gloire, c'est toujours meurtrier.

— Lancement... deux, je répète deux lancements confirmés, Robin, avertit Tait, de l'arrière.

— Seulement deux ? demanda **le pilote**.

— Peut-être qu'il les paye de sa **poche**, observa Tait, pince-sans-rire. Je les ai à neuf heures. C'est le moment de jouer les magiciens du manche à balai, Rob.

— Comme ça ? Zacharias roula sur la gauche pour les garder en visu, fonçant entre les deux avant de rompre par une descente en S. Il avait bien calculé son coup et plongea à l'abri d'une crête. Il se rétablit dangereusement bas mais il avait réussi à décrocher les missiles SA-2 Guideline qui allèrent se perdre quatre mille pieds au-dessus de lui.

— Je crois que c'est le moment, dit Tait.

— Je crois que t'as raison. Zacharias vira sec sur la gauche, tout en armant ses grappes de munitions. Le F-105 revint en rasant la crête et redescendit de l'autre côté tandis qu'il gardait les yeux fixés sur la crête suivante, neuf kilomètres et cinquante secondes plus loin.

— Son radar est toujours en veille, annonça Tait. Il sait qu'on arrive.

— Mais il n'en a plus qu'un à tirer. *A moins que ses servants soient vraiment en forme, aujourd'hui. Bon, on peut pas non plus tenir compte de tout.*

— DCA sporadique à dix heures. Trop loin pour être inquiétante même si cela lui indiquait quelle direction ne pas prendre. Voilà le plateau.

Peut-être pouvaient-ils le voir, peut-être pas. Il était possible qu'il ne soit qu'un point parmi d'autres sur un écran radar envahi de taches lumineuses qu'un opérateur essayait de déchiffrer. Le Thud filait plus vite que tout autre appareil à basse altitude, et les motifs de camouflage sur ses plans supérieurs étaient efficaces. Ils devaient être sans doute en train de chercher à s'y retrouver. Il y avait désormais une véritable muraille de brouillage, élément du plan qu'il avait établi pour l'autre Fouine et la tactique américaine normale dictait une approche à moyenne altitude suivie d'une attaque en piqué. Mais ils l'avaient fait deux fois déjà, sans succès, aussi Zacharias décida-t-il de changer de technique. Il ferait un passage en rase-mottes et aveuglerait le site, puis l'autre Fouine terminerait le boulot. Sa tâche était d'éliminer le camion de commandement et le commandant qui l'occupait. Il faisait de brusques écarts de gauche à droite, de haut en bas, pour empêcher le Thud de constituer une cible précise depuis le sol. C'est qu'il fallait se méfier aussi des armes légères.

— J'ai repéré l'étoile ! annonça Robin. Le manuel du SA-6, rédigé en russe, indiquait six lanceurs disposés en étoile autour d'un point de contrôle central. Avec l'ensemble de ses voies de liaison, le site de lancement typique de missiles Guideline ressemblait tout à fait à une étoile de David, ce qui pour le colonel avait quelque chose de blasphématoire, mais l'idée ne fit que lui effleurer l'esprit tandis qu'il centrait le camion de commandement dans le réticule de son viseur.

— Rockeye sélectionné, annonça-t-il à haute voix, confirmant pour lui-même sa manœuvre. Les dix dernières secondes, il maintint son appareil sur une trajectoire parfaitement rectiligne.

— Ça s'annonce impec... largage... top !

Quatre des conteneurs tout sauf aérodynamiques jaillirent des tubes d'éjection du chasseur, pour s'ouvrir presque aussitôt, essaimant leurs milliers de charges sur la zone. Le site était déjà loin derrière lui quand les mini-bombes atterrirent. Il ne vit pas les hommes courir s'abriter dans les tranchées mais, restant en rase-mottes, il effectua un virage serré sur la gauche, et jeta un coup d'œil pour s'assurer qu'il avait nettoyé le site une bonne fois pour toutes. A cinq kilomètres, il aperçut un immense nuage de fumée qui s'élevait du centre de l'étoile.

Ça, c'est pour Al, se permit-il de penser. Rien d'un bulletin de victoire, juste une idée fugitive, tandis qu'il redressait et repérait le point qui lui permettrait d'émerger du site. La force de frappe n'allait pas tarder et la batterie de SAM était hors service. Parfait. Il choisit une entaille dans la barre montagneuse, et fonça dessus juste en dessous de Mach 1, volant en ligne droite et en palier maintenant que la menace était derrière lui. *Il serait de retour pour Noël.*

Les balles traçantes rouges qui jaillirent de la passe étroite le prirent par surprise. Elles n'étaient pas censées être là. Plus question de dévier, il fonçait droit dessus. Il monta en chandelle comme l'avait prévu le tireur, et le dessous de la carlingue traversa en plein la ligne de tir. La machine vibra violemment et en l'espace d'une seconde, le paradis se transforma en enfer.

— Robin ! haleta une voix dans l'intercom, mais l'essentiel du bruit venait des signaux d'alarme et Zacharias comprit en un fatal instant que son avion était perdu. La situation avait empiré avant même qu'il ait pu réagir. Le réacteur se coupa, dévoré par les flammes, puis le Thud entama une glissade avant de basculer en vrille, preuve que les commandes étaient devenues inopérantes. Sa réaction fut automatique, crier de s'éjecter, mais un autre cri étouffé venu de l'arrière le fit se retourner tandis qu'il continuait désespérément de secouer le manche même s'il savait que c'était en vain. La dernière vision qu'il eut de Jack Tait fut ce rideau de sang qui flottait sous le siège comme une traînée de vapeur, et puis il sentit son dos déchiré par une douleur comme jamais il n'en avait éprouvé.

*

— Okay, dit Kelly et il tira une fusée. Une autre vedette se mit à larguer de petites charges explosives pour éloigner les poissons de la zone. Il observa l'opération, puis au bout de cinq minutes, consulta le responsable de la sécurité.

— Le secteur est dégagé.

— Feu au trou, lança Kelly avant de répéter ce mantra trois fois de suite. Puis il tourna la poignée du détonateur. Le résultat faisait plaisir à voir : un rideau d'écume s'éleva autour de chaque pile soutenant la plate-forme lorsque les charges les sectionnèrent à chaque extrémité. La chute fut étonnamment lente. L'ensemble de la structure se mit à glisser dans une direction, Il y eut une immense gerbe liquide lorsqu'elle toucha la surface et, durant un instant incongru, on put croire que l'acier arrivait à flotter. Mais non. L'assemblage arachnéen de poutrelles en I sombra et disparut pour reposer par le fond, nouvelle mission accomplie.

Kelly débrancha les fils de la batterie et les jeta sur le côté.

— Deux jours d'avance. Vous deviez la vouloir, cette prime, observa le responsable. Ancien pilote de l'aéronavale, il savait admirer un boulot vite fait bien fait. Le pétrole était perdu, de toute façon.

— Dutch avait raison sur votre compte.

— L'amiral est un type sympa. Il nous a bien aidés, Tish et moi.

— Mouais, on a quand même volé ensemble pendant deux ans. Sacrément vicieux, comme chasseur. Ça fait plaisir de voir que toutes ces amabilités étaient vraies. Le responsable aimait bosser avec les gens qui avaient partagé des expériences analogues aux siennes. Quelque part, il avait oublié la terreur du combat.

— C'est quoi, ça ? Je voulais toujours vous demander. Il indiquait le tatouage au bras de Kelly, un phoque rouge, dressé sur ses nageoires arrière, arborant un sourire impudent.

— On a tous fait pareil dans mon unité, expliqua Kelly, en prenant son air le plus désinvolte.

— Quelle unité était-ce ?

— Pas le droit de dire. Kelly sourit pour atténuer son refus.

— Je parie que ça un rapport avec le retour de Sonny — mais d'accord. Un ancien officier de marine devait respecter le règlement. Bon, le chèque sera sur votre compte dès la fin du jour ouvrable, monsieur Kelly. Je vais passer un message radio pour que votre femme puisse vous récupérer.

*

Tish Kelly servait son air radieux aux autres femmes dans le magasin Stork. Même pas trois mois, elle pouvait encore mettre tout ce qu'elle voulait — enfin, presque. Trop tôt en tout cas pour acheter quelque chose de spécial mais elle avait du temps de libre et voulait déjà voir ce qu'il y avait comme choix. Elle remercia la vendeuse, décida de revenir avec John dans la soirée, qu'il l'aide à choisir quelque chose pour elle, c'était un truc qu'il aimait bien. Bon, il était temps d'aller le récupérer. Le break Plymouth qu'ils avaient pris pour descendre du Maryland était garé juste devant et elle avait vite appris à naviguer dans le dédale des rues de la ville côtière. Cela faisait une coupure agréable, loin des froides pluies d'automne de leur région, sur cette côte du golfe du Mexique où l'été ne disparaissait jamais plus de quelques jours. Elle démarra et prit la direction du sud, vers l'immense chantier logistique de la compagnie pétrolière. Même les feux de circulation étaient de son côté. L'un d'eux passa au vert avec un tel synchronisme que son pied n'eut pas à toucher la pédale de frein.

Le chauffeur du camion fronça les sourcils quand le feu passa à l'orange. Il était en retard, il roulait un peu trop vite, mais la fin de son parcours de neuf cents kilomètres depuis l'Oklahoma était proche. Il appuya simultanément sur l'embrayage et les freins en poussant un soupir qui se mua bien vite en cri de détresse quand les deux pédales s'enfoncèrent à la même vitesse jusqu'au plancher. La voie était libre au carrefour et il continua tout droit, rétrogradant pour ralentir tout en actionnant frénétiquement sa trompe à compression. *Oh mon Dieu, oh mon Dieu, faites qu'il n'y ait...*

Elle n'eut pas le temps de le voir arriver. Elle ne tourna même pas la tête. Le break s'engagea à l'intersection et le chauffeur devait à jamais garder le souvenir du profil d'une jeune femme disparaissant sous le capot de son tracteur, puis de cet horrible embardée, de ce brusque saut en l'air lorsque la camion écrasa la voiture sous ses roues avant.

*

Le pire encore était de ne rien ressentir. Helen était son amie. Helen était en train de mourir et Pam savait qu'elle aurait dû ressentir quelque chose mais elle en était incapable. Le corps était bâillonné, mais cela n'empêchait pas tous les bruits tandis que Billy et Rick s'acharnaient sur elle. Des soupirs s'échappaient et bien qu'elle ne pût bouger les lèvres, ces bruits étaient ceux d'une femme pour qui le départ était proche ; auparavant, il lui faudrait payer le prix du voyage, et c'étaient Rick, Billy et Burt qui se chargeaient de recueillir la somme. Elle essaya de se dire qu'elle était en réalité ailleurs, mais les horribles sons étouffés ne cessaient de ramener son regard et sa conscience sur ce qu'était devenue la réalité. Helen avait mal agi. Helen avait essayé de s'enfuir et ça, ils ne pouvaient pas le tolérer. On le leur avait expliqué plus d'une fois, et elles avaient droit à une nouvelle explication, et une explication, avait dit Harry, qu'elles ne risqueraient pas d'oublier. Pam sentait encore ses côtes brisées, douloureux rappel de sa propre leçon. Elle savait qu'elle était impuissante tandis que les yeux d'Helen restaient rivés sur elle. Elle essaya de traduire toute sa compassion dans son regard. Elle n'osait guère faire plus et bientôt, Helen cessa d'émettre des bruits, tout était fini pour l'instant. Elle pouvait maintenant fermer les yeux et se demander quand viendrait son tour.

*

La foule trouvait le spectacle plutôt drôle. Ils avaient ligoté le pilote américain à l'extérieur, devant les sacs de sable, pour qu'il voie mieux les armes qui l'avaient abattu. Le moins drôle, c'est ce que leur prisonnier leur avait fait et ils avaient manifesté leur mécontentement à coups de poing et de botte. Ils avaient également récupéré l'autre corps, qu'ils avaient disposé juste à côté, pour mieux se délecter du chagrin et du désespoir qui s'étaient peints sur les traits du bandit en découvrant son compagnon. L'officier de renseignements d'Hanoi était enfin arrivé ; il vérifiait le nom de l'homme sur la liste qu'il avait amenée, se penchant à nouveau pour déchiffrer le nom. Ce devait être une prise de valeur, sans aucun doute, avaient songé tous les mitrailleurs, vu sa réaction et le coup de fil précipité qu'il avait passé. Après que le prisonnier se fut évanoui de douleur, l'officier de renseignements avait épongé un peu de sang sur le cadavre pour en maculer le visage du survivant. Puis il avait pris quelques photos. Cela intrigua les mitrailleurs. C'était presque comme s'il avait voulu que le survivant ait l'air aussi mort que le cadavre étendu auprès de lui. Vraiment très étrange.

*

Ce n'était pas le premier corps qu'il avait eu à identifier mais Kelly avait cru pouvoir tirer définitivement un trait sur cet aspect de son existence. D'autres l'entouraient pour le soutenir, mais ne pas tomber, ce n'est pas la même chose que survivre et il n'y a pas de consolation dans un moment tel que celui-ci. Il ressortit de la salle des urgences, tous les regards braqués sur lui, ceux des médecins et des infirmières. On avait appelé un prêtre pour qu'il prononce les derniers sacrements, et l'homme avait prononcé quelques paroles qu'il savait avoir résonné dans le vide. Un agent de police avait expliqué que ce n'était pas la faute du chauffeur-routier. Les freins avaient lâché. Défaillance mécanique. La faute à personne, en fait. La fatalité. Toutes ces phrases qu'il avait dites lui-mêmes, en de semblables circonstances, pour tenter d'expliquer à un innocent pourquoi l'essentiel de son univers personnel venait de s'écrouler, comme si elles pouvaient avoir une quelconque importance. Ce M. Kelly était un dur à cuire, l'agent l'avait bien vu, et d'autant plus vulnérable à cause de ça. Sa femme et son enfant à naître, qu'il aurait sans doute protégés de tous les risques possibles, étaient morts, par accident. Personne n'était responsable. Le chauffeur, lui-même père de famille, était à l'hôpital, sous tranquillisants, après avoir fouillé sous son attelage dans l'espoir de la retrouver vivante. Les collègues de travail de Kelly étaient assis près de lui et l'aideraient à remplir les formalités. Il n'y avait rien d'autre à faire pour un homme qui aurait préféré l'enfer à ce qu'il vivait maintenant ; parce que l'enfer, il connaissait. Mais il en existait bien d'autres, et il était loin de les avoir tous vus.

1

Enfant perdue[1]

MAI

Il n'avait jamais su pourquoi il s'était arrêté. Kelly immobilisa machinalement son Scout sur le bas-côté. Elle n'avait même pas le pouce levé pour demander qu'on la prenne. Elle restait simplement plantée là sur le bord de la route, à regarder les voitures filer dans un nuage de poussière de béton et un sillage de fumées d'échappement. Sa posture était celle d'une auto-stoppeuse, une jambe tendue, l'autre pliée. Ses vêtements étaient visiblement fatigués et elle avait un sac à dos négligemment jeté sur l'épaule. Le flot de la circulation soulevait ses cheveux d'un blond fauve tombant sur les épaules. Ses traits étaient inexpressifs mais Kelly ne s'en rendit compte qu'après avoir appuyé le pied droit sur la pédale de frein et obliqué vers la bande d'arrêt d'urgence. Il se demanda s'il ne ferait pas mieux de redémarrer et reprendre sa place dans le trafic puis estima qu'il s'était engagé — à quoi donc, il n'aurait su le dire au juste. Les yeux de la fille suivirent la voiture et, lorsqu'il jeta un coup d'œil dans son rétro, il la vit hausser les épaules sans enthousiasme particulier et se diriger vers lui. La vitre du passager était déjà descendue et en quelques instants, elle était parvenue à sa hauteur.

— Z'allez vers où ? s'enquit-elle.

Ce qui surprit Kelly. Il aurait cru que la première question

---

1. En français dans le texte. *(N.d.T.)*

— *Je vous emmène quelque part ?* — était censée venir de lui. Il hésita une ou deux secondes en la regardant. Dans les vingt, vingt et un ans, en tout cas plus vieille que son âge. Le visage n'était pas sale mais pas propre non plus, peut-être à cause du vent et de la poussière de l'autoroute. Elle portait une chemise d'homme en coton qui n'avait pas été repassée depuis des mois et ses cheveux étaient pleins de nœuds. Mais ce qui le surprit par-dessus tout, c'étaient ses yeux. D'un gris-vert attrayant, ils semblaient regarder au-delà de Kelly et contempler… quoi ? Ce regard, il l'avait déjà vu bien souvent, mais seulement chez des hommes las. Ce regard, il l'avait eu lui aussi, il s'en souvenait, mais même alors, il n'aurait su dire ce que voyaient ses yeux. Il ne lui vint pas à l'esprit que son regard actuel n'était pas si différent.

— Je retourne à mon bateau, répondit-il enfin, faute de savoir quoi dire d'autre. Et tout aussi vite, il nota que son regard changeait.

— Vous avez un bateau ? Il vit ses yeux s'éclairer comme ceux d'une gosse, un sourire naître sur son visage et l'irradier tout entier, comme s'il venait de répondre à une question essentielle. Détail charmant, elle avait les dents du bonheur, nota Kelly.

— Un douze mètres — moteurs diesel. Il indiqua l'arrière du Scout, entièrement encombré de cartons de provisions. Ça vous dit d'embarquer ? demanda-t-il sans réfléchir.

— Bien sûr ! Sans hésiter, elle ouvrit la portière et jeta son sac à dos sur le plancher devant le siège.

Réintégrer la circulation était une manœuvre risquée. Court d'empattement et juste en puissance, le Scout n'était pas taillé pour la conduite sur autoroute : Kelly devait se concentrer. Le quatre-quatre n'était pas assez rapide pour emprunter une autre file que celle de droite, et avec les usagers qui entraient et sortaient à chaque échangeur, il devait faire attention parce que son engin n'était pas assez futé pour éviter tout seul les troupeaux de crétins qui mettent le cap vers l'océan ou Dieu sait quelle destination dès qu'ils ont un pont de trois jours.

« *Ça vous dit d'embarquer ?* » avait-il demandé et elle avait répondu « *Bien sûr* », lui rappela son esprit. *Et après ?* Kelly observait les voitures en plissant le front, frustré, parce qu'il ignorait la réponse, mais d'un autre côté, il y avait tout un tas de questions auxquelles il n'avait pas su répondre ces six derniers mois. Il dit à son esprit de se tenir tranquille et de surveiller plutôt la circulation, quitte à poursuivre son petit interrogatoire comme un irritant bruit de fond. Après tout, l'esprit obéit rarement à ses propres instructions.

Le pont du Memorial Day, songea-t-il. Autour de lui, les voitures étaient pleines de gens sortant du travail pour foncer chez eux, ou d'autres qui avaient déjà fait le trajet et récupéré leur famille. On voyait les gosses coller leur visage aux vitres arrière. Un ou deux lui firent signe mais Kelly fit celui qui n'avait rien remarqué. C'était dur de ne pas avoir d'âme, surtout quand on se rappelait parfaitement en avoir eu une.

Kelly se passa la main sur la joue et la sentit râpeuse comme du papier de verre. La main elle-même était sale. Pas étonnant qu'ils aient eu cette attitude à l'épicerie en gros. *Tu te laisses aller, Kelly.*

Merde, et après ?

Il tourna la tête pour regarder sa passagère et se rendit compte qu'il ne savait même pas son nom. Il l'invitait sur son bateau et il ne savait même pas son nom. Incroyable. Elle regardait droit devant, le visage serein. Un joli visage, vu de profil. Elle était mince — svelte était peut-être le terme approprié, avec des cheveux entre blond et châtain. Son jean était usé, déchiré à plusieurs endroits et il avait sans doute commencé sa vie dans une de ces boutiques où on vous fait payer un supplément pour vous vendre des jeans déjà usés ou délavés — ou Dieu sait quel autre traitement. Kelly ne savait pas au juste et c'était bien le cadet de ses soucis. Toujours ça de gagné.

Seigneur, mais comment t'as pu t'embringuer dans un truc pareil ? lui demanda son esprit avec insistance. Il connaissait la réponse mais même ça n'était pas une explication suffisante. Divers segments de l'organisme baptisé John Terrence Kelly connaissaient diverses parties de l'histoire complète, mais en quelque sorte sans parvenir à la reconstituer en entier, laissant les fragments épars de ce qui avait été jadis un homme solide, intelligent et plein de décision, en proie à l'hésitation, la confusion et, qui sait, au désespoir. Une pensée fort réjouissante.

Il se souvenait de l'homme qu'il avait été jadis. Se souvenait de toutes les épreuves auxquelles il avait survécu, et à son grand étonnement. Et peut-être que le pire de tous les tourments était qu'il ne comprenait pas ce qui avait pu clocher. Certes, il savait parfaitement ce qui s'était produit, mais tout cela se déroulait en dehors de lui, et quelque part, la compréhension des événements lui avait échappé, le laissant en vie mais plein de confusion et sans aucun but. Il était en pilotage automatique. Il le savait mais sans savoir où le menait le destin.

Qui qu'elle pût être, elle ne cherchait pas à lier conversation et cela valait mieux, estima Kelly, même s'il sentait qu'il y avait un truc qu'il devait savoir. Ce fut comme un choc : une prise de conscience instinctive et il s'était toujours fié à son instinct, à ce frisson d'avertissement sur la nuque et les avant-bras. Ses yeux scrutèrent le trafic alentour sans y déceler de danger particulier, hormis des véhicules avec trop de puissance sous le capot et pas assez de cervelle derrière le volant. Malgré un examen attentif, il ne releva rien de particulier. Mais l'alerte refusait de disparaître, et Kelly se surprit à lorgner le rétro sans raison évidente, tandis que sa main gauche glissait entre ses jambes pour retrouver le contact strié de la crosse du Colt automatique planqué sous le siège. Sa main caressait l'arme avant qu'il ait pris conscience de son geste.

Enfin merde, pourquoi avoir fait une chose pareille ? Kelly ramena sa main et secoua la tête avec un rictus de frustration. Mais en gardant quand même l'œil sur le rétro — pour surveiller normalement le trafic, continua-t-il de se mentir durant les vingt minutes qui suivirent.

Le chantier naval était une ruche bourdonnante. Le pont de trois jours, bien sûr. Les voitures manœuvraient bien trop vite pour se garer dans le parking exigu et mal pavé, chacun des chauffeurs faisant son possible pour échapper à la presse du vendredi soir que chacun, bien entendu, contribuait à engendrer. Au moins, le Scout arrivait dans son domaine de prédilection. La garde au sol élevée, la bonne visibilité procuraient un avantage à Kelly tandis qu'il manœuvrait pour se mettre à cul contre le tableau arrière du *Springer* ; il avait fait demi-tour pour se ranger en marche arrière sur la cale de chargement qu'il avait quittée six heures plus tôt. C'était un soulagement de pouvoir enfin remonter les fenêtres et verrouiller les portières. Ses aventures autoroutières étaient terminées, et la tranquillité des eaux sans limites lui faisait signe.

Le *Springer* était un yacht équipé d'un moteur diesel, un douze mètres de construction spéciale mais identique, par sa ligne et ses aménagements intérieurs, au Coho Pacemaker. Il n'était pas spécialement élégant, mais il était doté de deux cabines spacieuses et le salon central pouvait aisément être converti en cabine supplémentaire. Les diesels étaient de forte cylindrée mais sans compresseur parce que Kelly privilégiait la souplesse d'un gros moteur à la nervosité d'un petit moulin. Le bateau était équipé d'un radar de marine d'excellente qualité et de tout l'arsenal du matériel de communications légalement utilisable, ainsi que de dispositifs d'aide à la navigation normalement réservés aux engins de pêche hauturière. La coque en fibre de verre était immaculée et il n'y avait pas un seul point de rouille sur les accastillages chromés, même s'il avait délibérément renoncé au plat-bord verni tant apprécié des plaisanciers, car il estimait que cela ne valait pas le temps passé à son entretien. Le *Springer* était un outil de travail. Enfin, en théorie.

Kelly et son invitée descendirent. Il ouvrit le hayon et transborda les cartons. Il nota que la jeune femme avait le bon sens de rester en dehors du chemin.

— Salut, Kelly ! lança une voix depuis le pont supérieur.

— Ouais, Ed, qu'est-ce que c'était ?

— Le voltmètre qui déconnait. Les balais de la génératrice étaient un peu usés, je les ai remplacés mais je crois quand même que c'était le voltmètre. Alors, je l'ai remplacé aussi. Ed Murdock, le chef-mécanicien du chantier, descendait pour rejoindre le pont. Il avisa la jeune fille alors qu'il allait lâcher l'échelle. De surprise, il faillit manquer le dernier barreau et s'étaler. Le visage du mécanicien jaugea rapidement l'invitée, d'un air approbateur.

— Autre chose ? se hâta de demander Kelly.

— J'en ai profité pour faire le plein. Les moteurs sont chauds, dit Murdock en se retournant vers son client. Tout est sur la note.

— Parfait, Ed, merci.

— Oh, au fait, Chip m'a dit de vous prévenir, quelqu'un d'autre a fait une offre, au cas où vous voudriez vendre.

Kelly l'interrompit.

— Aucun risque, Ed.

— C'est un vrai bijou, Kelly, admit Murdock en récupérant ses outils avant de s'éloigner, tout sourire, ravi de sa phrase à double sens.

Il fallut plusieurs secondes à Kelly pour saisir l'astuce. Elle fit naître en lui un grognement à moitié amusé tandis qu'il empilait le reste de ses provisions dans le salon.

— Qu'est-ce que je fais ? demanda la fille. Elle était restée plantée là et Kelly eut l'impression qu'elle tremblait un peu et cherchait à le cacher.

— Vous n'avez qu'à prendre un siège sur le pont, répondit-il en indiquant le pont supérieur. Il va me falloir quelques minutes pour tout mettre en branle.

— D'accord. Elle lui adressa un sourire radieux à vous fondre des glaçons, garanti, comme si elle savait exactement de quoi il avait besoin.

Kelly gagna sa cabine à l'arrière, ravi pour le coup de garder son bateau propre. Les toilettes de la cabine du capitaine étaient également impeccables et il se surprit à se contempler dans la glace et demander : « Bon, et maintenant, qu'est-ce que tu comptes faire, bordel ? »

Il n'y eut pas de réponse immédiate mais la simple décence lui dicta de se débarbouiller. Deux minutes après, il pénétrait dans le salon. Il vérifia que les cartons de provisions étaient bien rangés, puis monta sur le pont.

— Je, euh... j'ai oublié de vous demander une chose... commença-t-il.

— Pam, dit-elle en tendant la main. Et vous ?

— Kelly, répondit-il, encore une fois pris de court.

— Quelle est notre destination, monsieur Kelly ?

— Kelly tout court, rectifia-t-il, préférant pour l'heure garder ses distances. Pam se contenta de hocher la tête avec un nouveau sourire.

— D'accord, Kelly, où allons-nous ?

— Je possède une petite île à une trentaine de...

— Vous possédez une *île* ? Ses yeux s'arrondirent.

— Tout à fait. En vérité, il en était simplement locataire mais pour Kelly, cela faisait si longtemps qu'il n'y trouvait absolument rien de remarquable.

— Allons-y, lança-t-elle avec enthousiasme, en se retournant pour contempler la rive.

Cela fit rire Kelly. Eh bien d'accord, allons-y !

Il mit en route les pompes de cale. Le *Springer* était équipé de moteurs diesel et il n'avait pas vraiment à se soucier d'une éventuelle accumulation des gaz mais malgré sa récente tendance à la négligence, Kelly demeurait un marin et, sur l'eau, sa vie se conformait à une routine stricte, ce qui voulait dire l'observance de tous les règlements de sécurité écrits avec le sang d'hommes moins prudents que lui. Après les deux minutes réglementaires, il pressa le démarreur du moteur bâbord, puis celui du moteur tribord. Les deux gros Detroit Diesel partirent du premier coup, dans un grondement impressionnant. Kelly vérifia les instruments. Tout semblait correct.

Il quitta la passerelle pour larguer les amarres, puis reprit la barre et démarra à petite vitesse pour s'éloigner du quai, tout en vérifiant l'état de la marée et du vent — l'une et l'autre étaient calmes, pour le moment — et en gardant l'œil sur les autres navires. Kelly mit un peu plus de gaz sur le moteur bâbord tout en tournant la barre pour faire pivoter le *Springer* et l'engager plus rapidement dans le chenal étroit, puis il redressa pour filer droit vers la baie. Il poussa ensuite légèrement les gaz du moteur tribord, jusqu'à ce que l'engin file gentiment ses cinq nœuds en longeant les rangées de voiliers et de bateaux à moteur. Pam contemplait elle aussi les embarcations, vers l'arrière, puis ses yeux s'arrêtèrent deux longues secondes sur le parking avant qu'elle ne reporte son attention vers l'avant, visiblement soulagée.

— Vous y connaissez quelque chose en navigation ? demanda Kelly.

— Pas grand-chose, non, admit-elle et pour la première fois, il nota son accent.

— D'où êtes-vous originaire ?

— Du Texas. Et vous ?

— Je suis natif d'Indianapolis. Mais ça fait un bail.

— Qu'est-ce que c'est ? Elle avait tendu la main pour effleurer le tatouage à son avant-bras.

— Ça vient d'un des coins où je suis allé, répondit-il. Pas un coin très agréable.

— Oh, là-bas. Elle avait compris.

— Tout juste. Kelly hocha la tête, sans broncher. Ils avaient quitté le bassin de plaisance et il remit encore un peu de gaz.

— Qu'est-ce que vous faisiez, là-bas ?

— Pas des trucs à raconter à une dame, rétorqua Kelly en se retournant, à demi penché.

— Qu'est-ce qui vous fait croire que je suis une dame ?

La repartie le prit de court mais il commençait à en avoir l'habitude. Il avait également découvert que causer avec une fille, quel que soit le sujet, était un truc dont il avait besoin. Pour la première fois, il répondit à son sourire par un autre sourire.

— Eh bien, ce ne serait guère aimable de ma part de supposer que vous n'en êtes pas une.

— Je me demandais combien de temps il faudrait que j'attende votre premier sourire. *Et il est bien joli*, lui disait le ton de sa voix.

Qu'est-ce que tu dirais de six mois ? faillit-il lâcher. Au lieu de cela, il rit, surtout pour lui-même. Ça aussi, il en avait besoin.

— Je suis désolé. Je suppose que je ne suis pas un hôte très distrayant. Il se retourna pour la regarder à nouveau et lut dans ses yeux de la compréhension. Un regard simplement tranquille, très humain et féminin, qui ébranla Kelly. Il le sentit venir mais ignora cette partie de sa conscience qui lui disait qu'il en avait terriblement besoin depuis des mois. C'était un truc qu'il n'avait pas envie d'entendre, surtout venant de lui-même. La solitude était déjà bien assez pénible sans qu'il faille y ajouter l'auto-apitoiement. Elle tendit à nouveau la main, ostensiblement pour caresser le tatouage, mais il n'y avait pas que ça. C'était incroyable comme son contact était chaud, même par un après-midi de soleil torride. Cela indiquait peut-être à quel point lui-même était devenu froid.

Mais il avait un bateau à piloter. Il y avait un cargo trois cents mètres devant. Kelly avait atteint la vitesse de croisière et les volets d'équilibrage arrière s'étaient automatiquement déployés, favorisant le déjaugeage de la coque tandis que le bateau filait désormais dix-huit nœuds, sans le moindre à-coup jusqu'à ce qu'ils coupent le sillage du cargo. Le *Springer* se mit alors à taper, la proue montant et descendant de près d'un mètre, et Kelly vira pour contourner par bâbord le plus fort du sillage. Le cargo les dominait comme une falaise lorsqu'ils le dépassèrent.

— Il y a un endroit où je peux me changer ?

— Ma cabine est à l'arrière. Vous pouvez vous installer à l'avant, si vous voulez.

— Oh, vraiment ? Elle gloussa. Quelle idée !

— Hein ? Elle lui avait refait le même coup.

Pam descendit, trimbalant son sac et veillant à ne pas lâcher la main courante. Elle n'avait pas grand-chose sur le dos. Elle reparut quelques minutes plus tard avec encore moins, short ultra-court, caraco, les pieds nus, et manifestement plus détendue. Elle avait des jambes de danseuse, nota Kelly, fines et très féminines. Très pâles aussi, ce qui le surprit. Le caraco était ample et faisait même des plis. Peut-être avait-elle maigri, récemment, à moins qu'elle ne l'ait délibérément choisi une taille au-dessus. Quoi qu'il en soit, il dévoilait en partie sa poitrine. Kelly se surprit à avoir l'œil baladeur et se reprocha de reluquer la fille. Mais Pam ne lui facilitait pas la tâche. Voilà qu'elle lui avait saisi le bras et s'asseyait sur ses genoux. Il lui suffisait de baisser les yeux pour lorgner dans son décolleté aussi bas qu'il voulait.

— Ils vous plaisent ?

La cervelle et la bouche de Kelly se bloquèrent. Il émit quelques borborygmes embarrassés et avant qu'il ait pu trouver quoi répondre, elle riait. Mais pas pour se moquer de lui. Elle agitait les bras en direction de l'équipage du cargo, qui lui rendit son salut. C'était un navire italien et l'un des six hommes appuyés au bastingage à la proue lui envoya un baiser. Elle fit de même.

Cela rendit Kelly jaloux.

Il vira de nouveau à bâbord, croisant le sillage d'étrave du cargo, et au moment de dépasser la passerelle du bâtiment, il actionna sa corne. C'était la disposition réglementaire, même si bien peu de plaisanciers l'appliquaient. Dans l'intervalle, un officier de quart avait braqué ses jumelles sur Kelly — en fait, sur Pam, bien sûr. Il se retourna vers la timonerie et cria quelque chose. Un instant plus tard, l'énorme « sifflet » du cargo fit résonner sa note de basse, et la fille en sauta presque en l'air.

Cela fit rire Kelly et elle l'imita, puis noua étroitement ses bras autour de son biceps. Il sentait un doigt dessiner le contour de son tatouage.

— On dirait pas que c'est...

Kelly acquiesça.

— Je sais. La plupart des gens s'attendent à un contact évoquant une peinture, ou je ne sais quoi.

— Pourquoi...

— ... je l'ai fait faire ? Tout le monde dans ma formation y passait. Même les officiers. C'était obligatoire, j'imagine. Un peu crétin, en fait.

— Je trouve ça plutôt mignon.

— Eh bien, c'est vous que je trouve plutôt mignonne.

— Vous dites des trucs tellement gentils. Elle se dandina légèrement, frottant son sein contre le haut de son bras.

Kelly adopta une vitesse de croisière de dix-huit nœuds pour sortir du port de Baltimore. Le cargo italien était le seul navire marchand en vue et la mer était étale, avec juste des clapots de trente centimètres. Il resta dans le chenal de navigation principal jusqu'à l'entrée dans la baie de Chesapeake.

— Vous avez soif ? demanda-t-elle alors qu'ils viraient au sud.

— Ouais. Il y a un frigo dans la cuisinette — c'est dans...

— Je l'ai vu. Qu'est-ce que vous voulez ?

— N'importe, mais deux.

— D'accord, répondit-elle avec entrain. Quand elle se leva, la sensation douce remonta tout au long de son bras pour l'abandonner finalement à hauteur d'épaule.

— Qu'est-ce que c'est que ça ? demanda-t-elle en revenant. Kelly se retourna et fit la grimace. Il avait été si obnubilé par la fille contre son bras qu'il avait négligé de prêter attention à la météo. « Ça », c'était un orage, une masse imposante de cumulo-nimbus qui s'élevaient jusqu'à douze ou quinze mille mètres dans le ciel.

— On dirait qu'un grain se prépare, dit-il en lui prenant des mains la boîte de bière.

— Quand j'étais petite, ça voulait dire une tornade.

— Eh bien pas ici, non, répondit Kelly en jetant un regard circulaire pour s'assurer qu'aucun objet n'était mal arrimé. En dessous, il le savait, tout était bien rangé, parce qu'il en allait toujours ainsi, grain ou pas grain. Puis il alluma sa VHF. Il capta aussitôt un bulletin météo, un qui se terminait avec l'avertissement d'usage.

— C'est un petit bateau ? demanda Pam.

— Techniquement oui, mais vous en faites pas. Je sais ce que je fais. J'étais quartier-maître de première classe.

— Qu'est-ce que c'est que ça ?

— Un grade. Enfin, dans la marine. De toute façon, ce n'est pas une coque de noix. Ça risque juste de secouer un peu. Si vous êtes inquiète, il y a un gilet de sauvetage sous votre siège.

— Vous êtes inquiet ? demanda Pam. Kelly sourit et secoua la tête. Bon, alors parfait. Elle reprit sa position antérieure, la poitrine contre son bras, la tête sur son épaule, un air rêveur dans les yeux, comme dans l'attente de quelque chose d'inéluctable, grain ou pas grain.

Kelly n'était pas inquiet — pas à cause de la tempête, en tout cas — mais il restait toutefois prudent. Passé Bodkin Point, il continua dans le chenal de navigation. Il ne mit le cap au sud que lorsqu'il fut certain d'être dans des eaux trop peu profondes pour risquer l'abordage par un gros bâtiment. Toutes les deux ou trois minutes, il se retournait pour surveiller l'évolution de la tempête qui leur chargeait droit dessus à près de vingt nœuds. Les nuages avaient déjà masqué le soleil. Un grain en progression rapide est souvent synonyme de tempête violente et avec son changement de cap vers le sud, il avait cessé de s'en éloigner. Kelly finit sa bière et décida de s'abstenir d'une seconde. La visibilité allait rapidement diminuer. Il sortit une carte marine plastifiée et la fixa sur la planche à droite du tableau de bord ; il y marqua sa position au crayon gras, puis vérifia que son cap ne l'amenait pas vers les hauts-fonds — le *Springer* avait un mètre trente-cinq de tirant d'eau et pour Kelly, toute profondeur inférieure à deux mètres quarante était un haut-fond. Satisfait, il régla son compas et se détendit à nouveau. Sa formation de marin était sa meilleure protection à la fois contre le danger et contre la suffisance.

— Ça va plus tarder, observa Pam, avec juste une trace d'inquiétude dans la voix, en s'accrochant à lui.

— Vous pouvez descendre à l'abri, si vous voulez. Il va y avoir pas mal de pluie et de vent. Et ça va secouer.

— Mais il n'y a pas de risque.

— Non, à moins que je fasse une manœuvre vraiment idiote. Je tâcherai d'éviter, promit-il.

— Est-ce que je peux rester, voir ce que ça donne ? Elle n'avait visiblement pas envie de le quitter, même si Kelly ne voyait pas pourquoi.

— Vous allez être trempée, crut-il bon de l'avertir.

— Pas grave. Sourire éclatant, elle s'accrocha encore plus fort à son bras.

Kelly réduisit un peu les gaz et la coque redescendit. Il n'y avait pas de raison de se presser. A vitesse réduite, il n'était plus nécessaire de tenir la barre à deux mains. Il passa un bras autour de la taille de la fille ; automatiquement, celle-ci posa de nouveau la tête sur son épaule et, malgré la tempête qui menaçait, tout lui parut soudain parfait. Du moins, c'était ce que lui dictaient ses émotions. Sa raison lui chantait un autre air et les deux avaient du mal à s'accorder. Sa raison ne cessait de lui rappeler que la fille à ses côtés était — était quoi d'ailleurs ? Il n'en savait rien. Ses émotions lui disaient qu'il n'en avait rien à cirer. Elle était ce dont il avait besoin. Mais Kelly n'était pas homme à se laisser guider par ses émotions et le conflit l'amena à lorgner l'horizon d'un air mauvais.

— Un problème ? s'enquit Pam.

Kelly faillit dire quelque chose, puis il se tut et se rappela qu'il était seul sur son yacht en compagnie d'une jolie fille. Il laissa l'émotion gagner cette reprise, pour une fois.

— Je suis un peu perplexe mais enfin, non, pas de problème à ma connaissance.

— Je sens bien que vous...

Kelly l'interrompit d'un signe de tête.

— Vous tracassez pas. Quoi que ce puisse être, ça peut attendre. Détendez-vous, profitez du voyage.

La première rafale arriva peu après, chassant le bateau de

quelques degrés à bâbord. Kelly ajusta la barre pour compenser la dérive. La pluie arriva bientôt. Les premières gouttes d'avertissement furent rapidement suivies par de véritables rideaux liquides qui se déployèrent en travers de la baie de Chesapeake. En l'affaire de quelques minutes, la visibilité était tombée à quelques centaines de mètres et le ciel s'était assombri comme en fin de crépuscule. Kelly s'assura qu'il avait bien allumé ses feux de position. Les vagues commencèrent à déferler, chassées par un vent qu'il estima à trente nœuds. La mer et les embruns arrivaient par le travers. Il estima qu'il pouvait poursuivre sa route mais il était parvenu à un bon mouillage et il n'en retrouverait pas d'autre avant cinq heures de route. Il jeta un nouveau coup d'œil à la carte, puis alluma le radar pour vérifier sa position. Trois mètres d'eau, un fond sableux qualifié de HRD par sa carte, et donc de bonne résistance au mouillage. Il mit le *Springer* sous le vent et réduisit les gaz jusqu'à ce que les hélices fournissent juste assez de poussée pour surmonter celle du vent. Il se tourna vers Pam :

— Prends la barre, lui dit-il.

— Mais je sais pas ce qu'il faut faire !

— Pas dur. Tu n'as qu'à maintenir le cap et gouverner dans la direction que je t'indiquerai. Moi, je vais à l'avant préparer les ancres. D'ac ?

— Sois prudent ! lança-t-elle par-dessus les bourrasques. Les vagues atteignaient un mètre vingt et la proue montait et descendait violemment. Kelly lui serra l'épaule et se dirigea vers l'avant.

Il devait faire attention, bien sûr, mais ses chaussures avaient des semelles antidérapantes, et puis il connaissait son boulot. Il contourna la superstructure en tenant à deux mains le bastingage et une minute plus tard, il était sur le pont avant. Deux ancres y étaient fixées, une Danforth et une ancre-charrue CQR, l'une et l'autre légèrement surdimensionnées. Il jeta d'abord la Danforth puis fit signe à Pam de mettre la barre légèrement à bâbord. Quand le bateau eut dérivé d'une quinzaine de mètres vers le sud, il jeta la CQR à son tour. Les deux cordages étaient déjà réglés à la bonne longueur et après avoir vérifié la tenue des amarres, Kelly retourna vers la passerelle.

Pam avait l'air nerveuse jusqu'à ce qu'il se soit rassis sur la banquette de vinyle — tout le pont était recouvert d'eau, à présent, et leurs vêtements étaient trempés. Kelly mit les moteurs au ralenti, laissant le vent chasser le *Springer* sur près de trente mètres. Entre-temps les deux ancres s'étaient plantées dans le fond. Kelly fronça les sourcils. Il aurait dû les écarter un peu plus. Mais en fait, une seule ancre était nécessaire. La seconde était une sécurité. Satisfait, il coupa les diesels.

— Bien sûr, j'aurais pu affronter la tempête mais j'ai préféré ne pas tenter le coup, expliqua-t-il.

— Donc, on mouille ici pour la nuit.

— Exact. Tu peux descendre dans ta cabine et...

— Tu me chasses ?

— Non pas... je veux dire... si tu ne te plais pas ici... Il sentit la main de Pam remonter jusqu'à son visage. Il eut du mal à saisir ses paroles au milieu des bourrasques.

— Je me plais bien ici. Quelque part, cela n'avait rien de contradictoire.

Un instant après, Kelly se demanda pourquoi cela avait pris si longtemps. Tous les signaux avaient été là. Il y eut de nouveau un bref débat entre émotion et raison, et la raison perdit une fois encore. Il n'y avait pas de quoi avoir peur, il n'y avait ici qu'une autre solitude, comme la sienne. C'était si facile d'oublier. La solitude ne vous disait pas ce que vous aviez perdu, seulement que vous aviez perdu quelque chose. Sa peau était douce, ruisselante de pluie, mais chaude. C'était si différent de la passion tarifée qu'il avait essayée à deux reprises au cours du mois écoulé, et chaque fois pour en revenir dégoûté de lui-même.

Mais là, c'était autre chose. C'était pour de bon. La raison protesta une dernière fois, lui criant que ce n'était pas possible, qu'il l'avait ramassée au bord de la route et ne la connaissait que depuis quelques heures. L'émotion rétorqua que ça n'avait aucune importance. Comme si elle était spectatrice de son conflit mental, Pam retira le caraco en le passant par-dessus la tête. L'émotion remporta le combat.

— Ils m'ont l'air absolument parfaits, dit Kelly. Sa main s'approcha, les effleura avec délicatesse. Au toucher aussi, ils étaient parfaits. Pam accrocha le caraco à la barre, pressa son visage contre le sien, le tira en avant à deux mains, avec un esprit de décision très féminin. Quelque part, sa passion n'avait rien d'animal. Quelque chose la rendait différente. Kelly ignorait quoi, mais il ne chercha pas à approfondir. Pas maintenant.

Tous deux se levèrent. Pam faillit déraper mais Kelly la rattrapa et se mit à genoux pour l'aider à retirer son short. Puis ce fut elle qui déboutonna sa chemise après qu'elle lui eut plaqué les mains sur ses seins. La chemise resta en place un bon moment parce que ni l'un ni l'autre ne voulaient bouger les mains, mais cela finit par arriver, un bras à la fois, et son jean suivit bientôt. Kelly se débarrassa de ses chaussures et le reste tomba. Ils s'étreignirent, debout, ondulant au gré du roulis et du tangage, fouettés par la pluie et battus par le vent. Pam prit sa main et l'attira juste devant la console de pilotage, le guidant pour l'allonger sur le pont. Elle le chevaucha aussitôt. Kelly voulut se rasseoir mais elle l'en empêcha, se penchant au contraire en avant en même temps qu'elle ondulait des hanches avec une douce violence. Kelly n'était pas aussi prêt à ça qu'il l'avait été pour tout le reste cet après-midi, et son cri parut couvrir le roulement du tonnerre. Quand ses yeux se rouvrirent, elle avait le visage à quelques centimètres du sien et son sourire était celui d'un ange de pierre dans une église.

— Je suis désolé, Pam, je...

D'un rire, elle coupa court à ses excuses.

— T'es toujours aussi bon ?

De longues minutes plus tard, les bras de Kelly enveloppant sa mince silhouette, ils restèrent allongés, immobiles, jusqu'à ce que la tempête soit passée. Kelly redoutait de la lâcher, craignant que tout cela ne soit, comme on pouvait le prévoir, qu'un simple rêve. Puis le vent fraîchit et ils descendirent s'abriter. Kelly sortit des serviettes et ils se séchèrent mutuellement. Il essaya de lui sourire mais la douleur était revenue, d'autant plus intense par contraste avec le bonheur de l'heure écoulée, et ce fut au tour de Pam de manifester sa surprise. Elle s'assit près de lui sur le divan du salon et lorsqu'elle attira son visage contre sa poitrine, ce fut lui qui pleura, et bientôt elle se retrouva de nouveau trempée. Elle ne posa aucune question. Elle était trop intelligente pour ça. Elle se contenta de le serrer fort jusqu'à ce que la crise soit finie et qu'il ait retrouvé une respiration normale.

— Je suis désolé, dit-il au bout d'un moment. Kelly voulut bouger mais elle l'en empêcha.

— Tu n'as rien à expliquer. Mais j'aimerais pouvoir t'aider, dit-elle, sachant qu'elle l'avait déjà fait. Elle avait décelé en lui, presque depuis le début, un homme courageux douloureusement marqué. Si différent de tous ceux qu'elle avait connus. Quand il reparla, elle sentit ses mots vibrer contre sa poitrine.

— Cela fera bientôt sept mois. On était descendus dans le Mississippi, pour mon boulot. Elle était enceinte, on venait de l'apprendre. Elle est allée faire des courses et... c'était un camion, un semi-remorque. L'attelage s'est rompu. Il ne parvint pas à en dire plus et c'était inutile.

— Comment s'appelait-elle ?
— Tish — Patricia.
— Depuis combien de temps étiez-vous...
— Un an et demi. Et puis, elle n'était plus là... comme ça. Je n'avais jamais envisagé ça. Je veux dire, j'ai risqué ma vie, j'ai fait des trucs dangereux, mais tout ça, c'était fini, et puis c'était moi, pas elle. Je n'aurais jamais cru... Sa voix se brisa de nouveau. Pam baissa les yeux pour le contempler dans la pénombre du salon, découvrant les cicatrices qu'elle n'avait pas vues auparavant et s'interrogeant sur leur histoire mutuelle. Peu importait. Elle posa la joue sur le sommet de son crâne. *Il aurait dû être père à l'heure qu'il est. Il aurait dû y avoir tout un tas de trucs.*

— Tu n'en avais jamais parlé, hein ?
— Non.
— Et pourquoi, maintenant ?
— Je n'en sais rien. Dans un souffle.
— Merci. Kelly leva les yeux, surpris. C'est la chose la plus gentille qu'un homme m'ait jamais dite.
— Je ne comprends pas.
— Oh mais si, rétorqua Pam. Et Tish comprend, elle aussi. Tu m'as laissée prendre sa place. Ou peut-être qu'elle l'a prise. Elle t'aimait, John. Elle a dû t'aimer énormément. Et elle continue. Merci de m'avoir permis de t'aider.

Il se remit à pleurer et Pam lui baisa de nouveau la tête, le berçant comme un petit enfant. Cela dura dix minutes, même si aucun des deux ne regarda une pendule. Quand il eut fini de pleurer, il l'embrassa avec une gratitude qui se mua bien vite en regain de passion. Pam s'allongea sur le dos, le laissant prendre l'initiative comme il en avait besoin maintenant qu'il était redevenu un homme en esprit. Sa récompense fut de rester à la hauteur de ce qu'elle avait fait pour lui, et cette fois, ce furent ses cris qui couvrirent le tonnerre. Plus tard, il s'endormit à ses côtés, et elle embrassa sa joue mal rasée. C'est à ce moment qu'elle se mit à son tour à verser des larmes face au miracle que lui avait apporté cette journée qui avait pourtant débuté dans la terreur.

2
Rencontres

Kelly s'éveilla comme à l'accoutumée, trente minutes avant le soleil, au cri des mouettes, et contempla les premières lueurs pâles de l'aube à l'horizon. Au début, il fut surpris de découvrir un bras mince en travers de son torse mais d'autres sensations, d'autres souvenirs lui expliquèrent la situation en l'espace de quelques secondes. Il se dégagea de l'étreinte de la jeune femme et remonta la couverture pour la protéger de la fraîcheur du matin. Il était temps de s'occuper du bateau.

Kelly mit en route le percolateur, puis enfila un short de bain et se dirigea vers l'avant. Il constata avec plaisir qu'il n'avait pas oublié d'allumer le feu de mouillage. Le ciel s'était dégagé et l'air était frais après l'orage de la nuit. Arrivé à la proue, il fut surpris de découvrir qu'une des ancres avait chassé. Kelly se le reprocha, même si l'incident n'avait eu aucune conséquence fâcheuse. La mer était étale, la brise modérée. A l'est, l'éclat rose orangé des premières lueurs du jour décorait la côte piquetée d'arbres. Dans l'ensemble, une des plus belles matinées depuis bien longtemps. Puis il se souvint que ce qui avait changé n'avait rien à voir avec la météo.

— Bigre, murmura-t-il à l'aube qui tardait. Il se sentait raide et fit quelques étirements pour se dénouer, lent à goûter le plaisir d'être débarrassé de sa gueule de bois habituelle. Encore plus lent à récapituler combien de temps avait passé. Neuf heures de sommeil ? Tant que ça ? Pas étonnant qu'il se sente aussi bien. La prochaine tâche matinale était de trouver une serpillière pour éponger les flaques d'eau sur le pont en fibre de verre.

Il tourna la tête en entendant le grondement bas, assourdi, de diesels marins. Il regarda vers l'ouest pour localiser l'origine du bruit mais il y avait un peu de brume de ce côté, chassée par la brise et il ne put rien distinguer. Il gagna le poste de pilotage sur le pont volant pour récupérer ses jumelles, juste à temps pour découvrir l'éclat de projecteurs de trente centimètres dans ses 7 x 50 de marine. Kelly fut ébloui par les lumières qui s'éteignirent tout aussi brutalement, tandis qu'un porte-voix résonnait sur les eaux.

— Désolé, Kelly ! J'savais pas que c'était toi. Deux minutes plus tard, la silhouette familière d'un treize mètres des gardes-côtes abordait doucement le *Springer*. Kelly se précipita vers bâbord pour descendre ses boudins de protection.

— T'essayes de me tuer ou quoi ? lança Kelly sur le ton de la conversation.

— Pardon. Le maître de manœuvres Manuel « Portagee » Oreza sauta d'un plat-bord à l'autre avec l'aisance née d'une longue pratique. Il indiqua les boudins de caoutchouc :

— Tu veux me vexer ?

— Et mauvais marin, en plus, poursuivit Kelly en se dirigeant vers son visiteur.

— Ça, j'en ai déjà parlé au p'tit jeune, lui assura Oreza en tendant la main. Salut, Kelly.

La main tendue tenait un gobelet de plastique rempli de café. Kelly le prit et se mit à rire.

— Excuses acceptées, chef. Oreza était réputé pour son café.

— La nuit a été longue. On est tous crevés et j'ai un équipage de bleus, expliqua le garde-côte d'une voix lasse. Oreza aurait lui aussi bientôt vingt-huit ans et il était de loin le plus âgé à bord.

— Des problèmes ?

Oreza acquiesça en se retournant pour contempler la baie. Plus ou moins. Une espèce de bougre de crétin barrant un petit dériveur est porté disparu après le petit grain de la nuit dernière et on a remué ciel et terre pour tenter de le retrouver.

— Quarante nœuds de vent. Jolie brise quand même,

Portagee, remarqua Kelly. Sans parler qu'elle s'est ramenée drôlement vite.

— Ouais, bon d'accord, on a déjà sauvé huit navires, manque plus que celui-ci. T'as remarqué quoi que ce soit d'inhabituel, cette nuit ?

— Non. On a quitté Baltimore aux alentours... oh, de seize heures, je suppose. Deux heures et demie pour arriver ici. On a mouillé juste après le début de la tempête. La visibilité était sacrément mauvaise, on n'a pas pu voir grand-chose avant de descendre s'abriter.

— On, observa Oreza en s'étirant. Il s'approcha de la barre, récupéra le caraco trempé de pluie et le lança à Kelly. Son visage était impassible mais il y avait une lueur d'intérêt dans les yeux. Il espérait que son ami avait enfin trouvé quelqu'un. La vie n'avait pas été spécialement tendre avec lui, jusqu'à présent.

Kelly lui rendit la tasse avec la même expression impassible. Il reprit :

— Il y avait un cargo qui nous suivait. Pavillon italien, un porte-conteneurs à moitié chargé, il devait bien filer ses quinze nœuds. Il y en a d'autres qui devaient quitter le port ?

— Ouais. Oreza hocha la tête et expliqua, avec une irritation toute professionnelle : c'est bien ce qui me chagrine. Ces putains de gars de la marchande, ils foncent en avant toute sans regarder où ils vont.

— Merde, faut les comprendre, tu mets le nez hors de la passerelle, tu risques de te faire mouiller. En outre, à vouloir appliquer à la lettre le règlement maritime, on risque d'enfreindre l'une ou l'autre consigne syndicale, pas vrai ? Peut-être bien que ton gars s'est fait éperonner, remarqua Kelly, l'air sombre. Ce n'aurait pas été la première fois, même dans des eaux aussi civilisées que celles de la baie de Chesapeake.

— Peut-être bien, dit Oreza en scrutant l'horizon. Il fronça les sourcils, n'osant pas croire une telle suggestion et trop fatigué pour dissimuler son doute. En tout cas, si tu vois un petit dériveur avec une voile blanche à rayures orange, tu veux bien me prévenir par radio ?

— Sans problème.

Oreza regarda vers l'avant puis se retourna. Deux ancres,

rien que pour ce petit coup de vent ? Elles sont pas assez écartées. Je te croyais plus prudent.

Kelly lui rappela son ancien grade de quartier-maître :

— Et depuis quand un rond-de-cuir se met à chercher des crosses à un vrai marin ? Ce n'était qu'une vanne. Kelly savait que Portagee était meilleur que lui sur une petite embarcation. Même si ce n'était que d'une courte tête, et ça aussi, l'un et l'autre le savaient.

Oreza regagna sa vedette rapide en souriant. Après avoir sauté à bord, il indiqua du doigt le caraco dans la main de Kelly.

— Et oublie pas de remettre ta chemise, matelot ! M'a l'air de t'aller impec. C'est un Oreza hilare qui disparut dans la timonerie avant que Kelly ait pu trouver une repartie. Kelly s'avisa qu'il y avait un civil à l'intérieur, ce qui le surprit. Bientôt, les moteurs se remettaient à gronder et le treize mètres repartait, cap au nord-ouest.

— Salut. La voix de Pam. C'était quoi ?

Kelly pivota. Elle ne portait rien de plus que lorsqu'il avait remonté sur elle la couverture, mais Kelly décida aussitôt que si elle devait encore le surprendre, ce serait uniquement en agissant de manière prévisible. Ses cheveux étaient une masse hirsute, son regard était vague, comme si elle n'avait pas trop bien dormi.

— Les gardes-côtes. Ils cherchent un voilier disparu. Comment t'as dormi ?

— Très bien. Elle s'approcha de lui. Ses yeux avaient une lueur douce, rêveuse, qui paraissait étrange si tôt le matin mais pouvait difficilement être plus séduisante pour le marin bien éveillé, lui.

— Salut. Baiser. Étreinte. Pam leva les bras et exécuta une sorte de pirouette. Kelly saisit sa taille fine et la redressa.

— Tu veux quoi pour le petit déjeuner ?

— Je ne petit-déjeune pas, répondit Pam et sa main descendit.

— Oh. Kelly sourit. Bon, d'accord.

*

Elle changea d'avis une petite heure plus tard. Kelly avait préparé des œufs au bacon sur le réchaud de la cambuse et Pam les engloutit avec un tel entrain que, malgré ses protestations, il lui en prépara une seconde tournée. A mieux y regarder, la fille n'était pas seulement mince : en fait, ses côtes étaient visibles. Elle était sous-alimentée, ce qui faisait naître une autre question muette. Mais quelle que soit la cause de son état, il avait de quoi y remédier. Une fois qu'elle eut absorbé quatre œufs, huit tranches de bacon, et cinq tranches de pain de mie grillé, en gros, le double de la portion matinale de Kelly, il était temps de sérieusement commencer la journée. Il lui montra le fonctionnement des appareils dans la cuisine tandis qu'il allait relever les ancres.

Ils étaient repartis, sans se presser, juste un poil avant huit heures. Le samedi s'annonçait torride et ensoleillé. Kelly chaussa ses lunettes noires et s'installa, tranquille, dans son fauteuil, sirotant son café pour se tenir en alerte. Il mit le cap à l'ouest, longeant le chenal de navigation pour éviter les centaines de bateaux de pêche qui n'allaient pas manquer de sortir aujourd'hui pour traquer la rascasse.

— C'est quoi, ces trucs ? Pam indiquait les bouchons décorant les eaux à bâbord.

— Les flotteurs des nasses à crabes. Plutôt des cages, en fait. Une fois entrés, les crabes ne peuvent plus en ressortir. On laisse des flotteurs pour savoir où elles sont. Kelly lui tendit ses jumelles en indiquant un bateau de construction locale à trois milles à l'est.

— Ils piègent ces pauvres bêtes ? Kelly éclata de rire.

— Pam, et le bacon de ton petit déjeuner ? Le cochon ne s'est pas suicidé, tu sais.

Elle lui jeta un regard espiègle. Ma foi, non.

— T'affole pas outre mesure. Un crabe, c'est jamais qu'une grosse araignée aquatique, même si c'est délicieux.

Kelly vira sur tribord pour éviter une bouée rouge.

— Ça paraît cruel, quand même.

— C'est la vie, parfois, répondit Kelly, trop vite, pour le regretter aussitôt.

La réaction de Pam partit également du fond du cœur.

— Ouais, je sais.

Si Kelly ne se retourna pas pour la regarder, c'est uniquement parce qu'il se retint. Il y avait eu une charge émotionnelle dans sa réponse, quelque chose qui lui rappelait qu'elle aussi avait ses démons. Moment fugitif, toutefois. Elle se carra dans le vaste siège, s'appuya contre lui et bientôt, tout avait repris son cours normal. Une dernière fois, les sens de Kelly l'avertirent qu'il y avait décidément quelque chose de pas normal du tout. Mais il n'y avait aucun démon en vue, pas vrai ?

— Tu ferais mieux de descendre.
— Pourquoi ?
— Le soleil va taper aujourd'hui. Il y a de l'huile solaire dans la pharmacie, aux bouteilles.
— Les bouteilles ?
— Les toilettes !
— Pourquoi tout est-il différent sur un bateau ?

Kelly rigola.

— Pour que ce soient les marins qui commandent. Maintenant, du balai ! Va te tartiner copieusement ou t'auras l'air d'une frite trop grillée d'ici l'heure du déjeuner.

Pam fit la grimace.

— J'aurais aussi besoin d'une douche. Pas de problème ?
— Excellente idée, répondit Kelly sans se retourner. Inutile de faire fuir les poissons.
— Oh toi ! Elle lui donna une tape sur le bras avant de redescendre.

*

— Disparu, purement et simplement disparu, grommela Oreza. Il était penché sur la table des cartes au poste des garde-côtes de Thomas Point.
— On devrait demander une couverture aérienne, je ne sais pas, moi, un hélico, observa le civil.
— Ça nous aurait guère avancé, surtout la nuit dernière. Merde, il y avait que les mouettes pour tenir dans un vent pareil.
— Mais enfin, où a-t-il pu passer ?
— J'en sais rien. Peut-être que la tempête l'a coulé, ce con.

Oreza lorgna les cartes, l'air mauvais. Vous dites qu'il allait vers le nord ? On a inspecté tous ces mouillages et Max s'est chargé de la côte ouest. Vous êtes sûr que la description du bateau était correcte ?

— Sûr ? Merde, c'est tout juste si on le leur a pas acheté, ce foutu rafiot ! Le civil était de fort méchante humeur, comme c'est compréhensible après vingt-huit heures de veille induite par la caféine, humeur encore aggravée par son mal de mer sur la vedette de patrouille, au grand amusement de l'équipage de simples matelots. Il avait l'impression d'avoir l'estomac tapissé de laine métallique.

— C'est ça, il aura coulé, conclut-il, bougon, sans y croire une seule seconde.

— Ça ne résoudrait pas votre problème ? Cette tentative d'apaisement lui valut un grognement et le maître de manœuvres Manuel Oreza surprit un regard d'avertissement du commandant de la station, un adjudant aux cheveux gris du nom de Paul English.

— Vous savez, dit l'homme au bord de l'épuisement, je ne crois pas que quoi que ce soit puisse résoudre ce problème, mais c'est mon boulot d'essayer.

— Monsieur, nous avons tous eu une dure nuit. Mes hommes sont vannés, et à moins que vous ayez une très bonne raison de rester encore debout, je vous suggère de vous trouver une couchette et d'en écraser un bon coup, si vous me passez l'expression.

Le civil leva les yeux avec un sourire las pour atténuer ses remarques précédentes.

— Chef Oreza, malin comme vous êtes, vous mériteriez d'être officier.

— Si je suis si malin, comment se fait-il qu'on ait loupé notre ami, cette nuit ?

— Ce type qu'on a découvert à l'aube ?

— Kelly ? Un ancien officier marinier. Un costaud.

— Plutôt jeune pour un officier marinier, non ? demanda English en examinant le cliché pas très bon qu'avait permis leur projecteur. Il était nouveau à la station.

— Le grade était assorti d'une *Navy Cross*, expliqua Oreza.

Le civil leva les yeux. Donc, vous n'imagineriez pas que...

— Pas la moindre chance.

Le civil hocha la tête. Il marqua un temps d'arrêt, puis se dirigea vers les cabines. Ils allaient devoir repartir avant le coucher du soleil et il avait besoin de récupérer.

— Alors, qu'est-ce que ça a donné ? demanda English après que l'autre fut sorti.

— Ce type trimbale pas mal de matos, mon capitaine. En tant que commandant de la station, English avait droit au titre, et Portagee était d'autant plus enclin à lui en donner qu'il le laissait maître à son bord. Sûr qu'il dort pas beaucoup, en tout cas.

— Il va être avec nous pour un certain temps, au coup pour coup, et je veux que vous vous en chargiez.

Oreza tapota la carte du bout de son crayon. Je persiste à dire que ce serait l'observatoire idéal, et je sais qu'on peut lui faire confiance.

— L'autre dit que non.

— L'autre n'est pas un marin, monsieur English. Je veux bien qu'il me dise ce qu'il faut faire, mais il n'en sait pas assez pour me dire comment le faire. Oreza entoura d'un cercle le point sur la carte.

*

— Ça me plaît pas.

— Ça n'a pas besoin de te plaire, répondit le plus grand. Il déplia son canif et fendit le papier d'emballage pour révéler un bac en plastique rempli de poudre blanche. Quelques heures de boulot et on se fait trois cents sacs. T'y vois un problème ou y a quelque chose qui m'échappe ?

— Et c'est qu'un début, observa le troisième homme.

— Qu'est-ce qu'on fait du rafiot ? demanda l'homme aux scrupules.

Le plus grand quitta des yeux ce qu'il faisait. Tu t'es débarrassé de la voile ?

— Ouais.

— Eh bien, on pourrait le planquer... mais ce serait sans doute plus malin de l'envoyer par le fond. Ouais, c'est ce qu'on va faire.

— Et Angelo ? Tous trois regardèrent en direction de l'autre homme qui gisait, toujours inconscient, et couvert de sang.

— Je suppose qu'on va faire pareil avec lui, observa le plus grand, sans émotion apparente. Et tout de suite, ce serait le mieux.

— D'ici quinze jours, il devrait plus en rester grand-chose. C'est pas les bestioles qui manquent, dans le coin. Le troisième indiqua d'un geste du bras les prés-salés.

— Tu vois comme c'est simple ? Plus de bateau, plus d'Angelo, plus de risques, et trois cents biftons dans la poche. Je veux dire, qu'est-ce que tu veux de mieux, Eddie ?

— Reste que ses potes vont pas apprécier. Le commentaire relevait plus de l'esprit de contradiction que d'une conviction morale.

— Quels potes ? demanda Tony sans lever le nez. Il a mouchardé, pas vrai ? Combien de potes a un mouchard ?

Eddie se plia à la logique de la situation et s'approcha de la forme inconsciente d'Angelo. Le sang continuait de couler de ses multiples écorchures et la poitrine se soulevait lentement dans un effort pour respirer. Il était temps d'y mettre un terme. Eddie le savait ; il n'avait fait que tenter de retarder l'inévitable. Il sortit de sa poche un petit .22 automatique, le plaça contre la nuque d'Angelo, pressa une fois la détente. Le corps eut un spasme, puis retomba inerte. Eddie écarta le pistolet et traîna le cadavre à l'extérieur, laissant Henry et son ami se charger de la partie importante de la mission. Ils avaient pris avec eux du filet de pêche dont il se servit pour envelopper le corps avant de le balancer dans l'eau, derrière leur petit canot à moteur. En homme prudent, Eddie jeta un coup d'œil alentour mais ils ne risquaient guère d'être dérangés, dans le secteur. Il s'éloigna avec le canot jusqu'à ce qu'il ait trouvé un endroit convenable, à quelques centaines de mètres au large, puis il coupa le moteur et laissa l'embarcation dériver tandis qu'il prenait quelques parpaings de béton au fond de la coque et les arrimait au filet. Six, ce serait suffisant pour couler Angelo par trois mètres de fond. L'eau était plutôt limpide et cela tracassa Eddie jusqu'à ce qu'il aperçoive tous les crabes. Angelo aurait disparu en moins de deux semaines. Ce qui constituait un net progrès par rapport à leur méthode habituelle, un truc à se rappeler à l'avenir. Se débarrasser du petit voilier allait s'avérer plus délicat. Il faudrait trouver un endroit plus profond, mais enfin, il avait toute la journée pour y réfléchir.

*

Kelly obliqua sur tribord pour éviter une troupe de horsbord. L'île était maintenant visible, à cinq milles droit devant. Elle n'avait rien de spectaculaire : une simple barre au ras de l'horizon, sans même un arbre, mais c'était la sienne et elle lui offrait toute l'intimité qu'un homme peut désirer. Son seul défaut, quasiment, était la réception TV désastreuse.

Battery Island avait une histoire longue et sans traits saillants. Son nom actuel, l'île de la Batterie, plus ironique qu'approprié, était apparu au début du dix-neuvième siècle lorsqu'un milicien à l'esprit d'entreprise avait décidé d'y installer une batterie de canons de petit calibre pour contrôler un goulet dans la baie de la Chesapeake, avec l'espoir de bloquer l'avance des Anglais qui faisaient alors voile vers Washington pour châtier la jeune nation qui avait eu la mauvaise idée de défier la puissance de la première marine du monde. Un capitaine de frégate britannique avait remarqué l'apparition de quelques inoffensifs panaches de fumée sur l'île et, plus sans doute par amusement que par malice, il avait détourné un de ses vaisseaux jusqu'à portée de tir pour qu'il lâche quelques salves des canons de marine du pont inférieur. Les miliciens qui servaient la batterie n'avaient pas eu besoin d'autre encouragement pour fuir vers leurs canots et rejoindre au plus vite le rivage, et peu après, un détachement de matelots encadrés de fusiliers marins de Sa Majesté avait abordé en chaloupe pour enfoncer des clous dans les lumières des canons, ce qui est le sens originel de l'expression « clouer le bec ». Après cette brève diversion, les Britanniques avaient poursuivi tranquillement leur route jusqu'à l'embouchure de la Patuxent, d'où leur armée avait débarqué pour rejoindre Washington à pied et en revenir, après avoir entre-temps contraint Dolly Madison à évacuer la Maison Blanche. Les Britanniques avaient ensuite poursuivi leur campagne jusqu'à Baltimore, avec toutefois un résultat quelque peu différent.

Battery Island, retombée dans le giron de la tutelle fédérale, devint l'héritage encombrant d'une guerre singulièrement inutile. Sans même un gardien pour entretenir les parties hors d'eau, l'île fut bientôt envahie par les herbes et resta dans cet état durant près de cent ans.

Avec l'année 1917, l'Amérique connut son premier véritable conflit hors de ses frontières et, soudain confrontée à la menace des sous-marins, elle chercha un endroit pour essayer ses canons. Battery Island parut le site idéal, à quelques heures de vapeur à peine de Norfolk et de ses arsenaux. Aussi, pendant plusieurs mois au cours de cet automne, les pièces d'artillerie de marine de douze et de quatorze pouces avaient tonné et claqué, pulvérisant près du tiers de la surface de l'île qui se retrouva sous le niveau moyen des eaux, et dérangeant fortement les oiseaux migrateurs qui s'y étaient installés, car ils s'étaient depuis longtemps aperçus qu'aucun chasseur ne venait les tirer. Le seul événement notable, par la suite, fut le sabordage de plus d'une centaine de cargos construits durant la Grande Guerre, quelques milles plus au sud, et ces épaves, rapidement envahies par les herbes, eurent tôt fait de prendre l'aspect d'îlots naturels.

Une nouvelle guerre et de nouvelles armes devaient ressusciter l'île assoupie. La base aéronavale voisine avait besoin d'un périmètre de tir pour ses pilotes. L'heureuse coïncidence de la situation de Battery Island et des cargos coulés de la Grande Guerre en avaient fait un site tout désigné pour des essais de bombes. En conséquence, on avait édifié de lourdes casemates d'observation, d'où les officiers pouvaient surveiller les évolutions des bombardiers TBF et SB2C s'entraînant à toucher des cibles qui ressemblaient à des îles en forme de navires — et en pulvérisant quelques-unes à l'occasion, jusqu'à ce qu'une des bombes, tardant un peu trop à se détacher de son râtelier, vienne détruire l'une des casemates, heureusement vide à ce moment-là. Le site de l'ouvrage détruit avait été nettoyé, au nom de la propreté, et l'île reconvertie en poste de sauvetage, d'où une vedette de secours pouvait à tout moment intervenir en cas d'accident aérien. Cette dernière utilisation avait nécessité la construction d'un quai et d'un abri à bateaux en béton ainsi que le réaménagement de deux des casemates restantes. A tout prendre, l'île avait profité à l'économie locale, sinon au budget fédéral, du moins jusqu'à ce que l'arrivée des hélicoptères rende inutiles les vedettes de sauvetage, et entraîne le déclassement de l'île dans les surplus. Et c'est ainsi qu'elle était restée oubliée sur un rôle des propriétés fédérales encombrantes, jusqu'à ce que Kelly réussisse à la louer.

Pam se rallongea sur sa couverture alors qu'ils approchaient, lézardant au chaud soleil sous une épaisse couche de lotion protectrice. Elle n'avait pas de maillot de bain et ne portait qu'un slip et un soutien-gorge. Cela ne choqua pas Kelly mais le côté incongru de la chose était vaguement gênant, pour une raison qui défiait l'analyse logique. En tout cas, sa tâche pour l'heure était de piloter son bateau. La contemplation de ses formes pouvait attendre, se répétait-il à peu près toutes les minutes, quand ses yeux dérivaient vers elle pour vérifier qu'elle était toujours là.

Il appuya sur la droite pour passer bien au large d'un gros bateau de pêche. Il jeta un nouveau coup d'œil vers Pam. Elle avait descendu les bretelles de son soutien-gorge pour ne pas avoir de marques aux épaules. Kelly approuva.

Le bruit les surprit l'un et l'autre, une rapide succession de coups brefs émis par une corne de bateau. Kelly tourna la tête de cent quatre-vingts degrés pour contempler le bâtiment ancré à deux cents mètres à bâbord. C'était le seul obstacle notable dans les parages et le bruit semblait en émaner. Sur la passerelle, un homme lui adressait des signes de la main. Kelly tourna la barre pour approcher. Il prit tout son temps pour amener le *Springer* bord à bord. Qui que soit le type, c'était un piètre marin et lorsqu'il réussit à immobiliser son engin, six ou sept mètres plus loin, il garda la main sur la poignée des gaz.

— Un problème ? lança Kelly, au porte-voix.

— On a plus d'hélices ! répondit un type au teint basané. Qu'est-ce qu'on fait ?

Tu rames, faillit répondre Kelly, mais ce n'était guère obligeant. Il rapprocha son bateau pour examiner la situation. L'engin était un bateau de pêche de bonne taille, un Hatteras de fabrication récente. L'homme sur le pont, la cinquantaine, mesurait aux alentours d'un mètre soixante-quinze et son torse nu était couvert d'une fourrure de poils bruns. Une femme était également visible, elle semblait passablement abattue.

— Vous reste même pas une pale ? demanda Kelly lorsqu'il fut à portée de voix.

— Je crois qu'on a heurté un banc de sable, expliqua l'homme. A un demi-mille dans cette direction. Il indiquait un endroit que Kelly prenait toujours soin d'éviter.

— Ça c'est sûr, il y en a un par là. Je peux vous prendre en remorque si vous voulez. Vous en avez une assez solide ?

— Oui ! répondit l'homme aussitôt. Il se précipita vers le coffre où il rangeait ses bouts. La femme gardait le même air embarrassé.

Kelly manœuvra pour se dégager et il observa l'autre « capitaine », terme qu'il lui appliquait avec ironie. L'homme ne savait pas lire une carte. Il ignorait les règles élémentaires pour attirer l'attention d'un autre navire. Il n'était même pas fichu de prévenir les gardes-côtes. Tout ce qu'il avait réussi à faire, c'était s'acheter un Hatteras, et si cela plaidait en faveur de son jugement, Kelly supposait que tout le crédit devait en être attribué à l'habileté du vendeur. Et puis, l'homme surprit Kelly. Il maniait ses bouts avec dextérité et fit signe au *Springer* d'abord.

Kelly manœuvra pour rapprocher la poupe, puis se rendit à l'arrière, au pont à coffres, pour sortir la remorque, qu'il arrima solidement au robuste taquet du tableau arrière. Pam s'était relevée pour regarder. Kelly revint en hâte à la barre pour donner un léger coup de gaz.

— Mettez-vous à la radio, dit-il au propriétaire du Hatteras. Laissez la barre droite tant que je ne vous aurai pas dit autre chose. D'accord ?

— Pigé.

— J'espère, murmura Kelly, pour lui-même, en poussant la manette des gaz jusqu'à ce que la remorque se tende.

— Qu'est-ce qui lui est arrivé ? demanda Pam.

— Les gens oublient qu'il y a un fond, sous l'eau. Qu'on tape un peu fort, et on casse des trucs. Il marqua un temps. Tu devrais te couvrir.

Pam gloussa et redescendit dans la cabine. Kelly accéléra

prudemment jusqu'à quatre nœuds avant de commencer à obliquer au sud vers son île. Ce n'était pas la première fois qu'il faisait ça et, ajouta-t-il en grommelant, s'il devait encore s'y coller, il se ferait imprimer du papier à en-tête pour leur envoyer la facture.

Kelly fit accoster le *Springer* tout doucement, attentif à ne pas endommager le bateau qu'il remorquait. Il descendit en vitesse sur le pont pour lâcher ses boudins de protection, puis sauta sur la rive pour attacher une paire de cordages avant de se diriger vers le Hatteras. Le propriétaire avait déjà sorti ses amarres qu'il lança à Kelly sur le quai pendant qu'il descendait ses boudins. Haler le bateau sur quelques dizaines de centimètres était une bonne occasion d'exhiber ses muscles à Pam. Il ne lui fallut que cinq minutes pour l'amarrer solidement, après quoi il fit de même avec le *Springer*.

— C'est chez vous ?
— Un peu, mon neveu. Bienvenue sur mon banc de sable.
— Sam Rosen, se présenta l'homme en tendant la main. Il avait enfilé une chemise et s'il avait la poigne solide, Kelly nota que ses mains étaient si douces qu'elles paraissaient délicates.
— John Kelly.
— Sarah, mon épouse.

Kelly rit.

— Vous devez être le navigateur.

Sarah était petite, boulotte, et ses yeux noisette étaient partagés entre l'amusement et l'embarras.

— Il faut vous remercier pour votre aide, observa-t-elle avec un accent new-yorkais.
— C'est une loi de la mer, m'dame. Qu'est-ce qui s'est passé ?
— La carte indique deux mètres de fond là où on a touché. Et ce bateau n'a qu'un mètre vingt de tirant d'eau ! Et la marée basse, c'était il y a cinq heures ! aboya la femme. Ce n'était pas à Kelly qu'elle en voulait mais il était la cible la plus proche et son époux avait déjà entendu ses récriminations.
— Ce banc de sable, il s'est accumulé avec les tempêtes qu'on a eues l'hiver dernier, mais mes cartes indiquent plus de profondeur. Et puis, c'est un fond mou.

Pam remonta sur ces entrefaites, vêtue de manière presque

décente, et Kelly se rendit compte qu'il ignorait son nom de famille.

— Salut, moi, c'est Pam !

— Vous voulez faire un brin de toilette ? On a toute la journée pour réfléchir au problème. La proposition rencontra un accord général et Kelly guida tout le monde vers son logis.

— Merde, qu'est-ce que c'est que ce truc ? demanda Sam Rosen. « Ce truc », c'était une des casemates, édifiée en 1943, six cents mètres carrés, avec un toit d'un mètre d'épaisseur. Toute la structure était en béton renforcé et presque aussi robuste que le laissait entendre son aspect. Une autre construction similaire, mais de plus petite taille, s'appuyait dessus.

— Cet endroit appartenait à la Marine, expliqua Kelly, mais je leur loue, maintenant.

— Un joli mouillage qu'ils vous ont construit là, nota Rosen.

— J'ai pas à me plaindre, admit Kelly. Je peux savoir ce que vous faites ?

— Chirurgien.

— Ah ouais ? Ça expliquait les mains.

— Professeur de chirurgie, corrigea son épouse. Mais il est pas foutu de piloter un bateau !

— C'est ces putains de cartes qui n'étaient pas à jour ! grommela le professeur tandis que Kelly les invitait à entrer. T'as donc pas entendu ?

— Allons, tout ça c'est du passé, un bon repas et une bière nous aideront à voir les choses sous un meilleur jour. Kelly fut surpris de son propre discours. Juste à cet instant, il entendit un claquement sec en provenance de quelque part au sud. Incroyable comme le son portait loin sur les eaux.

— Qu'est-ce que c'était ? Sam Rosen avait l'oreille fine, lui aussi.

— Sans doute un gamin qui tirait un ragondin à la .22 long rifle, estima Kelly. Le coin est plutôt calme, les chasseurs exceptés. A l'automne, ça a tendance à devenir bruyant au petit matin — entre les canards et les oies...

— Je vois, à l'état des volets. Vous chassez ?

— Plus maintenant, répondit Kelly.

Rosen le considéra d'un air entendu, et Kelly décida une seconde fois de réviser son jugement sur le bonhomme.

— Ça fait longtemps ?

— Suffisamment. Comment avez-vous deviné ?

— Juste après mon internat, j'ai fait Iwo et Okinawa. Sur un navire-hôpital.

— Hmmm, période kamikaze ?

Rosen acquiesça.

— Ouais, le pied. Et vous, vous étiez où ?

— Généralement à plat ventre, répondit Kelly avec un sourire.

— Plongeur de combat, non ? Vous avez l'air d'un homme-grenouille, commenta Rosen. J'ai dû en retaper quelques-uns.

— En gros, le même boulot, mais en plus con. Kelly composa la combinaison sur le verrou puis tira la lourde porte d'acier pour ouvrir.

L'intérieur de la casemate surprit les visiteurs. Quand Kelly avait pris possession des lieux, le volume était divisé en trois vastes salles nues par d'épaisses parois de béton mais aujourd'hui, cela ressemblait presque à une maison, avec les murs de pierre apparente et les tapis. Même le plafond était recouvert. Seules les étroites meurtrières rappelaient la destination première de la construction. Le mobilier et les tapis révélaient l'influence de Patricia mais l'état actuel de semi-abandon trahissait que l'endroit n'était plus occupé que par un homme seul. Tout était parfaitement rangé, mais pas disposé comme l'aurait fait une femme. Les Rosen notèrent également que c'était le maître de maison qui les conduisit à la « cambuse » et sortait les provisions de l'antique glacière tandis que Pam visitait les lieux, l'œil rond.

— Frais et sympa, observa Sarah. Et humide l'hiver, je parie.

— Pas aussi terrible que vous pourriez croire. Kelly indiqua les radiateurs tout autour de la pièce. Chauffage à vapeur. La construction a dû se conformer au cahier des charges du gouvernement. Tout marche à la perfection et tout a coûté bien trop cher.

— Comment es-tu tombé sur un endroit pareil ? demanda Pam.

— Un copain m'a aidé à décrocher le bail. Surplus gouvernemental.

— Ça doit être un sacré copain, remarqua Sarah en admirant le réfrigérateur encastré.

— Ça, oui.

*

Le vice-amiral Winslow Holland Maxwell, USN, avait ses bureaux dans l'aile E du Pentagone. C'était un bureau qui donnait sur l'extérieur, lui permettant d'être aux premières loges pour contempler la capitale — et les manifestants, nota-t-il avec colère. *Tueurs de bébés !* clamait une pancarte. Il y avait même un drapeau nord-vietnamien. Les slogans, ce samedi matin, étaient étouffés par la vitre épaisse. Il percevait la scansion mais pas les mots, et l'ancien pilote de chasse n'aurait su dire ce qui était le plus crispant.

— Ça ne te vaut rien, Dutch.

— Comme si je le savais pas ! grommela Maxwell.

— La liberté de faire ça est une de celles que nous défendons, remarqua le contre-amiral Casimir Podulski, sans toutefois être entièrement convaincu malgré ses belles paroles. Ça dépassait simplement les bornes. Son fils était mort au-dessus de Haiphong à bord d'un A-4 d'attaque tactique. L'événement avait fait les gros titres à cause des liens familiaux du jeune aviateur et pas moins de onze coups de fil anonymes leur étaient parvenus la semaine d'après, certains se contentaient de rire, d'autres demandaient à son épouse effondrée où il convenait d'expédier le registre.

— Tous ces charmants jeunes gens, si paisibles et pleins de tact.

— Qu'est-ce qui te met dans cette humeur, Cas ?

— Ça, ça retourne au coffre, Dutch. Podulski lui tendit un épais dossier. Les coins étaient bordés de ruban rayé rouge et blanc et il arborait la désignation codée VERT BUIS.

— Ils vont nous laisser jouer avec ? Ça, c'était une surprise.

— J'ai dû insister jusqu'à trois heures trente du matin, mais oui, c'est décidé. Seulement pour un petit nombre d'entre nous, toutefois. Nous avons l'autorisation de procéder à une étude complète de faisabilité. L'amiral Podulski se carra dans un fauteuil de cuir profond et alluma une cigarette. Son visage s'était émacié depuis la mort de son fils mais les yeux d'un bleu de cristal flamboyaient comme jamais.

— Ils vont nous laisser le feu vert et établir le planning ? Maxwell et Podulski travaillaient dans ce but depuis plusieurs mois, sans véritable espoir qu'on les autorise jamais à le concrétiser.

— Qui pourrait nous soupçonner ? demanda, l'œil ironique, l'amiral d'origine polonaise. Ils veulent que ça reste confidentiel.

— Jim Greer est aussi de la partie ? demanda Dutch.

— Le meilleur spécialiste en renseignement que je connaisse, à moins que vous en planquiez un autre en réserve.

— Il vient d'entrer à la CIA, ai-je appris la semaine dernière, avertit Maxwell.

— Parfait. On a besoin d'un bon espion et son complet n'a pas encore pris un faux pli, pour autant que je sache.

— On va se faire des ennemis si on se lance là-dedans. Un paquet.

Podulski indiqua la fenêtre et le vacarme. Il n'avait pas changé tant que ça, depuis 1944 et l'USS *Essex*.

— Avec tous ces zigotos à cent mètres de nous, quelques-uns de plus ou de moins, quelle importance ?

*

— Depuis combien de temps avez-vous le bateau ? demanda Kelly après avoir entamé sa seconde bière. Le déjeuner était frugal : viande froide et pain, avec des canettes de bière.

— Nous l'avons acheté en octobre dernier, mais nous ne le pilotons en fait que depuis deux mois, admit le docteur. Cela dit, j'avais pris des cours à l'Escadron de pilotage. J'ai même fini premier de ma classe. C'était le genre de mec à finir premier partout, estima Kelly.

— Vous savez bien manier les bouts, observa-t-il, essentiellement pour le mettre à l'aise.

— En chirurgie aussi, on est doué pour faire des nœuds.

57

— Vous êtes également toubib, m'dame ? demanda Kelly en se tournant vers Sarah.

— Pharmacologiste. J'enseigne aussi à Hopkins.

— Depuis combien de temps habitez-vous ici avec votre épouse ? demanda Sam. Il y eut un silence embarrassé.

— Oh, on vient juste de faire connaissance, leur répondit Pam, ingénument. Comme de juste, c'était Kelly le plus embarrassé. Le couple de médecins avait appris la nouvelle sans ciller mais Kelly redoutait d'être assimilé à un séducteur prenant avantage d'une jeune fille. Les idées liées à son comportement s'étaient mises à tourner en rond sous son crâne jusqu'à ce qu'il se rende compte que personne ne semblait particulièrement s'en formaliser. Il se leva.

— Bon, allons jeter un œil sur ces hélices. Venez.

Rosen le suivit dehors. La chaleur montait déjà et le mieux serait de régler ça au plus vite. La casemate annexe abritait l'atelier de Kelly. Il choisit deux clés et poussa un compresseur portable jusqu'à la porte.

Deux minutes plus tard, après l'avoir installé à côté du Hatteras du toubib, il bouclait autour de sa taille deux ceintures lestées.

— J'ai quelque chose à faire ? s'enquit Rosen.

Kelly fit un signe de dénégation tout en finissant d'ôter sa chemise.

— Pas vraiment. Si le compresseur lâche, j'aurai vite fait de m'en apercevoir et je ne serai jamais qu'à un mètre cinquante de profondeur.

— Je n'ai jamais fait ça. Avisant d'un œil professionnel le torse de Kelly, il avait repéré trois cicatrices bien nettes que tout bon chirurgien aurait eu à cœur de dissimuler. Puis il se souvint que ses collègues au combat n'avaient pas toujours le temps de s'occuper d'esthétique.

— Moi si, ici où là, répondit Kelly en se dirigeant vers l'échelle.

— Je veux bien le croire, répondit doucement Rosen, pour lui-même.

Quatre minutes plus tard, à sa montre, Kelly remontait l'échelle.

— Trouvé votre problème. Il déposa les restes des deux hélices sur le béton du quai.

— Seigneur ! Qu'est-ce qu'on a heurté ?

Kelly s'assit quelques instants pour se débarrasser du lest. Il avait du mal à ne pas rigoler.

— De l'eau, toubib, rien que de l'eau.

— Quoi ?

— Avez-vous fait contrôler le bateau avant de l'acheter ?

— Bien sûr, la compagnie d'assurance l'exigeait. J'ai choisi le meilleur spécialiste du coin, il m'a pris cent sacs.

— Ah ouais ? Et quelles défaillances a-t-il relevé ? Kelly se redressa et coupa le compresseur.

— Quasiment rien. Il a bien dit qu'il y avait un problème d'électroménager et j'ai fait venir un installateur pour tout vérifier dans la cuisine mais il n'a rien trouvé de particulier. Je suppose qu'il fallait bien qu'il invente quelque chose pour justifier la note, hein ?

— Un problème d'électroménager ?

— C'est ce qu'il m'a dit au téléphone. Je dois sûrement avoir un compte rendu écrit quelque part, mais il m'avait donné son rapport oralement.

— Un problème d'électrodes, pas d'électroménager, dit Kelly en éclatant de rire.

— Quoi ? râla Rosen, vexé de ne pas saisir la blague.

— Ce qui a bousillé votre hélice, c'est l'électrolyse. Réaction galvanique. Elle se produit dès qu'un alliage est mis en présence d'eau salée. Le métal se corrode. Tout ce qu'a fait le banc de sable, c'est finir de les décaper. Mais elles étaient déjà pourries. On vous a pas appris ça, à votre cours ?

— Euh, si, mais...

— *Mais* — eh bien, vous venez d'apprendre quelque chose, docteur Rosen. Kelly lui mit sous le nez les restes de l'hélice. Le métal avait la consistance sableuse d'un biscuit d'apéritif. Ça, avant, c'était du bronze.

— Bigre ! Le chirurgien prit l'épave et en détacha une écaille.

— L'inspecteur technique voulait vous avertir de remplacer les anodes en zinc posées sur le tunnel d'hélice. Leur rôle est d'absorber l'énergie galvanique. On les remplace tous les deux ans : elles protègent les hélices et le gouvernail, en quelque sorte à distance, je sais pas tous les détails théoriques mais enfin, je connais les effets. Votre gouvernail aura également besoin d'être remplacé mais il n'y a pas urgence. En revanche, vous avez sûrement besoin de deux hélices neuves.

Rosen contempla les eaux et jura.

— Quel imbécile !

Kelly se permit un sourire de sympathie. Docteur, si c'est la plus grosse bourde que vous ayez commise cette année, vous avez bien de la chance.

— Bon, alors qu'est-ce que je fais, maintenant ?

— Je vais passer un coup de fil pour vous commander une paire d'hélices. Je vais appeler un type que je connais, du côté de Solomons, il enverra quelqu'un nous les apporter, sans doute demain. Kelly ouvrit les bras. C'est pas bien grave, d'accord ? Bon, j'aimerais bien aussi jeter un œil sur vos cartes.

Comme de bien entendu, lorsqu'il vérifia les dates, elles étaient vieilles de cinq ans.

— Il faut les renouveler tous les ans, doc.

— Bigre, fit Rosen.

— Voulez un tuyau ? demanda Kelly avec un nouveau sourire. Prenez pas ça au tragique. C'était le mieux qui puisse vous arriver. Ça fait un peu mal mais pas trop. La leçon aura été profitable.

Le docteur se détendit en fin de compte, et se permit un sourire. J'imagine que vous avez raison mais vous pouvez compter sur Sarah pour me le rappeler tout le temps.

— Dites que c'est la faute aux cartes, suggéra Kelly.

— Vous m'épauleriez ?

Kelly sourit. Les hommes doivent se serrer les coudes à des moments pareils.

— Je crois que vous allez bien me plaire, monsieur Kelly.

*

— Bon alors, bordel, où elle est passée ? demanda Bill.

— Merde, qu'est-ce que tu veux que j'en sache ? répondit Rick, tout aussi furieux — et inquiet de la réaction d'Henry lorsqu'il reviendrait. Tous deux tournèrent les yeux vers la femme au fond de la pièce.

— T'es sa copine, observa Bill.

Doris tremblait déjà, elle aurait voulu fuir cette pièce, mais ce n'était pas une consolation. Ses mains furent prises de tremblements quand Billy s'avança vers elle ; elle tressaillit mais ne chercha pas à éviter la claque qui l'envoya par terre.

— Putain ! Tu ferais mieux de me dire ce que tu sais !

— Je sais rien du tout ! hurla-t-elle en sentant la brûlure sur sa joue à l'endroit où elle avait été frappée. Elle chercha du côté de Rick un regard de sympathie mais ne vit aucune émotion sur son visage.

— Tu sais quelque chose — et t'aurais intérêt à me le dire tout de suite, reprit Billy. Il se pencha pour déboutonner le short de la fille avant d'ôter son propre ceinturon.

— Fais rentrer les autres, dit-il en se tournant vers Rick.

Doris se releva sans attendre l'ordre, nue des pieds à la ceinture. Elle pleurait en silence, le corps secoué de sanglots à l'idée de la douleur imminente, trop terrorisée même pour se recroqueviller, sachant qu'elle n'avait aucun moyen de fuir. Nulle part, elle ne serait en sécurité. Les autres filles entrèrent lentement, sans regarder dans sa direction. Elle avait su que Pam allait tenter de s'enfuir mais c'était tout, et sa seule satisfaction alors qu'elle entendait siffler le ceinturon était qu'elle ne révélerait rien qui puisse nuire à son amie. Si déchirante que puisse être la douleur, Pam s'était échappée.

3

Captivité

Après avoir remis tout le matériel de plongée à l'atelier, Kelly regagna le quai avec un diable pour charger toutes ses provisions. Rosen tint absolument à l'aider. Ses hélices neuves arriveraient par bateau le lendemain et le chirurgien ne semblait pas particulièrement pressé de ressortir en mer.

— Alors comme ça, vous enseignez la chirurgie ?

— Depuis huit ans, ouais. Rosen empilait les cartons sur le diable.

— Vous n'avez pas l'air d'un chirurgien.

Rosen accepta le compliment avec grâce. Nous ne sommes pas tous violonistes. Mon père était maçon.

— Le mien, pompier. Kelly retourna vers la casemate avec sa cargaison.

— A propos de chirurgiens... Rosen indiqua le torse de Kelly. Vous avez eu droit à des bons. Ça m'a l'air d'avoir été un vilain truc.

Kelly s'arrêta presque. Ouais, j'avais vraiment été imprudent, ce coup-là. Mais c'était pas aussi grave que ça en a l'air. La balle n'a fait qu'effleurer le poumon.

— C'est ce que je vois, grommela Rosen. Elle a dû rater le cœur de quatre bons centimètres. Rien de grave.

Kelly rangea les cartons dans l'office. Ça fait toujours plaisir de causer avec quelqu'un qui comprend, nota-t-il mais il grimaça mentalement au souvenir de l'impact de la balle qui l'avait projeté au sol.

— Comme je disais... une imprudence.

— Combien de temps êtes-vous resté là-bas ?
— En tout ? Dans les dix-huit mois. Tout dépend si vous y incluez le séjour à l'hôpital.
— C'est la Navy Cross que j'ai vue accrochée au mur. C'est pour ça que vous l'avez eue ?

Kelly secoua la tête.

— Non, pour autre chose. Il fallait que j'aille au Nord récupérer quelqu'un, un pilote de A-6. Je n'ai pas été blessé mais j'en suis revenu malade comme un chien. J'avais pas mal d'écorchures, vous voyez — les épines, tout ça. Je me suis chopé une infection carabinée à cause de l'eau de rivière, pas croyable, non ? Trois semaines d'hosto. C'était pire que la balle.

— Pas très agréable comme coin, hein ? demanda Rosen alors qu'ils revenaient prendre le reste des provisions.

— On disait qu'il y avait cent espèces de serpents, là-bas. Dont quatre-vingt-dix-neuf venimeuses.

— Et le dernier ?

Kelly tendit un carton au toubib.

— Celui-là, il vous boulotte tout rond. Il rit. Non, je peux pas dire que je me sois trop plu, là-bas. Mais c'était le boulot et j'ai réussi à extraire ce pilote et l'amiral m'a filé des galons et une médaille. Venez, je vais vous montrer mon bébé. Kelly l'invita à monter à bord. Le tour prit cinq minutes, avec le docteur qui prenait note de toutes les différences. L'aménagement était complet, sans être briqué à neuf. Ce type, c'était évident, privilégiait le boulot efficace et ses cartes étaient toutes neuves. Kelly alla pêcher deux autres bières, une pour lui, une pour le docteur, dans la glacière.

— Comment c'était, Okinawa ? demanda-t-il avec un sourire. Chacun jaugeait l'autre et chacun semblait satisfait du résultat.

Rosen haussa les épaules, émit un grognement éloquent.

— Tendu. On était débordés de boulot et les kamikazes devaient trouver que la croix rouge sur les bateaux faisait une jolie cible.

— Vous travailliez quand ils faisaient un raid sur vous ?

— Les blessés ne peuvent pas attendre, Kelly.

Kelly acheva sa bière.

— A votre place, j'aurais répliqué... Le temps que je récupère les affaires de Pam, on pourra retrouver la climatisation. Il se dirigea vers l'arrière et récupéra son sac à dos. Rosen était déjà redescendu sur le quai et Kelly lui lança le sac. Rosen regarda trop tard, le manqua et le sac atterrit sur le béton. Une partie du contenu se répandit et, à sept mètres de distance, Kelly vit aussitôt ce qui clochait avant que le docteur ne tourne la tête vers lui.

Il y avait un gros flacon à pilules en plastique marron, mais sans étiquette. La capsule s'était défaite, et deux comprimés s'en étaient échappés.

Certaines choses s'éclairent instantanément. Kelly descendit lentement sur le quai. Rosen ramassa le flacon et y remit les cachets qui étaient tombés avant de le refermer avec la capsule de plastique blanc. Puis il rendit le tout à Kelly.

— Je sais que ce n'est pas à vous, John.
— Qu'est-ce que c'est, Sam ?

Sa voix aurait difficilement pu être plus détachée.

— Le nom commercial est Quaalude. De la méthaqualone. C'est un barbiturique, un sédatif. Un somnifère. On s'en sert pour expédier les patients au pays des rêves. Très efficace. Un peu trop efficace, en fait. Beaucoup de gens estiment qu'on devrait le retirer du marché. Pas d'étiquette. Elle ne les a pas eues sur ordonnance[1].

Kelly se sentit soudain las et vieux. Et trahi, aussi, quelque part.

— Ouais.
— Vous ne saviez pas ?
— Sam, on se connaît... depuis vingt-quatre heures à peine. Je ne sais quasiment rien d'elle.

Rosen s'étira et parcourut lentement du regard l'horizon.

— Très bien, maintenant, je vais vraiment jouer les docteurs, d'accord ? Avez-vous déjà pris de la drogue ?
— Non ! Je hais cette foutue saloperie. Ça tue des gens ! La colère de Kelly était immédiate, vicieuse, mais elle ne visait pas Sam Rosen.

---

1. Rappelons que dans les pays anglo-saxons (comme jadis en France), les prescriptions sont, sinon préparées, du moins fournies à l'unité par le pharmacien, pour respecter scrupuleusement la posologie indiquée par le médecin. (N.d.T.)

Le professeur prit cet éclat avec calme. C'était son tour de jouer les spécialistes.

— On se calme... Les gens deviennent accros à ces substances. Peu importe comment. S'exciter ne sert à rien. Respirez un bon coup, soufflez lentement.

Kelly obéit et réussit à sourire de l'incongruité de la situation.

— Je croirais entendre mon vieux.

— Les pompiers sont gens sages. Il marqua un temps. Bien, votre jeune amie a peut-être un problème. Mais elle semble une fille gentille et vous m'avez l'air d'être un Mensch[1]. Alors, on essaye de résoudre le problème, oui ou non ?

— Je suppose que c'est à elle d'en décider, observa Kelly. L'amertume s'était insinuée dans sa voix. Il se sentait trahi. Il avait commencé à lui donner son cœur et voilà qu'il devait affronter l'éventualité de l'avoir en réalité donné à la drogue, ou à ce que la drogue avait fait de ce qui aurait dû être une personne. Sans doute avait-il perdu son temps.

Rosen se crispa un peu.

— Entendu, c'est à elle d'en décider, mais c'est peut-être également à vous, en partie, et si vous vous comportez comme un idiot, ça ne l'aidera pas beaucoup.

Kelly fut sidéré par le ton raisonnable de l'homme dans une telle situation.

— Vous devez être un sacré bon toubib.

— Je suis un putain de sacré bon toubib, annonça Rosen. Ce n'est pas mon domaine mais Sarah, elle, est une spécialiste. Il se peut que vous ayez de la chance tous les deux. Ce n'est pas une mauvaise fille, John. Il y a quelque chose qui la tracasse. Un truc qui la rend nerveuse, au cas où vous ne l'auriez pas remarqué.

— Certes, oui, mais... et une partie du cerveau de Kelly lui dit : « *Regarde !* »

— Mais ce que vous avez surtout remarqué, c'est qu'elle est jolie. J'ai eu vingt ans, moi aussi, John. Allez, il se peut qu'on ait pas mal de boulot devant nous. Il s'arrêta, lorgna Kelly. J'ai l'impression qu'il y a une chose qui m'échappe. C'est quoi ?

---

1. Un mec, en allemand. *(N.d.T.)*

— J'ai perdu ma femme, il y a moins d'un an. Et pendant une minute ou deux, Kelly expliqua.

— Et vous avez cru qu'elle pourrait peut-être...

— Ouais, je suppose. Stupide, hein ? Kelly se demanda pourquoi il se confiait de la sorte. Pourquoi ne pas laisser Pam faire à sa guise ? Mais ce n'était pas une réponse. En agissant de la sorte, il ne ferait que l'utiliser pour assouvir ses besoins égoïstes, avant de la jeter comme une rose lorsqu'elle est fanée. Après tous les revers qu'il avait connus au cours de l'année écoulée, il savait qu'il ne pouvait faire une chose pareille, qu'il ne pouvait pas être ce genre d'homme. Il surprit Rosen qui le fixait avec insistance.

Le toubib hocha la tête d'un air entendu.

— Nous avons tous nos points faibles. Vous avez la formation, l'expérience pour résoudre vos problèmes. Pas elle. Allez, on a du boulot devant nous. Rosen prit les poignées du diable dans ses grandes mains douces et le poussa vers la casemate.

A l'intérieur, la fraîcheur de l'air était comme un dur retour à la réalité. Pam essayait de distraire Sarah mais sans guère de succès. Peut-être Sarah avait-elle jugé la situation décidément trop embarrassante, mais les médecins ont toujours l'esprit au travail et c'est d'un regard professionnel qu'elle s'était mise à considérer la personne en face d'elle. Quand Sam entra dans le séjour, Sarah se retourna et lui adressa un regard que Kelly n'eut aucun mal à déchiffrer.

— Et donc, eh bien, j'ai quitté la maison quand j'avais seize ans, était en train d'expliquer Pam, sur un ton monocorde qui en dévoilait plus qu'elle ne l'imaginait. Elle tourna la tête à son tour et ses yeux s'arrêtèrent sur le sac à dos que Kelly tenait entre les mains. Il y avait dans sa voix un ton curieusement crispé qu'il n'avait pas remarqué auparavant.

— Oh, super, j'en avais besoin. Elle se leva pour lui prendre le sac des mains avant de se diriger vers la chambre à coucher. Kelly et Rosen la regardèrent partir, puis Sam tendit à son épouse le flacon de plastique. Un simple regard lui suffit.

— Je ne savais pas, dit Kelly, éprouvant le besoin de se défendre. Je ne l'ai pas vue absorber quoi que ce soit. Il réfléchit, essayant de se remémorer les moments où elle avait échappé à son regard, pour conclure qu'elle avait dû prendre ses pilules à deux ou trois reprises et comprendre enfin la raison de ces yeux rêveurs.

— Sarah ? demanda Sam.

— Trois cents milligrammes. Ce ne devrait pas être un cas grave mais elle a besoin d'assistance.

Pam revint quelques secondes plus tard pour dire à Kelly qu'elle avait oublié quelque chose à bord. Ses mains ne tremblaient pas mais uniquement parce qu'elle les serrait pour les empêcher de bouger. C'était tellement évident, une fois que vous saviez quoi chercher. Elle essayait de se contrôler et y parvenait presque, mais Pam n'était pas comédienne.

— Ce ne serait pas ça ? demanda Kelly. Il tenait le flacon. La réaction à sa question brutale fut comme un coup de poignard bien mérité en plein cœur.

Pam resta plusieurs secondes sans répondre. Ses yeux se fixèrent sur le flacon de plastique marron et la première chose que Kelly y déchiffra, ce fut une expression avide, comme si déjà son esprit cherchait à accaparer la bouteille, à en extraire un ou plusieurs comprimés, comme s'il anticipait déjà l'effet, quel qu'il soit, que pouvaient lui procurer ces saloperies, sans se soucier ni même être consciente de la présence de témoins dans la pièce. Puis la honte la frappa, la conscience que l'image d'elle qu'elle s'était efforcée de donner aux autres était en train de s'effacer très vite. Mais pis que tout, après être rapidement passés devant Sam et Sarah, ses yeux revinrent à Kelly, alternant entre sa main et son visage. Au début, l'avidité le disputait à la honte, puis la honte l'emporta et quand le regard de Pam croisa le sien, l'expression de son visage fut d'abord celle d'un gosse pris à se mal conduire, mais bien vite cette expression se durcit, et elle avec, lorsqu'elle découvrit que ce qui aurait pu devenir de l'amour s'était mué, en l'espace de quelques battements de cœur, en un mélange de mépris et de dégoût. Sa respiration changea aussitôt, se fit précipitée, puis irrégulière, avec la montée des sanglots, et elle se rendit compte que le dégoût le plus grand était dans son propre esprit, car même un drogué doit savoir regarder en lui, et se regarder par les yeux de ses interlocuteurs ne fait qu'y ajouter de la cruauté.

— Je suis d-d-désolée, K-K-Kel-ly. Je ne t-t'ai pas d-dit... essaya-t-elle d'expliquer mais son corps se recroquevilla. On aurait cru qu'elle se ratatinait sous leurs yeux en découvrant que ce qui aurait pu être une chance était en train de se dissiper comme un nuage, derrière lequel il n'y avait que le désespoir. Pam se détourna, secouée de sanglots, incapable de regarder en face l'homme qu'elle avait commencé à aimer.

C'était l'heure de la décision pour John Terrence Kelly. Il pouvait se sentir trahi ou bien manifester à son égard la même compassion qu'elle avait su lui manifester moins de vingt heures auparavant. Mais plus que tout, ce qui le décida, ce fut son regard, cette honte si lisible sur ses traits. Il ne pouvait pas rester planté là. Il devait faire quelque chose, ou sinon, sa propre image de lui, si satisfaite, se dissoudrait aussi sûrement et rapidement que celle de la jeune femme.

Les yeux de Kelly s'emplirent également de larmes. Il se précipita vers elle et l'enveloppa de ses bras pour l'empêcher de tomber, la berçant comme une enfant, attirant sa tête contre sa poitrine parce que c'était maintenant son tour d'être fort pour elle, de laisser de côté provisoirement ses idées ; même la partie dissonante de son cerveau se refusait à caqueter ses *je te l'avais bien dit*, car c'était un être blessé qu'il tenait dans ses bras, et ce n'était pas le moment de lui faire la morale. Ils restèrent ainsi plusieurs minutes sous le regard des deux autres, partagés entre la gêne et le détachement professionnel.

— J'ai essayé, finit-elle par dire. J'ai vraiment essayé... mais j'avais tellement peur.

— T'inquiète pas, répondit Kelly, sans bien saisir ce qu'elle venait de dire. Tu as été là pour moi et maintenant, c'est mon tour de te rendre la pareille.

— Mais... Elle se remit à sangloter et il lui fallut une bonne minute pour se ressaisir. Je ne suis pas ce que tu imagines.

Kelly laissa un sourire s'insinuer dans sa voix tandis qu'il manquait le second avertissement.

— Tu ne sais pas ce que j'imagine, Pammy. Ne t'inquiète pas, vraiment. Il était tellement obnubilé par la fille entre ses bras qu'il n'avait pas remarqué la présence de Sarah Rosen à ses côtés.

— Pam, si on faisait un petit tour ensemble ? Pam acquiesça et Sarah la conduisit dehors, laissant Kelly face à Sam.

— Vous êtes un *Mensch,* annonça Rosen, satisfait de voir

confirmé son diagnostic initial sur le caractère de son hôte. Kelly, quelle est la ville la plus proche possédant une pharmacie ?

— Solomons, je suppose. Ne faudrait-il pas l'hospitaliser ?

— Je laisserai Sarah en décider mais je doute que ce soit nécessaire.

Kelly contempla le flacon, resté dans sa main.

— Bon, je m'en vais envoyer par le fond ces foutues saloperies.

— Non ! s'écria Rosen. Je vais les prendre. Les cachets portent un numéro. La police pourra identifier le lot qui a été détourné. Je vais les mettre en lieu sûr dans mon bateau.

— Bon, alors que fait-on à présent ?

— On attend un peu.

Sarah et Pam revinrent vingt minutes plus tard, main dans la main, comme la mère et la fille. Pam avait relevé la tête, même si ses yeux étaient encore humides.

— Nous avons affaire à une vraie battante, les gars, leur annonça Sarah. Cela fait un mois qu'elle essaye de décrocher, toute seule.

— Elle dit que ce ne sera pas dur, ajouta Pam.

— Et on peut encore faciliter les choses, lui assura Sarah. Elle donna une liste à son mari. Trouve une pharmacie. John, mettez en route votre bateau. Tout de suite.

— Que se passe-t-il ? demanda Kelly, vingt minutes et cinq milles plus tard. Solomons était déjà une ligne brun-vert à l'horizon nord-ouest.

— Le régime est tout simple, en fait. On la soutient avec des barbituriques en diminuant progressivement les doses.

— Vous la droguez pour lui faire décrocher de la drogue ?

— Ouaip, acquiesça Rosen. C'est ainsi qu'on procède. Il faut du temps pour que l'organisme élimine tous les résidus de ses tissus. Le corps devient dépendant de la substance et si l'on tente un sevrage trop brusque, on risque des effets secondaires indésirables, des convulsions, ce genre de choses. Il arrive parfois que les patients en meurent.

— Quoi ? s'alarma Kelly. Je n'en savais rien, Sam.

— Pourquoi auriez-vous dû le savoir ? C'est notre boulot, Kelly. D'après Sarah, ça ne devrait pas poser de problème.

Relax, John. Vous lui donnerez... Rosen sortit la liste de sa poche... ouais, c'est ce que je pensais, du phénobarbital, on en donne pour atténuer les symptômes de sevrage. Écoutez, vous savez piloter un bateau, pas vrai ?

— Ouaip, dit Kelly en se retournant, connaissant déjà la suite.

— Alors, laissez-nous faire notre boulot. D'accord ?

*

L'homme n'avait apparemment pas trop besoin de sommeil, constatèrent les garde-côtes, à leur grand déplaisir. Avant qu'ils aient eu la chance de récupérer de leurs aventures de la veille, il était déjà debout, buvait du café dans la salle du PC opérationnel, penché à nouveau sur les cartes, dessinant du doigt des cercles qu'il comparait mentalement avec l'itinéraire suivi par le treize mètres.

— Quelle vitesse peut atteindre un voilier ? demanda-t-il à un maître de manœuvre de seconde classe Manuel Oreza maussade et de fort méchante humeur.

— Celui-là ? Pas faramineuse, avec un bonne brise et par mer calme, dans les cinq nœuds, un peu plus si le skipper est habile et expérimenté. La règle empirique est que la vitesse est égale à un virgule trois fois la racine carrée de la longueur à la ligne de flottaison, donc pour celui-ci, entre cinq et six nœuds. Et il espérait bien avoir bluffé le civil avec cet étalage de b-a-ba des connaissances nautiques.

— Il y avait du vent, la nuit dernière, maugréa l'officier.

— Un petit bateau ne va pas plus vite sur une mer agitée, au contraire, ça le ralentit. C'est parce qu'il passe plus de temps à monter et descendre au lieu de tirer droit.

— Alors, comment a-t-il fait pour vous semer ?

— Il ne m'a pas *semé*, que ce soit entendu une bonne fois pour toutes ! Oreza ne savait pas trop d'où sortait ce type ou quelle était au juste sa position hiérarchique, mais il n'aurait jamais accepté ce genre de traitement d'un véritable officier — et jamais un véritable officier ne l'aurait harcelé de la sorte ; un véritable officier aurait écouté et compris. L'officier marinier inspira un grand coup, regrettant pour une fois l'absence d'un gradé pour expliquer les choses. Les civils écoutaient les gradés, ce qui en disait long sur l'intelligence des civils.

— Écoutez, monsieur, c'est vous qui m'avez dit de rester en retrait, non ? Moi, je vous ai prévenu qu'on allait le perdre au milieu de cette pluie, et c'est bien ce qui s'est passé. Les vieux radars dont on est équipé ne valent rien par mauvais temps, et c'est encore pire lorsqu'il s'agit de repérer une cible mobile aussi ridicule qu'un petit dériveur.

— Vous l'avez déjà dit.

Et je continuerai de le répéter jusqu'à ce que tu aies pigé, se retint juste à temps de dire Oreza, interceptant le regard d'avertissement de M. English. Portagee inspira de nouveau un grand coup et consulta la carte.

— Bon, où se cache-t-il, d'après vous ?

— Merde, la baie n'est pas si large, donc cela vous fait deux rives à surveiller. La plupart des maisons ont leur mouillage privé et il y a toutes ces criques. A leur place, j'aurais mis le cap sur une crique. C'est une meilleure planque qu'un appontement, non ?

— Vous êtes en train de me dire qu'il nous a échappé, observa sombrement le civil.

— Sûr et certain, approuva Oreza.

— Trois mois, trois mois de boulot pour en arriver là !

— Ça, j'y suis pour rien, monsieur. Le garde-côte marqua un temps. Ecoutez, il a sans doute mis le cap à l'est plutôt qu'à l'ouest, d'accord ? Mieux vaut filer sous le vent que remonter vent debout. C'est le point positif. Le problème, c'est qu'une aussi petite embarcation, on peut toujours la prendre en remorque. Merde, il pourrait aussi bien avoir gagné le Massachusetts à l'heure qu'il est.

— Oh, manquait plus que ça. Il leva les yeux de la carte.

— Monsieur, vous préféreriez que je vous mente ?

— Trois mois !

Il ne pouvait tout bonnement pas l'admettre, songèrent au même moment English et Oreza. Il fallait pourtant bien s'y faire. Il arrivait que la mer prenne une chose, on faisait de son mieux pour fouiller et chercher, la plupart du temps on trouvait, mais pas toujours, et quand on échouait, il fallait bien se résoudre à laisser à la mer sa prise. Aucun homme n'a jamais vraiment réussi à s'y accoutumer mais c'est ainsi que vont les choses.

— Peut-être que vous pourriez réquisitionner une aide par hélicoptère. La Marine en a un paquet à la base de Pax River, remarqua l'adjudant English. En outre, cela les empêcherait d'avoir le gars dans les jambes, un objectif digne de considération, vu tous les embarras qu'il causait à English et à ses hommes.

— On essaye de se débarrasser de moi ? demanda l'intéressé avec un sourire en coin.

— Pardon, monsieur ? répondit English, l'air innocent. Quel dommage, songea l'adjudant, que le type ne soit pas un parfait abruti.

*

Il était dix-neuf heures passées quand Kelly revint s'amarrer. Il laissa Sam descendre avec les médicaments tandis qu'il restait à bord pour jeter des housses sur les instruments et tout ranger pour la nuit. Le retour de Solomons avait été sans histoires. Sam Rosen savait répondre aux questions et Kelly savait lesquelles poser. Tout ce qu'il avait eu besoin de savoir, il l'avait appris lors du trajet aller, et la majeure partie du retour, il l'avait passée seul avec ses pensées, à se demander quoi faire, comment réagir. C'étaient là des questions sans réponses, et s'occuper de la manœuvre et du bateau n'avait pas été d'une aussi grande aide qu'il l'aurait espéré. Il prit même plus de temps que nécessaire à vérifier les amarres, faisant la même chose avec le yacht du chirurgien avant de se décider enfin à rentrer.

*

Le Lockheed DC-130 Hercules croisait largement au-dessus du plafond de nuages, volant à un rythme régulier comme il l'avait fait au cours des 2 354 heures inscrites à son actif depuis qu'il avait quitté l'usine Lockheed de Marietta, Géorgie, quelques années plus tôt. Tout semblait annoncer un vol sans histoire. Dans la spacieuse cabine avant, l'équipage surveillait l'atmosphère limpide et les divers instruments de bord, conformément aux instructions. Les quatre turbo-propulseurs ronronnaient avec leur fiabilité coutumière, engendrant une vibration régulière aiguë qui traversait l'épaisseur des sièges confortables à haut dossier et créait des ondes stationnaires circulaires dans les tasses de café en polystyrène expansé. Bref, l'ambiance respirait l'absolue normalité. Mais quiconque aurait vu l'extérieur de la carlingue aurait compris qu'il en allait autrement. L'appareil appartenait au 99e SRC, le 99e escadron de reconnaissance stratégique.

Au-delà des moteurs extérieurs sur chaque aile étaient accrochés de petits avions supplémentaires. Il s'agissait de drones, des avions-robots type 147SC. Conçus à l'origine comme avions-cibles à grande vitesse sous la désignation Firebee-II, ils portaient désormais le nom officieux de « Buffalo Hunter », « chasseur de bisons ». Dans la soute arrière du DC-130E, un second équipage était en train de s'affairer à préparer le largage des deux avions miniatures, après les avoir programmés pour une mission suffisamment secrète pour qu'aucun n'en connaisse avec précision la teneur. C'était inutile. L'essentiel était de dire aux drones quoi faire et quand le faire. Le technicien en chef, un sergent âgé de trente ans, était responsable d'un oiseau portant le nom de code Cody-193[1]. Son poste lui permettait, en se tournant pour jeter un œil par un petit hublot, d'inspecter visuellement son protégé, ce qu'il faisait même s'il n'avait pas vraiment de raison de le faire. Le sergent aimait ces engins comme un gosse aime un jouet particulièrement amusant. Il avait travaillé dix ans sur le programme drones, et sur ce modèle en particulier, qu'il avait téléguidé soixante et une fois. Un record en la matière.

Cody-193 avait des ancêtres prestigieux. Ses fabricants, Teledyne-Ryan à San Diego, Californie, avaient construit le *Spirit of Saint Louis* de Charles Lindbergh, mais la compagnie n'avait pas vraiment réussi à toucher les dividendes de cette page de l'histoire de l'aviation. Se débattant pour décrocher des petits contrats au coup par coup, elle n'avait finalement réussi à

---

1. Cody comme William Cody, alias Buffalo Bill, le célèbre chasseur de bisons, C.Q.F.D. (*N.d.T.*)

trouver son équilibre financier qu'en fabriquant des cibles volantes. Les chasseurs devaient bien s'entraîner à tirer sur quelque chose. Le Firebee avait commencé sa carrière ainsi, comme un avion à réaction miniature dont la mission était de mourir glorieusement sous les coups d'un pilote de chasse — excepté que le sergent n'avait jamais vraiment vu les choses ainsi. Il était un contrôleur de drone et son boulot, estimait-il, était de donner une bonne leçon à ces jeunes aigles qui se pavanaient, en pilotant « son » oiseau de telle manière que leurs missiles ne touchent rien de plus substantiel que des courants d'air. En fait, les pilotes de chasse avaient vite appris à maudire son nom, même si l'étiquette de l'Air Force exigeait qu'ils lui offrent une bouteille de gnôle à chaque tir manqué. Puis, quelques années plus tôt, quelqu'un avait remarqué que si un Firebee était si difficile à descendre par les pilotes américains, il devait en aller de même pour d'autres pilotes qui avaient des raisons plus sérieuses de lui tirer dessus que le concours annuel de Guillaume Tell. Il était par ailleurs bien mieux adapté aux équipages d'appareils de reconnaissance à basse altitude.

Le réacteur du Cody-193 fut allumé à pleine puissance. Toujours suspendu à son pylône, il ajoutait en fait quelques nœuds à la vitesse de son avion porteur. Le sergent jeta un dernier regard sur l'appareil avant de revenir à ses instruments. Soixante et un petits parachutes étaient peints sur le côté gauche de la carlingue, juste devant l'emplanture de l'aile, et avec un peu de chance, d'ici quelques jours, il pourrait en peindre un soixante-deuxième. Même s'il ne connaissait pas au juste la nature précise de la mission, le seul fait de battre le record était un motif suffisant pour qu'il prenne le plus grand soin à peaufiner son jouet personnel en vue de la partie en cours.

« Sois prudent, petit », murmura le sergent, en libérant le drone. Cody-193 était désormais livré à lui-même.

*

Sarah était en train de cuisiner un dîner léger. Kelly le sentit avant même d'avoir ouvert la porte. Il entra et découvrit Rosen installé dans le séjour.

— Où est Pam ?

— Sarah lui a donné ses médicaments, répondit Sam. Elle devrait dormir à l'heure qu'il est.

— Tout à fait, confirma son épouse en traversant la pièce pour se rendre à la cuisine. Je viens de vérifier. Pauvre petite, elle est tellement épuisée, cela fait un bout de temps qu'elle n'a plus dormi. Elle récupère du sommeil en retard.

— Mais si elle a pris des somnifères...

— John, l'organisme réagit bizarrement à ces substances, expliqua Sam. Il lutte contre, du moins il essaye, en même temps qu'il en devient dépendant. Le sommeil risque d'être son plus gros problème pendant quelque temps.

— Il y a autre chose, annonça Sarah. Elle est absolument terrorisée par quelque chose mais elle refuse de dire quoi. Elle marqua un temps, puis décida que Kelly devait être mis au courant. Elle a subi des violences, John. Je ne l'ai pas interrogée — chaque chose en son temps —, mais quelqu'un lui a fait passer un sale quart d'heure.

— Oh ? Kelly leva les yeux. Comment ça ?

— Je veux dire qu'elle a subi des sévices sexuels, dit Sarah, sur un ton calme et professionnel qui démentait ses sentiments intimes.

— Vous voulez dire qu'elle s'est fait violer ? souffla Kelly, tandis que les muscles de ses bras se tétanisaient.

Sarah acquiesça, incapable de dissimuler son dégoût. C'est presque certain. Et sans doute plus d'une fois. Elle porte également des traces de violences physiques sur le dos et les fesses.

— Je n'avais pas remarqué.

— Vous n'êtes pas médecin. Comment avez-vous fait connaissance ?

Kelly le lui dit, se rappelant le regard dans les yeux de Pam et comprenant désormais à quoi elle voulait sans doute échapper. Kelly pesta. Pourquoi ne l'avait-il pas remarqué ? Pourquoi n'avait-il pas remarqué tout un tas de trucs ?

— Donc, elle cherchait à s'évader... je me demande si c'est le même type qui l'a mise aux barbituriques ? demanda Sarah. Charmant bonhomme, en tout cas.

— Vous voulez dire que quelqu'un la tabassait et l'a conduite à se droguer ? Mais pourquoi ?

— Kelly, ne le prenez pas mal... mais il se peut qu'on l'ait forcée à se prostituer. C'est ainsi que les maquereaux contrôlent les filles. Sarah Rosen n'était pas ravie de lui apprendre ça, mais c'était son boulot et Kelly devait le savoir.

— Elle est jeune, jolie, elle a fugué d'une famille à problèmes. Les sévices physiques, la sous-alimentation, tout cela correspond au tableau.

Kelly regardait par terre.

— Mais elle n'est pas comme ça. Je ne comprends pas.

Pourtant, quelque part, il comprenait, se dit-il en y repensant. La façon avec laquelle elle s'était accrochée à lui, l'avait attiré à lui. Quelle était la part du simple talent professionnel et celle des authentiques sentiments humains ? C'était une question à laquelle il n'avait pas envie de faire face. Que convenait-il de faire ? Laisser parler son esprit ? Laisser parler son cœur ? Et que pourraient-ils dire ?

— Elle s'est battue, John. Elle a du cran. Sarah vint s'asseoir en face de Kelly. Elle est à la rue depuis plus de quatre ans, à faire Dieu sait quoi, mais quelque chose en elle refuse de renoncer. Seulement, elle ne pourra pas y parvenir toute seule. Elle a besoin de vous. A présent, j'ai une question. Sarah le fixa, sans ciller. Serez-vous là pour l'aider ?

Kelly releva la tête. Ses yeux bleus avaient la couleur de la glace tandis qu'il cherchait en lui quels étaient ses sentiments véritables.

— Vous deux, cette histoire vous tient vraiment à cœur, hein ?

Sarah but une gorgée de l'apéritif qu'elle s'était préparé. C'était une femme plutôt boulotte, petite, avec des kilos en trop. Ses cheveux bruns n'avaient pas vu le coiffeur depuis des mois. Bref, c'était un peu l'archétype de ces femmes qui, au volant, attisent la haine des chauffeurs mâles. Mais elle s'exprimait avec une passion entêtée, et son intelligence était déjà parfaitement manifeste pour son hôte.

— Avez-vous une idée de la gravité de la situation actuelle ? reprit-elle. Il y a dix ans, les cas d'abus de drogue étaient si rares que ça n'était pas vraiment mon problème. Oh, bien sûr, je savais que ça existait, j'avais lu des articles de Lexington, et de temps en temps, on tombait sur un héroïnomane. Pas tant que ça. Un problème limité aux Noirs, pensaient les gens. Tout le monde s'en fichait plus ou moins. Cette erreur, on la paye aujourd'hui. Au cas où vous n'auriez pas remarqué, ça a changé du tout au tout — et quasiment du jour au lendemain. En dehors du projet sur lequel je travaille, je m'occupe presque à plein temps de gosses ayant des problèmes de drogue. Je n'ai jamais été formée à ça. Je suis une *scientifique*, moi, une experte en interactions, une spécialiste des structures chimiques, de la conception de nouvelles substances aux actions bien précises — mais aujourd'hui, je dois consacrer pratiquement tout mon temps à un travail de clinicien, à essayer de maintenir en vie des gosses qui devraient être en âge d'apprendre juste à boire une bière alors que leur organisme est déjà bourré de saloperies chimiques qui n'auraient jamais dû passer la porte d'un putain de laboratoire !

— Et ça ne va faire qu'empirer, nota Sam, lugubre.

Sarah acquiesça.

— Oh oui. La prochaine grande étape, c'est la cocaïne. Elle a besoin de vous, John, répéta-t-elle en se penchant. C'était comme si elle s'était entourée d'un cumulus bourré d'énergie électrique.

— Vous avez foutrement intérêt à être là pour la soutenir, mon garçon. Vous avez intérêt ! Quelqu'un lui a refilé une main vraiment merdique, mais elle a décidé de se battre. C'est une vraie personne qui est là.

— Oui, m'dame, dit Kelly, humblement. Il leva les yeux et sourit, toute confusion disparue. Au cas où vous vous inquiéteriez, j'avais déjà pris ma décision il y a un certain temps.

— Parfait. Sarah eut un bref hochement de tête.

— Je fais quoi, d'abord ?

— Avant tout, il lui faut du repos, de la bonne nourriture, et du temps pour éliminer les barbituriques de son organisme. Nous allons le soutenir avec du phénobarbital, juste au cas où elle aurait des problèmes de sevrage — mais je ne pense pas. Je l'ai examinée pendant que vous étiez partis. Son problème physique est moins un problème de dépendance que d'épuisement et de sous-alimentation. Il faudrait déjà qu'elle reprenne quelques kilos. Elle devrait relativement bien tolérer le sevrage si on lui fournit d'autres moyens de la soutenir.

— Vous voulez parler de moi ? demanda Kelly.

— En grande partie, oui. Elle tourna les yeux vers la porte de la chambre, restée ouverte, et poussa un soupir, laissant échapper sa tension. Enfin, compte tenu de son état, le phénobarbital va sans doute l'assommer jusqu'à la fin de la nuit. Demain matin, on commencera à l'alimenter, lui faire faire de l'exercice. Mais pour l'heure, annonça Sarah, nous pouvons nous alimenter, nous aussi.

La conversation du dîner porta délibérément sur d'autres sujets et Kelly se surprit à broder longuement sur la qualité des fonds de la baie de Chesapeake, enchaînant pour indiquer les meilleurs sites de pêche selon lui. Il fut bientôt décidé que ses visiteurs resteraient jusqu'au lundi matin. La discussion se prolongea et il n'était pas loin de dix heures lorsqu'ils sortirent de table. Kelly débarrassa, puis regagna sans bruit sa chambre, notant la respiration paisible de Pam.

*

Tout juste trois mètres quatre-vingt-dix de long pour un poids d'à peine plus de deux tonnes — dont près de la moitié en kérosène — le Chasseur de bisons piqua vers le sol en accélérant à partir d'une vitesse initiale de cinq cents nœuds. Son calculateur de navigation, fabriqué par Lear-Siegler, surveillait les paramètres temps et altitude dans une mesure très limitée. Le drone était programmé pour suivre un plan de vol bien précis, laborieusement prédéterminé par des systèmes qu'on jugerait par la suite ridiculement primitifs. Cela mis à part, Cody-193 était une bête racée. Son profil était aussi remarquable que celui d'un requin bleu, avec son nez en saillie et l'entrée d'air inférieure en guise de bouche — du reste, on le décorait souvent de rangées de dents agressives. En l'occurrence, on lui avait appliqué un schéma de peinture expérimental — ventre blanc uni, un camouflage vert et brun sur le dessus — censé le rendre plus difficile à détecter tant du sol que du ciel. L'engin était également furtif — même si le terme n'avait pas encore été inventé. Des couches de RAM — matériau absorbant les ondes radar — étaient intégrées à la surface des ailes et les prises d'air étaient munies de volets pour atténuer l'écho radar des pales de turbine.

Cody-193 traversa la frontière entre Laos et Viêt-nam à 11 : 48 : 38, heure locale. Descendant toujours, il fit un premier palier à cinq cents pieds d'altitude et vira vers le nord-est, volant un peu plus lentement à cause de l'air, plus dense près du sol. La faible altitude et la taille réduite de l'engin en faisaient une cible difficile, mais pas impossible, que repérèrent les positions avancées du réseau de défense aérienne dense et perfectionné dont disposaient les Nord-Vietnamiens. Le drone fila droit vers une double batterie de canons de 37 mm que ses servants réussirent à faire pivoter assez vite pour tirer une vingtaine de balles, dont trois passèrent à moins de trente centimètres mais sans le toucher. Cody-193 ne détecta rien, ne broncha pas, ne chercha pas à éviter le tir. Aveugle et sans cerveau, il poursuivit sa route, suivant son plan de vol à la manière d'un train miniature qui tourne obstinément autour du sapin de Noël tandis que son nouveau propriétaire prend son petit déjeuner dans la cuisine. En fait, il était surveillé. Très loin de là, un EC-121 « Warning Star » suivait Cody-193 grâce à la balise radar codée installée au sommet de sa dérive verticale.

— Continue de foncer, petit, murmura un commandant, l'œil vissé sur son écran radar. Il était au fait de la mission, de son importance, et de la raison pour laquelle nul autre que lui ne devait en connaître la teneur. Étalée près de lui, il y avait une feuille extraite d'une carte topographique. Le petit avion téléguidé tourna au nord à l'endroit prévu de sa trajectoire, descendant à trois cents pieds dès qu'il eut trouvé la bonne vallée, remontant le cours d'un petit affluent. Au moins les types chargés de la programmation connaissaient-ils leur boulot, se dit le commandant.

193 avait maintenant brûlé le tiers de kérosène et il consommait très vite le reste en volant à basse altitude, filant ainsi au-dessous de la crête des collines invisibles de part et d'autre. Les programmeurs avaient fait de leur mieux, pourtant il y eut une chaude alerte quand une rafale de vent le fit dévier vers la droite avant que son pilote automatique n'ait eu le temps de réagir, de sorte qu'il s'en fallut d'une petite vingtaine de mètres qu'il ne percute un arbre d'une hauteur supérieure à la moyenne. Deux

miliciens se trouvaient sur cette crête et le canardèrent au fusil, mais là encore, les balles le manquèrent. L'un des deux hommes dévalait déjà la colline pour téléphoner mais son compagnon lui cria que c'était inutile, tandis que 193 poursuivait sa course aveugle. Le temps que le coup de fil parvienne à destination, l'ennemi aurait depuis longtemps disparu et, de toute façon, ils avaient fait leur devoir en tirant dessus. Il se demanda bien où avaient pu atterrir leurs projectiles mais il était un peu tard pour s'en préoccuper.

*

Le colonel Robin Zacharias de l'USAF traversait la poussière de ce qu'en d'autres temps et en d'autres circonstances, on aurait pu appeler un terrain de manœuvres, mais il n'était pas question de manœuvres ici. Prisonnier depuis plus de six mois, il affrontait chaque journée comme un combat, en butte à un désespoir plus noir et plus profond que tout ce qu'il aurait pu imaginer. Abattu lors de sa quatre-vingt-neuvième mission, alors qu'il s'apprêtait à faire demi-tour, une mission entièrement couronnée de succès dont la fin sanglante n'était due qu'à la malchance. Mais le pire, c'est que son « ours », son équipier, était mort. Et c'était sans doute lui le plus chanceux, songeait le colonel en traversant la cour de terre battue, poussé sans ménagement par deux nabots avec des fusils. Il avait les bras ligotés dans le dos, les chevilles entravées parce que, bien qu'armés, ils avaient quand même peur de lui, et malgré cela, il était encore surveillé par des types dans les miradors. *Faut-il qu'ils me trouvent l'air terrifiant, ces bougres de macaques*, se dit le pilote de chasse.

Zacharias pour sa part ne se sentait pas vraiment dangereux. Son dos était encore blessé des suites de son éjection. Il avait heurté le sol en bien piteux état et ses efforts pour éviter la capture avaient été symboliques, cent bons mètres parcourus en l'espace de cinq minutes, pour tomber dans les bras de la patrouille armée qui avait mis son zinc en pièces.

Et c'est là que les sévices avaient commencé. Après avoir été exhibé dans trois villages successifs, lapidé et couvert de crachats, il avait finalement échoué ici. Où diable cela pouvait-il être ? On voyait des oiseaux de mer. Peut-être était-il près de la côte. Mais le souvenir du mémorial de Salt Lake City, situé à quelques pâtés de maisons du domicile de son enfance, lui rappelait que les mouettes n'étaient pas seulement des oiseaux marins. Au cours des mois précédents, il avait enduré toutes sortes de sévices physiques ; or, les mauvais traitements avaient étrangement diminué depuis quelques semaines. Peut-être qu'ils commençaient à se lasser. Et peut-être que le Père Noël existait vraiment, songea-t-il, tête basse. Sa détention ne lui procurait guère de réconfort. Il y avait bien d'autres prisonniers mais toutes ses tentatives pour communiquer avec eux avaient échoué. Sa cellule était dépourvue de fenêtre. Il n'avait aperçu que deux visages, dont aucun ne lui était familier. A deux reprises, il avait fait mine de saluer ses compagnons d'infortune mais tout ce qu'il y avait gagné avait été d'être jeté au sol et bastonné par un de ses gardes. Les deux hommes l'avaient vu mais n'avaient pas émis un son. Les deux fois, il avait entrevu un sourire, un hochement de tête, c'était le mieux qu'ils pouvaient faire. Il estimait que les deux autres prisonniers avaient son âge, un grade à peu près équivalent, mais il ne savait rien de plus. Le plus terrifiant, pour un homme qui avait largement eu de quoi être terrifié, c'est que rien dans son instruction ne l'avait préparé à ça. Ce n'était pas le Hilton d'Hanoi où tous les POW, les prisonniers de guerre, étaient censés avoir été regroupés. En dehors de cela, il ne savait rien et l'inconnu pouvait être ce qu'il y avait de plus terrifiant, surtout pour un homme accoutumé, depuis plus de vingt ans, à maîtriser totalement son destin. Son unique consolation, jugeait-il, c'est que la situation ne pouvait pas être pire. Mais là, il se trompait.

— Bonjour, colonel Zacharias, lança une voix de l'autre bout du camp. Il leva les yeux et découvrit un homme plus grand que lui, un Blanc, vêtu d'un uniforme bien différent de celui de ses gardes. L'inconnu s'approcha du prisonnier à grandes enjambées. Il souriait.

— Ça change drôlement d'Omaha, hein ?

C'est à cet instant qu'il entendit un bruit, un faible sifflement aigu, en provenance du sud-ouest. Il se tourna instinctivement — un aviateur doit toujours chercher à repérer visuellement un appareil, d'où qu'il vienne. L'engin apparut une fraction de seconde plus tard, avant même que les gardes aient eu la possibilité de réagir.

Chasseur de bisons, songea Zacharias, figé, en se retournant pour le regarder passer, tête levée, l'observer et fixer le rectangle noir de la fenêtre de l'appareil photo, en priant pour que celui-ci fonctionne. Quand les gardes comprirent ce qu'il faisait, un coup de crosse dans les reins le jeta au sol. Étouffant un juron, il essaya d'encaisser la douleur tandis qu'une paire de bottes venait obscurcir son champ visuel.

— Inutile de vous exciter outre mesure, dit l'autre homme. Il se dirige vers Haiphong pour compter nos navires. Et maintenant, mon ami, si nous faisions plus ample connaissance...

*

Cody-193 poursuivit sa route vers le nord-est, gardant une altitude et une vitesse constantes alors qu'il pénétrait dans la dense ceinture de défense entourant l'unique port important que possédât le Viêt-nam du Nord. Les appareils photo du Chasseur de bisons enregistrèrent la présence de plusieurs batteries de DCA, de postes d'observation et d'un certain nombre d'individus armés d'AK-47, qui tous essayèrent, au moins symboliquement, de tirer sur le drone. 193 n'avait qu'une chose pour lui, sa petite taille. Du reste, il continua imperturbablement son vol en ligne droite sans changer d'altitude, tandis que ses caméras photo continuaient de tourner, enregistrant les images sur une pellicule de deux pouces un quart. Les seuls projectiles qu'on ne lui tira pas dessus furent des missiles sol-air : il volait trop bas.

— Fonce, bébé, fonce! dit le commandant, à trois cents kilomètres de là. A l'extérieur, les quatre moteurs à piston du *Warning Star* s'époumonaient pour maintenir l'appareil à l'altitude lui permettant de surveiller la progression du drone. Ses yeux étaient rivés sur l'écran de verre plat, suivant la progression du spot clignotant de la balise radar. D'autres contrôleurs surveillaient la position d'autres appareils américains également en visite au-dessus du territoire ennemi. Ils restaient en communication constante avec RED CROWN, « Couronne rouge », le bâtiment de la Navy, chargé de gérer les opérations aériennes depuis la façade maritime.

— Vire à l'est, petit... maintenant !

Pile à l'instant prévu, Cody-193 vira sec sur la droite pour raser, un peu plus bas et à la vitesse de 500 nœuds, les docks du port de Haiphong, une centaine de balles traçantes à ses trousses. Dockers et marins des divers bâtiments levèrent les yeux, partagés entre curiosité et irritation, mais pas trop rassurés par tout cet acier qui leur volait au-dessus de la tête.

— Oui ! s'écria le commandant, assez fort en tout cas pour que le sergent installé à sa gauche lève les yeux avec irritation. On était censé garder son calme, ici. Il pressa la palette de son micro pour s'adresser à RED CROWN.

— Cody-un-neuf-trois bingo.

— Roger, bien copié bingo pour un-neuf-trois, fut la réponse indiquant que le message avait été bien reçu. C'était un usage impropre du mot de code « bingo » qui signifiait normalement qu'un appareil allait être à court de carburant mais le terme était si galvaudé qu'il offrait un camouflage idéal. Le matelot à l'autre bout de la ligne prévint aussitôt l'équipage d'un hélicoptère en attente circulaire de se réveiller.

Le drone s'éloigna de la côte à l'heure prévue, poursuivant son vol à basse altitude durant quelques kilomètres encore avant son ultime ascension, utilisant ses dernières livres de kérosène pour gagner la position pré-programmée sur son plan de vol, trente kilomètres au large, où il se mit à décrire des cercles. Dès lors, un autre répéteur entra en service, celui-ci calé sur la fréquence radar des bâtiments de guet de la Marine américaine. L'un d'eux, le destroyer *Henry B. Wilson*, prit note de la présence de la cible prévue à l'heure et au site prévus. Ses techniciens des missiles profitèrent de l'occasion pour lancer un exercice de simulation d'interception mais ils durent couper leurs radars d'illumination au bout de quelques secondes car cela rendait les chiens de garde nerveux.

Tournant à cinq mille pieds, un peu moins de quinze cents mètres, Cody-193 finit par épuiser ses dernières gouttes de carburant et se transforma en planeur. Quand sa vitesse eut décru à la valeur assignée, des boulons explosifs firent sauter un capot protecteur et un parachute se déploya. L'hélicoptère de l'aéronavale était déjà à poste et la corolle blanche faisait un objectif idéal. Le drone ne pesait qu'à peine plus de sept cents kilos désormais, le poids de huit hommes. Le vent et la visibilité étaient avec eux aujourd'hui. Ils réussirent du premier coup à élinguer le parachute et l'hélico fit aussitôt demi-tour pour regagner l'USS *Constellation*, porte-avions où le drone fut délicatement descendu dans un berceau, achevant ainsi sa soixante-deuxième mission de combat. Avant que l'hélicoptère ait pu trouver son point d'atterrissage sur le pont d'envol, un technicien avait déjà dévissé le couvercle du compartiment photo et extrait de son logement la lourde cassette de pellicule. Il la descendit immédiatement au laboratoire où il la confia à un autre technicien. Le développement ne prit que six petites minutes et le film encore humide fut séché et confié cette fois-ci à un officier de renseignement. Le résultat était mieux que bon. Le film fut chargé sur deux bobines entre lesquelles se trouvait un dépoli qu'éclairaient par en dessous deux tubes fluorescents.

— Eh bien, lieutenant ? s'enquit un capitaine, d'une voix tendue.

— Une seconde, mon capitaine... Faisant tourner la bobine, il indiqua la troisième image. Voilà notre premier point de référence... là, le numéro deux, pile sur la trajectoire... bien, ici, le point d'inflexion... la descente dans la vallée, le survol de la colline... là, mon capitaine ! Nous avons deux, trois clichés ! Des bons, la position du soleil était idéale, la journée claire — vous savez pourquoi on appelle ces joujoux des Chasseurs de bisons ? C'est...

— Laissez-moi voir ! Le capitaine faillit bousculer son subordonné. Il y avait un homme sur les photos, un Américain, accompagné de deux gardes et un quatrième individu... mais c'était l'Américain qu'il voulait voir.

— Là, mon capitaine. Le lieutenant lui tendit une loupe. On devrait pouvoir en tirer un portrait correct, surtout si vous nous laissez un peu de temps pour travailler le négatif. Comme je disais, ces appareils sont capables de faire la différence entre un homme et une femme...

— Mmmmmmm. Le visage était noir sur le négatif, donc

c'était un Blanc. Mais. — Merde, je ne vois vraiment pas qui ça peut être.

— Mon capitaine, ça, c'est notre boulot, d'accord ? Il était officier de renseignement. Pas le capitaine. Laissez-nous faire.

— C'est un des nôtres !

— Ça, sans aucun doute, mon capitaine, et pas ce gars-là. Laissez-moi les ramener au labo, ils vont les tirer et les agrandir. Et l'aviation va vouloir jeter un œil sur les clichés du port.

— Ils peuvent attendre.

— Non, mon capitaine, ils ne peuvent pas. Mais il n'en prit pas moins une paire de ciseaux pour découper les photos correspondantes. Le reste de la pellicule fut confié à un premier maître tandis que les deux gradés retournaient au labo. Le vol de Cody-193 représentait deux mois entiers de travail et le capitaine avait hâte de retirer toute l'information qu'il savait contenue dans ces trois clichés sur un film de deux pouces un quart.

Une heure plus tard, il l'avait. Une heure encore, et il s'envolait pour Danang. Une troisième heure et il prenait un autre avion, direction la base aéronavale de Cubi Point, aux Philippines, vol suivi d'un saut de puce pour la base aérienne de Clark d'où un KC-135 rallierait directement la Californie. Malgré l'heure et l'inconfort des vingt heures de vol, le capitaine réussit à dormir d'un sommeil agité, car il avait résolu un mystère dont la solution pouvait bien changer la politique de son gouvernement.

4

Première lumière

Kelly dormit presque huit heures et fut à nouveau réveillé par le cri des mouettes, pour découvrir que Pam n'était plus là. Il sortit et la vit sur le quai, contemplant les eaux, encore lasse, encore incapable de trouver le repos dont elle avait tant besoin. Le calme matinal habituel régnait sur la baie, la surface vitreuse n'était ponctuée que par les rides circulaires des *bluefish*, le loup local, chassant les insectes. Des conditions qui semblaient idéales pour commencer la journée, une douce brise d'ouest sur son visage, et cet étrange silence qui vous permettait de percevoir le grondement d'un moteur de bateau bien avant qu'il ne soit visible. C'étaient ces instants qui vous permettaient d'être seul avec la nature, mais il savait que Pam se sentait simplement toute seule. Kelly s'approcha d'elle le plus doucement possible et prit délicatement sa taille entre ses mains.

— Bonjour. Elle resta un long moment sans répondre et Kelly ne bougea pas, se contentant de la tenir, à peine, qu'elle sente juste sa présence. Elle portait une de ses chemises et il n'avait pas envie que son contact soit sexuel, uniquement protecteur. Il avait peur de s'imposer à une femme qui n'avait que trop souffert de ce genre d'abus et il n'était pas certain de savoir définir la ligne de démarcation invisible.

— Alors tu sais, maintenant, dit-elle, tout juste assez fort pour briser le silence, incapable de se retourner pour le regarder en face.

— Oui, répondit Kelly sur le même ton calme.

— Qu'en penses-tu ? Sa voix était un murmure douloureux.

— Je ne suis pas certain de saisir, Pam. Kelly sentait le tremblement commencer et il dut résister à l'envie de la serrer plus fort.

— De moi.

— De toi ? Il se permit de se rapprocher un peu, changeant de position jusqu'à ce que ses bras lui encerclent la taille, mais toujours sans serrer. Je pense que tu es belle. Je pense que je suis heureux qu'on se soit rencontrés.

— Mais je me drogue.

— Les deux toubibs disent que t'essaies de décrocher. Moi, ça me suffit.

— Il y a pire. J'ai fait des choses... Kelly l'empêcha de poursuivre.

— Peu m'importe, Pam. J'en ai fait, moi aussi. Et une des choses que tu as faites pour moi m'a beaucoup touché. Tu m'as redonné un but dans l'existence et cela, je n'aurais jamais cru que cela pourrait encore m'arriver. Kelly la serra plus fort. Tout ce que tu as pu faire avant, je m'en fiche. Tu n'es pas toute seule, Pam. Je suis là pour t'aider, si tu m'y autorises.

— Quand tu sauras..., avertit-elle.

— Je suis prêt à courir le risque. Je crois déjà savoir le plus important. Je t'aime, Pam. Kelly s'étonna lui-même. Il avait eu trop peur pour oser, même dans l'intimité de ses réflexions, formuler une telle idée. C'était par trop irrationnel mais une fois encore, l'émotion prima sur la raison et la raison, pour une fois, se surprit à être d'accord.

— Comment peux-tu dire ça ? demanda Pam. Kelly la fit doucement pivoter et lui sourit.

— Si je le savais ? Peut-être à cause de tes cheveux emmêlés... ou de ton nez qui coule. Il effleura sa poitrine sous la chemise. Non, je crois que c'est à cause de ton cœur. Peu importe ce qu'il y a eu dans ta vie, ton cœur est très bien.

— Tu es sincère, hein ? demanda-t-elle, en fixant son torse. Il s'écoula un long moment, enfin Pam leva les yeux et sourit, et ça aussi, ce fut comme une aube nouvelle. La lumière jaune orangé du soleil levant illumina son visage, souligna ses cheveux blonds.

Kelly essuya les larmes de son visage et l'humidité de ses joues, élimina le peu de doutes qu'il aurait encore pu nourrir.

— Il va falloir qu'on te trouve des habits. Ce n'est pas une façon de se vêtir, pour une dame.

— Qui dit que je suis une dame ?

— Moi.

— J'ai tellement peur !

Kelly l'attira contre sa poitrine.

— C'est très bien d'avoir peur. J'avais tout le temps peur. L'important, c'est de savoir qu'on va y arriver. Ses mains lui massaient le dos de haut en bas. Il n'avait eu aucune arrière-pensée d'ordre sexuel mais il se surprit à être excité jusqu'au moment où il se rendit compte que ses mains étaient en train de caresser des cicatrices laissées par des hommes armés de fouets, de cordes, de ceinturons ou autres accessoires odieux. Alors, il détourna les yeux pour regarder droit vers les eaux et il valait mieux en cet instant qu'elle ne voie pas son visage.

— Tu dois être affamée, dit-il en s'écartant et en la prenant par les mains.

Elle acquiesça.

— Je meurs de faim.

— Je peux arranger ça. Kelly la prit par la main pour la ramener à la casemate. Il appréciait déjà son contact. Ils retrouvèrent Sam et Sarah qui revenaient de l'autre côté de l'île, de retour de leur promenade et de leurs étirements matinaux.

— Comment vont nos deux tourtereaux ? demanda Sarah avec un sourire radieux, parce qu'elle devinait déjà la réponse en les apercevant à cinquante mètres de distance.

— On la saute ! répondit Pam.

— Et ensuite, on en aura deux belles à enfiler, ajouta Kelly, avec un clin d'œil.

— *Quoi ?* s'écria Pam.

— Je parlais des hélices neuves, expliqua Kelly. Pour le bateau de Sam.

— Les enfiler ?

— Les emmancher sur leur arbre, si tu préfères. Il lui sourit, mais elle se demanda si elle devait ou non le prendre au sérieux.

*

— Ça en aura pris, du temps, observa Tony en sirotant un café dans une tasse en carton.

— Où est le mien ? demanda Eddie, que le manque de sommeil rendait irritable.

— Tu m'a dit de foutre dehors ce putain de réchaud, tu te souviens ? Va le chercher.

— Tu crois que j'ai envie d'avoir toute cette merde et cette fumée à l'intérieur ? Y a de quoi s'asphyxier, râla Eddie Morello.

Tony était crevé, lui aussi. Trop crevé pour discuter avec cette grande gueule.

— D'accord, vieux, de toute façon, la cafetière est dehors. Les tasses aussi.

Eddie grommela mais sortit. Le troisième homme, Henry, était en train d'emballer la marchandise et se tenait à l'écart de la discussion. En fait, ça avait marché un peu mieux qu'il ne l'avait escompté. Ils avaient même gobé son histoire concernant Angelo, ce qui avait permis d'éliminer un partenaire potentiel et un problème. Il y avait au bas mot pour trois cent mille dollars de drogue raffinée qu'il finissait de peser et de sceller en sachets de plastique qu'ils revendraient aux dealers. Les choses ne s'étaient pas déroulées exactement comme prévu. Les « quelques heures » de travail envisagées s'étaient en définitive muées en un marathon qui s'était prolongé jusqu'à l'aube, lorsque les trois hommes avaient découvert que la tâche qu'ils payaient d'autres à faire n'était pas aussi facile qu'en apparence. Et les trois bouteilles de bourbon qu'ils avaient amenées n'avaient pas aidé non plus. Cela dit, plus de trois cent mille dollars de bénef au bout de seize heures de boulot, ce n'était pas si mal. Et ce n'était qu'un début. Tucker leur avait simplement donné un avant-goût.

Eddie se tracassait malgré tout des éventuelles retombées dues à l'élimination d'Angelo. Mais il n'était pas question de faire machine arrière, pas après le meurtre, et il avait été contraint de soutenir le plan de Tony. Il grimaça tout en contemplant par un hublot dégagé une île au nord de ce qui avait été jadis un navire. Le soleil se reflétait sur les vitres de ce qui était sans doute un élégant gros yacht à moteur. Ne serait-il pas chouette d'avoir un de ces engins ? Eddie Morello aimait pêcher et peut-être qu'il pourrait ainsi emmener ses gosses, des fois. Ce serait une excellente couverture, non ?

Ou peut-être élever des crabes. Après tout, il savait comment ils se nourrissaient. L'idée suscita chez lui un éclat de rire silencieux, bientôt suivi d'un bref haussement d'épaules. Était-il en sécurité, acoquiné avec ces hommes ? Ils venaient de liquider — *il* venait de liquider — Angelo Vorano moins de vingt-quatre heures plus tôt. Mais Angelo ne faisait pas partie de la bande, Tony Piaggi, oui. Il était leur couverture, leur débouché sur la rue, et cela le rendait sûr — enfin, pour un temps. Aussi longtemps qu'Eddie garderait l'œil ouvert.

— Quelle pièce c'était, à ton avis ? demanda Tucker à Piaggi, histoire d'entretenir la conversation.

— Comment ça ?

— Quand c'était un bateau, ce devait être une cabine, quelque chose comme ça, dit-il en collant la dernière enveloppe avant de la placer dans la glacière. Je n'y ai jamais vraiment réfléchi. Ce qui était la pure vérité.

— La cabine du capitaine, tu crois pas ? demanda Tony. C'était une façon de passer le temps, et il était complètement écœuré après ce qu'ils avaient fait toute la nuit.

— Bien possible, je suppose. Elle est tout près de la passerelle. L'homme se leva, s'étira, en se demandant pourquoi c'était à lui de se taper tout le sale boulot. La réponse était assez évidente. Tony avait été « introduit ». Eddie aurait bien voulu l'être, lui aussi. Mais il ne le serait jamais, pas plus qu'Angelo, songea Henry Tucker, pas mécontent en définitive. Il n'avait jamais fait confiance à Angelo et désormais, il ne serait plus un problème. Un bon point pour ces mecs, en tout cas, c'est qu'ils semblaient être de parole — et ça allait durer, aussi longtemps qu'il serait leur lien avec la matière première, et pas une minute de plus. Tucker ne se faisait aucune illusion. Angelo avait été bien bon de faire le lien avec Tony et Eddie, et la mort d'Angelo avait fait exactement le même effet sur Henry que pourrait avoir la sienne vis-à-vis des deux autres : absolument aucun. Chaque homme avait son utilité, se dit Tucker, en refermant la glacière. Et il fallait bien que les crabes bouffent.

Avec de la veine, ce serait la dernière élimination avant un bout de temps. Tucker ne crachait pas sur la besogne, mais il détestait les complications qui accompagnaient souvent les assassinats. Un bon bizness devait tourner rondement, sans faire de vagues, et rapporter à tout le monde, comme ça tout le monde était content, même les clients tout au bout de la chaîne. Et pas de doute que cette cargaison les rendrait heureux. C'était de la bonne héroïne asiatique, raffinée scientifiquement et coupée raisonnablement avec des substances non toxiques pour donner aux usagers un flash canon suivi d'une gentille redescente en douceur vers ce réel auquel ils cherchaient à échapper. Le genre de flash qui vous poussait à renouveler l'expérience, et donc à vous retourner vers votre fournisseur, toujours enclin à réclamer un petit supplément pour cette excellente came. Sur le trottoir, elle avait déjà trouvé un nom : « La Douce asiatique ».

Ce qui représentait d'ailleurs un danger, en fournissant un indice à la police, un nom à traquer, des questions précises à poser, mais c'était le risque à courir quand on disposait d'un produit extra ; c'est pour cette raison qu'il avait choisi ses associés pour leur expérience, leurs relations, leur sécurité. De même, le site du laboratoire avait été choisi en tenant compte de la sécurité. Ils disposaient d'une visibilité de près de huit kilomètres et d'une vedette rapide au cas où il faudrait fuir. Certes, il y avait du danger, sans aucun doute, mais la vie était pleine de dangers, et il fallait mesurer le risque à l'aune des gains. Le gain d'Henry Tucker pour moins d'une journée de travail s'élevait à cent mille dollars en liquide, non imposable, et il était prêt à risquer beaucoup pour ça. Il était même prêt à risquer bien plus pour ce que pouvaient apporter les relations de Piaggi, surtout à présent qu'il avait réussi à les intéresser. Bientôt, ils deviendraient aussi ambitieux que lui.

*

Le bateau de Solomons arriva avec cinq minutes d'avance, muni d'hélices neuves. Le couple de médecins n'avait pas dit à Kelly de distraire Pam mais c'était une prescription évidente, compte tenu de ses problèmes. Kelly ramena le compresseur portable sur le quai et le mit en route, puis il expliqua à la jeune femme comment régler le débit d'air en gardant l'œil sur le manomètre. Ensuite, il prit les clefs dont il allait avoir besoin et les disposa également par terre sur le quai.

— Un doigt, celle-ci, deux doigts, celle-là, et trois doigts, cette dernière, d'accord ?

— D'accord, répondit Pam, impressionnée par la maîtrise professionnelle de Kelly. Il en rajoutait un brin, les autres s'en rendaient bien compte, mais personne n'y voyait rien à redire.

Kelly descendit l'échelle et s'enfonça dans l'eau. Le premier boulot était de vérifier le filetage sur chaque arbre d'hélice ; ils lui parurent dans un état correct. Il sortit la main hors de l'eau, un doigt levé et reçut en échange la première clef ; il s'en servit pour dévisser les écrous de fixation, qu'il lui tendit un par un pour qu'elle les récupère. L'ensemble de l'opération de remplacement ne prit qu'un quart d'heure. Il termina de serrer les boulons neufs, puis inséra dans leur logement les nouvelles anodes protectrices. Il prit son temps pour jeter un coup d'œil sur le gouvernail et estima qu'il pourrait tenir jusqu'à la fin de l'année, même si Sam avait intérêt à le surveiller. C'était un soulagement, comme toujours, de ressortir de l'eau pour respirer à nouveau de l'air sans relents de caoutchouc.

— Qu'est-ce que je vous dois ? demanda Rosen.

— Pour quoi ? Kelly ôta son attirail et coupa le compresseur.

— Je paye toujours un homme pour son travail, répondit le chirurgien avec un rien de suffisance.

Kelly ne put s'empêcher de rire.

— Vous savez quoi, si jamais j'ai besoin d'être opéré du dos, j'espère que vous me ferez une faveur. Comment vous appelez ça, dans votre branche ?

— Échange de bons procédés — mais vous n'êtes pas médecin, objecta Rosen.

— Et vous n'êtes pas plongeur. Vous n'êtes pas marin non plus, mais ça, on va y remédier dès aujourd'hui, Sam.

— J'étais le premier de mon escouade ! tonna Rosen.

— Toubib, quand on héritait des gamins à la sortie de l'école de guerre, on leur disait toujours, « c'est très bien, fiston, mais ici, c'est la flotte ». Laissez-moi le temps de ranger mon matériel, et on va voir ce que vous valez aux commandes de cet engin.

— Je parie que je suis meilleur pêcheur que vous, proclama Rosen.

— Si ça continue, ils vont vérifier qui des deux pisse le plus loin, observa Sarah, acide, à l'adresse de Pam.

— Et ça aussi, rit Kelly en regagnant son atelier. Dix minutes plus tard, il s'était lavé et changé pour passer un t-shirt et un jean coupé.

Il monta sur la passerelle et regarda Rosen préparer son bateau au départ. A vrai dire, le chirurgien impressionna Kelly, en particulier par son habileté à manier les bouts.

— La prochaine fois, vous laissez tourner les ventilos quelques instants avant de lancer les moteurs, dit Kelly après que Rosen eut démarré.

— Mais c'est un diesel.

— Première consigne : c'est une bonne habitude à prendre. Le prochain bateau que vous aurez à piloter sera peut-être à essence. La sécurité d'abord, toubib. Ça vous est déjà arrivé de louer un bateau pour les vacances ?

— Oui, bien sûr.

— En chirurgie, vous faites toujours la même chose de la même manière, chaque fois ? demanda Kelly. Même quand vous n'y êtes pas vraiment obligé ?

Rosen hocha la tête, songeur.

— Je vois ce que vous voulez dire.

— Quittez le quai. Kelly agita la main. Rosen obéit, avec pas mal d'habileté, estima le chirurgien. Kelly ne partageait pas son avis :

— Moins de barre, plus de gaz. Vous n'aurez pas toujours de la brise pour vous aider à quitter le bord. Les hélices chassent l'eau, le gouvernail ne fait que la dévier légèrement. On peut toujours compter sur ses moteurs, surtout à petite allure. Et il arrive que la barre casse. Apprenez à faire sans.

— Oui, capitaine, grommela Rosen. C'était comme s'il recommençait son internat et Sam Rosen avait pris l'habitude que les internes lui obéissent au doigt et à l'œil. Quarante-huit piges, songea-t-il, c'est un peu vieux pour être étudiant.

— C'est vous le capitaine. Moi, je ne suis que le pilote. Ce sont mes eaux, Sam. Kelly se retourna vers le pont à coffre, en contrebas. Ne riez pas, mesdames. Ce sera votre tour ensuite.

Alors, soyez attentives ! Puis, plus doucement : Vous vous débrouillez bien, Sam.

Un quart d'heure après, ils dérivaient paresseusement avec la marée, après avoir jeté leurs lignes sous un chaud soleil de vacances. La pêche intéressait modérément Kelly, aussi décida-t-il de prendre le quart sur la passerelle tandis que Sam enseignait à Pam comment fixer à sa ligne un appât. L'enthousiasme de la jeune femme les surprit tous. Sarah s'assura qu'elle était largement tartinée de Coppertone pour protéger son teint pâle et Kelly se demanda si le hâle n'allait pas faire ressortir ses cicatrices. Seul avec ses pensées sur la passerelle, il se demandait quel genre d'homme pouvait violenter une femme. Les paupières plissées, il lorgnait la surface clapotante piquetée de navires. Combien d'individus de ce style étaient dans son champ visuel ? Pourquoi était-on incapable de les distinguer au premier coup d'œil ?

*

Charger le bateau n'était pas difficile. Ils avaient en stock une bonne quantité de produits chimiques, qu'ils devraient réapprovisionner périodiquement, mais Eddie et Tony avaient leurs entrées dans une entreprise de fournitures pharmaceutiques dont le propriétaire avait plus ou moins des liens avec leur organisation.

— Je veux voir, dit Tony tandis qu'ils larguaient les amarres. La manœuvre n'était pas aussi aisée qu'il l'aurait imaginé, car il fallait faufiler leur sept mètres dans les hauts-fonds marécageux, mais Eddie se rappelait à peu près de l'endroit exact et les eaux étaient encore limpides.

Tony étouffa un cri.

— Doux Jésus !

— Ça promet d'être une bonne année pour les crabes, nota Eddie, ravi de voir Tony en état de choc. Une bonne façon de se venger, songea-t-il, mais le spectacle n'était agréable pour aucun d'eux. Il y avait déjà un demi-boisseau de crabes sur le corps. Le visage était entièrement recouvert, de même qu'un bras, et ils voyaient déjà d'autres créatures arriver pour la curée, attirées par l'odeur de pourriture qui se diffusait dans l'eau aussi efficacement que dans l'air : c'est ainsi que la nature faisait sa publicité. Sur terre, Eddie le savait, ce seraient des buses et des corbeaux.

— Qu'est-ce que t'en penses ? Quinze jours, trois semaines, et plus d'Angelo.

— Si jamais quelqu'un...

— Pas grand risque, intervint Tucker sans chercher à y regarder de trop près. Les fonds sont trop hauts pour qu'un voilier s'y hasarde et les canots à moteur n'ont rien à faire dans le coin. Ils ont un chenal large comme une avenue à un demi-nautique plus au sud, la pêche y est meilleure, ce sont eux qui le disent. Je parie que les pêcheurs de crabes n'aiment pas trop le coin non plus.

Piaggi avait du mal à détourner les yeux du spectacle, même si son estomac, lui, s'était déjà retourné. Armés de leurs pinces, les crabes bleus de la baie de Chesapeake étaient en train de mettre en pièces le corps déjà ramolli par les eaux tièdes et les bactéries, petit bout par petit bout, déchirant les chairs avec leurs pinces, saisissant les morceaux avec leurs palpes, et fourrant le tout dans leur bouche étrangement extraterrestre. Il se demanda s'il y avait encore un visage là-dessous, des yeux pour contempler un monde abandonné, mais les crabes le recouvraient et il avait comme l'impression que les yeux avaient été les premiers à servir de festin. Le plus terrifiant, bien sûr, c'était que si un homme pouvait mourir ainsi, alors un autre pouvait subir le même sort, et même si Angelo était déjà refroidi, Piaggi était presque sûr que se débarrasser de vous de la sorte devait être pire encore que la mort. Il aurait volontiers regretté le décès d'Angelo, hormis que c'était le bizness... et qu'Angelo l'avait bien mérité. Il était même regrettable, en un sens, que son horrible destin dût être tenu secret mais ça aussi, c'était le bizness. C'était ainsi qu'on empêchait les flics de découvrir quoi que ce soit. Difficile de prouver un meurtre sans corps, or ils venaient de trouver, par accident, le moyen de dissimuler un certain nombre de meurtres. Le seul problème était d'amener les corps jusqu'ici — et sans dévoiler à des tiers leur méthode car les gens parlent, se dit Tony Piaggi, tout comme Angelo avait parlé. Une chance encore qu'Henry l'ait découvert.

— Qu'est-ce que vous diriez d'une bonne tourte au crabe quand on sera revenus en ville ? lança Eddie Morello en rigolant, juste pour voir s'il arrivait à faire gerber Tony.

— Merde, tirons-nous d'ici, répondit tranquillement Piaggi, en se rasseyant. Tucker remit des gaz pour les faire sortir des marais et regagner les eaux libres de la baie.

Il fallut deux ou trois minutes à Piaggi pour que la vision s'efface de son esprit et il espérait pouvoir oublier l'horreur pour ne se rappeler que l'efficacité de leur méthode d'élimination. Après tout, ils auraient peut-être à y recourir encore. Peut-être que d'ici quelques heures, il verrait l'humour de la chose, se dit Tony en lorgnant la glacière. Sous la quinzaine de bidons de *National Bohemian,* il y avait une couche de glace sous laquelle étaient planqués vingt sachets scellés d'héroïne. Au cas improbable où ils se feraient intercepter, il y avait bien peu de chance qu'on regarde plus loin que la bière, le vrai carburant qui faisait marcher les navigateurs de la Baie. Tucker avait mis cap au nord ; les autres apprêtèrent leurs filets comme s'ils essayaient de trouver un bon site pour taquiner le loup de la Chesapeake.

— C'est la pêche à l'envers, observa Morello après un moment, puis il éclata d'un rire si bruyant que Piaggi l'imita.

— File-moi une bière ! commanda Tony entre deux rires. C'était lui le chef et il méritait le respect.

*

Les idiots, se dit Kelly, à voix basse. Ce sept mètres filait trop vite, trop près des autres bateaux de pêche. Il risquait d'intercepter quelques lignes et, en tout cas, son sillage allait déranger les autres navires. C'était contraire aux usages maritimes, usages que Kelly prenait toujours soin d'observer. Il n'était que trop facile de... Merde, même le mot « facile » était excessif. Tout ce que vous aviez à faire, c'était vous acheter un bateau et vous aviez le droit de naviguer avec. Sans examen, sans rien. Kelly trouva les jumelles 7×50 de Rosen et les braqua sur le bateau qui s'apprêtait à les croiser. Trois connards, dont un levait une boîte de bière en un salut narquois.

— Dégage, tête de nœud, murmura-t-il en réponse. Des crétins en bateau, avec leur bière, déjà sans doute à moitié pintés, et il n'était même pas onze heures du matin. Il les regarda avec insistance et fut vaguement satisfait de ne pas les voir passer à moins de cinquante mètres. Il nota le nom : *Henry VIII*. Si jamais il retombait dessus, il faudrait qu'il pense à se tenir à l'écart.

— J'en ai un ! s'écria Sarah.

— Gaffe ! Une vague de sillage nous arrive par tribord ! Elle arriva une minute plus tard, faisant rouler le gros Hatteras de vingt degrés de part et d'autre de la verticale.

— Voilà, dit Kelly en regardant les trois autres, ce que j'appelle ne pas savoir se conduire en mer !

— Bien compris ! répondit Sam.

— Je l'ai toujours, annonça Sarah. Kelly constata qu'elle travaillait sa prise avec un art consommé. Et c'est un gros !

Sam saisit l'épuisette et se pencha par-dessus le bastingage. Un instant après, il se redressait. L'épuisette contenait un loup qui se tortillait, une prise de treize ou quatorze livres. Il renversa l'épuisette dans un seau rempli d'eau où le poisson pourrait tranquillement mourir. Kelly trouvait ça cruel mais enfin, ce n'était qu'un poisson, et il avait vu pire.

Pam se mit à pousser des cris peu après, quand sa ligne se tendit. Sarah reposa sa canne sur son support et vint lui donner des conseils. Kelly observa. L'amitié entre Pam et Sarah était aussi remarquable que celle qui s'était nouée entre lui et la fille. Peut-être Sarah prenait-elle la place d'une mère qui n'avait pas su lui témoigner son affection — son affection ou autre chose. Insouciante, Pam réagissait bien aux avis et aux conseils de sa nouvelle amie. Kelly les regardait avec un sourire que Sam surprit et lui rendit. Pour elle, c'était une découverte, et elle trébucha à deux reprises en ferrant le poisson. Là encore, Sam mania l'épuisette pour récupérer cette fois un bleu de huit livres.

— Remets-le à la flotte ! conseilla Kelly. Ils ont un goût dégueulasse !

Sarah leva les yeux. Rejeter sa première prise ? Vous êtes quoi, un nazi ? Est-ce que vous avez du citron, chez vous, John ?

— Bien sûr, pourquoi ?
— Pour vous montrer ce qu'on peut faire d'un *blue fish*, voilà pourquoi. Elle murmura quelque chose à l'oreille de Pam, provoquant son rire. Le bleu échoua dans le même seau et Kelly se demanda comment le loup et lui allaient s'entendre.

*

Memorial Day, le jour des Morts au champ d'honneur, songea Dutch Maxwell en descendant de sa voiture officielle au Cimetière national d'Arlington. Pour beaucoup, ce dernier dimanche de mai ne signifiait que le jour d'une course de cinq cents miles à Indianapolis, ou bien un jour férié, ou encore la date traditionnelle d'ouverture de la saison estivale sur les plages, comme pouvait en témoigner la circulation relativement fluide dans les rues de Washington. Mais pas pour lui ni pour ses compagnons. Ce jour était leur jour, un moment pour se rappeler les camarades tombés quand d'autres avaient des préoccupations différentes, à la fois plus et moins personnelles. L'amiral Podulski descendit avec lui et tous deux s'avancèrent avec lenteur, en rompant le pas, comme il sied à des amiraux. Le fils de Casimir, le sous-lieutenant Stanislas Podulski, n'était pas là, et il n'y serait sans doute jamais. Son A-4 avait été abattu par un missile surface-air, lui avait dit le rapport officiel, quasiment une frappe directe. Le jeune pilote avait sans doute été trop distrait pour le remarquer avant peut-être l'ultime seconde, quand sa voix avait lancé son ultime épithète de dégoût sur le canal « réservé ». Peut-être que l'une des bombes qu'il transportait avait explosé à l'unisson. En tout cas, le petit bombardier d'assaut s'était volatilisé dans un nuage graisseux de noir et de jaune, laissant bien peu de débris ; en outre, l'ennemi ne faisait pas d'efforts excessifs pour respecter les dépouilles des aviateurs abattus. Et c'est ainsi que le fils d'un brave s'était vu dénier l'honneur de reposer avec ses camarades. Ce n'était pas une chose dont parlait Cas. Podulski gardait ça pour lui.

Le contre-amiral James Greer était à sa place, comme les deux années précédentes, à une cinquantaine de mètres de l'allée pavée, en train de déposer une gerbe de fleurs près du drapeau, devant la pierre tombale de son fils.

— James ? dit Maxwell. Son cadet se tourna et salua ; il aurait voulu sourire pour témoigner sa gratitude pour leur amitié en un jour tel que celui-ci, mais il en était incapable. Tous avaient revêtu leur uniforme bleu marine car il était empreint d'une sorte de solennité. Les galons dorés sur leurs manches resplendissaient au soleil. Sans un mot, les trois hommes se mirent en rang devant la tombe de Robert White Greer, lieutenant du corps des Marines des États-Unis, et firent un salut impeccable. Chacun se souvenait d'un jeune homme qu'ils avaient jadis fait sauter sur leurs genoux, qui faisait du vélo à la base navale de Norfolk et à la base aérienne de Jacksonville, en compagnie des fils de Cas et de Dutch. Qui avait grandi pour devenir un jeune homme vigoureux et fier, toujours présent pour accueillir son père quand leur bâtiment revenait au port, et qui ne parlait que de marcher sur ses pas, mais pas de trop près, un jeune homme dont la chance n'avait pas su se montrer à la hauteur, ce jour-là, soixante-quinze kilomètres au sud-ouest de Danang. Chacun d'eux savait, mais sans jamais le dire, que la malédiction de leur métier était d'attirer leurs fils à leur tour, en partie par respect pour l'image du père, en partie par amour de la patrie, cet amour qu'on leur avait inculqué, mais surtout par amour pour leur prochain. De même que chacun des hommes présents ici au garde-à-vous avait pris ses risques, Bobby Greer et Stas Podulski avaient pris les leurs. Simplement, la chance n'avait pas souri à deux de leurs trois enfants.

Greer et Podulski se disaient aussi que tout cela avait eu son importance, que la liberté avait un prix, un prix que certains devaient payer, autrement il n'y aurait ni drapeau, ni Constitution, ni jour férié dont les gens après tout avaient bien le droit d'ignorer la signification. Mais dans l'un ou l'autre cas, ces paroles informulées sonnaient creux. Le mariage de Greer s'était brisé, en grande partie à cause du chagrin causé par la mort de Bobby. La femme de Podulski ne serait plus jamais la même. Même si chacun des hommes avait d'autres enfants, le vide créé par la perte d'un seul était comme une faille à jamais impossible à combler et, pour autant qu'ils pouvaient s'avouer que oui, cela en valait le prix, nul homme capable de trouver une raison à la mort d'un enfant ne pouvait véritablement mériter le nom d'homme, et leurs vrais sentiments étaient renforcés par cette même humanité qui les avait poussés à une vie de sacrifice. C'était d'autant plus vrai que chacun nourrissait à l'égard de la guerre des sentiments que les plus aimables qualifieraient de « doutes », et que pour leur part, ils qualifiaient autrement, mais uniquement entre eux.

— Tu te rappelles le jour où Bobby avait sauté dans la piscine pour récupérer la petite-fille de Mike Goodwin... en lui sauvant la vie ? demanda Podulski. Je viens de recevoir un mot de Mike. Eh bien, la petite Amy a eu des jumelles, la semaine dernière. Elle a épousé un ingénieur de Houston, il bosse pour la NASA.

— Je ne savais pas qu'elle était mariée. Quel âge a-t-elle, maintenant ? demanda James.

— Oh, ça doit lui faire dans les vingt... vingt-cinq ans ? Tu te souviens, ses taches de rousseur, comment elles se multipliaient au soleil, à Jax ?

— La petite Amy, répéta doucement Greer. Comme ça pousse... Peut-être qu'elle ne se serait pas noyée, après tout, en ce jour torride de juillet, mais c'était un souvenir de plus attaché à son fils. *Une vie sauvée, trois peut-être ?* C'était quelque chose, ça, non ? se demanda Greer.

Les trois hommes se retournèrent et quittèrent la tombe sans un mot, pour regagner l'allée à pas lents. Là, ils durent s'arrêter. Un cortège funèbre gravissait la colline, les soldats du 3ᵉ régiment d'infanterie, la « Vieille Garde » rendant gravement les honneurs, pour porter en terre un autre homme. Les amiraux se mirent à nouveau au garde-à-vous pour saluer le drapeau recouvrant le cercueil et l'homme qu'il contenait. Le jeune lieutenant qui commandait le détachement fit de même. Il vit que l'un des officiers généraux portait le ruban bleu pâle de la Médaille d'Honneur et la raideur de son geste traduisait la profondeur de son respect.

— Et voilà, un de plus, remarqua Greer avec une calme amertume après le passage du convoi. Dieu du ciel, pour quoi devons-nous ensevelir tous ces gosses ?

— Payer tous les prix, porter tous les fardeaux, affronter toutes les épreuves, soutenir tous les amis, s'opposer à tous les ennemis..., cita Cas. Ça ne remonte pas à si longtemps, non ?

Mais quand l'heure est venue de mettre cartes sur table, où étaient-ils passés, ces salauds ?

— Les cartes, c'est nous qui en tenons lieu, Cas, observa Dutch Maxwell. La table, elle est ici.

Des hommes ordinaires auraient versé une larme, mais ces hommes-là n'étaient pas ordinaires. Chacun d'eux embrassa du regard le terrain parsemé de pierres blanches. Ce terrain jadis avait été la pelouse de la propriété de Robert E. Lee — la maison se dressait encore au sommet de la colline — et son choix pour y installer le cimetière traduisait le geste cruel d'un gouvernement qui s'était senti trahi par cet officier. Et pourtant, en définitive, Lee avait légué la maison de ses ancêtres à la mémoire de ces hommes qu'il avait tant aimés. C'était bien l'ironie la plus douce de cette journée, songea Maxwell.

— Comment ça se présente, là-bas dans la vallée, James ?

— Ça pourrait être mieux, Dutch. J'ai reçu l'ordre de nettoyer la baraque. Je vais avoir besoin d'un sacré balai.

— T'as eu des détails sur l'opération VERT BUIS ?

— Non. Greer se tourna et esquissa son premier sourire de la journée. Ce n'était pas grand-chose, mais c'était déjà ça, se dirent les autres. Est-ce vraiment nécessaire ?

— On aura sans doute besoin de ton aide.

— En sous-main ?

— Tu es au courant de ce qui est arrivé à CHEVILLE OUVRIÈRE, intervint Casimir Podulski.

— Ils ont eu une sacrée chance de s'en sortir, reconnut Greer. On a dû jouer serré, hein ?

— Tu l'as dit.

— Dis-moi au juste ce qu'il vous faut. Vous aurez tout ce que je pourrai trouver. Tu fais un boulot d'indice « trois », Cas ?

— Exact. Tout dossier dont le code se terminait par un trois indiquait qu'il émanait du service de planification des opérations, et Podulski était doué pour ça. Ses yeux brillaient avec le même éclat que les Ailes d'or de son insigne au soleil matinal.

— Bien, observa Greer. Puis se tournant vers son autre compagnon : Et que fait le petit Dutch ?

— Il vole pour Delta Airlines, à présent. Copilote, il finira capitaine un de ces quatre et je serai grand-père d'ici un mois à peu près.

— Vrai ? Félicitations, mon vieux.

— Je ne lui en veux pas d'avoir abandonné l'uniforme. Au début, oui, mais plus maintenant.

— Comment déjà s'appelait le SEAL qui est allé le récupérer ?

— Kelly. Il a raccroché, lui aussi, dit Maxwell.

— Tu aurais dû lui faire avoir la Médaille, Dutch, remarqua Podulski. J'ai lu la citation. Il s'en est vraiment fallu d'un cheveu.

— Je lui ai obtenu une promotion. La Médaille, ce n'était pas possible. Maxwell hocha la tête. Pas pour le sauvetage d'un fils d'amiral, Cas. Tu connais la politique.

— Ouais. Podulski regarda le haut de la colline. Le cortège s'était arrêté et les hommes déchargeaient le cercueil de l'affût de canon. Une jeune veuve contemplait la fin du séjour terrestre de son mari. Ouais, je suis au courant de la politique.

*

Tucker fit monter le bateau dans sa cale. Le hors-bord facilitait la tâche. Il coupa le moteur, saisit les amarres qu'il attacha rapidement. Tony et Eddie sortirent la glacière tandis que Tucker récupérait le reste de l'équipement avant de jeter quelques bâches sur l'embarcation et rejoindre ses compagnons sur le parking.

— Eh bien, c'était plutôt facile, remarqua Tony. La glacière était déjà à l'arrière du break Ford Country Squire.

— A votre avis, qui a gagné la course, aujourd'hui ? demanda Eddie. Ils avaient oublié d'emporter une radio pour leur sortie en mer.

— J'avais parié cent sacs sur Foyt, histoire de me marrer.

— Pas sur Andretti ? s'étonna Tucker.

— C'est le régional de l'étape, mais il a pas de pot. Parier, c'est une affaire sérieuse, remarqua Piaggi. Angelo, c'était du passé désormais, et la méthode employée pour l'éliminer avait après tout quelque chose d'amusant, même s'il ne pensait pas de sitôt remanger de la tourte au crabe.

— Bon, dit Tucker, vous savez où me trouver.

— T'auras ton fric, dit Eddie, sans qu'on lui ait rien demandé. Fin de semaine, à l'endroit habituel. Il marqua un temps. Et si jamais la demande s'accroît ?

— J'ai de quoi tenir, lui assura Tucker. Je peux t'obtenir tout ce que tu voudras.

— Merde, mais tu t'approvisionnes où ? demanda Eddie, insistant encore.

— Angelo aurait bien voulu le savoir, lui aussi, tu te souviens ? Messieurs, si je vous le disais, vous n'auriez plus besoin de moi, pas vrai ?

Tony Piaggi sourit.

— Tu nous fais pas confiance ?

— Bien sûr que si. Tucker souriait également. Je vous fais confiance pour fourguer la marchandise et partager l'argent avec moi.

Piaggi hocha la tête avec approbation.

— J'aime les partenaires intelligents. Continuez comme ça. C'est mieux pour nous tous. Vous avez un banquier ?

— Pas encore, on a pas trop eu le temps d'y réfléchir, mentit Tucker.

— Eh bien, commence à réfléchir, Henry. On peut vous aider à arranger tout ça, avec une banque à l'étranger. Un plan sûr, compte numéroté, tout le tremblement. Vous pourrez demander à quelqu'un de confiance de retirer le fric. Rappelez-vous, ils peuvent remonter la filière si vous n'êtes pas prudent. Et ne faites pas trop la belle vie. On a perdu pas mal d'amis comme ça.

— Je prends pas de risques, Tony.

Piaggi hocha la tête.

— Excellent raisonnement. Il faut toujours être prudent dans ce métier. Les flics commencent à devenir malins.

— Pas encore assez.

Pas plus que ses partenaires, tout bien considéré, mais chaque chose en son temps.

5

Engagements

Le colis arriva, accompagné d'un capitaine passablement désorienté par le décalage horaire, au quartier général du renseignement de la Navy, à Suitland, Maryland. Les experts de photo-interprétation du service reçurent le renfort de spécialistes dépêchés du 1127e groupe d'action sur le terrain de l'Air Force, à Fort Belvoir. L'ensemble du traitement prit vingt heures mais en définitive, les clichés du Chasseur de bisons étaient d'une qualité peu commune et l'Américain au sol avait fait ce qu'il était censé faire : lever la tête et fixer l'engin téléguidé de reconnaissance qui le survolait.

— Le pauvre vieux a dû payer le prix, observa un sous-officier de la Navy à son pendant de l'Air Force. Juste derrière l'Américain, la photo montrait un soldat nord-vietnamien, le fusil levé, crosse en bas.

— J'aimerais bien te croiser dans une rue sombre, mon petit salaud.

— Qu'est-ce que vous en pensez ? Le sergent de carrière de l'Air Force superposa au cliché une photo d'identité.

— Vu la ressemblance, je serais prêt à parier dessus. Les deux spécialistes du renseignement trouvaient bizarre d'avoir une si maigre collection de documents d'archives à comparer avec ces clichés, mais qui que soit celui qui avait lancé l'hypothèse, il avait vu juste. L'un des sujets correspondait. Ce qu'ils ne savaient pas, c'est que la série de photos en leur possession étaient celles d'un homme mort.

*

Kelly la laissa dormir, content de voir qu'elle y parvenait sans aucune aide chimique. Il s'habilla, sortit et fit deux tours de son île au pas de course — la circonférence était de douze cents mètres environ — pour suer un bon coup dans l'air calme du matin. Sam et Sarah, lève-tôt eux aussi, lui rentrèrent dedans alors qu'il décompressait sur le quai d'embarquement.

— Le changement en vous est également remarquable, observa-t-elle. Elle marqua une pause prolongée. Et comment était Pam, cette nuit ?

La question provoqua chez Kelly un brutal silence, suivi d'un *quoi ?* étonné.

— Oh, merde, Sarah... Sam détourna les yeux et faillit éclater de rire. Son épouse devint presque aussi cramoisie que le soleil de l'aube.

— Elle m'a persuadée de ne pas lui donner de médicaments, hier soir, expliqua Sarah. Elle était un peu nerveuse, mais elle voulait essayer et je me suis laissé convaincre. C'est simplement ce que je voulais dire, John. Désolée.

Comment expliquer la nuit passée ? Au début, il avait eu peur de la toucher, peur de donner l'impression de vouloir insister, alors elle avait cru y voir le signe qu'elle ne lui plaisait plus, et puis... et puis, les choses s'étaient arrangées.

— Elle avait surtout l'espèce d'idée complètement dingue de... Kelly s'arrêta. Pam pourrait lui en parler elle-même, ce n'était pas à lui de le faire, n'est-ce pas ? Il reprit :

— Elle a bien dormi, Sarah. Elle était vraiment épuisée hier.

— Je n'ai pas souvenance d'avoir jamais eu patiente plus résolue. Elle enfonça l'index dans la poitrine de Kelly. Et vous l'y avez bougrement aidée, jeune homme.

Kelly détourna les yeux, sans trop savoir ce qu'il était censé répondre. « *Tout le plaisir était pour moi* » ? Quelque chose en lui persistait à croire qu'il abusait d'elle. Il était tombé sur une fille à problèmes et l'avait... exploitée.

Non, ce n'était pas vrai. Il l'aimait. Aussi incroyable que ça puisse paraître. Sa vie était en train de changer en quelque chose d'à peu près normal et reconnaissable — sans doute. Il l'aidait à guérir et la réciproque était également vraie.

— Elle... elle avait peur que je ne... je veux dire, tout ce qu'elle a vécu, c'est vraiment le cadet de mes soucis. Vous avez raison, c'est une fille très solide. Merde, moi aussi, j'ai eu un passé pour le moins agité, vous savez. J'ai rien d'un moine.

— Laissez-la ouvrir son cœur, dit Sam. Elle en a besoin. Il faut d'abord étaler les choses au grand jour avant de pouvoir commencer à les régler.

— Vous êtes sûr que ça ne vous affectera pas ? Il pourrait y avoir des trucs assez moches, observa Sarah en le regardant dans les yeux.

— Plus moches que la guerre ? Kelly secoua la tête. Puis il changea de sujet. Bon. Comment envisagez-vous le traitement ?

La question soulagea tout le monde et Sarah se remit aussitôt à parler boutique.

— Elle a surmonté la période la plus cruciale. S'il avait dû y avoir une sévère réaction de sevrage, elle se serait déjà produite. Il se peut qu'elle traverse des phases d'agitation, provoquées par des stress extérieurs, par exemple. Pour ça, on a le phénobarbital et je vous ai déjà rédigé la marche à suivre dans ce cas, mais elle ne veut rien entendre. Sa personnalité est bien trop forte pour lui permettre de juger par elle-même de son état. Vous êtes assez malin pour voir si elle traverse une de ces phases délicates. Dans ce cas, obligez-la, je dis bien : obligez-la à prendre un de ces comprimés.

L'idée de la contraindre à faire quoi que ce soit répugnait à Kelly.

— Écoutez, doc, je ne peux pas...

— Bouclez-la, John. Je n'ai pas dit de les lui faire avaler de force. Si vous lui dites qu'elle en a réellement besoin, elle vous écoutera, pas vrai ?

— Combien de temps ?

— Une semaine encore, dix jours peut-être, dit Sarah après quelques instants de réflexion.

— Et ensuite ?

— Ensuite, vous pourrez envisager éventuellement un avenir ensemble, dit Sarah.

Sam était gêné de voir la conversation prendre un tour aussi personnel.

— J'aimerais qu'elle subisse un examen complet, Kelly. Quand est-ce que vous devez regagner Baltimore ?

— D'ici une quinzaine, peut-être plus tôt. Pourquoi ?

Sarah se chargea de répondre.

— Je n'ai pas pu l'examiner vraiment. Elle n'a pas vu de médecin depuis un bout de temps et je serais plus rassurée si on pouvait la soumettre à un bilan de santé complet, et faire l'historique de son cas. Qu'est-ce que t'en penses, Sam ?

— Tu connais Madge North ?

— Elle le fera. Puis, se retournant vers Kelly : Vous savez, ça ne vous ferait pas de mal, vous aussi, de passer une visite médicale.

— Est-ce que j'ai l'air malade ? Kelly écarta les bras pour leur faire admirer son corps d'athlète.

— Pas d'histoires, coupa Sarah. Quand elle passe nous voir, venez avec elle. Je veux m'assurer que vous êtes tous les deux en parfaite santé, point final. Vu ?

— Oui, m'dame.

— Encore un détail, et je veux que vous m'écoutiez jusqu'au bout, reprit Sarah. Elle a besoin d'un psychiatre.

— Quoi ?

— John, la vie, ce n'est pas du cinéma. Dans la réalité, les gens ne laissent pas leurs problèmes derrière eux pour s'éloigner au soleil couchant, d'accord ? Elle a subi des sévices sexuels. Elle a été droguée. Son estime de soi est au plus bas. Les patients dans son état en viennent à se reprocher d'être des victimes. Une thérapie adaptée peut l'aider à surmonter cette phase. Ce que vous faites est important mais elle a besoin également de l'aide d'un spécialiste, d'accord ?

— D'accord.

— Bien. Sarah le fixa. Vous me plaisez, vous. Vous savez écouter.

— Est-ce que j'ai le choix, m'dame ? remarqua Kelly avec un sourire en coin.

Elle rit.

— Non, pas vraiment.

— Elle est toujours aussi obstinée, confia Sam. Elle a raté sa vocation, elle aurait dû être infirmière. Les toubibs sont censés être plus civilisés. C'est aux infirmières de nous harceler tout le temps.

Sarah flanqua un coup de coude à son mari.

— Alors, j'ai intérêt à ne jamais tomber sur une infirmière, nota Kelly en les précédant pour regagner la maison.

*

Pam dormit en définitive un peu plus de dix heures, et sans l'aide de barbituriques, même si elle s'éveilla avec une migraine épouvantable que Kelly soigna avec de l'aspirine.

— Prenez du Tylénol, lui conseilla Sarah. C'est moins agressif pour l'estomac. La pharmacologue tint absolument à examiner de nouveau Pam pendant que Sam remballait leurs affaires. Elle parut en gros satisfaite.

— J'aimerais bien que vous ayez repris trois kilos d'ici que je vous revoie.

— Mais...

— Et John vous amènera nous voir pour que nous puissions faire un bilan complet — disons, dans une quinzaine ?

— Bien, m'dame. Kelly hocha de nouveau la tête, soumis.

— Mais...

— Pam, ils se sont ligués contre moi. J'ai dû céder, moi aussi, confia Kelly d'une voix remarquablement docile.

— Il faut que vous partiez déjà ?

Sarah opina. Nous aurions même dû partir dès hier soir mais tant pis. Elle regarda Kelly. Si jamais vous oubliez notre rendez-vous, je vous téléphone et je hurle.

— Sarah ! Comme emmerdeuse, vous vous posez là !

— Vous devriez entendre ce que dit Sam.

Kelly les raccompagna jusqu'au quai, où le bateau de Sam vrombissait déjà, moteurs au ralenti. Elle et Pam s'embrassèrent. Kelly voulut s'en tenir à une poignée de main mais il eut droit lui aussi à un baiser. Sam descendit pour les saluer.

— Et des cartes neuves ! lança Kelly au chirurgien.

— Oui, mon capitaine.

— Je défais les amarres.

Rosen était pressé de lui montrer ce qu'il avait appris. Il

recula, jouant surtout de l'hélice tribord pour faire pivoter le Hatteras et l'amener par le travers. L'homme n'avait pas oublié la leçon. Quelques instants après, il mit les gaz sur les deux moteurs et partit en ligne droite, vers les eaux qu'il savait profondes. Pam resta immobile, tenant la main de Kelly, jusqu'à ce que le bateau ne soit plus qu'un point blanc à l'horizon.

— J'ai oublié de la remercier, dit-elle enfin.

— Non, tu n'as pas oublié. Tu ne l'as pas dit, c'est tout. Alors, comment te sens-tu, aujourd'hui ?

— Ma migraine est passée. Elle leva les yeux. Ses cheveux auraient eu besoin d'un shampooing mais son œil était vif, sa démarche allègre. Kelly avait envie de l'embrasser et il ne s'en priva pas.

— Bon, alors qu'est-ce qu'on fait, maintenant ?

— On a besoin de causer, dit Pam, tranquillement. Il est temps.

— Attends une minute. Kelly retourna à l'atelier et en ressortit avec deux chaises longues pliantes. Il lui fit signe de s'asseoir. A présent, raconte-moi tous tes malheurs.

Pamela Starr Madden fêterait dans trois semaines ses vingt et un ans, apprit Kelly, découvrant enfin son nom de famille par la même occasion. Née d'une famille ouvrière pauvre du nord du Texas, à la frontière de l'Oklahoma, elle avait été éduquée par la main ferme d'un père qui était du genre à faire le désespoir d'un pasteur baptiste. Donald Madden était un homme qui comprenait l'apparence de la religion, mais pas sa substance, qui était strict faute de savoir aimer, qui buvait faute d'avoir réussi sa vie (et bien sûr, il s'en voulait pour ça), mais qui avait réussi malgré tout à se faire une raison. Quand ses enfants se conduisaient mal, il les battait, en général avec un ceinturon ou une badine, jusqu'à ce que sa conscience intervienne, mais souvent c'était la lassitude qui venait avant les remords. Pam n'avait jamais été une enfant heureuse, et la coupe avait été pleine au lendemain de son seizième anniversaire, quand, après s'être attardée à une réunion paroissiale, elle s'était quasiment laissé inviter par des amis, estimant qu'elle en avait bien le droit au bout du compte. En définitive, elle n'avait même pas reçu de baiser du garçon dont la famille était presque aussi stricte que la sienne. Mais peu importait pour Donald

Madden. Rentrant chez elle à dix heures et demie un vendredi soir, Pam découvrit une maison sens dessus dessous, toutes les lumières allumées, un père totalement enragé et une mère complètement terrorisée.

— Les choses qu'il m'a dites... Pam regardait l'herbe tout en lui parlant. Je n'avais rien fait de tout ça. L'idée ne m'était même pas venue, et ce pauvre Albert était tellement innocent... mais je l'étais, moi aussi, à l'époque.

Kelly lui prit la main et la serra.

— Tu n'as pas besoin de me raconter tout ça, Pam. Mais si, il le fallait, et Kelly le savait, aussi continua-t-il d'écouter son récit.

Après avoir subi la pire correction depuis sa naissance, Pamela Madden s'était faufilée par la fenêtre de sa chambre au rez-de-chaussée pour gagner le centre de la petite ville sinistre et poussiéreuse, distante de six kilomètres. Là, elle avait pris un car Greyhound pour Houston avant l'aube, uniquement parce que c'était le premier à partir, et que l'idée ne lui était pas venue de descendre avant. Autant qu'elle sache, ses parents n'avaient même pas pris la peine de signaler sa disparition. Une série de petits boulots et un logement encore plus sordide à Houston n'avaient fait qu'accroître sa détresse, et bientôt, elle décidait d'aller ailleurs. Avec ses maigres économies, elle avait pris un autre car — cette fois un Continental Trailways — et échoué à La Nouvelle-Orléans. Terrifiée, amaigrie, et si jeune, Pam n'avait jamais appris qu'il y avait des hommes qui traquaient les jeunes fugueuses. Repérée presque immédiatement par un beau parleur bien sapé de vingt-cinq ans, un certain Pierre Lamarck, elle avait accepté sa proposition de l'aider et de la loger à l'issue d'un dîner où ils avaient sympathisé. Trois jours après, il était devenu son premier amant. Une semaine plus tard, une bonne claque avait contraint l'adolescente de seize ans à connaître sa deuxième expérience sexuelle, cette fois avec un représentant de commerce de Springfield, Illinois, car elle lui rappelait sa fille — à tel point qu'il l'avait louée pour toute la soirée, payant deux cent cinquante dollars à Lamarck pour ses services. Le lendemain, Pam avait avalé le contenu d'un des tubes de cachets de son souteneur, mais n'y avait gagné que des vomissements et une sévère raclée pour cet acte d'indiscipline.

Kelly écouta son récit avec une sérénité apparente, le regard fixe, la respiration régulière. Mais intérieurement, c'était une tout autre histoire. Les filles qu'il avait eues au Viêt-nam, qui ressemblaient à des gamines, et les quelques-unes qu'il avait connues depuis la mort de Tish... Jamais il ne lui était venu à l'esprit que ces jeunes femmes aient pu ne pas apprécier leur existence et leur travail. Il n'y avait pour tout dire jamais vraiment réfléchi, prenant leurs réactions feintes pour des sentiments sincères car, après tout, n'était-il pas un homme bien, un type convenable ? Pourtant, il avait acheté les services de jeunes femmes dont l'histoire collective n'était peut-être en rien différente de celle de Pam, et la honte de sa conduite brûlait en lui comme une torche.

A dix-neuf ans, elle s'était sortie des griffes de Lamarck et de trois autres proxénètes, pour retomber chaque fois aux mains d'un nouveau. L'un, à Atlanta, adorait fouetter ses filles devant ses pairs, en général avec du fil électrique. Un autre, à Chicago, l'avait mise à l'héroïne, le meilleur moyen de contrôler une fille qu'il jugeait un peu trop indépendante, mais elle l'avait quitté dès le lendemain, lui prouvant qu'il avait raison. Elle en avait vu une autre mourir sous ses propres yeux, des suites d'un shoot de drogue non coupée, et cela l'avait terrifiée plus encore que la perspective d'une correction. Comme il était exclu qu'elle retourne chez elle — elle avait appelé un jour et sa mère lui avait raccroché au nez avant même qu'elle ait pu implorer son aide — et comme elle n'avait aucune confiance dans les services sociaux qui auraient pu l'aider à prendre une autre voie, elle avait échoué en définitive sur les trottoirs de Washington, prostituée d'expérience accrochée à la drogue qui l'aidait à se masquer l'opinion qu'elle avait d'elle-même. Mais pas suffisamment. Et Kelly estimait que c'était sans doute ça qui l'avait sauvée. Entre-temps, elle avait connu deux avortements, trois maladies vénériennes et quatre arrestations, dont aucune ne l'avait conduite au tribunal. Pam pleurait maintenant et Kelly se rapprocha pour s'asseoir plus près d'elle.

— Tu vois ce que je suis, en réalité ?

— Oui, Pam. Ce que je vois, c'est une dame très courageuse. Il la serra fort entre ses bras. C'est pas grave, ma puce.

Tout le monde peut faire des erreurs. Il faut du cran pour changer, et il en faut encore plus pour oser en parler.

Le dernier chapitre s'était ouvert à Washington avec un certain Roscoe Fleming. A ce moment, Pam était sérieusement accrochée aux barbituriques mais elle était encore fraîche et jolie quand quelqu'un prenait la peine de l'arranger, en tout cas suffisamment pour réclamer un tarif élevé à ceux qui appréciaient les traits juvéniles. Un de ces individus lui avait soumis une idée, histoire d'arrondir ses revenus. Cet homme, qui répondait au nom d'Henry, avait désiré élargir son commerce de dealer et, en gars prudent habitué à sous-traiter le boulot, il s'était monté une écurie de filles chargées de passer la marchandise de son labo à ses revendeurs. Ces filles, il les achetait à des proxénètes établis dans des villes différentes et chaque fois, la transaction se faisait directement en liquide, ce que les filles jugeaient inquiétant. Cette fois-ci, Pam avait essayé de s'enfuir presque aussitôt, mais elle s'était fait reprendre et tabasser au point d'avoir trois côtes cassées, même si elle devait découvrir par la suite qu'elle pouvait s'estimer heureuse de s'en tirer à si bon compte. Henry avait également profité de l'occasion pour la bourrer de barbituriques, ce qui avait à la fois atténué la douleur et accru sa dépendance. Il avait augmenté la dose en la prêtant à tous ses associés qui en faisaient la demande. En cela, Henry avait réussi là où tous les autres avaient échoué : il avait fini par mater son énergie.

Sur une période de cinq mois, la combinaison des raclées, des sévices sexuels et de la drogue l'avait conduite à un état de dépression confinant à la catatonie, jusqu'à ce qu'elle soit brutalement ramenée à la réalité, à peine quatre semaines plus tôt, lorsqu'elle avait trébuché sur le corps d'un gamin de douze ans, étendu sur le pas d'une porte, une aiguille encore plantée dans le bras. Toujours docile en apparence, Pam avait lutté dès lors pour décrocher de la drogue. Ce n'était pas les autres amis d'Henry qui s'en seraient plaints. Ils trouvaient que c'était un bien meilleur coup désormais, et leur ego de mâle leur avait fait attribuer ses progrès à leurs prouesses plutôt qu'à une lucidité accrue. Elle avait attendu pour saisir sa chance, guettant un moment où Henry était en vadrouille, car les autres relâchaient la surveillance lorsqu'il n'était pas dans le coin. Cela faisait cinq jours à peine qu'elle avait remballé ses affaires et fichu le camp. Sans un sou — Henry ne lui laissait jamais d'argent — elle avait quitté la ville en stop.

— Décris-moi Henry, dit doucement Kelly quand elle eut terminé.

— La trentaine, noir, ta taille à peu près.

— Est-ce que d'autres filles se sont enfuies ?

Le ton de Pam devint froid comme la glace.

— Je n'ai connaissance que d'une seule fille qui ait essayé. C'était aux alentours de novembre. Il... il l'a tuée. Il croyait qu'elle allait voir les flics et... — elle leva les yeux — il nous a toutes obligées à y assister. C'était terrible.

— Alors, pourquoi as-tu essayé ?

— J'aimerais encore mieux mourir que recommencer, murmura-t-elle, avouant ouvertement le fond de ses pensées. J'avais envie de mourir. Ce pauvre gamin. Tu sais ce qui se produit ? On se fige, littéralement. Tout se fige. Et j'étais complice. J'avais contribué à le tuer.

— Comment t'es-tu enfuie ?

— La nuit d'avant... Je... j'avais baisé avec tous les types... pour qu'ils m'aient à la bonne... qu'ils me... me laissent échapper à leur surveillance. Tu comprends, maintenant ?

— Tu as fait ce qui était nécessaire pour t'échapper, répondit Kelly. Il devait mobiliser toute son énergie pour empêcher sa voix de trembler. Dieu merci.

— Je ne t'en voudrais pas si tu me ramenais où tu m'as trouvée et que tu me laisses me débrouiller. Peut-être que papa avait raison, tout ce qu'il disait sur moi.

— Pam, te souviens-tu quand tu fréquentais l'église ?

— Oui.

— Te souviens-tu de cette histoire qui se termine ainsi : « Va, et ne pèche plus » ? Tu crois peut-être que je n'ai jamais rien fait de mal ? Que je n'ai jamais eu honte ? Jamais eu la trouille ? Tu n'es pas toute seule, Pam. As-tu idée du courage qu'il t'a fallu pour me raconter tout cela ?

La voix de la jeune femme était désormais entièrement dépourvue d'émotion.

— Tu as le droit de savoir.

— Et maintenant je sais, et cela ne change rien. Il se tut une seconde. Quoique, si. Tu as encore plus de cran que je l'imaginais, ma puce.

— T'en es sûr ? Et par la suite ?

— La seule suite qui me préoccupe, c'est le sort de ces types à qui tu as faussé compagnie.

— Si jamais ils me retrouvent... L'émotion revenait. Et la peur. Chaque fois qu'on retournera en ville, ils risquent de me reconnaître.

— On tâchera de faire attention.

— Je ne serai jamais en sécurité. Jamais.

— Ouais, eh bien, il y a deux façons de régler ça. Tu peux continuer de fuir et de te planquer. Ou tu peux aider à les éliminer.

Elle fit un violent signe de dénégation.

— La fille qu'ils ont tuée. Ils savaient. Ils savaient qu'elle irait voir les flics. C'est pour ça que je ne peux pas me fier à la police. En plus, tu ne te rends pas compte à quel point ces gens sont terrifiants.

Sarah avait eu raison sur un autre point, Kelly s'en rendait bien compte. Pam avait remis son caraco et le soleil soulignait les marques dans son dos. Il y avait des endroits qui n'arrivaient pas à bronzer aussi bien que les autres. Traces des coups et des blessures sanglantes que d'autres avaient faits pour leur plaisir. Tout était parti de Pierre Lamarck ou, plus exactement, de Donald Madden, de petits bonshommes couards incapables d'avoir des relations avec les femmes autrement que par la force.

Eux, des hommes ? se dit Kelly.

Non.

Il dit à Pam de rester tranquille une minute, le temps de retourner à l'atelier. Il en revint avec huit boîtes de bière et de coca vides qu'il disposa par terre, à une dizaine de mètres de leurs chaises longues.

— Bouche-toi les oreilles.

— Pourquoi ?

— S'il te plaît. Quand elle eut obéi, la main droite de Kelly jaillit d'un coup, sortant de sous sa chemise un Colt .45 automatique. Tenant la crosse à deux mains, il décrivit un mouvement balayant de gauche à droite. L'une après l'autre, avec peut-être une seconde d'écart, les boîtes basculèrent ou sautèrent à une cinquantaine de centimètres dans les airs en synchronisme avec les détonations assourdissantes du pistolet. Avant que la dernière soit retombée au sol après son bref vol plané, Kelly avait éjecté le chargeur vide et inséré un autre, et de nouveau, sept des boîtes se mirent à voltiger. Il vérifia que l'arme était bien vide, rabattit le cran de sûreté et la passa de nouveau dans sa ceinture avant de se rasseoir près de la jeune femme.

— Il ne faut pas grand-chose pour effrayer une jeune fille sans amis. Il en faut un peu plus pour me flanquer la trouille. Pam, si jamais quelqu'un s'avise de te faire du mal, il faudra d'abord qu'il passe par moi.

Elle contempla les boîtes en alu, puis leva les yeux vers un Kelly tout content de lui et de son adresse. La démonstration avait constitué un défoulement bienvenu et, durant cette brève parenthèse de violence, il avait assigné un nom et un visage à chacune des boîtes. Mais il voyait bien qu'elle n'était toujours pas convaincue. Cela exigerait un certain temps.

— N'importe... Il se rassit près de Pamela. Bon, tu m'as raconté ton histoire, d'accord ?

— Oui.

— Crois-tu toujours que ça fait une différence pour moi ?

— Non. Tu as dit que non. Je suppose que je te crois.

— Pam, tous les hommes ne sont pas comme ça — il y en a même très peu, en fait. Tu n'as pas eu de chance, c'est tout. Tu n'as rien à te reprocher. Il y a des gens qui sont blessés dans des accidents ou qui tombent malades. Là-bas, au Viêt-nam, j'ai vu des gars se faire tuer par malchance. Ça a failli m'arriver. Et ils n'avaient rien à se reprocher. C'était juste la déveine, le fait de se trouver au mauvais endroit, de tourner à gauche plutôt qu'à droite, de regarder du mauvais côté. Sarah veut que tu rencontres des médecins pour parler de tout ça. Je pense qu'elle a raison. On va te remettre sur pied.

— Et ensuite ? demanda Pam Madden. Kelly inspira un grand coup, mais il était trop tard pour reculer désormais.

— Est-ce que... est-ce que tu voudras rester avec moi, Pam ?

On aurait cru qu'on venait de la frapper. Kelly fut ébahi par sa réaction.

— Tu ne peux pas, tu fais ça uniquement parce que...
Kelly se leva et la souleva à bout de bras.
— Ecoute-moi, veux-tu ? Tu as été malade. Tu commences à aller mieux. Tu as enduré tout ce que ce putain de monde pouvait te balancer dessus, et tu n'as pas craqué. Moi, je *crois* en toi ! Ça prendra du temps. Comme tout. Mais au bout du compte, tu feras quelqu'un de sacrément bien. Il la reposa et recula d'un pas. Il s'était mis à trembler de rage, non seulement pour ce qu'elle avait subi mais contre lui-même, pour avoir voulu lui imposer sa volonté.
— Je te demande pardon. Je n'aurais pas dû faire ça. S'il te plaît, Pam..., crois simplement en toi, rien qu'un peu.
— C'est dur. J'ai fait des choses terribles.
Sarah avait raison. Elle avait besoin de l'aide de spécialistes. Il s'en voulait de ne pas savoir quoi dire au juste.

*

Les jours qui suivirent, le train-train s'établit avec une étonnante facilité. Quelles que puissent être ses autres qualités, Pam était une épouvantable cuisinière, que ses échecs amenèrent par deux fois à pleurer de dépit, même si Kelly réussit à ingurgiter tout ce qu'elle lui avait préparé, avec le sourire et un mot aimable. Mais elle apprenait vite, également, et dès le vendredi, elle avait réussi à confectionner des hamburgers qui ressemblaient à quelque chose de plus présentable qu'un bout de charbon de bois. Tout ce temps, Kelly n'avait cessé de l'encourager, faisant de gros efforts pour ne pas être trop directif et y parvenant dans l'ensemble. Un mot gentil, une caresse, un sourire, tels étaient ses instruments. Elle singea bien vite sa manie de se lever avant l'aube. Il réussit à la mettre à la gymnastique. Là, ce fut loin d'être évident. Même si elle était dans l'ensemble en bonne santé, elle n'avait pas dû courir plus de la distance d'un demi-pâté de maisons depuis des années, aussi commença-t-il par des tours de l'île à la marche, deux au début, puis jusqu'à cinq à la fin de la semaine. Elle passait ses après-midi au soleil, et faute d'avoir autre chose à se mettre, elle restait le plus souvent en slip et soutien-gorge. Elle commençait à avoir un léger hâle et ne semblait pas se soucier des fines marques pâles qui lui zébraient le dos et donnaient à Kelly des frissons de colère. Elle se mit à faire bien plus attention à son apparence extérieure, se douchant et se lavant les cheveux au moins une fois par jour, les brossant jusqu'à ce qu'ils acquièrent un éclat soyeux, et Kelly ne manquait pas de l'en complimenter. Pas une fois elle ne parut avoir besoin du phénobarbital laissé par Sarah. Peut-être dut-elle lutter une fois ou deux, mais en recourant à l'exercice plutôt qu'à la chimie, elle finit par retrouver un cycle veille-sommeil normal. Ses sourires acquirent plus de confiance et, à deux reprises, il la surprit à se contempler dans la glace avec autre chose que de la douleur au fond des yeux.

— Joli, tout ça, non ? demanda-t-il le samedi soir, juste après la douche.

— Peut-être, admit-elle.

Kelly ramassa un peigne dans le lavabo et se mit à le passer dans ses cheveux.

— Tu sais que le soleil te les a vraiment éclaircis ?

— Il a fallu un bout de temps pour enlever toute cette crasse, dit-elle, en se détendant sous son contact.

Kelly se battit avec un nœud, prenant garde de ne pas tirer trop fort.

— Mais elle a fini par partir, pas vrai, Pammy ?

— Ouais, je suppose que oui, peut-être, dit-elle en regardant le miroir.

— Dur d'arriver à le dire, chou ?

— Très dur.

Un sourire, cette fois, un vrai, plein de chaleur et de conviction.

Kelly reposa le peigne et lui embrassa la nuque, en la fixant dans le miroir. Puis il reprit le peigne et poursuivit sa tâche. Elle lui semblait bien peu virile mais il adorait faire ça.

— Là, parfaitement lisses et démêlés.

— Faudrait quand même que tu t'achètes un sèche-cheveux.

Kelly haussa les épaules.

— J'en ai jamais eu besoin.

Pam se retourna et lui prit les mains.

— Maintenant, si. Si tu veux toujours.

Il resta silencieux dix secondes peut-être, et quand il parla de nouveau, sa voix n'était pas exactement ce qu'elle aurait dû être, car c'était désormais à lui d'avoir peur.

— Tu es sûre ?

— Est-ce que tu veux toujours...

— Oui ! Ce n'était pas facile de la soulever dans son état, les cheveux mouillés, encore nue et humide au sortir de la douche, mais un homme devait serrer sa femme dans des instants pareils. Elle était en train de changer. Ses côtes étaient moins apparentes. Elle avait repris du poids grâce à un régime régulier et sain. Mais c'était la personne à l'intérieur qui avait changé le plus. Kelly se demanda quel miracle s'était produit, redoutant de croire qu'il y avait joué un rôle, mais sachant qu'il en était pourtant ainsi. Il la reposa au bout de quelques instants, regardant l'allégresse pétiller dans ses yeux, fier d'avoir contribué à la faire revenir.

— J'ai mes côtés difficiles, moi aussi, l'avertit Kelly, inconscient de son propre regard.

— J'en ai déjà vu la plupart, le rassura-t-elle. Ses mains commencèrent à caresser son torse bronzé et couvert d'une épaisse toison brune, marqué des cicatrices de combats dans un pays lointain. Ses cicatrices à elle étaient intérieures, mais une partie de celles de Kelly également, et ensemble, ils se guériraient l'un l'autre. Pam en était sûre à présent. Elle avait commencé à envisager le futur autrement que comme un endroit sombre où se cacher et oublier. C'était désormais un lieu d'espoir.

6

Embuscade

Le reste fut facile. Un rapide trajet en bateau les conduisit à Solomons, où Pam put faire quelques achats de première nécessité. Un passage chez le coiffeur lui arrangea les cheveux. Dès la fin de sa deuxième semaine avec Kelly, elle s'était mise à la course et avait repris du poids. Elle pouvait déjà mettre un maillot deux-pièces sans exhiber trop visiblement sa cage thoracique. Les muscles de ses cuisses se raffermissaient ; tout ce qui avait été flasque était à présent ferme, comme il sied à une fille de son âge. Certes, elle avait encore ses démons. Par deux fois, Kelly fut tiré de son sommeil et la trouva tremblante, couverte de sueur et murmurant des paroles informulées mais pourtant aisément compréhensibles. Les deux fois, son contact réussit à la calmer, elle, mais pas lui. Bientôt, il lui apprit à manœuvrer le *Springer*, et même si son éducation avait eu des carences, elle était loin d'être idiote. Elle eut tôt fait d'assimiler des trucs qui dépassent la majorité des navigateurs. Il la surprit même à piquer une tête, plutôt étonné qu'on leur apprenne à nager au fin fond du Texas.

Mais avant tout, il l'aimait, il aimait l'image, le son, l'odeur et plus que tout, le contact de Pam Madden. Kelly se surprit à être rongé d'angoisse si jamais il ne la voyait plus de quelques minutes, comme si elle risquait d'une façon ou d'une autre de disparaître. Mais elle était toujours là, surprenant son regard, et y répondant par un sourire espiègle. Presque tout le temps. Parfois, il devinait chez elle une autre expression, quand elle se laissait aller à revenir sur les ténèbres du passé ou à envisager un futur différent de celui qu'elle avait déjà prévu. Il se prenait alors à souhaiter qu'elle puisse pénétrer au fond de son esprit pour en extraire les parties les plus noires, tout en sachant qu'il devrait s'en remettre à d'autres pour ça. En ces moments-là, comme en d'autres, il trouvait en général un prétexte pour s'approcher d'elle, lui caresser l'épaule du bout du doigt, juste pour qu'elle sache qu'il était là.

Dix jours après le départ de Sam et Sarah, ils eurent une petite cérémonie. Il la laissa sortir avec le bateau, attacher le flacon de phénobarbital à un gros caillou et balancer le tout par-dessus bord. Le *plouf* qu'il fit en touchant l'eau sembla mettre un point final adéquat à tous leurs problèmes. Kelly derrière elle, lui enserrant la taille de ses bras vigoureux, ils contemplèrent ensemble les autres navires traversant la baie, et il envisageait déjà un avenir radieux et prometteur.

— Tu avais raison, dit-elle en lui caressant les avant-bras.

— Ça m'arrive, parfois, répondit Kelly avec un sourire lointain, qui laissa bien vite place à l'étonnement lorsqu'il l'entendit poursuivre :

— Il y en a d'autres, John, d'autres femmes qu'Henry a... comme Helen, celle qu'il a tuée.

— Que veux-tu dire ?

— Il faut que j'y retourne, je dois les aider... avant qu'Henry... avant qu'il en tue d'autres.

— Tu cours un sacré risque, Pammy, observa Kelly, la voix lente.

— Je sais... mais elles, alors ?

C'était un symptôme de son rétablissement, Kelly le savait. Elle était redevenue quelqu'un de normal et les gens normaux se font du souci pour leur prochain.

— Je ne peux pas me cacher éternellement, pas vrai ? Kelly sentait la peur dans sa voix, mais ses paroles la défiaient et il la serra un peu plus fort.

— Non, tu ne peux pas, pas vraiment. C'est bien là le problème. C'est trop difficile de se cacher.

— Es-tu sûr de pouvoir faire confiance à ton copain dans la police ?

— Oui : il me connaît. C'est un lieutenant à qui j'ai rendu service l'an dernier. Quelqu'un avait piqué un flingue, et je l'ai aidé à le retrouver. Il a une dette envers moi. En plus, j'ai fini par leur donner un coup de main pour l'entraînement de leurs plongeurs et je me suis fait quelques amis. Il marqua un temps. Tu n'es pas obligée de le faire, Pam. Si tu préfères laisser tomber, je n'y vois pas d'inconvénient. Je n'ai aucune raison de retourner à Baltimore, sinon pour cet examen médical.

— Tout ce qu'ils m'ont fait subir, ils le font subir aux autres. Si je n'agis pas, ce ne sera jamais vraiment fini, pas vrai ?

Kelly songea à sa remarque, à ses propres démons. On ne pouvait pas tirer tout bonnement un trait sur certaines choses. Il savait. Il avait essayé. L'expérience de Pam était, dans son genre, bien plus horrible que la sienne, et si leur relation devait se poursuivre, il convenait d'enterrer ces démons.

— Laisse-moi passer un coup de fil.

*

— Lieutenant Allen à l'appareil, répondit l'homme dans son commissariat du quartier ouest. La climatisation ne marchait pas trop bien aujourd'hui, et son bureau était encombré de boulot en souffrance.

— Frank ? C'est John Kelly, entendit l'inspecteur, et cela fit naître sur ses traits un sourire.

— Comment va la vie au milieu de la baie, vieux ? *Comme j'aimerais être là-bas.*

— C'est peinard. Comment va, de ton côté ?

— J'aimerais bien que ce soit pareil, répondit Allen en s'appuyant au dossier de sa chaise tournante. Homme de forte carrure et, comme la plupart des flics de sa génération, ancien combattant de la Seconde Guerre mondiale — dans son cas, artilleur dans les Marines — Allen était passé de l'îlotage à la criminelle. Malgré tout, le boulot n'était pas aussi exigeant qu'on pouvait le croire, même s'il avait ce côté pénible associé à la fin prématurée de l'existence.

Allen nota immédiatement le changement de ton de Kelly.

— Qu'est-ce que je peux faire pour toi ?

— Euh, eh bien, j'ai rencontré une personne qui aimerait avoir une petite conversation avec toi.

— Comment ça ? demanda le flic, en tâtonnant dans sa poche de chemise à la recherche d'une clope et d'allumettes.

— Ton boulot, Frank. Une information concernant un meurtre.

Les yeux du flic se plissèrent légèrement, tandis que son cerveau changeait de vitesse.

— Où et quand ?

— Je ne sais pas encore et je préfère ne pas en parler au téléphone.

— Vraiment sérieux ?

— Ça reste entre nous, pour l'instant ?

Allen hocha la tête, regarda dehors.

— Pas de problème, vas-y.

— Le milieu de la drogue.

Il y eut un déclic dans l'esprit d'Allen. Kelly avait dit « une personne » en parlant de son informateur. Pas « un homme ». Allen en déduisit que l'individu était une femme. Kelly était intelligent mais pas si futé que ça pour ce genre de boulot. Allen était au courant de rapports officieux concernant une filière de la drogue utilisant des femmes à telle ou telle tâche. Rien de plus. Ce n'était pas son domaine. L'affaire était aux mains d'Emmet Ryan et Tom Douglas, au commissariat central, et Allen n'était même pas censé en savoir autant.

— Il y a au moins trois réseaux en activité en ce moment dans le domaine de la drogue. Aucun n'est formé d'enfants de chœur, observa Allen d'une voix égale. Dis-m'en un peu plus.

— Cette personne préfère rester en retrait. Juste quelques tuyaux pour toi, Frank, point final. Si ça va plus loin, on peut reconsidérer la question. C'est que ça implique des types assez effrayants, si cette histoire est vraie.

Allen réfléchit. Il ne s'était jamais penché sur le passé de Kelly mais il en savait assez. Kelly était un plongeur d'expérience, quartier-maître dans la Navy, engagé dans les opérations de plongeur-commando dans le delta du Mékong, en soutien au 9e d'infanterie ; un « calmar », mais un calmar prudent et compétent dont les services avaient été chaudement recommandés auprès des forces de police par une huile du

Pentagone et qui avait fait un excellent boulot de remise à niveau des plongeurs du service — ce qui, incidemment, lui avait rapporté un assez joli chèque, se souvint Allen. La « personne » en question devait être de sexe féminin. Kelly n'aurait jamais fait de tels efforts pour protéger aussi étroitement un homme. Les hommes n'avaient tout simplement pas ce genre d'attitude vis-à-vis de leurs semblables. Faute de mieux, voilà qui rendait déjà l'affaire intéressante.

— T'es pas en train de me mener en bateau, hein ? se crut-il obligé de demander.

— C'est pas mon genre, mec. Mes conditions : c'est uniquement à titre d'information, et c'est une rencontre discrète. D'accord ?

— Tu sais, n'importe qui d'autre, je lui aurais sans doute dit de se pointer ici, et ça aurait été réglé, mais je suis prêt à entrer dans ton jeu. Après tout, c'est toi qui m'as permis de résoudre l'affaire Gooding. Tu sais qu'on a fini par le coincer. Perpète, plus trente ans [1]. Je te dois bien ça. D'accord, je te suis. Ça te convient ?

— Merci. C'est quoi, ton emploi du temps ?

— Je suis de la dernière équipe, cette semaine. Il était à peine plus de quatre heures de l'après-midi et Allen venait donc de prendre son poste. Il ne savait pas que Kelly avait déjà appelé trois fois sans laisser de message. Je termine sur le coup de minuit, une heure, ça dépend comment se présente la soirée. Certaines sont plus chargées que d'autres.

— Bon. Demain soir. Je passe te prendre devant le commissariat. On pourra bouffer ensemble, tranquilles.

Allen fronça les sourcils. Ça ressemblait à un film de James Bond, ces conneries d'histoires d'espionnage. Mais il savait que Kelly était un gars sérieux, même s'il ne connaissait rien aux méthodes de la police.

— Bon, ben d'accord, à demain, mec.

— Merci, Frank. Au revoir. Il y eut un déclic et Allen se remit au boulot, après avoir noté le rendez-vous sur son agenda de bureau.

---

1. Rappelons qu'aux États-Unis, les sentences sont cumulatives et un condamné peut donc se voir infliger plusieurs siècles de détention, les chefs d'inculpation ne pouvant pas fusionner. *(N.d.T.)*

*

— T'as la trouille ? demanda-t-il.
— Un peu, admit-elle.
Il sourit.
— C'est normal. Mais j'ai entendu ce qu'il a dit. Il ne sait rien de toi. Tu peux toujours te retirer à tout moment. Je resterai armé en permanence. Et ce n'est qu'une conversation. Tu peux entrer et sortir. On fera ça dans la journée — la nuit, en fait. Et je serai toujours avec toi.
— A chaque minute ?
— Sauf quand tu seras aux toilettes, ma puce. Là, il faudra que tu te débrouilles toute seule. Elle sourit et se détendit.
— Il faut que je prépare le dîner, dit-elle, en se dirigeant vers la cuisine.

Kelly sortit. Quelque chose lui soufflait de refaire une séance de tir mais il s'était déjà entraîné. A la place, il entra dans sa casemate-réserve et décrocha le .45 du râtelier. Il commença par enfoncer le ressort récupérateur sur sa tige de recul. Puis, tout en maintenant le ressort, il fit pivoter la bague de retenue. Cela libéra ce dernier. Kelly démonta ensuite la glissière, retira le canon ; le démontage pour inspection était achevé. Kelly pointa le canon vers la lumière et, comme prévu, il était encrassé. Il nettoya chaque surface à l'aide d'un chiffon imbibé de liquide nettoyant Hoppe et d'une vieille brosse à dents jusqu'à ce qu'il n'y ait plus la moindre trace de saleté sur aucune des surfaces métalliques. Puis il lubrifia le mécanisme à l'huile fine. Pas trop, cela aurait attiré la poussière et la crasse, qui pouvaient bloquer l'arme et la faire s'enrayer au moment inopportun. Le nettoyage terminé, il remonta le Colt avec rapidité et précision — c'était une manœuvre qu'il était capable d'effectuer, et qu'il effectuait, les yeux fermés. Le contact dans sa main était agréable quand il manœuvra plusieurs fois la glissière pour vérifier qu'elle était convenablement remontée. Une ultime inspection visuelle le lui confirma.

Kelly sortit d'un tiroir deux chargeurs neufs, ainsi qu'une balle isolée. Il inséra un chargeur dans la crosse, manœuvrant la glissière pour faire monter la première balle dans la chambre. Il abaissa délicatement le chien avant d'éjecter le chargeur et d'y glisser la balle supplémentaire. Avec huit cartouches dans le pistolet plus un chargeur de rechange, il avait désormais quinze balles pour faire face au danger. Pas assez pour une balade dans la jungle vietnamienne, certes, mais il estima que c'était amplement suffisant pour les faubourgs mal famés d'une grande ville. Il était capable de loger une balle en pleine tête d'un adversaire à dix mètres de distance, de jour comme de nuit. Il n'avait jamais paniqué au feu et il avait déjà tué des hommes. Quels que puissent être les dangers, Kelly était prêt à les affronter. En outre, il ne s'agissait pas de traquer le Viêt-cong. Il s'agissait de se fondre dans la nuit, et la nuit était son amie. Il n'y aurait pas trop de monde dans les rues, un souci de moins, et à moins que ceux d'en face soient au courant de sa présence — ce qui ne serait pas le cas — il n'avait pas à redouter d'embuscade. Il lui suffisait de rester en alerte, ce qui pour lui était naturel.

Au dîner, il y avait du poulet, un plat que Pam savait préparer. Kelly faillit ouvrir une bouteille de vin mais il se ravisa. Pourquoi la tenter avec de l'alcool ? Peut-être en profiterait-il pour arrêter de boire. Ce ne serait pas une grosse perte et le sacrifice témoignerait de son engagement vis-à-vis d'elle. Leur conversation se cantonna à des sujets anodins. Il avait déjà fermé son esprit aux dangers. Inutile de les ressasser. Trop d'imagination ne faisait qu'aggraver les choses, au mieux.

— Tu penses vraiment qu'on aurait besoin de rideaux neufs ? demanda-t-il.

— Ils ne sont pas trop bien assortis au mobilier.

Kelly grommela.

— Pour un bateau ?

— Ça fait plutôt banal, à bord, tu trouves pas ?

— Banal ? observa-t-il en débarrassant la table. Tout à l'heure, tu vas me dire que tous les hommes se valent... Kelly se tut immédiatement. C'était la première fois qu'il se laissait aller à une remarque déplacée. Excuse-moi...

Elle eut un sourire espiègle.

— Eh bien, par certains côtés, c'est vrai. Et cesse un peu d'avoir peur d'aborder certains sujets avec moi, d'accord ?

Kelly se détendit.

— D'accord. Il la prit dans ses bras, l'attira contre lui. Si c'est ce que tu ressens... ma foi...

— Mmmmm. Elle sourit, accepta son baiser. Les mains de Kelly se promenèrent dans son dos sans trouver le contact d'un soutien-gorge sous le corsage de coton. Elle le regarda en gloussant.

— Je me demandais combien de temps tu mettrais à remarquer.

— J'avais les bougies dans les yeux.

— Gentil, les bougies, mais l'odeur, pardon !

Elle avait raison. La casemate n'était pas très bien ventilée. Encore un truc à réparer. Kelly savait qu'il aurait de quoi faire les prochains jours tandis que ses mains glissaient vers un endroit plus agréable.

— Ai-je pris assez de poids ?

— Dis, je rêve ou est-ce que...

— Eh bien, peut-être juste un peu, admit Pam, en maintenant sa main plaquée contre elle.

*

— Il faudra te trouver une autre garde-robe, dit-il en observant son visage, cette confiance toute neuve. Il lui avait confié la barre et, une fois doublé le phare de Sharp Island, elle avait pris le cap correct, nettement à l'est du chenal de navigation bien encombré aujourd'hui.

— Bonne idée, admit-elle. Mais je ne sais pas s'il y a des boutiques bien. Elle vérifia son cap, comme tout bon barreur.

— Elles sont faciles à trouver. Suffit de regarder le parking.

— Hein ?

— Les Lincoln et les Cad, ma puce. Toujours synonymes de belles sapes. Immanquable.

Elle rit comme prévu. Kelly s'extasiait de voir à quel point elle avait repris de l'assurance, même s'il y avait encore du chemin à faire.

— Où coucherons-nous ce soir ?

— A bord. On sera plus en sûreté.

Pamela hocha simplement la tête mais il crut néanmoins utile de s'expliquer.

— Tu as changé d'allure, et ils ne me connaissent ni d'Eve ni d'Adam. Ils ne connaissent ni ma voiture ni mon bateau. Frank Allen ignore ton nom, il ne sait même pas que tu es une fille. C'est la base de la sécurité en opération. Nous ne devrions pas avoir de problème.

— Je suis sûre que t'as raison, et elle se tourna pour lui sourire. La confiance qu'il lut sur ses traits lui réchauffa le cœur et gonfla encore son ego.

— Va pleuvoir, ce soir, releva Kelly en indiquant des nuages au loin. Ça aussi, c'est un bon point. Ça réduit la visibilité. On effectuait pas mal de missions sous la pluie. Les gens sont moins alertes lorsqu'ils sont trempés.

— Tu t'y connais vraiment dans ce genre de boulot, hein ? Sourire viril.

— J'ai appris à rude école, chou.

Ils accostèrent trois heures plus tard. Kelly fit grand étalage de sa vigilance, inspectant le parc de stationnement, pour constater que le Scout était bien à son emplacement habituel. Il la fit descendre en cabine tandis qu'il attachait les amarres, puis il lui dit de ne pas bouger, le temps d'aller chercher la voiture. Comme convenu, Pam fonça directement du bateau au 4 x 4, sans regarder ni à gauche ni à droite, et il démarra aussitôt pour quitter le chantier. Il était encore tôt et ils quittèrent la ville pour trouver un centre commercial en banlieue, à Timonium, où Pam, pendant deux heures (pour Kelly, interminables), se choisit trois ensembles élégants, qu'il régla en liquide. Elle passa celui qu'il préférait, une jupe discrète avec un corsage, qui s'accordaient à sa propre mise, veston et chemise sans cravate. Pour une fois, Kelly portait une tenue en rapport avec sa fortune, et c'était bien agréable.

Ils dînèrent dans le même secteur, un restaurant plutôt chic avec une alcôve dans la pénombre. Kelly n'en dit rien mais il avait besoin d'un bon repas et même si Pam se contentait de poulet, elle avait encore pas mal de choses à apprendre question cuisine.

— Tu as l'air vraiment en forme... enfin, détendue, dit-il en sirotant son café.

— Je n'aurais jamais cru pouvoir me sentir comme ça. Je veux dire, ça ne fait que... même pas trois semaines ?

— Exact. Kelly reposa sa tasse. Demain, nous verrons Sarah et ses amis. D'ici deux mois, tout sera différent, Pam. Il lui prit la main gauche, espérant un jour voir son annulaire s'orner d'une bague en or.

— J'y crois à présent. J'y crois vraiment.
— Parfait.
— Quel est le programme, maintenant ? Le dîner était fini et il leur restait encore plusieurs heures avant le rendez-vous clandestin avec le lieutenant Allen.
— On fait un petit tour en bagnole ? Kelly laissa de l'argent sur la table et la reconduisit à la voiture.

Il faisait sombre à présent. Le soleil était presque couché et la pluie s'était mise à tomber. Kelly prit vers le sud, par la route de York, pour retourner en ville, l'estomac rempli et l'esprit détendu, confiant et prêt pour une nuit de boulot. A l'entrée de Towson, il avisa les voies de tramway récemment abandonnées, signe annonciateur de la grande ville proche et de ses dangers supposés. Ses sens furent aussitôt en alerte. Les yeux de Kelly furetaient de gauche à droite, balayant rues et trottoirs, surveillant les trois rétroviseurs toutes les cinq secondes. En montant en voiture, il avait glissé le Colt .45 automatique à sa place habituelle, un étui fixé juste sous le siège avant, qui lui permettait de le dégainer plus vite que s'il était à sa ceinture — sans parler que c'était bien plus confortable ainsi.

— Pam ? Il surveillait les véhicules alentour, s'assura encore une fois que les portes étaient verrouillées de l'intérieur — précaution qui confinait à la paranoïa quand il était aussi vigilant.
— Oui ?
— Jusqu'à quel point me fais-tu confiance ?
— J'ai entièrement confiance en toi, John.
— Où est-ce que tu... disons, où est-ce que tu travaillais ?
— Que veux-tu dire ?
— Je veux dire, il fait sombre et il pleut, et j'aimerais bien voir à quoi ressemble le quartier. Sans se tourner, il la sentit se crisper. Écoute, je serai prudent. Si jamais tu remarques un truc qui t'inquiète, je dégage vite fait.
— Ça me fout la trouille, dit aussitôt Pam, puis elle se tut. Elle avait confiance en son mec, non ? Il avait tant fait pour elle.

Il l'avait sauvée. Elle devait lui faire confiance — non, il devait être sûr qu'elle lui faisait confiance. Elle devait le lui montrer. Aussi, demanda-t-elle :

— Tu promets que tu seras prudent ?

— Ça, tu peux me croire, Pam. Tu remarques un seul truc pas catholique et on se barre.

— Bon, alors c'est d'accord.

C'était incroyable, songea Kelly, cinquante minutes plus tard. Les trucs qui sont là mais qu'on ne voit jamais. Combien de fois avait-il traversé ce quartier de la ville, sans jamais s'arrêter, sans jamais rien remarquer. Et dire que pendant des années, sa survie avait dépendu de sa capacité à tout noter, la moindre branche cassée, le moindre cri soudain d'un oiseau, la moindre empreinte de pas dans la terre. Or, il avait traversé ce coin des centaines de fois sans jamais noter ce qui s'y passait, parce que c'était une autre sorte de jungle peuplée d'un gibier bien différent. Une partie de son cerveau remarqua, désabusée : *Et alors, tu t'attendais à quoi ?* Une autre partie remarqua que le danger avait toujours été présent et qu'il n'avait pas su le déceler mais le signal d'alarme ne fut pas aussi fort et clair qu'il aurait dû.

Les conditions étaient idéales. La nuit, un ciel nuageux et sans lune. Le seul éclairage provenait des rares réverbères qui ne créaient que des globes lumineux isolés le long des trottoirs à la fois désertés et actifs. Il y avait des averses passagères, tantôt denses, tantôt modérées, de quoi faire baisser les têtes et réduire la visibilité, de quoi refréner en tout cas la curiosité d'un individu normal. Cela lui convenait à merveille car il tourna plusieurs fois autour des pâtés de maisons, relevant les changements entre le deuxième et le troisième passage, à un endroit précis. Il nota même qu'une partie des réverbères ne fonctionnaient pas. Était-ce simple négligence des employés municipaux ou bien de l'entretien créatif redevable aux « hommes d'affaires » du quartier ? Sans doute un peu des deux, estima Kelly. Les gars qui changeaient les ampoules ne devaient pas gagner leur vie si bien que ça et un billet de vingt dollars devait facilement les convaincre de ralentir un peu le travail, voire de ne pas reviser complètement l'ampoule. En tout cas, ça contribuait à l'ambiance. Les rues étaient obscures et l'obscurité avait toujours été l'amie fidèle de Kelly.

Le quartier était si... si triste. Devantures miteuses d'anciennes épiceries familiales, sans doute poussées à la faillite par les supermarchés qui avaient été détruits à leur tour par les émeutes de 68, et le trou ainsi créé dans le tissu économique du quartier n'avait toujours pas été comblé. Le revêtement fissuré des trottoirs était jonché de toutes sortes de détritus. Y avait-il des gens qui habitaient ici ? Et qui étaient-ils ? Que faisaient-ils ? Quels étaient leurs rêves ? Ils ne pouvaient pas tous être des criminels. Se cachaient-ils la nuit ? Et dans ce cas, que se passait-il de jour ? Kelly l'avait appris en Asie : laissez à l'ennemi une partie de la journée et il se la réservera, puis voudra la prolonger, car les journées ont vingt-quatre heures qu'il tiendra à s'accaparer entièrement pour ses activités. Non, il ne fallait jamais rien céder au camp adverse, pas un endroit, pas un instant, ne jamais rien lui laisser qu'il soit susceptible d'exploiter. C'est comme ça qu'on perdait une guerre, et c'était bien une guerre qui se déroulait ici. Et les vainqueurs n'étaient pas les forces du bien. Cela le frappa immédiatement. Il avait déjà vu ce qu'il savait être une guerre perdue d'avance.

Les dealers composaient une faune variée, constata Kelly en passant devant leurs zones de vente. A cette heure-ci, ils avaient pris possession des rues. Il régnait peut-être une certaine compétition entre eux, un sordide processus darwinien pour décider à qui revenait telle portion de trottoir, qui détenait les droits territoriaux sur telle ou telle vitrine brisée, mais avec ce genre de compétition, on parvenait rapidement à une sorte de stabilité et le bizness reprendrait bien vite le dessus car après tout, le but de la compétition, c'était le bizness.

Kelly prit à droite dans une nouvelle rue. L'idée provoqua chez lui un grognement assorti d'un mince sourire ironique. Une nouvelle rue ? Non, ces rues étaient vieilles, si vieilles que les « braves » gens les avaient désertées depuis des années, quittant la cité pour des endroits plus verdoyants et laissant place à une autre population, jugée moins estimable, puis cette nouvelle population était partie à son tour, et le cycle s'était poursuivi ainsi sur plusieurs générations jusqu'à ce que quelque chose se détraque vraiment pour aboutir au spectacle qu'il avait maintenant sous les yeux. Il lui avait fallu une heure peut-être pour se rendre compte qu'il y avait des gens ici, et pas uniquement des trottoirs déserts couverts de détritus et peuplés de criminels. Il vit une femme qui quittait un arrêt d'autobus en tenant un enfant par la main et se demanda d'où ils revenaient. Une visite chez une tante ? La bibliothèque municipale ? Des endroits dont l'attrait valait d'effectuer le trajet inconfortable de l'arrêt de bus au domicile et de devoir passer devant des scènes, des bruits et des personnages dont la seule existence pouvait être préjudiciable à un jeune enfant.

Le dos de Kelly se raidit, ses yeux se plissèrent. Il avait déjà vu cela. Même au Viêt-nam, un pays en guerre dès avant sa naissance, il y avait toujours des parents, des enfants et, même en pleine guerre, cette quête désespérée d'une chose comme la normalité. Les enfants avaient besoin de jouer une partie du temps, ils avaient besoin de tendresse et d'amour, besoin d'être protégés des aspects les plus durs de la réalité, aussi longtemps que le courage et l'habileté de leurs parents rendraient la chose possible. Et c'était également vrai ici. Partout, il y avait des victimes, toutes plus ou moins innocentes, et les enfants étaient les plus innocents de tous. Il le constatait ici, à moins de cinquante mètres de lui, avec cette jeune mère qui traversait la rue avec son gosse, pour éviter le coin où un dealer était en train d'effectuer une transaction. Kelly ralentit pour la laisser passer, espérant que l'amour et la sollicitude qu'elle manifestait ce soir feraient une différence pour son enfant. Les dealers l'avaient-ils remarquée ? Les honnêtes citoyens méritaient-ils simplement un regard ? Étaient-ils une couverture ? Des clients potentiels ? Une gêne ? Une proie ? Et l'enfant ? Y faisaient-ils même attention ? Sans doute pas.

— Merde, murmura-t-il doucement, trop détaché pour manifester ouvertement sa colère.

— Quoi ? demanda Pam. Elle était sagement assise, en retrait de la portière.

— Rien. Pardon. Kelly secoua la tête et poursuivit son observation. A vrai dire, il commençait à y prendre plaisir. C'était comme une mission de reconnaissance. Reconnaître, c'était apprendre et apprendre avait toujours été une passion pour Kelly. Là, il découvrait un milieu entièrement nouveau pour lui. Certes c'était un milieu nocif, destructeur et laid, mais il était également différent et c'est ce qui le rendait passionnant. Ses mains sur le volant étaient parcourues de picotements.

La clientèle était variée, elle aussi. Certains étaient manifestement des gens du quartier, reconnaissables à leur couleur et leurs vêtements élimés. Certains paraissaient plus accrochés que d'autres et Kelly se demanda ce que cela signifiait. Les clients apparemment encore fonctionnels étaient-ils les derniers à tomber en esclavage ? Ceux à l'état d'épave étaient-ils les anciens combattants de l'autodestruction, irrévocablement en marche vers leur propre mort ? Comment un individu normal pouvait-il les contempler sans être terrifiés en constatant qu'il était possible de se détruire ainsi à petite dose ? Qu'est-ce qui poussait les gens à faire ça ? Cette seule idée faillit l'amener à stopper sa voiture. C'était une chose qui dépassait son entendement.

Puis il y avait les autres, au volant de voitures moyennes si propres qu'elles devaient venir d'autres quartiers, où il convenait de respecter un certain statut. Il dépassa un de ces véhicules et observa discrètement son chauffeur. *Il porte même une cravate !* Certes desserrée, à cause de sa nervosité à traverser un quartier pareil, une main pour descendre la glace tandis que l'autre reposait au sommet du volant, le pied droit sans doute léger sur la pédale d'accélérateur, prêt à écraser le champignon si jamais le danger menaçait. L'homme devait être sur les nerfs, estima Kelly en l'observant dans le rétroviseur. Il ne pouvait pas se sentir à l'aise ici, et pourtant il avait dû venir. Oui, c'était ça. Une liasse de billets fut passée par la fenêtre ouverte et quelque chose reçu en échange, puis la voiture démarra aussi vite que le permettait la circulation dense. Sur un coup de tête, Kelly décida de suivre la Buick sur plusieurs pâtés de maison, tournant à droite, puis à gauche dans une grande artère où la voiture alla se placer dans la file de gauche pour y rester, roulant aussi vite que le permettait la prudence pour se barrer de ce quartier sordide tout en évitant d'attirer l'attention d'un policier avec son carnet de contraventions.

Ouais, la police, parlons-en, songea Kelly en abandonnant la poursuite. *Où sont-ils, ceux-là ?* On violait la loi avec tout le battage apparent d'une kermesse de quartier, mais pas un flic n'était visible. Il hocha la tête et retourna vers les rues chaudes. Le décalage avec le quartier de son enfance, à Indianapolis, dix ans plus tôt, était énorme. Comment les choses avaient-elles pu évoluer aussi rapidement ? Comment cela avait-il pu lui échapper ? Sa période sous les drapeaux, sa vie sur son île l'avaient isolé de tout. Il était devenu un plouc, un innocent, un touriste dans son propre pays.

Il se tourna pour regarder Pam. Elle semblait à l'aise, bien qu'un peu tendue. Ces gens étaient dangereux, mais pas pour eux deux. Il avait pris soin de demeurer invisible, de conduire comme tout le monde, sinuant entre les quelques pâtés de maison du quartier des « affaires » sans suivre de chemin régulier. Il se répéta qu'il n'était pas aveugle aux dangers. Dans sa quête d'activités régulières, il avait pris garde de ne pas se trahir. Il aurait fallu être particulièrement attentif pour réussir à le repérer, avec son véhicule. Et de toute manière il avait toujours son Colt .45, planqué entre les jambes. Ces bandits avaient beau paraître formidables, ce n'était rien en comparaison des Nord-Vietnamiens et des Viêt-congs qu'il avait affrontés. Ç'avait été des bons. Il avait été meilleur. Il y avait du danger dans ces rues, mais bien moins que celui auquel il avait déjà survécu.

Cinquante mètres devant, il avisa un dealer vêtu d'une chemise de soie, marron ou bordeaux. Difficile de savoir sa couleur exacte dans cette pénombre, mais elle devait être en soie, vu sa façon de refléter la lumière. Et même en soie naturelle, Kelly était prêt à le parier. Il y avait quelque chose de tapageur chez cette vermine. Ça ne leur suffisait donc pas de violer simplement la loi, hein ? Oh non, il fallait en plus qu'ils montrent aux gens à quel point ils étaient fiers et audacieux.

Crétin, songea Kelly. *Extrêmement crétin d'attirer sur soi l'attention ainsi. Quand on fait des trucs dangereux, on dissimule son identité, on dissimule même sa présence, et on se réserve toujours au moins une échappatoire.*

— C'est quand même incroyable qu'ils arrivent malgré tout à s'en tirer, murmura Kelly, pour lui-même.

— Hein ? Pam avait tourné la tête.

— Ils sont tellement idiots. Il indiqua du geste le dealer au coin de la rue. Même si les flics n'agissent pas, imagine que quelqu'un décide de... je veux dire, il a un sacré paquet d'argent sur lui, non ?

— Dans les mille, voire deux mille, confirma Pam.

— Alors, si quelqu'un essaye de le dévaliser ?

— Ça arrive mais il est armé, et si quelqu'un tente de...

— Oh — le type sur le pas de la porte ?

— C'est lui, le vrai dealer, Kelly. Tu ne savais pas ? Le type à la belle chemise est son lieutenant. C'est lui qui effectue la véritable... comment appelles-tu ça ?

— La transaction, répondit sèchement Kelly, en se souvenant qu'il n'avait pas réussi à remarquer une chose, qu'il avait laissé son orgueil obscurcir sa vigilance. *Pas une bonne habitude*, se dit-il.

Pam hocha la tête. C'est ça. Regarde... regarde-le maintenant.

Pas de doute, Kelly vit, il le comprenait à présent, comment se déroulait l'ensemble de la transaction. Un second automobiliste — un autre banlieusard en visite, estima Kelly — tendit son argent (une supposition car Kelly ne pouvait pas vraiment voir mais ce n'était sûrement pas une carte de crédit). Le lieutenant glissa la main sous sa chemise et lui tendit un paquet. Lorsque la voiture eut redémarré, le type en chemise flamboyante traversa la rue et, à la faveur de l'ombre que les yeux de Kelly n'arrivaient pas totalement à percer, un autre échange eut lieu.

— Oh, j'ai pigé. Le lieutenant détient la drogue et procède à l'échange mais il donne l'argent à son patron. Le patron garde le butin mais il a également une arme pour s'assurer que tout se passe bien. Ils ne sont pas aussi idiots que je le pensais.

— Ils sont même très malins.

Kelly hocha la tête et nota mentalement la leçon, se reprochant d'avoir fait au bas mot deux suppositions erronées. Mais c'était pour cela qu'on effectuait des reconnaissances, somme toute.

Ne te sens pas trop à l'aise, Kelly, se morigéna-t-il. *Maintenant que tu sais qu'il y a deux méchants en face, l'un armé et l'autre dissimulé sur le pas de cette porte*. Il se cala dans son siège et garda les yeux rivés sur la menace potentielle, cherchant à définir leur comportement. Le type planqué dans l'embrasure devait être la cible véritable. Le « lieutenant », bien mal nommé, n'était qu'un homme de main, voire un apprenti, quantité négligeable ne ramassant que des miettes, rémunéré peut-être à la commission. C'était celui qu'il voyait à peine qui était le véritable ennemi. Voilà une méthode qui avait fait ses preuves, pas vrai ? Il sourit au souvenir d'un officier politique régional de l'Armée nord-vietnamienne. Le boulot avait même porté un nom de code. MANTEAU D'HERMINE. Quatre jours durant, ils avaient pisté ce salaud, quatre jours après l'avoir identifié de manière irréfutable, rien que pour s'assurer qu'il était bien leur homme, puis pour apprendre ses habitudes et décider de la meilleure méthode pour lui faire avaler son bulletin de naissance. Kelly n'oublierait jamais le regard sur le visage de cet homme à l'instant où la balle pénétrait dans sa poitrine. Puis, ç'avait été la fuite de cinq kilomètres jusqu'à la ZA, pendant que la patrouille de contre-attaque nord-vietnamienne filait dans la mauvaise direction, induite en erreur par les charges pyrotechniques qu'il avait posées.

Supposons que l'homme dans l'ombre soit sa cible ? Comment procéderait-il ? C'était un jeu intellectuel intéressant. Il se faisait étrangement l'effet d'être un démiurge. Il avait l'impression d'être un aigle, observateur, classificateur, mais, par-dessus tout, prédateur au sommet de la chaîne alimentaire, un aigle pas encore affamé, planant sur les ascendants thermiques au-dessus de ses proies.

Il sourit, ignorant les signaux avertisseurs que la partie de son cerveau rompue au combat commençait à générer.

Hmmm. Il n'avait pas vu cette voiture auparavant. C'était un *muscle-car*, un coupé Plymouth Roadrunner, rouge claquant, qui roulait cent mètres devant lui. Il y avait quelque chose de bizarre dans la façon ...

— Kelly... Pam se crispa soudain sur son siège.

— Qu'est-ce qu'il y a ? Sa main trouva le calibre 45 et le fit glisser d'un millimètre à peine dans son étui, retrouvant le contact rassurant de la crosse au bois usé. Mais le fait qu'il ait tendu la main vers le pistolet, et le fait qu'il ait éprouvé le besoin soudain de ce réconfort était un message que son esprit ne pouvait ignorer. La partie prudente de son cerveau commençait à reprendre le dessus, ses instincts de combattant commençaient à s'exprimer plus librement. Et même cette réaction engendra chez lui une bouffée d'orgueil. *C'est tellement agréable*, songea-t-il en une fraction de seconde, *d'avoir toujours cette réaction quand le besoin s'en fait sentir.*

— Je reconnais cette voiture... c'est...

La voix de Kelly était calme.

— D'accord, on dégage. Tu as raison, il est temps de partir. Il accéléra, donnant un coup de volant à gauche pour doubler la Roadrunner. Il pensa dire à Pam de se baisser mais ce n'était pas vraiment nécessaire. D'ici moins d'une minute, il serait parti et — *merde !*

C'était un des clients chics, un type dans un cabriolet Karmann-Ghia noir qui venait de terminer sa transaction et qui, pressé de quitter le secteur, déboîta à gauche juste sous le nez de la Roadrunner pour piler soudain derrière une autre voiture qui faisait en gros la même chose. Pédale de freins au plancher, Kelly essaya d'éviter la collision, ce n'était vraiment pas le moment, non ? Mais les choses se goupillèrent mal et il stoppa presque à la hauteur de la Plymouth dont le chauffeur choisit ce moment pour sortir. Au lieu de passer devant, il décida de contourner sa voiture par l'arrière ; au passage, ses yeux se retrouvèrent à moins d'un mètre du visage inquiet de Pam. Kelly regardait lui aussi dans la même direction, sachant que l'individu était un danger potentiel et il lut dans les yeux de l'autre. L'homme avait reconnu Pam.

— D'accord, je vois, annonça-t-il avec une voix d'un calme sinistre, sa voix de combat. Il braqua franchement sur la gauche, écrasa l'accélérateur, doublant le petit cabriolet Volkswagen et son chauffeur invisible. Kelly parvint au carrefour quelques secondes plus tard et, après un arrêt d'une fraction de seconde pour vérifier que la voie était libre, il vira sec sur la gauche pour dégager en vitesse.

— Il m'a vue ! Pam criait presque.

— T'inquiète pas, Pam, répondit Kelly, surveillant la route dans son rétro. On dégage du secteur. Tu es avec moi et tu ne risques rien.

Imbécile, juraient ses instincts, s'adressant au reste de sa conscience. *Tu ferais mieux d'espérer qu'ils ne vont pas te* suivre. *Cette bagnole a trois fois plus de chevaux que la tienne et...*

— D'accord. Des phares bas exécutèrent le même virage que celui effectué par Kelly vingt secondes auparavant. Il les vit sinuer de droite à gauche. La voiture accélérait sec et chassait sur l'asphalte humide. Des phares jumelés. Ce n'était pas la Karmann-Ghia.

Tu es en danger maintenant, lui dit calmement son instinct. *Dans quelle mesure, impossible encore à savoir, mais il est temps de se réveiller.*

Bien compris.

Kelly plaqua les deux mains sur le volant. Le pistolet pouvait attendre. Il se mit à évaluer la situation et elle n'avait rien de réjouissant. Son Scout n'était pas taillé pour ce genre d'exercice. Ce n'était pas une voiture de sport, ce n'était pas un engin gonflé. Il avait quatre malheureux cylindres sous le capot. La Plymouth Roadrunner en avait huit, chacun plus gros que l'ensemble sollicité par Kelly. Qui plus est, la Roadrunner avait des chevaux à revendre à bas régime, une bonne tenue de route en virage, alors que le Scout avait été conçu pour cheminer en tout-terrain à un royal vingt-cinq à l'heure. Ça s'annonçait mal.

Le regard de Kelly se partageait équitablement entre le pare-brise et le rétro. L'écart était faible et la Roadrunner approchait rapidement.

Atouts, commença de récapituler son cerveau. *La voiture n'est pas totalement dépourvue d'avantages, c'est un petit engin robuste. Tu as de gros pare-chocs bien méchants, et la garde au sol élevée en fait un bélier efficace. Passons à la carrosserie. Cette Plymouth est peut-être un symbole social pour les cons mais ta petite bagnole peut être... non, est une arme et les armes, ça te connaît.* Son esprit se débarrassa de ses dernières toiles d'araignée.

— Pam, dit Kelly, le plus calmement possible, veux-tu te coucher sur le plancher, ma puce ?

— Est-ce qu'ils... Elle fit mine de se retourner, la peur toujours manifeste dans sa voix mais la main droite de Kelly la rabattit vers le plancher du véhicule.

— On dirait qu'ils nous filent, oui. Maintenant, tu me laisses jouer, d'accord ? L'ultime partie de sa conscience non encore engagée dans l'action était fière de voir son calme et sa confiance. Oui, il y avait du danger mais Kelly, le danger il connaissait, et bigrement mieux que les types en Roadrunner. S'ils voulaient avoir une leçon sur ce qu'était réellement le danger, merde, ils n'auraient pas pu tomber mieux.

Ses mains sur le volant étaient prises de picotements quand il obliqua sur la gauche, puis freina et vira sec sur la droite. Il ne pouvait pas négocier les courbes avec l'efficacité de la Plymouth mais ces rues étaient larges — et se trouver en tête lui laissait l'avantage de la trajectoire et du moment précis. Il aurait du mal à les semer mais il savait où se trouvait le commissariat. Il suffisait de les y mener. Arrivés là, ils rompraient le contact.

Il y avait toujours le risque qu'ils tirent, qu'ils trouvent le moyen de mettre hors de combat sa voiture, mais si tel était le cas, il avait toujours le Colt, un chargeur de rechange, plus des balles dans la boîte à gants. Ils étaient peut-être armés mais sûrement pas entraînés comme lui. Il les laisserait s'approcher... combien étaient-ils ? Deux ? Trois, peut-être ? Il aurait dû vérifier, se dit-il, et il se souvint qu'il n'avait pas eu le temps.

Kelly regarda dans le rétro. Quelques instants après, il fut récompensé. Les phares d'un autre véhicule, indépendant de la poursuite, éclairèrent par-derrière l'habitacle de la Plymouth. Trois. Il se demanda quel arsenal ils pouvaient avoir. Dans le pire des cas, un fusil de chasse. Non, le pire, serait une arme à tir rapide, un fusil d'assaut, mais les petits malfrats n'étaient pas des soldats et c'était improbable.

Sans doute, mais pas d'hypothèses hâtives, rétorqua son cerveau.

Le Colt .45, à bout portant, était aussi meurtrier qu'un fusil. Tout en virant à gauche, il bénit tranquillement son entraînement hebdomadaire. *S'il faut en venir là, laissons-les se rapprocher et montons une rapide embuscade.* Kelly savait tout ce qu'il y avait à savoir en matière d'embuscades. Un, les aspirer, deux, les souffler.

La Roadrunner était dix mètres derrière à présent, et son chauffeur se demandait quoi faire.

C'est la partie délicate, pas vrai ? songea Kelly, se mettant à la place de son poursuivant. *Tu peux te rapprocher autant que tu voudras, n'empêche que l'autre est toujours barricadé* derrière une tonne de métal. *Qu'est-ce que tu vas faire à présent ? M'emboutir, peut-être ?*

Non, l'autre conducteur n'était pas complètement idiot. Fixée sur son pare-chocs arrière, il y avait sa boule d'attelage et l'emboutir, ce serait la faire passer à travers le radiateur de la Plymouth. Pas de bol.

La Roadrunner glissa vers la droite. Kelly vit les phares se cabrer quand le chauffeur écrasa l'accélérateur de son gros V-8 mais être placé devant lui donnait un avantage. Kelly donna un brutal coup de volant pour bloquer l'adversaire. Ce qui lui apprit aussitôt que l'autre n'avait pas le cran d'abîmer sa voiture. Il entendit crisser les pneus tandis que la Roadrunner pilait pour éviter la collision. *On veut pas érafler sa belle peinture rouge, pas vrai ? Bonne nouvelle, pour changer !* Puis la Plymouth repartit sur la gauche mais Kelly, là aussi, anticipa la manœuvre. C'était comme deux voiliers tirant des bords en régate.

— Kelly, qu'est-ce qui se passe ? demanda Pam. Sa voix se brisait sur chaque mot.

Il répondit de la même voix calme qu'il employait depuis plusieurs minutes.

— Ce qui se passe, c'est qu'ils ne sont pas très malins.

— C'est la voiture de Billy... il adore la course.

— Billy, hein ? Eh bien, Billy aime un peu trop sa bagnole. Quand on veut faire du mal à quelqu'un, il faut être prêt à... Juste pour les surprendre, Kelly écrasa les freins. Le Scout piqua du nez, offrant à Billy une vue extra sur sa boule d'attelage chromée. Puis Kelly accéléra de nouveau, surveillant la réaction de la Plymouth. *Ouais, il veut nous serrer de près mais je peux l'intimider sans problème, et ça risque de ne pas trop lui plaire. Sans doute un petit connard fier de lui.*

Bien, voilà comment on procède.

Kelly décida de l'éliminer en douceur. Inutile de compliquer les choses. Cependant, il savait qu'il devait la jouer fine, et avec une prudence extrême. Son cerveau se mit à évaluer les angles et les distances.

Kelly écrasa un peu trop violemment le champignon à l'angle d'une rue. Le Scout faillit partir en tête à queue mais il avait prévu le coup et se récupéra avec juste assez de retard pour donner une piètre idée de ses talents de conducteur à un Billy sans aucun doute impressionné par ses propres qualités de pilote. La Roadrunner profita de sa tenue en virage et de ses pneus larges pour réduire l'écart et venir à la hauteur de l'arrière droit de Kelly. Une percussion délibérée enverrait à coup sûr le Scout dans le décor. La Plymouth avait désormais l'avantage, c'est du moins ce que pensait son chauffeur.

Parfait...

Kelly ne pouvait plus virer à droite. Billy le bloquait de ce côté. Donc, il vira sec sur la gauche, empruntant une rue qui s'enfonçait au milieu d'un vaste terrain vague. Une autoroute devait passer ici. Les bâtiments avaient été détruits et les sous-sols comblés de terre que les pluies de la nuit avaient transformée en bourbier.

Kelly se tourna pour regarder la Plymouth. *Oh-oh.* La vitre côté passager était en train de descendre. Ça, ça voulait dire une arme. *Là, tu prends des risques, Kelly...* Mais il se rendit compte aussitôt qu'il pouvait en tirer avantage. Il laissa voir son visage et fixa l'autre chauffeur, bouche bée, avec toutes les apparences de la peur. En même temps, il écrasait les freins et donnait un brusque coup de volant à droite. Le Scout escalada le trottoir à moitié défoncé, à l'évidence une manœuvre de panique. La brusque embardée fit hurler Pam.

La Roadrunner avait un meilleur couple, son conducteur le savait, de meilleurs pneus et de meilleurs freins et le pilote avait d'excellents réflexes, tous détails que Kelly avait notés et sur lesquels il comptait maintenant. Sa manœuvre de freinage fut anticipée et quasiment reproduite à l'identique par son poursuivant qui imita son virage, tressautant à son tour sur le revêtement bosselé du quartier démoli, poursuivant le Scout au milieu des décombres de ce qui avait été naguère un pâté de maisons, et tombant pile dans le piège tendu par Kelly. La Roadrunner réussit à parcourir une trentaine de mètres sur sa lancée.

Kelly avait déjà rétrogradé. La boue atteignait vingt bons centimètres d'épaisseur et il y avait toujours le risque que le Scout s'embourbe momentanément mais c'était bien improbable. Il sentit son véhicule ralentir, les pneus s'enfoncer de plusieurs centimètres sous la surface spongieuse puis les grosses sculptures accrochèrent et il repartit. *Ouais.* Ce n'est qu'à ce moment qu'il se retourna.

La position des phares était éloquente. La Roadrunner, déjà basse de caisse pour virer dans ces rues pavées, avait complètement ripé sur la gauche tandis que ses roues s'affolaient sur la surface gélatineuse et même quand le véhicule ralentit, la rotation de ses pneus continua d'excaver des ornières dans la surface détrempée. Les phares s'enfoncèrent rapidement tandis que le puissant moulin de la Plymouth ne servait qu'à creuser sa propre tombe. Un panache de vapeur s'éleva instantanément quand la culasse brûlante vint toucher une flaque.

La course était finie.

Trois hommes descendirent de la Plymouth et restèrent plantés là, l'air emprunté avec leurs pompes cirées gadouilleuses, contemplant le spectacle navrant de leur engin nickel transformé en truie fatiguée pataugeant dans la boue. Tous leurs plans diaboliques avaient été noyés par un peu de pluie et de terre. *Ça fait toujours plaisir de voir que je n'ai pas encore perdu la main*, songea Kelly.

Puis ils levèrent les yeux vers lui, à trente mètres de là.

— Bande de crétins ! leur lança-t-il, sous le crachin. A la revoyure, connards ! Puis il redémarra, non sans prendre soin bien sûr de les garder à l'œil. C'était ce qui lui avait permis de gagner la course : la prudence, la cervelle, l'expérience. Les couilles aussi, mais Kelly repoussa cette idée, à peine effleurée. A peine. Il ramena avec précaution le Scout sur la chaussée, monta les rapports, et s'éloigna, accompagné par le petit crépitement des mottes de terre qui se détachaient des pneus pour taper contre les passages de roue.

— Tu peux te relever maintenant, Pam. On ne les reverra plus de sitôt.

Pam obéit, se retournant alors pour contempler Billy et sa Roadrunner. Le voir aussi près la fit de nouveau pâlir.

— Qu'est-ce que t'as fait ?

— Je me suis arrangé pour les attirer dans un endroit que j'avais choisi, expliqua-t-il. C'est une chouette bagnole pour brûler le bitume, mais dans la boue, c'est pas ça.

Pam lui sourit alors, manifestant une bravoure qu'elle était bien loin d'éprouver mais qui parachevait le tableau, tel que

Kelly aurait pu le décrire à un bon copain. Il consulta sa montre. Encore une heure, à peu près, avant la relève au commissariat. Billy et ses potes risquaient d'être bloqués un bon moment. Le mieux à faire était de trouver un coin tranquille et d'attendre. En outre, Pam avait l'air d'avoir besoin de décompresser un peu. Il roula encore, puis ayant trouvé un endroit à peu près désert, se gara.

— Comment te sens-tu ?

— C'était terrifiant, répondit-elle, les yeux baissés. Elle tremblait violemment.

— Écoute, on peut retourner directement au bateau et...

— Non ! Billy m'a violée... et il a tué Helen. Si je ne l'arrête pas, il continuera de faire pareil avec les autres filles que je connais. Elle prononçait ces mots autant pour se persuader elle-même, Kelly le savait. Il reconnaissait cette attitude. Ça s'appelait le courage et c'était le pendant obligé de la peur. C'était ce qui poussait les gens à accomplir des missions, et ce qui permettait de choisir les missions pour eux. Elle avait vu les ténèbres et, ayant trouvé la lumière, il fallait qu'elle en fasse profiter les autres.

— D'accord, mais une fois qu'on en aura parlé à Frank, on se tire de Dodge City, vite fait.

— Ça ira, mentit Pam, sachant qu'il décelait son mensonge et honteuse de son attitude, ignorant combien il comprenait ses sentiments intimes.

Je n'en doute pas, avait-il envie de lui dire mais c'étaient des choses qu'elle n'avait pas encore apprises. Aussi lui posa-t-il une question.

— Combien y a-t-il de filles ?

— Doris, Xantha, Paula, Maria et Roberta... elles sont toutes comme moi, John. Et Helen... quand ils l'ont tuée, ils nous ont forcées à regarder.

— Eh bien, avec un peu de chance, tu peux aussi faire quelque chose pour ça, ma puce. Il lui passa un bras autour des épaules et au bout d'un moment, son tremblement cessa.

— J'ai soif, dit-elle.

— Il y a une glacière sur la banquette arrière.

Pam sourit.

— Bien. Elle se retourna sur son siège pour attraper le Coca

— et son corps se raidit soudain. Elle eut un hoquet et Kelly se sentit envahi par une sensation qu'il ne connaissait que trop, telle une décharge électrique courant sur l'épiderme. La sensation du danger.

Kelly! hurla Pam. Son regard était braqué vers l'arrière gauche de la voiture. Kelly avait déjà tendu la main vers son pistolet, tout en pivotant, mais il était trop tard et quelque chose en lui le savait déjà. La pensée scandaleuse lui traversa l'esprit qu'il avait commis une erreur terrible, fatale, mais il ne savait pas laquelle et il n'était plus temps de s'interroger parce qu'avant qu'il ait pu saisir son arme, il y eut un éclair, un impact sur sa tête, suivi par les ténèbres.

7

Rétablissement

Ce fut une patrouille de routine qui repéra le Scout. L'agent Chuck Monroe, seize mois de service, juste assez d'ancienneté pour conduire son véhicule radio en solo, avait pris l'habitude de sillonner en voiture son secteur avant de commencer son service sur le terrain. Il ne pouvait pas grand-chose contre les dealers — c'était le boulot de la brigade des stups — mais il pouvait agiter le drapeau, une expression qu'il avait apprise dans les Marines. Vingt-cinq ans, marié depuis peu, assez jeune pour être encore plein de dévouement et de colère devant ce qui se passait dans sa ville et son ancien quartier, le policier remarqua que le Scout était un véhicule inhabituel dans le secteur. Il décida de vérifier ça et releva le numéro d'immatriculation, puis il se rendit compte, avec un sursaut, que le flanc gauche de la voiture avait reçu au moins deux impacts de balles. L'agent Monroe arrêta sa voiture, mit ses gyrophares et lança par radio le premier appel annonçant un problème éventuel, demandant qu'on se tienne en alerte. Puis il descendit de voiture, la main gauche agitant sa matraque, la droite prête à dégainer l'arme de service. Ensuite seulement, il décida de s'approcher du véhicule suspect. Officier de police bien formé, Chuck Monroe évoluait avec lenteur et prudence, en inspectant du regard les alentours.

— Oh, merde ! Le retour à sa voiture émettrice fut rapide. D'abord, Monroe demanda des renforts, puis une ambulance, enfin, il transmit au standard du commissariat le numéro minéralogique du véhicule en question. Ensuite, muni de sa trousse de premier secours, il retourna au Scout. La portière du conducteur était verrouillée mais la vitre avait volé en éclats et il passa la main pour l'ouvrir de l'intérieur. Ce qu'il découvrit alors le figea sur place.

La tête du conducteur reposait sur le volant, ainsi que la main gauche, tandis que la droite était posée sur les genoux. Le sang avait éclaboussé tout l'habitacle. L'homme respirait encore, ce qui surprit l'officier. A l'évidence, une agression au fusil de chasse : les plombs avaient criblé le métal et la fibre de verre de la carrosserie, et touché la victime à la tête, au cou et dans le haut du dos. On voyait plusieurs orifices de petite taille dans la partie de peau visible, et du sang en suintait. La blessure valait bien, en horreur, toutes celles qu'il avait déjà vues dans le civil ou sous les drapeaux, et pourtant l'homme était encore en vie. C'était suffisamment incroyable pour que Monroe juge préférable de ne pas ouvrir sa trousse de secours. L'ambulance serait là d'ici quelques minutes et il décida que toute initiative de sa part risquait plutôt d'aggraver la situation. Monroe tenait sa trousse dans la main droite comme un livre, tout en considérant la victime avec cet air frustré de l'homme d'action à qui on refuse d'agir. Au moins le pauvre bougre était-il inconscient.

Qui était-ce ? Monroe considéra la forme affalée et estima qu'il pouvait sans risque extraire son portefeuille. L'agent fit passer la trousse de secours dans la main gauche et glissa la droite dans la poche intérieure. Pour découvrir, sans surprise, qu'elle était vide. Mais son contact avait provoqué une réaction. Le corps bougea légèrement et ce n'était pas bon du tout. Il déplaça la main pour le maintenir, puis la tête bougea également et il comprit qu'il valait mieux qu'elle reste immobile, aussi déplaça-t-il machinalement la main pour l'accompagner. Erreur. Il y eut un frottement et un cri de douleur résonna dans la rue humide et noire avant que le corps redevienne inerte.

— Merde ! Monroe contempla le sang au bout de ses doigts et, inconsciemment, il les essuya sur l'étoffe bleue de son pantalon d'uniforme. C'est à cet instant qu'il entendit la longue plainte d'une ambulance des pompiers qui arrivait par l'est et l'agent murmura une petite prière de remerciement à l'idée que des gens qui connaissaient leur affaire allaient bientôt le soulager de ce problème.

L'ambulance tourna au coin quelques secondes plus tard. Le gros fourgon trapu rouge et blanc s'immobilisa juste après la voiture de patrouille et ses deux occupants s'approchèrent aussitôt du policier.

— Bon, voyons ce qui se présente... Curieusement, ce n'était pas formulé sur le mode interrogatif. De toute manière, le pompier secouriste responsable n'avait guère besoin de poser de question. Dans ce quartier et à cette heure de la nuit, ça ne risquait pas d'être un accident de la circulation. Ce serait un « traumatisme par pénétration », selon le lexique sec de sa profession.

— Bon Dieu !

Son jeune collègue était déjà retourné à l'ambulance quand une autre voiture de police arriva sur les lieux.

— Qu'est-ce qui se passe ? demanda le brigadier de garde.

— Décharge de fusil de chasse, à bout portant, et le type est encore en vie ! indiqua Monroe.

— J'aime pas trop les blessures au cou, observa le premier ambulancier d'une voix tendue.

— Minerve ? demanda l'autre secouriste qui avait ouvert le coffre à matériel.

— Ouais, s'il bouge la tête... merde. Le pompier gradé posa les mains sur la tête de la victime pour la maintenir en place.

— Identité ? s'enquit le sergent.

— Aucun papier. Je n'ai pas encore eu le temps de fouiller la voiture.

— T'as signalé le numéro ?

Monroe acquiesça.

— Par radio ; faut un petit moment.

Le sergent braqua sa torche à l'intérieur de l'habitacle pour aider les deux pompiers. Plein de sang, sinon, rien. Une espèce de glacière sur la banquette arrière.

— Quoi d'autre ? demanda-t-il à Monroe.

— La rue était vide quand je suis arrivé. Monroe consulta sa montre. Il y a onze minutes. Les deux officiers s'écartèrent pour laisser travailler les deux pompiers.

— Déjà vu l'individu ?

— Non, sergent.

— Inspecte la chaussée et les trottoirs.

— Entendu. Monroe se mit à examiner les parages du véhicule.

— Je me demande à quoi rime cette histoire, demanda le sergent, à personne en particulier. Contemplant le corps et tout ce sang, il lui vint à l'esprit qu'ils pouvaient fort bien ne jamais le découvrir. Tant de crimes commis dans le secteur restaient non élucidés. Ce n'était pas une perspective agréable pour le sergent. Il se tourna vers les pompiers.

— Comment est-il, Mike ?

— Il s'est quasiment vidé de son sang, Bert. Blessures par balle, pas de doute, répondit l'homme tout en fixant la minerve. Un paquet d'éclats dans le cou, certains près de la colonne vertébrale. J'aime pas ça du tout.

— Où l'emmenez-vous ? demanda le sergent.

— Le CHU est bondé, observa le jeune infirmier. Accident de car sur le périphérique. On va devoir l'emmener à Hopkins.

— Ça fait dix minutes de plus, jura Mike. Tu prends le volant, Phil, et tu leur dis que nous avons un traumatisme grave et qu'il faut qu'un neurochirurgien se tienne prêt à intervenir.

— Pas de problème. Les deux hommes l'installèrent sur la civière. Le corps réagit au déplacement et les deux policiers — trois autres voitures radio venaient d'arriver — aidèrent à le maintenir tandis que les pompiers le sanglaient.

— T'es vraiment un pauvre chiot bien mal en point, mon pote, mais on va t'amener à l'hosto vite fait, dit Phil à ce corps qui n'était peut-être même plus assez en vie pour entendre ses paroles. Traînons pas, Mike.

Ils chargèrent le blessé par l'arrière de l'ambulance. Mike Eaton, le pompier le plus âgé, était déjà en train d'installer une perfusion de compléments sanguins. Introduire l'aiguille dans une veine se révéla difficile avec une victime couchée sur le ventre mais il y parvint juste avant que l'ambulancier ne s'ébranle. Il passa les seize minutes du trajet jusqu'à l'hôpital Johns Hopkins à surveiller ses paramètres vitaux — la pression sanguine était dangereusement basse — et commencer à remplir la paperasse.

Qui es-tu ? demanda silencieusement Eaton. Bonne forme

physique, nota-t-il, âge : vingt-six, vingt-sept. Curieux pour un probable consommateur de drogue. Debout, ce type devait être imposant, même si ce n'était pas le cas maintenant. En ce moment, il avait plutôt l'air d'un gros poupon endormi, la bouche ouverte, aspirant l'oxygène par un masque en plastique transparent, avec une respiration bien trop lente et faible au goût d'Eaton.

— Accélère, dit-il au chauffeur, Phil Marconi.

— La chaussée est mouillée, Mike, je fais de mon mieux.

— Allons, Phil, les Ritals sont censés être des fous du volant.

— Ouais, mais on boit pas autant que vous, répondit l'autre, dans un rire. Je viens d'appeler, leur boucher est prêt à intervenir. La nuit est plutôt calme, à Hopkins, ils sont prêts à nous accueillir.

— Bien, répondit tranquillement Eaton. Il contempla sa victime de la fusillade. Ça devenait souvent un brin sinistre, d'être tout seul à l'arrière de l'ambulance, au point qu'il en venait à apprécier la plainte, si crispante en temps normal, de la sirène électronique. Le sang gouttait de la civière sur le plancher du véhicule ; les gouttes se promenaient sur la tôle, comme si elles étaient pourvues d'une vie propre. C'était un truc auquel on ne se faisait jamais.

— Deux minutes, annonça Marconi dans son dos. Eaton se glissa vers l'arrière du compartiment, prêt à ouvrir les portes. Bientôt, il sentit l'ambulance tourner, s'arrêter, puis reculer rapidement avant de s'immobiliser de nouveau. Les portes arrière s'ouvrirent à la volée avant qu'il ait eu le temps de toucher leur poignée.

— Waouh ! observa l'interne de garde. Bon, d'accord les gars, on l'emmène au bloc trois. Deux brancardiers baraqués sortirent la civière tandis qu'Eaton décrochait le flacon de perfusion de sa perche et le maintenait en avançant avec le chariot.

— Des problèmes au CHU ? demanda l'interne.

— Accident de car, indiqua Marconi, en arrivant à sa hauteur.

— De toute façon, il est mieux ici. Seigneur, dans quoi est-il rentré ? Le toubib se pencha pour inspecter la blessure tandis qu'ils continuaient d'avancer. Il doit bien y avoir une centaine d'éclats.

— Et attendez de voir son dos, dit Eaton.

— Merde... dit l'interne dans un souffle.

Ils firent entrer le chariot dans la vaste salle des urgences, choisissant un box dans le coin. Les cinq hommes soulevèrent la victime pour la transférer sur une table d'examen et l'équipe médicale se mit au travail aussitôt. Un autre médecin se tenait prêt à intervenir, flanqué de deux infirmières.

L'interne, Cliff Severn, ôta délicatement la minerve après s'être assuré que la tête était parfaitement maintenue par des sacs de sable. Un seul coup d'œil suffit à son diagnostic.

— Atteinte possible à la moelle, annonça-t-il aussitôt. Mais d'abord, compenser le volume sanguin. Il émit une série d'ordres. Tandis que les infirmières mettaient en route deux nouveaux flacons de perfusion, Severn ôta les chaussures du patient et fit courir un instrument métallique pointu sur la plante du pied gauche. Le pied bougea. Bien, pas de dégâts neurologiques immédiats. Bonne nouvelle. Quelques coups de maillet sur les jambes déclenchèrent également des réactions. Remarquable. Pendant ce temps, une infirmière effectuait une prise de sang pour les examens habituels. Severn avait à peine besoin de surveiller son équipe bien entraînée où chacun accomplissait précisément sa tâche. Ce qui avait toutes les apparences d'une agitation désordonnée correspondait plutôt aux mouvements coordonnés d'une équipe de football en défense, le résultat de mois d'entraînement assidu.

— Merde, où est le neuro ? demanda Severn, en s'adressant au plafond.

— Il est ici ! répondit une voix.

Severn leva la tête.

— Oh... Professeur Rosen.

On en resta là pour les politesses. Sam Rosen n'était pas de bonne humeur, l'interne l'avait vu aussitôt. Cela faisait déjà une journée de vingt-quatre heures pour le chef du service. Ce qui aurait dû être un service normal de six heures s'était mué en marathon pour sauver la vie d'une femme âgée qui avait dégringolé un escalier, un effort qui s'était révélé vain moins d'une heure auparavant. Il aurait dû la sauver, ne cessait de se répéter Sam, toujours sans bien savoir ce qui avait mal tourné. Il était plus reconnaissant que fâché pour cette prolongation imprévue d'une journée infernale. Au moins réussirait-il peut-être à sauver celui-ci.

— Dites-moi ce que nous avons, ordonna sèchement le professeur.

— Blessure au fusil de chasse, plusieurs éclats très proches de la moelle, monsieur.

— Bien. Rosen se pencha, les mains aux dos. C'est quoi, tout ce verre ?

— Il était en voiture, lança Eaton, de l'autre côté du box.

— Il va falloir nous débarrasser de tout ça. Et lui raser la tête, également, ajouta Rosen en inspectant les dégâts. Pression artérielle ?

— Cinq sur trois, annonça une aide-soignante. Pouls cent quarante, faible.

— On va avoir du boulot, observa Rosen. Ce gars est en état de choc. Hmmm. Il marqua un temps. L'état général du patient semble bon, bon tonus musculaire. Tâchons de lui remonter ce volume sanguin. Rosen vit les deux unités qu'on avait déjà mises en route. Les infirmières réanimatrices étaient particulièrement bonnes et, d'un signe de tête, il leur manifesta son approbation.

— Comment va votre fils, Margaret ? demanda-t-il à la plus âgée.

— Il commence à Carnegie en septembre, répondit-elle, en réglant le débit de la perfusion.

— Nous allons d'abord nettoyer le cou, Margaret. J'ai besoin d'y jeter un œil.

— Bien, docteur.

L'infirmière choisit une paire de forceps, saisit un gros tampon d'ouate qu'elle plongea dans l'eau distillée avant de le passer délicatement sur le cou du patient, le nettoyant du sang et exposant les blessures proprement dites. Cela paraissait plus grave que ça ne l'était sans doute, vit-elle aussitôt. Tandis qu'elle essuyait le patient, Rosen cherchait déjà des instruments. Le temps qu'il revienne près du lit, Margaret Wilson avait déjà installé et ouvert une panoplie d'instruments stériles. Eaton et Marconi observaient toute la scène, en retrait.

— Bon boulot, Margaret, dit Rosen en chaussant ses lunettes. Vers quoi s'oriente-t-il, comme études ?

— Ingénieur.

— Parfait. Rosen leva une main. Pince. L'infirmière Wilson prit et déposa dans sa paume une paire de pinces chromées.

— On a toujours besoin d'un jeune ingénieur brillant.

Rosen sélectionna un petit orifice rond dans l'épaule du patient, bien à l'écart de tout organe vital. Avec une délicatesse que ses grosses pattes rendaient presque comique à observer, il tâtonna et récupéra une chevrotine qu'il éleva à la lumière.

— Plomb de seize, à première vue. Quelqu'un a confondu ce type avec un pigeon. Excellent, expliqua-t-il en se tournant vers les pompiers secouristes. Maintenant qu'il savait le calibre des projectiles et leur capacité probable de pénétration, il examina le cou de plus près.

— Hmmm, que dit la PA, maintenant ?

— Je vérifie, dit une autre infirmière, à la tête de la table. Cinq et demi sur quatre. Ça remonte.

— Merci, dit Rosen, toujours penché sur son patient. Qui a commencé la première perfusion ?

— Moi, répondit Eaton.

— Bon boulot, pompier. Rosen leva la tête, cligna de l'œil. Parfois, je crois bien que vous sauvez plus de vies que nous. Celui-là en tout cas, vous l'avez sauvé, ça ne fait aucun doute.

— Merci, docteur. Eaton ne connaissait pas très bien Rosen, mais il ne manqua pas de noter que la réputation de l'homme était méritée. Ce n'était pas tous les jours qu'un pompier secouriste recevait ce genre de louange de la part d'un gros ponte de la chirurgie.

— Comment va-t-il s'en... je veux dire, la blessure au cou ? Rosen avait repris son examen.

— Réactions, docteur ? demanda-t-il à l'interne de garde.

— Positives. Le Babinsky est bon. Pas de signes manifestes d'atteinte périphérique, répondit Severn. C'était comme un examen, ce qui rendait toujours nerveux le jeune interne.

— Ce ne sera peut-être pas aussi grave que ça en a l'air, mais nous allons devoir nettoyer tout ça en vitesse avant que ces plombs ne migrent. Deux heures ? demanda-t-il à Severn.

Rosen savait que l'interne de garde était meilleur traumatologiste que lui.

— Peut-être trois.

— De toute façon, je ferai un somme après. Rosen consulta sa montre. Bon, je vous le prends à... disons, six heures.

— Vous voulez vous en charger personnellement ?

— Pourquoi pas ? Je suis ici. Celui-ci est sans complication, juste un peu de doigté. Rosen estimait qu'il avait bien droit à un cas facile, peut-être une fois par mois. En tant que professeur en titre, il héritait de presque toutes les opérations délicates.

— Pas de problème pour moi, monsieur.

— Avons-nous l'identité du patient ?

— Non, monsieur, répondit Marconi. Mais la police devrait pas tarder à arriver.

— Bien. Rosen se releva, s'étira. Vous savez, Margaret, les gens de nos âges ne devraient plus travailler à des heures pareilles.

— J'ai besoin de varier mes horaires, répondit l'infirmière Wilson. En outre, elle était chef d'équipe pour cette garde.

— Qu'est-ce que c'est, je me demande ? dit-elle au bout d'un moment.

— Hmph ? Rosen contourna la table d'examen pour venir de son côté tandis que le reste de l'équipe poursuivait son travail.

— Ça, dit-elle en indiquant un tatouage, sur le bras. L'infirmière Wilson fut surprise par la réaction qu'il provoqua chez le Professeur Rosen.

*

La transition du sommeil à la veille était en général facile pour Kelly, mais pas cette fois-ci. Sa première pensée cohérente fut la surprise, mais il ignorait pourquoi. Puis vint la douleur, mais pas tant la douleur que l'avertissement lointain d'une douleur imminente, et considérable. Quand il prit conscience qu'il pouvait ouvrir les yeux, il le fit, pour découvrir qu'il fixait un sol de lino gris. Quelques gouttes de liquide éparses reflétaient les tubes fluorescents éclatants du plafond. Il sentit comme des picotements d'aiguille dans les yeux, puis se rendit compte seulement ensuite que de vraies aiguilles étaient plantées dans ses bras.

Je suis en vie.
Pourquoi cela me surprend-il ?

Il entendait des gens tourner autour de lui, des conversations assourdies, des carillons au loin. Le bruit de soufflerie s'expliquait par les buses de climatisation, dont une devait être toute proche car il sentait un frisson sur la peau du dos. Quelque chose lui dit qu'il devrait bouger, que rester ainsi immobile le rendait vulnérable mais, même après avoir réussi à commander à ses membres de se mouvoir, rien ne se produisit. C'est à ce moment que la douleur manifesta sa présence. Comme les rides occasionnées sur une mare par la chute d'un insecte, elle naquit quelque part sur l'épaule et s'étendit. Il lui fallut un moment pour la classifier. La plus proche approximation était un mauvais coup de soleil, car toute la partie gauche de son dos, de la nuque jusque sous l'omoplate gauche lui donnait l'impression d'être à vif. Il savait que quelque chose lui échappait, quelque chose sans doute d'important.

Bon Dieu, mais où suis-je ?

Kelly décela la vibration distante de... quoi donc ? Un moteur de navire ? Non, quelque part, ça ne correspondait pas et au bout de quelques secondes, il se rendit compte que c'était le bruit lointain d'un autobus démarrant de son arrêt. Pas un bateau. Une ville. *Qu'est-ce que je fous dans une ville ?*

Une ombre passa devant son visage. Il ouvrit les yeux et découvrit la moitié inférieure d'une silhouette entièrement vêtue de coton vert pâle. Les mains tenaient une espèce de calepin. Kelly n'arriva même pas à accommoder suffisamment pour distinguer le sexe de la silhouette avant qu'elle ne s'éloigne, et il ne lui vint pas à l'esprit de dire quoi que ce soit avant de replonger dans le sommeil.

*

— La blessure à l'épaule était étendue mais superficielle, indiqua Rosen à l'interne en neurochirurgie, dix mètres derrière.

— Suffisamment sanglante. Quatre unités, nota-t-elle.

— Les blessures par plombs de chasse sont toujours comme

ça. C'était le seul vrai danger pour la moelle épinière. Il m'a fallu un petit bout de temps pour trouver comment ôter tout ce fourbi sans risquer de léser quoi que ce soit.

— Deux cent trente-sept plombs — elle éleva la radiographie à la lumière —, on dirait bien que vous les avez tous retirés. Mais il s'en tirera avec une jolie collection de cicatrices.

— J'y aurai mis le temps, observa Sam d'une voix lasse, sachant qu'il aurait dû passer la main à un collègue, mais après tout, c'est lui qui s'était porté volontaire.

— Vous connaissez le patient, n'est-ce pas ? dit Sandy O'Toole, de retour de la salle de réveil.

— Ouais.

— Il reprend conscience, mais ça prendra encore un petit moment. Elle lui tendit le graphique indiquant son état actuel. Ça m'a l'air de bien se présenter, docteur.

Le professeur Rosen acquiesça et poursuivit ses explications à l'intention de l'interne.

— Bonne forme physique. Les pompiers ont fait du bon boulot en maintenant sa pression artérielle. Il a failli être saigné à blanc mais les blessures paraissaient plus graves qu'elle n'étaient vraiment. Sandy ?

Elle se retourna. Oui, docteur ?

— Ce gars-là est un de mes amis. Cela vous dérangerait-il beaucoup si je vous demandais de le traiter...

— Avec un soin particulier ?

— Vous êtes une perle, Sandy.

— Une indication spécifique à me donner ? s'enquit-elle, appréciant le compliment.

— C'est un type bien, Sandy. Sam l'avait dit sur un ton de profonde sincérité. Sarah l'aime bien, également.

— Alors, il doit être super. Et elle reprit le chemin de la salle de réveil, en se demandant si le professeur ne lui refaisait pas le coup de l'entremetteuse.

— Qu'est-ce que je dis à la police ?

— Quatre heures, minimum. Et je veux être présent. Rosen jeta un œil vers le pot de café et décida de s'abstenir. Encore une tasse et il risquait la perforation d'estomac, avec tout cet acide.

— Alors, qui est-ce ?

— Je n'en sais pas tant que ça, mais j'avais eu des problèmes dans la baie avec mon bateau et il m'a tiré d'affaire. On a fini par se retrouver chez lui pour le week-end. Sam n'en dit pas plus. Il n'en savait effectivement pas tant que ça, mais il avait fait pas mal de déductions, et elles l'avaient passablement inquiété. Il avait joué son rôle. Même s'il n'avait pas sauvé la vie de Kelly — il en était plutôt redevable à la chance et aux pompiers —, il avait accompli une procédure extrêmement délicate, quitte pour le coup à avoir ennuyé l'interne, le docteur Ann Pretlow, en l'empêchant de faire autre chose que de regarder.

— Bon, j'ai besoin de dormir un peu, moi. Je n'ai pas grand-chose au programme pour aujourd'hui. Pouvez-vous vous charger des soins pour Mme Baker ?

— Certainement.

— Dites à quelqu'un de me réveiller d'ici trois heures, dit Rosen en regagnant son bureau où l'attendait un divan confortable.

*

— Joli bronzage, observa Billy avec un rictus. Je me demande où elle nous a pris ça. Amusement général. Bon, qu'est-ce qu'on fait d'elle ?

Il réfléchit un instant. Il venait de découvrir un moyen impeccable de se débarrasser des corps, bien plus net, dans son genre, et considérablement plus sûr, que celui qu'ils employaient jusqu'ici. Mais il impliquait également un interminable trajet en bateau et il n'avait tout bonnement pas de temps à perdre à ça. Il ne voulait pas non plus confier à un autre cette méthode si particulière. Elle était trop bonne pour qu'il la partage avec qui que ce soit. Il savait que l'un ou l'autre finirait par parler. C'était d'ailleurs un de ses problèmes.

— Trouvez-moi un endroit, dit-il après quelques instants de réflexion. Si on la retrouve, ça n'aura pas grande importance. Puis il parcourut la pièce du regard, cataloguant les diverses expressions. La leçon avait porté. Personne d'autre ne voudrait recommencer la même chose de sitôt. Il n'avait rien à rajouter.

— Ce soir ? C'est mieux la nuit.

— Parfait. Rien ne presse. Les autres pourraient toujours

continuer de s'instruire en la contemplant tout le reste de la journée, étendue par terre au milieu de la pièce. Il n'en tirait pas particulièrement plaisir, mais les filles devaient apprendre leurs leçons et même s'il était trop tard pour l'une d'elles, ses erreurs seraient toujours profitables aux autres.

— Et le type ? demanda-t-il à Billy.

Billy eut de nouveau son petit sourire narquois. C'était son expression favorite.

— Je l'ai dégommé. Les deux canons, à trois mètres. On n'entendra plus parler de lui.

— Parfait. Il sortit. Il y avait du boulot à faire et du fric à ramasser. Pour lui, ce petit problème était réglé. Quel dommage, songea-t-il en regagnant sa voiture, qu'on ne puisse pas tous les résoudre avec une telle aisance.

Personne ne toucha au corps. Doris et les autres filles restèrent assises dans la même pièce, incapables de détourner les yeux de celle qui avait été naguère une amie, apprenant leur leçon selon le vœu d'Henry.

*

Kelly nota vaguement qu'on le bougeait. Le sol se déplaçait sous lui. Il regardait les rainures entre les dalles du carrelage défiler comme un générique de film, tandis qu'on le poussait dans une autre salle, plus petite. Cette fois, il essaya de relever la tête et réussit effectivement à la mouvoir de quelques centimètres, assez pour entrevoir les jambes d'une femme. La blouse chirurgicale verte s'arrêtait au-dessus des chevilles et celles-ci étaient incontestablement féminines. Il y eut un ronronnement et l'horizon bascula vers le bas. Au bout d'un moment, il comprit qu'il était sur un lit motorisé, suspendu entre deux anneaux en inox. Son corps était attaché au lit et, à mesure que la plate-forme pivotait, il perçut la pression des sangles qui le maintenaient en place, pas désagréable, mais sensible. Enfin, il vit une femme. De son âge, peut-être un ou deux ans de moins, cheveux châtains glissés sous un bonnet vert, yeux clairs qui pétillaient amicalement.

— Bonjour, dit-elle derrière son masque. Je suis votre infirmière.

— Où suis-je ? demanda Kelly d'une voix rauque.
— Hôpital Johns Hopkins.
— Qu'est-ce...
— Quelqu'un vous a tiré dessus. Elle s'avança pour lui toucher la main.

La douceur du contact enflamma quelque chose dans sa conscience anesthésiée par les médicaments. Durant une minute peut-être, Kelly fut incapable de savoir ce qui se passait. Comme un nuage de fumée, ça ondulait et tournoyait, en composant une image devant ses yeux. Les pièces manquantes commencèrent à se rassembler et, même s'il comprenait désormais que c'était l'horreur qui l'attendait, son esprit se débattait pour accélérer le processus. A la fin, ce fut l'infirmière qui le fit pour lui.

Sandy O'Toole avait gardé son masque pour une bonne raison. Femme séduisante, comme bien des infirmières, elle trouvait que les patients masculins réagissaient bien à l'idée de voir quelqu'un comme elle être aux petits soins pour eux. Maintenant que le patient Kelly, John, était plus ou moins alerte, elle leva la main et défit son masque pour lui offrir son radieux sourire féminin, la première bonne surprise de la journée pour lui. Les hommes aimaient bien Sandra O'Toole, sa haute silhouette athlétique et ses dents du bonheur. Elle se demandait bien pourquoi ils trouvaient sexy cet espace entre les incisives — après tout, la nourriture se coinçait dedans —, mais enfin, tant que ça marchait, c'était toujours un avantage de plus dans son boulot qui consistait à aider des gens malades à se sentir mieux. Et donc, elle lui sourit, pour des raisons purement professionnelles. Le résultat n'eut rien à voir avec ce qu'elle rencontrait habituellement.

Son patient devint d'une pâleur cadavérique, non pas le blanc de la neige ou du linge propre, mais cette espèce de texture maladive et granuleuse qu'a le polystyrène expansé. Sa première idée fut que quelque chose de grave venait de se produire, hémorragie interne massive, ou thrombose induite par un caillot. Il aurait bien crié mais il n'avait pas assez de souffle et ses mains retombèrent, inertes. Il ne l'avait pas quittée des yeux et au bout de quelques secondes, O'Toole comprit qu'elle était la cause de cet étrange comportement. La première réaction de l'infirmière fut de lui prendre la main pour lui dire que tout allait bien, mais elle vit aussitôt que ce n'était pas vrai.

— Oh, bon Dieu... oh, bon Dieu... Pam. Le regard sur ce qui aurait dû être un beau visage aux traits burinés était empreint d'un sombre désespoir.

*

— Elle était avec moi, dit-il à Rosen quelques minutes plus tard. Savez-vous quelque chose, toubib ?
— La police sera ici dans quelques minutes, John, mais non, je ne sais rien. Peut-être l'ont-ils conduite dans un autre hôpital. Il voulait espérer. Mais Sam savait que c'était un mensonge, et il se détestait de faire une chose pareille. Il fit mine de prendre le pouls de Kelly, tâche dont Sandy aurait aussi bien pu s'acquitter, avant d'examiner le dos de son patient.
— Vous allez vous en tirer sans problème. Comment va cette épaule ?
— Pas trop bien, Sam, répondit Kelly, encore groggy. C'est grave ?
— Une décharge de chevrotines — vous avez pris pas mal de plombs mais... la vitre de la voiture était-elle remontée ?
— Ouais, dit Kelly, se souvenant de la pluie.
— C'est un des éléments qui vous ont sauvé. Les muscles des épaules sont pas mal amochés, vous avez bien failli être saigné à blanc mais il n'y aura pas de séquelles, en dehors de quelques cicatrices. J'ai fait personnellement le boulot.

Kelly leva les yeux. Merci, Sam. Je ne souffre pas trop... enfin, c'était pire la dernière fois que...

— Du calme, John, ordonna doucement Rosen, en examinant de près le cou de son patient. Il nota mentalement de demander une nouvelle série de radios, juste pour vérifier que rien ne lui avait échappé, plus près de la moelle épinière.

— Les analgésiques vont agir assez vite. Épargnez-vous l'héroïsme. On ne vous donnera pas de médaille pour ça, ici. Vu ?

— Bien, chef. S'il vous plaît... vérifiez dans les autres

hôpitaux pour Pam, d'accord ? demanda Kelly, avec encore de l'espoir dans la voix, même s'il n'était pas dupe, lui non plus.

Deux policiers en tenue attendaient depuis le début que Kelly ait repris ses esprits. Rosen fit pénétrer le plus âgé des deux quelques minutes plus tard. L'interrogatoire fut bref, sur les ordres du médecin. Après avoir eu confirmation de son identité, ils l'interrogèrent sur Pam ; ils avaient déjà une description physique grâce à Rosen mais pas son nom de famille que Kelly dut leur fournir. Les agents prirent note de son rendez-vous avec le lieutenant Allen et s'en allèrent au bout de quelques minutes, alors que la victime commençait à sombrer de nouveau. Le choc de l'agression puis de l'intervention chirurgicale, couplé aux analgésiques, risquait de toute manière de réduire la valeur de son témoignage, observa Rosen.

— Alors, qui est cette fille ? demanda le gradé.

— J'ignorais jusqu'à son nom de famille il y a deux minutes encore, dit Rosen. Ils étaient assis dans son bureau. Il était abruti par le manque de sommeil et ses observations en souffraient. Elle était accrochée aux barbituriques quand nous avons fait sa connaissance — Kelly et elle vivaient ensemble, j'imagine. Nous l'avons aidée à se désintoxiquer.

— Qui ça, « nous » ?

— Moi et mon épouse, Sarah. Elle est pharmacologiste ici. Vous pouvez lui parler, si vous voulez.

— Certainement, l'assura l'agent. Et M. Kelly ?

— Ancien de la Navy. Ancien combattant du Viêt-nam.

— Avez-vous une raison de croire qu'il est consommateur de drogue, docteur ?

— Aucun risque, répondit Rosen, la voix légèrement crispée. Il est en trop bonne condition physique pour ça et j'ai vu sa réaction quand nous avons découvert que Pam se droguait. J'ai dû le calmer. Non, sûrement pas un accro. Je suis médecin, j'aurais remarqué.

Le policier ne fut pas impressionné outre mesure mais il prit sa déclaration pour argent comptant. Les gars de la criminelle allaient avoir du boulot avec ce client, songea-t-il. Ce qui avait eu les apparences d'un banal braquage se muait pour le moins en enlèvement. Merveilleux.

— Bon, alors qu'est-ce qu'il fabriquait dans un quartier pareil ?

— Je n'en sais rien, admit Sam. Qui est ce lieutenant Allen ?

— Criminelle, commissariat ouest, expliqua le flic.

— Je me demande pourquoi ils avaient rendez-vous.

— C'est une chose que nous dira le lieutenant, monsieur.

— Était-ce un braquage ?

— Sans doute. En tout cas, ça en a toutes les apparences. Nous avons retrouvé son portefeuille un pâté de maisons plus loin, sans argent, sans carte de crédit, juste son permis de conduire. Il avait également un pistolet dans sa voiture. Il aura échappé à son agresseur. Au fait, il était dans l'illégalité, nota le flic. Un autre agent entra.

— J'ai encore vérifié le nom — je savais bien que cette tête me disait quelque chose. Il a bossé pour Allen. Tu te souviens, l'an dernier, l'affaire Gooding ?

L'aîné des deux agents leva le nez de ses notes.

— Oh, mais bien sûr ! C'est le type qui a retrouvé l'arme.

— Tout juste, et il s'est retrouvé à entraîner nos plongeurs.

— Ça n'explique toujours pas ce qu'il pouvait bien fiche là-bas, insista le flic.

— Exact, admit son collègue. Mais ça rend difficile de croire qu'il y était pour s'amuser.

L'aîné des deux hocha la tête.

— Il y avait une fille avec lui. Elle a disparu.

— Un enlèvement, en plus ? Que sait-on sur elle ?

— Juste son nom. Pamela Madden. Vingt ans, en cours de désintoxication, disparue. Nous avons M. Kelly, sa voiture, son arme. Point final. Pas de douilles. Pas de témoins. Une fugueuse, probablement, mais la description pourrait correspondre à dix mille filles dans la région. Vol plus enlèvement. L'un dans l'autre, un cas presque banal. Bien souvent, ils n'avaient presque aucun élément pour entamer l'enquête. En tout cas, les deux hommes en tenue étaient à peu près certains que les inspecteurs de la criminelle allaient s'emparer de l'affaire.

— Elle n'était pas d'ici. Elle avait un accent, du Texas ou de quelque part par là-bas.

— Quoi d'autre ? demanda le premier policier. Allez, toubib, dites-nous tout ce que vous savez, d'accord ?

Sam grimaça.

— Elle avait été victime de sévices sexuels. Il est possible qu'elle ait été une prostituée. C'est ce que ma femme disait... merde, je l'ai vu, moi aussi, elle avait des marques sur le dos. On l'avait fouettée, elle avait reçu des coups, ce genre de choses. Nous n'avons pas cherché à approfondir mais il est bien possible qu'elle se soit prostituée.

— M. Kelly a de curieuses manies et de drôles de fréquentations, vous ne trouvez pas ? observa le policier en continuant de prendre des notes.

— D'après ce que vous venez de dire, il aide également la police, non ? Le professeur Rosen commençait à sentir la moutarde lui monter au nez. Vous avez autre chose à me demander ? J'ai mes visites à faire.

— Docteur, ce que nous avons ici, c'est une tentative de meurtre manifeste, sans doute dans le cadre d'un vol, et peut-être un enlèvement, en plus. Ce sont là des crimes sérieux. J'ai une procédure à suivre, tout comme vous. Quand ce Kelly sera-t-il sur pied pour un véritable interrogatoire ?

— Demain, probablement, mais il va encore être sérieusement dans les vapes pendant un jour ou deux.

— Est-ce que dix heures demain, cela vous convient ?

— Oui.

Les flics se levèrent.

— Dans ce cas, monsieur, vous verrez un de nos collègues.

Rosen les regarda partir. Assez curieusement, c'était là sa toute première expérience d'une enquête criminelle sérieuse. Son travail l'amenait à être confronté plutôt aux accidents de la route ou du travail. Il n'arrivait pas à croire que Kelly pût être un criminel et pourtant, c'est bien ce qu'avait suggéré le sens général de leurs questions, non ? C'est à cet instant que le docteur Pretlow entra dans son bureau.

— Nous avons terminé les analyses sanguines de Kelly. Elle lui tendit la feuille de résultats. Blennorragie. Il devrait être plus prudent. Je suggère de la pénicilline. Est-il sujet aux allergies ?

— Non. Rosen ferma les yeux et jura. Merde, qu'est-ce qui allait encore lui tomber dessus, aujourd'hui ?

— Cela dit, pas de quoi s'affoler, monsieur. Le cas a l'air très précoce. Dès qu'il ira mieux, j'enverrai une assistante sociale lui parler de...

— Non, sûrement pas, gronda sourdement Rosen.

— Mais...

— Mais la fille qui la lui a refilée est sans doute morte et nous n'allons sûrement pas le forcer à se souvenir d'elle de cette manière. C'était la première fois que Sam admettait la probable réalité des faits et prononcer ainsi la mort de la jeune femme ne faisait qu'accroître son malaise. Il avait bien peu d'éléments sur lesquels tabler, mais son instinct lui disait qu'il devait en être ainsi.

— Docteur, la loi exige...

Là, c'était vraiment trop. Rosen était sur le point d'exploser.

— C'est un type bien, que nous avons là. Je l'ai vu tomber amoureux d'une fille qui s'est fait sans doute assassiner, et son souvenir d'elle ne sera sûrement pas qu'elle lui a refilé une maladie vénérienne. Est-ce clair, docteur ? Pour autant que le patient soit concerné, il s'agit de traiter une infection post-opératoire. Arrangez son bulletin de santé en conséquence.

— Non, docteur, je ne ferai jamais ça.

Le professeur Rosen inscrivit les indications adéquates.

— Eh bien, voilà qui est fait. Il releva les yeux. Docteur Pretlow, vous avez les aptitudes techniques d'un excellent chirurgien. Tâchez de vous souvenir que les patients sur lesquels vous exercez vos talents sont des êtres humains, pourvus de sentiments, voulez-vous ? Si vous le faites, je pense que vous découvrirez, à long terme, que cela pourra vous faciliter la tâche. Et cela fera de vous un bien meilleur médecin.

Mais qu'est-ce qui pouvait bien le mettre dans un état pareil ? se demanda Pretlow en quittant le bureau du chirurgien.

8

Dissimulation

Ce fut un concours de circonstances. Il faisait très chaud en ce 20 juin, et il ne se passait pas grand-chose. Un photographe du *Baltimore Sun* étrennait son appareil neuf, un Nikon qui remplaçait son vénérable Honeywell Pentax, et s'il regrettait son vieil appareil, son remplaçant, telle une nouvelle maîtresse, avait toutes sortes de séductions inédites méritant d'être explorées et goûtées. Parmi celles-ci, toute une batterie de téléobjectifs rajoutés par le revendeur. Le Nikon était un nouveau modèle et le fabricant désirait le voir rapidement admis dans la petite communauté des photographes de presse ; aussi vingt d'entre eux, choisis parmi divers journaux dans tout le pays, avaient reçu un ensemble gratuit. Bob Preis avait eu le sien grâce à un prix Pulitzer décroché trois ans auparavant. Installé dans sa voiture, garée au bord du lac, sur Druid Lake Drive, il écoutait sur son émetteur-récepteur les fréquences de la police, espérant tomber sur quelque chose d'intéressant, mais peau de balle. Aussi jouait-il avec son nouveau boîtier, s'entraînant à changer les objectifs. Le Nikon était superbement construit et, de même qu'un fantassin doit apprendre à démonter et nettoyer son arme dans l'obscurité totale, Preis échangeait ses objectifs à tâtons, tout en se forçant à scruter les alentours, histoire de distraire son regard d'une manœuvre qui devait devenir aussi naturelle et automatique que remonter la fermeture de sa braguette.

Ce furent les corbeaux qui attirèrent son attention. Pas tout à fait au centre du lac de forme irrégulière, se dressait une fontaine. Loin d'être un exemple de prouesse architecturale, c'était un banal cylindre de béton qui s'élevait d'un mètre cinquante environ au-dessus de la surface, et dans lequel étaient encastrés plusieurs buses qui projetaient l'eau plus ou moins verticalement, même si la brise changeante qui soufflait aujourd'hui expédiait les jets un peu dans toutes les directions. Des corbeaux tournaient autour du monument, essayant parfois de s'approcher, mais dissuadés par ces rideaux de gouttelettes ondulantes qui semblaient les effrayer. Qu'est-ce qui pouvait les intéresser autant ? Les mains du photographe cherchèrent à tâtons dans la valise le 200 mm, puis le vissèrent sur le boîtier, avant de le porter à son œil d'un geste souple.

— Nom de Dieu ! Preis prit instantanément dix clichés en rafale. Ce n'est qu'ensuite qu'il se précipita sur sa radio, pour contacter le siège du journal et leur dire de prévenir sans tarder la police. Il changea de nouveau d'objectif, choisissant cette fois un 300, sa plus longue focale. Après avoir terminé un rouleau, il en chargea un autre, cette fois une pellicule couleurs 100 ASA. Il cala le boîtier sur l'appui de fenêtre de la vieille Chevy et se remit à mitrailler, terminant l'autre rouleau. Il remarqua qu'un corbeau avait réussi à traverser le rideau liquide, pour se poser sur...

— Oh, mon Dieu, non... Parce que c'était, après tout, un corps humain qui reposait là, le corps d'une jeune femme, pâle comme l'albâtre, et dans le viseur du reflex, il distinguait parfaitement le corbeau, griffant le corps de ses pattes, jaugeant de ses petits yeux noirs sans pitié ce qui, pour lui, n'était jamais qu'un repas copieux changeant de l'ordinaire. Preis posa sur le siège son appareil photo et démarra. Il enfreignit au moins deux fois le code de la route pour s'approcher le plus possible de la fontaine et, fait rare chez lui, laissant la compassion primer sur la conscience professionnelle, il plaqua la main sur l'avertisseur de sa voiture, espérant ainsi effrayer l'oiseau. Ce dernier leva la tête mais vit que le bruit, d'où qu'il vienne, ne traduisait pas une menace, et il se remit en quête du premier morceau qu'attaquerait son bec dur comme le fer. C'est à cet instant que Preis prit, un peu au hasard, une initiative efficace. Il fit des appels de phares et, pour le volatile, la chose fut suffisamment inhabituelle pour qu'il s'envole sans demander son reste. Ce pouvait être un hibou, après tout, et son festin ne risquait pas de s'envoler. Il lui suffirait d'attendre que la menace s'éloigne avant de revenir manger.

— Qu'est-ce qui se passe ? demanda un flic en s'arrêtant à sa hauteur.

— Il y a un corps sur la fontaine. Regardez. Il lui tendit l'appareil photo.

— Bon Dieu, dit le policier dans un souffle, et il lui rendit l'appareil après un long moment d'examen silencieux. Il passa un appel radio pendant que Preis prenait une autre pellicule. Des voitures de police arrivèrent, un peu comme les corbeaux, une à la fois, jusqu'à ce qu'il y en ait huit garées en vue directe de la fontaine. Un camion de pompiers suivit dix minutes plus tard, ainsi qu'un pick-up du Service des parcs et jardins, traînant un canot en remorque. Celui-ci fut promptement mis à l'eau. Vint ensuite l'équipe du labo médico-légal avec un fourgon laboratoire ; cette fois, l'heure était venue de s'approcher de la fontaine. Preis demanda à les accompagner — il était meilleur photographe que celui qu'employaient les flics —, mais on déclina son offre, et il continua donc d'enregistrer la suite des événements depuis la berge du lac. Ce n'est pas ça qui lui rapporterait un nouveau Pulitzer. Quoique... Mais il aurait fallu qu'il accepte d'immortaliser l'acte instinctif d'un oiseau charognard en train de profaner le corps d'une jeune fille au beau milieu d'une grande cité. Et franchement, ça ne valait pas les cauchemars. Il en faisait déjà bien assez.

Une foule de badauds s'était déjà rassemblée. Les policiers formaient des petits groupes, échangeant tranquillement des commentaires ou se risquant à faire de l'humour noir. Un camion de reportage de la télé débarqua des studios de télévision Hill, situés juste au nord du parc qui abritait le zoo municipal. C'était un endroit où Bob Preis emmenait souvent promener ses jeunes enfants ; ils aimaient tout particulièrement le lion, baptisé (comme de juste) Leo, les ours polaires, et tous les autres prédateurs prudemment confinés derrière des grilles d'acier ou des murs de pierre. *Contrairement à certaines personnes*, songea-t-il en les regardant soulever le corps et le placer dans un sac en plastique. Au moins ses tourments étaient-ils terminés. Preis mit une dernière pellicule pour saisir le chargement de la dépouille dans le break du coroner. Un reporter du *Sun* venait enfin d'arriver. C'est lui qui poserait les questions tandis que Preis serait en train de juger de la qualité réelle de son nouvel appareil, une fois de retour dans son labo de Calvert Street.

*

— John, ils l'ont retrouvée, dit Rosen.
— Morte ? Kelly était incapable de lever les yeux. Le ton de Sam lui avait déjà annoncé la nouvelle. Ce n'était pas une surprise, mais la fin d'un espoir n'est jamais facile à admettre pour quiconque.

Sam acquiesça.
— Ouais.
— Comment ?
— Je n'en sais rien encore. La police m'a appelé il y a quelques minutes, et je suis venu aussi vite que j'ai pu.
— Merci, mon vieux. Si une voix humaine pouvait donner l'impression d'être morte, se dit Sam, c'était bien celle de Kelly.
— Je suis désolé, John... Je sais ce que vous éprouviez pour elle.
— Oui, toubib, c'est vrai. Vous n'y êtes pour rien, Sam.
— Vous ne mangez rien. Rosen indiqua le plateau-repas.
— J'ai pas vraiment faim.
— Si vous voulez vous rétablir, il faut reprendre des forces.
— A quoi bon ? demanda Kelly, en fixant le carrelage.

Rosen s'approcha et lui saisit la main droite. Il n'y avait pas grand-chose à dire. Le chirurgien n'avait pas le cran de regarder son visage. Il en savait assez pour se douter que son ami se reprochait cette mort, et il n'en savait pas assez pour en discuter avec lui, du moins pour l'instant. La mort était une compagne pour Sam Rosen, docteur en médecine, diplômé en chirurgie. Les neurochirurgiens traitaient les blessures graves touchant la partie la plus délicate de l'anatomie humaine, et les blessures qu'ils avaient le plus souvent à traiter étaient fréquemment au-delà de leurs capacités réparatrices. Mais la mort inattendue d'une personne qu'on connaît est parfois trop dure à supporter.

— Est-ce que je peux faire quelque chose ? demanda-t-il au bout d'une minute.
— Non, pas pour l'instant, Sam. Merci.
— Un prêtre, peut-être ?
— Non, pas maintenant.
— Ce n'est pas de votre faute, John.
— Non ? Alors la faute à qui ? Elle me faisait confiance, Sam. J'ai tout gâché.
— La police veut encore vous parler. Je leur ai dit demain matin.

Il avait déjà subi son deuxième interrogatoire ce matin. Kelly leur avait dit à peu près tout ce qu'il savait. Son nom, sa ville natale, les circonstances de leur rencontre. Oui, ils avaient été intimes. Oui, c'était une prostituée, une fugueuse. Oui, son corps avait révélé des traces de sévices. A peu près tout, mais pas tout. Quelque part, il avait été incapable de fournir délibérément des informations parce que le faire eût été admettre devant d'autres hommes la dimension de son échec. Et donc, il avait esquivé une partie de leurs questions, prétextant la douleur, qui était bien réelle, mais pas à ce point. Il avait déjà décelé que les flics ne l'aimaient pas trop, mais ce n'était pas un problème. Lui-même ne s'aimait pas trop non plus, en ce moment.

— Bien.
— Je peux... je devrais faire quelque chose concernant votre traitement. J'ai essayé de ne pas vous abrutir, je n'aime pas en donner trop, mais ça peut vous aider à vous détendre, John.
— Me doper un peu plus ? Kelly releva la tête et son expression n'était pas de celles que Sam Rosen avait envie de revoir. Vous croyez vraiment que ça fera une différence, Sam ?

Rosen détourna les yeux, incapable de croiser son regard maintenant qu'il en avait la possibilité.

— Vous êtes en état de retrouver un lit normal. Je vais vous faire transférer d'ici quelques minutes.
— Parfait.

Le chirurgien voulait rajouter quelque chose mais il n'arrivait pas à trouver les mots qu'il faut. Il partit sans en dire plus.

Il fallut Sandy O'Toole et deux garçons de salle pour le transférer, le plus délicatement possible, de son lit à un lit d'hôpital normal. Elle releva légèrement la tête du lit pour soulager un peu son épaule blessée.

— J'ai entendu, lui dit-elle. Cela la gênait qu'il n'ait pas encore su exprimer son deuil. C'était un gars solide, mais pas un imbécile. Peut-être était-il de ces hommes qui pleurent quand ils sont seuls, mais elle était certaine qu'il ne l'avait pas encore fait. Et c'était pourtant nécessaire, elle le savait. Les larmes vous vidaient des poisons intérieurs, des poisons qui, s'ils n'étaient pas évacués, pouvaient être aussi mortels que les poisons réels. L'infirmière s'assit à son chevet.

— Je suis veuve, lui dit-elle.

— Viêt-nam ?

— Oui, Tim était capitaine au 1er de cavalerie.

— Je suis désolé, dit Kelly sans tourner la tête. Ils m'ont sauvé la peau, une fois.

— C'est dur. Je sais.

— L'autre semaine, l'an dernier, je veux dire, j'ai perdu Tish, et aujourd'hui...

— Sarah m'a dit. Monsieur Kelly...

— John, rectifia-t-il doucement. Il n'avait pas le cœur de la rabrouer.

— Merci, John. Moi, c'est Sandy. Avoir de la malchance ne veut pas nécessairement dire qu'on est mauvais, lui dit-elle d'une voix convaincue même si, à l'entendre, elle ne donnait pas tout à fait cette impression.

— Ce n'était pas de la malchance. Elle m'avait prévenu que c'était un endroit dangereux et je l'ai conduite là malgré tout parce que je voulais me rendre compte par moi-même.

— Vous avez failli vous faire tuer en essayant de la protéger.

— Je ne l'ai pas protégée, Sandy. Je l'ai tuée. Kelly avait les yeux grands ouverts, maintenant, et il fixait le plafond. J'ai été imprudent et stupide et je l'ai tuée.

— Ce sont d'autres qui l'ont tuée, et ces autres ont tenté aussi de vous tuer. Vous êtes une victime.

— Pas une victime. Juste un imbécile.

Ça, on verra plus tard, se dit l'infirmière O'Toole.

— Quel genre de fille était-ce, John ?

— Malchanceuse. Kelly se força à la regarder en face mais cela ne fit qu'empirer la situation. Il réussit toutefois à donner à l'infirmière un bref résumé de la vie de Pamela Starr Madden, décédée.

— Donc, après tous ces hommes qui l'ont fait souffrir ou l'ont exploitée, vous lui avez donné ce que personne n'avait jamais su lui donner. O'Toole marqua un temps, guettant une réponse sans en obtenir aucune. Vous lui avez donné de l'amour, non ?

— Oui. Kelly eut un long frémissement. Oui, je l'ai aimée, certainement.

— Laissez-vous aller, lui dit l'infirmière. Il le faut.
D'abord, il ferma les yeux. Puis secoua la tête.

— Je ne peux pas.

Ça s'annonçait un patient difficile, jugea-t-elle. Le culte de la virilité était pour elle un mystère. Elle l'avait constaté chez son mari qui avait servi au Viêt-nam comme lieutenant, avant de revenir avec le grade de chef de compagnie. Il n'avait pas apprécié la promotion, ne l'avait pas cherchée, mais il ne l'avait pas rejetée non plus. Cela faisait partie du boulot, lui avait-il expliqué lors de leur nuit de noces, deux mois avant son départ. Un boulot stupide, inutile, qui lui avait coûté un mari et, elle le craignait, sa propre vie. Qui se souciait vraiment de ce qui se passait dans un pays si lointain ? Et pourtant, cela avait eu de l'importance pour Tim. Quelle qu'ait été cette force, elle en avait hérité ce grand vide, aussi dépourvu de sens que la sombre douleur qu'elle lisait sur les traits de son patient. O'Toole aurait pu en savoir plus sur cette douleur si elle avait été capable de surmonter ses a priori.

*

— C'était franchement stupide.

— C'est une façon de voir les choses, admit Tucker. Mais je ne peux pas laisser mes filles s'en aller sans permission, pas vrai ?

— Déjà envisagé de les enterrer ?

— N'importe qui peut faire ça. L'homme sourit dans l'obscurité, l'œil rivé à l'écran. Ils étaient installés au dernier rang d'un cinéma du centre, une grande salle des années 30 qui tombait peu à peu en ruine et qui s'était mise à diffuser des films dès neuf heures du matin, rien que pour arriver à payer les notes d'entretien. En tout cas, ça restait un lieu idéal pour les rencontres discrètes avec un indic, qualification sous laquelle apparaîtrait le rendez-vous sur l'agenda du policier.

— Autre négligence, ne pas avoir tué le gars.

— Il risque d'être un problème ? demanda Tucker.

— Non. Il n'a rien vu, n'est-ce pas ?

— A toi de me le dire, mon vieux.

— Je n'ai pas accès à tout le dossier, souviens-toi. L'homme marqua une pause pour engloutir une poignée de pop-corn qu'il mastiqua avec irritation. Il est connu du service. Ancien de la Navy, pratiquant la plongée, il vit quelque part sur la côte Est, genre riche plaisancier, à ce que j'ai cru comprendre. Le premier entretien n'a pas donné grand-chose. Ryan et Douglas vont s'y atteler mais j'ai pas l'impression qu'ils auront beaucoup à se mettre sous la dent.

— C'est à peu près ce qu'elle nous a dit quand on a... « discuté » avec elle. Il l'avait levée, et ils s'étaient apparemment bien éclatés tous les deux, mais elle était parvenue au bout de sa réserve de cachets, disait-elle, et elle l'avait persuadé de la ramener en ville pour qu'elle refasse des provisions. Donc, pas de lézard ?

— Sans doute pas, mais tâchons quand même de surveiller nos arrières, vu ?

— Tu veux que j'aille lui régler son compte à l'hosto ? demanda Tucker d'une voix légère. Je peux sans doute arranger ça.

— Non ! Bougre d'imbécile, cette affaire va être classée comme un vol. Qu'il arrive quoi que ce soit, ça ne fera qu'aggraver les choses. Pas question. Fous-lui la paix. Il ne sait rien.

— Donc, il n'est pas un problème ? Tucker voulait être sûr.

— Non. Mais tâche de te souvenir qu'on ne peut pas ouvrir d'enquête pour meurtre tant qu'on n'a pas un corps.

— Il faut que je remette au pas tout mon petit monde.

— A ce que je sais, vu ce que tu lui as fait subir...

— Je me contente de les remettre au pas, insista Tucker. En faisant un exemple, disons. On s'y prend bien et on n'a plus de problème pendant un bout de temps. C'est pas ton rayon. Pourquoi que ça te tracasse ?

Une nouvelle poignée de pop-corn aida son interlocuteur à se couler dans la logique du moment.

— Qu'est-ce que t'as pour moi ?

Tucker sourit dans l'obscurité.

— M. Piaggi commence à apprécier de traiter avec moi.

Grognement dans le noir.

— Je me fierais pas à lui.

— Ça commence à se compliquer sérieux, pas vrai ? Tucker marqua une pause. Mais j'ai besoin de ses relations. On va pas tarder à décrocher le gros lot.

— Quel délai ?

— Bientôt, dit Tucker, sans se mouiller. Prochaine étape, selon moi, on commence à fournir le Nord. Tony est déjà monté là-haut discuter avec certaines personnes, soit dit en passant.

— Très bien, mais quoi de neuf, dans l'immédiat ? J'aimerais bien un tuyau juteux.

— Trois mecs avec une tonne d'herbe, ça te va ?

— Est-ce qu'ils te connaissent ?

— Non, mais moi, je les connais. C'était l'intérêt de la chose, après tout — son organisation était stricte. Seule une poignée de personnes le connaissaient et ceux-là savaient ce qui les attendait si jamais ils se laissaient aller. Il suffisait d'avoir les moyens de faire appliquer la discipline.

*

— Ne le brusquez pas trop, prévint Rosen à l'entrée de la chambre particulière. Il se rétablit de blessures graves et il est encore sous traitement lourd. Il n'a pas vraiment tous ses moyens pour vous parler.

— Moi aussi, j'ai mon boulot à accomplir, docteur. C'était un nouvel enquêteur qui s'occupait de l'affaire, un sergent du nom de Tom Douglas. La quarantaine, l'air assurément aussi las que Kelly, estima Rosen, et d'aussi méchante humeur.

— Je comprends très bien. Mais il a été grièvement blessé, sans parler du choc après ce qui est arrivé à son amie.

— Plus vite nous aurons l'information dont nous avons besoin, meilleures seront nos chances de retrouver ces salauds. Votre devoir est envers les vivants, monsieur. Moi, c'est envers les morts.

— Si vous voulez mon opinion de médecin, il n'est pas vraiment en état de vous aider dans son état actuel. Il en a trop encaissé. Cliniquement, il est en phase dépressive et cela retentit sur son rétablissement physique.

— Etes-vous en train de m'expliquer que vous voulez être présent à l'interrogatoire ? demanda Douglas. *Comme si j'avais besoin de ça... un Sherlock amateur pour nous surveiller.* Mais c'était une bataille perdue d'avance qu'il n'allait pas se fatiguer à livrer.

— Je serais rassuré si je pouvais garder un œil sur le déroulement de l'entretien. Ne le brusquez pas, répéta Sam en ouvrant la porte.

— Monsieur Kelly, nous sommes désolés, dit l'inspecteur après s'être présenté. Douglas ouvrit son calepin. L'affaire était remontée jusqu'à son bureau à cause de son retentissement médiatique. La photo couleurs à la une de l'*Evening Sun* était à la limite du cliché pornographique impubliable et le maire s'en était personnellement ému. A cause de cela, Douglas avait pris l'affaire en main, tout en se demandant combien de temps durerait l'intérêt du maire. La seule chose qui intéressait un politicien plus d'une semaine, c'était de ramasser et conserver des voix. L'affaire était plus épineuse qu'avec les autres cinglés de Mike Cuellar, mais c'était son affaire, et le plus délicat était encore à venir.

— Avant-hier au soir, vous étiez bien en compagnie d'une jeune femme nommée Pamela Madden ?

— Oui. Kelly avait les yeux clos quand l'infirmière O'Toole entra avec sa dose matinale d'antibiotiques. Elle fut surprise de découvrir la présence des deux hommes, sans savoir si elle devait ou non intervenir.

— Monsieur Kelly, hier après-midi, nous avons découvert le corps d'une jeune femme qui correspond au signalement de Mlle Madden. Douglas glissa la main dans sa poche de manteau.

— Non ! dit Rosen en se levant brusquement.

— Est-ce bien elle ? demanda Douglas, en mettant la photo sous le nez de Kelly, avec l'espoir que son langage châtié contribuerait à diminuer l'impact.

— Bon Dieu de merde ! Le chirurgien fit pivoter le policier et le plaqua contre le mur de la chambre. Dans le mouvement, la photo tomba sur le torse du patient.

Les yeux de Kelly s'agrandirent d'horreur. Son corps fut pris d'un soubresaut, se débattit dans les sangles, puis il s'effondra, le teint livide. Tous se détournèrent, sauf l'infirmière dont les yeux étaient rivés sur le patient.

— Écoutez, toubib, je..., voulut dire Douglas.

— Foutez le camp de mon hôpital ! Rosen hurlait presque. Vous pouvez *tuer* quelqu'un avec un choc pareil ! Pourquoi ne m'avez-vous pas dit...

— Il doit identifier...

— Moi, j'aurais pu le faire !

O'Toole entendait ces deux adultes se chamailler comme des gosses dans la cour de récréation mais son souci premier était John Kelly. Les médicaments toujours dans la main, elle essaya d'enlever la photo de sous les yeux de Kelly mais son regard fut d'abord attiré par l'image avant de se détourner, plein de répulsion, tandis que la main du blessé s'emparait du cliché pour le tenir à moins de trente centimètres de ses propres yeux écarquillés. Sandy eut un bref mouvement de recul devant ce qu'elle y lut, mais bien vite, Kelly se ressaisit et il parla.

— Ça ira, Sam. Il a son boulot à faire, lui aussi. Kelly contempla une dernière fois la photo. Puis il referma les yeux et la rendit à l'infirmière.

Dès lors, l'incident parut classé pour tout le monde, mais pas pour l'infirmière O'Toole. Elle regarda son patient avaler le cachet surdimensionné, puis quitta la chambre pour retrouver le calme du couloir.

Sandra O'Toole regagna la salle de garde, ruminant ce qu'elle seule avait pu voir : le visage de Kelly devenir si pâle que sa première réaction fut de croire qu'il était en état de choc, puis le tumulte derrière elle alors qu'elle se portait au secours de son patient... mais ensuite, quoi ? Ce n'avait pas été du tout comme la première fois. Les traits de Kelly s'étaient transformés. Un bref instant, comme une porte s'ouvrant sur ailleurs, et elle avait vu une chose qu'elle n'aurait jamais imaginé. Quelque chose de terriblement ancien, sauvage et monstrueux. Les yeux n'étaient pas agrandis mais concentrés sur une image pour elle invisible. La pâleur du visage ne traduisait pas le choc mais la rage. Elle vit ses poings se crisper, tremblants, rigides comme la pierre. Puis le visage changea de nouveau. La rage aveugle et meurtrière laissa place à la compréhension et ce qu'elle lut alors dans ce regard était plus dangereux que tout ce qu'elle avait pu contempler, même si elle n'aurait su dire pourquoi. Et puis la porte se referma. Les paupières de Kelly retombèrent et quand il rouvrit les yeux, ses traits étaient anormalement sereins. L'ensemble de la séquence n'avait pas duré plus de quatre secondes, réalisa-t-elle, pendant l'altercation de Rosen et Douglas contre le mur de la chambre. Son patient était passé de l'horreur à la rage et à la compréhension — puis à la dissimulation, mais ce qui s'était immiscé entre ces deux dernières attitudes était encore le plus terrifiant.

Qu'avait-elle vu sur le visage de cet homme ? Il lui fallut un moment pour répondre à la question. La Mort, voilà ce qu'elle y avait vu. Maîtrisée. Planifiée. Disciplinée.

Mais c'était malgré tout la Mort, qui vivait dans l'esprit d'un homme.

*

— Je n'aime pas faire ce genre de chose, monsieur Kelly, dit Douglas en retournant dans la chambre, tout en rajustant son col. L'inspecteur et le chirurgien échangèrent un regard embarrassé.

— John, est-ce que vous vous sentez bien ? Rosen l'examina, prit rapidement son pouls et découvrit, avec surprise, qu'il était presque normal.

— Ouais. Kelly hocha la tête. Il regarda l'inspecteur. C'est elle. C'est Pam.

— Je suis désolé. Vraiment, s'excusa Douglas avec sincérité, mais il n'y a pas de façon agréable de procéder. Il n'y en a jamais. Quoi qu'il ait pu arriver, c'est fini maintenant ; maintenant notre boulot est d'essayer d'identifier les gars qui ont fait ça. Et pour ça on a besoin de votre aide.

— D'accord, fit Kelly d'une voix neutre. Où est Frank ? Comment se fait-il qu'il n'est pas ici ?

— Il n'a pas le droit de s'occuper de l'affaire, répondit le sergent Douglas, avec un coup d'œil au chirurgien. Il vous connaît. Les relations personnelles dans une affaire criminelle, ça n'a rien de vraiment professionnel. Ce n'était pas entièrement vrai — en fait, ça l'était à peine —, mais cela servait son propos. Avez-vous vu les individus qui...

Kelly hocha la tête, contemplant le lit, et lorsqu'il parla, ce fut presque un murmure.

— Non, je regardais du mauvais côté. Elle a dit quelque chose mais je n'ai pas eu le temps de me retourner. Pam les a vus, j'ai d'abord tourné la tête vers la droite, puis j'ai commencé à la tourner vers la gauche. Je n'ai pas eu le temps de finir.

— Que faisiez-vous, à ce moment-là ?

— J'observais. Écoutez, vous avez parlé au lieutenant Allen, non ?

— C'est exact.

— Pam avait été témoin d'un meurtre. Je l'accompagnais pour qu'elle en parle avec Frank.

— Continuez.

— Elle était en relation avec des trafiquants de drogue. Elle les a vus tuer quelqu'un, une fille. Je lui ai dit qu'elle devait réagir. J'étais curieux de savoir ce que ça donnait, poursuivit Kelly d'un ton monocorde, encore imprégné de culpabilité tandis qu'il revoyait mentalement cette image.

— Des noms ?

— Pas que je me souvienne, répondit Kelly.

— Allons donc. Douglas se pencha vers lui. Elle doit bien vous avoir dit quelque chose !

— Je ne lui ai pas posé de questions précises. J'estimais que c'était votre boulot — celui de Frank, je veux dire. Nous étions censés le rencontrer ce soir-là. Tout ce que je sais, c'est qu'il s'agit d'une bande qui fourgue de la drogue et qui exploite des femmes, j'ignore pourquoi.

— C'est tout ce que vous savez ?

Kelly le regarda droit dans les yeux.

— Oui. Pas très utile, hein ?

Douglas attendit quelques secondes avant de poursuivre. Ce qui aurait pu constituer une ouverture majeure dans une affaire difficile n'interviendrait pas, donc c'était à son tour de mentir à nouveau, en commençant par une part de vérité pour faciliter les choses.

— Il y a un couple de voleurs qui opèrent dans les quartiers ouest de la ville. Deux Noirs, de taille moyenne, c'est tout ce que nous avons comme signalement. Ils utilisent un fusil de chasse à canon scié. Leur spécialité est d'agresser les gens venus acheter de la drogue, et tout particulièrement les clients aisés. Il est probable que la majeure partie de ces agressions n'a pas fait l'objet de plaintes. Nous les avons déjà associés à deux meurtres. Ce pourrait être le troisième.

— C'est tout ? demanda Rosen.

— Le vol et le meurtre sont des crimes graves, docteur.

— Mais ce n'est qu'un accident !

— C'est une façon d'envisager les choses, reconnut Douglas en se retournant vers son témoin. Monsieur Kelly, vous devez avoir vu quelque chose. Que diable étiez-vous venu faire dans ce quartier ? Mlle Madden cherchait-elle à se procurer quoi que ce soit...

— Non !

— Écoutez, tout est fini. Elle est morte. Vous pouvez me le dire. Je dois savoir.

— Comme je vous l'ai dit, elle était associée à cette bande de types et je... ça paraît peut-être con, mais j'y connais rien en matière de drogue. *Mais je compte bien apprendre.*

*

Seul dans son lit, seul avec sa conscience, Kelly parcourut lentement du regard le plafond, balayant la surface blanche comme un écran de cinéma.

Pour commencer, la police se trompe, se dit-il. Il ne savait pas d'où il tenait cette certitude, mais c'en était une et ça lui suffisait. *Ce n'étaient pas des voleurs, c'étaient eux, les types dont Pam avait peur.*

Ce qui était arrivé correspondait à ce que Pam lui avait dit. C'était un truc qu'ils avaient déjà fait. Il avait eu le tort de se faire repérer — à deux reprises. Sa culpabilité restait intacte, mais c'était désormais du passé et il n'y pourrait plus rien changer. Quels qu'aient été ses torts, ce qui était fait était fait. Quels qu'ils soient, les agresseurs de Pam couraient toujours, et s'ils avaient déjà frappé à deux reprises, ils recommenceraient. Mais ce n'était pas vraiment ce qui lui accaparait l'esprit sous son masque indéchiffrable.

D'accord. D'accord. Ils n'ont encore jamais croisé un type comme moi.

Il faut que je me remette en forme, se dit le quartier-maître de première classe John Terrence Kelly.

Les blessures étaient graves mais il y survivrait. Il connaissait chaque étape du processus. Le rétablissement serait douloureux mais il ferait ce qu'ils lui avaient dit, quitte à en rajouter un peu, histoire de les rendre fiers de leur patient. C'est ensuite que débuterait la partie vraiment difficile. La course, la nage, les haltères. Puis le maniement d'armes. Puis la préparation mentale — mais ça, c'était déjà en cours, se rendit-il compte...

Oh, non. Même dans leurs pires cauchemars, jamais ils n'auront croisé un type comme moi.

Le surnom qu'ils lui avaient donné au Viêt-nam remonta du passé.

Serpent.

Kelly pressa la poire épinglée à son oreiller. L'infirmière O'Toole apparut moins de deux minutes après.

— J'ai faim, lui annonça-t-il.

*

— J'espère bien ne jamais avoir à refaire ça, confia Douglas à son lieutenant, et ce n'était pas la première fois.

— Comment ça s'est passé ?

— Eh bien, ce professeur pourrait bien déposer plainte. Je crois avoir à peu près réussi à le calmer, mais avec les types dans son genre, on ne sait jamais.

— Kelly sait-il quelque chose ?

— Rien d'exploitable, en tout cas, répondit Douglas. Après ce qui lui est arrivé, il est encore trop dans les vapes pour être parfaitement cohérent, mais il n'a vu aucun visage et il n'a... merde, s'il avait vu quoi que ce soit, il ne serait sans doute pas resté sans rien faire. Je lui ai même montré la photo, histoire de le secouer un peu. J'ai bien cru que le pauvre gars allait nous faire un arrêt cardiaque. Le toubib est devenu fou. J'en suis pas vraiment fier, Em. Personne ne devrait avoir à contempler des choses pareilles.

— Nous compris, Tom, nous compris. Le lieutenant Emmet Ryan leva les yeux de la vaste collection de photos, pour moitié prise sur les lieux, pour moitié au bureau du coroner chargé de l'instruction. Ce qu'il avait vu l'avait rendu malade, malgré toutes ses années dans la police, et en particulier parce que ce n'était pas un crime commis sous l'empire de la folie ou de la passion. Non, l'acte avait été accompli de manière délibérée par des individus froids et rationnels.

— J'ai parlé à Frank. Ce Kelly est un brave type, il a même contribué à élucider l'affaire Gooding. Il n'est absolument pas mouillé dans cette histoire. Tous les toubibs disent qu'il est sain, qu'il ne se drogue pas.

— Des infos sur la fille ? Pour Douglas, il était inutile d'ajouter que ç'aurait pu être l'ouverture dont ils avaient tant besoin. Si seulement Kelly s'était adressé à eux plutôt qu'à Allen, qui n'était absolument pas au courant de leur enquête. Mais non, et leur meilleure source potentielle d'informations était morte.

— Les empreintes sont revenues du sommier. Pamela Madden. Elle s'était fait ramasser à Chicago, Atlanta et La Nouvelle-Orléans pour prostitution. Jamais passée devant un tribunal, pas une seule fois. Les juges l'ont toujours relâchée. Crime sans victime, pas vrai ?

Le sergent étouffa un juron en songeant à tous ces crétins au prétoire.

— Bien sûr, Em, pas la moindre victime. Résultat, on n'est pas plus près de ces gars qu'on l'était il y a six mois, n'est-ce pas ? Il nous faudrait davantage d'effectifs, conclut Douglas, soulignant l'évidence.

— Pour traquer les meurtriers d'une tapineuse ? demanda le lieutenant. Le maire n'a peut-être pas apprécié la photo mais ils lui ont déjà dit qui était la victime, et d'ici une semaine, tout sera redevenu normal. Tu crois qu'on va obtenir des révélations renversantes d'ici lundi, Tom ?

— On pourrait lui faire comprendre...

— Non. Ryan secoua la tête. Il parlerait. T'as déjà vu un homme politique qui ne parle pas ? Ils ont un gars ici, dans la place, Tom. Tu veux davantage d'effectifs ? Dis-moi, où va-t-on les dénicher, des hommes à qui se fier ?

— Je sais, Em. Douglas lui accorda le point. Mais on est dans l'impasse.

— Peut-être que les Stups trouveront quelque chose.

— Compte là-dessus, renifla Douglas.

— Kelly peut-il nous aider ?

— Non. Ce bougre d'idiot regardait du mauvais côté.

— Bon, alors t'assures le suivi habituel, juste histoire de sauver les apparences et tu laisses courir. L'autopsie n'a pas encore eu lieu. Peut-être qu'ils découvriront quelque chose.

— Bien, chef, répondit Douglas. Comme il arrivait souvent dans la police, vous deviez compter sur des ouvertures inattendues, des erreurs dans le camp adverse. Ces gens-là n'en faisaient pas beaucoup mais, tôt ou tard, ils finissaient tous par en commettre une, se disaient les deux policiers. Le seul problème est que ça ne semblait jamais se produire à temps.

Le lieutenant Ryan reporta son attention sur les photos.

— Sûr qu'ils se sont bien amusés avec elle. Exactement comme avec l'autre.

*

— Ça fait plaisir de vous voir manger.

Kelly leva les yeux de l'assiette presque vide.

— Le flic avait raison, Sam. C'est terminé. Il faut que je me rétablisse, que je mobilise mon attention sur quelque chose, pas vrai ?

— Qu'est-ce que vous comptez faire ?

— Je n'en sais rien. Merde, je pourrais toujours me rengager dans la Marine, je ne sais pas.

— Il faut assumer votre deuil, John, dit Sam en s'asseyant près du lit.

— Ça, je sais comment faire. J'ai déjà donné, vous vous souvenez ? Il leva les yeux. Oh... au fait, qu'est-ce que vous avez raconté aux flics à mon sujet ?

— Comment nous avions fait connaissance, ce genre de choses. Pourquoi ?

— Ce que je faisais là-bas. C'est secret, Sam. Kelly réussit à prendre un air gêné. L'unité à laquelle j'appartenais. Officiellement, elle n'existe plus. Les trucs qu'on a pu faire... eh bien, ça n'est jamais arrivé, si vous voyez ce que je veux dire.

— Ils n'ont pas demandé. De toute façon, vous ne m'en avez jamais vraiment parlé, observa le chirurgien, intrigué — et plus encore en constatant le soulagement sur les traits de son patient.

— Je leur avais été recommandé par un ami dans la Navy — en gros, il s'agissait de les aider à former leurs plongeurs. Ce qu'ils savent est ce que je suis autorisé à leur dire. Ce n'est pas exactement ce que je fais en réalité, mais les apparences sont sauves.

— D'accord.

— Je ne vous ai pas encore remercié de vous être aussi bien occupé de moi.

Rosen s'était levé et regagnait la porte mais il s'arrêta net un mètre avant et se retourna.

— Vous croyez que vous pouvez m'abuser ?

— J'imagine que non, Sam, répondit Kelly, sur ses gardes.

— John, j'ai passé toute ma putain d'existence à me servir de ces mains pour réparer les gens. Il faut savoir garder ses distances, ne pas trop s'impliquer, sinon on perd ses moyens, son habileté, sa concentration. Je n'ai jamais blessé personne dans toute ma vie. Vous me comprenez ?

— Oui, parfaitement, monsieur.

— Qu'est-ce que vous allez faire ?

— Je préfère que vous l'ignoriez, Sam.

— Je veux vous aider. Vraiment, dit Rosen, avec un étonnement sincère dans la voix. Je l'aimais bien, moi aussi, John.

— Je sais.
— Alors, qu'est-ce que je peux faire ? demanda le chirurgien. Il avait peur que Kelly lui demande une chose hors de sa portée ; et il avait encore plus peur de lui dire d'accord.
— Me retaper.

9

Labeur

Ça faisait presque peur à regarder, songea Sandy. Le plus étrange était qu'il était un bon patient. Jamais une remarque. Jamais une plainte. Non, il faisait scrupuleusement ce qu'on lui disait de faire. Il y avait une touche de sadisme chez tous les médecins-rééducateurs. Il le fallait, puisque le boulot consistait à pousser les gens toujours un peu plus loin qu'ils le voulaient bien — exactement comme un entraîneur d'athlétisme — et le but de l'exercice était de les aider, en fin de compte. Malgré tout, un bon rééducateur devait savoir pousser le patient, encourager le faible, rudoyer le fort ; savoir cajoler et réprimander, toujours au nom de la santé ; cela voulait dire prendre plaisir aux efforts et à la douleur des autres et cela, O'Toole en aurait été incapable. Mais pour Kelly, elle le voyait bien, ce n'était pas un problème. Il faisait ce qu'on attendait de lui et quand le kiné en demandait plus, il en faisait plus, et ainsi de suite, sans arrêt, jusqu'à ce que le kiné, poussé au-delà de l'orgueil professionnel face au résultat de ses efforts, en vienne réellement à s'inquiéter.

— Vous pouvez souffler un peu, conseilla-t-il.
— Pourquoi ? demanda Kelly, le souffle légèrement court.
— Votre rythme cardiaque est de cent quatre-vingt-quinze. Et cela faisait déjà cinq minutes.
— Quel est le record ?
— Zéro, répondit le kiné sans un sourire. Cela lui valut un rire, puis un coup d'œil en coin, et Kelly ralentit son pédalage sur le vélo d'appartement, s'accordant deux minutes pour décompresser avant de s'arrêter, à contrecœur.

— Je viens le récupérer, annonça O'Toole.
— Bien, faites, avant qu'il me casse quelque chose.

Kelly descendit de selle et s'épongea le visage, ravi de constater qu'elle n'avait pas cru bon d'arriver avec une chaise roulante ou un autre accessoire insultant.

— Et à quoi dois-je cet honneur, m'dame ?
— Je suis censée garder l'œil sur vous, répondit Sandy. On essaye de prouver sa résistance ?

Kelly avait été un rien léger mais il reprit vite son sérieux.

— Madame O'Toole, je suis censé me distraire l'esprit, n'est-ce pas ? L'exercice m'y aide. Avec un bras attaché, je ne peux pas courir, faire des pompes ou soulever des haltères. En revanche, je peux faire du vélo. Vu ?

— Là, vous m'avez eue. D'accord. Dans la cohue anonyme du couloir, elle ajouta : Je suis sincèrement désolée pour votre amie.

— Merci, m'dame. Il tourna la tête, pris d'un léger vertige après ses efforts, et ils partirent se promener dans la foule. Nous avons des rituels sous l'uniforme. Le clairon, le drapeau, la présentation des armes. Ça marche plutôt bien avec les hommes. Ça vous aide à croire que tout ça a vraiment un sens. On a toujours mal, mais c'est une façon de dire adieu avec cérémonie. On apprend à l'assumer. Mais ce qui vous est arrivé est différent, et ce qui vient de m'arriver est différent. Alors, qu'est-ce que vous avez fait, vous ? Vous vous êtes plongée encore plus dans le travail ?

— J'ai terminé ma spécialisation. Je suis devenue infirmière-praticienne. J'enseigne. Je m'inquiète pour mes patients. Voilà toute ma vie désormais.

— Eh bien, vous n'aurez pas à vous inquiéter pour moi, d'accord ? Je connais mes limites.

— Et où sont-elles ?

— Encore bien loin, dit Kelly avec une amorce de sourire qui s'éteignit bien vite. Je me débrouille comment ?

— Très bien.

Tout ne s'était pas passé avec cette facilité, l'un et l'autre le savaient. Donald Madden avait débarqué à Baltimore pour réclamer la dépouille de sa fille au bureau du coroner ; il avait laissé sa femme à la maison, et refusé de voir qui que ce soit, malgré les supplications de Sarah Rosen. Il n'avait aucune intention de parler avec un fornicateur, avait-il expliqué au téléphone, remarque qui était parvenue aux oreilles de Sandy mais qu'aucun des deux médecins n'avait cru bon de transmettre. Le chirurgien lui avait donné un aperçu de ses antécédents familiaux : ce n'était que le triste chapitre final d'une existence brève et triste, détails que leur patient n'avait pas besoin de connaître. Kelly s'était enquis des dispositions pour les obsèques et les deux médecins lui avaient expliqué qu'il serait de toute manière dans l'incapacité de quitter l'hôpital. Kelly avait accepté le verdict en silence, surprenant l'infirmière.

Son épaule gauche était toujours immobilisée, et il souffrait, l'infirmière le savait. Elle et ses collègues surprenaient parfois une grimace, en particulier peu avant l'heure du renouvellement de ses antalgiques, mais Kelly n'était pas du genre à se plaindre. Même maintenant, alors qu'il respirait encore bruyamment après sa redoutable demi-heure en selle, il mettait un point d'honneur à marcher le plus vite possible, pour se détendre tel un athlète entraîné.

— Pourquoi tout ce cinéma ? demanda-t-elle.

— Je n'en sais rien. Faut-il une raison à tout ? Je suis comme ça, Sandy.

— Eh bien, vous avez des jambes plus longues que les miennes. Alors, ralentissez un peu, d'accord ?

— Bien sûr. Kelly ralentit le pas alors qu'ils arrivaient devant l'ascenseur. Combien de filles y a-t-il... comme Pam, je veux dire ?

— Bien trop. Elle ignorait le chiffre exact. Mais assez pour qu'elles forment une catégorie de patientes, assez pour qu'on remarque leur présence.

— Qui leur vient en aide ?

L'infirmière pressa le bouton d'appel.

— Personne. Ils sont en train de mettre en œuvre des programmes pour les sortir de la dépendance à la drogue, mais le vrai problème, c'est l'ensemble des mauvais traitements et tout ce qui en découle — ils ont trouvé un nouveau terme pour ça : « désordres comportementaux ». Si vous êtes un voleur, il y a des programmes. Si vous maltraitez des enfants, il y a un programme, mais ces filles sont des parias. Personne ne fait grand-chose. Les seuls à s'en occuper, ce sont les groupes religieux. Si quelqu'un annonçait que c'est une maladie, peut-être que les gens y prêteraient attention.

— Est-ce une maladie ?

— John, je ne suis pas médecin, je ne suis qu'une infirmière spécialisée, et de toute façon, ce n'est pas mon domaine. Je m'occupe des soins post-opératoires au service de chirurgie. D'accord, on en parle au déjeuner, je ne suis pas complètement ignare. Le plus surprenant, c'est le nombre de filles qu'on retrouve mortes. Overdose, accident, crime, qui peut dire ? Soit elles tombent sur le mauvais client, soit leur maquereau devient un peu trop violent, alors elles se présentent chez nous, et ce n'est pas leur mauvais état général qui va les aider, en tout cas, une bonne partie n'arrivent pas à s'en sortir. Une hépatite due à des aiguilles sales, une pneumonie, ajoutez-y une blessure grave, et la combinaison est mortelle. Mais est-ce que quiconque va se décider à y faire quoi que ce soit ? O'Toole baissa les yeux quand l'ascenseur arriva. Des jeunes femmes ne devraient pas mourir de cette manière !

— Ouais. Kelly lui fit signe d'entrer la première.

— Vous êtes le patient, objecta-t-elle.

— Vous êtes la dame, insista-t-il. Désolé, j'ai été élevé comme ça.

Qui est ce type ? se demanda Sandy. Elle s'occupait de plusieurs patients, certes, mais le professeur lui avait ordonné — enfin, pas exactement, se corrigea-t-elle, mais une « suggestion » du docteur Rosen avait du poids, d'autant plus qu'elle avait un grand respect pour lui, en tant qu'ami et conseiller — de veiller particulièrement sur lui. Et ce n'était pas pour la marier, comme elle l'avait initialement soupçonné. Il était encore trop blessé — et elle aussi, même si elle ne voulait pas l'admettre. Quel homme étrange ! Si semblable à Tim par bien des aspects, mais bien plus réservé. Un bizarre mélange de douceur et de rudesse. Elle n'avait pas oublié ce qu'elle avait vu la semaine précédente, mais tout était fini aujourd'hui et elle n'en avait jamais vu revenir la moindre trace. Il la traitait avec respect et bonne humeur, sans jamais un commentaire sur sa silhouette, contrairement à la majorité des patients (soulevant ses objections pour la forme). Il était si malheureux et pourtant si obstiné. Ses furieux efforts pour se rétablir. Sa dureté apparente. Comment concilier tout cela avec ces bonnes manières incongrues ?

— Quand est-ce que je sortirai ? demanda Kelly d'une voix légère, mais pas encore assez.

— Dans une semaine, répondit O'Toole, en lui faisant signe de descendre. Demain, on vous débande le bras.

— Vraiment ? Sam ne m'a rien dit. Quand pourrai-je recommencer à m'en servir ?

— Ça va vous faire mal au début, prévint l'infirmière.

— Merde, Sandy, ça fait déjà mal. Kelly sourit. Autant que la douleur serve à quelque chose.

— Couchez-vous, ordonna l'infirmière. Avant qu'il ait pu élever une objection, elle lui avait fourré un thermomètre dans la bouche et lui prenait le pouls. Puis elle contrôla sa pression artérielle. Les chiffres qu'elle inscrivit sur sa feuille de soins étaient 36,9 — 64 et 10,5/6. Les deux derniers étaient particulièrement surprenants, estima-t-elle. Quoi qu'elle puisse dire sur ce patient, il se rétablissait rapidement. Elle se demanda ce qui le pressait à ce point.

Encore une semaine, songea Kelly après son départ. *Faut que j'arrive à bouger ce satané bras.*

*

— Bref, qu'est-ce que tu nous amènes comme nouvelles ? demanda Maxwell.

— Du bon et du moins bon, répondit Greer. La bonne nouvelle est que l'opposition est faible, pour ce qui est des forces terrestres régulières à proximité de l'objectif. Nous avons identifié trois bataillons. Deux sont en instruction avant leur départ pour le sud. Le troisième revient de mission. Bien amoché, en cours de reconstitution. Équipements et effectifs habituels. Pas grand-chose côté armement lourd. Les formations mécanisées qu'ils peuvent avoir sont bien loin de la zone.

— Et les mauvaises nouvelles ? s'enquit l'amiral Podulski.

— Ai-je besoin de vous le dire ? Assez de triple-A le long de la côte pour obscurcir le ciel. Des batteries de SA-2 là, là et probablement là. Dangereux pour des avions rapides, Cas. Pour des hélicos ? Un ou deux appareils de sauvetage, bien sûr, c'est faisable, mais pour une récupération d'envergure, ça risque vraiment d'être tangent. On a déjà revu tout ça en débriefant CHEVILLE OUVRIÈRE, vous vous souvenez ?

— Ce n'est qu'à quarante-cinq kilomètres de la côte.

— Quinze à vingt minutes d'hélico, en volant en ligne droite, ce qu'ils seront incapables de faire, Cas. J'ai épluché personnellement le relevé des menaces sur les cartes. Le meilleur itinéraire que je puisse identifier — c'est ton domaine, mais je m'y connais quand même un peu, d'accord ? — prend vingt-cinq minutes, et je ne voudrais pas le faire de jour.

— On pourrait utiliser des -52 pour nettoyer le corridor, suggéra Podulski. Il n'avait jamais été réputé pour sa finesse.

— Je croyais que tu voulais rester dans la discrétion, observa Greer. Écoute, la vraie mauvaise nouvelle, c'est que je n'ai rencontré nulle part de véritable enthousiasme pour ce genre de mission. CHEVILLE OUVRIÈRE a échoué...

— Ce n'était pas notre faute ! objecta l'amiral.

— Je sais bien, Cas, répondit Greer, patient. Podulski avait toujours été un avocat passionné.

— Ça devrait être jouable, grommela Cas.

Les trois hommes étaient penchés sur les photos de reconnaissance. Une belle collection, deux venaient de satellites, deux de SR-71 Blackbird, et trois autres des vues obliques à basse altitude prises par des drones Chasseurs de bisons. Le camp faisait deux cents mètres au carré, un carré parfait, d'ailleurs, sans doute la copie conforme d'un plan d'installations de haute sécurité tiré d'un quelconque manuel du bloc de l'Est. Chaque angle possédait un mirador doté d'un toit en tôle ondulée pour protéger de la pluie le fusil-mitrailleur RPD réglementaire de l'ANV, copie d'un modèle russe démodé. A l'intérieur de la clôture barbelée, il y avait trois grands bâtiments et deux petits. A l'intérieur de l'un des premiers se trouvaient, pensaient-ils, vingt officiers américains, tous de grade équivalent ou supérieur à commandant ou lieutenant-colonel, car il s'agissait d'un camp spécial.

C'étaient les photos du Chasseur de bisons qui avaient les premières attiré l'attention de Greer. L'une était assez précise pour avoir permis l'identification d'un visage, celui du colonel Robin Zacharias, de l'USAF. Son F-105G Wild Weasel avait été abattu quatorze mois auparavant ; lui et son observateur avaient été considérés comme tués par les Nord-Vietnamiens. On avait même publié une photo de son corps. Ce camp, dont le nom de code était VERT-DE-GRIS, était connu de moins de cinquante personnes ; il était indépendant du bien plus célèbre « Hilton d'Hanoi », déjà visité par des citoyens américains et où, depuis la spectaculaire mais infructueuse opération CHEVILLE OUVRIÈRE sur le camp de Sông Tay, presque tous les prisonniers de guerre américains avaient été regroupés. Situé à l'écart, installé dans un site parfaitement improbable, sans la moindre existence officielle, VERT-DE-GRIS était redoutable. Quelle que soit l'issue de la guerre, l'Amérique voulait récupérer ses pilotes. Il s'agissait ici d'un lieu dont l'existence même suggérait que certains de ces hommes ne seraient jamais restitués. Une étude statistique des pertes avait révélé une sinistre régularité dans les chiffres : les officiers aviateurs de grade relativement élevé connaissaient des pertes supérieures à celles des officiers de grade inférieur. On savait que l'ennemi disposait de bonnes sources de renseignement, dont une bonne partie au sein du mouvement « pacifiste » américain, qu'ils détenaient des dossiers sur les officiers supérieurs américains, qui ils étaient, ce qu'ils savaient, quelles autres fonctions ils avaient occupées. Il était possible que tous ces officiers soient détenus dans un endroit donné et que leurs connaissances servent aux Nord-Vietnamiens de monnaie d'échange pour traiter avec leurs commanditaires russes. Les informations détenues par les prisonniers sur les zones d'un intérêt stratégique particulier s'échangeaient — peut-être — contre une prolongation du soutien d'une nation qui se désintéressait de cette guerre interminable, surtout dans ce nouveau climat de détente. Tant de parties étaient simultanément en cours.

— Joli, apprécia Maxwell dans un souffle. Les trois agrandissements montraient le visage de l'homme, chaque fois fixant droit l'objectif. La dernière de la série avait surpris un garde en train de lever son fusil pour lui donner un coup de crosse dans les reins. Le visage était net. C'était Zacharias.

— Ce type est russe, remarqua Casimir Podulski, en

tapotant les photos prises par l'engin sans pilote. L'uniforme était parfaitement identifiable.

Tous savaient ce que pensait Cas. Fils de l'ancien ambassadeur de Pologne à Washington, comte héréditaire et descendant d'une famille qui avait jadis combattu aux côtés du roi Jean Sobieski, il avait vu toute sa famille se faire décimer, d'un côté de la frontière par les nazis, en même temps que le reste de la noblesse polonaise, et de l'autre côté par les Russes dans la forêt de Katyn, où ses deux frères avaient été tués après avoir livré un bref et vain combat sur deux fronts. En 1941, le lendemain de sa remise de diplôme à l'université de Princeton, Podulski s'était engagé dans la Marine américaine, comme aviateur, adoptant un nouveau pays et un nouveau métier, qu'il servait l'un et l'autre avec talent et fierté. Et avec rage. Une rage désormais d'autant plus intense qu'il serait bientôt contraint de prendre sa retraite. Greer en voyait la raison. Ses mains étonnamment délicates étaient déformées par l'arthrite. Malgré tous ses efforts pour dissimuler son état, Cas se verrait radier pour de bon lors de sa prochaine visite médicale et devrait dès lors affronter une retraite partagée entre le souvenir d'un fils mort et une épouse sous traitement anti-dépresseur, après une carrière qu'il ne manquerait pas de considérer comme un échec, malgré ses médailles et ses galons.

— Il faut qu'on trouve un moyen, dit Podulski. Sinon, nous ne reverrons jamais ces hommes. Tu sais qui pourrait se trouver là-bas, Dutch ? Peter Francis, Hank Osborne.

— Pete travaillait pour moi, quand j'avais l'*Enterprise*, confirma Maxwell. Les deux hommes se tournèrent vers Greer.

— Je suis d'accord sur la nature du camp. Jusqu'ici, j'avais des doutes. Zacharias, Francis et Osborne, voilà des noms qui ne manqueront pas de les intéresser. L'officier d'aviation avait servi un temps à Omaha, où il avait fait partie du haut commandement interarmes qui sélectionnait les objectifs des bombardements stratégiques, et sa connaissance des plans de guerre américains les plus secrets était proprement encyclopédique. Les deux officiers de marine détenaient des informations d'une importance similaire et si tous étaient sans aucun doute courageux, dévoués et obstinément décidés à nier, dissimuler et falsifier, ce n'étaient jamais que des hommes et l'homme avait ses limites ; et l'ennemi avait le temps.

— Écoutez, reprit-il, si vous voulez, je peux essayer de vendre l'idée à certaines personnes en haut lieu, mais je n'ai guère d'espoir.

— Si nous ne faisons rien, nous manquerons à notre parole envers notre peuple ! Podulski écrasa le poing sur le bureau. Mais Cas avait un calendrier à respecter, lui aussi. La découverte de ce camp, le sauvetage de ces prisonniers démontreraient publiquement que le Nord-Viêt-nam avait menti. Cela risquait d'empoisonner les pourparlers de paix au point de contraindre Nixon à adopter une option différente, celle d'un plan d'action élaboré par un autre groupe de travail, plus large, au Pentagone : l'invasion du Nord. Ce devait être une opération militaire typiquement à l'américaine : une attaque combinée, sans précédent par son audace, son envergure et les dangers potentiels ; un parachutage directement sur Hanoi, le débarquement d'une division de Marines sur les plages encadrant Haiphong, des attaques aéroportées au milieu, avec tout ce que l'Amérique pouvait fournir comme appui tactique, en une offensive massive et conjointe pour tenter de briser le Nord en capturant ses dirigeants politiques. Ce plan, dont le nom de code était changé tous les mois — pour l'heure, c'était CORNET CERTAIN — était le Saint Graal de la vengeance pour tous les militaires de carrière qui voyaient depuis six ans leur pays tâtonner dans l'indécision et dilapider honteusement la vie de ses enfants.

— Comme si je ne le savais pas ! Osborne travaillait pour moi à Suitland. J'accompagnais l'aumônier quand il a apporté ce putain de télégramme, vu ? Je suis dans votre camp, vous vous souvenez ? Contrairement à Cas et Dutch, Greer savait que CORNET CERTAIN n'irait jamais au-delà d'une étude d'état-major. Le plan était tout bonnement irréalisable, sans en avertir le Congrès et, au Congrès, il y avait bien trop de fuites. Possible encore en 66 ou 67, voire en 68, une telle opération était impensable aujourd'hui. Seulement, VERT-DE-GRIS était toujours là, et cette mission-ci était possible, de justesse.

— On se calme, Cas, suggéra Maxwell.

— D'accord.

Greer reporta son attention sur la carte en relief.

— Vous savez, vous autres airedales, vous avez tendance à penser de façon étroite.

— Comment cela ? demanda Maxwell.

Greer indiqua un trait rouge qui partait d'une ville côtière et rejoignait presque l'entrée principale du camp. Sur les photos aériennes, on aurait dit une route de bonne qualité, revêtue d'asphalte.

— Les forces adverses sont situées ici, ici et ici. La route est là, elle remonte la vallée en suivant le fleuve sur une bonne partie de son cours. Il y a des batteries de DCA dans tous les coins, il s'agit d'une route stratégique pour les approvisionner mais vous savez, les triple-A ne sont pas dangereux, à condition de savoir choisir l'équipement.

— Mais c'est une invasion, observa Podulski.

— Parce qu'expédier deux compagnies aéroportées, ce n'en est pas une ?

— J'ai toujours dit que tu étais futé, James, dit Maxwell. Tu sais, c'est pile à l'endroit où mon fils a été abattu. Ce SEAL y est allé et il l'a récupéré à peu près ici, dit l'amiral en tapotant la carte.

— Quelqu'un qui connaît le secteur vu du sol ? observa Greer. Voilà qui nous aiderait. Où est-il ?

*

— Salut, Sarah ! Kelly l'invita à s'asseoir. Elle lui paraissait plus âgée.

— C'est la troisième fois que je passe, John. Les deux premières, vous dormiez.

— J'ai pas mal dormi, effectivement. Mais tout va bien, lui assura-t-il. Sam passe me voir deux fois par jour. Il était déjà mal à l'aise. Le plus dur était encore d'affronter les amis, se dit Kelly.

— Eh bien, j'avais pas mal de travail. Sarah parlait rapidement. John, il fallait que je vous dise à quel point je suis désolée de vous avoir demandé de venir en ville. J'aurais pu vous envoyer ailleurs. Elle n'avait pas besoin de voir Madge en particulier. Je connais un toubib à Annapolis, un excellent praticien... Sa voix s'étrangla.

Tant de culpabilité, songea Kelly.

— Vous n'y êtes absolument pour rien, Sarah, dit-il quand elle se tut. Vous étiez une bonne amie pour Pam. Si seulement sa mère avait été comme vous, peut-être que...

C'était comme si elle ne l'avait pas entendu.

— J'aurais dû vous donner un rendez-vous plus tard. Si la date avait été légèrement différente...

De ce côté, elle avait raison, se dit Kelly. Toujours les variables. Et si ? Et si j'avais choisi une autre rue pour me garer ? Et si Billy ne l'avait pas reconnue ? *Et surtout, si je n'avais pas bougé et laissé ce salaud se barrer tranquillement ?* Un autre jour, une autre semaine ? Et si tout un tas de choses. Les choses arrivaient parce qu'une centaine de petits événements aléatoires se produisaient à l'endroit précis et au moment précis où il le fallait, et alors qu'il était aisé d'accepter les bons résultats, on ne pouvait qu'enrager contre les mauvais. Et s'il avait emprunté un itinéraire différent au sortir de l'entrepôt ? Et s'il n'avait pas remarqué Pam au bord de la route et ne l'avait pas prise en stop ? Et s'il n'avait pas remarqué les comprimés ? Et s'il ne s'en était pas soucié, ou si, au contraire, il en avait été scandalisé au point de l'abandonner ? Serait-elle encore en vie ? Si son père lui avait témoigné un peu plus de compréhension, et si elle n'avait jamais fait de fugue, ils ne se seraient jamais rencontrés. Était-ce un bien ou un mal ?

Et même si tout cela était vrai, alors qu'est-ce qui importait réellement ? Tout n'était-il donc qu'accidents survenant au hasard ? Le problème était qu'on ne pouvait jamais dire. Peut-être que s'il était Dieu surveillant toutes choses du haut du ciel, peut-être alors qu'il découvrirait un schéma d'ensemble cohérent mais, vu de l'intérieur, c'était comme ça, point final, et il fallait faire avec, de son mieux, tirer la leçon de ses erreurs en prévision du prochain accident. Mais est-ce que tout cela avait un sens ? Merde, est-ce que quoi que ce soit avait un sens quelconque ? C'était une question trop complexe pour un ancien officier marinier gisant sur un lit d'hôpital.

— Sarah, vous n'y êtes vraiment pour rien. Vous l'avez

aidée du mieux que vous avez pu. Comment pourriez-vous y changer quoi que ce soit ?

— Bon sang, Kelly, nous l'avions quasiment sauvée !

— Je sais. Et je l'ai amenée ici, et j'ai fait preuve de négligence. Moi, pas vous. Sarah, tout le monde me répète que ce n'est pas de ma faute, et là-dessus, vous arrivez et vous me dites que c'est de la vôtre. Sa grimace était presque un sourire. Il y a de quoi rendre perplexe, à un détail près.

— Ce n'était pas un accident, c'est ça ? releva Sarah.

— Non, ce n'était pas un accident.

*

— Le voilà, dit tranquillement Oreza, les jumelles pointées sur la petite tache au loin. Exactement comme vous aviez dit.

— Viens voir, papa, souffla le policier dans le noir.

Ce n'était qu'une heureuse coïncidence, se dit l'officier. Les individus en question avaient une ferme dans le comté de Dorchester, mais entre les rangs de maïs, il y avait des pieds de marihuana. Simple comme bonjour, mais efficace. Une ferme, cela voulait dire des hangars, des dépendances, et l'isolement. Comme ils étaient malins, ils n'allaient pas livrer leur marchandise par camionnette en empruntant le pont suspendu pour traverser la baie, avec les bouchons estivaux toujours imprévisibles, sans parler qu'un employé de péage à l'œil aiguisé avait aidé la Police d'État à opérer une saisie moins d'un mois auparavant. Ils étaient prudents au point de devenir une menace potentielle pour son ami. Il fallait que cela cesse.

Donc, ils utilisaient un bateau. La coïncidence tombée du ciel donnait aux gardes-côtes la chance de participer à une saisie et par la même occasion de redorer son blason à leurs yeux. Ça ne pourrait pas faire de mal, après qu'il les avait utilisés comme prétexte pour l'aider à abattre Angelo Vorano, songea le lieutenant Charon, en souriant dans la timonerie.

— On les coince maintenant ? demanda Oreza.

— Oui. Les clients à qui ils livrent sont sous notre contrôle. N'en parlez à personne, ajouta-t-il aussitôt. Nous ne voulons pas les compromettre.

— Pigé. Le maître de manœuvre poussa les gaz et tourna la

barre à tribord. Allons, debout là-dedans ! lança-t-il à son équipage.

Le treize mètres s'enfonça de la quille sous la poussée des moteurs. Le grondement des diesels était enivrant pour le commandant. La petite barre en acier vibrait entre ses mains tandis qu'il la redressait pour suivre le nouveau cap. Le plus étonnant était que l'événement puisse être une surprise pour eux. Même si les gardes-côtes constituaient la principale force de police sur les eaux, leur activité principale avait toujours été la recherche et le sauvetage et, apparemment, certains n'étaient pas encore au courant. Ce qui, se dit Oreza, était bougrement regrettable. Ces deux dernières années, il avait surpris certains de ses hommes en train de fumer de l'herbe et sa colère à ce moment avait été un spectacle dont les témoins se souvenaient encore.

L'objectif était clairement visible maintenant, un bateau de pêche de construction locale, un dix mètres comme il en pullulait sur la Chesapeake, sans doute équipé d'un vieux moteur Chevrolet, ce qui signifiait qu'il ne risquait pas de distancer sa vedette rapide. C'était parfait d'avoir une bonne couverture, songea Oreza avec un sourire, mais pas si malin que ça de jouer sa vie et sa liberté sur une seule carte, si bonne fût-elle.

— N'ayez l'air de rien, dit tranquillement le policier.

— Constatez par vous-même, lieutenant, répondit le maître de manœuvre. L'équipage de la vedette était en alerte mais sans rien en laisser paraître, et les armes étaient rangées dans les étuis. Ils avaient mis le cap à peu près droit sur leur poste de Thomas Point et si les occupants de l'autre bateau les avaient remarqués — et personne n'avait regardé derrière jusqu'ici —, ils pourraient facilement supposer que la vedette regagnait tout bonnement l'écurie. Encore cinq cents mètres. Oreza poussa les gaz à fond pour gagner encore un ou deux nœuds.

— Voilà M. English, lança un autre matelot. L'autre treize mètres venu de Thomas Point venait en sens inverse, parti de la station sur un cap rectiligne — en gros, droit vers le phare que la station entretenait également.

— Franchement, ils sont pas trop malins, non ? remarqua Oreza.

— Ma foi, s'ils étaient malins, pourquoi enfreindraient-ils la loi ?

— D'accord avec vous, lieutenant. Trois cents mètres à présent, et une tête se retourna pour découvrir la silhouette étincelante de la petite vedette blanche. Trois individus à bord de l'objectif, et celui qui les regardait se pencha en avant pour dire quelque chose à l'homme de barre. C'était presque comique à observer. Oreza pouvait imaginer leur dialogue à la réplique près. Il y a un bateau des gardes-côtes, là derrière. Alors on reste calme, peut-être que c'est simplement la relève, ou un truc comme ça, d'ailleurs regarde l'autre, là... hé-là, j'aime pas trop ça... merde, je te dis de rester calme ! J'aime vraiment pas ça. Arrête un peu, ils ont pas mis leurs feux et puis leur poste est juste à côté, pour l'amour du ciel.

Bientôt le moment, sourit Oreza, *bientôt le moment du : oh, merde !*

Il sourit quand ça se produisit. Le type à la barre se retourna et sa bouche s'ouvrit et se referma, venant de prononcer exactement cette réplique. Une des jeunes matelots lut également sur les lèvres de l'homme et éclata de rire.

— J'ai dans l'idée qu'ils viennent de faire le point, capitaine !

— Mettez les feux ! ordonna le maître de manœuvre, et les gyrophares au sommet de la timonerie se mirent à clignoter, ce qui n'enchantait pas vraiment Oreza.

— Bien compris !

Le bateau de pêche obliqua rapidement vers le sud mais la vedette qui arrivait en face vira pour anticiper la manœuvre, et il fut instantanément clair qu'il ne pourrait jamais distancer les deux vedettes de treize mètres avec leur double hélice.

— Z'auriez mieux fait d'employer le fric à vous payer un engin plus nerveux, les gars, se dit Oreza, sachant que les criminels tiraient eux aussi la leçon de leurs erreurs et que s'acheter un engin capable de distancer un patrouilleur de treize mètres n'était pas franchement pour eux un problème financier. Ce gibier-là était facile. Chasser un autre petit voilier serait tout aussi facile, si encore ce bougre de crétin de flic voulait bien les laisser agir à leur guise, mais les proies faciles ne dureraient pas éternellement.

Le bateau de pêche coupa ses moteurs, piégé qu'il était entre les deux vedettes. L'adjudant de police English s'immobilisa quelques centaines de mètres à l'écart tandis qu'Oreza s'approchait.

— Ohé du bateau ! lança le maître de manœuvre dans son porte-voix. Ici, les gardes-côtes des États-Unis, nous allons exercer notre droit de monter à bord et d'effectuer une visite de sécurité. Veuillez tous rester bien en vue, s'il vous plaît.

Cela ressemblait à une équipe de foot qui vient de perdre un match : ils savaient qu'ils ne pourraient rien changer, malgré tous leurs efforts. Ils savaient que toute résistance était inutile, et donc il ne leur restait plus qu'à attendre là, abattus, et à accepter leur sort. Oreza se demanda combien de temps cela durerait. Combien de temps avant d'être assez idiots pour vouloir se rebeller ?

Deux des matelots montèrent à bord, couverts par deux autres hommes postés à l'arrière de la vedette. M. English rapprocha son bateau. Habile à la manœuvre, nota Oreza, comme on pouvait l'attendre d'un adjudant, et lui aussi avait posté ses hommes pour couvrir l'intervention, au cas où les mauvais garçons auraient quelque idée en tête. Tandis que les trois suspects restaient immobiles, bien visibles, le nez baissé vers le pont, espérant encore une simple visite de sécurité, les deux matelots d'Oreza se dirigèrent vers la cabine avant. Tous deux en ressortirent moins d'une minute après. L'un d'eux caressa la visière de sa casquette, signe que la voie était libre, puis il se tapota le ventre. Oui, il y avait de la drogue à bord. Cinq coups — un sacré paquet de drogue.

— Nous avons une prise, monsieur, observa calmement Oreza.

Le lieutenant Mark Charon, de la brigade des stups, Police municipale de Baltimore, s'appuya contre l'encadrement de la porte — de l'écoutille, ou Dieu sait quel terme employaient ces marins — et sourit. Il était habillé en civil et on aurait facilement pu le prendre pour un garde-côte, avec son gilet de sauvetage orange.

— A vous de jouer, dans ce cas. Quelle est la procédure réglementaire ?

— Inspection de sécurité de routine, eh mais sapristi, il y a de la drogue à bord ! dit Oreza en feignant la surprise.

— Absolument parfait, monsieur Oreza.
— Merci, lieutenant.
— Tout le plaisir est pour moi, capitaine.

Il avait déjà expliqué la procédure à Oreza et English. Afin de protéger ses informateurs, tout le crédit de l'arrestation irait aux gardes-côtes, ce qui n'était pas vraiment pour déplaire au maître de manœuvre ou à l'adjudant. Oreza pourrait peindre un symbole de victoire sur son mât, enfin, le truc auquel était fixé le radar, un symbole représentant la feuille à cinq lobes d'un plant de marihuana, et les matelots auraient un nouvel exploit à raconter. Ils pourraient même vivre l'aventure d'une déposition devant la cour fédérale de district — quoique ce soit improbable car ces revendeurs à la petite semaine n'écoperaient que de la plus petite peine que pourrait négocier leur avocat. Et ils s'empresseraient de faire savoir que les clients à qui était destinée leur livraison les avaient sans doute balancés. Avec un peu de chance, ces derniers pouvaient même disparaître, ce qui faciliterait d'autant la tâche. Il y aurait une faille dans l'écostructure de la drogue — encore un de ces termes ronflants que Charon avait ramassés. En tout dernier ressort, un rival potentiel dans l'écostructure était désormais hors jeu pour de bon. Le lieutenant Charon aurait droit à une tape dans le dos de la part de son capitaine, et sans doute à une lettre de compliments fleuris de la part des gardes-côtes des États-Unis et du bureau du Procureur fédéral, sans oublier les félicitations pour avoir mené en douceur une opération aussi efficace sans compromettre ses informateurs. L'un de nos meilleurs éléments, ne manquerait pas de rappeler son capitaine. « Comment faites-vous pour avoir des indicateurs de cette qualité ? — Mon capitaine, vous savez comment c'est, je dois protéger mes sources. — Bien sûr, Mark, je comprends. Continuez à faire ce bon boulot. »

Je ferai de mon mieux, mon capitaine, se répéta mentalement Charon, en contemplant le soleil couchant. Il ne regarda même pas les gardes-côtes qui passaient les menottes aux suspects, puis leur énonçaient leurs droits constitutionnels en lisant leur carte Miranda plastifiée ; il ne pouvait s'empêcher de sourire, car pour eux, c'était là un jeu tout à fait distrayant. Mais il faut dire que pour Charon aussi.

*

Où étaient ces satanés hélicoptères ? se demanda Kelly.

Tout dans cette foutue mission était allé de travers depuis le début. Pickett, son compagnon habituel, terrassé par une violente dysenterie, était trop mal en point pour sortir et Kelly avait dû y aller seul. Pas recommandé, mais la mission était trop importante et ils devaient couvrir le moindre petit hameau, la moindre *ville*[1]. Et donc, il se retrouvait seul, remontant avec la plus extrême prudence les eaux puantes de ce... bon, la carte appelait ça une rivière mais ce filet d'eau n'était vraiment pas assez large pour que Kelly imagine de le baptiser ainsi.

Et bien sûr, c'était la *ville* où ils étaient entrés, les enculés.

FLEUR EN PLASTIQUE, songea-t-il, ouvrant l'œil, l'oreille aux aguets. *Mais où allaient-ils donc trouver des noms pareils ?*

FLEUR EN PLASTIQUE était le nom de code d'une unité d'action politique — ou appelez ça comme vous voulez — de l'ANV. Son équipe portait plusieurs autres noms, aucun vraiment flatteur. En tout cas, ils ne ressemblaient certainement pas aux militants de quartiers qu'il voyait les jours d'élections à Indianapolis. Ce n'était pas le genre de ces gars-là, éduqués à Hanoi sur la meilleure façon d'embrigader les cœurs et les esprits.

Le ponte, le chef, le maire — appelez ça comme vous voulez — de la ville, était juste un poil trop courageux pour être autre chose qu'un imbécile. Et il payait cette imbécillité devant les yeux du quartier-maître de seconde classe J.T. Kelly, planqué à bonne distance. L'équipe était arrivée à une heure trente et, en bon ordre et presque avec civilité, avait entrepris de visiter chaque hutte, de réveiller toute la population de paysans et de les rassembler sur la place du village pour découvrir le héros malavisé, ainsi que son épouse et ses trois filles, qui les attendaient, assis par terre, les bras cruellement ligotés dans le dos. Le commandant de l'ANV qui dirigeait FLEUR EN PLASTIQUE les invita tous à s'asseoir d'une voix polie qui

---

1. En français dans le texte, on est dans l'ancienne Indochine... (*N.d.T.*)

parvint jusqu'au poste d'observation de Kelly, situé à deux cents mètres de là. La *ville* avait besoin d'une leçon sur la bêtise qu'il y avait à résister au mouvement de libération populaire. Ce n'était pas qu'ils étaient mauvais, ils avaient été simplement mal conseillés, et il espérait que cette simple leçon leur rendrait évidente cette erreur d'appréciation.

Ils commencèrent par l'épouse de l'homme. Cela prit vingt minutes.

Il faut que je fasse quelque chose! se dit-il.

Ils sont onze, idiot. Mais si le salopard de commandant pouvait bien être le dernier des sadiques, les dix hommes qui l'accompagnaient avaient été sélectionnés exclusivement en fonction de leur rectitude politique. Ce devaient être des soldats fiables, expérimentés et consciencieux. Qu'un homme pût effectuer consciencieusement des choses pareilles, Kelly ne parvenait même pas à l'imaginer. Mais qu'ils en fussent capables était un fait qu'il ne pouvait se permettre d'ignorer.

Où était la putain d'équipe d'intervention ? Il les avait appelés quarante minutes plus tôt et la base de soutien n'était qu'à vingt minutes à vol d'hélicoptère. Ils voulaient ce commandant. Son equipe pourrait également être utile mais c'était le commandant qu'ils voulaient vivant. Il savait où se trouvaient les dirigeants politiques locaux, ceux que les Marines n'avaient pas réussi à éliminer malgré leur raid superbe, six semaines plus tôt. Cette mission était probablement une opération de représailles ; une réaction délibérée si près de la base américaine ne pouvait que vouloir dire non, vous ne nous avez pas encore eus tous, et vous ne nous aurez jamais.

Et sans doute avaient-ils raison, se dit Kelly, mais cette question allait bien au-delà de sa mission de ce soir.

La fille aînée avait peut-être quinze ans. Difficile à dire avec ces Vietnamiennes si petites, si trompeusement délicates. Elle avait résisté vingt-cinq minutes entières et n'était toujours pas morte. Ses cris portaient clairement sur ce vaste terrain découvert jusqu'au point d'eau où était planqué Kelly, les mains crispées avec une telle violence sur la crosse en plastique de son CAR-15 que s'il y avait songé ou l'avait remarqué, il aurait pu redouter de casser quelque chose.

Les dix soldats qui accompagnaient le commandant s'étaient

déployés de manière réglementaire. Deux d'entre eux étaient avec l'officier, et ils se relayaient avec les sentinelles en périphérie de manière que tous puissent prendre part aux festivités de la soirée. L'un d'eux acheva la fille avec un couteau. La suivante avait peut-être douze ans.

Kelly tendait l'oreille vers le ciel bas, priant pour qu'il entende le claquement caractéristique du rotor bipale d'un Huey. Il y avait d'autres bruits. Le grondement des pièces de 155 de marine de leur position de tir, sur la côte est. Le hurlement d'avions à réaction au-dessus de sa tête. Aucun n'était assez fort pour masquer les piaillements aigus d'une enfant, mais ils étaient toujours onze et lui tout seul, et même si Pickett avait été ici, les chances n'auraient pas été, et de loin, suffisantes pour tenter le coup. Kelly avait son fusil automatique CAR-15, un chargeur de quinze balles inséré dans son logement, un chargeur de rechange scotché à l'envers, à l'extrémité du premier, et deux autres couples analogues en réserve. Il avait également quatre grenades à fragmentation, deux grenades défensives et deux fumigènes. Son équipement le plus meurtrier était encore sa radio, mais il avait déjà lancé deux appels et reçu à chaque fois un accusé de réception assorti de l'ordre de ne pas bouger.

Facile à dire, bien au chaud à la base, n'est-ce pas ?

Douze ans, peut-être. Trop jeune pour ça. Il n'y avait pas d'âge pour ça, corrigea-t-il, mais il ne pourrait jamais changer les choses tout seul, et il ne servait à rien ni à personne d'ajouter sa mort à celles de cette famille.

Comment pouvaient-ils faire ça ? N'étaient-ils pas des hommes, des soldats, des guerriers professionnels, tout comme lui ? Qu'est-ce qui pouvait justifier qu'ils mettent de côté leur humanité ? Ce qu'il voyait était impossible. Ça ne pouvait pas être. Et pourtant. Il y avait toujours le grondement lointain de l'artillerie qui pilonnait une route d'approvisionnement supposée. Et au-dessus, un défilé aérien continu, peut-être des Intruder des Marines balançant des charges au magnésium sur tel ou tel objectif, sans doute des bois déserts, car c'était à quoi se réduisaient la plupart de leurs cibles. En tout cas, pas ici, où se trouvait l'ennemi, mais qu'est-ce que ça réglerait, en définitive ? Ces villageois avaient joué leur vie et leur famille sur un truc qui ne marchait pas, et peut-être ce commandant s'estimait-il clément en n'éliminant qu'une seule famille avec le maximum de théâtralité au lieu de tous les liquider d'une manière plus expéditive. En outre, les morts ne racontaient pas d'histoires ; or c'était une histoire qu'il comptait bien voir répéter. La terreur, c'était une chose qu'ils pouvaient exploiter, et bien exploiter.

Le temps se traînait, au ralenti puis à l'accéléré, et enfin, la gamine de douze ans cessa de gémir et fut rejetée. La troisième petite fille avait huit ans, constata-t-il dans ses jumelles. L'*arrogance* de ces salauds, préparant un grand feu. Ils ne voulaient surtout pas qu'on puisse rater ce spectacle, pas vrai ?

Huit ans, même pas assez grande, même pas une gorge assez large pour un vrai cri. Il observa la relève de la garde. Deux nouveaux hommes quittèrent le périmètre pour rejoindre le centre du *bourg*. Une permission pour les groupes d'action politique qui ne pouvaient pas se rendre à Taiwan comme Kelly. L'homme situé le plus près de Kelly n'avait pas encore eu sa chance, et sans doute était-ce râpé pour ce soir. Le chef du village n'avait assez de filles, à moins qu'il soit sur la liste noire du commandant. Quelle que soit la véritable raison, il devrait faire ceinture, et il devait se sentir frustré. Le soldat avait maintenant tourné les yeux vers l'intérieur du périmètre pour regarder ses compagnons partager des festivités auxquelles il n'aurait pas droit ce soir. La prochaine fois, peut-être... mais au moins pouvait-il se rincer l'œil... et, nota Kelly, il ne s'en privait pas, négligeant son devoir pour la première fois de la soirée.

Kelly avait parcouru la moitié de la distance avant que son esprit ne l'ait remarqué. Il rampait aussi vite que possible en silence, aidé par le sol détrempé. Une reptation à ras de terre, le corps le plus aplati possible, plus près, toujours plus près, à la fois poussé et attiré par le gémissement en direction du feu.

T'aurais dû te réveiller plus tôt, Johnnie-boy.
Ce n'était pas possible tout à l'heure.
Et merde, ça ne l'est pas plus maintenant !
C'est à cet instant que le destin intervint sous la forme du

grondement d'un Huey, et même plusieurs, venant du sud-est. Kelly fut le premier à le percevoir, alors qu'il se relevait avec précaution derrière le soldat, le poignard brandi. Ils n'avaient toujours rien entendu lorsqu'il frappa, plongeant sa lame à la base du crâne de l'homme, là où la moelle épinière se relie au cerveau — le bulbe rachidien, lui avait-on appris dans un cours. Il la fit tourner, un peu comme un tournevis, l'autre main plaquée sur la bouche de l'homme et, pas de doute, ça marchait. Le corps devint instantanément inerte, et il le déposa doucement à terre, moins par un quelconque souci d'humanité que pour atténuer le bruit.

Mais du bruit, il y en avait. Les hélicos étaient trop près, maintenant. Le commandant leva la tête en se tournant vers le sud-est. Il avait reconnu le danger. Il lança l'ordre de rassemblement à ses hommes, puis fit demi-tour et tira une balle dans la tête de l'enfant aussitôt qu'un de ses soldats se fut retiré d'elle pour s'écarter de la trajectoire.

Le regroupement de l'escouade ne prit que quelques secondes. Le commandant fit une rapide revue d'effectif, découvrant qu'il manquait un homme, et il se tourna aussitôt dans la direction de Kelly, mais son acuité visuelle avait été depuis longtemps diminuée par le feu et la seule chose qu'il releva, ce fut comme un mouvement fantomatique dans les airs.

— Un, deux, trois, murmura pour lui Kelly après avoir dégoupillé l'une de ses grenades à fragmentation. Les gars du 3ᵉ SOG préparaient eux-mêmes leurs amorces. On ne savait jamais ce que pouvait faire la petite vieille sur la chaîne de l'usine d'armement. Les leurs brûlaient cinq secondes juste et à « trois », la grenade quitta sa main. L'enveloppe contenait juste assez de métal pour briller à la lueur orange du feu de camp. Un jet quasiment impeccable qui la fit atterrir pile au centre du cercle de soldats. Kelly s'était déjà jeté à terre. Il entendit le cri d'alarme qui venait juste une seconde trop tard pour aider qui que ce soit.

La grenade tua ou blessa sept des dix hommes. Kelly se releva, braqua son fusil automatique et descendit le premier de trois balles dans la tête. Son regard ne s'attarda même pas à regarder jaillir le nuage rouge car c'était son métier, pas un passe-temps. Le commandant était encore en vie. Gisant au sol, il essayait malgré tout de braquer son arme jusqu'à ce qu'il prenne cinq balles de plus dans la poitrine. Sa mort transformait cette nuit en succès. Désormais, Kelly n'avait plus qu'une chose à faire : survivre. Il s'était lancé dans une opération suicidaire et la prudence était son ennemie.

Kelly courut sur la droite, le fusil levé bien haut. Il restait au moins deux ANV sur pied. Ils étaient armés, furieux et suffisamment confus pour ne pas avoir détalé comme ils auraient dû le faire. Le premier hélico au-dessus était un illuminateur, qui lâchait des charges éclairantes que maudit Kelly car la nuit était désormais sa meilleure alliée. Il repéra et aligna l'un des ANV, vidant son chargeur sur la silhouette qui courait. Il échangea les chargeurs, tout en continuant de progresser vers la droite, dans une manœuvre de contournement, espérant ainsi dénicher l'autre, mais ses yeux s'attardèrent sur le centre du village. Des gens détalaient dans tous les sens, certains sans doute blessés par sa grenade, mais il ne pouvait rien y faire. Ses yeux restèrent fixés sur les victimes près du feu — trop longtemps, car lorsqu'il les détourna, la scène resta imprimée sur sa rétine, alternance d'images fantômes orange et bleues qui ruinaient sa vision nocturne. Il entendait le rugissement d'un Huey en descente pour atterrir près du village et le bruit était assez fort pour couvrir même les cris des paysans. Kelly se cacha derrière le mur d'une hutte, les yeux tournés vers l'extérieur, loin du feu, cherchant à les accoutumer de nouveau au noir. Il restait au moins un Viêt indemne, et il n'allait pas se diriger vers le son de l'hélicoptère. Kelly continua d'avancer vers la droite, plus lentement à présent. Il y avait un écart de dix mètres entre cette hutte et la suivante, comme un corridor de lumière éclairé par le feu. Il jeta un œil derrière l'angle avant de se lancer, puis partit en courant, pour une fois tête baissée. Ses yeux surprirent une ombre en mouvement, et quand il se retourna pour regarder, il trébucha sur quelque chose et s'étala.

La poussière volait tout autour de lui mais il n'arriva pas à repérer assez vite l'origine du bruit. Il roula sur la gauche pour éviter les balles, mais cela le ramena vers la lumière. Il se redressa à demi et recula, se cogna contre le mur d'une hutte, tandis que ses yeux scrutaient éperdument la nuit pour repérer les éclairs d'un canon. Là ! Il éleva le CAR-15 et tira à l'instant même où deux balles de 7.62 le cueillaient en pleine poitrine. L'impact l'envoya bouler et deux autres balles détruisirent le fusil automatique entre ses mains. Quand il releva la tête, il était étendu sur le dos, et tout était calme dans le village. Sa première tentative pour bouger se solda uniquement par une intense douleur. Puis il sentit le canon d'un fusil plaqué contre sa poitrine.

— Par ici, lieutenant ! Suivi d'un : toubib !

L'univers se remit à bouger tandis qu'ils le traînaient à proximité du feu. La tête de Kelly pendait mollement sur la gauche et il aperçut les soldats qui investissaient le *bourg*, deux d'entre eux désarmant et examinant l'ANV.

— Ce salaud est en vie, remarqua l'un des deux.

— Ah ouais ? L'autre, qui était près du corps de la gosse de huit ans, s'approcha, plaqua le canon de son arme contre la tempe du Nord-Vietnamien et tira.

— Merde, Harry !

— Arrêtez vos conneries ! aboya le lieutenant.

— Regardez un peu ce qu'ils ont fait ! rétorqua Harry sur le même ton, avant de tomber à genoux pour vomir.

— Quel est votre problème ? demanda l'infirmier à un Kelly qui était bien incapable de répondre. Oh, merde, observa-t-il ensuite. L-T, ce doit être le gars qui nous appelait !

Un autre visage apparut, sans doute celui du lieutenant commandant l'unité bleue, et l'insigne surdimensionné cousu sur son épaule était celui de la 1re division de cavalerie.

— Mon lieutenant, secteur apparemment dégagé, on ratisse de nouveau le périmètre ! annonça une voix plus âgée.

— Tous morts ?

— Affirmatif, mon lieutenant !

— Merde, mais qui êtes-vous ? dit ce dernier en baissant de nouveau les yeux. Ces putains de cinglés de Marines.

— Navy ! protesta Kelly, dans un hoquet qui projeta quelques gouttes de sang sur l'infirmier.

— Quoi ? demanda l'infirmière O'Toole.

Kelly ouvrit grand les yeux. Son bras droit se rabattit rapidement sur sa poitrine en même temps qu'il tournait rapidement la tête pour scruter la pièce. Sandy O'Toole était assise dans le coin. Elle était en train de lire un bouquin, à la lueur d'une simple lampe.

— Qu'est-ce que vous faites ici ?

— J'écoute votre cauchemar, répondit-elle. C'est la deuxième fois. Vous savez, vous devriez vraiment...

— Ouais, je sais.

10

Pathologie

Votre pistolet est à l'arrière de la voiture, lui dit le sergent Douglas. Non chargé. Et qu'il le reste à l'avenir.
— Du nouveau pour Pam ? demanda Kelly, dans sa chaise roulante.
— On a quelques pistes, répondit Douglas, sans même chercher à dissimuler le mensonge.
Et cela expliquait tout, songea Kelly. Quelqu'un avait révélé à la presse que Pam avait un casier pour prostitution et après une telle révélation, l'affaire avait soudain perdu son urgence.
Sam avait ramené lui-même le Scout jusqu'à l'entrée de Wolfe Street. La carrosserie était entièrement réparée et il y avait une vitre neuve du côté conducteur. Kelly quitta sa chaise roulante pour examiner longuement le 4 × 4. L'encadrement de la portière et le pied adjacent lui avaient sauvé la vie en interceptant une partie de la volée de plombs. Bien mal visé de la part de son adversaire, surtout après une traque aussi soigneusement menée — aidée par le fait qu'il n'avait pas pris la peine de regarder dans ses rétros, se dit Kelly. Comment avait-il pu oublier une chose pareille, se répéta-t-il pour la millième fois. Une précaution si simple, le genre de chose qu'il soulignait pour chaque nouvelle recrue intégrant le 3e SOG : toujours regarder derrière soi, car on peut avoir un ennemi aux trousses. Pourtant pas difficile à se rappeler, non ?
Mais c'était du passé. Et le passé ne pouvait pas être changé.
— Vous retournez dans votre île, John ? demanda Rosen.
Kelly acquiesça.

— Ouais. J'ai du boulot qui m'attend, et il faut que je me retape.

— Je veux vous revoir d'ici, oh, disons deux semaines, pour une visite de contrôle.

— Bien, docteur. J'y serai, promit Kelly. Il remercia Sandy O'Toole de sa sollicitude et fut récompensé par un sourire. Elle était presque devenue une amie dans l'intervalle des dix-huit derniers jours. Presque ? Peut-être l'était-elle déjà devenue, si seulement il pouvait se permettre de penser en de tels termes.

Kelly monta dans sa voiture et attacha sa ceinture. Les adieux n'avaient jamais été son fort. Il hocha la tête, leur sourit, et démarra, tournant à droite vers Mulberry Street, à nouveau seul pour la première fois depuis son arrivée à l'hôpital.

Enfin. Près de lui, sur le siège du passager où il avait vu Pam en vie pour la dernière fois, il avisa une enveloppe de papier bulle marquée DOSSIER MÉDICAL/FACTURES de la grosse écriture de Sam Rosen.

— Bon Dieu, dit Kelly dans un souffle, en prenant vers l'ouest. Il ne se contentait plus d'observer la circulation, désormais. Le paysage urbain était à jamais transformé pour John Kelly. Les rues étaient devenues un curieux mélange de vide et d'activité, et ses yeux scrutaient en tous sens, reprenant une habitude qu'il avait fini par oublier, se focalisant sur les individus dont l'inactivité lui semblait suspecte. Il allait lui falloir du temps, se rendit-il compte, pour faire la part des choses. La circulation était clairsemée et de toute manière, les gens ne s'attardaient pas dans ces rues-là. Kelly regarda à gauche et à droite pour vérifier que les autres chauffeurs regardaient bien devant eux, éliminant tout ce qui les entourait, comme il le faisait encore naguère, s'arrêtant, mal à l'aise, aux feux rouges qu'ils ne pouvaient décemment pas brûler, mais écrasant le champignon dès qu'ils repassaient au vert. Espérant bien laisser tout ça derrière eux, espérant que les problèmes resteraient ici et surtout ne sortiraient pas pour aller essaimer ailleurs, là où vivaient les honnêtes gens. En ce sens, c'était l'inverse du Viêt-nam, n'est-ce pas ? Là-bas, les sales trucs étaient dehors, dans la cambrousse, et vous faisiez tout pour les empêcher d'entrer. Kelly se rendit compte qu'il était rentré au pays pour ne retrouver que le même genre de folie et le même genre d'échec dans un environnement bien différent. Et il s'était montré aussi coupable et aussi imbécile que les autres.

Le Scout prit à gauche, vers le sud, longeant un autre hôpital, un vaste bâtiment blanc. Le quartier des affaires, des banques et des bureaux, le tribunal, l'hôtel de ville, une bonne partie de la ville investie dans la journée par les honnêtes gens qui s'empressaient de la quitter la nuit, en bloc, parce qu'ils trouvaient la sécurité dans leur troupeau pressé. Bien policés, parce que sans ces gens et leur commerce, la cité était promise à une mort certaine. Ou quelque chose d'équivalent. Peut-être que ce n'était pas une question de mort, en fin de compte, mais simplement de vitesse.

Même pas deux kilomètres et demi, remarqua Kelly. *Tant que ça ?* Il faudrait qu'il vérifie sur un plan. Une distance en tout cas dangereusement réduite entre ces gens et ce qu'ils redoutaient. Arrêté à une intersection, il pouvait voir très loin, car les artères de la ville, telles des tranchées coupe-feu, offraient d'étroites et longues perspectives rectilignes. Le feu passa au vert et il embraya.

Le *Springer* était à son emplacement habituel, vingt minutes plus tard. Kelly rassembla ses affaires et monta à bord. Dix minutes après, les diesels haletaient, la climatisation fonctionnait, et il était de retour dans sa petite bulle blanche de civilisation, prêt à larguer les amarres. Ayant arrêté les analgésiques et en manque de bière et d'un peu de détente — simple retour symbolique à la réalité —, il renonça néanmoins à l'alcool. Son épaule gauche était d'une raideur inquiétante bien qu'il en ait, plus ou moins, recouvré l'usage depuis près d'une semaine. Il tourna en rond dans le grand salon, en décrivant de larges moulinets de bras, grimaçant de douleur à chaque élancement du côté gauche, avant de monter sur le pont pour démarrer. Murdock sortit pour observer la manœuvre, à la porte de son bureau, mais il ne dit rien. La mésaventure de Kelly avait fait les gros titres, même si sa relation avec Pam n'avait pas été évoquée, les journalistes n'ayant sans doute pas réussi à établir de rapport. Le plein des réservoirs était fait, tous les équipements semblaient en ordre de marche, mais il ne vit pas la moindre facture pour les travaux effectués par le chantier.

Kelly avait du mal à manier les amarres car son bras gauche refusait d'obéir aux ordres que son esprit lui donnait avec sa régularité habituelle. Il y parvint tant bien mal et le *Springer* s'éloigna du quai. Quand il eut quitté le bassin de plaisance, Kelly descendit s'installer au poste de pilotage du salon, barrant une course rectiligne pour quitter la baie, dans l'abri confortable de la cabine fermée et climatisée. Ce n'est qu'après être sorti de la passe, une heure plus tard, qu'il se permit de quitter l'eau des yeux. Un soda l'aida à faire passer deux cachets de Tylénol. C'était le seul médicament qu'il s'était autorisé ces trois derniers jours. Le dos bien calé dans le fauteuil du capitaine, il ouvrit enfin l'enveloppe que lui avait laissée Sam, pendant que le pilote automatique dirigeait le bateau vers le sud.

Seules les photos n'étaient pas incluses. Il en avait aperçu une et ça lui avait suffi. Une note manuscrite rajoutée en couverture — toutes les pages du dossier étaient des photocopies, pas des originaux — révélait que le professeur de pathologie avait obtenu les clichés de son ami, le médecin légiste, et recommandait à Sam la plus extrême prudence dans l'exploitation du dossier. Kelly ne put déchiffrer la signature.

Sur la couverture, les cases « mort suspecte » et « homicide » étaient cochées. La cause du décès, indiquait le rapport, était par strangulation manuelle avec un ensemble de marques de ligatures étroites et profondes autour du cou de la victime. La gravité et la profondeur des marques suggéraient que la mort cérébrale était survenue par privation d'oxygène avant même que l'écrasement du larynx n'interrompe l'arrivée de l'air aux poumons. Les striures sur la peau indiquaient que l'instrument utilisé était probablement un lacet de chaussure et, d'après la position des ecchymoses autour de la gorge, sans doute provoquées par les phalanges d'un homme pourvu de grandes mains, on pouvait inférer que le tueur regardait en face sa victime tandis qu'il perpétrait son acte. Le compte rendu se poursuivait sur cinq pages en simple interligne en précisant que la victime avait été soumise à des sévices violents et fortement traumatisants avant sa mort, sévices qui étaient complaisamment décrits avec toute la sécheresse de la prose médicale. Un formulaire joint précisait qu'on l'avait violée, d'autant que l'aire génitale présentait des signes manifestes de meurtrissures et autres mauvais traitements. Une quantité de sperme exceptionnellement abondante était encore évidente dans le vagin après la découverte de la victime et son autopsie, indiquant que le meurtrier n'avait pas été seul à violer la victime. (« Groupes sanguins O+, O− et AB−, selon le rapport sérologique joint. ») De multiples ecchymoses et coupures dans la région des mains et des avant-bras étaient qualifiées de « classiquement défensives ». Pam avait lutté jusqu'au bout. Le maxillaire avait été brisé, de même que trois autres os, dont une fracture multiple du cubitus gauche. Kelly dut poser le rapport du médecin légiste et contempler l'horizon avant de reprendre sa lecture. Ses mains ne tremblaient pas, et il ne proféra pas un seul mot, mais il avait besoin d'oublier un instant cette froide terminologie médicale.

« Comme tu le constateras d'après les photos, Sam, poursuivait la note manuscrite au dos du dossier, « c'est là l'œuvre d'une bande de types franchement malades. Il s'agit de torture délibérée. Tout cela a dû prendre des heures. Encore un point omis dans le rapport. Examine bien le cliché n° 6. Ses cheveux ont été peignés ou brossés, peut-être, presque certainement post-mortem. Le détail semble avoir échappé au pathologiste qui a pratiqué l'autopsie. C'est un jeunot. (Alan n'était pas sur place quand elle est arrivée, sinon je suis certain qu'il s'en serait chargé en personne.) Ça paraît plutôt bizarre mais c'est manifeste d'après la photo. Marrant comme les trucs les plus évidents peuvent vous échapper. C'était sans doute son premier cas de ce genre et il était probablement trop occupé à établir la liste de tous les sévices importants pour relever un détail aussi mineur. Je crois savoir que tu connaissais la fille. Je suis désolé, mon ami. » La page était signée « Brent », de manière plus lisible que sur la couverture de la chemise. Kelly fit de nouveau glisser le tout dans l'enveloppe.

Il ouvrit un tiroir de la console, en retira une boîte de cartouches de .45 ACP et garnit deux chargeurs pour son automatique qui retourna dans le tiroir. Il y avait peu de choses plus inutiles qu'un pistolet vide. Puis il se rendit dans la cambuse et choisit sur les rayons la plus lourde des boîtes de conserve. De retour au poste de pilotage, il prit la boîte dans la main gauche et reprit ce qu'il faisait depuis maintenant près d'une semaine : se servir de la boîte comme d'un haltère, en élévation et en extension, cherchant la douleur, la savourant tandis que ses yeux continuaient à scruter la surface de l'eau.

— Plus jamais, Johnnie-boy, se dit-il tout haut sur le ton de la conversation. Plus jamais question de refaire des erreurs. Plus jamais.

*

Le C-141 atterrit à la BA de Pope, la base aérienne qui jouxtait Fort Bragg, en Caroline du Nord, peu après midi, mettant un terme à un vol qui avait débuté à plus de douze mille kilomètres de là. Le gros quadriréacteur de transport toucha la piste assez rudement. L'équipage était fatigué, malgré les escales en cours de route, et les passagers n'avaient pas besoin d'être particulièrement ménagés. Sur ce genre de vol, ils étaient rarement vivants. Les troupes rapatriées du théâtre d'opérations empruntaient les « Freedom Birds », ces *Oiseaux de la Liberté,* presque invariablement des avions de lignes commerciales réquisitionnés dont les hôtesses distribuaient avec libéralité alcools et sourires durant tout le long voyage de retour au monde réel. Ce genre de confort n'était pas nécessaire pour les vols à destination de Pope. L'équipage se contentait des plateaux-repas standard de l'Air Force, sans avoir droit aux plaisanteries habituelles des jeunes aviateurs.

Le roulage au sol ralentit l'appareil qui vira au bout de la piste d'atterrissage pour s'engager sur une bretelle de roulement, pendant que les hommes s'étiraient sur leurs sièges. Le pilote, un capitaine, connaissait la procédure par cœur, mais il y avait une jeep peinte en orange vif, au cas où il aurait oublié, et il la suivit jusqu'au centre de réception. Son équipage et lui avaient depuis longtemps cessé de s'interroger sur la nature de leur mission. C'était un boulot, un boulot nécessaire, point final, estimaient-ils en descendant de l'appareil pour leur période de repos réglementaire qui consistait, après un bref rapport de mission avec notification des éventuelles avaries présentées par l'appareil au cours des trente dernières heures, à filer au mess des officiers boire un verre, puis prendre une douche et aller dormir dans leurs quartiers. Aucun des hommes ne se retourna pour regarder l'appareil. Ils le reverraient bien assez tôt.

La nature routinière de la mission était contradictoire. Dans la plupart des conflits précédents, des soldats américains avaient été inhumés près de l'endroit où ils étaient tombés, comme en témoignaient les cimetières américains en France et ailleurs. Tel n'était pas le cas pour le Viêt-nam. C'était comme si les gens comprenaient qu'aucun Américain n'avait envie de rester là-bas, mort ou vif, et tous les corps récupérés étaient rapatriés ; après avoir transité par un centre de traitement dans la banlieue de Saigon, chaque corps était de nouveau traité avant d'être rapatrié vers la ville natale qui avait envoyé ces hommes, souvent jeunes, mourir dans un pays lointain. Dans l'intervalle, les familles avaient le temps de décider du lieu de l'inhumation et les instructions concernant ces dispositions attendaient chaque corps identifié par son nom sur le manifeste de bord.

Au centre d'accueil, des employés civils des pompes funèbres attendaient les corps. C'était une spécialité que les militaires ne prenaient pas en compte dans la multiplicité de leurs stages d'instruction. Un officier en uniforme était toujours là pour vérifier les identités car il était de la reponsabilité des autorités militaires de s'assurer que le bon corps était restitué à la bonne famille, même si les cercueils qui quittaient ce centre étaient scellés dans presque tous les cas. Les dommages physiques d'une mort au combat, ajoutés aux dégâts occasionnés par une récupération souvent tardive en climat tropical, n'étaient pas le genre de spectacle qu'il était loisible ou nécessaire d'imposer aux familles du cher disparu. En conséquence, l'identification positive des restes n'était pas franchement vérifiable, raison pour laquelle l'armée prenait cette mission extrêmement au sérieux.

Le centre était formé d'une vaste salle où de nombreux corps pouvaient être accueillis simultanément, même si elle ne connaissait pas la même activité que par le passé. Les hommes qui travaillaient ici ne crachaient pas sur une plaisanterie scabreuse et certains n'hésitaient pas à consulter les prévisions météo de cette partie du monde pour prédire l'état de la cargaison de la semaine suivante. L'odeur seule suffisait à repousser l'observateur de passage et on voyait bien rarement la visite d'un officier supérieur, encore moins d'un fonctionnaire civil du ministère de la Défense, au fragile équilibre desquels le spectacle risquait d'être préjudiciable. Mais on finissait par s'habituer à la puanteur et celle des produits de conservation était de loin préférée à toutes les autres odeurs associées à la mort. Un de ces corps, celui du Spécialiste de quatrième classe, Duane Kendall, portait de multiples blessures thoraciques. Il avait réussi à tenir jusqu'à l'hôpital de campagne, constata le croque-mort. Une partie des balafres témoignaient du travail désespéré d'un chirurgien de front — les incisions qui lui auraient valu les foudres de son chef de service dans un hôpital civil étaient bien moins esthétiques que les marques faites par les fragments d'un engin piégé. Le chirurgien avait peut-être passé vingt minutes à tenter de sauver celui-ci, estima le croque-mort, en s'interrogeant sur les raisons de son échec — sans doute le foie, décida-t-il au vu de la localisation et de la taille des incisions. Ce n'est pas le genre d'organe dont on peut se passer longtemps, si bon que soit votre toubib. Plus intéressant pour l'homme était l'étiquette blanche glissée entre le bras droit et le torse et qui confirmait une marque, apparemment inscrite au hasard, sur la carte fixée à l'extérieur du conteneur dans lequel le corps était arrivé.

— Identité confirmée, annonça le croque-mort au capitaine qui faisait sa tournée, muni d'un calepin et accompagné d'un sergent. L'officier confronta l'information avec ses propres dossiers et passa au suivant avec un signe de tête, laissant l'employé des pompes funèbres à son travail.

Il y avait toutes les tâches habituelles à accomplir et l'employé s'y livra sans hâte ni indolence, relevant la tête pour vérifier que le capitaine était à l'autre bout de la salle. Puis il tira le fil d'une des coutures effectuées par un autre croque-mort à l'autre bout de la filière. La couture s'ouvrit de bout en bout presque instantanément, lui permettant de plonger la main dans la cavité abdominale pour en retirer quatre sachets de plastique transparent remplis d'une poudre blanche qu'il fourra rapidement dans son sac avant de refermer l'ouverture béante dans le corps de Duane Kendall. C'était sa troisième et dernière récupération de la journée. Une demi-heure encore passée sur une autre dépouille, et sa journée de travail était finie. L'employé des pompes funèbres regagna sa voiture, une Mercury Cougar, et quitta la base. Il s'arrêta à un supermarché Winn-Dixie pour acheter une miche de pain, et en profita pour glisser quelques pièces dans un taxiphone.

*

— Ouais ? dit Henry Tucker en décrochant à la première sonnerie.
— Huit. On raccrocha.
— Bien, dit Tucker, en fait pour lui seul, en reposant le combiné. Huit kilos pour celui-ci. Sept pour son autre homme ; chacun ignorait l'existence de l'autre, et pour chacun, le ramassage s'effectuait un jour différent de la semaine. Le rythme pouvait rapidement croître maintenant qu'il avait repris en main ses problèmes de distribution.

Le calcul était simple. Chaque kilo faisait mille grammes. Chaque kilo était dilué avec un produit neutre, tel que le lactose, que ses amis obtenaient auprès d'un grossiste en produits alimentaires. Après un mélange soigneux pour assurer l'uniformité de tout le lot, d'autres comparses répartissaient la poudre en vrac en plusieurs « charges » de drogue qui seraient vendues en lots plus petits. La qualité et la réputation croissante de sa marchandise permettaient un prix de revente plus élevé que la moyenne, qui était anticipé par le prix de gros que lui réglaient ses amis blancs.

Le problème allait bientôt devenir celui de l'échelle. Tucker avait débuté petit, en homme prudent, et le volume attirait les convoitises. Mais bientôt cela deviendrait impossible. Son approvisionnement en héroïne pure raffinée était bien plus vaste que ne le croyaient ses partenaires. Pour l'heure, ils étaient déjà contents d'avoir une qualité si élevée, et il ne comptait leur dévoiler que progressivement le volume disponible, sans jamais leur donner le moindre indice sur la méthode d'expédition dont il ne cessait de se féliciter. Son élégance absolue était sidérante, même pour lui. D'après les meilleures estimations gouvernementales — il se tenait régulièrement au fait de ce genre de données —, les importations d'héroïne en provenance d'Europe, par la filière « française » ou « sicilienne », car ils semblaient ne jamais arriver à s'accorder sur la terminologie, s'élevaient en gros à une tonne de drogue pure par an. Un chiffre appelé à croître, estimait Tucker, car la drogue devenait de plus en plus le vice à la mode aux États-Unis. S'il réussissait à faire entrer, ne fût-ce que vingt kilos par semaine — et sa technique d'expédition permettait bien plus —, il ferait tomber ce record, et sans avoir à se soucier des inspecteurs des douanes. Tucker avait monté son réseau en veillant soigneusement aux questions de sécurité. Pour commencer, aucun des responsables importants de son équipe ne touchait à la drogue. Le faire était signer son arrêt de mort, consigne qu'il avait illustrée dès le commencement, de la manière la plus simple et claire qui soit. Le tout début de la chaîne ne requérait que six hommes. Deux se procuraient la drogue auprès de sources locales dont la sécurité était garantie par les moyens habituels — de grosses sommes d'argent versées aux personnes idoines. Les quatre croque-morts employés sur place étaient grassement payés et on les avait sélectionnés pour leur stabilité toute professionnelle. L'Armée de l'air américaine se chargeait du transport, réduisant les coûts et les migraines occasionnées par ce qui était d'ordinaire la phase la plus complexe et la plus risquée du processus d'importation. Les deux employés de la station d'accueil étaient tout aussi consciencieux. Plus d'une fois, avaient-ils rapporté, les circonstances les avaient contraints à laisser l'héroïne dans les corps, qui avaient été ensuite inhumés comme prévu. C'était évidemment regrettable, mais une affaire qui tourne est une affaire gérée avec prudence, et le bénéfice à la revente compensait amplement la perte. En outre, ces deux-là savaient ce qui leur arriverait si jamais leur prenait l'idée de distraire deux ou trois kilos pour leur profit personnel.

A partir de là, il ne s'agissait plus que de transporter la marchandise par la route jusqu'à une planque pratique, phase dont se chargeait un homme de confiance grassement payé et qui n'avait jamais commis le moindre excès de vitesse. Mais son coup de maître, estima Tucker en sirotant une gorgée de bière sans cesser de regarder le match de base-ball, avait été de venir s'installer dans la baie. En sus de tous les avantages que lui procurait le site, il avait donné à ses nouveaux partenaires des raisons de croire que la drogue était débarquée de navires remontant la baie de Chesapeake pour rejoindre le port de Baltimore — ce qu'ils jugeaient d'une habileté diabolique — alors qu'en réalité, il la transportait lui-même depuis un lieu de ramassage discret. Angelo Vorano en avait apporté la preuve en s'achetant son petit voilier ridicule et en se proposant pour effectuer la collecte. Convaincre Eddie et Tony qu'il les avait vendus aux flics avait été dérisoirement facile.

Avec un peu de veine, il pourrait s'approprier le marché entier de l'héroïne sur la côte Est, aussi longtemps que des Américains continueraient à mourir au Viêt-nam. Il était également temps d'envisager une solution de rechange en prévision de la paix qui ne manquerait pas de survenir un jour. D'ici là, il avait besoin de réfléchir au moyen d'étendre son réseau de distribution. Celui dont il disposait, s'il fonctionnait bien et s'il lui avait valu l'attention de ses nouveaux partenaires, n'allait pas tarder à être dépassé. Il était trop réduit pour ses ambitions, et bientôt il allait falloir le restructurer. Mais chaque chose en son temps.

*

— D'accord, c'est officiel. Douglas lâcha sur le bureau le dossier de l'affaire et regarda son patron.

— Comment ça ? demanda le lieutenant Ryan.

— Primo, personne n'a rien vu. Secundo, personne ne savait pour quel maquereau elle bossait. Tertio, plus personne même ne sait qui elle était. Son père m'a raccroché au nez après m'avoir dit qu'il ne lui avait plus adressé la parole depuis quatre ans. Son petit copain n'y a vu que du feu avant ou après qu'on lui a tiré dessus. L'inspecteur s'assit.

— Et cette histoire n'intéresse plus le maire, ajouta Ryan pour compléter le résumé de l'affaire.

— Tu sais, Em, ça ne me gêne pas de mener une enquête non officielle, mais ça ne vaut rien pour mon taux de réussite. Et si je n'ai pas de promotion au prochain conseil ?

— Marrant, ça, Tom.

Douglas secoua la tête, regarda dehors.

— Merde, et si c'était bien le Duo Dynamo ? lança le sergent, déçu. Le couple de voleurs à la carabine avait encore tué l'avant-veille au soir. La victime, cette fois, avait été un avocat d'Essex. Un témoin oculaire, dans une voiture garée à cinquante mètres de là, avait confirmé qu'il s'agissait bien de deux hommes, ce qui n'était pas franchement un scoop. On avait également tendance, dans les rangs de la police, à estimer que le meurtre d'un avocat n'était pas vraiment un crime, mais aucun des hommes n'aurait pris cette enquête à la légère.

— Fais-moi savoir quand tu commenceras à croire à cette hypothèse, lança tranquillement Ryan. L'un comme l'autre n'étaient pas dupes, évidemment. Ces deux-là n'étaient que de vulgaires braqueurs. Ils avaient tué plusieurs fois, et à deux reprises avaient conduit le véhicule de leur victime sur une brève distance, mais les deux fois, il s'était agi d'un modèle de sport et sans doute ne cherchaient-ils qu'à se payer un peu de bon temps au volant d'une chouette bagnole. La police connaissait leur taille, la couleur de leur peau et guère plus. Mais les Duettistes étaient des truands très pros, alors que l'assassin de Pamela Madden avait tenu à signer son crime d'une manière toute personnelle ; à moins qu'un nouveau genre de tueur sérieusement malade ne sévisse dans le coin, possibilité qui ne faisait qu'ajouter une complication à leur existence de flic déjà passablement chargée.

— On n'était pas loin, hein ? demanda Douglas. La fille avait des noms, des visages, et c'était un témoin oculaire.

— Mais on n'aurait jamais su qu'elle était là-bas si l'autre crétin ne nous l'avait pas perdue, observa Ryan.

— En attendant, il est retourné dans son trou, et nous, nous voilà revenus à notre point de départ. Douglas ramassa le dossier et regagna son bureau.

*

Ce n'est qu'après la tombée de la nuit que Kelly amarra le *Springer*. Il leva les yeux et nota qu'un hélicoptère était au-dessus de lui, sans doute en mission quelconque pour la base aéronavale toute proche. En tout cas, il passa sans cercler ou s'attarder. Dehors, l'air était lourd, moite et confiné. A l'intérieur de la casemate, c'était pire, et il lui fallut une heure pour mettre en régime la climatisation. La « maison » lui sembla plus vide qu'auparavant, pour la seconde fois en l'espace d'un an, les pièces étaient automatiquement plus vastes, sans quelqu'un d'autre pour l'aider à occuper l'espace. Kelly tourna en rond durant une quinzaine de minutes. Sans but, jusqu'à ce qu'il se surprenne à contempler les vêtements de Pam. Un déclic se produisit alors dans son cerveau pour lui dire qu'il était en train de chercher quelqu'un qui n'était plus là. Il prit les articles et les empila soigneusement dans ce qui avait été naguère la commode de Tish, et aurait pu devenir celle de Pam. Peut-être que le plus triste dans tout ça était qu'il en restait si peu. Le short coupé, le caraco, quelques articles plus intimes, la chemise de flanelle qu'elle portait pour la nuit, ses chaussures bien usées au sommet de la pile. Si peu de choses pour se souvenir d'elle.

Kelly s'assit au bord du lit, contemplant les objets. Combien de temps en tout ? Trois semaines ? Seulement ? Cela ne se ramenait pas à cocher des jours sur un calendrier car le temps ne se mesurait pas vraiment de cette manière. Le temps était ce qui comblait les espaces vides de votre vie, et ces trois semaines avec Pam avaient été plus longues et plus profondes que tout le temps écoulé depuis la mort de Tish. Mais tout cela appartenait désormais à un lointain passé. Son séjour à l'hôpital ne lui semblait avoir duré qu'un clin d'œil mais c'était comme s'il avait érigé un mur entre cette partie si précieuse de son existence et l'endroit où il se trouvait maintenant. Il pouvait toujours s'approcher du mur, pour regarder par-dessus ce qui avait été, mais qui lui serait à jamais inaccessible. La vie pouvait être si cruelle, et la mémoire une telle malédiction, rappel sarcastique de ce qui avait existé et aurait pu s'épanouir si seulement il avait agi différemment. Pis que tout, le mur entre là où il était et là où il aurait pu se rendre avait été construit par lui, de la même manière que quelques instants plus tôt, il avait empilé les effets de Pam parce qu'ils ne servaient plus à rien. Il lui suffisait de fermer les yeux pour la voir. Dans le silence, il l'entendait, mais les odeurs s'étaient évanouies, son contact aussi.

Kelly tendit la main vers le lit et caressa la chemise de flanelle, se souvenant de ce qu'elle avait naguère recouvert, se souvenant comment ses grosses mains robustes avaient maladroitement défait les boutons pour y trouver à l'intérieur son amour, mais à présent ce n'était qu'un simple bout d'étoffe dont la forme ne contenait que de l'air, et encore, si peu. C'est à cet instant que Kelly se mit à sangloter pour la première fois depuis qu'il avait appris sa mort. Son corps tremblait, secoué par la réalité du fait, et seul entre ses murs de béton armé, il appela son nom, espérant que quelque part elle pourrait l'entendre et, d'une manière ou de l'autre, lui pardonner de l'avoir tuée par sa stupidité. Peut-être avait-elle désormais trouvé la paix. Kelly pria que Dieu daigne comprendre qu'elle n'avait jamais réellement eu sa chance, et reconnaisse la bonté de son caractère et la juge avec miséricorde, mais c'était là un mystère dont la solution allait bien au-delà de ses capacités. Ses yeux étaient confinés aux limites de cette pièce, et ils ne cessaient de revenir à la pile de vêtements.

Les salauds n'avaient même pas accordé à son corps la dignité d'être protégé des éléments et de la concupiscence des hommes. Ils avaient voulu que chacun sache comment ils l'avaient punie, comment ils avaient pris du bon temps avec elle, avant de la jeter comme un détritus tout juste bon à nourrir les oiseaux. Pam Madden n'avait jamais eu la moindre valeur pour eux, sinon peut-être celle d'un objet commode qu'on prend et qu'on jette, de son vivant, et même dans la mort, tout juste bon à démontrer leurs prouesses. Quand elle avait eu un rôle si central dans son existence, voilà le peu d'importance qu'elle avait eue pour eux. Comme la famille du chef de village, réalisa Kelly. Une démonstration : défiez-nous, vous souffrirez. Et si d'autres le découvraient, tant mieux. Telle était l'étendue de leur orgueil.

Kelly s'étendit sur le lit, épuisé par ces semaines de repos forcé suivies d'une longue journée d'exercice. Il fixa le plafond, la lumière toujours allumée, espérant trouver le sommeil, espérant plus encore retrouver Pam dans ses rêves, mais sa dernière pensée consciente fut entièrement différente.

Si son orgueil pouvait tuer, alors le leur également.

*

Dutch Maxwell arriva à son bureau à six heures trente, comme à son habitude. Bien qu'au titre de chef adjoint des opérations aéronavales, il ne fît plus partie de la hiérarchie opérationnelle, il était toujours vice-amiral, et sa tâche actuelle l'obligeait à considérer comme siens tous les appareils volants utilisés par la Marine. Aussi, le premier dossier au sommet de sa pile de paperasse quotidienne était-il un résumé des opérations aériennes menées la veille au-dessus du Viêt-nam — aujourd'hui, en fait, mais elles étaient arrivées la veille, suite aux divagations de la Ligne internationale de changement de date, un truc qui lui avait toujours paru ridicule même s'il avait combattu quasiment à cheval sur ladite ligne invisible, au-dessus du Pacifique.

Il s'en souvenait bien : moins de trente ans plus tôt, aux commandes d'un chasseur F4F-4 Wildcat embarqué sur l'USS *Enterprise*, jeune enseigne avec encore tous ses cheveux — quoique taillés ras —, tout jeune marié, pétant le feu, avec seulement trois cents heures de vol à son actif. Le 4 juillet 1942, en début d'après-midi, il avait repéré trois « Val » japonais, des bombardiers en piqué qui auraient dû suivre le reste de l'escadrille Hiryu pour attaquer le *Yorktown* mais s'étaient perdus et avaient mis par erreur le cap sur son porte-avions. Il en avait descendu deux dès sa première passe, en les surprenant au sortir d'un nuage. Le troisième avait pris plus longtemps, mais il se souvenait encore des reflets du soleil sur les ailes de sa cible, et des balles traçantes traduisant les futiles efforts du mitrailleur pour le chasser. Au retour sur son bâtiment, quarante minutes plus tard, il avait annoncé trois appareils abattus devant les yeux incrédules de son chef d'escadrille — exploit confirmé par les caméras embarquées. Du jour au lendemain, sa chope à café officielle au mess de l'escadrille était passée de « Winny » — un sobriquet qu'il détestait — à DUTCH, gravé dans la porcelaine en lettres rouge sang, un surnom qu'il devait conserver pour le reste de sa carrière.

Quatre autres sorties de combat lui avaient permis d'ajouter douze trophées au flanc de son appareil et, le moment venu, il avait commandé une escadrille, puis une escadre aérienne, puis un porte-avions, puis un groupe, avant de devenir commandant des forces aériennes de la Flotte américaine du Pacifique et enfin d'assumer ses fonctions actuelles. Avec un peu de chance, un poste de commandant en chef de la Flotte l'attendait à l'avenir, et ses prévisions ne l'amenaient pas au-delà. Le bureau de Maxwell était assorti à son poste et à son expérience. Sur le mur à gauche de son grand bureau d'acajou, était accrochée la tôle de flanc du F6F Hellcat qu'il avait piloté en mer des Philippines et au large des côtes du Japon. Quinze étendards au soleil levant étaient peints sur la tôle bleu foncé, au cas où quelqu'un aurait oublié que le plus ancien des représentants de l'aéronavale au gouvernement était réellement allé au casse-pipe, jadis, et qu'il s'en était sorti plutôt mieux que d'autres. Sa vieille chope du vieil *Enterprise* trônait également sur son bureau, même si elle ne servait plus à quelque chose d'aussi vulgaire qu'y boire du café, et certainement pas contenir des crayons.

Cette quasi-culmination de sa carrière aurait dû lui procurer une satisfaction absolue ; au lieu de cela, ses yeux s'arrêtèrent sur le compte rendu des pertes quotidiennes envoyé par Yankee Station. Deux bombardiers d'attaque légers A-7A Corsair avaient été perdus et la note précisait qu'ils étaient du même bâtiment et de la même escadrille.

— Comment ça s'est passé ? s'enquit-il auprès du contre-amiral Podulski.

— J'ai vérifié, répondit Casimir. Collision en vol, sans doute. Anders était leader, son ailier Robertson était un bleu. Un incident a dû se produire mais personne n'a su quoi. Pas d'alerte aux SAM, et ils étaient trop haut pour la DCA.

— Des parachutes ?

— Non. Podulski secoua la tête. Le chef d'escadrille a aperçu la boule de feu. Mais il n'y avait plus que des débris.

— Quelle était leur mission ?

Le visage de Cas était éloquent.

— Attaquer ce qu'on soupçonnait être un dépôt de camions. Le reste de l'escadrille est allé au bout, a touché l'objectif. Bonne répartition des bombes mais pas d'explosions induites.

— Donc, toute cette histoire était du temps perdu. Maxwell ferma les yeux, se demandant ce qui avait cloché avec les deux appareils, ce qui avait cloché dans le plan de mission, dans sa carrière, dans la Marine, dans tout le pays.

— Pas du tout, Dutch. *Quelqu'un* a bien dû estimer que c'était un objectif important.

— Cas, on est trop tôt le matin pour ce genre de discussion, d'accord ?

— Oui, chef. Le CAG enquête sur les circonstances de l'incident et prendra sans doute des mesures symboliques. Si tu veux mon avis, c'est probablement parce que Robertson était un bleu et qu'il était nerveux — c'était sa deuxième mission de combat. Il a sans doute cru voir quelque chose et tirer trop sec sur le manche, mais comme ils étaient en queue de formation, personne ne l'a relevé. Merde, Dutch, on a déjà vu ça.

Maxwell hocha la tête.

— Quoi d'autre ?

— Un A-6 s'est fait déchiqueter au nord de Haiphong — des SAM — mais l'équipage a réussi à regagner indemne le bateau. Le pilote et le bombardier ont reçu tous les deux la DFC pour cette action. Sinon, journée calme en mer de Chine du Sud. Pas grand-chose dans l'Atlantique. Méditerranée orientale, il semblerait que les Syriens soient en train de batifoler avec leurs nouveaux MiG, mais ce n'est pas encore notre problème. Nous avons ce rendez-vous avec Grumman, demain, ensuite on monte au Capitole discuter du programme F-14 avec nos dignes représentants de la nation.

— Qu'est-ce que tu dis des caractéristiques du nouveau chasseur ?

— Quelque part, je regrette de ne plus avoir l'âge de prendre le manche, Dutch. Cas réussit à sourire. Mais, bon Dieu, de mon temps, on arrivait à construire un porte-avions rien que pour le prix que va coûter un seul de ces zincs.

— C'est le progrès, Cas.

— Ouais, ça commence à bien faire, grommela Podulski. Encore une chose. J'ai reçu un coup de fil de Pax River. Ton copain a dû rentrer. Son bateau est à quai, en tout cas.

— Tu m'as fait mariner tout ce temps avant de me prévenir ?
— Rien ne presse. C'est un civil, pas vrai ? M'étonnerait pas qu'il roupille jusqu'à neuf ou dix heures.

Maxwell grommela. Ça doit être chouette. Faudra que j'essaye un de ces quatre.

11

Fabrication

Huit kilomètres de marche, ça peut être long. A nager, ça l'est toujours. Surtout quand on est seul. Et plus encore lorsque c'est la première fois depuis des semaines. Le fait apparut clairement à Kelly avant la mi-parcours, mais même s'il y avait assez peu de fond à l'est de son île pour qu'il ait pied à bien des endroits, il ne s'arrêta pas une seule fois, ne se permit pas une seule fois de faiblir. Il changea son mouvement de bras pour mettre un peu plus à l'épreuve son flanc gauche, accueillant la douleur comme le messager de ses progrès. La température de l'eau était idéale, estima-t-il, assez fraîche pour éviter l'hyperthermie, assez chaude pour ne pas vider le corps de toute énergie. Dans les huit cents derniers mètres avant l'île, son rythme commença à ralentir mais il mobilisa ces ultimes ressources dans lesquelles on peut toujours puiser pour accélérer de nouveau, à tel point que, lorsqu'il toucha la rive envasée qui marquait l'extrémité est de Battery Island, il était à peine capable de bouger. Instantanément, ses muscles commencèrent à se raidir et Kelly dut se forcer pour se relever et marcher. C'est à cet instant qu'il vit l'hélicoptère. Il l'avait entendu à deux reprises pendant qu'il nageait, sans plus. Il avait une longue expérience des hélicoptères et leur bruit lui était aussi naturel que le bourdonnement d'un insecte. Mais en voir un se poser sur une langue de sable était bien moins commun et il se dirigea vers l'appareil, jusqu'à ce qu'une voix l'appelle, en provenance des casemates.

— Par ici, chef !

Kelly se retourna. La voix était familière, et en se frottant les yeux, il reconnut la tenue blanche d'un officier général de la marine — certitude renforcée par les épaulettes dorées étincelant au soleil de la fin de matinée.

— Amiral Maxwell ! Kelly était ravi d'avoir de la compagnie, surtout celle de cet homme, mais il avait le bas des jambes couvert de vase après sa marche pour sortir de l'eau. J'aurais préféré que vous me préveniez, amiral !

— J'ai essayé, Kelly. Maxwell s'approcha de lui et lui prit la main. Ça fait deux jours que nous vous carillonnons ici. Où diable étiez-vous passé ? Vous étiez en mission ? L'amiral fut surpris du changement immédiat sur les traits du garçon.

— Pas exactement.

— Et si vous alliez plutôt vous décrasser ? Je vais me chercher un coca. C'est alors que Maxwell remarqua les cicatrices récentes sur le dos et le cou de Kelly. Bon Dieu...

Leur première rencontre avait eu lieu à bord de l'USS *Kitty Hawk,* trois ans auparavant, lui en qualité d'AirPac et Kelly en celle de quartier-maître de seconde classe en bien piteux état. Ce n'était pas le genre de chose qu'un homme dans la position de Maxwell pouvait oublier. Kelly était parti en mission de sauvetage de l'équipage de Nova Un-Un, dont le pilote était le sous-lieutenant Winslow Holland Maxwell III, USN. Deux jours de reptation dans un secteur trop brûlant pour que vienne y batifoler un hélicoptère de secours, et il en était ressorti avec Dutch, troisième du nom, blessé mais vivant ; toutefois, Kelly y avait chopé une méchante infection due à l'eau croupie. Et comment, se demandait toujours Maxwell, comment remerciait-on un homme d'avoir sauvé votre fils unique ? Il avait paru si jeune dans ce lit d'hôpital, si pareil à son fils, avec le même genre d'orgueil provocant, la même intelligence timide. Dans un monde juste, Kelly aurait reçu la Médaille d'Honneur pour sa mission en solo dans cette rivière aux eaux boueuses, mais Maxwell n'avait même pas gâché le papier. Désolé, Dutch, lui aurait répondu CINCPAC, j'aurais aimé appuyer cette démarche, mais ce serait un effort inutile, cela paraîtrait simplement trop..., eh bien, trop louche. Alors, il avait fait ce qu'il avait pu.

— Parlez-moi de vous.

— Kelly, amiral, John T., quartier-maître de seconde...

Maxwell l'avait interrompu d'un signe de tête. Non, je trouve que vous m'avez plutôt l'air d'un quartier-maître de *première* classe.

Maxwell était resté trois jours encore sur le *Kitty Hawk*, ostensiblement pour mener une inspection personnelle des opérations de vol, en vérité pour surveiller son fils blessé et le jeune SEAL qui lui avait sauvé la vie. Il avait été aux côtés de Kelly lorsque celui-ci avait reçu le télégramme lui annonçant la mort de son père, le pompier, victime d'une crise cardiaque en pleine action. Et voilà qu'il revenait le voir, s'aperçut-il, juste après un autre problème.

Kelly ressortit de la douche en short et maillot, pas très frais, physiquement, mais avec une lueur déterminée au fond des yeux.

— Combien avez-vous nagé, John ?

— Juste un peu moins de huit kilomètres, amiral.

— Bon entraînement, observa Maxwell en lui tendant une bouteille de coca. Détendez-vous un peu.

— Merci, amiral.

— Qu'est-ce qui vous est arrivé ? Ces marques sur l'épaule, c'est nouveau.

Kelly lui conta brièvement son histoire, sur le ton d'un guerrier s'adressant à un autre guerrier, car malgré la différence d'âge et de grade, tous deux étaient de la même race, et pour la seconde fois, Dutch Maxwell s'assit pour l'écouter, en père de substitution qu'il était devenu.

— C'est un coup dur, John, observa l'amiral d'une voix calme.

— Oui, monsieur. Kelly ne savait pas ce qu'il était censé ajouter et il resta quelques instants les yeux baissés. Je ne vous ai jamais remercié pour la carte... après le décès de Tish. C'est un geste qui m'a touché. Comment va votre fils ?

— Il pilote un 727 pour Delta. Je vais être grand-père d'un jour à l'autre, maintenant, ajouta l'amiral avec satisfaction, avant de se rendre compte à quel point la remarque devait paraître cruelle à ce jeune homme solitaire.

— Super ! Kelly réussit à sourire, réconforté d'entendre enfin une bonne nouvelle, de constater qu'enfin l'un de ses actes avait abouti à une heureuse conclusion. Alors, qu'est-ce qui vous amène ici, amiral ?

— Je veux examiner quelque chose avec vous. Maxwell ouvrit son porte-documents et déplia sur la table à café de Kelly la première d'une série de plusieurs cartes.

Le jeune homme grommela.

— Ouais, d'accord, je me souviens du coin. Ses yeux s'attardèrent sur certains symboles rajoutés à la main. Il s'agit là d'informations secrètes, amiral.

— Chef, ce dont nous allons discuter est un sujet extrêmement sensible.

Kelly se retourna pour regarder alentour. Les amiraux se promenaient toujours accompagnés d'aides de camp ; en général, un fringant jeune lieutenant chargé de porter la serviette officielle de son supérieur, de lui montrer où étaient les chiottes, de s'occuper de retrouver où était garée la voiture, bref d'accomplir le genre de tâches indignes d'un quartier-maître de première classe débordé de travail. Soudain, il se rendit compte que, même si l'hélicoptère avait son équipage qui faisait maintenant les cent pas devant la casemate, le vice-amiral Maxwell était seul, et ce détail était fort inhabituel.

— Pourquoi moi, monsieur ?

— Vous êtes la seule personne dans ce pays à avoir vu le secteur depuis le sol.

— Et si nous étions malins, on en resterait là. Les souvenirs qu'il gardait de l'endroit n'avaient rien de plaisant. Un simple coup d'œil à la carte à plat fit revenir instantanément de pénibles images.

— Jusqu'où avez-vous remonté le fleuve, John ?

— A peu près jusqu'ici. La main de Kelly glissa sur la carte. J'ai raté votre fils au premier passage, alors je suis revenu sur mes pas pour le retrouver dans ce coin-ci.

Et ce n'était pas mal du tout, songea Maxwell, bigrement près de l'objectif.

— Le pont sur cette route nationale a sauté. Il ne nous a fallu que seize missions mais ce coup-ci, il est dans l'eau.

— Vous savez ce que ça veut dire, n'est-ce pas ? Ils auront sans doute établi un gué ou installé un pont de campagne. Vous voulez des tuyaux pour l'éliminer ?

— Temps perdu. L'objectif est ici. Le doigt de Maxwell frappa un endroit marqué au crayon rouge.

— Ça fait un sacré parcours à la nage, amiral. Qu'est-ce qui se passe ?

— Chef, en quittant l'armée, vous avez coché la case Réserviste de la Flotte, remarqua Maxwell, affable.

— Hé, un instant, amiral !

— Relax, fils, je ne vous rappelle pas. *Quoique*, songea Maxwell. Vous aviez une autorisation secret-défense.

— Ouais, on en avait tous, à cause de...

— Cette affaire dépasse le S-D, John. Et Maxwell expliqua pourquoi, en sortant de nouveaux indices de son porte-documents.

— Ces salopards... Kelly leva les yeux des photos des missions de reconnaissance. Vous voulez entrer là-dedans pour les récupérer, comme à Sông Tay ?

— Qu'en savez-vous, au juste ?

— Juste ce qu'on a bien voulu en dire, expliqua Kelly. On en parlait dans le groupe. Ça avait l'air d'une mission sacrément délicate. Ces mecs des Forces spéciales savent s'y prendre quand ils le veulent. Mais...

— Ouais, *mais il n'y avait personne à la maison*. Ce gars, en revanche — Maxwell tapa du doigt sur la photo —, est positivement identifié comme un colonel de l'Air Force. Kelly, pas question de répéter ceci.

— Je comprends, amiral. Comment comptez-vous faire ?

— Nous ne sommes pas encore sûrs. Vous connaissez le secteur et nous voulons connaître vos informations pour nous aider à trouver des solutions de rechange.

Kelly se remémora. Il avait passé cinquante heures sans dormir dans le secteur. Ça risque d'être vraiment juste pour une insertion en hélico. Il y a un paquet de triple-A dans le coin. L'avantage avec Sông Tay, c'est que l'on était loin de tout, mais là, le site est tout proche de Haiphong, sans parler des routes et de tout le reste. Mission délicate, monsieur.

— Personne n'a dit que ce serait facile.

— Si l'on arrive par un mouvement tournant, on peut se servir de la ligne de crête pour masquer son approche, mais il faudra bien franchir la rivière à un endroit ou à un autre... là, et l'on se retrouve sous le feu de la DCA... et là, c'est pire encore, si l'on se fie à ces indications.

— Les SEAL avaient-ils prévu des missions aériennes dans le secteur, chef ? demanda Maxwell, un rien amusé, mais plus encore surpris par la réponse de Kelly.

— Amiral, le 3ᵉ SOG était toujours en manque d'officiers. Ils n'arrêtaient pas de se faire canarder. J'ai été responsable des opérations du groupe pendant deux mois et nous savions tous, absolument tous, comment organiser des insertions. Il le fallait bien, c'était la partie la plus dangereuse de la majorité des missions. Ne le prenez pas mal, amiral, mais même des engagés savent se servir de leur cervelle.

Maxwell se braqua légèrement.

— Je n'ai jamais dit le contraire.

Cela fit sourire Kelly. Tous les officiers ne sont pas aussi éclairés que vous, amiral. Il reporta son attention sur la carte. Ce genre d'opération doit se programmer à rebours. On commence par définir ce dont on aura besoin sur l'objectif, puis on remonte en arrière pour voir comment on pourra tout amener sur place.

— Gardez ça pour plus tard. Parlez-moi plutôt de la vallée, ordonna Maxwell.

Cinquante heures, se souvint Kelly. Récupéré à Danang par hélico, transféré à bord du sous-marin USS *Skate,* qui l'avait conduit jusque dans l'estuaire étonnamment profond de ce putain de fleuve puant ; ensuite, remonter le courant tant bien que mal derrière un scooter de mer à moteur électrique ; qui devait sans doute toujours être là-bas, à moins qu'un pêcheur y ait coincé sa ligne, rester en immersion jusqu'à ce que les bouteilles soient vides, et il se rappelait encore sa terreur de ne pouvoir se dissimuler sous les rides de la surface. Quand il n'avait plus eu cette possibilité, quand il était devenu trop dangereux de bouger, rester planqué sous les roseaux de la rive, à surveiller le trafic sur la route de la vallée, l'oreille aux aguets du tonnerre crépitant des batteries de DCA sur les crêtes, en s'interrogeant sur les dégâts d'une rafale de canon de 37mm si jamais un boy-scout nord-vietnamien tombait sur lui et prévenait son papa. Et voilà que cet amiral se ramenait pour lui demander comment risquer la vie d'autres hommes au même endroit, s'en remettant à lui, un peu comme Pam, pour savoir quoi faire. Cette idée glaça soudain l'ancien quartier-maître.

— Ce n'est pas vraiment un coin agréable, monsieur ; je veux dire, votre fils a pu le constater, lui aussi.

— Certes, mais pas de votre point de vue, nota Maxwell.

Et c'était exact, se souvint Kelly. Dutch junior avait échoué dans un coin peinard et touffu, n'utilisant sa radio qu'une heure sur deux, attendant que Serpent se radine pour le récupérer, souffrant en silence avec sa patte cassée, en écoutant les batteries de triple-A — celles-là mêmes qui avaient descendu son A-6 — marteler le ciel et tirer sur d'autres gars qui essayaient toujours de détruire le pont que ses propres bombes avaient raté. *Cinquante heures,* se souvint Kelly, sans repos, sans sommeil, rien que la peur et la mission.

— Combien de temps, amiral ?

— Nous ne sommes pas sûrs. Honnêtement, je ne suis même pas certain qu'on arrive à obtenir le feu vert pour cette mission. Dès que nous aurons un plan, nous pourrons le présenter. Une fois approuvé, nous pourrons réunir les moyens, organiser l'entraînement et exécuter l'opération.

— Considérations météo ? demanda Kelly.

— La mission doit se dérouler à l'automne, cet automne, ou sinon elle n'aura peut-être jamais lieu.

— Vous dites que ces gars ne rentreront jamais si on ne les récupère pas ?

— Je ne vois pas d'autre raison pour laquelle ils auraient installé ce camp comme ils l'ont fait.

— Amiral, je suis peut-être bon, mais je ne suis jamais qu'un simple soldat, souvenez-vous ?

— Vous êtes le seul individu qui se soit approché du site. L'amiral récupéra ses photos et ses cartes. Il en tendit à Kelly un jeu récent.

— Vous avez à trois reprises refusé l'OCS. J'aimerais savoir pourquoi, John.

— Vous voulez la vérité ? Cela aurait voulu dire retourner là-bas. Je ne voulais pas trop forcer ma chance.

Maxwell admit l'explication, regrettant en silence que sa meilleure source d'informations sur place n'ait pas obtenu le grade correspondant à son expertise, mais Maxwell se souvenait également des missions de combat au départ de l'ancien USS *Enterprise,* avec des pilotes engagés, un en tout cas, qui avait montré assez de jugeote pour se retrouver chef d'escadrille, et il savait que les meilleurs pilotes d'hélico disponibles étaient sans doute les adjudants de l'Armée sortis de leurs classes à Fort Rucker. La mentalité carrée des officiers n'était plus de mise.

— Une erreur de Sông Tay, observa Kelly après quelques instants de silence.

— Comment ça ?

— Ils étaient sans doute trop entraînés. Au bout d'un certain moment, ça finit par émousser. Choisissez bien vos hommes et avec quinze jours d'entraînement, maxi, la question sera réglée. Insistez et vous ne faites que de la broderie.

— Vous n'êtes pas le premier à le dire, l'assura Maxwell.

— Ce sera un boulot de marsouin ?

— Nous ne sommes pas encore sûrs, Kelly. Je peux vous laisser quinze jours, pendant qu'on travaille sur les autres aspects de la mission.

— Comment vous contacterai-je, amiral ?

Maxwell déposa sur la table un laissez-passer du Pentagone.

— Pas de coup de fil, pas de lettre. Uniquement des contacts en tête à tête.

Kelly se leva et le raccompagna à son hélicoptère. Sitôt que l'amiral fut sorti, l'équipage lança les turbines du SH-2 SeaSprite. Il prit le bras de l'amiral alors que le rotor s'était mis à tourner.

— La mission de Sông Tay a-t-elle été enterrée ?

Maxwell s'arrêta net.

— Pourquoi me posez-vous cette question ?

Kelly secoua la tête.

— Vous venez de me fournir la réponse, amiral.

— Nous ne sommes pas certains, chef. Maxwell se pencha pour passer sous le rotor et monta à l'arrière de l'hélicoptère. Alors qu'il décollait, l'amiral se prit à regretter que Kelly n'ait pas accepté d'intégrer l'OCS, l'École d'officiers de réserve. Le garçon était plus intelligent qu'il ne l'imaginait et l'amiral se promit de contacter son ancien commandant pour mieux cerner le bonhomme. Il se demanda également ce que Kelly ferait pour son rappel officiel en service actif. On pouvait regretter de trahir la confiance du garçon — il pouvait le prendre ainsi, estima Maxwell tandis que le SeaSprite tournait pour mettre le cap au nord-est —, mais son esprit et son âme restaient avec ces vingt hommes qui, pensait-on, composaient VERT-DE-GRIS, et c'est à eux d'abord qu'il devait fidélité. Par ailleurs, Kelly avait peut-être besoin d'être distrait de ses problèmes personnels. L'amiral se consola avec cette pensée.

*

Kelly regarda l'hélico disparaître dans la brume de fin de matinée. Puis il se dirigea vers son atelier. Il avait espéré qu'au plus tard à cette heure aujourd'hui, son corps souffrirait et son esprit serait détendu. Or, bizarrement, c'était l'inverse qui était vrai. La rééducation à l'hôpital avait été plus efficace qu'il n'aurait osé l'espérer. Il avait encore un problème de résistance mais son épaule, après les douleurs habituelles de la mise en route, avait accepté l'effort avec une bonne grâce surprenante, et maintenant qu'il avait dépassé la période normale de souffrance suivant immédiatement l'exercice, la phase secondaire d'euphorie avait pris le relais. Normalement, il se sentirait bien toute la journée, même s'il comptait se coucher tôt en prévision d'une nouvelle séance d'exercices douloureux, et demain, il prendrait une montre et se mettrait sérieusement au boulot en se confrontant au chronomètre. L'amiral lui avait laissé deux semaines. C'était à peu près le délai qu'il s'était accordé pour terminer sa préparation physique. Le moment était venu à présent pour un autre genre de préparatifs.

Les bases navales, quelle que soit leur taille et leur mission, se ressemblaient toutes. Et il y avait certaines installations dont elles disposaient toutes. Un atelier, par exemple. Six ans durant, des vedettes de sauvetage avaient été postées sur son île et, en vue de leur entretien, on avait installé des machines-outils pour réparer et fabriquer des pièces de rechange. La panoplie d'outillage de Kelly correspondait en gros à ce qu'on pouvait trouver à bord d'un destroyer, et sans doute avait-elle été achetée dans cette optique, Atelier d'entretien pour la Marine type 1 modèle 0, choisi tel quel dans le catalogue d'un fournisseur agréé. Peut-être que l'Aviation disposait du même genre d'équipement, allez savoir. Il mit en route son tour South Bend et entreprit de vérifier les différentes pièces et les divers réservoirs de lubrifiant pour s'assurer qu'il fonctionnerait comme il le voulait.

Fournis avec la machine, il y avait toute une panoplie d'outils et d'instruments de mesure, ainsi que des tiroirs entiers d'ébauches en acier de diverses nuances, des formes de métal à peine dégrossies destinées à êtres usinées selon les spécifications demandées par un technicien. Kelly s'assit sur un tabouret pour choisir ce dont il avait besoin au juste, avant de décider qu'il avait d'abord besoin d'autre chose. Il décrocha son .45 automatique de sa fixation au mur, le déchargea et le démonta avant d'inspecter avec soin canon et glissière, à l'intérieur comme à l'extérieur.

« Il va te falloir tout en double », se dit-il. Mais chaque chose en son temps. Il bloqua la glissière sur la tourelle et monta un foret sur la poupée pour percer deux petits trous à la partie supérieure de la glissière. Le South Bend faisait une perceuse admirablement efficace : même pas un dixième de tour de volant de la crémaillère et les dents minuscules du foret attaquèrent l'acier cémenté de l'automatique. Kelly répéta la manœuvre, forant un second trou à vingt-huit millimètres du premier. Quelques petits coups pour dégager les copeaux, puis un coup d'alésoir et la partie facile de sa journée de travail était achevée. Cela lui avait permis de se familiariser de nouveau avec le maniement de la machine qu'il n'avait pas touchée depuis plus d'un an. Un dernier examen de la glissière modifiée lui permit de s'assurer qu'il n'avait rien endommagé. Venait à présent la phase délicate.

Il n'avait pas le temps ou l'équipement pour faire du boulot vraiment propre. Il savait à peu près se servir d'un poste de soudure mais ne disposait pas du matériel pour fabriquer les pièces spéciales nécessaires au genre d'instrument qu'il aurait aimé avoir. Pour cela, il lui aurait fallu s'adresser à une petite fonderie dont les ouvriers auraient pu deviner ce qu'il voulait faire et il n'était pas question de prendre un tel risque. Il se consola en se disant que c'était toujours mieux que rien, que la perfection était toujours chiante et que de toute façon, ça ne valait souvent pas toute cette peine.

Pour commencer, il choisit une robuste ébauche cylindrique en tôle, un peu comme une boîte de conserve, mais en plus étroit et avec des parois plus épaisses. A nouveau, il y perça un trou qu'il alésa, cette fois au centre de la plaque inférieure, dans l'axe du « bidon », comme il le baptisait déjà. Le trou faisait quinze millimètres de diamètre, une cote qu'il avait déjà vérifiée au compas. Il y avait sept autres ébauches similaires, mais de diamètre extérieur inférieur. Celles-ci, il les découpa à une longueur de dix-neuf millimètres avant d'en percer également le fond. Ces nouveaux trous avaient un diamètre de zéro six millimètre et les objets qu'il obtint en définitive évoquaient de petites tasses percées au fond, ou si l'on veut, des pots de fleur miniatures à flancs verticaux, songea-t-il avec un sourire. Chacun de ces éléments formait une « chicane ». Il essaya de les faire glisser à l'intérieur du « bidon » mais elles étaient encore trop larges. Il pesta intérieurement. Chaque chicane allait devoir passer au tour. Ce qu'il fit, meulant soigneusement l'extérieur de chaque coupelle pour obtenir des cylindres brillants de diamètre précisément inférieur d'un dixième au diamètre intérieur du bidon, opération fastidieuse qui le fit pester tout au long des cinquante minutes qu'elle lui prit. Ayant enfin terminé, il s'offrit un coca glacé avant de glisser les chicanes à l'intérieur du tube. Cette fois, elles étaient assez précisément ajustées pour ne pas cliqueter mais avec suffisamment de marge néanmoins pour pouvoir ressortir d'une simple secousse. Parfait. Il les mit de côté puis entreprit d'usiner un couvercle pour le tube qu'il dut également fileter. Cette tâche achevée, il vissa le couvercle, d'abord sans les chicanes, ensuite avec celles-ci, et se félicita de voir que toutes les pièces s'ajustaient à la perfection — avant de se rendre compte qu'il avait oublié de percer un trou dans l'axe du couvercle, ce qu'il entreprit de faire en remontant un foret sur la machine. L'orifice avait précisément cinq virgule neuf millimètres de diamètre, mais lorsqu'il eut terminé, il put vérifier qu'il voyait parfaitement à travers tout l'assemblage. Au moins avait-il réussi à percer droit.

Venait ensuite la phase cruciale. Kelly prit son temps pour

préparer la machine, vérifier les réglages pas moins de cinq fois avant de lancer l'ultime opération d'alésage, d'une seule passe de chariot — après avoir respiré un grand coup. C'était une manœuvre qu'il avait observée plusieurs fois mais sans jamais l'effectuer lui-même, et s'il était assez adroit avec des machines-outils, il n'était qu'un ancien quartier-maître, pas un maître mécanicien. Son travail achevé, il libéra le canon et remonta le pistolet, puis se rendit dehors, muni d'une boîte de cartouches de .22 long rifle.

Kelly n'avait jamais été intimidé par l'imposant et lourd Colt automatique mais les .45 ACP revenaient bien plus cher que les cartouches de .22 chemisées ; aussi, l'année précédente, il s'était acheté un kit de conversion lui permettant de tirer des munitions plus légères. Il lança la boîte de coca à cinq mètres environ avant de glisser trois balles dans le chargeur. Il ne prit même pas la peine de se protéger les oreilles. Il se mit en position comme à son habitude, détendu, les mains aux côtés, puis éleva rapidement l'arme en même temps qu'il adoptait une position accroupie, les deux mains sur la crosse. Il se figea aussitôt en se rendant compte que le cylindre vissé sur le canon bloquait la ligne de mire. Voilà qui allait poser un problème. Il redescendit l'arme, puis il la redressa et pressa la détente, tirant sa première balle sans vraiment voir la cible. Avec les résultats prévisibles : quand il regarda, le bidon de soda était intact. Mauvaise nouvelle. La bonne, c'était que le silencieux avait parfaitement fonctionné. Souvent mal reproduit par les bruiteurs de cinéma ou de séries télé sous la forme d'un *plop* presque musical, le bruit émis par un silencieux de bonne qualité s'apparentait plutôt au chuintement d'une brosse métallique sur un morceau de bois de charpente bien poncé. Les gaz en expansion de la cartouche étaient piégés par les chicanes en même temps que la balle franchissait les trous, les obturant presque entièrement tour à tour et forçant les gaz à se dilater un peu dans chacune des chambres successivement. Avec cinq chicanes — le couvercle formant la sixième — la détonation du coup de feu se réduisait à un murmure.

Tout cela était bel et bon, mais si vous ratiez la cible, vous aviez des chances d'entendre encore mieux le claquement de la glissière reculant et revenant en position, et le bruit mécanique d'une arme à feu était impossible à confondre avec un bruit anodin. Rater une boîte de coca à cinq mètres en disait long sur son manque d'entraînement. Un crâne humain était plus gros, certes, mais la cible qu'il visait à l'intérieur du crâne ne l'était pas. Kelly se relaxa, fit un deuxième essai, ramenant l'arme en position de tir d'un mouvement souple et rapide. Cette fois, il se mit à presser la détente juste avant que le silencieux ne commence de masquer la cible. Ça marcha. Plus ou moins. La boîte bascula, avec un trou de cinq millimètres à deux centimètres du fond. Le synchronisme n'était pas encore parfait. La troisième balle, en revanche, perça la boîte quasiment au milieu. Avec un sourire, il éjecta le magasin, le chargea de cinq balles à tête creuse et une minute plus tard, la boîte n'était même plus utilisable comme cible, transpercée qu'elle était de sept trous dont six à peu près regroupés au centre.

— Toujours pas perdu la main, Johnnie-boy, se dit Kelly en remettant le cran de sûreté. Mais c'était en plein jour contre un bout de métal rouge immobile, il en était parfaitement conscient. Il regagna l'atelier et démonta une nouvelle fois le pistolet. Le silencieux avait supporté l'épreuve sans dommage apparent mais il le nettoya malgré tout, et huila légèrement les pièces internes. Encore un détail, songea-t-il. Se munissant d'un pinceau fin et d'un pot de peinture blanche, il traça une ligne de visée au sommet de la glissière. Il était maintenant quatorze heures et Kelly s'accorda un repas léger avant de se remettre à ses exercices de l'après-midi.

*

— Waouh, tant que ça ?
— T'es pas content ? rétorqua Tucker. Qu'est-ce ça peut te foutre, tu peux pas l'écouler ?
— Henry, je peux écouler tout ce que tu me fourniras, répondit Piaggi, quelque peu vexé par l'arrogance du bonhomme, avant de se demander ce qui allait bien pouvoir suivre.
— On est bons pour rester coincés là trois jours ! râla de son côté Eddie Morello.
— Tu fais pas confiance à ta nana aussi longtemps ? railla Tucker. Il faudrait qu'Eddie soit le prochain, il l'avait déjà

décidé. Morello n'avait pas trop le sens de l'humour, de toute façon. Son visage était cramoisi.

— Écoute, Henry...

— On se calme, tout le monde. Piaggi considéra les huit kilos de came posés sur la table avant de se retourner vers Tucker. J'aimerais savoir où t'as trouvé toute cette marchandise.

— Ça, j'en suis sûr, Tony, mais on en a déjà causé. La seule question, c'est : peux-tu l'écouler ?

— Faut que tu te souviennes, une fois que tu lances ce genre de truc, c'est plutôt délicat de s'arrêter. Les gens dépendent de toi, genre qu'est-ce que tu vas raconter à l'ours une fois qu't'as plus de friandises à lui offrir, tu vois le plan ? Piaggi réfléchissait déjà à toute vitesse. Il avait des contacts à Philadelphie et à New York, des types jeunes, comme lui, fatigués de bosser pour un moustachu aux principes dépassés. Les bénéfices potentiels étaient ahurissants. Henry avait accès à... à quoi, au fait ? se demanda-t-il. Ils n'avaient commencé que depuis deux mois, avec deux kilos qui s'étaient révélés d'un degré de pureté seulement comparable à la meilleure Blanche de Sicile, mais pour un prix fournisseur moitié moindre. Et les problèmes de fournisseur, c'était pour Henry, pas pour lui, ce qui rendait l'affaire doublement intéressante. Finalement, c'étaient les dispositions de sécurité matérielle qui impressionnaient le plus Piaggi. Henry n'était pas un imbécile, pas une espèce de parvenu avec de grandes idées et une toute petite cervelle. C'était un homme d'affaires, calme et professionnel, quelqu'un qui pouvait constituer un allié et un associé sérieux, estimait maintenant Piaggi.

— Mon approvisionnement est parfaitement solide. Laisse-moi m'en occuper, eh plouc.

— D'accord. Piaggi secoua la tête. Il y a quand même un problème, Henry. Il va me falloir du temps pour réunir le fric pour un tel volume de marchandise. T'aurais dû m'avertir, mec.

Tucker se permit de rire.

— Je voulais pas te flanquer la trouille, Anthony.

— Tu me fais confiance, pour le fric ?

Un hochement de tête, un regard.

— Je sais que t'es un mec sérieux. Ce qui était habilement

joué. Piaggi ne voudrait pas lâcher la chance d'établir un filon régulier avec ses associés. Les bénéfices à long terme étaient trop tentants. Angelo Vorano n'avait peut-être pas saisi les implications mais il avait servi d'appât pour rencontrer Piaggi et c'était suffisant. D'ailleurs, Angelo servait maintenant de repas aux crabes.

— C'est de la pure, idem que la fois d'avant ? Ça, c'était Morello qui la ramenait.

— Eddie, ce type ne va pas à la fois nous faire confiance pour le règlement et nous entuber sur la marchandise, hein ? demanda Piaggi.

— Messieurs, laissez-moi vous expliquer de quoi il retourne au juste, d'accord ? J'ai un gros approvisionnement d'excellente marchandise. D'où je l'obtiens, comment je l'obtiens, c'est mon affaire. J'ai même mon territoire où je ne veux pas vous voir fourrer le nez mais enfin, on ne s'est pas encore accrochés dans la rue et j'aime autant que ça continue ainsi. Les deux Italiens hochèrent la tête, remarqua Tucker. Eddie, l'air obtus, mais Tony avec compréhension et respect. Piaggi poursuivit sur le même ton :

— Vous avez besoin d'écouler. On peut régler ça. Vous avez votre propre territoire et, ça aussi, on peut le respecter.

Le moment était venu de jouer sa nouvelle carte.

— Je suis pas arrivé là où je suis en étant un con. A partir d'aujourd'hui, les mecs, vous faites plus partie du deal.

— Qu'est-ce que ça veut dire ?

— Ça veut dire, fini les balades en bateau. Ça veut dire, les mecs, que vous touchez plus à la marchandise.

Piaggi sourit. C'était maintenant la quatrième fois qu'il rééditait le coup et l'attrait de la nouveauté avait déjà disparu.

— Je ne veux plus discuter de ça. Si vous voulez, je peux demander à mes hommes de se charger des livraisons quand vous voudrez.

— On sépare la marchandise du fric. On gère ça comme une affaire qui tourne, dit Tucker. Genre ligne de crédit.

— La marchandise passe d'abord.

— Tout juste, Tony. Tu choisis bien tes mecs, d'ac ? L'idée, c'est qu'on soit, toi et moi, séparés le plus possible de la drogue.

— Les gars se font prendre, et ils causent, remarqua Morello. Il se sentait exclu du débat mais n'était pas assez futé pour en saisir les implications.

— Pas les miens, nota Tucker d'un ton égal. Mes gars sont trop malins.

— C'était toi, hein ? demanda Piaggi, établissant le rapport et obtenant en réponse un signe affirmatif. J'aime ton style, Henry. Essaye d'être plus prudent la prochaine fois, vu ?

— J'ai passé deux ans à monter ce plan, ça m'a coûté un paquet de fric. Je veux que cette affaire tourne un bout de temps et je n'ai pas envie de prendre plus de risques qu'il ne faut. Bon, alors, quand est-ce que tu peux me payer cette livraison ?

— J'ai déjà pris cent plaques avec moi. Tony indiqua le sac en toile posé sur le pont. La petite affaire avait grossi avec une rapidité surprenante, à vrai dire, et Tucker, estimait Piaggi, était un type à qui on pouvait se fier, pour autant qu'on puisse se fier à quelqu'un dans cette branche d'activité. Mais il supposait que si Tucker avait voulu l'arnaquer, ça se serait déjà produit, et une telle quantité de drogue, c'était trop pour un mec de son envergure. C'est pour toi, Henry. M'est avis qu'on va encore t'en devoir... dans les cinq cents ? Il me faudra un peu de temps, disons une semaine. Désolé, mec, mais tu m'as plutôt lesté, ce coup-ci. Ça se fait pas tout seul, de rassembler autant de liquide, tu sais ?

— Disons quatre cents, Tony. Ça sert à rien de pressurer tes copains dès la première fois. Commençons d'abord par faire un peu de promotion, vu ?

— Une offre spéciale de lancement ? Cela fit rigoler Piaggi qui lança à Henry un bidon de bière. Tu dois avoir du sang italien dans les veines, mon gars. D'accord ! On fera comme tu dis, mec. *T'as donc des fournisseurs si bons que ça, Henry ?* mais Piaggi ne pouvait pas le demander.

— Et maintenant, on a du pain sur la planche. Tucker fendit le premier sac en plastique et versa son contenu dans le grand bol en inox, ravi de ne plus avoir à s'embêter avec ce genre de bordel. La septième étape de son plan de marketing était maintenant achevée. Dorénavant, il aurait d'autres mecs pour se charger de cette cuisine, sous sa supervision au début, bien sûr, mais à partir d'aujourd'hui, Henry Tucker commencerait de se comporter comme le boss qu'il était devenu. Tout en mélangeant la matière inerte dans le bol, il se félicitait pour son intelligence. Il avait monté cette affaire exactement dans les formes, en prenant des risques, mais des risques soigneusement pesés, bâtissant son réseau du bas en haut, faisant les choses lui-même, n'hésitant pas à se salir les mains. Peut-être que les antécédents de Piaggi étaient identiques, se dit Tucker. Sans doute Tony l'avait-il oublié, oubliant par là même les implications. Mais, se dit Tucker, ce n'était pas le problème.

*

— Écoutez, colonel, je n'étais qu'un assistant, d'accord ? Combien de temps devrai-je vous le répéter ? Je faisais la même chose que les aides de camp de vos généraux, toutes les petites tâches idiotes.

— Alors, pourquoi accepter un tel poste ? Il était dit, songeait le colonel Nikolaï Ievgueniyevitch Grichanov, qu'un homme devait traverser ce genre d'épreuve, mais le colonel Zacharias n'était pas un homme. C'était un ennemi, se rappela le Russe avec une certaine réticence, et il voulait le forcer à parler encore.

— Ça ne se passe pas pareil dans votre aviation ? Vous êtes remarqué par un général et vous avez une promotion bien plus rapide. L'Américain marqua un temps. J'ai écrit des discours, également. Ça, ça ne pouvait pas lui causer d'ennuis, non ?

— C'est le boulot d'un officier politique dans mon armée de l'air. Grichanov écarta cette frivolité d'un geste négligent.

C'était leur sixième séance. Grichanov était le seul officier soviétique autorisé à interroger ces Américains, tant les Viêts jouaient leurs cartes avec prudence. Ils étaient vingt, et tous différents. Zacharias était autant officier de renseignements que pilote de chasse, indiquait son dossier. Il avait passé la vingtaine d'années de sa carrière à étudier les systèmes de défense antiaérienne. Diplômé de l'Université de Californie à Berkeley, ingénieur en électronique. Le dossier comprenait même un exemplaire récemment acheté de son mémoire de maîtrise « Aspects de la propagation et de la diffusion micro-ondes en terrain anguleux », photocopié aux archives de l'université par une main secourable, un des trois inconnus qui avaient contribué à l'informer sur le colonel. Le mémoire aurait dû être classé secret-défense sitôt achevé — c'est en tout cas ainsi que ça se serait passé en Union soviétique, Grichanov le savait. Il s'agissait d'une analyse fort judicieuse de la déperdition d'énergie des faisceaux radar à basse fréquence — et incidemment, de la possibilité pour un avion d'utiliser les montagnes et les collines pour s'en protéger. Trois ans après cela, à la suite d'un stage en escadrille de chasse, il avait été affecté à la base d'Offutt, à proximité d'Omaha, Nebraska. Intégré à l'équipe d'élaboration des plans de guerre du Commandement aérien stratégique, il avait étudié des profils de vol permettant aux bombardiers B-52 américains de pénétrer les défenses aériennes soviétiques, appliquant ses connaissances théoriques en physique au monde concret d'un conflit nucléaire stratégique.

Grichanov ne pouvait se résoudre à haïr cet homme. Pilote de chasse lui-même, il venait de quitter la tête d'un régiment au PVO-Strany, le commandement de la défense aérienne soviétique, et déjà assigné à un autre régiment, le colonel russe était curieusement l'exact reflet de Zacharias. Son boulot, en cas de conflit, était d'empêcher ces bombardiers de dévaster son pays, et en temps de paix, de mettre au point les méthodes pour compliquer le plus possible leur pénétration de l'espace aérien soviétique. Cette identité rendait sa tâche actuelle à la fois difficile et nécessaire. N'étant pas un officier du KGB, et certainement pas un de ces petits singes jaunes, il ne tirait aucun plaisir à faire souffrir les gens — les abattre était une tout autre affaire —, même ces Américains qui complotaient la destruction de son pays. Mais ceux qui savaient comment extraire l'information ne savaient pas comment analyser ce qu'il recherchait — ils ne savaient même pas quelles questions poser — et les coucher par écrit ne servirait à rien ; il fallait voir les yeux de l'homme lorsqu'il parlait. Un type assez habile pour formuler de tels plans l'était également assez pour vous mentir avec suffisamment d'aplomb et de conviction pour tromper quasiment n'importe qui.

Grichanov n'aimait pas ce qu'il voyait. C'était un homme talentueux et courageux, qui avait combattu pour former ces spécialistes de la chasse aux missiles que les Américains appelaient *Wild Weasels*, « Fouines enragées ». C'était un terme qu'un Russe aurait pu appliquer à la mission, en référence à ces petits prédateurs vicieux qui vous traquent leur proie jusqu'au fond de sa tanière. Le prisonnier avait piloté quatre-vingt-neuf missions de ce type, si du moins les Vietnamiens avaient bien récupéré les bonnes pièces correspondant au bon appareil — comme les Russes, les Américains aimaient inscrire sur leur carlingue la comptabilité de leurs exploits — et c'était précisément l'homme avec qui il avait besoin de parler. Peut-être était-ce une leçon sur laquelle il aurait de quoi écrire, songea-t-il. Ce genre d'orgueil révélait à vos ennemis qui ils avaient capturé et une bonne partie de ce que vous saviez. Mais c'était le style des pilotes de chasse et Grichanov aurait lui aussi rechigné à dissimuler ses faits d'armes contre les ennemis de sa patrie. Le Russe essayait également de se dire qu'il épargnait des souffrances à l'homme assis en face de lui de l'autre côté de la table. Sans doute Zacharias avait-il tué beaucoup de Vietnamiens — et pas des simples paysans, mais des techniciens experts en missiles formés par les Russes — et le gouvernement de ce pays désirerait le châtier pour ces actes. Mais ce n'était pas son problème, et il ne voulait pas laisser les sentiments politiques interférer avec ses obligations professionnelles. Celles-ci recouvraient sans doute l'un des aspects les plus scientifiques et en tout cas les plus complexes de la stratégie de défense nationale. Sa tâche était de prévoir une attaque de centaines d'appareils, chacun doté d'un équipage de spécialistes hautement qualifiés. Leur mode de pensée, leur doctrine tactique étaient aussi importants que leurs plans. Et pour ce qui le concernait, les Américains pouvaient bien tuer autant de ces salauds qu'ils voulaient. Les sales petits fascistes avaient autant de rapport avec la philosophie politique de son pays que des cannibales avec la gastronomie.

— Colonel, je ne suis quand même pas dupe, dit patiemment Grichanov. Il déposa sur la table les documents les plus récemment arrivés. J'ai lu ceci la nuit dernière. C'est de l'excellent boulot.

Les yeux du Russe ne quittaient pas ceux du colonel Zacharias. La réaction physique de l'Américain était remarquable. Bien qu'un peu officier de renseignements lui-même, il n'avait jamais imaginé que quelqu'un au Viêt-nam pût contacter Moscou, puis révéler tout cela aux Américains sous son contrôle. Son visage proclamait ses pensées : *Comment pouvaient-ils en savoir autant sur moi ?* Comment pouvaient-ils avoir fouillé si loin dans son passé ? Qui donc avait pu réaliser une chose pareille ? Pouvait-il exister un agent aussi bon, aussi professionnel ? Les Vietnamiens étaient de tels imbéciles ! Comme de nombreux officiers russes, Grichanov avait étudié avec sérieux et minutie l'histoire militaire. Il avait lu toutes sortes de documents secrets pendant qu'il traînait au mess. De l'un des textes qu'il n'oublierait jamais, il avait appris comment la Luftwaffe interrogeait les aviateurs prisonniers, et c'était cette leçon qu'il essayait d'appliquer ici. Alors que les sévices physiques n'avaient servi qu'à renforcer la résolution de cet homme, une simple feuille de papier avait suffi à l'ébranler jusqu'au tréfonds de l'âme. Tout homme avait ses forces et ses faiblesses. Il fallait de l'intelligence à un être pour savoir discerner les différences.

— Comment se fait-il que ceci n'ait jamais été classé secret ? demanda Grichanov en allumant une cigarette.

— Ce n'est que de la physique théorique, dit Zacharias en haussant ses maigres épaules ; il avait suffisamment récupéré pour tenter de dissimuler son désespoir. A vrai dire, c'était la compagnie de téléphone la première intéressée.

Grichanov tapota le mémoire du bout du doigt.

— Eh bien, je vous avoue que j'ai appris pas mal de choses de ce document la nuit dernière. Prédire de faux échos à partir de cartes topographiques, modéliser mathématiquement les points aveugles ! Ça vous permet d'établir un itinéraire d'approche, de calculer les manœuvres successives d'un point à un autre. Brillant ! Dites-moi, à quoi ça ressemble, Berkeley ?

— Une simple université, style californien, répondit Zacharias avant de se ressaisir. Il parlait. Il n'était pas censé parler. On lui avait appris à ne pas parler. Il avait appris à quoi il devait s'attendre, ce qu'il pouvait faire sans risque, comment esquiver et dissimuler. Mais cette formation ne risquait pas d'avoir prévu ceci. Et, Dieu du ciel, il était las, et terrifié, et écœuré d'avoir à se conformer à un code de conduite qui comptait pour des clopinettes pour tout autre que lui.

— Je connais mal votre pays — en dehors des considérations professionnelles, bien sûr. Y a-t-il de grandes différences religieuses ? Vous venez de l'Utah. A quoi ça ressemble, comme pays ?

— Zacharias, Robin G. Colonel...

Grichanov éleva les mains. Je vous en prie, colonel. Je sais tout cela. Je sais également votre lieu de naissance en plus de la date. Votre Armée de l'air n'a pas de base à Salt Lake City. Je ne connais l'endroit que par les cartes. Je ne le visiterai sans doute jamais — pas plus que le reste de votre pays. Cette région de Berkeley, en Californie, est bien verte, n'est-ce pas ? On m'a dit un jour qu'on y cultivait la vigne. Mais je ne connais rien de l'Utah. Il y a un grand lac, là-bas, mais on l'appelle le Lac Salé, c'est ça ? Il est vraiment salé ?

— Oui, c'est pour ça que...

— Comment peut-il être salé ? L'océan est à mille kilomètres, avec des montagnes entre les deux, non ? Il ne laissa pas à l'Américain le temps de répondre. Je connais assez bien la mer Caspienne. J'ai été en poste dans une base, là-bas. Elle n'est pas salée. Mais ce lac, si ? Comme c'est étrange. Il écrasa sa cigarette.

La tête de l'homme se souleva légèrement.

— Je ne suis pas sûr, je ne suis pas géologue. Une histoire de dépôt datant d'une ère préhistorique, je suppose.

— Peut-être. Il y a des montagnes là-bas, également ?

— Les Wasatch, confirma Zacharias, comme ivre.

Un bon point pour les Vietnamiens, songea Grichanov, leur façon de nourrir les prisonniers, avec des trucs que des cochons ne boufferaient que contraints et forcés. Il se demanda si c'était un régime délibérément et mûrement réfléchi ou juste la conséquence fortuite de leur barbarie. Les prisonniers politiques du Goulag mangeaient mieux, mais le régime auquel étaient soumis ces Américains diminuait leur résistance à la maladie, les affaiblissait au point que toute tentative d'évasion serait compromise par un manque d'énergie. Cela ressemblait plutôt à ce que faisaient les *fascisti* aux prisonniers soviétiques, et écœurante ou non, la méthode était bien utile à Grichanov.

La résistance, physique et mentale, exigeait de l'énergie et vous pouviez voir ces hommes perdre leurs forces au long des heures d'interrogatoire, constater la déperdition de leur courage à mesure que les exigences de leur corps tiraient de plus en plus sur leur résolution psychologique. Il avait appris à jouer là-dessus. Cela prenait du temps, mais c'était un processus distrayant d'apprendre ainsi à démonter le cerveau d'hommes qui n'étaient pas si différents de lui.

— Pour le ski, c'est valable ?

Zacharias plissa les paupières, comme si la question l'emmenait ailleurs, dans un autre temps.

— Ouais, sûrement.

— Voilà une chose qu'on ne fera jamais ici, colonel. J'apprécie le ski de fond, pour l'exercice, et pour me distraire. J'avais des skis en bois, mais l'officier mécanicien de mon dernier régiment d'affectation m'a fabriqué des skis en acier à partir de pièces d'avion.

— En acier ?

— En inox, plus lourds qu'en aluminium mais plus flexibles. Je préfère. A partir d'un panneau d'aile de notre nouvel intercepteur, le projet E-266.

— Qu'est-ce que c'est que ça ? Zacharias ignorait tout du nouveau MiG-25.

— Vos stratèges l'ont baptisé Foxbat ; très rapide, conçu pour intercepter un de vos bombardiers B-70.

— Mais nous avons renoncé à ce projet, objecta Zacharias.

— Oui, je sais. En attendant, il m'a fourni un chasseur merveilleusement rapide à piloter. Quand je rentrerai au pays, j'en commanderai le premier régiment.

— Des chasseurs construits en acier ? Pourquoi ?

— L'acier résiste mieux que l'aluminium à l'échauffement aérodynamique, expliqua Grichanov. Et on peut faire de bons skis avec les pièces de rebut. Zacharias était extrêmement perplexe. Alors, à votre avis, qu'est-ce que ça donnerait, la confrontation entre mes chasseurs en acier et vos bombardiers en alu ?

— Je suppose que tout dépend de... commença Zacharias avant de se taire aussitôt. Ses yeux contemplèrent son interlocuteur de l'autre côté de la table, d'abord confus parce qu'il avait failli se laisser aller, puis résolus.

Trop tôt, observa pour lui Grichanov, déçu. Il avait insisté un peu trop tôt. Celui-ci avait du courage. Assez pour amener son Wild Weasel jusqu'« en ville », pour reprendre l'expression des Américains, à plus de quatre-vingts reprises. Assez pour résister un bon moment. Mais Grichanov avait tout son temps.

12

Aménagements

Vw 63, PEU ROULÉ, B.E.G., RAD...
Kelly glissa une pièce de dix cents dans le taxiphone et composa le numéro. C'était un samedi torride et étouffant, température et humidité étaient au coude à coude pour battre des records, et Kelly pestait contre sa stupidité. Certains détails étaient tellement évidents qu'on ne les voyait pas jusqu'au moment où on se fracassait le nez dessus.

— Allô ? Je vous appelle pour la petite annonce au sujet de la voiture... oui, c'est ça, dit Kelly. Tout de suite, si vous voulez... d'accord, disons, dans un quart d'heure ? Parfait, merci, m'dame. J'y serai. Au revoir. Il raccrocha. Au moins un truc qui se goupillait bien. Kelly grimaça dans la cabine. Le *Springer* était amarré à l'un des emplacements d'accueil dans l'une des marinas du Potomac. Il fallait qu'il s'achète une nouvelle voiture mais comment procéder pour aller la chercher ? Si vous vous y rendez en voiture, vous pouvez revenir avec la nouvelle mais qu'est-ce que vous faites alors de la première ? C'était assez marrant pour qu'il commence à rigoler. Puis le destin intervint sous la forme d'un taxi libre qui passa devant l'entrée du port, lui permettant d'honorer sa promesse vis-à-vis de la petite vieille.

— Bloc 4500, Essex Avenue, dit-il au chauffeur.
— C'est où, ça, mec ?
— Bethesda.
— Faudra payer un supplément, mec, avertit le chauffeur en tournant vers le nord.

Kelly lui tendit une coupure de dix dollars.

— Un de plus si vous m'y amenez en un quart d'heure.

— Ça baigne. Et l'accélération plaqua Kelly sur la banquette. Le taxi évita Wisconsin Avenue sur presque tout le trajet. A un feu rouge, le chauffeur trouva Essex Avenue sur sa carte et réussit à gagner ses dix dollars de rab avec une marge de vingt secondes.

C'était un quartier résidentiel assez chic et la maison était facile à repérer. La voiture était garée devant : une Coccinelle d'un infâme beige cacahuète avec pas mal de petits points de rouille. Il n'aurait pas pu rêver mieux. Kelly escalada rapidement les quatre marches en bois du perron et frappa à la porte.

— Bonjour ? Le visage était assorti à la voix. Elle devait bien être octogénaire, petite et frêle, mais avec des yeux verts au regard perçant qui trahissaient ce qu'elle avait dû être, agrandis encore par les lunettes qu'elle portait. Quelques mèches blondes étaient encore visibles parmi les cheveux blancs.

— Mme Boyd ? C'est moi qui ai appelé tout à l'heure, pour la voiture...

— Quel est votre nom ?

— Bill Murphy, m'dame. Kelly sourit avec bienveillance. Quelle chaleur, hein ?

— Af-freux, dit-elle en traînant sur le mot. Attendez une minute. Gloria Boyd disparut et revint peu après avec les clés. Elle sortit même pour l'accompagner jusqu'à la voiture. Kelly lui prit le bras pour l'aider à descendre les marches.

— Merci bien, jeune homme.

— De rien, m'dame, répondit-il avec galanterie.

— Nous l'avons récupérée de ma petite-fille. Quand elle est partie à l'université, Ken s'en est servi, expliqua-t-elle, attendant de Kelly qu'il déduise qui était Ken.

— Pardon ?

— Mon mari, dit Gloria sans se retourner. Il est décédé le mois dernier.

— Je suis désolé de l'apprendre, m'dame.

— Il était malade depuis longtemps, dit la femme, pas encore remise du choc de sa perte mais acceptant sa réalité. Elle lui tendit les clés. Tenez, jetez un coup d'œil.

Kelly déverrouilla la portière. La voiture ressemblait à une voiture conduite par une étudiante puis par un homme âgé. Les sièges étaient fatigués, l'un d'eux avait même une profonde entaille, sans doute provoquée par une caisse de vêtements ou de bouquins. Il tourna la clé de contact et le moteur démarra aussitôt. Le réservoir d'essence était même plein. L'annonce n'avait pas menti sur le kilométrage : seulement 84 000 kilomètres au compteur. Il demanda et obtint la permission de faire le tour du pâté de maisons. La voiture était mécaniquement saine, estima-t-il en revenant la garer devant son actuelle propriétaire.

— D'où vient toute cette rouille ? demanda-t-il en lui rendant les clés.

— Elle est allée à l'université à Chicago, à Northwestern, et avec toute cette neige et ce sel...

— C'est une bonne université. Laissez-moi vous raccompagner chez vous. Kelly lui prit le bras et la reconduisit à l'intérieur. Ça sentait la maison de personne âgée, cette atmosphère lourde de toute la poussière qu'on n'avait plus le courage d'essuyer, mêlée de nourriture pas fraîche parce que les repas étaient toujours préparés pour deux, pas encore pour une seule personne.

— Avez-vous soif ?

— Oui, m'dame, merci. De l'eau, ce sera très bien. Kelly examina la pièce pendant qu'elle se rendait à la cuisine. Il y avait une photo au mur, celle d'un homme en uniforme à col montant et ceinture Sam Browne, qui tenait le bras d'une jeune femme vêtue d'une robe de mariée blanche très serrée, presque cylindrique. D'autres photos cataloguaient la vie conjugale de Kenneth et Gloria Boyd. Deux filles et un fils, une croisière sur l'Atlantique, une vieille voiture, des petits-enfants, toutes les choses gagnées au cours d'une vie utile et bien remplie.

— Et voilà, dit-elle en lui tendant un verre.

— Merci. Que faisait votre mari ?

— Il a travaillé quarante-deux ans au ministère du Commerce. Nous devions nous retirer en Floride mais il est tombé malade et aujourd'hui, je me retrouve toute seule. Ma sœur vit à Fort Pierce, elle est veuve, elle aussi, son mari était policier... Sa voix s'éteignit alors que le chat entrait pour examiner le nouveau visiteur. Cela parut revigorer Mme Boyd. Je descends

249

là-bas la semaine prochaine. La maison est déjà vendue, il faut que j'aie débarrassé jeudi prochain. Je l'ai vendue à un charmant jeune médecin.

— J'espère que vous vous plairez là-bas, m'dame. Combien voulez-vous pour la voiture ?

— Je ne peux plus m'en servir à cause de mes yeux, la cataracte. Il faut me conduire chaque fois que je dois sortir. Mon petit-fils dit qu'elle vaut quinze cents dollars.

Votre petit-fils doit être avocat pour être aussi gourmand, songea Kelly.

— Mettons douze cents ? Je vous paye en liquide.

— En liquide ? Ses yeux redevinrent perçants.

— Oui, m'dame.

— Alors, la voiture est à vous. Elle tendit la main et Kelly la prit avec délicatesse.

— Avez-vous les papiers à remplir ? Cela gênait Kelly de la forcer à se lever de nouveau, cette fois pour monter à l'étage, à pas lents, en se tenant à la rampe pendant qu'il sortait son portefeuille et comptait douze billets tout neufs.

Ça n'aurait dû prendre encore qu'une dizaine de minutes mais en fait, il en fallut trente. Kelly s'était déjà renseigné sur la procédure à suivre pour un transfert de carte grise et du reste, il ne comptait pas faire toute la paperasse. La police d'assurance était glissée dans la même enveloppe que la carte grise, au nom de Kenneth W. Boyd. Kelly promit de s'occuper de tout pour elle, ainsi que du changement de plaques, bien sûr. Mais il s'avéra que tout ce liquide rendait Mme Boyd nerveuse, aussi Kelly dut-il l'aider à remplir un bordereau de remise d'espèces puis la conduire à sa banque, où elle put glisser l'enveloppe dans la boîte de dépôt de nuit. Puis il la déposa devant un supermarché pour qu'elle achète du lait et de la nourriture pour chats avant de la ramener chez elle et la raccompagner jusqu'à sa porte.

— Merci pour la voiture, madame Boyd, dit-il en partant.

— Vous comptez vous en servir pour quoi ?

— Pour affaires. Et sur un sourire, Kelly prit congé.

*

A neuf heures moins le quart ce soir-là, deux véhicules entrèrent dans une aire de service sur l'Interstate 95. La première était une Dodge Dart, suivie d'une Plymouth Roadrunner rouge. Espacées d'une quinzaine de mètres, elles se dirigèrent dans le parking à moitié plein au nord de la Maison du Maryland, un restoroute installé entre les deux voies de l'autoroute John F. Kennedy. L'établissement offrait un service de restauration complet, de l'essence et de l'huile, du bon café mais, et c'était compréhensible, aucune boisson alcoolisée. La Dart décrivit quelques zigzags dans le parking pour finir par s'arrêter à trois emplacements d'une Oldsmobile immatriculée en Pennsylvanie, blanche avec un toit en vinyle marron. La Roadrunner se gara dans la rangée suivante. Une femme en descendit et se dirigea vers le restaurant de brique, ce qui l'amena à passer devant l'Olds.

— Eh, poupée, lança un homme. La femme s'arrêta et fit quelques pas en direction de la voiture au toit de vinyle. L'homme était un Blanc aux cheveux bruns longs mais bien peignés ; il portait une chemise blanche à col ouvert.

— Henry m'a envoyée, dit-elle.

— Je sais. Il avança la main pour lui caresser le visage, geste auquel elle ne résista pas. Il jeta un bref coup d'œil alentour avant de glisser la main plus bas.

— T'as ce que je veux, poupée ?

— Oui. Elle sourit. C'était un sourire forcé, inquiet, terrifié mais pas embarrassé. Cela faisait des mois que Doris était au-delà de tout embarras.

— Jolis loloches, observa l'homme d'une voix parfaitement dénuée d'émotion. Va chercher la marchandise.

Doris regagna sa voiture, comme si elle avait oublié quelque chose. Elle revint avec un gros sac, quasiment un paquetage de marin. Au moment où elle repassait devant l'Olds, la main de l'homme se tendit et le récupéra. Doris entra dans le bâtiment, pour en ressortir une minute après avec un bidon de soda, les yeux fixés sur la Roadrunner, espérant avoir tout fait comme il fallait. L'Olds avait remis en route le moteur et le chauffeur lui envoya un baiser auquel elle répondit d'un sourire las.

— C'était pas bien compliqué, observa Henry Tucker,

installé cinquante mètres plus loin, dans la zone repas en plein air, de l'autre côté du restaurant.

— C'est de la bonne ? demanda un autre homme à Tony Piaggi. Tous trois étaient assis à la même table, « profitant » de la touffeur de la soirée quand la majorité de la clientèle s'était réfugiée à l'intérieur avec la climatisation.

— La meilleure. La même que l'échantillon qu'on vous a fourni il y a quinze jours. Même lot, tout ça, lui assura Piaggi.

— Et si la mule se fait piéger ? demanda l'homme de Philadelphie.

— Elle parlera pas, garantit Tucker. Toutes ont pu constater ce qui arrive aux vilaines filles. Tandis qu'ils regardaient, un homme descendit de la Roadrunner et s'installa derrière le volant de la Dart.

— Excellent, dit Rick à Doris.

— Est-ce qu'on peut y aller, à présent ? lui demanda-t-elle. Elle tremblait maintenant que le boulot était fini, sirotant nerveusement son soda.

— Bien sûr, chou, je sais ce que tu veux. Rick sourit et lança le moteur. Sois gentille, maintenant. Montre-moi quelque chose.

— Il y a du monde, protesta Doris.

— Et alors ?

Sans un autre mot, Doris déboutonna sa chemise — c'était une chemise d'homme —, gardant les pans enfoncés dans son short en jean délavé. Rick tendit la main et sourit, tout en tournant le volant de la main gauche. *Ça aurait pu être pire*, se dit-elle en fermant les yeux, faisant comme si elle était une autre, ailleurs, et se demandant combien de temps il lui restait avant que sa vie ne s'achève, espérant que ce ne serait pas trop long.

— L'argent ? demanda Piaggi.

— J'ai besoin d'un café. L'autre homme se leva et entra dans la salle, abandonnant sa mallette dont Piaggi s'empara. Tucker et lui regagnèrent sa voiture, une Cadillac bleue, sans attendre le retour de l'autre.

— Tu vas pas le compter ? demanda Tucker au milieu du parking.

— S'il nous entube, il sait ce qu'il risque. C'est pas son intérêt, Henry.

— C'est vrai, reconnut Tucker.

*

— Bill Murphy, dit Kelly. J'ai lu que vous aviez des appartements vacants. Il brandit le journal du dimanche.

— Qu'est-ce que vous cherchez ?

— Un studio serait parfait. En fait, j'ai juste besoin d'une penderie où accrocher mes vêtements, dit Kelly. Je voyage beaucoup.

— Représentant ? demanda le gérant.

— Tout juste. En machines-outils. Je suis nouveau ici — un nouveau secteur, je veux dire.

C'était un ancien ensemble d'appartements avec jardins construit peu après la Seconde Guerre mondiale pour les anciens combattants, composé exclusivement d'immeubles de trois étages en brique. Les arbres avaient apparemment bonne mine, vu la période de l'année. Ils avaient été plantés à la construction et s'étaient bien développés ; ils étaient assez hauts pour abriter une jolie population d'écureuils et assez larges pour ombrager les emplacements de parking. Kelly considéra l'ensemble d'un regard approbateur tandis que le gérant le précédait pour lui faire visiter un studio meublé au rez-de-chaussée.

— C'est parfait, annonça Kelly. Il inspecta le studio, vérifia l'évier et le reste de la plomberie. Le mobilier était visiblement usagé mais encore en bon état. Il y avait même des climatiseurs encastrés sous chaque fenêtre.

— J'ai d'autres...

— C'est exactement ce qu'il me faut. Combien ?

— Cent soixante-quinze par mois, avec un mois de caution.

— Les charges ?

— Vous pouvez les régler directement ou nous pouvons les intégrer à votre quittance. Certains de nos locataires préfèrent cette méthode. Elles s'élèvent en moyenne à quarante-cinq dollars par mois.

— Plus facile de régler une seule quittance que deux ou trois. Voyons voir. Cent soixante-quinze et quarante-cinq...

— Deux cent vingt, souffla le gérant.

— Quatre cent quarante, rectifia Kelly. Deux mois, d'accord ? Je peux vous faire un chèque mais sur une banque hors place. Je n'ai pas encore ouvert de compte ici. Du liquide, ça ira ?

— Le liquide, ça me va toujours, le rassura le gérant.

— Parfait. Kelly sortit son portefeuille et lui tendit les billets. Il s'arrêta. Non. Six cent soixante, mettons trois mois, si vous n'y voyez pas d'inconvénient. Et j'aimerais un reçu. Le gérant, serviable, sortit de sa poche un carnet à souche et le rédigea aussitôt.

— Et pour le téléphone ? s'enquit Kelly.

— Je peux vous régler ça pour mardi, si vous voulez. Il faudra une autre caution.

— Faites, je vous en prie, si ça ne vous dérange pas. Kelly rajouta quelques billets. Mes affaires n'arriveront pas tout de suite. Où est-ce que je peux trouver des draps et du linge ?

— Il n'y a pas grand-chose d'ouvert aujourd'hui. Demain, vous aurez l'embarras du choix.

Par la porte ouverte, Kelly avisa le matelas nu dans la chambre. Il pouvait remarquer d'ici qu'il était défoncé. Il haussa les épaules.

— Enfin, j'ai dormi sur pire.

— Ancien combattant ?

— Marine.

— Moi aussi, dans le temps, répondit le gérant, ce qui surprit Kelly. Vous faites pas de conneries, hein ? Il ne s'y attendait pas mais le propriétaire tenait à ce qu'il pose la question, même à un ex-Marine. En réponse, il reçut un sourire timide, rassurant.

— Je ronfle terriblement, il paraît.

Vingt minutes plus tard, Kelly regagnait le centre-ville en taxi. Il descendit à la gare de Pennsylvania et prit le train suivant pour la capitale, où un autre taxi le déposa devant son bateau. A la nuit tombée, le *Springer* descendait le Potomac. Ça aurait été tellement plus facile, se dit Kelly, s'il y avait eu une personne pour l'aider. Une partie considérable de son temps était accaparée par des trajets inutiles. Mais était-ce si inutile que ça ? Peut-être pas. Ça l'obligeait à pas mal réfléchir et c'était aussi important que sa préparation physique. Kelly arriva chez lui juste avant minuit, au bout de six heures de réflexion et de planification ininterrompues.

Pendant un week-end d'agitation quasiment continue, il n'eut pas le temps de flâner. Kelly empaqueta des vêtements, achetés pour la plupart dans les faubourgs de Washington. Le linge de maison, il l'achèterait à Baltimore. Idem pour la nourriture. Son .45 automatique, plus le kit de conversion .22-.45, fut emballé dans un vieux chiffon, avec deux boîtes de cartouches. Il n'aurait pas besoin de plus, estima-t-il, et les munitions étaient pesantes. Tout en se confectionnant un autre silencieux, celui-ci pour le Woodsman, il envisagea d'autres préparatifs. Sa condition physique était excellente, presque aussi bonne que lorsqu'il était au 3e SOG et il s'exerçait à tirer tous les jours. Il s'estimait sans aucun doute au mieux de sa forme, question adresse, tandis qu'il effectuait presque machinalement les diverses opérations sur le tour. A trois heures du matin, le nouveau silencieux était fixé au Woodsman et essayé. Une demi-heure plus tard, il était de retour à bord du *Springer* et mettait le cap au nord, impatient d'avoir doublé Annapolis pour s'accorder enfin quelques heures de sommeil.

C'était une nuit solitaire, avec quelques nuages épars, et il laissa son esprit divaguer un peu avant de se forcer de nouveau à la concentration. Plus question de flemmarder, mais il s'accorda néanmoins une bière, la première depuis plusieurs semaines, tandis qu'il ruminait toutes les variables. Qu'avait-il oublié ? Ce qui était réconfortant, c'est que rien ne lui vint à l'esprit. Ce qui l'était moins, c'est qu'il avait toujours bien peu d'éléments. Billy et son coupé Plymouth rouge. Un Noir répondant au nom d'Henry. Il connaissait leur zone d'activité. Et c'était tout.

Oui, mais.

Oui, mais il avait combattu des ennemis armés et entraînés en en sachant encore moins, et même s'il devait se forcer à être aussi prudent aujourd'hui qu'il l'avait été là-bas, tout au fond de lui, il avait la certitude de réussir cette mission. En partie, parce qu'il était autrement plus redoutable qu'eux, et autrement plus motivé. Pour le reste, se rendit-il compte avec surprise, c'est qu'il ne se souciait absolument pas des conséquences, uniquement des résultats. Il lui revint un souvenir d'école primaire, chez les curés, un passage de l'*Énéide* de Virgile qui avait défini sa mission près de deux mille ans à l'avance : *Una salus victus nullam sperare salutem.* Le seul espoir du condamné est de n'espérer nul salut. La terrible réalité de cette réflexion le fit sourire tandis qu'il naviguait sous les étoiles, dont la lumière provenait de distances si considérables qu'elle avait commencé son parcours bien avant que Kelly, et même Virgile, ne soient venus au monde.

*

Les cachets aidaient à oblitérer la réalité, mais pas entièrement. C'était moins une réflexion consciente pour Doris qu'une sensation que l'on écoute, que l'on perçoit, que l'on reconnaît sans oser l'affronter mais qu'on répugne à laisser échapper. Elle était trop dépendante des barbituriques, désormais. Elle avait du mal à trouver le sommeil et dans le vide de la chambre, elle était incapable de s'éviter. Elle aurait pris plus de cachets si elle avait pu mais ils refusaient de lui donner ce qu'elle voulait, même si elle ne voulait pas grand-chose. Juste un bref instant d'oubli, pour être momentanément libérée de ses peurs, c'était tout — et c'était une chose qu'il n'avaient aucun intérêt à lui accorder. Ils ne se doutaient pas, ils n'auraient pas espéré qu'elle pouvait voir aussi loin : elle discernait l'avenir mais c'était une bien piètre consolation. Tôt ou tard, elle se ferait choper par la police. Elle s'était déjà fait arrêter, mais jamais pour un truc de cette ampleur, et ce coup-ci, elle se retrouverait à l'ombre pour un bail. Les flics essaieraient de l'amener à parler, lui promettraient leur protection. Elle n'était pas dupe. Deux fois déjà, elle avait vu mourir des amies. Des amies ? Enfin presque, en tout cas, quelqu'un à qui parler, quelqu'un qui partageait son existence, comme elle se présentait, et même dans cette captivité, il y avait de petites plaisanteries, de petites victoires contre les forces qui régentaient sa vie, comme de lointaines éclaircies dans un ciel lourd. Quelqu'un avec qui pleurer. Mais deux d'entre elles étaient mortes, et elle les avait vues mourir, plantée là, assise, droguée mais incapable de dormir et d'oblitérer ce spectacle, cette horreur si vaste qu'elle vous engourdissait, regardant leurs yeux, contemplant et ressentant leur souffrance, consciente qu'elle n'y pouvait rien, et consciente dans le même temps qu'elles en étaient conscientes elles aussi. Un cauchemar, c'était déjà terrible, mais un cauchemar ne pouvait surgir et vous atteindre. Vous pouviez toujours vous réveiller et le fuir. Pas ici. Elle pouvait se contempler de l'extérieur, comme si elle était devenue un robot indépendant de sa volonté mais pas de celle des autres. Son corps refusait de se mouvoir tant que d'autres ne le commandaient pas et elle était obligée de dissimuler ses pensées, elle redoutait même de les formuler mentalement, de peur qu'ils les entendent ou les déchiffrent sur son visage, mais désormais, et malgré tous ses efforts, elle était incapable de les chasser.

Étendu près d'elle, Rick respirait lentement dans le noir. Quelque part, elle aimait bien Rick. Il était le plus gentil de toute la bande et, parfois, elle se surprenait à croire qu'il l'aimait bien, enfin peut-être un peu, parce qu'il ne la battait pas trop. Elle devait se tenir à carreau, bien sûr, parce que ses colères étaient tout aussi mauvaises que celles de Billy ; alors, quand elle était avec Rick, elle faisait de son mieux. Elle était en partie consciente que c'était idiot, mais sa réalité était désormais définie par d'autres. Et elle avait pu voir les résultats que donnait une véritable résistance. Après une nuit particulièrement dure, Pam l'avait retenue, et lui avait murmuré son désir de s'échapper. Plus tard, Doris avait regretté de ne pas s'être enfuie, pour connaître au moins l'espoir, avant de la voir ramenée de force et de la voir mourir, assise, impuissante, à cinq mètres d'elle tandis qu'ils lui faisaient subir tout ce qui leur passait par la tête. Voir sa vie s'achever, voir son corps se convulser par manque d'oxygène, face à cet homme qui la fixait en riant, riant à quelques centimètres à peine de son visage. Son seul acte de résistance, heureusement à l'insu de ces hommes, avait été de démêler les cheveux de son amie, en pleurant à chaudes larmes, avec l'espoir que Pam, quelque part, saurait qu'au moins quelqu'un pensait à elle, même dans la mort. Mais le geste lui avait paru vain, déjà alors même qu'elle l'accomplissait, rendant ses larmes plus amères encore.

Qu'avait-elle fait de mal ? se demanda Doris. Qu'avait-elle fait pour offenser Dieu au point de connaître une existence pareille ? Comment un individu pouvait-il mériter une existence aussi sinistre et dénuée d'espoir ?

*

— Je suis impressionné, John, observa Rosen en contemplant son patient. Kelly était assis sur la table d'examen, torse nu. Qu'avez-vous fait ?

— Huit kilomètres de natation pour les épaules. C'est mieux que les haltères, même si j'en ai fait également, le soir. Un peu de course à pied. A peu près ce que je pratiquais dans le temps.

— J'aimerais avoir votre tension artérielle, observa le chirurgien en ôtant le brassard. Il avait fait une opération lourde, ce matin, mais il s'était réservé du temps pour son ami.

— L'exercice, Sam, conseilla Kelly.

— Vrai, concéda Rosen. Comment ça va, sinon ?

En réponse, il n'eut droit qu'à un regard, ni sourire ni grimace, juste une expression neutre qui lui révéla tout ce qu'il désirait savoir. Il fit une nouvelle tentative :

— Il y a un vieux dicton : Avant de préparer ta vengeance, creuse deux tombes.

— Deux seulement ? demanda Kelly, d'un ton léger.

Rosen hocha la tête.

— J'ai lu le papier dans le *Post*, moi aussi. J'ai une chance de vous dissuader ?

— Comment va Sarah ?

Rosen accepta le faux-fuyant de bonne grâce.

— Plongée jusqu'au cou dans son projet. Elle est tellement excitée qu'elle m'en parle. C'est une recherche assez passionnante.

Juste à cet instant, Sandy O'Toole entra dans la salle d'examen. Kelly les surprit tous les deux en prenant son maillot pour se couvrir le torse.

— S'il vous plaît !

L'infirmière était si ahurie qu'elle éclata de rire, imitée par Sam jusqu'à ce que ce dernier comprenne que Kelly était assurément prêt pour la mission qu'il s'était assignée. Le conditionnement, l'air dégagé, le sérieux et la vigilance du regard qui savait à la demande pétiller de gaieté. *Comme un chirurgien*, songea Rosen, et quelle étrange idée, mais plus il contemplait cet homme et plus il trouvait en lui de l'intelligence.

— Vous m'avez l'air en forme pour un gars qui s'est fait canarder pas plus tard que le mois dernier, observa l'infirmière avec un coup d'œil amical.

— La vie saine, m'dame. Rien qu'une bière en un peu plus de trente jours.

— Mme Lott a repris connaissance, docteur Rosen, annonça l'infirmière. Rien de particulier, tout a l'air de bien se passer. Son mari est là pour la voir. Je crois qu'il tiendra le coup, lui aussi. J'avais eu quelques doutes.

— Merci, Sandy.

— Ma foi, John, vous êtes en bonne santé, vous aussi. Renfilez votre chemise avant que Sandy se mette à rougir, ajouta Rosen avec un gloussement.

— Où est-ce qu'on peut déjeuner dans le coin ? demanda Kelly.

— Je vous accompagnerais bien mais j'ai une conférence dans une dizaine de minutes. Sandy ?

Elle consulta sa montre.

— C'est bientôt l'heure de ma pause. Vous voulez prendre le risque de l'ordinaire hospitalier ou vous préférez déjeuner à l'extérieur ?

— C'est vous le guide, m'dame.

Elle le conduisit à la cafétéria où la nourriture avait la fadeur des menus d'hôpitaux mais on pouvait toujours rajouter du sel et des épices si l'on y tenait. Kelly choisit quelque chose de nourrissant et de roboratif, pour compenser le manque de goût.

— Vous avez beaucoup de boulot ? demanda-t-il après qu'ils se furent choisi une table.

— Toujours.

— Où habitez-vous ?

— De l'autre côté de Loch Raven Boulevard, dans le comté.

Elle n'avait pas changé, remarqua Kelly. Sandy O'Toole fonctionnait, et même plutôt bien, mais le vide de son existence était qualitativement d'un autre ordre que chez lui. La véritable différence était qu'il était capable de réaliser quelque chose ; pas elle. Elle faisait des efforts, elle était capable d'être enjouée, mais son chagrin reprenait le dessus à tout moment. Une force terrible, le chagrin. Il y avait des avantages à avoir des ennemis qu'on pouvait traquer et éliminer. Lutter contre une ombre était autrement difficile.

— En immeuble, comme il y a dans le quartier ?

— Non, c'est un vieux bungalow, ou je ne sais pas comment on peut appeler ça, une grande baraque carrée de deux étages. Deux mille cinq cents mètres carrés de terrain... Tiens, ça me fait penser que je dois tondre la pelouse, ce week-end. Puis elle se rappela que Tim aimait tondre la pelouse, qu'il avait décidé de quitter l'Armée après son second tour au Viêt-nam, de finir sa licence de droit ; bref, de vivre enfin une existence normale, et que tout cela lui avait été arraché par des petits bonshommes dans un pays lointain.

Kelly ne savait pas ce qu'elle pensait, au juste, mais il n'en avait pas besoin. Le changement dans son expression, la façon qu'avait eu sa voix de s'éteindre étaient révélateurs. Comment la distraire ? C'était une bien étrange question pour lui, vu ses plans pour les semaines à venir.

— Vous avez été très gentille avec moi, quand j'étais dans le service. Merci.

— On essaye de bien s'occuper de nos patients, dit-elle avec une expression amicale inhabituelle chez elle.

— Avec une frimousse mignonne comme la vôtre, vous devriez faire ça plus souvent, lui dit Kelly.

— Quoi donc ?

— Sourire.

— C'est dur, fit-elle, de nouveau sérieuse.

— Je sais, m'dame. Mais je vous ai déjà vue rire.

— Vous m'aviez surprise.

— C'est Tim, n'est-ce pas ? demanda-t-il, la secouant un peu. Les gens n'étaient pas censés en parler, n'est-ce pas ?

Elle dévisagea Kelly durant peut-être cinq secondes.

— Je ne saisis pas.

— Par certains côtés, c'est facile. Par d'autres, c'est dur. Le plus dur, poursuivit Kelly, pensant tout haut, est de comprendre pourquoi les gens rendent ça nécessaire, pourquoi les gens font des choses pareilles. Pour faire bref, il y a des types peu recommandables qui se baladent, et il faut que quelqu'un s'en charge sinon, un de ces quatre, c'est eux qui se chargeront de vous. On peut essayer de les ignorer, mais ça ne marche jamais, en fait. Et parfois, on voit des trucs qu'on ne peut pas se permettre d'ignorer. Kelly se cala contre le dossier de sa chaise, cherchant ses mots. Vous voyez des tas de trucs moches, ici, Sandy. J'ai vu pire. J'ai vu des gens faire des trucs...

— Votre cauchemar ?

Kelly acquiesça.

— Tout juste. J'ai failli me faire tuer cette nuit-là.

— Qu'est-ce que...

— Vaut mieux pas que vous le sachiez. Franchement. Je veux dire, moi-même, je n'arrive pas à le comprendre, comment des gens en arrivent à faire des choses pareilles. Peut-être qu'ils croient si fort à certains trucs qu'ils en oublient combien il est important d'être humain. Peut-être qu'ils veulent tellement un truc qu'ils s'en moquent. Ou peut-être simplement que ça ne tourne pas rond dans leur façon de penser, de ressentir. Je ne sais pas. Mais ce qu'ils font est bien réel. Et il faut que quelqu'un essaye de les en empêcher. *Même quand tu sais que ça ne marchera pas*, mais il n'eut pas le cœur d'ajouter ça. Comment pouvait-il lui dire que son mari était mort pour un échec ?

— Mon mari était un chevalier en armure étincelante juché sur un cheval blanc. C'est ce que vous êtes en train de me dire ?

— C'est vous qui êtes en blanc, Sandy. Vous luttez contre un certain type d'ennemi. Il y en a d'autres. Il faut aussi quelqu'un pour se battre contre eux.

— Je ne comprendrai jamais pourquoi Tim devait mourir.

Et tout se ramenait à cela, en définitive, songea Kelly. Ce n'était pas une question de grands problèmes sociaux ou politiques. Tout le monde avait une vie, qui était censée avoir une fin naturelle, après une période déterminée par Dieu ou le Destin, ou toute autre entité censée échapper à la maîtrise des hommes. Il avait vu mourir de jeunes gars, et il avait sa part de responsabilité dans d'autres morts, chaque vie était quelque chose de valeur pour son propriétaire et pour son entourage, et comment faisiez-vous pour expliquer aux autres les raisons profondes de tout cela ? Et tant qu'on y était, comment faisiez-vous pour vous l'expliquer ? Mais ça, c'était de l'extérieur. De l'intérieur, c'était encore une autre histoire. Peut-être la réponse était-elle là.

— Vous avez un boulot sacrément dur, pas vrai ?

— Oui, dit Sandy avec un léger hochement de tête.

— Pourquoi ne pas trouver quelque chose de plus facile ? Je veux dire, bosser dans un service où c'est différent, je ne sais pas, moi... à la maternité, peut-être ? C'est un endroit gai, non ?

— Effectivement, admit l'infirmière.

— C'est important, aussi, non ? S'occuper des petits bébés, c'est peut-être de la routine, mais il faut quand même travailler correctement, pas vrai ?

— Bien sûr.

— Mais ce n'est pas ce que vous avez choisi. Vous bossez en neurologie. Vous faites le boulot le plus dur.

— Il faut bien que quelqu'un... *Bingo !* songea Kelly en l'interrompant :

— C'est éprouvant — éprouvant de faire le boulot, éprouvant pour vous —, ça vous fait mal, n'est-ce pas ?

— Parfois.

— Mais vous le faites quand même, insista Kelly.

— Oui, dit Sandy. Ce n'était pas un aveu mais quelque chose de plus fort.

— Eh bien, c'est pour cela que Tim a fait ce qu'il a fait. Kelly discerna chez elle une compréhension, ou peut-être un début de compréhension, juste avant que son chagrin latent ne reprenne le dessus, écartant l'argument.

— Malgré tout, ça ne rime à rien.

— L'acte en lui-même, peut-être, mais les gens, si, suggéra Kelly. C'était à peu près le mieux qu'il puisse faire. Désolé, je ne suis pas un prêtre, rien qu'un pauvre quartier-maître cassé en morceaux.

— Pas si cassé que ça, protesta O'Toole en finissant son assiette.

— Et je vous en suis redevable en partie, m'dame. Merci. Ce qui lui valut un nouveau sourire.

— Tous nos patients ne se remettent pas aussi bien. Nous sommes plutôt fiers de ceux qui réussissent.

— Peut-être que nous cherchons tous à sauver le monde, Sandy, petit bout par petit bout. Il se leva et insista pour la raccompagner jusqu'au service. Il lui fallut cinq bonnes minutes pour lui dire ce qu'il avait envie de lui dire.

— Vous savez, j'aimerais bien dîner avec vous, peut-être... ? Pas maintenant, bien sûr, mais enfin...

— J'y réfléchirai, se permit-elle de lâcher, écartant à moitié la suggestion, s'interrogeant à moitié dessus, sachant tout comme Kelly que c'était encore trop tôt pour tous les deux, mais sans doute avant tout pour lui. Quel genre d'homme était-ce donc ? se demanda-t-elle. Quels dangers y avait-il à le fréquenter ?

13

Calendriers

C'ÉTAIT sa toute première visite au Pentagone. Kelly se sentait mal à l'aise, se demandant s'il aurait dû revêtir sa tenue kaki de quartier-maître, mais il n'avait plus l'âge pour ça. A la place, il avait mis un complet léger de couleur bleue, avec le ruban de sa Navy Cross au revers. Arrivé par la gare routière souterraine, il monta la rampe à pied et chercha un plan du vaste édifice, qu'il balaya et mémorisa rapidement. Cinq minutes plus tard, il entrait dans le bon bureau.

— Oui ? demanda un officier marinier.

— John Kelly. J'ai rendez-vous avec l'amiral Maxwell. On l'invita à prendre un siège. Sur la table basse, il avisa un exemplaire du *Navy Times* qu'il n'avait pas rouvert depuis qu'il avait quitté l'uniforme. Mais Kelly réussit à maîtriser sa nostalgie. Les pinailleries et prises de bec évoquées dans les articles étaient plus ou moins toujours les mêmes.

— M. Kelly ? demanda une voix. Il se leva et franchit la porte ouverte. Après qu'elle se fut refermée, une ampoule rouge « ne-pas-déranger » s'alluma pour dissuader de toute intrusion.

— Comment vous sentez-vous, John ? demanda Maxwell avant toute autre chose.

— Très bien, amiral, merci. En civil ou pas, Kelly ne pouvait dissimuler un léger malaise en présence d'un officier général. Cela empira aussitôt lorsqu'une autre porte s'ouvrit, livrant passage à deux autres hommes, le premier en civil, l'autre en tenue de contre-amiral — un autre aviateur, nota Kelly, et décoré de la Médaille d'Honneur, ce qui était encore plus intimidant. Maxwell fit les présentations.

— J'ai beaucoup entendu parler de vous, dit Podulski en serrant la main du jeune homme.

— Merci, monsieur. Kelly ne savait quoi dire d'autre.

— Cas et moi, nous nous connaissons depuis un bail, observa Maxwell en effectuant les présentations. J'en ai quinze à mon tableau de chasse — il indiqua la tôle latérale de son appareil accrochée au mur. Cas en a dix-huit.

— Et tous confirmés par les films, insista Podulski.

— Moi, j'en ai zéro, intervint Greer, mais je n'ai pas non plus laissé l'oxygène pur me cramer les neurones. Outre ses vêtements civils, cet amiral avait amené les documents. Il sortit une carte, la même que celle qu'il avait déjà placardée chez lui, mais encore plus couverte d'inscriptions. Puis vinrent les photos, et Kelly put à nouveau contempler le visage du colonel Zacharias, cette fois agrandi par une méthode quelconque, et manifestement similaire à la photo d'identité que Greer avait posée juste à côté.

— J'étais à moins de cinq kilomètres du site, nota Kelly. Personne ne m'avait jamais dit que...

— Il n'était pas encore installé. Ce camp est tout neuf, il a moins de deux ans, expliqua Greer.

— D'autres clichés, James ? demanda Maxwell.

— Juste quelques photos aériennes de SR-71, prises très en biais, rien de neuf. J'ai chargé un gars d'éplucher chaque cliché un par un, un type valable, un ancien de l'Armée de l'Air. Il ne rend compte qu'à moi seul.

— Tu vas finir par devenir un bon espion, nota Podulski en étouffant un rire.

— Ils ont besoin de moi, là-bas, répondit Greer sur un ton léger mais non dénué de sérieux. Kelly se contenta de dévisager les trois autres. Le climat n'était pas sans lui évoquer un mess d'officiers de pont, mais le langage était plus châtié. Greer se retourna de nouveau vers Kelly. Parlez-moi de la vallée.

— Un bon coin à éviter...

— Pour commencer, racontez-moi comment vous avez ramené le petit Dutch. Point par point, ordonna Greer.

Cela prit quinze minutes à Kelly, entre le moment où il avait quitté l'USS *Skate* et celui où l'hélicoptère les avait récupérés, le lieutenant Maxwell et lui, dans l'estuaire du fleuve pour les ramener sur le *Kitty Hawk.* Le récit coulait aisément. Ce qui le surprit, ce furent les regards qu'échangèrent les amiraux.

Kelly n'avait pas encore les données pour analyser ces regards. Il ne considérait pas les amiraux comme des individus âgés ou même totalement humains. Pour lui, c'étaient avant tout des amiraux, des créatures d'essence divine, sans âge, qui prenaient d'importantes décisions et qui avaient l'allure convenue, même celui qui ne portait pas d'uniforme. Kelly non plus ne se considérait pas comme jeune. Il avait connu le combat, après quoi tout homme est changé à jamais. Mais leur perspective était différente. Pour Maxwell, Podulski et Greer, ce jeune n'était pas terriblement différent de ce qu'ils avaient été trente ans plus tôt. Il était manifeste que Kelly était un guerrier et, en le voyant, ils se voyaient eux-mêmes. Les coups d'œil furtifs qu'ils échangeaient n'étaient pas différents de ceux d'un grand-père contemplant son petit-fils en train de hasarder son premier pas sur le tapis du salon. Mais ces pas-là étaient plus grands et plus sérieux.

— Sacré boulot, commenta Greer lorsque Kelly eut terminé. Donc, ce secteur est densément peuplé ?

— Oui et non, monsieur. Enfin, ce n'est pas une ville ou quelque chose d'analogue, disons qu'il y a des fermes, des trucs comme ça. J'ai entendu et j'ai aperçu des véhicules sur cette route. Juste quelques camions, mais pas mal de vélos, de chars à bœufs, vous voyez le topo.

— Pas beaucoup de trafic militaire ? demanda Podulski.

— Amiral, ces engins passeraient plutôt sur cette route-ci. Kelly tapota la carte. Il remarqua les indications d'unités nord-vietnamiennes. Comment comptez-vous arriver jusque là ?

— Ça n'a rien de facile, John. Nous avons envisagé une insertion par hélicoptère, voire un assaut par engins amphibies avant d'emprunter cette route.

Kelly secoua la tête.

— Trop loin. Cet itinéraire-ci est trop facile à défendre. Messieurs, vous devez bien comprendre que le Viêt-nam est une véritable nation en armes, d'accord ? Dans ce pays, quasiment tout le monde un jour ou l'autre a porté l'uniforme, et leur distribuer des armes leur donne l'impression de faire partie de la bande. Il y a suffisamment de gens armés là-bas pour vous poser de vrais problèmes si vous arrivez par ce chemin. Jamais vous ne passerez.

— Les gens soutiennent vraiment le gouvernement communiste ? demanda Podulski. Pour lui, c'était tout bonnement incroyable. Mais pas pour Kelly.

— Bon Dieu, amiral, selon vous, pourquoi se battent-ils depuis si longtemps ? Pourquoi, à votre avis, personne n'aide les pilotes abattus ? Ils ne sont pas comme nous, là-bas. C'est une chose que nous n'avons jamais comprise. Bref, si vous faites débarquer des Marines sur cette plage, n'espérez pas qu'on vienne les accueillir à bras ouverts. Oubliez l'idée d'attaquer par la route, monsieur. Je l'ai vue. Ça n'a pas grand-chose à voir avec une vraie route, elle n'est même pas aussi bonne qu'elle en donne l'impression sur ces photos. Quelques arbres abattus et elle est coupée. Kelly leva les yeux. Faudra en passer par les hélicos.

Il vit bien que la nouvelle était mal accueillie, et il n'était pas difficile de comprendre pourquoi. Cette région était truffée de batteries antiaériennes. Y faire pénétrer une force d'intervention n'aurait rien d'une sinécure. Deux de ces hommes au moins étaient des pilotes et si une attaque par voie de terre leur avait paru prometteuse, alors, c'est que le problème des triple-A devait être pire encore que ne l'évaluait Kelly.

— Nous pouvons neutraliser la DCA, estima Maxwell.

— Toi, tu penses encore aux -52, pas vrai ? observa Greer.

— Le *Newport News* sera de retour sur le front d'ici quelques semaines. John, vous l'avez déjà vu tirer ?

Kelly acquiesça.

— Absolument. Il nous a soutenu deux fois quand nous opérions près de la côte. Impressionnant, ce que peuvent faire ces tourelles de 76 mm. Mais monsieur, le problème c'est combien d'éléments doivent fonctionner parfaitement pour que la mission soit un succès ? Plus les choses sont complexes, plus il y a de risques qu'elles aillent de travers, et même une seule, ça peut déjà être passablement compliqué. Kelly s'appuya contre le dossier du fauteuil et se dit que l'avertissement qu'il venait de donner n'était pas seulement valable pour les amiraux.

— Dutch, nous avons une réunion dans cinq minutes, dit Podulski, à contrecœur. Cette réunion-ci n'avait pas été un succès, estimait-il. Greer et Maxwell en étaient moins sûrs. Ils avaient appris un certain nombre de choses. Cela ne comptait pas pour rien.

— Puis-je vous demander pourquoi vous gardez un tel secret ? demanda Kelly.

— Vous l'avez déjà deviné. Maxwell se tourna vers le vice-amiral avec un signe de tête.

— La mission Sông Tay a été compromise, dit Greer. Nous ignorons comment, mais nous avons découvert ultérieurement par l'une de nos sources qu'ils savaient — ou du moins, soupçonnaient — que quelque chose était dans l'air. Ils l'attendaient pour plus tard, et nous nous sommes retrouvés à attaquer l'objectif après qu'ils eurent évacué les prisonniers mais avant qu'ils aient monté leur embuscade. Chance et malchance. Ils n'escomptaient pas l'opération CHEVILLE OUVRIÈRE avant encore un bon mois.

— Bon Dieu, souffla Kelly. Quelqu'un de notre côté a délibérément trahi ?

— Bienvenue dans la réalité des opérations de renseignement, chef, dit Greer avec un sourire désabusé.

— Mais enfin, pourquoi ?

— Si jamais je croise ce monsieur, je ne manquerai pas de lui demander. Greer regarda les autres. Pour nous, c'est un appât intéressant à utiliser. Relisez les comptes rendus de l'opération, plutôt menée en sourdine, non ?

— Où sont-ils, en ce moment ?

— A la base d'Eglin, là où ont été formés les gars de CHEVILLE OUVRIÈRE.

— Qui envoyons-nous ? demanda Podulski.

Kelly sentit leurs regards se porter sur lui.

— Messieurs, je n'étais qu'un simple quartier-maître, souvenez-vous.

— Monsieur Kelly, où est garée votre voiture ?

— En ville, monsieur. Je suis venu en bus.

— Venez avec moi. Une navette pourra vous ramener.

Ils sortirent du bâtiment sans un mot. La voiture de Greer, une Mercury, était garée à un emplacement pour visiteurs près de l'entrée côté fleuve. Il fit signe à Kelly de monter, puis démarra en direction de l'autoroute urbaine George Washington.

— Dutch a repris votre dossier. J'ai eu l'occasion de le lire. Je suis impressionné, fils. Ce que Greer omit de dire, c'est que dans sa batterie de tests d'engagement, Kelly atteignait le score de 147 sur trois évaluations calibrées de Q.I. Tous les supérieurs que vous avez eus chantent vos louanges.

— J'ai travaillé pour des hommes de valeur, monsieur.

— Apparemment, et trois d'entre eux ont essayé de vous persuader de faire l'OCS, mais Dutch vous a déjà interrogé là-dessus. Je voulais également savoir pourquoi vous n'avez pas accepté la bourse universitaire.

— J'en avais marre des études. Et la bourse était pour la natation, amiral.

— La belle affaire en Indiana, je sais, mais vos notes étaient amplement suffisantes pour vous ouvrir droit à une bourse universitaire. Vous avez suivi une école préparatoire plutôt réputée...

— J'étais également boursier. Kelly haussa les épaules. Dans ma famille, personne n'a jamais fréquenté l'université. Papa avait servi dans la Marine pendant la guerre. Je suppose que pour moi, c'était la voie naturelle. Que cela ait constitué une grosse déception pour son père, c'était une chose qu'il n'avait jamais avouée à quiconque.

Greer pesa cette explication. Ça ne répondait toujours pas à ses interrogations.

— Le dernier bâtiment que j'ai commandé était un sous-marin, le *Daniel Webster*. A bord, mon bosco, l'officier responsable du sonar, était titulaire d'un doctorat en physique. Un type de valeur, connaissant son boulot encore mieux que moi, mais pas un meneur d'hommes — il avait tendance à se dérober. Pas vous, Kelly. Vous avez essayé, mais vous ne vous êtes pas dérobé.

— Écoutez, amiral, quand vous êtes sur le terrain et qu'il est temps d'agir, il faut bien que quelqu'un se dévoue.

— Tout le monde ne voit pas les choses ainsi, Kelly, et il y a deux genres d'individus sur terre, ceux qui ont besoin qu'on leur explique et ceux qui trouvent tout seuls, décréta Greer.

Le panneau sur l'autoroute donnait une indication que Kelly n'eut pas le temps de déchiffrer, mais elle ne concernait pas la CIA. Il ne fit le point que lorsqu'il avisa le poste de garde surdimensionné.

— Avez-vous déjà collaboré avec les personnels de l'Agence quand vous étiez là-bas ?

Kelly hocha la tête. Parfois. Nous étions... enfin, vous êtes au courant, le projet PHÉNIX, c'est ça ? Eh bien, nous en faisions partie, à notre modeste échelle.

— Qu'avez-vous pensé d'eux ?

— Deux ou trois étaient plutôt des bons. Pour les autres... vous voulez que je sois franc avec vous ?

— C'est précisément ce que je vous demande, lui assura Greer.

— Les autres s'y entendent sans doute à merveille pour préparer des martinis au skaker, pas à la cuillère, dit Kelly, sans broncher. Cela lui valut un rire désabusé.

— Ouais, les gens d'ici aiment bien le cinéma ! Greer se glissa dans son emplacement au parking et ouvrit sa portière. Suivez-moi, chef. L'amiral en civil guida Kelly jusqu'à l'entrée principale où il lui fit remettre un laissez-passer de visiteur, du type qui requérait une escorte.

Pour sa part, Kelly se faisait l'effet d'un touriste en pays étranger et exotique. La normalité même de l'édifice lui donnait quelque chose de sinistre. Bien que n'étant qu'un banal immeuble de bureaux relativement récent, le quartier général de la CIA était entouré d'une sorte d'aura. Quelque part, il se démarquait du monde réel. Greer surprit le regard de son hôte et étouffa un rire, avant de conduire Kelly à un ascenseur pour rejoindre son bureau au sixième. Ce n'est qu'une fois refermée la lourde porte en bois qu'il parla.

— Comment se présente votre emploi du temps pour la semaine prochaine ?

— Souple. Je n'ai rien de particulier qui m'attache, répondit Kelly, prudent.

James Greer hocha sobrement la tête.

— Dutch m'en a déjà parlé. Je suis sincèrement désolé, chef, mais mon boulot actuel concerne vingt braves gars qui ne reverront sans doute jamais leur famille si nous n'agissons pas. Il fouilla dans le tiroir central de son bureau.

— Amiral, je ne sais trop que penser, à l'heure qu'il est.

— Eh bien, nous pouvons procéder de deux façons. La méthode douce ou la manière forte. La manière forte, c'est que Dutch passe un coup de fil et vous fasse rappeler en service actif, dit Greer sans se démonter. La méthode douce, c'est que vous veniez travailler pour moi au titre de consultant civil. Nous vous verserons une indemnité journalière qui est largement supérieure à la solde d'un quartier-maître.

— Et pour faire quoi ?

— Vous filez en avion à la base d'Eglin, via La Nouvelle-Orléans et Avis, j'imagine. Ceci — Greer lui lança une carte d'identité à deux volets — vous donne accès à leurs archives. Je veux que vous examiniez leurs plans d'action pour vous en inspirer pour notre mission. Kelly ouvrit la carte. Elle portait même son ancienne photo du temps de la marine, comme une photo d'identité de passeport.

— Attendez une minute, amiral. Je n'ai pas les qualifications pour...

— A vrai dire, je pense que si, mais pour la galerie, on fera comme si vous ne les aviez pas. Non, vous n'êtes qu'un simple consultant tout à fait débutant, chargé de recueillir des informations en vue d'un rapport mineur que de toute façon personne ne lira. La moitié de l'argent que l'on dépense dans cette fichue agence s'évapore ainsi, au cas où personne ne vous l'aurait encore appris, dit Greer dont l'irritation vis-à-vis de l'organisme le poussait à exagérer quelque peu. C'est vous dire à quel point nous voulons que tout ça ait l'air vain et routinier.

— Vous êtes vraiment sérieux ?

— Chef, Dutch Maxwell est prêt à sacrifier sa carrière pour ces hommes. Moi aussi. S'il y a un moyen de les tirer de là...

— Et les pourparlers de paix ?

Comment j'explique ça à ce gosse ? se demanda Greer.

— Officiellement, le colonel Zacharias est mort. L'autre camp l'a annoncé, ils ont même publié une photo du corps. Quelqu'un est allé prévenir son épouse, accompagné de l'aumônier de la base et d'une autre femme d'aviateur, pour adoucir le choc. Là-dessus, ils lui ont laissé une semaine pour quitter son logement de fonction, histoire de donner à la chose un aspect officiel, ajouta Greer. Il est *officiellement* mort. J'ai eu des entretiens à mots couverts avec certaines personnes et nous... il en arrivait au passage le plus délicat. Il n'est pas question pour notre pays de bousiller les pourparlers de paix avec une affaire comme celle-ci. La photo que nous possédons, agrandie et tout le tremblement, ne constitue pas une preuve suffisante devant un tribunal et c'est la version qui est en vigueur. Les preuves nécessaires, nous ne pourrons jamais les réunir, et les gens qui ont pris cette décision le savent. Ils ne veulent pas voir capoter les négociations de paix et s'il faut sacrifier la vie de vingt autres soldats pour terminer cette putain de guerre, alors on la sacrifiera. Ces hommes sont passés par profits et pertes.

C'était presque trop pour Kelly. Combien d'hommes l'Amérique passait-elle par profits et pertes, bon an, mal an ? Et tous ne portaient pas l'uniforme, n'est-ce pas ? Certains même étaient chez eux, dans des villes américaines.

— Est-ce donc si grave ?

L'épuisement se lisait sans peine sur les traits de Greer.

— Vous savez pourquoi j'ai accepté ce boulot ? J'étais prêt à prendre ma retraite. J'avais rempli mon engagement, j'ai commandé des navires, j'estime avoir fait ce que j'avais à faire. J'étais tout à fait partant pour me prélasser dans une jolie maison, faire un petit golf deux fois par semaine et jouer les consultants à mes heures perdues, d'accord ? Chef, trop d'individus se retrouvent dans des bureaux tels que ceux-ci, et pour eux la réalité n'est qu'une note de service. Ils se polarisent sur la « procédure » et finissent par oublier qu'il y a un être humain tout au bout de la chaîne de paperasse. C'est pour ça que j'ai rempilé. Il faut que quelqu'un essaye de réintroduire un minimum de réalité dans la chaîne de décision. Nous traitons cette affaire comme un projet « noir ». Vous savez ce que cela veut dire ?

— Non, monsieur, pas du tout.

— C'est nouveau, ça vient de sortir. Cela veut dire qu'il n'existe pas. C'est dingue. On ne devrait pas voir des trucs pareils, et pourtant... Vous êtes dans le coup, oui ou non ?

La Nouvelle-Orléans... Kelly plissa les yeux un bref instant qui se prolongea une quinzaine de secondes pour s'achever par un lent hochement de tête.

— Si vous estimez que je peux vous être utile, monsieur, alors j'accepte. De combien de temps est-ce que je dispose ?

Greer s'autorisa un sourire avant de lancer à Kelly un billet d'avion.

— Vos papiers sont au nom de John Clark ; ce ne devrait pas être difficile à mémoriser. Vous descendez là-bas demain après-midi. Il n'y a pas de réservation pour le retour mais je veux vous voir ici vendredi prochain. Je compte sur vous pour faire du bon boulot. Ma carte et mon numéro de téléphone personnel sont dans le dossier. Au boulot, fils.

— Bien, amiral.

Greer se leva pour raccompagner Kelly jusqu'à la porte.

— Et faites faire des factures pour tout. Quand vous bossez pour l'Oncle Sam, vous devez prendre soin que tout le monde soit payé dans les règles.

— Comptez sur moi, amiral. Kelly sourit.

— Une fois sorti, vous pouvez prendre le bus bleu pour regagner le Pentagone. Greer se remit au travail tandis que Kelly quittait son bureau.

La navette bleue arriva peu après qu'il eut gagné l'abri-bus couvert. Le trajet était curieux. La moitié des voyageurs qui montaient étaient en uniforme, l'autre moitié en civil. Personne n'adressait la parole à personne, comme si le simple fait d'échanger un bon mot ou une remarque sur le séjour prolongé des Sénateurs de Washington dans les profondeurs du classement du Championnat risquait d'enfreindre la sécurité. Il sourit avec un hochement de tête avant d'être repris par ses projets et secrets personnels. Et pourtant... Greer lui avait offert une possibilité à laquelle il n'avait pas songé. Kelly se cala contre le dossier et regarda défiler le paysage par la fenêtre alors que les autres voyageurs de l'autobus gardaient les yeux obstinément fixés droit devant eux.

*

— Ils sont vraiment heureux, dit Piaggi.

— J'te l'ai dit depuis le début, mec. Ça aide, d'avoir la meilleure marchandise sur le marché.

— Tout le monde n'est pas heureux. Certains se retrouvent avec deux cents kilos de française sur les bras, faut dire qu'on a cassé les prix avec notre offre spéciale de lancement.

Tucker se laissa aller à rire franchement. La « vieille garde » avait gonflé les prix depuis des années. Ils étaient en situation de monopole pour le client. N'importe qui aurait pu les prendre tous les deux pour des hommes d'affaires, ou peut-être des avocats, d'ailleurs ces deux catégories étaient largement représentées dans ce restaurant à deux pâtés de maisons du nouveau tribunal Garmatz. Piaggi était le mieux vêtu des deux, complet de soie italien, et il prit mentalement note d'amener Henry chez son tailleur. Du moins, le gars avait-il appris à se peigner. Prochaine étape, apprendre à s'habiller de manière pas trop tapageuse. La respectabilité, tel était le mot d'ordre. Juste assez pour que les gens vous traitent avec déférence. Les tape-à-l'œil, genre maquereau, jouaient un jeu dangereux qu'ils étaient trop abrutis pour comprendre.

— Prochaine livraison, on double la quantité. Tes copains pourront l'écouler ?

— Facile. Les gars de Philly sont particulièrement heureux. Leur principal fournisseur a eu un petit accident.

— Ouais, j'ai lu les journaux, hier. Négligent. Trop de personnel autour de lui, c'est ça ?

— Henry, tu deviens de plus en plus futé. Mais sois pas trop futé non plus, vu ? Conseil d'ami, insista tranquillement Piaggi.

— Y a pas de lézard, Tony. Tout ce que je dis, c'est : faisons pas ce genre d'erreur, nous aussi. D'ac ?

Piaggi se relaxa, but une gorgée de bière.

— Tout juste, Henry. Et j'ai pas peur de dire que c'est chouette de bosser avec quelqu'un de doué pour l'organisation. Il y a pas mal de gens curieux de savoir d'où vient ta marchandise. Ça, je m'en charge. Ultérieurement, toutefois, si t'as besoin d'une aide financière...

Les yeux de Tucker flamboyèrent brièvement de l'autre côté de la table.

— Non, Tony. Pas maintenant. Jamais.

— C'est bon pour ce coup-ci. Mais ça vaut le coup d'y repenser, pour plus tard.

Tucker hocha la tête, sans chercher à approfondir, apparemment, mais se demandant toutefois quel genre de plan son « partenaire » pouvait bien avoir derrière la tête. La confiance, dans ce genre d'entreprise, est une denrée fluctuante. Il faisait confiance à Tony pour le payer en temps et en heure. Il lui avait proposé des modalités avantageuses, qui avaient été honorées jusqu'ici et les œufs que pondait cette oie constituaient en fait son assurance-vie. Il en était déjà au point où même une échéance sautée ne risquait pas de compromettre l'opération, et tant qu'il serait régulièrement approvisionné en bonne héroïne, ils continueraient de faire affaire comme si de rien n'était, ce qui était la raison première pour laquelle il les avait contactés. Mais la loyauté n'avait rien à voir là-dedans. La confiance s'arrêtait à son utilité. Henry n'avait jamais espéré mieux, mais si jamais son associé s'avisait de presser un peu trop le citron...

Piaggi se demanda s'il n'avait pas poussé un peu trop, et si Tucker se doutait du potentiel de ce qu'ils étaient en train de monter. Contrôler la distribution sur l'ensemble de la côte Est, et le faire de l'intérieur d'un réseau sûr et discret, c'était comme un rêve réalisé. Sans doute aurait-il bientôt besoin de renforcer son capital, et ses contacts se plaçaient déjà pour lui proposer de l'aide. Mais il sentait bien que Tucker n'était pas dupe de l'innocence de sa requête et s'il prolongeait la discussion, protestant de sa bonne foi, cela ne ferait qu'empirer les choses. Aussi Piaggi revint-il à son assiette en décidant de laisser, provisoirement, les choses en plan. Pas de pot. Tucker était très malin, pour un dealer à la petite semaine, mais il restait dans le fond un gagne-petit. Peut-être qu'il apprendrait à passer la vitesse supérieure. Certes, Henry ne pourrait jamais devenir un « ponte », mais il pouvait toujours devenir un rouage important de l'organisation.

— Vendredi prochain, d'accord ? demanda Tucker.
— Parfait. Prends pas de risque. Joue-la fine.
— Tu l'as dit, mec.

*

C'était un vol sans histoires, un Piedmont 737 au départ de l'aéroport de Friendship International. Kelly volait en première et l'hôtesse lui apporta une collation. Survoler l'Amérique le changeait complètement de ses autres aventures aériennes. Il fut surpris du nombre incroyable de piscines. Où que ce soit, même au-dessus des molles collines du Tennessee, à peine aviez-vous décollé que vous voyiez le soleil se refléter sur des petits carrés d'eau chlorée bleue entourés de pelouses verdoyantes. Son pays avait l'apparence d'un endroit si tranquille, si confortable, tant qu'on n'y regardait pas de trop près. Mais enfin, on n'avait pas besoin de guetter tout le temps des balles traçantes.

A l'agence Avis, une voiture l'attendait, avec une carte de la région. En fait, il aurait pu voler jusqu'à Panama City, Floride, mais La Nouvelle-Orléans lui convenait tout autant. Kelly jeta ses deux valises dans la malle et prit la direction de l'est. C'était un peu comme s'il barrait son bateau, malgré une conduite plus hachée, une parenthèse de temps où il pouvait laisser son esprit travailler, examiner possibilités et procédures, ses yeux surveillant le trafic tandis que sa tête était partie ailleurs. C'est à ce moment que se dessina sur ses traits un fin sourire tranquille, parfaitement inconscient, tandis que son imagination évaluait avec soin le calendrier des quelques semaines à venir.

Quatre heures après son atterrissage, et après avoir traversé le sud du Mississippi et de l'Alabama, Kelly immobilisa sa voiture devant la grille principale de la base d'Eglin. L'endroit idéal pour entraîner les hommes de l'opération CHEVILLE OUVRIÈRE, car température et humidité reproduisaient parfaitement les conditions du pays qu'ils allaient envahir : torride et moite. Kelly attendit devant le poste de garde jusqu'à ce qu'une berline bleue de l'Armée de l'air s'arrête à sa hauteur. Un officier en descendit.

— Monsieur Clark ?
— Oui.

Il lui tendit sa carte d'identité. L'officier alla jusqu'à le saluer, expérience inédite pour Kelly. Manifestement, quelqu'un était extrêmement impressionné par la CIA. C'était sans doute la première fois que ce jeune officier était confronté à quelqu'un de la maison. Bien sûr, Kelly avait fait l'effort de mettre une cravate dans l'espoir de se donner l'air le plus respectable possible.

— Si vous voulez bien me suivre, monsieur. L'officier, un certain capitaine Griffin, le conduisit à une chambre au premier étage du quartier réservé aux célibataires, qui n'était pas sans évoquer un motel confortable et qui avait l'avantage d'être situé à proximité de la plage. Après avoir aidé Kelly à défaire ses bagages, Griffin le conduisit au mess des officiers où, expliqua-t-il, il jouissait des privilèges de tout visiteur. Tout ce qu'il avait à faire était de montrer la clé de sa chambre.

— Je ne peux pas me plaindre de l'hospitalité, capitaine. Kelly se crut obligé de payer la première bière. Vous savez pourquoi je suis ici ?

— Je travaille au renseignement, répondit Griffin.

— CHEVILLE OUVRIÈRE ? Comme dans un film, l'officier jeta un coup d'œil circulaire avant de répondre.

— Oui, monsieur. Tous les documents dont vous avez besoin sont à votre disposition. Je crois savoir que vous avez travaillé vous aussi pour les opérations spéciales, là-bas ?

— Affirmatif.

— J'ai une question à vous poser, monsieur.

— Allez-y, dit Kelly entre deux gorgées de bière. Le trajet en voiture depuis La Nouvelle-Orléans l'avait desséché.

— Savent-ils qui a brûlé la mission ?

— Non, répondit Kelly, avant d'ajouter, pris d'une idée soudaine : Peut-être que j'arriverai à savoir quelque chose.

— Mon frère aîné était dans ce camp, je crois. Il serait rentré aujourd'hui, s'il n'y avait pas eu ce...

— Cet enculé, souffla Kelly, serviable. Le capitaine rougit.

— Si vous l'identifiez, qu'est-ce que vous faites ?

— Pas mon rayon, répondit Kelly, regrettant déjà son commentaire précédent. Quand est-ce qu'on commence ?

— Normalement, demain matin, monsieur Clark, mais tous les documents sont dans mon bureau.

— J'aurai besoin d'une pièce tranquille, d'un pot de café et peut-être de quelques sandwiches.

— Je crois que ça peut se régler, monsieur.

— Alors, au boulot.

Dix minutes plus tard, le vœu de Kelly était exaucé. Le

capitaine Griffin lui avait apporté un bloc de papier ministre et un stock de crayons. Kelly commença avec le premier ensemble de photos de reconnaissance, celles prises par un RF-101 Voodoo, et comme pour VERT-DE-GRIS, la découverte de Sông Tay avait été entièrement accidentelle, la révélation fortuite d'un élément imprévu là où on s'était attendu à ne trouver qu'un camp d'entraînement militaire d'importance secondaire. Mais au milieu de la cour du camp, des lettres avaient été tracées dans la poussière, ou bien dessinées avec des pierres ou du linge pendu à sécher. « K » pour « come and get us out of here » — *venez nous tirer d'ici* — et autres marques similaires faites au nez et à la barbe des gardiens. La liste des personnes impliquées était un véritable Who's who du petit milieu des opérations spéciales, des noms qu'il ne connaissait que de réputation.

La configuration du camp n'était pas foncièrement différente de celle des installations qui l'intéressaient présentement, remarqua-t-il en prenant des notes. Un document toutefois le surprit beaucoup. C'était une note de service d'un général de division à un collègue de brigade, indiquant que la mission Sông Tay, bien qu'importante en soi, n'était également qu'un prétexte. Le trois étoiles avait voulu valider sa capacité à engager des équipes d'opérations spéciales au Nord-Viêt-nam. Cela, expliquait-il, devait ouvrir toutes sortes de possibilités, parmi lesquelles un certain barrage dont la salle des génératrices... oh, d'accord, comprit Kelly. Le galonné voulait un permis de chasse pour insérer plusieurs équipes sur le terrain et rejouer le genre de scénario qu'avait joué l'OSS derrière les lignes allemandes durant la Seconde Guerre mondiale. La note se concluait en mentionnant que les circonstances politiques rendaient ce dernier aspect de CERCLE POLAIRE — l'un des premiers noms de code pour ce qui allait devenir l'opération CHEVILLE OUVRIÈRE — extrêmement délicat. Certains pourraient y voir un élargissement du conflit. Kelly leva les yeux, acheva sa deuxième tasse de café. Qu'est-ce que c'était encore que cette histoire de politiciens ? L'ennemi pouvait faire tout ce qu'il voulait, mais notre camp tremblait toujours devant l'éventualité d'être soupçonné d'élargir le conflit. Il avait vu ce genre d'attitude, même à son modeste échelon. Le projet

PHÉNIX, qui visait délibérément l'infrastructure politique de l'ennemi, était une affaire extrêmement sensible. Merde, ils portaient quand même l'uniforme, non ? Un homme en zone de combat revêtu d'un uniforme était une cible valable, dans tous les règlements militaires, pas vrai ? L'autre camp massacrait sans vergogne élus locaux et instituteurs avec la dernière des sauvageries. Il y avait là manifestement deux poids deux mesures dans la façon de mener la guerre. C'était une pensée dérangeante, mais Kelly la mit de côté pour se consacrer à la deuxième pile de documents.

Rassembler l'équipe et planifier l'opération avait quasiment pris une éternité. Que des hommes valables, pourtant. Le colonel Bull Simons, autre homme qu'il connaissait, seulement de réputation, comme l'un des commandants les plus pointus qu'une armée ait connu sur le terrain ; Dick Meadows, un jeune homme coulé dans le même moule. Leur seule et unique pensée était de frapper et distraire l'ennemi et ils avaient assez de talent pour y parvenir avec des forces réduites et un minimum de risques. Comme ils devaient avoir convoité cette mission, songea Kelly. Mais la hiérarchie avec laquelle ils avaient dû se colleter... Kelly avait déjà compté dix documents différents adressés aux autorités supérieures, leur promettant le succès — comme si une note de service pouvait garantir ce genre de choses dans l'univers impitoyable des opérations de combat — avant qu'il renonce à les comptabiliser. Il y en avait tant qui recouraient aux mêmes expressions, qu'il suspectait un gratte-papier quelconque d'avoir recopié une lettre type. Sans doute un des hommes s'était-il trouvé à court de tournures inédites à l'adresse de son colonel, avant d'exprimer son mépris de sous-off pour ses interlocuteurs en leur resservant les mêmes formules à chaque fois, en espérant que les répétitions ne seraient pas remarquées — et elles ne l'avaient pas été. Kelly passa trois heures à éplucher les tonnes de papiers échangés entre Eglin et la CIA, des préoccupations de ronds-de-cuir coupeurs de cheveux en quatre pour distraire les gars en uniforme vert, d'« utiles » suggestions émises par des bons-hommes qui gardaient sans doute leur cravate jusqu'au pied du lit, des sommes de paperasses qui avaient exigé des réponses de la part des gars qui portaient les fusils... tant et si bien que

CHEVILLE OUVRIÈRE était passée du stade de mission d'insertion certes spectaculaire mais relativement mineure, à celui d'épopée à la Cecil B. De Mille qui était remontée plus d'une fois jusqu'à la Maison Blanche, où elle était venue à la connaissance du personnel du Conseil de sécurité nationale du Président...

Et c'est arrivé là que Kelly s'arrêta, à deux heures et demie du matin, vaincu d'avance par la prochaine pile de papier. Il boucla soigneusement le tout dans les réceptacles prévus et regagna au petit trot sa chambre au quartier des officiers, en précisant qu'on le réveille à sept heures du matin.

C'était surprenant le peu de sommeil dont on a besoin quand on a un travail important à faire. Quand son téléphone sonna à sept heures, Kelly sauta du lit et un quart d'heure après, il courait pieds nus sur la plage, en short. Il n'était pas seul. Il ignorait combien d'hommes étaient basés à Eglin, mais ils n'étaient pas si différents de lui. Certains devaient être des agents des opérations spéciales, employés à des tâches qu'il ne pouvait que conjecturer. On les remarquait à leur carrure un peu plus large. La course n'était qu'un élément de leur entraînement. Les regards se croisaient, on s'évaluait réciproquement, on échangeait des expressions où chacun savait très bien ce que pensait l'autre — *est-ce qu'il est vraiment aussi solide qu'il en a l'air ?* —, une sorte d'exercice mental automatique, et Kelly sourit intérieurement en songeant qu'il était suffisamment intégré à la communauté pour mériter ce genre de rivalité respectueuse. Un petit déjeuner copieux suivi d'une bonne douche le remit en pleine forme, la tête assez claire en tout cas pour retrouver son travail de rond-de-cuir et, sur le chemin de l'immeuble de bureaux, il se demanda, surpris, pourquoi diantre il avait quitté cette communauté d'hommes. Après tout, c'était la seule vraie famille qu'il ait connue après son départ d'Indianapolis.

Et les journées passèrent. Il s'accorda par deux fois six heures de sommeil mais jamais plus de vingt minutes par repas, et plus une seule boisson après cette bière du premier jour au mess, même si ses périodes d'entraînement physique finirent par atteindre plusieurs heures quotidiennes, essentiellement, se répétait-il, pour se raffermir. La véritable raison était de celles qu'il n'aurait jamais voulu admettre. Il voulait surpasser les autres sur cette plage matinale, ne pas se contenter d'être un élément au sein de ce petit groupe d'élite. Kelly était de nouveau un SEAL, et plus encore qu'un phoque ou un marsouin, il était un crapaud-buffle, mieux même, il était en train de redevenir *Serpent*. Dès le troisième ou quatrième matin, il put déjà constater le changement. Son visage et sa silhouette s'étaient désormais intégrés à la routine matinale des autres. L'anonymat ne lui convenait que mieux, l'anonymat et les cicatrices des combats : certains devaient se demander ce qui s'était mal passé, quelles erreurs il avait faites. Puis ils se diraient qu'il était toujours dans le métier, avec les cicatrices et tout le tremblement, sans savoir qu'il était parti — qu'il avait *abandonné*, rectifia-t-il, mentalement, et non sans une certaine culpabilité.

Le travail de bureau était étonnamment stimulant. Jusqu'ici, il n'avait jamais essayé d'envisager les choses sous cet angle, et il fut surpris de s'y découvrir un certain talent. Le calendrier de l'opération, put-il constater, avait été une entreprise superbe uniquement gâchée par le temps et la répétition, comme une belle fille trop longtemps cloîtrée à la maison par un père jaloux. Chaque jour, la copie du camp de Sông Tay avait été édifiée par les joueurs, et chaque jour, et souvent plus d'une fois, démontée de peur que les satellites de reconnaissance soviétiques ne remarquent ce qui se tramait. Comme cela avait dû être déprimant pour ces hommes. Et tout ce temps perdu, les soldats poursuivant sans relâche leur entraînement pendant que les gradés pinaillaient, et prenaient leurs aises pour soupeser les informations des services de renseignements, à tel point qu'en définitive... les prisonniers avaient été transférés.

— Merde, murmura Kelly pour lui seul. Le problème n'était pas tant l'éventualité d'une trahison interne. Simplement, l'opération avait traîné trop longtemps... et cela signifiait que s'il y avait bien eu trahison, la fuite avait dû provenir de l'une des dernières personnes à découvrir ce qui se tramait. Il mit de côté cette idée avec un point d'interrogation marqué au crayon.

L'opération en soi avait été méticuleusement étudiée, jusque dans les moindres détails — le plan principal et un certain nombre de solutions de remplacement —, avec tous les éléments d'une équipe si bien formée et entraînée que chaque homme pouvait s'acquitter de toutes les tâches les yeux fermés. Poser un énorme hélicoptère Sikorski au beau milieu du camp, pour que la force d'intervention se trouve immédiatement sur l'objectif. Se servir des canons de petit calibre comme des tronçonneuses sur de jeunes arbres pour cisailler les miradors. Pas de finesse, pas de tergiversations, pas de conneries hollywoodiennes, rien que la force brute, directe. Les analyses ultérieures révèlent que les gardes du camp avaient été immolés dans les tout premiers instants. Quel soulagement avaient dû éprouver les hommes en constatant que les deux ou trois premières minutes de l'opération se déroulaient bien plus facilement que leurs simulations, juste avant de connaître l'incroyable, l'amère frustration quand les appels « Article négatif » avaient soudain retenti à répétition sur les fréquences radio. « Article » était le mot de code pour désigner un POW, un prisonnier de guerre américain, car aucun n'était au rendez-vous cette nuit-là. Les soldats venaient d'attaquer et de libérer un camp désert. Il n'était pas difficile d'imaginer le calme qui avait dû régner à bord de l'hélico durant le voyage de retour en Thaïlande, ce vide lugubre de l'échec après s'être acquitté mieux que bien de l'ensemble de la tâche.

L'expérience était malgré tout riche d'enseignements. Kelly avait pris un tas de notes, attrapant des crampes et usant quantité de crayons. Quoi qu'on puisse penser de CHEVILLE OUVRIÈRE, elle avait apporté une leçon inestimable. Tant de points s'étaient déroulés comme prévu, constata-t-il, qu'on pouvait sans honte s'en inspirer. La seule chose qui avait cloché, en définitive, c'était le facteur temps. Des troupes de cette qualité auraient dû être engagées bien plus tôt. La quête de la perfection n'avait pas été exigée au niveau opérationnel mais à un échelon bien plus élevé, par des hommes qui avaient vieilli et perdu le contact avec l'enthousiasme et l'intelligence de la jeunesse. L'une des conséquences avait été l'échec de la mission, non par la faute de Bull Simons ou de Dick Meadows ou d'aucun des Bérets verts qui avaient sans ciller risqué leur vie pour des hommes qu'ils n'avaient jamais vus, mais par la faute d'autres hommes qui avaient bien trop peur de risquer leur carrière et leur poste — affaires autrement importantes, évidemment, que le sang des gars en première ligne. Sông Tay résumait toute l'histoire du Viêt-nam, dans ces quelques minutes qui avaient suffi à signer l'échec d'une unité superbement entraînée, trahie par la procédure tout autant que par les errances ou la félonie d'un individu perdu dans les échelons de la bureaucratie fédérale.

VERT-DE-GRIS se déroulerait autrement, se promit Kelly. S'il n'y avait qu'une seule raison, c'est que l'opération se jouerait en privé. Si le véritable risque dans ce genre de mission était la négligence, pourquoi ne pas tout faire pour l'éliminer ?

*

— Capitaine, vous m'avez été d'une aide inestimable, dit Kelly.

— Vous avez trouvé ce que vous cherchiez, monsieur Clark ? demanda Griffin.

— Tout à fait, monsieur Griffin, dit-il, revenant inconsciemment à la terminologie navale pour s'adresser au jeune officier. Votre analyse sur le camp secondaire était de premier ordre. Au cas où personne ne vous l'aurait encore dit, cela aurait pu sauver quelques vies. Et je vais vous avouer une chose : j'aurais bien voulu qu'on ait à notre service un officier de renseignements comme vous quand je faisais le con dans la jungle.

— Je ne peux pas voler, monsieur. Il faut bien que je me rende utile, répondit Griffin, gêné par le compliment.

— Et c'est parfaitement réussi. Kelly lui tendit ses notes. Sous ses yeux, elles furent introduites dans une enveloppe qui fut ensuite scellée à la cire. Transmettez le pli à cette adresse.

— Bien monsieur. Vous avez droit à un peu de repos. Avez-vous dormi, au moins ? demanda le capitaine Griffin.

— Eh bien, j'imagine que je décompresserai à La Nouvelle-Orléans, avant de reprendre l'avion.

— Il y a de plus mauvais endroits, monsieur. Griffin raccompagna Kelly jusqu'à sa voiture, déjà chargée.

La collecte d'un autre renseignement s'était révélée d'une facilité tout aussi déconcertante, songea Kelly en démarrant. Sa chambre au quartier des officiers possédait un annuaire téléphonique de La Nouvelle-Orléans dans les pages duquel il avait découvert, à son grand étonnement, le nom qu'il avait décidé de rechercher alors qu'il se trouvait dans le bureau de James Greer à la CIA.

*

C'était la livraison qui allait asseoir sa réputation, estima Tucker, en regardant Rick et Billy finir de charger la marchandise. Une partie échouerait à New York. Jusqu'à présent, il n'avait été qu'un intrus, un étranger au système avec de l'ambition. Il avait fourni suffisamment d'héroïne pour réussir à attirer l'attention sur lui et ses partenaires — le fait qu'il ait des partenaires avait eu son intérêt propre, en dehors des ouvertures que cela permettait. Mais aujourd'hui, c'était différent. Aujourd'hui, il se préparait à entrer dans la bande. Il ne tarderait pas à être considéré comme un homme d'affaires sérieux parce que cette livraison allait couvrir tous les besoins de Baltimore et Philadelphie pour... un mois peut-être, estimait-il. Voire moins, si leur réseau de distribution était aussi bon qu'ils le prétendaient. Le reliquat contribuerait en partie à répondre à la demande croissante de la Grosse Pomme, qui en avait bien besoin après une saisie record. Après tous ces petits pas, c'était enfin le pas de géant. Billy mit la radio pour avoir les derniers résultats sportifs et tomba à la place sur un bulletin météo.

— Je suis pas mécontent qu'on se tire. Ils annoncent des orages.

Tucker regarda dehors. Le ciel était encore clair et limpide.
— On a rien à craindre pour l'instant, leur annonça-t-il.

*

Il adorait La Nouvelle-Orléans, ville de tradition européenne qui mélangeait le charme du passé avec l'entrain de l'Amérique. Riche d'histoire, propriété successive des Français et des Espagnols, elle n'avait jamais perdu ses traditions, au point même d'avoir conservé un code civil qui était quasiment incompréhensible pour les quarante-neuf autres États et qui provoquait souvent une certaine perplexité chez les autorités fédérales. De même pour le patois local, car nombre d'autochtones pimentaient de français leur conversation, enfin, ils appelaient ça du français. Les ancêtres de Pierre Lamarck avaient été acadiens, et certains de ses parents les plus éloignés habitaient encore les bayous de la région. Mais des coutumes excentriques et distrayantes pour les touristes, et une vie confortable et riche de traditions pour les autres étaient de peu d'intérêt pour Lamarck sinon à titre de point de référence, de signature personnelle pour le distinguer de ses pairs. Ce qui n'était déjà pas évident dans une profession qui réclamait un certain éclat, un certain brio personnel. Il accentuait donc son originalité avec un costume trois-pièces blanc pur fil, une chemise à manches longues et une cravate rouge uni qui s'harmonisaient avec son image d'homme d'affaires local respectable quoique non dénué d'ostentation. Cela allait également de pair avec son véhicule personnel, une Cadillac blanc cassé. Il répugnait aux excès ornementaux que certains autres souteneurs installaient sur leurs automobiles, comme les pots latéraux factices. Un prétendu Texan avait même fixé les cornes d'un taureau sur la calandre de sa Lincoln mais ça, c'était typique d'un pauvre Blanc sorti du fin fond de l'Alabama, un plouc même pas fichu de se conduire avec élégance avec ses filles.

Cette dernière qualité était d'ailleurs le principal talent de Lamarck, songea-t-il avec une certaine satisfaction, en ouvrant la porte de sa voiture pour sa dernière acquisition : quinze ans, à peine rodée, avec ce regard innocent et ces gestes timides qui en faisaient un élément particulièrement insigne et séduisant parmi son écurie de huit filles. Elle avait mérité l'inhabituelle courtoisie de son marlou après lui avoir offert une gâterie particulière un peu plus tôt dans la journée. La luxueuse limousine démarra au premier tour de clé et, à dix-neuf heures trente, Pierre Lamarck prit le départ d'une nouvelle nuit de turbin, car la vie nocturne de la cité commençait tôt et se finissait tard. La Nouvelle-Orléans attirait quantité de congrès divers et les fluctuations de ses liquidités suivaient leur enchaînement. La soirée promettait d'être chaude et lucrative.

Ce devait être lui, estima Kelly, garé une demi-rue plus loin ; il avait gardé sa voiture de location. Qui d'autre pouvait porter un costume trois-pièces et se faire accompagner d'une gamine en minijupe serrée ? Certainement pas un courtier d'assurances. Les bijoux de la fille sentaient le toc clinquant même à cette distance. Kelly embraya pour les suivre. Inutile de les filer de trop près. Combien pouvait-il y avoir de Cad blanches ? se demanda-t-il en traversant le fleuve, trois voitures en retrait, les yeux fixés sur sa cible pendant qu'une partie périphérique de son esprit s'occupait du reste de la circulation. Hormis un feu qu'il faillit brûler à un moment donné, la filature se déroula sans problème. La Cad s'arrêta à l'entrée d'un hôtel chic et il vit la fille descendre et se diriger vers la porte, d'une démarche mi-professionnelle mi-résignée. Kelly n'avait pas trop envie de voir son visage de trop près, redoutant les souvenirs qu'il pourrait susciter. L'heure n'était pas à l'émotion. L'émotion avait été le moteur initial de sa mission. Pour l'accomplir, la motivation devrait venir d'ailleurs. Ce serait un combat de tous les instants, se dit Kelly, mais un combat qu'il se devait de remporter. C'était après tout la raison de sa présence ici, ce soir.

La Cadillac alla se garer un peu plus loin, devant un bar miteux et vulgaire assez proche des grands hôtels et des centres d'affaires pour qu'on puisse le rejoindre à pied, sans être trop loin de la sécurité confortable du calme civilisé. Un flot quasi permanent de taxis lui indiqua que cet aspect de la vie locale était solidement établi. Il repéra le bar en question et se trouva une place libre trois rues plus bas.

Il avait deux raisons de se garer aussi loin de l'objectif. Parcourir à pied Decatur Street lui offrait à la fois un avant-goût du territoire et un aperçu des sites possibles pour son intervention. Aucun doute, la nuit allait être longue. Quelques filles en minijupe lui adressèrent des sourires aussi mécaniques que l'alternance des feux de circulation, mais il ne s'arrêta pas, scrutant sans arrêt à gauche et à droite, tandis qu'une petite voix lointaine lui rappelait ce qu'il pensait naguère encore d'une telle attitude. Il fit taire cette voix avec d'autres pensées, plus en prise sur la réalité. Il avait choisi une tenue sport, du genre que pouvait porter un honnête bourgeois dans ce climat lourd et humide, des vêtements sombres, anonymes, un peu trop amples. Ils sentaient l'argent, mais pas trop, et sa démarche révélait qu'il n'était pas homme à s'en laisser compter. Bref, un type d'allure discrète, décidé à s'encanailler en douce.

Il entra aux *Chats sauvages*[1] à huit heures dix-sept. Sa première impression fut celle d'un bar bruyant et enfumé. Un groupe de rock jouait au fond de la salle ; la formation était réduite mais enthousiaste. Il y avait une piste de danse, huit ou neuf mètres carrés, sur laquelle des gens de son âge ou moins se trémoussaient au rythme de la musique ; et il y avait Pierre Lamarck, installé à une table d'angle avec plusieurs individus, sans doute des connaissances, à leur attitude. Kelly se dirigea vers les toilettes, c'était à la fois une nécessité immédiate et l'occasion d'inspecter les lieux. Il y avait une autre entrée, sur le côté, mais moins proche de la table de Lamarck que celle par laquelle Kelly et lui étaient arrivés. Le chemin le plus rapide pour rejoindre la Cad blanche passait devant le bar, ce qui indiqua à Kelly où il devrait se poster. Il commanda une bière et se retourna pour observer à loisir les musiciens.

A neuf heures dix, deux jeunes femmes arrivèrent à la table de Lamarck. La première s'assit sur ses genoux tandis que l'autre lui mordillait l'oreille. Les deux autres convives attablés observèrent leur manège sans ciller pendant que les deux femmes lui donnaient quelque chose. Kelly ne put voir ce que c'était parce qu'il était toujours tourné vers le groupe, évitant de regarder trop souvent dans la direction de Lamarck. Le souteneur résolut bientôt l'énigme qui n'en était pas vraiment une : il s'agissait de billets de banque et l'homme se fit un devoir d'enrouler avec soin les coupures autour d'une liasse qu'il avait sortie de sa poche. Kelly avait fait l'effort d'apprendre que le fric facile et ses manifestations ostentatoires tenaient un rôle important dans l'image de marque du proxénète. Les deux premières femmes repartirent et Lamarck fut bientôt rejoint par une troisième, début d'un manège qui devait

---

1. En français dans le texte. On est à La Nouvelle-Orléans ! (*N.d.T.*)

s'avérer ininterrompu. Ses compagnons de table, nota Kelly, pratiquaient un manège identique, sirotant leur verre, payant cash, plaisantant et, à l'occasion, pelotant la serveuse, avant de la gratifier d'un gros pourboire en guise d'excuse. Kelly bougeait de temps en temps. Il ôta sa veste, remonta ses manches, histoire de présenter une image différente aux clients du bar, et il se limita à deux bières, qu'il tâcha de faire durer le plus possible. Si pénible que soit l'ambiance, il négligea l'aspect désagréable de la soirée, préférant s'attacher aux détails. Qui allait où. Qui entrait et sortait. Qui restait. Qui s'attardait. Kelly nota bientôt certains schémas et identifia certains individus auquel il attribua des noms de son cru. Plus généralement, il observa tout ce qui concernait Lamarck. L'homme avait gardé son veston et restait le dos collé au mur. Il devisait aimablement avec ses compagnons mais leur familiarité n'avait rien d'amical. Leurs plaisanteries étaient trop affectées. Il y avait trop d'emphase dans leurs gestes réciproques, pas cette aisance négligée que l'on note entre des individus dont on partage la compagnie pour des raisons autres que pécuniaires. Même les souteneurs se retrouvent seuls, songea Kelly, et s'ils recherchaient la compagnie de leurs semblables, c'était moins de l'amitié qu'une simple association. Il mit de côté les considérations philosophiques. Si Lamarck n'ôtait jamais son veston, c'est qu'il devait porter une arme.

Juste après minuit, Kelly remit son blazer et fit un autre passage aux lavabos. Dans les toilettes, il sortit l'automatique dissimulé à l'intérieur de sa jambe de pantalon pour le glisser à sa ceinture. Deux demis en quatre heures, calcula-t-il. Son foie devait avoir éliminé l'alcool de son organisme et même si ce n'était pas le cas, deux bières ne devaient pas avoir trop d'effet sur un individu de sa carrure. C'était un point important et il espérait ne pas se tromper.

Son minutage était bon. Se lavant les mains pour la cinquième fois, Kelly vit enfin dans le miroir la porte s'ouvrir. Il n'apercevait que la nuque de l'homme mais sous les cheveux bruns, il y avait un complet blanc et Kelly attendit donc, prenant tout son temps, jusqu'à ce qu'il entende la chasse d'eau de l'urinoir. Du genre hygiénique, le bonhomme. Il se retourna et leurs regards se croisèrent.

— Excusez-moi, dit Pierre Lamarck. Kelly s'écarta du lavabo, continuant de se sécher les mains avec une serviette en papier.

— J'aime bien les dames, dit-il tranquillement.

— Hmmm ? Lamarck avait éclusé six verres, au bas mot, et son foie n'avait visiblement pas été à la hauteur de la tâche, ce qui ne l'empêcha pas de s'admirer dans la glace.

— Celles qui viennent vous voir. Kelly baissa le ton. Elles, euh... travaillent pour vous, comme qui dirait ?

— On peut dire ça, l'ami. Lamarck sortit un petit peigne en plastique noir pour rectifier sa coiffure. Pourquoi cette question ?

— J'aurais peut-être besoin de quelques-unes, dit Kelly avec embarras.

— Quelques-unes ? T'es sûr d'être à la hauteur, mon gars ? demanda Lamarck, sourire narquois.

— J'ai des amis en ville avec moi. L'un d'eux fête son anniversaire et...

— Une partie fine, observa le proxénète, blagueur.

— C'est cela. Kelly essaya de jouer les timides, mais son ton évoquait plutôt la gaucherie. L'erreur joua en sa faveur.

— Eh bien, pourquoi ne pas l'avoir dit plus tôt ? De combien de jeunes femmes avez-vous besoin, monsieur ?

— Trois, peut-être quatre. Si on en parlait dehors ? Je prendrais bien l'air.

— Bien sûr. Le temps que je me lave les mains, d'accord ?

— Je vous attends devant la porte.

La rue était calme. Si animée que puisse être une ville comme La Nouvelle-Orléans, on était toutefois au milieu de la semaine et les trottoirs, sans être déserts, étaient loin d'être bondés. Kelly patienta, sans regarder vers l'entrée du bar, jusqu'à ce qu'il sente une tape amicale sur son épaule.

— Il n'y a pas de quoi être gêné. On aime tous s'amuser un peu, surtout quand on se retrouve loin de la maison, pas vrai, ça ?

— Je payerai rubis sur l'ongle, promit Kelly avec un sourire gêné.

Lamarck sourit, en homme du monde qu'il était, histoire de mettre à l'aise cet éleveur de poulets.

— Avec mes filles, il vaut mieux. Vous auriez besoin d'autre chose ?

Kelly toussota et fit quelques pas, désirant être suivi par Lamarck, ce qui se produisit.

— Eh bien, euh, peut-être quelqu'un pour nous aider à animer la fête, disons ?

— Je peux m'occuper de ça, également, dit Lamarck alors qu'ils s'approchaient d'une impasse.

— J'ai l'impression qu'on s'est déjà vus, il y a un an ou deux. Je me souviens surtout de la fille, en fait, elle s'appelait... Pam ? Ouais, Pam. Mince, des cheveux fauves.

— Oh, effectivement, elle était chouette. Elle n'est plus avec nous, dit Lamarck, d'un ton léger. Mais j'en ai des tas d'autres. J'ai une clientèle qui les apprécie jeunes et fraîches.

— Je n'en doute pas, dit Kelly en glissant la main derrière son dos. Elles marchent toutes au... à la... je veux dire, elles prennent toutes des trucs qui les...

— Des euphorisants, mec. Comme ça, elles sont toujours prêtes à faire la fête. Une dame doit savoir bien présenter.

Lamarck s'arrêta à l'entrée de l'impasse, jeta un coup d'œil inquiet alentour, guettant peut-être le passage de flics, ce qui convenait parfaitement à Kelly. Il ne prit même pas la peine de regarder derrière lui le corridor sombre entre deux murs de brique nue ; mal éclairé, seulement occupé par des poubelles et des chats errants, il était ouvert à l'autre bout.

— Voyons voir. Quatre filles pour le reste de la soirée, dirons-nous, et quelqu'un pour aider à lancer la partie... cinq cents, ça devrait faire l'affaire. Mes filles ne sont pas données mais vous en aurez pour votre argent...

— Les deux mains bien en évidence, dit Kelly, levant le Colt automatique à trente centimètres de la poitrine de l'homme.

La première réaction de Lamarck fut de fanfaronner, incrédule.

— Eh, mec, c'est vraiment idiot de...

Le ton de Kelly était parfaitement professionnel.

— Discuter avec un pistolet, c'est encore plus idiot, mon gars. Tourne-toi, file dans l'impasse et avec un peu de pot, tu seras de retour au bar pour un dernier verre.

— Faut vraiment que t'aies besoin de fric pour tenter un

truc aussi con, dit le proxénète en cherchant à prendre un ton menaçant.

— Ta liasse de biftons mérite qu'on meure pour elle ? demanda Kelly, sur un ton raisonnable. Lamarck pesa les chances et pivota pour entrer dans la ruelle sombre.

— Stop, lui dit Kelly au bout de cinquante mètres. Ils étaient encore derrière le mur aveugle du bar, ou peut-être d'un établissement similaire. Il passa le bras gauche autour du cou de l'homme et le plaqua contre les briques. Son regard scruta les deux côtés de la ruelle à trois reprises. Il guettait un bruit qui se détacherait de celui de la circulation ou du son distordu des amplis. Pour le moment, l'endroit était sûr et tranquille.

— File-moi ton arme... Tout doucement.

— J'ai pas d... Le claquement du chien qui se rabattait était terriblement assourdissant, si près de son oreille.

— Ai-je l'air stupide ?

— D'accord, d'accord, dit Lamarck, dont la voix avait perdu de son moelleux. Restons calme. C'est jamais que du fric.

— Voilà qui est parler intelligemment, approuva Kelly. Un petit automatique apparut. Kelly glissa l'index droit dans le pontet. Il était inutile de laisser des empreintes sur l'arme. Il prenait déjà assez de risques et s'il s'était montré prudent jusqu'ici, les dangers de son action étaient soudain devenus tout à fait concrets et notables. Le pistolet glissa gentiment dans sa poche de blazer.

— Voyons les biftons, maintenant.

— Ils sont là, mec. Lamarck commençait à perdre les pédales. C'était à la fois bien et pas bien, estima Kelly. Bien parce que c'était plaisant à voir. Pas bien parce qu'un homme paniqué avait tendance à faire des bêtises. Au lieu de se relaxer, Kelly au contraire se crispa encore plus.

— Merci, monsieur Lamarck, dit poliment Kelly, pour le calmer.

A cet instant précis, l'homme tressaillit, sa tête tourna de quelques centimètres, comme son esprit s'extrayait de la brume des six verres qu'il avait consommés ce soir.

— Attends une minute... t'as dit que tu connaissais Pam.

— Effectivement.

— Mais pourquoi... Il se tourna un peu plus pour découvrir

un visage plongé dans les ténèbres, où seuls les yeux luisaient, humides de larmes, au milieu d'un visage d'un blanc livide.

— T'es un de ceux qui ont ruiné sa vie.

Le ton était outré :

— Eh, mec, c'est elle qu'est venue me trouver !

— Et tu l'as mise aux barbituriques pour qu'elle puisse mieux faire la fête, c'est ça ? demanda la voix désincarnée. Lamarck avait du mal à se souvenir maintenant à quoi ressemblait l'homme.

— C'était le *turf*, donc tu l'as rencontrée, et c'était un bon coup, pas vrai ?

— Sans aucun doute.

— J'aurais dû mieux l'entraîner et t'aurais pu l'avoir de nouveau au lieu de... était, t'as dit ?

— Elle est morte, lui dit Kelly, en plongeant la main dans sa poche. Quelqu'un l'a tuée.

— Et alors ? C'est pas moi ! Lamarck avait l'impression d'affronter un examen final, un test qui le dépassait, établi selon des règles dont il ignorait tout.

— Oui, je sais, dit Kelly en vissant le silencieux sur le pistolet. Lamarck réussit à l'entrevoir, ses yeux s'accoutumant à l'obscurité. Sa voix devint un couinement perçant.

— Alors, pourquoi tu fais ça ? dit l'homme, trop intrigué même pour hurler, trop paralysé par l'incongruité des dernières minutes, par le passage soudain de sa vie de la normalité confortable de son bar favori à sa fin, quinze mètres plus loin à peine, contre un mur de briques aveugle : il lui fallait une réponse. Quelque part, c'était plus important que d'essayer de s'échapper, tentative qu'il savait être vaine.

Kelly réfléchit à la question une seconde ou deux. Il aurait pu répondre bien des choses mais il n'était que juste, estima-t-il, de dire à l'homme la vérité tandis que le canon s'élevait rapide, définitif.

— Pour l'entraînement.

14

Leçons retenues

Le premier vol pour Washington National au départ de La Nouvelle-Orléans était trop bref pour la diffusion d'un film et Kelly avait déjà petit-déjeuné. Assis près de la fenêtre, il se décida pour un jus de fruits, pas mécontent que la cabine ne soit remplie qu'au tiers car, comme après chaque action de combat, il se repassait celle-ci dans le moindre détail. C'était une habitude qu'il avait prise chez les SEAL. Chacun de leurs exercices était suivi d'une réunion baptisée de termes différents au gré des divers commandants qu'il avait eus. « Critique de performance » semblait ici la dénomination la plus appropriée.

Sa première erreur avait été le produit d'un désir et d'un oubli. A trop vouloir voir Lamarck mourir dans le noir, il s'était tenu trop près, oubliant dans le même temps que les blessures à la tête provoquaient souvent des explosions d'hémoglobine. Il s'était bien écarté d'un bond, tel un gosse évitant une guêpe dans le jardin, mais il n'avait pas entièrement réussi à échapper à la gerbe sanglante. La bonne nouvelle était qu'il n'avait commis que cette seule erreur ; et son choix d'une tenue sombre avait atténué le danger. Les blessures de Lamarck avaient été immédiatement et définitivement fatales. Le proxénète s'était affalé comme une poupée de chiffon. Les deux vis que Kelly avait fixées dans des trous taraudés au sommet de son pistolet servaient à retenir un petit sac en toile qu'il avait cousu lui-même, sac qui avait recueilli les deux douilles, ne laissant aucun indice concret à la police qui viendrait enquêter sur les lieux du crime. Sa traque avait été menée avec succès : il n'avait été qu'un visage anonyme parmi tant d'autres dans un bar anonyme.

Le choix rapide du site pour l'élimination s'était également révélé judicieux. Il se rappelait avoir continué de s'enfoncer dans la ruelle, s'être à nouveau fondu parmi les passants pour retrouver sa voiture garée un peu plus loin et regagner son motel. Là, il s'était changé, entassant la veste et le pantalon éclaboussés de sang, et, par précaution, son slip, au fond d'un sac de pressing en plastique, qu'il était allé déposer de l'autre côté de la rue dans le conteneur à ordures d'un supermarché. Si les vêtements étaient découverts, on pourrait toujours les prendre pour ceux d'un boucher maladroit. Il avait évité de rencontrer Lamarck à découvert. Le seul endroit éclairé où ils s'étaient parlé étaient les toilettes pour hommes du bar et là, la fortune — et la préparation — lui avait souri. Le trottoir qu'ils avaient arpenté était trop sombre et trop anonyme. Certes, un éventuel passant qui aurait reconnu Lamarck pourrait toujours fournir à un enquêteur une idée approximative de la taille de Kelly, mais guère plus. Ç'avait été un risque raisonnable à courir, estima Kelly, tout en contemplant, au-dessous de lui, les collines boisées du nord de l'Alabama. Apparemment, il s'était agi d'un vol à main armée, les mille quatre cent soixante-dix dollars en liquide du souteneur s'étant retrouvés planqués au fond de son sac. Le fric c'était toujours le fric, après tout, et ne pas l'avoir pris aurait révélé à la police qu'il y avait un autre motif derrière cette élimination en dehors d'un mobile aisément compréhensible et agréablement aléatoire. Il estimait avoir traité l'aspect matériel de l'événement — il n'arrivait pas à le considérer comme un crime — aussi proprement qu'il était possible.

L'aspect psychologique ? s'interrogea Kelly. Plus que tout, il avait mis ses nerfs à l'épreuve, l'élimination de Pierre Lamarck ayant été une sorte de répétition sur le terrain, et de ce côté-là, il s'était surpris lui-même. Cela faisait un certain nombre d'années qu'il n'avait pas été engagé au combat et il s'était plus ou moins attendu à une crise de tremblements après coup. Cela lui était arrivé plus d'une fois auparavant, mais même si sa démarche, en s'éloignant du corps de Lamarck, avait été légèrement empruntée, il avait géré son retrait avec l'espèce d'aplomb tendu qui avait marqué nombre de ses opérations au Viêt-nam. Tant de souvenirs avaient alors surgi. Il pouvait dresser le catalogue des sensations familières qui lui étaient revenues, comme s'il visionnait un film d'instruction de son cru : la perception sensorielle aiguisée, comme si sa peau avait été sablée, exposant chaque terminaison nerveuse ; l'ouïe, la vue, l'odorat également amplifiés. *J'étais si sacrément vivant à cet instant,* songea-t-il. Il y avait quelque chose de vaguement triste à l'idée que cela se soit produit en corrélation avec la fin d'une vie humaine mais Lamarck avait depuis longtemps perdu tout droit à la vie. Dans un univers de justice, un individu — Kelly ne pouvait simplement se résoudre à penser à lui comme à un *homme* — qui exploitait des jeunes filles sans défense ne méritait tout bonnement pas le privilège de respirer le même air que les autres êtres humains. Peut-être avait-il pris le mauvais virage, à cause d'une mère sans amour ou d'un père qui le battait. Peut-être avait-il été privé de relations, élevé dans la pauvreté, soumis à une éducation inadéquate. Mais tout cela, c'était l'affaire des psychiatres et des travailleurs sociaux. Lamarck avait agi de manière suffisamment normale pour fonctionner comme un individu normal au sein de sa communauté, et la seule question qui importait pour Kelly était de savoir si oui ou non il avait mené son existence en conformité avec son libre arbitre. Cela avait été manifestement le cas, et ceux qui agissent de manière incorrecte, avait-il depuis bien longtemps décidé, auraient dû envisager les conséquences possibles de leurs actes. Chacune des filles qu'il exploitait ainsi pouvait avoir un père, une mère, un frère, une sœur ou un amant révolté par leur exploitation. En étant conscient et ayant pris ce risque, Lamarck avait sciemment plus ou moins joué sa vie. *Et jouer, cela veut dire qu'il arrive qu'on perde,* se dit Kelly. Et si Lamarck n'avait pas évalué les risques avec suffisamment de précision, ce n'était pas son problème, n'est-ce pas ?

Non, dit-il au sol, douze mille mètres plus bas.

Et que ressentait-il au juste, lui ? Il soupesa un moment la question, appuyé contre le dossier, les yeux clos comme pour faire un somme. Une voix tranquille, sa conscience peut-être, lui disait qu'il *aurait dû* ressentir quelque chose, et il chercha au fond de lui une émotion sincère. Après plusieurs minutes de considération, il n'avait réussi à en trouver aucune. Ni sentiment de perte, ni chagrin, ni remords. Lamarck n'avait rien signifié pour lui et sans doute ce n'était pas une perte pour grand monde. Peut-être que ses filles — Kelly en avait compté cinq au bar — se retrouveraient sans protecteur, mais peut-être que l'une d'elles saisirait l'occasion pour refaire sa vie. Improbable, certes, mais possible. C'était le réalisme qui soufflait à Kelly qu'il ne pouvait pas résoudre tous les problèmes de l'univers ; c'était l'idéalisme qui lui soufflait que son incapacité à le faire ne l'empêchait pas d'en rectifier au coup par coup les imperfections.

Mais tout cela l'éloignait de la question initiale : que ressentait-il vraiment devant l'élimination de Pierre Lamarck ? La seule réponse qu'il put trouver était : Rien. Le soulagement professionnel d'avoir réalisé une tâche difficile était différent de la satisfaction, indépendant de la nature de la tâche. En mettant un terme à la vie de Pierre Lamarck, il avait retiré un élément nuisible de la surface de la planète. Cela ne l'avait enrichi en rien — subtiliser l'argent n'avait été qu'une tactique, une mesure de camouflage, sûrement pas un objectif. Cela n'avait pas vengé la mort de Pam. Cela n'avait pas changé grand-chose. Cela avait été comme de marcher sur un insecte venimeux — vous le faisiez et vous poursuiviez votre route. Il n'allait pas chercher à se raconter autre chose mais sa conscience n'allait pas non plus le troubler, et cela lui suffisait pour l'heure. Sa petite expérience avait été un succès. Après toute sa préparation mentale et physique, il s'était révélé digne de la tâche qui l'attendait. Derrière ses paupières closes, l'esprit de Kelly se concentra sur la mission à venir. Ayant tué bien des hommes meilleurs que Pierre Lamarck, il pouvait dorénavant envisager avec confiance de tuer des hommes bien pires que le proxénète de La Nouvelle-Orléans.

*

Cette fois, c'était à leur tour de lui rendre visite, nota Greer avec satisfaction. Dans l'ensemble, l'hospitalité de la CIA était supérieure. Greer avait réservé des places de stationnement dans l'aire assignée aux visiteurs de marque — l'équivalent au Pentagone était toujours encombré et d'un emploi malaisé —, ainsi qu'une salle de conférence parfaitement isolée. Cas Podulski se choisit judicieusement un siège tout au bout de la table, près de la buse de climatisation, là où la fumée de sa cigarette ne gênerait personne.

— Dutch, tu avais raison au sujet de ce garçon, dit Greer en lui tendant des copies dactylographiées des notes manuscrites qui lui étaient parvenues deux jours plus tôt.

— Quelqu'un aurait dû lui plaquer un revolver contre la tempe et l'enrôler de force à l'OCS. Il aurait été le genre d'aspirant que nous étions jadis.

Podulski étouffa un rire à l'autre bout de la table.

— Pas étonnant qu'il soit parti, remarqua-t-il avec une amertume enjouée.

— J'aurais quand même fait gaffe pour le braquer, observa Greer en riant lui aussi. J'ai passé une soirée entière dimanche dernier à éplucher sa bio. Ce type est quand même un allumé, dans son genre.

— Allumé ? protesta Maxwell avec une trace de désapprobation. Fougueux, tu veux dire, James ?

— Peut-être un compromis, estima Greer.

— Mettons une tête brûlée. Il a eu trois commandants et tous l'ont soutenu dans chacune de ses actions, excepté une seule.

— FLEUR EN PLASTIQUE ? Le commissaire politique qu'il a tué ?

— Affirmatif. Son lieutenant était furieux mais si ce dont il a dû être témoin est exact, tout au plus peut-on lui reprocher une erreur de jugement, vu la précipitation.

— J'ai lu le rapport, James. A sa place, je doute que j'aurais pu me retenir, dit Cas en levant les yeux de ses notes. Un pilote de chasse le restait toujours. Regarde-moi ça, même sa grammaire est bonne ! Malgré son accent, Podulski avait mis un point d'honneur à apprendre sa langue adoptive.

— Il a étudié chez les Jésuites, indiqua Greer. J'ai parcouru notre dossier d'évaluation interne pour CHEVILLE OUVRIÈRE. L'analyse de Kelly recoupe tous les points essentiels à quelques détails près.

— Qui s'est chargé de l'évaluation pour la CIA ? demanda Maxwell.

— Robert Ritter. Un spécialiste de l'Europe qu'ils ont fait revenir tout exprès. Un type bien, un peu crispé, mais qui sait se débrouiller sur le terrain.

— Agent opérationnel ?

— Tout à fait, acquiesça Greer. Il a même fait du bon boulot en poste à Budapest.

— Et pourquoi, demanda Podulski, ont-ils fait revenir un gars de l'autre bout de la maison pour surveiller l'opération CHEVILLE OUVRIÈRE ?

— Je crois que tu connais la réponse, Cas, observa Maxwell.

— Si VERT-BUIS est lancé, on aura besoin d'un de leurs agents. Obligé. On n'a pas l'énergie pour tout faire. Et nous étions bien d'accord là-dessus ? Greer parcourut la table d'un regard circulaire, recueillant des hochements de tête réticents. Podulski replongea le nez dans ses documents avant d'exprimer la pensée générale.

— Pouvons-nous nous fier à lui ?

— Ce n'est pas lui qui a brûlé CHEVILLE OUVRIÈRE. Cas, nous avons mis Jim Angleton là-dessus. C'était son idée d'embarquer Ritter dans l'opération. Je suis un petit nouveau ici, messieurs. Ritter connaît mieux que moi la bureaucratie. C'est un agent. Je ne suis qu'un analyste. Et il a le cœur du bon côté. Merde, il a bien failli perdre son boulot en protégeant un gars — il avait un agent infiltré au GRU et le moment était venu de le faire sortir. En haut lieu, les responsables n'appréciaient pas le moment choisi, avec les pourparlers de désarmement en cours, et ils lui dirent de s'abstenir. Ritter a fait sortir le gars malgré tout. Il s'avéra que son homme détenait des renseignements utiles aux Affaires étrangères, et c'est ce qui a sauvé la carrière de Ritter. Greer s'abstint d'ajouter que ça n'avait pas trop servi en revanche l'expert ès martinis, mais c'était un personnage dont la CIA pouvait aisément se passer.

— Fanfaronnade ? demanda Maxwell.

— Il n'a été que fidèle à son agent. C'est une chose que les gens d'ici ont parfois tendance à oublier, remarqua Greer.

L'amiral Podulski leva les yeux.

— M'a tout l'air d'être notre homme.

— Mets-le au courant, ordonna Maxwell. Mais dis-lui bien que si jamais je découvre qu'un civil dans la maison a bousillé nos chances de libérer ces hommes, je descendrai *personnellement* à Pax River, je sortirai *personnellement* un A-4 et j'irai *personnellement* arroser sa maison au napalm.

— Tu devrais plutôt me laisser faire, Dutch, ajouta Cas avec un sourire. J'ai toujours été plus doué pour larguer les trucs. Sans parler que j'ai six cents heures de vol aux commandes du Scooter.

Greer se demanda jusqu'à quel point c'était de l'humour.

— Et Kelly dans tout ça ? demanda Maxwell.

— Pour la CIA, son identité est « Clark », désormais. Si on veut le mettre dans le coup, on aurait plutôt intérêt à l'utiliser en tant que civil. Il n'arrivera jamais à oublier son grade d'officier marinier, alors qu'un civil n'a pas à se soucier de problèmes de galon.

— Procédons ainsi, dit Maxwell. A vrai dire, c'était bien pratique, de refiler à la CIA un officier de la marine habillé en civil mais toujours soumis à la discipline militaire.

— Bien compris, chef. Et si nous devons l'entraîner, où l'envoyons-nous ?

— Base des Marines de Quantico, répondit Maxwell. Le général Young est un vieux pote. Un aviateur. Il comprendra.

— Marty et moi, nous avons fait ensemble l'école de pilotes d'essai, expliqua Podulski. D'après ce que dit Kelly, on n'a pas besoin de tant d'hommes que ça. J'ai toujours estimé que CHEVILLE OUVRIÈRE avait des effectifs pléthoriques. Tu sais, si jamais on arrive au bout, il faudra lui obtenir sa Médaille.

— Chaque chose en son temps, Cas. Maxwell mit la question de côté, pour se retourner vers Greer qui se levait déjà.

— Tu nous préviens si jamais Angleton découvre quoi que ce soit ?

— Ça dépendra, promit Greer. Si la brebis galeuse est dans la maison, on lui mettra la main dessus. J'ai déjà pêché avec lui. Il est capable de vous ferrer comme par magie une truite dans n'importe quelle rivière.

Après leur départ, il décida de rencontrer dans l'après-midi

Robert Ritter. Cela signifiait de reporter le rendez-vous avec Kelly, mais Ritter était plus important désormais, et si la mission était toujours urgente, elle n'était pas urgente à ce point.

*

Les aéroports sont bien utiles, avec leur anonymat bruissant et leurs cabines téléphoniques. Kelly composa son numéro en attendant que son sac apparaisse — il l'espérait — à l'endroit prévu.

— Greer, répondit la voix.

— Clark, répondit Kelly, en souriant intérieurement. Cela faisait tellement James Bond d'avoir un nom d'emprunt. Je suis à l'aérogare, monsieur. Voulez-vous toujours me voir cet après-midi ?

— Non. Je suis pris. Greer feuilleta son agenda. Mardi... quinze heures trente. Vous pouvez venir en voiture. Donnez-moi sa marque et son numéro d'immatriculation.

Kelly s'exécuta, malgré tout surpris de ce contretemps.

— Vous avez reçu mes notes, monsieur ?

— Oui, et vous avez fait du bon boulot, monsieur Clark. Nous en reparlerons mardi. Nous sommes très satisfaits de votre travail.

— Merci, monsieur.

— Eh bien, à mardi. On raccrocha.

— Et merci pour ça, également, dit Kelly après avoir raccroché à son tour. Vingt minutes plus tard, il avait récupéré son sac et se dirigeait vers sa voiture. Une petite heure après, il était de retour dans son appartement de Baltimore. C'était l'heure du déjeuner et il se prépara deux sandwiches qu'il fit passer avec du Coca-Cola. Il ne s'était pas rasé aujourd'hui et son poil dru faisait déjà une ombre sur son visage, constata-t-il dans la glace. Il décida de la garder. Il entra dans sa chambre pour une sieste prolongée.

*

Les entrepreneurs ne comprenaient pas trop bien à quoi rimait leur boulot, mais ils étaient payés. C'était tout ce qui les intéressait, en fait, vu qu'ils avaient leur famille à nourrir et les traites de leur maison à régler. Les bâtiments qu'ils venaient de construire étaient on ne peut plus spartiates : de simples blocs de béton nu, sans le moindre aménagement, et suivant des proportions bizarres, sans aucun rapport avec les traditions américaines, excepté pour les matériaux de construction. C'était comme si la forme et le plan des bâtiments avaient été copiés sur un manuel de construction étranger. Toutes les dimensions étaient en système métrique, releva un des ouvriers, même si les plans, comme il est de règle dans le bâtiment aux États-Unis, étaient établis en pieds et en pouces, d'où ces chiffres bizarres. Le boulot proprement dit n'avait rien eu de difficile, le site étant déjà déblayé à leur arrivée. Un certain nombre d'ouvriers étaient d'anciens soldats, la plupart de l'Armée de terre, mais il y avait également quelques ex-Marines, à la fois ravis et mal à l'aise de se retrouver dans cette immense base militaire au milieu des collines boisées du nord de la Virginie. Pendant le trajet jusqu'au site de construction, ils apercevaient les formations d'aspirants officiers courant sur les routes pour leur entraînement matinal. Tous ces brillants jeunes gens au crâne rasé, avait songé ce matin-là un ancien caporal du 1er régiment de Marines. Combien d'entre eux recevraient-ils leur feuille de route ? Combien seraient affectés là-bas ? Et combien en reviendraient plus tôt que prévu, expédiés dans des caisses d'acier ? Certes, c'était une chose qu'il ne pouvait prédire ou maîtriser, bien sûr. Il avait fait son temps en enfer et en était revenu sans une égratignure, un exploit somme toute remarquable pour un ancien bidasse qui avait entendu un peu trop souvent le claquement supersonique des balles de fusil. Avoir simplement survécu tenait déjà du miracle.

Les toitures étaient finies. Bientôt, il serait temps de quitter pour de bon le site, après trois petites semaines de boulot grassement payé. Mais des semaines de sept jours. Et avec pas mal d'heures supplémentaires à chaque journée de présence. Quelqu'un avait voulu que la construction soit rondement menée. Sans parler d'un certain nombre de trucs quand même bizarres. Le parking, par exemple. Une aire goudronnée de cent emplacements. Quelqu'un était même en train de peindre les lignes blanches. Pour des bâtiments non aménagés ? Mais le plus curieux de tout, c'était le boulot actuel qu'il avait réussi à décrocher parce que le contremaître l'avait à la bonne. Une aire de jeu. Une grande balançoire. Un immense portique. Un bac à sable — il avait fallu une demi-benne pour le remplir. Le genre d'aménagements parmi lesquels gambaderait son gamin de deux ans quand il serait en âge de fréquenter le jardin d'enfants à l'école du comté de Fairfax. Mais c'étaient des éléments préfabriqués, qui nécessitaient un assemblage, et l'ancien Marine et les deux ouvriers qui l'aidaient étaient perdus au milieu des plans comme des pères jouant à quatre pattes dans leur jardin, pour savoir où allait tel ou tel boulon. Cela dit, ce n'était pas leur rôle de poser des questions, en bons ouvriers syndiqués du bâtiment travaillant sur contrat gouvernemental. D'ailleurs, il n'était pas question de saisir les rouages de la Machine verte. Le Corps opérait selon un plan que personne ne comprenait vraiment, et s'ils tenaient absolument à lui payer des heures supplémentaires pour ça, ma foi, ça ferait toujours une traite mensuelle de gagnée pour sa maison à chaque tranche de trois journées passées ici. Des boulots comme ça étaient peut-être dingues, mais il ne crachait pas sur le fric. Le seul inconvénient était la longueur du trajet. Peut-être qu'ils auraient un truc aussi cinglé à réaliser à Fort Belvoir, espérait-il, en finissant de poser le dernier agrès sur le portique. La base n'était qu'à une vingtaine de minutes de chez lui en voiture. Mais dans l'Armée, ils étaient un peu plus rationnels que chez les Marines. Valait mieux.

*

— Alors, quoi de neuf ? demanda Peter Henderson. Ils étaient en train de dîner à deux pas de la Colline. Deux vieilles connaissances, tous deux natifs de Nouvelle-Angleterre, l'un était diplômé de Harvard, l'autre de Brown, l'un était secrétaire-adjoint d'un sénateur, l'autre avait un poste mineur dans l'équipe gouvernementale.

— Ça ne change jamais, Peter, dit Wally Hicks, résigné. Les pourparlers de paix sont dans l'impasse. Nous continuons de tuer les leurs. Ils continuent de tuer les nôtres. Tu sais, je n'ai pas l'impression qu'on connaîtra la paix de notre vivant.

— Il le faut, Wally, dit Henderson en prenant son deuxième verre de bière.

— Si jamais... commença Hicks, lugubre.

Tous deux étaient en terminale dans une boîte privée, l'Andover Academy, en octobre 1962 ; amis proches et copains de dortoir, ils partageaient notes de cours et petites amies. Leur véritable majorité politique, ils l'avaient connue un mardi soir, toutefois, quand ils avaient vu le président de leur pays s'adresser, tendu, à la nation, sur l'écran noir et blanc de la salle de télévision du dortoir. Il y avait des missiles à Cuba, avaient-ils appris, une information suggérée par les journaux depuis déjà plusieurs jours, mais ces enfants étaient ceux de la génération cathodique et la réalité contemporaine leur arrivait en lignes horizontales sur un tube de verre. Pour l'un et l'autre, cela avait été une entrée surprenante, quoique un rien tardive, dans la réalité à laquelle leur coûteuse école privée aurait pourtant dû plus rapidement les préparer. Mais c'était une époque de grasse oisiveté pour la jeunesse américaine, d'autant que leurs familles privilégiées les isolaient encore plus du réel grâce aux avantages que leur offrait la fortune sans pour autant leur transmettre la sagesse de l'utiliser à bon escient.

L'idée, soudaine et scandaleuse, leur était alors apparue simultanément : tout cela pourrait un jour prendre fin. Une discussion nerveuse dans la chambre leur apporta une autre révélation : ils étaient littéralement encerclés par des Cibles. Boston au sud-est, la base aérienne de Westover au sud-ouest, deux autres bases du SAC, Pease et Loring, dans un rayon de cent cinquante kilomètres. Et la base navale de Portsmouth, qui abritait des sous-marins nucléaires. Si les missiles décollaient, ils ne survivraient pas ; ils seraient atteints par l'onde de choc ou par les retombées. Et ni l'un ni l'autre n'avait encore *baisé*. D'autres garçons du dortoir s'en vantaient — certains peut-être même à juste titre —, mais Peter et Wally ne se mentaient pas l'un à l'autre et aucun des deux n'avait décroché la timbale, malgré des efforts louables et renouvelés. Comment était-il possible que l'univers oublie de prendre en compte leurs désirs personnels ? Ne faisaient-ils pas partie de l'élite ? Leur vie n'avait-elle donc aucune importance ?

Ce fut une nuit blanche et ce mardi d'octobre, Henderson et Hicks restèrent assis à veiller, chuchotant tous les deux, essayant d'appréhender un monde qui venait sans crier gare de basculer du confort au danger. Manifestement, il fallait qu'ils trouvent le moyen de changer le cours des choses. Après leur bac, même si chacun devait suivre une voie différente, Brown et Harvard n'étaient après tout séparés que par un bref trajet en voiture et leur amitié comme la mission qu'ils s'étaient assignée se poursuivirent et se renforcèrent. Tous deux avaient choisi de faire sciences politiques parce que c'était la filière idéale pour s'intégrer au système qui comptait réellement dans la société. Tous deux décrochèrent leur maîtrise et, plus important que tout, tous deux furent remarqués par des personnages influents — leurs parents les y aidèrent, en leur trouvant dans la fonction publique des postes qui leur éviteraient de servir sous les drapeaux. A l'époque, ils n'étaient pas encore trop vulnérables à la conscription et un simple coup de fil au bureaucrate idoine suffisait à régler la question.

Et c'est ainsi qu'aujourd'hui l'un et l'autre avaient réussi, par la petite porte, à avoir leurs entrées à des postes sensibles, comme assistants de personnages importants. Leur rêve enivrant de parvenir à un rôle politique influent avant d'avoir atteint la trentaine s'était heurté au mur aveugle de la réalité mais, en fait, ils en étaient bien plus près qu'ils ne s'en doutaient vraiment. En filtrant les informations pour leurs chefs et en décidant de ce qui devait apparaître sur le bureau du maître, et dans quel ordre, ils avaient un effet concret sur le processus de décision ; et ils avaient également accès à un large éventail d'informations variées et sensibles. Le résultat était que, sous bien des aspects, ils en savaient plus que leurs supérieurs respectifs. Et cela, estimaient Hicks et Henderson, était idéal, parce qu'ils *comprenaient* souvent, eux, les choses importantes bien mieux que leurs patrons. C'était tellement évident. La guerre, c'était *mal* et il convenait de l'éviter complètement, ou quand ce n'était pas possible, d'en finir avec au plus tôt ; parce que la guerre supprimait des vies humaines et ça, c'était *très mal*, et parce que, une fois qu'on en aurait fini avec la guerre, les gens pourraient enfin apprendre à régler leurs différends pacifiquement. C'était d'une telle évidence que l'un et l'autre ne manquaient pas de s'étonner de voir tant de gens incapables de saisir la limpide clarté de la Vérité que l'un et l'autre avaient découverte au lycée.

En fait, il n'y avait qu'une seule différence entre eux. Faisant partie du personnel de la Maison Blanche, Hicks travaillait à l'intérieur du système. Mais il partageait tout avec son ancien copain de classe, ce qui était idéal, vu que tous deux possédaient des autorisations d'accès aux dossiers classées Secrets d'État — et d'ailleurs, il avait besoin de confronter ses informations avec un esprit compétent qu'il comprenait et auquel il se fiait.

Hicks ne savait pas que son ami Henderson avait franchi un pas de plus. S'il ne pouvait changer la politique du gouvernement de l'intérieur, Henderson avait décidé durant les Journées de Rage suivant l'incursion au Cambodge, qu'il devait recourir à une aide extérieure — un organisme extérieur qui pourrait l'aider à entraver les actions gouvernementales qui mettaient le monde en danger. Il y en avait d'autres de par le monde qui partageaient son aversion pour la guerre, des gens conscients qu'on ne pouvait forcer les peuples à accepter une forme de gouvernement qu'ils ne désiraient pas vraiment. Le premier contact avait eu lieu à Harvard, un ami dans le mouvement pacifiste. Aujourd'hui, il communiquait avec quelqu'un d'autre. Il aurait dû partager l'information avec son ami, se disait-il, mais le moment n'était pas franchement propice. Wally risquait de ne pas comprendre encore.

— ... il le faut, et ça arrivera, répéta Henderson, en faisant signe à la serveuse pour une nouvelle tournée. La guerre se terminera. On s'en ira. Le Viêt-nam aura le gouvernement qu'il désire. Nous aurons perdu une guerre et ce sera une bonne chose pour notre pays. Nous en tirerons la leçon. Nous apprendrons les limites de notre puissance. Nous apprendrons à vivre et laisser vivre, et nous pourrons alors donner une chance à la paix.

*

Kelly se réveilla après cinq heures. Les événements de la veille l'avaient laissé plus crevé qu'il ne l'aurait cru et, en outre, les voyages l'épuisaient toujours. Mais il n'était plus fatigué, à présent. Avec onze heures de sommeil au total, il se sentait parfaitement alerte et reposé. Se regardant dans le miroir, il vit une barbe fournie de près de deux jours. Parfait. Puis il choisit ses vêtements. Sombres, amples, et élimés. Il avait porté tout le paquet à la buanderie et lavé le tout à l'eau chaude en forçant sur l'eau de Javel pour user le tissu, déteindre les couleurs et rendre des habits déjà bien fatigués encore moins présentables. Des chaussettes de sport blanches usées et une vieille paire de tennis complétaient le tableau, même si elles étaient plus confortables que leur état ne le laissait paraître. La chemise était trop grande et très longue, ce qui convenait à son objectif. La métamorphose était achevée par une perruque brune faite d'épais cheveux asiatiques, pas trop longs. Il la mit sous le robinet d'eau chaude pour bien la détremper, puis la brossa pour lui donner délibérément un aspect négligé. Il faudrait également qu'il trouve un moyen pour qu'elle pue.

La nature lui fournit encore une fois une couverture supplémentaire. Les orages du soir grondaient dans le ciel, accompagnés de bourrasques de vent chargées de feuilles et de pluie qui le fouettèrent le temps qu'il rejoigne sa Volkswagen. Dix minutes plus tard, il se garait près d'un marchand de liqueur du quartier, chez qui il acheta une bouteille de mauvais vin blanc qu'il dissimula en partie dans un sac en papier. Il retira la capsule et déversa la moitié du contenu dans le caniveau. Il était temps à présent de se mettre en route.

L'endroit paraissait entièrement différent, désormais, nota Kelly. Ce n'était plus un quartier qu'il pouvait traverser sans encombre, conscient ou non de ses dangers. Dorénavant, c'était un lieu où il recherchait les dangers. Il dépassa l'endroit où il avait conduit Billy et sa Roadrunner, tournant pour voir si les traces de pneus étaient toujours visibles sur la chaussée — elles ne l'étaient plus. Il hocha la tête. C'était du passé, et seul le futur occupait ses pensées.

Au Viêt-nam, il avait toujours paru exister un rideau d'arbres, un point où l'on quittait le terrain découvert d'un champ ou d'une zone cultivée pour entrer dans la jungle, et mentalement, on l'associait à la fin de la sécurité et au début du danger parce que Charlie vivait dans les bois. Cela se passait uniquement dans la tête, la frontière était plus imaginaire que réelle, mais en considérant les alentours, il eut la même impression. Sauf que cette fois-ci, il ne marchait pas avec cinq ou dix camarades vêtus comme lui d'une tenue de combat camouflée. Il franchissait la frontière au volant d'une bagnole piquetée de rouille. Il accéléra et, d'un coup, Kelly se retrouva dans la jungle, et de nouveau en pleine guerre.

Il trouva une place pour se garer entre des voitures aussi décrépites que la sienne, et descendit rapidement, comme naguère il aurait évacué au pas de course la ZA d'un hélicoptère que l'ennemi risquait de surprendre, pour se diriger vers une impasse encombrée de détritus et de plusieurs appareils électroménagers au rebut. Tous ses sens étaient en alerte à présent. Kelly était déjà en nage et c'était tant mieux. Il voulait transpirer et puer. Il prit une gorgée de pinard et s'en gargarisa puis la laissa couler sur son menton, son cou et ses vêtements. Se penchant vivement, il prit une poignée de terre, et s'en tartina les mains, les avant-bras et un peu le visage. Réflexion faite, il rajouta quelques cheveux tombés de sa perruque et lorsqu'il sortit à l'autre bout de la ruelle, il était devenu un ivrogne de plus, un de ces clochards qui hantaient le quartier en plus grand nombre que les dealers de came. Il adapta sa démarche, ralentit le pas et prit un style délibérément négligé, tandis que ses yeux scrutaient les alentours à la recherche d'un bon perchoir. Cela n'avait rien de difficile. Plusieurs immeubles du secteur étaient abandonnés et il suffisait d'en trouver un jouissant d'une bonne vue. Cela lui prit une demi-heure. Il arrêta son choix sur une maison d'angle avec des baies vitrées à l'étage. Kelly entra par la porte de service. Il faillit sauter en l'air en découvrant deux rats dans les décombres de ce qui, quelques années plus tôt, était encore une cuisine. *Putain de rats !* C'était idiot d'en avoir peur, mais il détestait leurs petits yeux noirs, leur poil lépreux et leur queue nue.

— Merde ! dit-il dans un souffle. Pourquoi n'y avait-il pas songé ? Tout le monde avait une peur panique de quelque chose : les araignées, les serpents, ou les immeubles de grande hauteur. Pour Kelly, c'étaient les rats. Il se dirigea vers la porte, prenant soin de garder ses distances. Les rats le regardèrent sans broncher, s'écartant un peu, mais moins terrorisés par lui qu'il ne l'était par eux. « Bordel ! » l'entendirent-ils murmurer, avant de les laisser à leur repas.

Il poursuivit son chemin, en colère. Kelly se fraya un passage dans l'escalier privé de rampe et trouva la chambre d'angle avec les baies vitrées, furieux contre lui pour s'être laissé si stupidement distraire, comme un couard, par de simples rats. N'avait-il pas une arme parfaite pour leur régler leur compte ? Qu'est-ce qu'il s'imaginait ? Qu'ils allaient se rassembler en bataillons pour un assaut en vagues de rongeurs ? Cette dernière idée fit naître sur ses traits un sourire embarrassé dans l'obscurité de la chambre. Il alla se poster près de la baie vitrée, pour évaluer son champ visuel et sa propre visibilité. Les vitres étaient sales et fendillées. Certains carreaux manquaient même entièrement, mais chaque fenêtre avait un large appui sur lequel il pouvait s'asseoir à l'aise et la disposition de l'immeuble à l'angle de deux rues lui procurait une vue en enfilade sur les quatre points cardinaux puisque dans ce quartier, les voies étaient tracées selon un plan orthogonal précisément aligné nord-sud, est-ouest. Les rues n'étaient pas suffisamment éclairées pour que les passants en dessous puissent voir à l'intérieur de l'immeuble. Avec ses vieux habits de couleur sombre, perdu dans cette maison vide et délabrée, Kelly était invisible. Il sortit une petite paire de jumelles et commença sa reconnaissance.

Sa première tâche était de se familiariser avec l'environnement. Les averses passèrent, laissant une atmosphère humide qui ponctuait la nuit de petits globes de lumière piquetés d'insectes volants attirés vers leur perte par l'éclat des réverbères. La température était encore tiède, peut-être une quinzaine de degrés, elle ne descendait que lentement et Kelly transpirait un peu. Sa première analyse de la situation fut qu'il aurait dû apporter de l'eau à boire. Bon, il pouvait toujours rectifier cela à l'avenir, et il n'avait pas vraiment besoin de se désaltérer avant plusieurs heures. Il avait pensé à prendre du chewing-gum et cela l'aida un peu. Les bruits montant de la rue étaient curieux. Dans la jungle, il avait entendu le pépiement des insectes, les appels des oiseaux, les battements d'ailes des chauves-souris. Ici, c'étaient des bruits de moteurs, proches ou lointains, un crissement de freins à l'occasion, des conversations, bruyantes ou assourdies, des aboiements de chiens, le fracas de poubelles métalliques, autant d'éléments qu'il analysait tout en observant le site à la jumelle et en envisageant son programme de la soirée.

Vendredi soir, le début du week-end, et les gens faisaient leurs emplettes. La nuit s'annonçait fructueuse pour le petit commerce. Il crut reconnaître un dealer à un pâté de maisons et demi plus loin. Vingt ans, guère plus. Une vingtaine de minutes d'observation lui donnèrent un portrait assez précis du dealer et du « lieutenant » qui l'assistait. L'un comme l'autre évoluaient avec l'aisance née de l'expérience et de l'assurance de soi sur son propre terrain, et Kelly se demanda s'ils avaient dû se battre pour remporter la place ou pour la défendre. Les deux, peut-être. Ils avaient un commerce florissant, peut-être une clientèle régulière, estima-t-il en regardant les deux hommes s'approcher d'une voiture d'importation, plaisanter avec le chauffeur et son passager avant de procéder à l'échange, suivi d'une poignée de main et d'un petit salut. Tous deux avaient à peu près la même taille et la même carrure et il décida de les baptiser Archie et Tête-de-cruche.

Seigneur, quel innocent je faisais, se dit Kelly en observant une autre rue. Il se rappela le connard qu'ils avaient surpris à fumer de l'herbe au 3e SOG — juste après être partis en mission. C'était le groupe de Kelly, c'était l'un de ses hommes, et même s'il n'était qu'un bleu tout juste sorti de l'école des commandos, ce n'était absolument pas une excuse. L'ayant pris à part, il lui avait expliqué sur un ton raisonnable mais ferme que se présenter sur le terrain sans être à cent pour cent de ses moyens pouvait signifier la mort pour l'ensemble du groupe. « Eh mec, c'est cool. Je sais ce que je fais » n'avait pas été une réponse particulièrement intelligente et trente secondes plus tard, un autre de ses hommes avait estimé nécessaire de séparer Kelly et celui qui était déjà un ex-membre du groupe ; le gars devait partir le lendemain, et on ne l'avait jamais revu.

Et cela avait été le seul cas d'usage de drogue dans toute l'unité, pour autant qu'il sache. Certes, en dehors du service, ils se pintaient à la bière et quand Kelly et deux autres soldats s'étaient envolés pour Taiwan en permission, leur virée n'avait pas été sans analogie avec un véritable séisme ambulant de délire éthylique. Mais Kelly croyait sincèrement que ce n'était pas pareil, assez aveugle pour ne pas voir qu'il s'agissait là de deux poids deux mesures. Mais ils ne buvaient pas non plus de bière avant de partir dans la brousse. Simple question de bon sens. Et aussi de moral pour l'équipe. Kelly ne connaissait en fait aucune unité d'élite qui eût été confrontée à un problème de drogue. Le problème — et il était tout à fait sérieux, avait-il cru savoir — était circonscrit aux REMF, les réservistes, et aux unités d'appelés composées de jeunes hommes dont la présence au Viêt-nam était encore moins volontaire que la sienne et dont les officiers avaient été incapables de résoudre la question, soit par inaptitude personnelle, soit parce qu'ils partageaient en partie leurs sentiments.

Quelle qu'en soit la cause, le fait que Kelly ait à peine songé au problème de la consommation de drogue était à la fois logique et absurde. Mais là n'était plus la question. Si tardive qu'ait été sa prise de conscience de celui-ci, il en avait l'illustration sous les yeux.

Au bout d'une troisième rue, il avisa un revendeur isolé qui n'avait ni envie ni besoin d'un lieutenant. A moins simplement, qu'il n'en ait pas. Il portait une chemise à carreaux et avait sa clientèle attitrée. Kelly décida de l'appeler Charlie Brown. Au cours des cinq heures suivantes, il repéra et identifia trois autres circuits de distribution à l'œuvre dans son champ visuel. Puis le processus de sélection commença. Archie et Tête-de-cruche semblaient les plus actifs mais ils restaient dans la ligne de mire des deux autres. Charlie Brown semblait avoir son pâté de maisons pour lui tout seul, mais il y avait un arrêt de bus à quelques mètres seulement. Dagobert était posté juste en vis-à-vis du Magicien, sur le trottoir d'en face. Tous deux avaient des lieutenants, ce qui résolvait la question. Gros Bob dépassait en carrure Kelly et son lieutenant était encore plus costaud. C'était un défi. Kelly ne cherchait pas vraiment les défis — pas encore.

Il faut que je trouve un plan précis du quartier et que je le mémorise. En le divisant en secteurs distincts, songea Kelly. *Il faudra repérer les lignes d'autobus, les postes de police. Relever les heures des rondes. Le circuit des patrouilles. Il faut que je* m'imprègne de ce quartier, un rayon de dix pâtés de maisons devrait suffire. Ne jamais garer la voiture deux fois de suite au même endroit, et même jamais à un emplacement en vue du précédent.

On ne peut chasser dans une zone précise qu'une seule fois. Cela veut dire qu'il faut choisir sa cible avec soin. Aucun mouvement dans la rue, sauf dans le noir. Se munir d'une arme de secours... pas une arme à feu... un couteau, un bon. De deux bouts de corde ou de fil électrique. Des gants, en caoutchouc, comme ceux qu'emploient les femmes pour la vaisselle. Porter une autre veste, genre saharienne, un truc avec des poches — non, un truc avec des poches intérieures. Une bouteille d'eau. De quoi manger, des barres chocolatées, pour l'énergie. D'autres tablettes de chewing-gum... du bubble-gum, peut-être ? réfléchit Kelly, se permettant de perdre un peu son sérieux. Il consulta sa montre : trois heures vingt.

L'activité ralentissait en dessous. Le Magicien et son numéro deux quittèrent leur bout de trottoir pour disparaître au coin d'une rue. Dagobert les imita bientôt, pour monter dans sa voiture conduite par son lieutenant. Charlie avait disparu lorsqu'il regarda de nouveau. Ce qui laissait Archie avec Tête-de-cruche au sud, et Gros Bob à l'ouest, l'un comme l'autre n'effectuant que des ventes sporadiques, bien qu'en majorité à des clients plutôt aisés. Kelly poursuivit encore une heure sa surveillance, jusqu'à ce que Arch et Cruche décident de laisser tomber pour ce soir... et ils disparurent plutôt vite, estima Kelly, sans trop savoir comment ils avaient procédé. Encore un point à vérifier. Il était raide quand il se leva et il en prit également bonne note. Il ne fallait pas qu'il reste assis trop longtemps. Ses yeux accoutumés à l'obscurité scrutaient l'escalier tandis qu'il descendait, le plus silencieusement possible, car il y avait de l'activité dans l'immeuble voisin. Par chance, les rats étaient partis eux aussi. Kelly jeta un œil par la porte de derrière et, constatant que le passage était désert, il sortit, reprenant sa démarche d'ivrogne. Dix minutes plus tard, sa voiture était en vue. Parvenu à cinquante mètres, il se rendit compte qu'il l'avait inconsidérément garée à proximité d'un réverbère. C'était une erreur à ne pas répéter, se reprocha-t-il, en avançant d'un pas lent et mal assuré jusqu'à ce qu'il se trouve à moins d'une longueur de voiture. Puis, après avoir vérifié que la rue était bien déserte de chaque côté, il monta rapidement, mit le moteur en route et démarra. Il n'alluma ses phares qu'après le second carrefour où il prit à gauche pour réintégrer le large corridor vide, laissant derrière lui cette jungle pas si imaginaire et filant vers le nord en direction de son appartement.

Dans le confort et la sécurité retrouvée de sa voiture, il révisa ce qu'il avait vu ces neuf dernières heures. Les dealers étaient tous fumeurs, allumant leurs cigarettes apparemment avec des briquets Zippo dont la flamme brillante devait altérer leur vision nocturne. Plus la nuit avançait, plus l'activité diminuait et plus ils semblaient devenir négligents. Ils étaient humains. La fatigue les prenait. Certains restaient plus longtemps que d'autres. Tout ce qu'il avait vu était utile et important. C'était dans leur façon d'opérer, et surtout dans leurs différences, que résidait leur vulnérabilité.

La nuit avait été agréable, considéra Kelly, en passant devant le stade de base-ball municipal pour prendre à gauche Loch Raven Boulevard, se relaxant enfin. Il songea même à boire une gorgée de vin mais ce n'était pas le moment de se laisser aller à de mauvaises habitudes. Il ôta sa perruque, épongea la transpiration qu'elle avait provoquée. Bon Dieu, ce qu'il avait soif.

Il put satisfaire ce besoin dix minutes plus tard, après avoir garé sa voiture à son emplacement habituel et regagné tranquillement à pied son appartement. Il considéra la douche avec envie, il avait besoin de se sentir enfin propre après ces heures au milieu de la crasse, du sordide et... des rats. Cette dernière image le fit frissonner. *Putains de rats*, songea-t-il en se remplissant un grand verre de cubes de glace avant d'y ajouter de l'eau du robinet. Il le fit suivre de plusieurs autres, tout en se déshabillant de sa main libre. Le souffle de la climatisation était merveilleusement agréable et il resta planté devant l'appareil mural, laissant l'air glacé baigner son corps. Tout ce temps, il n'avait pas éprouvé l'envie d'uriner. Il faudrait qu'il emporte de l'eau sur lui, désormais. Kelly sortit du réfrigérateur un sachet de viande froide et se confectionna deux gros sandwiches qu'il fit passer avec encore un demi-litre d'eau glacée.

Ce que j'ai envie d'une douche, se répéta-t-il. Mais il ne pouvait se le permettre. Il allait falloir qu'il s'habitue à cette impression d'être comme entièrement recouvert d'une pellicule de plastique gluant. Il allait falloir qu'il apprenne à l'aimer, à l'entretenir, car une partie de sa sécurité personnelle en dépendait. La crasse et l'odeur faisaient partie du déguisement. Son apparence et sa puanteur devaient amener les gens à détourner les yeux, à éviter de trop s'approcher. Plus question d'être une personne. Il devait devenir une créature de la rue qu'on esquivait. Invisible. La barbe s'était encore assombrie, constata-t-il dans la glace avant d'entrer dans la chambre et sa dernière décision fut de dormir par terre. Il ne pouvait pas salir ses draps neufs.

15

Travaux pratiques

L'ENFER se déclencha brusquement à onze heures du matin, même si le colonel Zacharias n'avait aucun moyen de savoir l'heure. Le soleil tropical donnait toujours l'impression d'être à la verticale, implacable. Même dans sa cellule sans fenêtre, il était impossible d'y échapper, pas plus qu'il ne pouvait échapper aux insectes qui semblaient pulluler dans cette chaleur. Il se demanda comment quoi que ce soit pouvait prospérer dans un endroit pareil, mais apparemment ce n'étaient que des trucs acharnés à l'écœurer ou le blesser, et cela semblait une définition de l'enfer bien plus concise que tout ce qu'on avait pu lui seriner dans les temples de son enfance. Zacharias avait été entraîné en vue d'une capture possible. Il avait suivi les cours de survie, d'esquive, de résistance et d'évasion, ce qu'on appelait l'École de SERE. C'était une formation obligatoire pour tout aviateur de métier et c'était bien évidemment ce qu'on détestait le plus chez les militaires parce que cela impliquait pour les gradés, par ailleurs dorlotés, de l'Aviation et de l'Aéronavale, de faire des trucs devant lesquels même les instructeurs des Marines auraient tiqué — des trucs qui étaient, dans tout autre contexte, passibles de la cour martiale suivie d'une long séjour disciplinaire à Leavensworth ou à Portsmouth. L'expérience pour Zacharias, comme pour beaucoup d'autres, avait été de celles qu'on répugne à renouveler. Mais s'il se retrouvait dans la situation actuelle, ce n'était pas non plus de son plein gré, pas vrai ? Et il ne faisait que répéter l'instruction de l'École de SERE.

Il avait envisagé sa capture avec une certaine distanciation. Ce n'était pas le genre d'expérience que vous pouviez réellement ignorer une fois que vous aviez entendu l'horrible crissement électronique désespéré des appels radio de détresse, et vu les parachutes, et tenté d'organiser une RESCAP, une opération de sauvetage-récupération, avec l'espoir de voir le Bon Géant vert se ramener depuis sa base au Laos à moins que ce ne soit une des « Grosses Mères » de la Marine, fonçant depuis la côte, pour reprendre les surnoms que donnaient les marsouins aux hélicoptères de secours. Zacharias avait vu ces opérations réussir mais encore plus souvent il les avait vu échouer. Il avait entendu les cris paniqués et tragiquement inhumains des aviateurs sur le point d'être capturés : « Tirez-moi d'ici », avait hurlé un commandant avant qu'une autre voix ne se fasse entendre à la radio, crachant avec mépris des mots qu'aucun d'eux ne pouvait comprendre mais qu'ils avaient compris quand même, emplis d'amertume et de rage meurtrière. Les équipages de récupération de l'Armée et de la Navy avaient fait leur possible, et même si Zacharias était un Mormon et n'avait jamais touché une goutte d'alcool de sa vie, il avait acheté à ces équipages d'hélico largement de quoi rétamer un escadron entier de Marines, par gratitude et respect pour leur bravoure, car c'était ainsi qu'on exprimait son admiration au sein de la communauté des guerriers.

Mais comme tous les autres membres de cette communauté, il n'avait jamais vraiment cru qu'il puisse être capturé. La mort, tel était le risque et le destin probable auquel il avait songé. Zacharias avait été Roi des Fouines. Il avait contribué à inventer cette branche de la profession. Avec son intelligence et ses superbes qualités de pilote, il avait créé la doctrine et l'avait validée dans les airs. Il avait glissé son F-105 au milieu du réseau antiaérien le plus concentré qu'on ait jamais mis en œuvre, recherchant même délibérément les armes les plus dangereuses, et utilisant son expérience et son intelligence pour les affronter en duel, opposant la tactique à la tactique, le talent au talent, les excitant, les défiant, les appâtant dans ce qui était devenu la plus grisante des compétitions qu'un homme ait connue, une partie d'échecs jouée en trois dimensions aux alentours de Mach 1, avec d'un côté, lui et son Thud biplace et en face, les servants des radars et des lance-missiles de construction soviétique. Comme pour la mangouste face au cobra, il s'agissait d'une vendetta bien particulière qui se rejouait pour de bon chaque jour et, avec son orgueil et son talent, il avait cru qu'il gagnerait ou, dans le pire des cas, rencontrerait son destin sous la forme d'un nuage noir et jaune qui signifierait une mort digne d'un véritable aviateur : immédiate, spectaculaire et éthérée.

Il ne s'était jamais pris pour un homme particulièrement courageux. Il avait sa foi. S'il devait trouver la mort dans les airs, alors il pouvait envisager de contempler Dieu en face, plein d'humilité, de sa position modeste, sans rougir de la vie qu'il avait vécue car Robin Zacharias était un juste, qui n'avait quasiment jamais dévié du chemin de la vertu. Il était un ami apprécié de ses camarades, un chef consciencieux attentif aux besoins de ses hommes ; un honnête père de famille aux enfants vigoureux, brillants et fiers ; d'abord et avant tout, il était un Ancien dans son église qui versait la dîme de sa solde d'Aviateur, comme l'exigeait sa position au sein de l'Église de Jésus-Christ des Saints du Dernier Jour. Pour toutes ces raisons, il n'avait jamais redouté la mort. Ce qui l'attendait par-delà le tombeau était une chose dont il envisageait avec confiance la réalité. C'était sa vie qui était incertaine et sa vie actuelle était la plus incertaine qu'il ait jamais connue ; or, même une foi bien ancrée comme la sienne avait des limites imposées par le corps qui l'abritait. C'était une réalité qu'il n'arrivait pas vraiment à comprendre ou, quelque part, à laquelle il ne croyait pas vraiment. Sa foi, lui avait dit le colonel, devait être capable de le soutenir dans n'importe quelle épreuve. Était. Devrait. Était, avait-il appris, enfant, de ses maîtres. Mais ces leçons avaient été enseignées dans le confort de la classe au pied des monts Wasatch, par des maîtres en chemise blanche et cravate impeccables, qui tenaient leur manuel et s'exprimaient avec la confiance issue de l'histoire de leur église et de ses fidèles.

C'est différent ici, Zacharias entendit lui seriner la petite voix, essayant de l'ignorer, faisant tout son possible pour ne pas la croire, car la croire c'était contredire sa foi, et cette contradiction était la seule chose que son esprit ne pouvait se permettre. Joseph Smith était mort pour sa foi, assassiné dans l'Illinois. D'autres avaient fait de même. L'histoire du judaïsme et de la chrétienté était pleine de noms de martyrs — des *héros* pour Robin Zacharias car c'était le terme employé dans son milieu professionnel — qui avaient subi la torture aux mains des Romains ou d'autres et qui étaient morts avec le nom de Dieu sur les lèvres.

Mais ils n'ont pas souffert aussi longtemps que toi, remarqua la petite voix. Quelques heures. Les brèves minutes d'enfer du bûcher, un jour ou deux, peut-être, cloué sur la croix. C'était une chose ; on pouvait en envisager la fin et quand vous saviez ce qui vous attendait ensuite, alors vous pouviez vous concentrer dessus. Mais pour voir par-delà la fin, encore fallait-il savoir *où* elle se trouvait.

Robin Zacharias était seul. Certes, il y en avait d'autres ici. Il avait surpris des regards mais il n'y avait aucune communication. Il avait essayé le Morse en tapant aux murs mais jamais personne ne répondait. Où que soient retenus les autres, ils étaient trop loin, ou la disposition du bâtiment empêchait la transmission, ou bien son ouïe était défectueuse. Il ne pouvait partager ses pensées avec personne et même la prière avait ses limites pour un esprit d'une intelligence comme la sienne. Il craignait de prier pour sa délivrance — une idée qu'il n'était même pas capable d'admettre car c'eût été admettre en même temps que sa foi avait été en quelque sorte ébranlée, et c'était une chose qu'il ne pouvait tolérer ; en même temps, il savait, quelque part, qu'en ne priant pas pour sa délivrance, il admettait quelque chose, par omission : que si, après avoir prié un certain temps, la délivrance n'était toujours pas intervenue, alors sa foi pouvait commencer à mourir, et avec elle son âme. Pour Robin Zacharias, c'était ainsi que commençait le désespoir, non à la suite d'une réflexion mais de sa réticence à implorer son Dieu pour une chose qui pouvait ne pas advenir.

Il ne pouvait connaître le reste. Les privations alimentaires, l'isolement si particulièrement douloureux pour un homme de son intelligence, et la peur dévorante de la douleur, car même la foi ne pouvait supprimer la douleur, et tous les hommes connaissaient cette peur. De même que lorsqu'un homme porte un lourd fardeau, si fort soit-il, sa force était limitée quand la gravité ne l'était pas. La force corporelle était simple à comprendre, mais obnubilé par l'orgueil et la droiture que lui donnait sa foi, il avait omis d'envisager que le physique influait sur le psychologique, aussi sûrement que la gravité mais bien plus insidieusement. Il interprétait l'épuisement mental qui le brisait comme une faiblesse attribuable à ce qui était censé ne jamais céder, et il ne se reprochait rien moins que d'être humain. La consultation d'un autre Ancien aurait pu rectifier tout cela, mais ce n'était pas possible et en se refusant ainsi l'issue de secours qui eût été simplement d'admettre son humaine fragilité, Zacharias s'enfonçait de plus en plus dans un piège de sa propre invention, aidé et encouragé par ceux qui voulaient le détruire, corps et âme.

C'est alors que les choses empirèrent. La porte de sa cellule s'ouvrit. Deux Vietnamiens en uniforme kaki le contemplèrent comme s'il était une tache maculant le sol de leur pays. Zacharias savait la raison de leur présence ici. Il essaya de les affronter avec courage. Ils le prirent chacun par un bras pour le conduire dans une pièce plus grande, suivis d'un troisième homme armé d'un fusil — mais avant qu'il ait franchi le seuil de la cellule, ce dernier lui enfonça violemment le canon de son arme dans les reins, juste à l'endroit qui était toujours sensible, neuf mois après son éjection en catastrophe, et la douleur lui coupa le souffle. Les Viêts ne manifestèrent pas de plaisir devant son inconfort. Ils ne posaient pas de question. Zacharias n'arrivait pas à discerner un plan quelconque dans leurs sévices, ce n'était que l'agression physique de cinq hommes opérant en même temps ; il savait que toute résistance signifiait la mort et s'il désirait que sa captivité s'achève, rechercher la mort dans ces conditions eût été assimilable à un suicide, et il n'en était pas question.

Peu importait. En l'espace de quelques secondes, il avait perdu toute capacité d'agir, et il s'effondra simplement sur le sol de béton raboteux, sentant les coups de poing et de pied, et la douleur qui s'accumulait comme les chiffres sur une feuille comptable ; les muscles paralysés par la souffrance, incapable de mouvoir un de ses membres de plus de quelques centimètres, il souhaitait que cela cesse, tout en sachant que cela ne cesserait jamais. Et par-dessus tout cela, il entendait maintenant le caquètement de leurs voix, comme des chacals, des démons qui le tourmentaient parce qu'il était un des justes et qu'ils avaient réussi à mettre la main sur lui, et ça continuait, continuait, continuait...

Un cri brutal transperça le mur épais de sa catatonie. Un dernier coup de pied lancé sans grande conviction l'atteignit à la poitrine et puis il vit leurs bottes reculer. Du coin de l'œil, il les vit tous se tourner, craintifs, vers la porte et l'origine du bruit. Un dernier beuglement et ils détalèrent en hâte. La voix changea. C'était la voix... *d'un Blanc* ? Comment le savait-il ? Des mains vigoureuses le relevèrent, l'assirent contre le mur, et le visage lui apparut. Grichanov.

— Mon Dieu, dit le Russe ; ses joues pâles étaient rouges de colère. Il se retourna et hurla quelque chose dans un vietnamien étrangement accentué. Instantanément, une gourde apparut dont il déversa le contenu sur le visage de l'Américain. Puis il hurla autre chose et Zacharias entendit la porte se refermer.

— Buvez, Robin, buvez ceci. Il porta aux lèvres de l'Américain une petite flasque métallique qu'il inclina.

Zacharias but une lampée, si vite que le liquide était dans son estomac avant qu'il ait relevé le goût acide de la vodka. Scandalisé, il leva la main pour essayer de la repousser.

— Je ne peux pas... dit l'Américain dans un hoquet. Je ne peux pas boire d'... pas boire d'..

— Robin, c'est un médicament. Ce n'est pas pour le plaisir. Ce n'est pas interdit par ta religion. Je t'en prie, mon ami, tu en as besoin. C'est le mieux que je puisse faire pour toi, ajouta Grichanov d'une voix qui tremblait de frustration. Il le faut, Robin.

Peut-être que c'est un médicament, se dit Zacharias. Certains médicaments utilisaient une base alcoolique comme conservateur et l'Église l'autorisait bien, non ? Il n'arrivait plus à se souvenir et, dans l'ignorance, il but une seconde gorgée. Ce qu'il ne savait pas non plus, c'est qu'à mesure que se dissipaient les effets de la décharge d'adrénaline provoquée par la correction, la boisson allait encore accentuer la relaxation naturelle de son organisme.

— Pas trop, Robin. Grichanov retira la flasque puis entreprit de s'occuper de ses blessures, lui étendant les jambes et lui nettoyant le visage à l'aide d'un linge humide.

— Les sauvages ! grogna le Russe. Les putains de sauvages puants. Je l'étranglerai, ce commandant Vinh, je lui tordrai son petit cou de singe. Le colonel russe s'assit par terre près de son collègue américain et lui ouvrit son cœur. Robin, nous sommes ennemis, mais nous sommes aussi des hommes et même la guerre a ses règles. Tu sers ton pays. Je sers le mien. Ces... ces gens-là ne comprennent pas que sans honneur, il n'y a pas de service véritable, rien que de la barbarie. Il leva de nouveau sa flasque. Tiens. Je n'arrive pas à obtenir autre chose pour calmer la douleur. Je suis désolé, mon ami, mais je n'ai rien d'autre.

Et Zacharias but une autre lampée, encore engourdi, encore désorienté et même plus confus que jamais.

— Brave gars, dit Grichanov. Je ne te l'ai jamais dit mais tu es un homme courageux, mon ami, pour résister à cette vermine comme tu l'as fait.

— Il faut bien, dit Zacharias dans un souffle.

— Bien sûr, bien sûr, dit Grichanov en lui essuyant le visage aussi tendrement qu'il l'aurait fait avec l'un de ses enfants. J'aurais fait pareil, moi aussi. Il marqua un temps. Dieu, pouvoir voler de nouveau !

— Ouais, colonel, j'aimerais bien...

— Appelle-moi Kolya, indiqua Grichanov. On se connaît depuis assez longtemps.

— Kolya ?

— Mon nom de baptême est Nikolaï. Kolya c'est — un surnom, c'est ça ?

Zacharias appuya la tête contre le mur, ferma les yeux et se remémora les sensations du vol.

— Oui, moi aussi, Kolya, j'aimerais tant voler de nouveau.

— Ça ne doit pas être si différent que ça, je suppose, dit Kolya et, s'asseyant de nouveau à côté de lui, il passa un bras fraternel autour de ses épaules endolories et couvertes d'ecchymoses, conscient que c'était la première manifestation de chaleur humaine que l'homme connaissait depuis près d'un an. Mon préféré reste le MiG-17. Dépassé, aujourd'hui, mais Bon Dieu, quel bonheur à piloter. Juste le bout des doigts sur le manche et tu... il suffit d'y penser, de l'imaginer mentalement et l'appareil obéit.

— Le -86 était un peu comme ça, répondit Zacharias. Ils ont tous été retirés, eux aussi.

Le Russe étouffa un rire.

— Comme le premier amour, hein ? La première fille qu'on voit avec des yeux d'enfant, la première qui vous donne des idées d'homme, hein ? Mais le premier avion, c'est encore mieux pour des gens comme nous. Pas aussi chaud qu'une femme, mais bien moins complexe à manier. Robin voulut rire mais il s'étrangla. Grichanov lui offrit de nouveau à boire.

— Calme, mon ami. Dis-moi, quel est ton préféré ?

L'Américain haussa les épaules, sentant la chaleur irradier dans son ventre.

— J'ai piloté quasiment tout. Mis à part le F-94, et le -89, aussi. Pour ce que j'en sais, je n'ai pas raté grand-chose. Le -104 était marrant, genre voiture de sport, mais il manquait de jus. Non, le -86H est sans doute mon préféré, question maniabilité.

— Et le Thud ? demanda Grichanov, en employant le surnom du F-105 Thunderchief.

Robin eut une toux brève.

— Il lui faut toute la largeur de l'Utah pour virer, mais attention les yeux pour la vitesse au décollage. Je suis arrivé à en pousser un cent vingt nœuds au-dessus du trait rouge.

— C'est pas vraiment un chasseur, à ce qu'on dit. Plutôt un chariot à bombes. Grichanov avait étudié avec assiduité l'argot des pilotes américains.

— Tout à fait. Il tire tout droit quand on a un problème. Sûrement pas le genre de zinc pour du combat rapproché. La première passe à intérêt à être la bonne.

— Mais question bombardement... soit dit entre pilotes, votre précision de largage dans ces coins pourris est quand même excellente.

— On s'y emploie, Kolya, sûr qu'on s'y emploie, dit Robin d'une voix pâteuse. Le Russe fut ébahi par la vitesse avec laquelle la liqueur avait fait effet. Le gars n'avait jamais bu une goutte d'alcool jusqu'à ces vingt dernières minutes. Comme il était remarquable qu'un homme puisse choisir de vivre sans boisson.

— Et votre façon d'attaquer les sites de fusées. Tu sais, on vous a bien observés. Nous sommes ennemis, Robin, répéta Kolya. Mais nous sommes également des pilotes. Ce courage et ce talent, je n'avais jamais rien vu de pareil. Tu dois être un professionnel du jeu, chez toi, oui ?

— Le jeu ? Robin hocha la tête. Non, je n'ai pas le droit.

— Pourtant, ce que tu as fait avec ton Thud...

— Ce n'est pas du jeu. C'est du risque calculé. On prévoit, on connaît ses limites, et on s'y tient, le tout c'est de deviner ce que l'autre pense.

Grichanov nota mentalement de remplir sa flasque pour la prochaine fois. Cela avait pris plusieurs mois, mais il avait fini par trouver un truc qui marchait. Quel dommage que ces petits singes basanés n'aient pas la jugeote de comprendre qu'en faisant souffrir un homme, on ne faisait le plus souvent que renforcer son courage. Malgré toute leur arrogance, qui était considérable, ils ne voyaient le monde qu'au travers d'une lorgnette aussi réductrice que le suggérait leur petite taille, et aussi étroite que leur culture. Ils semblaient incapables de tirer des leçons de l'expérience. Alors que Grichanov, au contraire, les recherchait. Celle-ci, il l'avait apprise d'un officier fasciste dans la Luftwaffe. Quel dommage également que les Vietnamiens n'autorisent que **lui** et lui seul à pratiquer ces interrogatoires particuliers. Il ne manquerait pas d'en avertir Moscou par écrit. Avec les pressions appropriées, ils pourraient vraiment se servir de ce camp. Quelle présence d'esprit incongrue chez ces sauvages de l'avoir établi et comme il était décevant, quoique logique, qu'ils aient été incapables d'en discerner les possibilités. Et surtout, quel dégoût d'être obligé de vivre dans ce pays torride, humide et grouillant d'insectes, entouré de ces petits bonshommes arrogants à l'esprit étroit et vicieux comme des serpents. Mais l'information dont il avait besoin se trouvait ici. Si odieuse que puisse être sa tâche, il avait, pour la qualifier, une expression tirée d'un roman américain contemporain, de ceux qu'il lisait afin de peaufiner ses dons pour les langues déjà impressionnants. Une tournure d'ailleurs bien américaine. Ce qu'il faisait, c'était « juste le bizness ». C'était une façon d'envisager le monde qu'il était tout prêt à comprendre. Dommage que son voisin ne partage sans doute pas cette opinion, songea Kolya, en écoutant attentivement chaque mot de ses divagations sur la vie d'un pilote de Fouine.

*

Le visage dans la glace lui devenait étranger et c'était tant mieux. C'était bizarre comme les habitudes pouvaient être tenaces. Il avait déjà rempli d'eau brûlante le lavabo et s'était savonné les mains avant que son cerveau n'intervienne pour lui rappeler qu'il n'était pas censé se laver ou se raser. Kelly ne se brossa pas non plus les dents. Il avait du mal à supporter cette impression d'avoir en permanence une pellicule collée dessus, et pour cette partie de son déguisement, il avait sa bouteille de vin. *Quelle saloperie, ce truc ! Épais et sucré, avec une drôle de couleur.* Sans être œnologue, Kelly savait quand même qu'un bon vin de table n'était pas censé avoir la couleur de l'urine. Il dut quitter la salle de bains. Il ne supportait plus de se contempler plus longtemps dans la glace.

Il se fortifia avec un repas solide, se gavant de nourriture riche en sucre, qui lui apportait de l'énergie sans peser sur l'estomac. Puis vint le moment des exercices. Son appartement au rez-de-chaussée lui permettait de courir sur place sans craindre de déranger un voisin. Ce n'était pas pareil que de courir vraiment mais cela suffirait. Puis, c'étaient les pompes. Il avait fallu du temps mais son épaule gauche avait complètement récupéré, et les douleurs musculaires étaient désormais parfaitement symétriques. Enfin, venaient les exercices de dextérité, qu'il pratiquait pour entretenir sa vivacité, en plus des visées pratiques évidentes.

Il avait quitté son appartement en plein jour la veille, courant le risque d'être surpris dans cet état bien peu présentable, pour se rendre chez un Goodwill[1] où il avait déniché une saharienne à enfiler par-dessus ses autres vêtements. Elle était trop grande et élimée, mais ils la lui avaient refilée gratis. Kelly s'était rapidement aperçu que masquer sa taille et sa condition physique n'avait rien d'évident, mais cette tenue ample et flottante résolvait la question. Il avait également profité de

---

1. Équivalent américain des chiffonniers d'Emmaüs. (*N.d.T.*)

l'occasion pour se comparer avec les autres clients de l'établissement. Inspection faite, son déguisement paraissait efficace. Même si l'on pouvait voir pire chez les clodos, il entrait sans problème dans la moitié inférieure, et l'employé qui lui avait donné la saharienne l'avait sans doute fait tout autant pour le chasser de la boutique que pour exprimer sa compassion devant son état. Et n'était-ce pas un progrès ? Que n'aurait-il pas donné au Viêt-nam pour réussir à se faire passer pour n'importe quel villageois anonyme, et n'avoir plus qu'à attendre que se pointent les méchants ?

Il avait passé la nuit précédente à poursuivre sa mission de reconnaissance. Personne ne lui avait adressé ne fût-ce qu'un regard, lorsqu'il évoluait dans les rues, ivrogne crasseux et puant parmi tant d'autres, même pas digne d'être détroussé, ce qui avait mis un terme à sa crainte d'être démasqué. Il avait encore passé cinq heures dans son perchoir, à surveiller les rues depuis les baies vitrées du premier dans l'immeuble vide. Les patrouilles de police s'étaient révélées parfaitement routinières et les bruits d'autobus bien plus réguliers qu'il ne l'avait cru au premier abord.

Ayant terminé ses exercices, il démonta son pistolet et le nettoya, bien qu'il ne l'eût pas réutilisé depuis son retour en avion de La Nouvelle-Orléans. Il fit de même avec le silencieux. Il remonta le tout, vérifia le parfait assemblage des pièces. Il n'avait effectué qu'une modification minime. Désormais, un fin trait blanc peint sur la génératrice supérieure du cylindre lui servait de viseur nocturne. Insuffisant pour un tir de loin mais ce n'était pas ce qu'il prévoyait. Ayant terminé avec le pistolet, il chargea une balle dans la chambre et fit retomber délicatement le chien avant d'insérer le chargeur par le fond de la crosse. Il s'était également procuré un Ka-Bar, un couteau de combat de Marine dans une boutique de surplus et, tout en surveillant les rues, la nuit précédente, il avait affûté la lame de dix-huit centimètres, crantée comme celle d'un Bowie, sur une pierre à aiguiser. Il y avait quelque chose dans les armes blanches qui faisait que les gens les redoutaient plus que les balles. C'était idiot mais bien utile. Il glissa pistolet et couteau sous la ceinture, côte à côte au creux de ses reins, bien à l'abri derrière la masse ample de la chemise sombre et de la saharienne. Dans l'une des poches de celle-ci, il glissa une flasque à whisky remplie d'eau du robinet. Quatre Snickers allèrent de l'autre côté. Autour de la taille, il avait passé un tronçon de fil électrique de huit dixièmes. Dans sa poche de pantalon, il y avait une paire de gants en caoutchouc Playtex. Ils étaient jaunes, pas terrible comme couleur pour la discrétion, mais il n'avait rien trouvé d'autre. En tout cas, ils couvraient efficacement les mains sans trop nuire au toucher et à sa dextérité, et il décida de les prendre malgré tout. Il avait déjà dans la voiture une paire de gants de travail en coton qu'il mettait pour conduire. Après avoir acheté la Coccinelle, il l'avait entièrement nettoyée, habitacle et carrosserie, essuyant chaque vitre, chaque surface de métal ou de plastique, en espérant avoir ôté toute trace d'empreintes digitales. Il avait béni tous les films et les feuilletons policiers qu'il avait pu voir, et il priait le ciel de s'être montré suffisamment paranoïaque dans l'ensemble de sa procédure.

Quoi d'autre ? se demanda-t-il. Il n'avait sur lui aucun papier d'identité. Il avait quelques dollars en liquide dans un portefeuille également obtenu aux Goodwill. Il avait envisagé de prendre plus mais à quoi bon. De l'eau. Des vivres. Des armes. Du câble. Ce soir, il laisserait les jumelles à la maison. Leur utilité ne compensait pas leur encombrement. Peut-être qu'il s'achèterait une paire de compactes — à noter. Il était prêt. Il alluma la télé et regarda les nouvelles pour avoir un bulletin météo — nuageux, risques d'averses, températures minimales au-dessous de dix. Il se prépara et but deux tasses de café instantané, pour la caféine, attendant que la nuit tombe, ce qui ne tarda pas.

Quitter l'immeuble s'avérait, curieusement, l'une des phases les plus délicates de l'exercice. Kelly regarda par la fenêtre, après avoir éteint dans l'appartement, pour s'assurer qu'il n'y avait personne à l'extérieur, avant de s'y aventurer à son tour. Passé la porte de l'immeuble, il s'arrêta de nouveau, l'œil aux aguets, l'oreille tendue, avant de se diriger droit vers la Volkswagen. Il déverrouilla la portière et entra. Aussitôt, il enfila les gants de coton, et ce n'est qu'ensuite qu'il referma la portière et mit le contact. Deux minutes après, il dépassait l'endroit où il garait habituellement le Scout, se demandant s'il n'était pas trop seul en ce moment. Il avait choisi une station de radio qui passait de la musique actuelle, du folk-rock tranquille, juste pour avoir la compagnie d'un bruit familier tandis qu'il regagnait la cité par le nord.

Quelque part, il fut surpris de sa tension au moment d'entrer en ville. Une fois sur place, il se détendit, mais cette entrée, comme un vol d'insertion dans un Huey, était une période où l'on était confronté à l'inconnu, et il devait se répéter d'être calme, de garder des traits parfaitement impassibles, alors que ses mains transpiraient à l'intérieur de ses gants. Il respectait scrupuleusement le code de la route, observait tous les feux rouges, et ignorait les autres automobilistes qui le doublaient à toute allure. Incroyable comme vingt minutes pouvaient paraître longues. Cette fois, il utilisa un itinéraire d'insertion légèrement différent. Il avait repéré la veille l'emplacement de stationnement, à deux rues de l'objectif — dans son esprit, l'environnement tactique actuel ramenait un pâté de maisons à un kilomètre dans la jungle réelle, une correspondance qui fit naître chez lui un bref sourire, tandis qu'il garait sa Coccinelle derrière une Chevrolet 57 noire. Comme les deux fois précédentes, il quitta rapidement la voiture pour foncer dans une ruelle sombre, en comptant sur l'obscurité et son déguisement pour passer inaperçu. Au bout de vingt mètres, il n'était déjà plus qu'un ivrogne titubant comme tant d'autres.

— Eh, mec ! lança une voix juvénile. Ils étaient trois, entre quinze et vingt ans, juchés sur une clôture et sirotant de la bière. Kelly se glissa sur le trottoir d'en face pour accentuer la distance mais ça ne suffirait pas. L'un d'eux descendit d'un bond de la palissade et se dirigea vers lui.

— Qu'est-ce que tu cherches, le clodo ? demanda le garçon avec toute l'arrogance insensible d'une petite frappe. Merde, c'que tu peux fouetter, mec ! Ta vioque t'a donc jamais appris à t'laver ?

Kelly ne prit pas la peine de se retourner et continua d'avancer, en rentrant les épaules. Il n'avait pas prévu ça dans son plan. Tête baissée, légèrement tournée du côté opposé au gamin parvenu maintenant à sa hauteur, cherchant délibérément à harceler ce vieux clochard qui venait de faire glisser dans l'autre main sa bouteille de piquette.

— Je boirais bien un coup, mec, dit le jeune, en cherchant à s'emparer de la bouteille.

Kelly ne céda pas, un pochard ne lâchait jamais son litron. L'adolescent lui fit un croche-pied, le plaqua contre la palissade sur sa gauche, mais sans aller plus loin. Il retourna rejoindre ses copains, en rigolant, tandis que le vieux clodo se relevait pour poursuivre sa route.

— Et t'avise pas de revenir dans le coin, mec ! entendit Kelly alors qu'il parvenait au bout de la ruelle. Il n'en avait aucune intention. Il passa deux autres groupes similaires d'adolescents au cours des dix minutes suivantes, mais aucun des deux ne le jugea digne d'autre chose que de rires moqueurs. La porte de service de son perchoir était toujours entrebâillée et ce soir, Dieu soit loué, les rats étaient de sortie. Kelly marqua une pause à l'intérieur, l'oreille tendue et, n'entendant rien, il se redressa et se permit enfin de se relaxer.

— Chicago pour Serpent, murmura-t-il tout seul, en se souvenant de ses anciens signaux d'appel. Insertion réussie. Arrivé au point d'observation. Kelly grimpa pour la troisième et dernière fois le même escalier branlant, retrouvant sa place habituelle à l'angle sud-est et, s'asseyant, il commença sa surveillance.

Archie et Tête-de-cruche étaient eux aussi à leur poste habituel, une rue plus loin, constata-t-il aussitôt. Ils étaient en train de bavarder avec un motard. Il était vingt-deux heures douze. Kelly s'accorda une gorgée d'eau et une barre chocolatée, appuyé contre le chambranle, tout en les surveillant pour guetter le moindre changement dans leur manège des autres jours mais il n'en remarqua aucun à l'issue d'une demi-heure d'observation. Gros Bob était lui aussi à sa place, tout comme son lieutenant, que Kelly baptisait désormais petit Bob. Charlie Brown était également de service ce soir, de même que Dagobert, le premier officiant toujours seul et le dernier toujours accompagné d'un lieutenant que Kelly n'avait pas pris la peine de baptiser. Mais le Magicien restait invisible ce soir. En fait, il arriva en retard, sur le coup de onze heures, suivi de son associé dont le pseudonyme était Toto, car il le faisait penser à un petit chien, comme celui qui est assis les oreilles rabattues dans le panier à l'arrière du vélo de la Méchante Sorcière.

— Et avec ton petit toutou, comme de juste... murmura Kelly, amusé.

Comme prévu, le dimanche soir, l'activité était plus ralentie que les nuits précédentes mais Arch et Cruche semblaient plus occupés que les autres. Peut-être parce qu'ils avaient une clientèle légèrement plus huppée. Même si tous servaient aussi bien les clients du coin que ceux venus de l'extérieur, Arch et Cruche semblaient attirer plus souvent les grosses voitures dont la propreté et les chromes rutilants amenaient Kelly à penser que leurs propriétaires n'étaient pas du quartier. La supposition était peut-être gratuite mais elle était sans incidence sur sa mission. Le point vraiment crucial était un détail qu'il avait relevé la nuit précédente en pénétrant à pied dans le secteur et dont il avait eu la confirmation ce soir. Désormais, il ne lui restait plus qu'à attendre.

Kelly prit ses aises, sentant ses muscles se détendre maintenant que toutes les décisions étaient prises. Il regarda le bout de la rue, toujours aux aguets, observant, écoutant, notant les moindres allées et venues tandis que les minutes s'écoulaient. A minuit quarante, une voiture radio de la police parcourut l'une des rues transversales, mais c'était juste pour se montrer. Sans doute repasserait-elle dans l'autre sens peu après deux heures. Les bus urbains faisaient gronder leur diesel et Kelly reconnut le 110, avec ses freins mal réglés. Leur crissement aigu devait exaspérer tous les gens sur le trajet qui essayaient de dormir. La circulation diminua nettement juste après deux heures. Les dealers fumaient et bavardaient plus, à présent. Gros Bob traversa la rue pour dire quelque chose au Magicien ; ils semblaient en fort bons termes, ce qui surprit Kelly. Il n'avait pas encore vu ça. Peut-être l'homme avait-il besoin de faire la monnaie sur un billet de cent. La voiture de police repassa comme prévu. Kelly termina sa troisième barre de Snickers de la soirée, récupéra soigneusement les emballages. Il inspecta méticuleusement la pièce. Il n'avait rien oublié. Aucune des surfaces qu'il avait touchées ne risquait de garder d'empreinte. Il y avait bien trop de poussière et de crasse, et il avait bien pris garde de poser la main sur une vitre.

Parfait.

Kelly descendit l'escalier et sortit par la porte de derrière. Il traversa la rue pour gagner la ruelle qui la suivait parallèlement de l'autre côté, toujours dans l'ombre, toujours de la même démarche titubante, mais désormais dans le plus grand silence.

Le mystère de la première nuit s'était révélé une aubaine. Archie et Tête-de-cruche s'étaient volatilisés en l'affaire de deux ou trois secondes : il n'avait pas détourné les yeux plus longtemps. Ils n'étaient pas repartis en voiture et ils n'avaient pas eu le temps non plus de disparaître, à pied, au coin de la rue. Kelly avait deviné la solution la veille. Ces interminables barres d'immeubles n'avaient pas été construites par des imbéciles. A mi-longueur, la majorité des bâtiments étaient percés de passages voûtés permettant aux piétons de gagner plus facilement l'allée située derrière. Et cela constituait également une échappatoire bien pratique pour Arch et Cruche — d'ailleurs, lorsqu'ils officiaient, ils prenaient toujours soin de ne jamais s'en éloigner de plus de sept ou huit mètres. Mais sans pour autant donner l'impression de garder l'œil dessus.

Kelly s'en assura, appuyé qu'il était contre un appentis qui aurait été assez haut pour abriter une vieille Ford T. Ayant récupéré par terre deux boîtes de bière vides, il les relia par un bout de ficelle, puis les disposa en travers de l'allée cimentée qui menait au passage, de sorte que personne ne pourrait s'approcher de lui par-derrière sans faire de bruit. Puis il avança, du pas le plus léger possible, et glissa la main derrière sa ceinture pour sortir le pistolet muni du silencieux. Il n'avait qu'une douzaine de mètres à couvrir, mais les tunnels transmettaient le son encore mieux que le téléphone et les yeux de Kelly ne cessaient de scruter le sol, guettant les obstacles susceptibles de le faire trébucher ou de faire du bruit. Ayant ainsi évité un vieux journal et un tas de verre pilé, il était presque arrivé au débouché du passage.

Vus de près, ils avaient l'air différents, presque humains. Appuyé contre un mur de briques sombres, Archie fumait une cigarette. Tête-de-cruche fumait lui aussi, appuyé contre l'aile d'une voiture ; il scrutait la rue et, toutes les dix secondes, l'embrasement du bout de leur cigarette entravait et dégradait un peu plus leur vision nocturne. Kelly les voyait parfaitement, mais même à trois mètres de distance, la réciproque n'était pas vraie. Et cela ne s'améliora pas.

— Pas un geste, murmura-t-il, seulement pour Archie. L'homme tourna la tête, plus exaspéré qu'inquiet, jusqu'à ce qu'il avise le pistolet avec le gros cylindre vissé sur le canon. Ses yeux glissèrent vers son lieutenant, toujours tourné du mauvais côté, et qui était en train de fredonner, attendant tranquillement un client qui ne viendrait jamais. Kelly se chargea lui-même de le prévenir.

— Eh ! Toujours un murmure, mais suffisant pour être audible dans la rue de plus en plus calme. Tête-de-cruche tourna la tête et vit le pistolet braqué contre la tempe de son employeur. Il se figea sans même y avoir été invité. C'était Archie qui avait l'arme, l'argent et le plus gros de la drogue. Il nota également l'appel de la main adressé par Kelly et, ne sachant quoi faire d'autre, il s'approcha.

— Les affaires sont bonnes, ce soir ? demanda Kelly.

— Pas à s'plaindre, répondit tranquillement Archie. Qu'est-ce tu veux ?

— A ton avis ? fit Kelly, avec un sourire.

— T'es flic ? s'enquit Tête-de-cruche, assez stupidement, estimèrent les deux autres.

— Non, je suis pas là pour arrêter qui que ce soit. Il fit un signe de main. Dans le tunnel, le nez par terre, en vitesse. Kelly les laissa avancer de deux ou trois mètres, juste assez pour qu'ils soient invisibles de la rue, pas trop loin pour qu'ils restent éclairés par la lumière extérieure. Il commença par les fouiller. Archie avait un vieux 9mm rouillé qui passa dans la poche de Kelly. Il sortit ensuite le fil électrique passé à sa ceinture et s'en servit pour ligoter fermement les poignets des deux hommes. Puis il les retourna sur le dos.

— Les gars, vous avez été très coopératifs.

— T'as intérêt à plus remettre le nez ici, mec, l'informa Archie, sans même se rendre compte qu'il n'avait pas été dévalisé. Tête-de-cruche secoua la tête en grommelant. La réponse de Kelly les plongea l'un et l'autre dans la perplexité.

— A vrai dire, j'ai besoin de votre aide.

— A quel sujet ? demanda Archie.

— Je cherche un mec. Un certain Billy. Il conduit une Roadrunner rouge.

— Quoi ? Tu cherches à m'entuber ou quoi ? demanda Archie, sur un ton passablement dégoûté.

— Réponds à ma question, s'il te plaît, insista Kelly, très raisonnable.

— Tu vas me foutre le camp d'ici, oui, suggéra Archie, méprisant.

Kelly tourna légèrement son arme et tira deux balles dans la crâne de Tête-de-cruche. Le corps eut un spasme violent, le sang jaillit, mais pas sur lui ce coup-ci. A la place, c'est le visage d'Archie qui fut arrosé et Kelly vit la surprise et l'horreur agrandir les yeux du fourgue, comme de petits lumignons dans l'obscurité. Archie n'avait pas prévu ça. De toute façon, Tête-de-cruche n'avait pas semblé doué pour la conversation et l'horloge tournait.

— J'ai dit, s'il te plaît, non ?

— Dieu du ciel, mec ! La voix était rauque, l'homme savait que le moindre bruit signifiait la mort.

— Billy. Plymouth Roadrunner rouge, il adore frimer. C'est un dealer. Je veux savoir où il crèche, dit tranquillement Kelly.

— Si je te dis ça...

— T'auras un nouveau fournisseur. Moi, dit Kelly. Et si tu dis à Billy que je suis dans le coin, tu retrouves ton pote, ajouta-t-il en indiquant le corps dont la masse tiède pressait mollement le flanc d'Archie. Il devait lui laisser un semblant d'espoir, après tout. Quitte à lui servir une demi-vérité, estima Kelly. Est-ce que tu piges ? Billy et ses amis ont mal choisi leurs fréquentations et c'est mon boulot de remettre les choses en ordre. Désolé pour ton pote, mais fallait que je te montre que je plaisante pas, disons.

Archie essaya de prendre une voix calme, sans grand succès, même s'il essayait de se raccrocher à l'espoir qu'on lui avait offert.

— Écoute, mec, je peux pas...

— Je peux toujours demander à quelqu'un d'autre. Kelly marqua une pause éloquente. Est-ce que tu comprends ce que je viens de dire ?

Apparemment, ou du moins Archie le crut-il, car il se mit à

parler sans entraves jusqu'à ce que sonne pour lui l'heure de rejoindre son comparse.

Une fouille rapide du cadavre révéla une jolie liasse de billets et une collection de petits sachets qui se retrouvèrent à leur tour dans les poches de la saharienne. Kelly enjamba avec précaution les deux corps et regagna l'allée, en se retournant pour s'assurer qu'il n'avait pas marché dans une flaque de sang. De toute façon, il se débarrasserait des chaussures. Kelly détacha le cordon des deux boîtes de bière et les replaça où il les avait trouvées, puis, reprenant sa démarche d'ivrogne, il fit un large détour pour rejoindre sa voiture, répétant pas à pas sa procédure mûrement élaborée. Dieu merci, se dit-il en repartant vers le nord de la ville, il pourrait enfin se doucher et se raser ce soir. Mais que diable allait-il faire de toute cette drogue ? C'était une question à laquelle seul le destin répondrait.

*

Les voitures commencèrent d'arriver juste après six heures, un horaire pas si incongru pour l'activité sur une base militaire. Il y en avait quinze, de vraies épaves, pas une de moins de trois ans, et toutes avaient eu leur carte grise annulée après un accident et leur vente à la casse. Le seul truc curieux était que, bien que parfaitement inconduisibles, elles donnaient presque l'impression de l'être. Le détachement chargé de les réceptionner était composé de Marines, sous les ordres d'un sergent d'artillerie qui n'avait pas la moindre idée des raisons de la manœuvre. Mais il n'avait pas à le savoir. Les voitures furent poussées en place, au petit bonheur, non pas en rangées militaires rectilignes mais plutôt comme les gens se garaient d'habitude. La tâche prit quatre-vingt-dix minutes puis le détachement s'en alla. A huit heures du matin, un autre vint le remplacer, chargé, lui, de mannequins. Il y en avait de plusieurs tailles et ils étaient vêtus de vieux habits. Les plus petits allèrent sur les balançoires et dans le bac à sable. Les adultes furent mis debout, maintenus grâce aux supports métalliques qui les accompagnaient. Et la seconde équipe s'en alla à son tour ; à l'avenir, et pour une durée indéfinie, elle devrait revenir deux fois par jour déplacer les mannequins de manière aléatoire, mais selon un ensemble d'instructions élaborées et rédigées par une espèce de crétin d'officier qui ne devait avoir rien de mieux à faire.

Les notes de Kelly avaient insisté sur le fait que l'un des aspects les plus débilitants — car prenant un temps infini — de l'opération CHEVILLE OUVRIÈRE avait été l'obligation quotidienne de monter et démonter la maquette grandeur nature de leur objectif. Il n'avait pas été le premier à le relever. Si un satellite de reconnaissance soviétique repérait cet endroit, il ne verrait qu'une banale collection de bâtiments sans affectation précisément identifiable. Il verrait également un terrain de jeux, avec gosses, parents et voiture au parking, tous éléments qui changeraient chaque jour. Ce dernier point masquerait l'observation la plus évidente — que cet équipement de loisirs se trouvait à huit cents mètres de toute route goudronnée et hors de vue du reste de l'installation.

16

Exercices

Ryan et Douglas se reculèrent pour laisser travailler les gars du laboratoire. La découverte était intervenue peu après cinq heures du matin. De retour de sa patrouille de routine, l'agent Chuck Monroe avait descendu la rue et, avisant une ombre irrégulière dans le passage sous un immeuble, il y avait braqué le projecteur de son véhicule. La forme sombre aurait très bien pu être un ivrogne effondré dans le passage pour y cuver son vin, mais le faisceau de lumière blanche s'était reflété sur une mare rouge et avait révélé, sur la voûte de briques, une teinte rose qui avait paru aussitôt anormale au policier. Monroe avait garé sa voiture et il était entré jeter un coup d'œil, puis il avait appelé le central. L'agent était à présent appuyé contre la carrosserie de sa voiture et, tout en fumant une cigarette, il récapitulait les détails de sa découverte, qui était pour lui bien moins horrible et beaucoup plus routinière que ne l'imaginaient les civils. Il n'avait même pas cru utile d'appeler une ambulance. Ces deux gars étaient clairement au-delà de tout secours médical.

— Sûr qu'ils ont saigné comme des veaux, observa Douglas. C'était une déclaration purement gratuite, juste des mots pour remplir le silence tandis que les flashes crépitaient pour terminer une dernière pellicule couleurs. On aurait dit que deux pleins bidons de peinture rouge avaient été déversés au même endroit.

— Heure du décès ? demanda Ryan au représentant du bureau du coroner.

— Ça ne remonte pas à longtemps, observa l'homme en levant une main. Pas encore de rigidité cadavérique. Après minuit, certainement, sans doute après deux heures.

La cause du décès ne posait pas de problème. Les trous au front des deux hommes fournissaient la réponse.

— Monroe ? appela Ryan. Le jeune agent s'approcha. Qu'est-ce que vous savez sur ces deux-là ?

— Revendeurs, tous les deux. Le plus âgé, sur la droite, est Maceo Donald, pseudonyme Ju-Ju. Celui de gauche, je ne sais pas, mais il bossait avec Donald.

— Bon réflexe de les avoir repérés, officier. Autre chose ? demanda le sergent Douglas.

Monroe secoua la tête.

— Non, sergent. Rien du tout. Une nuit plutôt calme dans le quartier, en fait. J'ai bien dû traverser le secteur quatre fois durant mon quart, sans rien remarquer de spécial. Les mêmes revendeurs que d'habitude, le même petit commerce que d'habitude. La critique implicite d'un statu quo que chacun devait considérer comme normal ne provoqua aucune réaction. On était lundi matin, après tout, et c'était déjà bien assez pénible pour tout le monde.

— Terminé, annonça le chef photographe. Il s'écarta avec son partenaire, resté de l'autre côté des corps.

Ryan inspectait les alentours. Le passage était déjà bien éclairé et l'inspecteur l'illumina encore plus en faisant courir sa grosse torche sur le bord du trottoir, traquant un reflet cuivré.

— Repéré des douilles, Tom ? demanda-t-il à Douglas qui faisait la même chose.

— Pas une. Et les balles ont été tirées de cette direction, tu crois pas ?

— Les corps n'ont pas été déplacés, indiqua le coroner, précision superflue, avant d'ajouter : Oui, pas de doute, les deux ont été abattus de ce côté. Tous deux étaient allongés quand on leur a tiré dessus.

Douglas et Ryan prirent leur temps, examinant à trois reprises chaque centimètre du passage, car la minutie était leur principale arme professionnelle et ils avaient tout le temps du monde — ou en tout cas, plusieurs heures, ce qui revenait au même. Un lieu du crime comme celui-ci était une bénédiction.

Pas d'herbe pour dissimuler des indices, pas de mobilier, rien qu'une coursive de brique nue d'un mètre cinquante de large à peine, parfaitement isolée. Voilà qui gagnerait du temps.

— Rien de rien, Em, dit Douglas après sa troisième inspection.

— Sans doute un revolver, alors. C'était une déduction logique. Les douilles de .22 léger éjectées d'un automatique pouvaient voler à des distances incroyables et elles étaient si petites que les retrouver avait de quoi vous faire tourner en bourrique. Rares étaient les criminels qui les récupéraient et réussir à mettre la main sur quatre minuscules douilles de .22, dans le noir, non, c'était assez improbable.

— Un voleur armé d'un revolver bon marché, tu paries ? demanda Douglas.

— S'pourrait. Les deux policiers s'approchèrent des corps et s'accroupirent pour la première fois près des deux cadavres.

— Pas de trace de poudre visible, observa le sergent avec une certaine surprise.

Ryan se tourna vers Monroe.

— Une de ces maisons est occupée ?

— Aucune, sergent, répondit Monroe en indiquant les deux bâtiments de part et d'autre du passage. Mais la plupart des appartements d'en face sont occupés.

— Quatre balles, au beau milieu de la nuit, tu crois que quelqu'un aurait pu les entendre ? *Le tunnel en brique aurait dû concentrer le son comme une lentille de télescope la lumière,* songea Ryan et le .22 avait un claquement sonore, violent. Mais combien de fois avaient-ils connu des affaires similaires où personne n'avait entendu quoi que ce soit ? D'ailleurs, vu le pli que prenait le quartier, ses habitants s'y classaient en deux catégories : ceux qui ne regardaient pas parce qu'ils s'en foutaient, et ceux qui savaient que regarder ne faisait qu'accroître le risque de prendre une balle perdue.

— Deux agents sont en train de frapper aux portes, lieutenant. Sans résultat, jusqu'ici.

— Pas mal visé, tout de même, observa Douglas. Il avait sorti son crayon qu'il pointait vers les trous au front de la victime non identifiée. Ils étaient distants d'à peine plus d'un centimètre, juste au-dessus de l'arête du nez. Pas de trace de poudre. L'assassin devait se tenir debout... disons à un mètre, un mètre vingt, maxi... Douglas se releva, au pied des deux corps, et il étendit le bras. C'était une façon naturelle de tirer, le bras tendu, en visant vers le bas.

— Je ne crois pas. Peut-être qu'il y a des traces de poudre que nous ne voyons pas, Tom. C'est bien pour ça qu'on a les gars du labo. Il voulait dire que les deux victimes avaient la peau noire et que l'éclairage n'était pas si bon. Mais s'il y avait un tatouage de poudre autour de l'orifice d'entrée des balles, aucun des deux policiers n'arrivait à le discerner. Douglas s'accroupit de nouveau pour examiner les blessures.

— Sympa de découvrir que quelqu'un apprécie notre boulot, remarqua le représentant du coroner, trois mètres derrière eux. Il était en train de griffonner ses notes personnelles.

— Quoi qu'il en soit, Em, notre tireur avait quand même la main sûre. Le crayon se déplaça vers la tête de Maceo Donald. Les deux trous dans le front, peut-être un peu plus haut que chez l'autre victime, étaient encore plus rapprochés. C'est inhabituel.

Ryan haussa les épaules et entreprit de fouiller les corps. Bien qu'étant le supérieur hiérarchique, il préférait opérer lui-même tandis que Douglas prenait les notes. Il ne trouva aucune arme sur les deux cadavres, et même si l'un et l'autre avaient un portefeuille et des papiers qui identifiaient l'inconnu comme Charles Barker, vingt ans, le montant de l'argent découvert sur eux était de loin inférieur à celui que des individus dans leur branche possédaient habituellement. Il n'y avait pas non plus de drogue...

— Attends voir, voilà quelque chose — trois petits sachets cristal remplis d'une substance poudreuse blanche, décrivit Ryan, avec le langage de sa profession. De l'argent de poche, un dollar soixante-quinze ; un briquet, de marque Zippo, en acier brossé, le modèle bas de gamme. Un paquet de Pall Mall dans la poche de chemise — et un autre sachet cristal de substance poudreuse blanche.

— Un vol de drogue, diagnostiqua Douglas. Ce n'était pas terriblement professionnel mais c'était plutôt évident. Monroe ?

— Oui, sergent ? Le jeune agent ne cesserait jamais d'être un Marine. Presque chacune de ses phrases, nota Douglas, était ponctuée par un « sergent ».

— Nos amis Barker et Donald — des revendeurs expérimentés ?

— Ju-Ju traîne dans le coin depuis que je suis affecté à ce quartier, sergent. Je n'ai pas souvenance que quelqu'un ait jamais tenté de lui chercher noise.

— Pas trace de lutte sur les mains, observa Ryan après les avoir retournées. Les mains ont été ligotées avec... du fil électrique, âme en cuivre, isolant blanc portant une marque de fabrique, impossible encore à déchiffrer. Aucune trace manifeste de lutte.

— Quelqu'un a réussi à avoir Ju-Ju ! C'était Mark Charon qui venait d'arriver. Et moi qui avais un mandat contre ce connard.

— Deux blessures de sortie, à l'arrière du crâne de M. Donald, poursuivit Ryan, dérangé par cette interruption. J'imagine que nous retrouverons les balles quelque part au fond de cette mare, ajouta-t-il aigrement.

— Laisse tomber la balistique, grommela Douglas. Ce n'était pas inhabituel avec du calibre .22. Pour commencer, le projectile était coulé dans une espèce de plomb assez tendre et se déformait si aisément que les stries formées par les rayures du canon étaient la plupart du temps impossibles à identifier. En second lieu, la petite balle de .22 avait un pouvoir de pénétration important, supérieur même à celui d'une balle de calibre .45 et il était fréquent qu'on la retrouve aplatie sur un obstacle quelconque derrière la victime. En l'occurrence, le ciment du trottoir.

— Bon, parle-moi de lui, ordonna Ryan.

— Revendeur important, grosse clientèle. Conduit une chouette Cad rouge, ajouta-t-il. Un mec très intelligent.

— Plus maintenant. Il s'est fait homogénéiser la cervelle il y a environ six heures.

— Braquage ? demanda Charon.

Ce fut Douglas qui répondit.

— M'en a tout l'air. Pas d'arme sur lui, pas de drogue, pas de somme d'argent notable. Celui qui a fait ça connaissait son affaire. Du vrai boulot de professionnel, Em. Sûrement pas un camé qui aurait eu un coup de pot.

— J'aurais tendance à dire que c'est une opération de nettoyage, Tom, répondit Ryan en se relevant. Sans doute un revolver, mais il faut que ces groupes soient radins pour recourir à un flingue bon marché. Mark, des indices sur un voleur expérimenté qui zonerait dans le secteur ?

— Il y a bien le Duo, dit Charon. Mais ils travaillent au fusil de chasse.

— On dirait presque un règlement de comptes. On se regarde entre quatre-z-yeux — et pan. Douglas réfléchit. Non, ça ne collait pas non plus. Les règlements de comptes étaient rarement aussi élégants. Les criminels n'étaient pas des tireurs émérites et la plupart du temps, ils recouraient à des armes bon marché. Ryan et lui avaient enquêté sur une poignée de meurtres liés au milieu, et soit la victime avait été abattue d'une balle dans la nuque à bout portant, avec tous les signes médico-légaux consécutifs à ce genre d'exécution, soit le tir était effectué tellement au petit bonheur que la cible avait toutes les chances de se retrouver truffée d'une douzaine d'impacts répartis sur l'ensemble de son anatomie. Ces deux zigues avaient été descendus par un spécialiste et la liste des tueurs expérimentés de la Mafia était en vérité fort réduite. Mais qui avait dit qu'une enquête criminelle était une science exacte ? Cette affaire mêlait la routine et l'inhabituel. Un vol banal, puisque la victime avait été délestée de sa drogue et de son argent, et en même temps un meurtre d'une habileté peu commune qui témoignait soit que le tueur avait eu beaucoup de chance (et à deux reprises), soit qu'il était une fine gâchette. Et un règlement de comptes était rarement maquillé en vol ou en une autre forme d'agression. Les règlements de comptes servaient le plus souvent à faire un exemple.

— Mark, t'as entendu parler d'une reprise de la guerre des gangs, ces temps-ci ? demanda Douglas.

— Non, pas vraiment, rien d'organisé en tout cas. Pas mal de frictions entre dealers pour un coin de trottoir, mais ça n'est pas nouveau.

— Tu pourrais peut-être te renseigner de ce côté-là, suggéra le lieutenant Ryan.

— Pas de problème, Em. Je vais mettre mes gars là-dessus.

On va pas résoudre cette affaire de sitôt — peut-être jamais, songea Ryan. *Enfin, il n'y a peut-être qu'à la télé qu'on les élucide dans la première demi-heure — entre deux pubs.*

— Je peux les avoir, maintenant ?

— Ils sont à vous, dit Ryan à l'homme de l'institut médico-légal. Son break noir était prêt, et la température matinale commençait à monter. Déjà, on voyait tournoyer des mouches, attirées par l'odeur du sang. Il se dirigea vers sa voiture, accompagné par Tom Douglas. Ses adjoints s'occupaient du reste du travail de routine.

— Quelqu'un qui sait tirer — mieux que moi, en tout cas, observa Douglas alors qu'ils regagnaient le centre. Il avait eu l'occasion de s'entraîner avec l'équipe de tir du service.

— Ma foi, c'est pas les bons tireurs qui manquent dans le coin, Tom. Peut-être que l'un d'eux a trouvé un emploi chez nos amis de l'organisation.

— Un tueur professionnel, alors ?

— Disons, expérimenté, jusqu'à plus ample informé, préféra suggérer Ryan. On va laisser Mark faire une partie du travail d'enquête sur le terrain.

— Voilà une nouvelle qui me comble d'aise, ricana Douglas.

*

Kelly se réveilla à dix heures trente ; pour la première fois depuis plusieurs jours, il se sentait propre. Il avait pris une douche sitôt rentré chez lui, en se demandant s'il ne risquait pas de boucher les égouts. Aujourd'hui, il pouvait même se raser et cela compensait bien le manque de sommeil. Avant le petit déjeuner — copieux —, Kelly se rendit en voiture au parc voisin pour courir trente minutes, puis il revint chez lui prendre une nouvelle douche absolument merveilleuse et se restaurer. Ensuite, il avait du pain sur la planche. Tous les vêtements utilisés la veille étaient roulés dans un grand sac en papier — pantalon, chemise, slip, chaussettes et chaussures. Ça semblait dommage d'avoir à se séparer de la saharienne dont la grande taille et les nombreuses poches s'étaient révélées si utiles. Il faudrait qu'il s'en procure une autre, et sans doute plusieurs. Il était certain de ne pas s'être fait éclabousser de sang, ce coup-ci, mais avec les teintes sombres, on ne pouvait jamais savoir ; en tout cas, ils portaient sûrement des résidus de poudre, et ce n'était pas le moment de prendre le moindre risque. Le reste des provisions et du café instantané rejoignirent les vêtements dans le sac et finirent dans le vide-ordures de l'appartement. Kelly avait envisagé de les déposer dans une décharge éloignée mais cela risquait de soulever plus de problèmes que ça n'en résolvait. Quelqu'un risquait de l'apercevoir, de remarquer son manège et de s'interroger. Se débarrasser des quatre douilles de .22 avait été facile. Il les avait jetées dans une bouche d'égout pendant son jogging. Aux infos de midi, on annonça la découverte de deux corps, sans fournir de détails. Peut-être que le journal serait plus bavard. Il lui restait encore une chose à faire.

— Salut, Sam.
— Salut, John. Vous êtes en ville ? Rosen était à son bureau.
— Ouais. Ça ne vous dérange pas que je passe vous voir quelques minutes ? Disons vers les deux heures ?

*

— Que puis-je faire pour vous ? demanda Rosen, assis derrière son bureau.
— Les gants, dit Kelly, en levant la main. Comme ceux que vous utilisez, en caoutchouc fin. Est-ce que ça coûte cher ?
Rosen faillit lui demander pour quel usage mais décida qu'il n'avait pas besoin de savoir.
— Bigre, c'est qu'ils sont livrés en boîtes de cent paires.
— Je n'ai pas besoin d'une telle quantité.
Le chirurgien ouvrit un tiroir de son secrétaire et lui en lança dix, dans leur emballage en papier et plastique.
— Vous avez l'air terriblement respectable. Et c'était vrai, avec sa chemise blanche à col fermé et son complet bleu CIA comme il avait pris l'habitude de le baptiser. C'était la première fois que Rosen le voyait mettre une cravate.
— Vous foutez pas de moi, toubib. Kelly sourit. Parfois, je suis bien obligé. J'ai même dégoté un nouveau boulot. Plus ou moins.

— Quel genre ?

— Disons, consultant. Kelly agita la main. Je ne peux pas donner plus de détails, mais cela m'oblige à être sapé correctement.

— Vous vous sentez bien ?

— Oui, docteur, tout à fait. Jogging et tout le tremblement. Et vous, ça marche ?

— Le train-train. Plus de paperasse que de chirurgie, mais j'ai un service entier à superviser. Sam caressa la pile de dossiers sur son bureau. Ces menus propos le mettaient mal à l'aise. Il avait l'impression que son ami portait un déguisement, et même s'il se doutait que Kelly tramait quelque chose, le fait de ne pas savoir quoi au juste lui permettait d'être à l'aise avec sa conscience. Pouvez-vous me rendre un service ?

— Bien sûr, toubib.

— La voiture de Sandy est en panne. Je comptais faire l'aller-retour pour la ramener mais j'ai une réunion qui va s'éterniser jusqu'à quatre heures. Et elle finit son service à trois.

— Vous lui laissez avoir des horaires réguliers, à présent ? demanda Kelly avec un sourire.

— Parfois, quand elle n'enseigne pas.

— Eh bien, si elle n'y voit pas d'inconvénient, moi non plus.

Cela ne faisait que vingt minutes à attendre et Kelly les fit passer en se rendant à la cafétéria pour manger un morceau. Sandy O'Toole l'y retrouva, juste après la relève de quinze heures.

— Vous vous êtes habitué à la nourriture ? lui demanda-t-elle.

— Même les hôpitaux ne peuvent pas trop abîmer une salade. Il n'avait malgré tout pas réussi à comprendre la fascination hospitalière pour la gelée sucrée. Il paraît que votre voiture est en panne ?

Elle acquiesça et Kelly vit pourquoi Rosen lui avait confié des horaires plus réguliers. Sandy paraissait épuisée, sa peau claire était livide, avec des bouffissures sombres sous les yeux.

— Une histoire de démarreur — le câblage. Elle est en réparation.

Kelly se leva.

— Eh bien, le carrosse de madame est avancé. Sa remarque fit naître un sourire, mais plus poli qu'amusé.

— Je ne vous ai jamais vu ainsi tiré à quatre épingles, remarqua-t-elle alors qu'ils descendaient vers le garage.

— Eh bien, n'allez pas vous faire des idées. Je suis encore capable de me rouler dans la boue avec mes plus beaux costumes. Une fois encore, sa plaisanterie tomba à plat.

— Je ne voulais pas dire...

— Ne vous en faites pas, m'dame. Vous avez eu une rude journée et votre chauffeur a un humour assez lamentable.

L'infirmière O'Toole s'arrêta et se tourna vers lui.

— Ce n'est pas de votre faute. On a eu une mauvaise semaine. Une gamine, un accident de la circulation. Le docteur Rosen a fait tout ce qu'il a pu, mais les dégâts étaient trop étendus, et elle s'est éteinte durant ma garde, avant-hier. Des fois, je déteste ce boulot, conclut Sandy.

— Je comprends, dit Kelly en lui ouvrant la portière. Écoutez, vous voulez la version abrégée ? Ce n'est jamais la bonne personne. Ce n'est jamais le bon moment. Et ça n'a jamais de sens.

— C'est une chouette façon de voir les choses. Vous cherchiez à me redonner le moral, là ? Et cela, perversement, la fit sourire mais ce n'était pas le genre de sourire que Kelly avait envie de contempler.

— On essaie tous de recoller les morceaux du mieux qu'on peut, Sandy. Vous luttez contre vos dragons, je me bats contre les miens, ajouta-t-il, sans réfléchir.

— Et combien de dragons avez-vous tué ?

— Un ou deux, répondit Kelly, distant, en essayant de maîtriser sa voix. Il était surpris de se retrouver si vite en terrain miné. Sandy vous invitait si facilement à la confidence.

— Et qu'est-ce que ça a amélioré, John ?

— Mon père était pompier. Il est mort quand j'étais là-bas. Une maison en feu, il est rentré, il a trouvé deux gamins asphyxiés par la fumée. P'pa a réussi à les en tirer sains et saufs mais il s'est effondré aussitôt, terrassé par une crise cardiaque. Il paraît qu'il était mort avant même d'avoir touché le sol. C'est des trucs qui marquent. Il se souvenait des paroles de l'amiral

Maxwell, à l'infirmerie de l'USS *Kitty Hawk,* quand il lui avait dit que la mort devait avoir un sens, et que celle de son père en avait eu un.

— Vous avez tué des gens, n'est-ce pas ?
— A la guerre, c'est des choses qui arrivent, reconnut Kelly.
— Quel était le sens de ces morts ? Qu'ont-elles apporté ?
— Si vous voulez la grande réponse, je ne l'ai pas. Mais ceux que j'ai descendus n'ont plus fait de mal à personne. Et FLEUR EN PLASTIQUE non plus, ça c'était sûr. Terminé, le massacre des chefs de village avec leur famille. Peut-être que quelqu'un d'autre avait pris la relève mais peut-être que non, finalement.

Sandy regardait les voitures tandis qu'ils remontaient Broadway vers le nord.

— Et ceux qui ont tué Tim, est-ce qu'ils pensaient pareil ?
— Peut-être, mais il y a une différence. Kelly faillit ajouter qu'il n'avait jamais vu un de ses hommes assassiner qui que ce soit, mais ça, il ne pouvait plus le dire, désormais, n'est-ce pas ?
— Mais si tout le monde croit la même chose, alors ça nous mène où ? Ce n'est pas comme les maladies. On se bat contre des trucs qui font du mal à tout le monde. Pas de politique, pas de mensonges. On ne tue pas des gens. C'est pour ça que je fais ce boulot, John.
— Sandy, il y a trente ans, il y avait un type du nom d'Hitler qui prenait son pied à tuer des gens comme Sam et Sarah simplement à cause du putain de nom qu'ils portaient. Il fallait le mettre hors d'état de nuire, et on l'a fait, sacrément trop tard, d'accord, mais on l'a fait.

La leçon n'était-elle pas assez claire ?

— On a bien assez de problèmes ici, remarqua-t-elle. Il suffisait de contempler les trottoirs qu'ils longeaient, car Johns Hopkins n'était pas situé dans un quartier facile.
— Je le sais, au cas où vous auriez oublié.

La remarque la fit taire.

— Je suis désolée, John.
— Et moi, donc. Kelly marqua un temps. Il cherchait ses mots. Il y a une différence, Sandy. Ce sont de braves gens. Je suppose que la majorité des gens sont bons. Mais il y en a des mauvais. Il ne suffit pas de souhaiter leur disparition, et il ne sert à rien de souhaiter qu'ils s'amendent parce que la plupart

ne changeront jamais. Alors il faut bien que quelqu'un se dévoue pour protéger les uns contre les autres. C'est mon boulot.

— Mais comment faites-vous pour ne pas finir comme eux ?

Kelly prit son temps pour lui répondre, regrettant déjà sa présence ici. Il n'avait pas besoin d'entendre tout ça, pas besoin d'être amené à faire son examen de conscience. Tout avait été si limpide depuis deux ou trois jours. Une fois qu'on avait décidé qu'il y avait un ennemi, alors agir en fonction de cette information se résumait à la simple mise en application de sa formation et de son expérience. Ce n'était pas un truc auquel on avait à réfléchir. Faire son examen de conscience, c'était toujours difficile, n'est-ce pas ?

— Je n'ai jamais eu ce genre de problème, dit-il finalement, esquivant la difficulté. C'est à ce moment qu'il perçut la différence. Sandy et ses collègues luttaient contre une chose, et ils luttaient avec courage, risquaient leur santé mentale en résistant ainsi à l'action de forces dont les causes premières n'étaient pas directement accessibles. Kelly et les siens luttaient contre des gens, laissant certes à d'autres la responsabilité des actes de leurs ennemis, mais ils étaient à même de traquer l'adversaire, de se battre directement contre lui, voire de l'éliminer, avec un peu de chance. Un camp détenait l'absolue pureté de la cause, mais la satisfaction lui échappait. L'on pouvait parvenir à la satisfaction en détruisant l'ennemi, mais seulement au risque de finir par ressembler un peu trop à ceux contre qui on luttait. Combattre et guérir, deux guerres parallèles, deux buts similaires, mais si différents dans les faits. Les maladies du corps et les maladies de l'humanité elle-même. N'était-ce pas une façon intéressante de voir les choses ?

— Peut-être que c'est comme ça : le problème n'est pas de savoir contre qui on se bat. Mais pour quoi.

— Pour quoi vous battiez-vous, au Viêt-nam ? insista Sandy. C'était une question qu'elle se reposait au moins dix fois par jour depuis qu'elle avait reçu le funeste télégramme. Mon mari est mort là-bas et je n'ai toujours pas compris pourquoi.

Kelly s'apprêtait à dire quelque chose mais il se tut. Franchement, il n'y avait pas de réponse. La malchance, de mauvaises décisions, une mauvaise synchronisation à plusieurs niveaux d'activité engendraient des événements aléatoires qui provoquaient la mort de soldats sur un champ de bataille lointain, et même quand vous étiez sur place, ça n'avait pas toujours plus de sens. Du reste, elle devait avoir déjà entendu plus d'une fois les justifications énoncées par celui-là même dont elle pleurait la perte. Peut-être que chercher ce genre de sens n'était rien de plus qu'un exercice futile. Peut-être qu'il ne fallait pas en chercher un. Même si c'était vrai, comment pouvait-on vivre sans au moins faire semblant d'y croire, quelque part ? Il était encore en train de soupeser ce problème quand il tourna dans sa rue.

— Votre maison aurait besoin d'un coup de peinture, observa-t-il, pas mécontent.

— Je sais. Je ne peux pas me payer les peintres et je n'ai pas le temps de le faire moi-même.

— Sandy... vous voulez une suggestion ?

— Comment cela ?

— Laissez-vous vivre. Je suis désolé que Tim ne soit plus là, mais c'est un fait. J'ai perdu des tas d'amis là-bas, moi aussi. La vie doit continuer.

L'épuisement sur ses traits faisait peine à voir. Ses yeux l'examinèrent avec une espèce d'intensité professionnelle, sans rien trahir de ce qu'elle pensait ou ressentait, mais qu'elle ait simplement fait l'effort de se dissimuler à lui était déjà révélateur.

Quelque chose a changé en vous. Je me demande quoi. Et je me demande pourquoi, était en train de penser Sandy. Quelque chose s'était résolu. Il avait toujours été poli, presque drôle par ses pathétiques efforts pour paraître distingué, mais la tristesse qu'elle avait remarquée, et qui était presque équivalente à son chagrin irrémédiable, cette tristesse avait désormais disparu, remplacée par un sentiment qu'elle avait encore du mal à cerner. C'était étrange, parce qu'il n'avait jamais cherché à se cacher d'elle, et elle s'estimait capable de pénétrer tous les masques qu'il pourrait porter. Là-dessus, elle se trompait, ou peut-être qu'elle ne connaissait pas vraiment les règles. Elle le regarda descendre, contourner la voiture, lui ouvrir la portière.

— M'dame ? Il lui indiqua la maison.

— Pourquoi êtes-vous si gentil ? Est-ce que le docteur Rosen...

— Il a simplement dit que vous aviez besoin d'un chauffeur, Sandy. Véridique. De toute façon, vous avez l'air terriblement fatiguée. Kelly la raccompagna jusqu'à sa porte.

— Je ne sais pas pourquoi j'aime bien vous parler, dit-elle en gravissant les marches du perron.

— Je n'en étais pas sûr. C'est vrai ?

— Je crois que oui, répondit O'Toole, avec un demi-sourire. Qui s'éteignit au bout d'une seconde. John, c'est trop tôt pour moi.

— Sandy, c'est trop tôt pour moi aussi. Mais est-ce trop tôt pour être amis ?

Elle y réfléchit. Non, pas trop tôt pour ça.

— On dîne ensemble, un de ces soirs ? Je vous ai déjà demandé, vous vous souvenez ?

— Vous repassez souvent en ville ?

— Plus qu'avant. J'ai un boulot — enfin, un truc que je dois faire à Washington.

— Quoi donc ?

— Rien d'important. Et Sandy détecta l'odeur du mensonge, mais qui n'était sans doute pas destiné à la blesser.

— La semaine prochaine, peut-être ?

— Je vous passerai un coup de fil. Je ne connais aucun bon restaurant dans le coin.

— Moi, si.

— Allez vous reposer. Il ne chercha pas à l'embrasser, ou même à lui prendre la main. Juste un petit sourire amical avant de s'éloigner. Sandy le regarda partir, en se demandant toujours ce qu'il y avait de changé chez cet homme. Jamais elle n'oublierait son regard, là-bas sur le lit d'hôpital, mais quelle qu'en ait pu être la raison, elle n'avait pas besoin de la redouter.

Kelly pestait silencieusement tandis qu'il s'éloignait. Cette fois, il avait enfilé les gants de coton et en frotta toutes les surfaces de l'habitacle à sa portée. Il ne pouvait pas se permettre d'avoir trop de conversations comme celle-ci. A quoi cela rimait-il ? Comment diable voulait-on qu'il sache ? C'était plus facile sur le terrain. On identifiait l'ennemi ou, encore plus souvent, quelqu'un vous expliquait ce qui se passait, et qui il était et où il était — fréquemment, cette dernière information était erronée, mais au moins vous donnait-elle un point de départ. Les ordres de mission toutefois ne vous disaient jamais en quoi cela allait changer le monde ou mettre fin à la guerre. Ça, c'étaient les trucs qu'on lisait dans les journaux, des informations répétées par des journalistes qui n'en avaient rien à foutre, provenant de correspondants ignorants ou de politiciens qui ne feraient jamais l'effort de creuser la question. « Infrastructure » et « cadre » étaient des mots à succès mais lui, il chassait des gens, pas de l'infrastructure, quoi que ce putain de terme puisse signifier. L'infrastructure était une *chose,* comme ce contre quoi Sandy luttait. Ce n'était pas une personne commettant des actes néfastes et qu'on pouvait traquer comme un gros gibier nuisible. Et comment cela s'appliquait-il à ce qu'il était en train de faire en ce moment ? Kelly se dit qu'il aurait intérêt à maîtriser le cours de ses réflexions, à se cantonner aux trucs clairs, à se rappeler simplement qu'il était en train de chasser des *gens,* exactement comme naguère. Il n'allait pas changer le monde, juste en nettoyer un petit coin.

*

— Ça fait toujours mal, mon ami ? demanda Grichanov.
— Je crois bien que j'ai quelques côtes cassées.
Zacharias s'assit sur la chaise, la respiration difficile, souffrant manifestement. Cela inquiéta le Russe. Ce genre de blessure pouvait engendrer une pneumonie et une pneumonie pouvait tuer un homme dans son état physique. Les gardiens avaient manifesté un peu trop de zèle même s'ils avaient en fait agi sur ses ordres car il avait simplement voulu lui infliger une bonne correction. Un prisonnier mort ne lui révélerait jamais ce qu'il avait besoin de savoir.
— J'ai parlé au commandant Vinh. Le petit sauvage dit qu'il n'a pas de médicaments à gâcher. Grichanov haussa les épaules. Il se pourrait même que ce soit vrai. La douleur, elle est pénible ?
— Chaque fois que je respire, répondit Zacharias, et il

disait manifestement vrai. Son teint était encore plus livide que d'habitude.

— Je n'ai qu'un seul remède à la douleur, Robin, s'excusa Kolya en brandissant sa flasque.

Le colonel américain secoua la tête, et ce seul mouvement parut être douloureux.

— Je ne peux pas.

Grichanov prit le ton frustré de l'homme qui cherche à raisonner un ami.

— Alors, tu es un idiot, Robin. La douleur ne sert personne, ni toi, ni moi, ni ton Dieu. Je t'en prie, laisse-moi t'aider un peu. S'il te plaît ?

Je ne peux pas, se répéta Zacharias. Car le faire serait rompre son engagement. Son corps était un temple, et il devait le protéger de souillures comme celles-ci. Mais le temple était détruit. Ce qu'il redoutait le plus, c'était l'hémorragie interne. Son corps serait-il capable de se guérir seul ? Il le faudrait et, dans des circonstances à peu près normales, cela n'aurait pas posé de problème, mais il savait que sa condition physique était pitoyable, avec son dos toujours blessé, et maintenant les côtes. La douleur était désormais sa compagne et, avec la douleur, il lui serait plus difficile de résister aux questions, si bien qu'il devait dorénavant confronter sa religion à son devoir de résistance. Les choses étaient moins claires désormais. Apaiser la douleur pouvait hâter la guérison, et lui permettre de plus facilement rester fidèle à son devoir. Alors, quelle était la bonne voie ? Ce qui aurait dû être une question simple était devenu brumeux et ses yeux lorgnaient le récipient métallique. Le soulagement était là. Pas un bien grand soulagement, mais un soulagement quand même, et c'était ce dont il avait besoin s'il voulait se contrôler.

Grichanov dévissa la capsule.

— Est-ce que tu skies, Robin ?

Zacharias fut surpris par la question.

— Oui, j'ai appris quand j'étais gosse.

— Du ski de fond ?

L'Américain secoua la tête. Non, ski de piste.

— La neige dans les Wasatch, elle est bonne pour skier ?

Le souvenir fit naître un sourire chez Robin.

— Très bonne, Kolya. C'est de la neige sèche. Poudreuse, on dirait du sable très fin.

— Ah, la meilleure. Tiens... Il lui tendit la flasque.

Juste ce coup-ci, se dit Zacharias. *Juste pour la douleur.* Il but une gorgée. *Repousser la douleur de quelques pas, le temps que je me ressaisisse.*

Grichanov le regarda faire et vit ses yeux s'emplir de larmes, en espérant que l'homme n'allait pas se mettre à tousser et se faire mal un peu plus. C'était de la bonne vodka, obtenue auprès des entrepôts de l'ambassade à Hanoi, la seule chose que son pays avait en abondance, et la seule dont l'ambassade disposât à profusion. La meilleure qualité de vodka de papier, la préférée de Kolya, effectivement parfumée avec du vieux papier, un détail que cet Américain avait peu de chances de noter — et qui du reste avait tendance à lui échapper, à lui aussi, après le troisième ou quatrième verre.

— Tu es bon skieur, Robin ?

Zacharias sentit la chaleur diffuser dans son ventre et il se laissa aller. Ce faisant, la douleur décrut et il se sentit un peu plus fort ; alors, si ce Russe avait envie de parler ski, eh bien, ça ne pouvait pas faire grand mal, pas vrai ?

— Je skie sur les pistes noires, dit Robin avec fierté. J'ai commencé quand j'étais tout gosse. Je crois que je devais avoir cinq ans quand papa m'a emmené pour la première fois.

— Ton père... pilote, aussi ?

L'Américain secoua la tête.

— Non, avocat.

— Mon père est professeur d'histoire à l'Université d'État de Moscou. Nous avons une datcha et l'hiver, quand j'étais petit, je pouvais aller skier dans les bois. J'aime le silence. Tout ce qu'on entend c'est... comment vous dites, chuinter ? Chuinter les skis sur la neige. Rien d'autre. Comme un tapis blanc sur la terre, aucun bruit, juste le silence.

— Si on se lève tôt, les montagnes peuvent être comme ça. Faut choisir un jour juste après une averse de neige, sans trop de vent.

Kolya sourit.

— C'est comme de voler, pas vrai ? Voler dans un monoplace, un jour de temps clair avec juste quelques petits nuages blancs. Il se pencha, prit un air entendu. Dis voir, ça t'arrive pas de couper ta radio, juste quelques minutes, histoire d'être seul ?

— Ils vous laissent faire ça ?

Grichanov rigola, secoua la tête.

— Non, mais je le fais quand même.

— T'as de la veine, dit Robin, souriant à son tour, en se souvenant de la sensation. Il repensait à un après-midi bien précis, au départ de la base aérienne de Mountain Home, un jour de février 1964.

— C'est l'impression que Dieu doit avoir, non ? Tout seul. On peut ignorer le bruit du moteur. Pour moi, il disparaît, comme ça, au bout de quelques minutes. Ça fait pareil, pour toi ?

— Ouais, si ton casque est bien ajusté.

— En fait, c'est pour ça que je vole, mentit Grichanov. Tout le reste des conneries, la paperasse, les trucs de mécanique, les conférences, c'est le prix à payer. Pour être là-haut, tout seul, comme quand j'étais un petit garçon qui skiait dans les bois — mais mieux. On peut voir si loin un jour de beau temps en hiver. Il tendit de nouveau le flacon à Zacharias. Est-ce que tu peux imaginer que ces petits sauvages comprennent ça ?

— Probablement pas.

Il hésita un instant. Bon, il en avait déjà bu un coup. Un second ne pouvait pas faire de mal, pas vrai ? Zacharias but une nouvelle lampée.

— Moi, ce que je fais, Robin, c'est tenir le manche juste du bout des doigts, comme ceci. Il fit la démonstration avec le goulot de la flasque. Je ferme les yeux un moment et quand je les rouvre, le monde est différent. Alors, je ne fais plus partie du monde. Je suis autre chose — un ange, peut-être, dit-il, avec bonne humeur. Alors, je possède le ciel comme je posséderais une femme, mais ce n'est jamais tout à fait pareil. Les meilleures sensations sont toujours solitaires, je suppose.

Ce type pige vraiment, pas vrai ? Il pige réellement ce que c'est que voler.

— T'es poète, ou quoi ?

— J'adore la poésie. Je n'ai pas le talent pour en faire mais cela ne m'empêche pas d'en lire et de la mémoriser, et de ressentir ce que le poète me dit de ressentir, expliqua tranquillement Grichanov, et il était tout à fait sincère, en même temps qu'il regardait les yeux de l'Américain se brouiller, devenir rêveurs. Nous avons bien des points communs, mon ami.

*

— Qu'est-ce qu'ils racontent, pour Ju-Ju ? demanda Tucker.
— Ça ressemble à un braquage. Il est devenu négligent. Un de tes gars, hein ? demanda Charon.
— Ouais, il faisait pas mal de transports pour nous.
— Qui a fait le coup ? Ils étaient dans la Section générale de la Librairie de prêt Enoch Pratt, cachés entre les rangées de bouquins, la planque idéale, en fait. Difficile de s'approcher sans être immédiatement repéré, et impossible à piéger avec des micros. Même si l'endroit était relativement calme, ces petits recoins étaient bien trop nombreux.
— Difficile à dire, Henry. Ryan et Douglas étaient là-bas mais j'ai pas l'impression qu'ils aient trouvé grand-chose. Eh, t'es retourné à ce point à cause d'un simple dealer ?
— Tu sais bien que la question n'est pas là, mais ça fait quand même désordre. Jamais un de mes gars ne s'était encore fait descendre.
— Tu sais bien que la question n'est pas là non plus, Henry. Charon feuilleta quelques pages. C'est un boulot à haut risque. Un type veut palper du liquide, voire un peu de came, dans la foulée, histoire de se lancer dans le métier, vite fait. Les mecs repèrent un nouveau revendeur qui fourgue ta marchandise, peut-être. Merde, vu comme ils ont visé, tu pourrais peut-être t'entendre avec eux.
— Des revendeurs, j'en ai suffisamment. Et les arrangements dans ce genre, c'est pas bon pour le commerce. Comment ils les ont descendus ?
— Très pro. Chacun deux bastos dans le crâne. Douglas avait l'air de pencher pour un règlement de comptes.
Tucker tourna la tête.
— Oh ?
Charon expliqua d'une voix calme, le dos tourné.

— Henry, ce n'était pas l'équipe. Tony ne ferait pas un truc pareil, hein ?

— Probablement pas. *Mais Eddie, si.*

— J'ai besoin de quelque chose, reprit Charon.

— Quoi ?

— D'un dealer. Qu'est-ce que tu croyais ? D'un tuyau dans la troisième à Pimlico ?

— Ça commence à bien faire, maintenant, non ? Jusqu'ici, utiliser Charon pour éliminer le plus gros de la compétition avait marché à la perfection — mieux que ça, même —, mais à mesure que Tucker renforçait sa mainmise sur le commerce local, il avait de plus en plus de mal à sélectionner des opérateurs indépendants pour les éliminations judiciaires. C'était surtout vrai de ses principaux rivaux. Il avait systématiquement choisi de préserver les individus avec lesquels il n'avait aucun intérêt à collaborer et les quelques-uns qui restaient pouvaient être d'utiles alliés plutôt que des rivaux, s'il arrivait à trouver le moyen de négocier avec eux.

— Si tu veux que je sois capable de te protéger, Henry, alors il faut que je sois en mesure d'orienter les enquêtes. Et pour pouvoir orienter les enquêtes, il faut bien que je leur sorte un gros poisson de temps en temps. Charon replaça son bouquin sur l'étagère. Pourquoi fallait-il qu'il lui explique des choses pareilles ?

— Quand ?

— Au début de la semaine, quelque chose de bien juteux. Je veux démonter un truc qui fasse de l'effet.

— Je te recontacte. Tucker replaça lui aussi son bouquin et s'éloigna. Charon resta quelques minutes encore, cherchant le bon livre. Il le trouva, en même temps que l'enveloppe glissée à côté. Le lieutenant de police ne se fatigua pas à compter. Il savait que le montant serait exact.

*

Greer se chargea des présentations.

— Monsieur Clark, je vous présente le général Martin Young, et voici Robert Ritter.

Kelly serra la main des deux hommes. Le Marine était

aviateur, comme Maxwell et Podulski, tous deux absents de cette réunion. Il ignorait absolument qui était Ritter mais ce fut lui qui parla en premier.

— Excellente analyse. Votre langage n'était pas précisément bureaucratique mais vous avez mis le doigt sur tous les points cruciaux.

— En fait, monsieur, ce n'est pas si difficile à déduire. L'attaque au sol ne devrait pas poser trop de problèmes. Ce ne sont pas des troupes d'élite qu'on affecte à ce genre d'endroit et les hommes qui sont là-bas surveillent dedans, pas dehors. Mettons deux types par mirador. Les mitrailleuses vont être braquées vers l'intérieur du camp, d'accord ? Il faut plusieurs secondes pour les faire pivoter. On peut se servir de la rangée d'arbres pour s'approcher à distance de tir des M-79. Le doigt de Kelly entoura le diagramme. Voilà les baraquements. Deux portes seulement, et je parie qu'il n'y a pas quarante mecs à l'intérieur.

— On entre par ici ? Le général Young tapota l'angle sud-est du camp.

— Affirmatif, mon général. Pour un navigant, le Marine pigeait plutôt vite. L'astuce est d'amener le plus près possible le premier groupe d'assaut. Pour ça, il faut tirer profit de la météo et ce ne devrait pas être trop difficile en cette période de l'année. Deux hélicos de combat, avec roquettes et canons légers pour transpercer ces deux bâtiments. On pose ici les hélicos d'évacuation. Tout doit être réglé moins de cinq minutes après qu'on aura ouvert le feu. C'est la phase d'atterrissage. Pour le reste, je laisse ça aux aviateurs.

— Donc, d'après vous, le point clé est d'amener les éléments d'assaut le plus près possible du site...

— Non, mon général. Si vous voulez avoir un nouveau Sông Tay, vous pouvez reproduire le même plan, poser l'hélico au beau milieu du camp, pile dans la cour — mais je crois savoir que vous voulez la jouer discrète.

— Affirmatif, confirma Ritter. Il le faut. Pas question de vendre le projet sous l'aspect d'une opération d'envergure.

— Si l'on dispose de moins d'atouts, il faut changer de

tactique. La bonne nouvelle, c'est que l'objectif est de taille limitée, il n'y a pas tant d'hommes que ça à extraire, et il n'y a pas tant d'adversaires à éliminer.

— Mais on n'a pas non plus une grosse marge de sécurité, observa le général Young, en fronçant les sourcils.

— Quasiment pas, admit Kelly. Vingt-cinq hommes. Vous les posez dans cette vallée, ils gravissent la colline, entrent dans la place, neutralisent les miradors, font sauter ce portail. Puis les hélicos arrivent et arrosent ces deux bâtiments-là pendant que le groupe d'assaut s'attaque à ce bâtiment-ci. Les serpents restent en veille au-dessus, le groupe d'insertion effectue la ramassage, puis tout le monde dégage vite fait par la vallée.

— Monsieur Clark, vous êtes un optimiste, observa Greer, rappelant en même temps à Kelly son identité d'emprunt. Si le général Young découvrait que Kelly n'avait été qu'un simple quartier-maître, ils n'obtiendraient jamais son soutien, or Young en avait déjà beaucoup fait pour eux, en consacrant l'intégralité de son budget annuel de construction pour édifier la maquette du camp dans les bois de Quantico.

— Tout cela, c'est des trucs que j'ai déjà fait, amiral.

— Qui se charge de recruter le personnel ? demanda Ritter.

— On s'en occupe, lui assura James Greer.

Ritter se cala dans son fauteuil pour examiner les photos et les diagrammes. Il était en train de mettre en jeu sa carrière, au même titre que Greer et tous les autres. Mais c'était ou faire quelque chose ou rester les bras croisés. Et rester les bras croisés voulait dire qu'au moins un homme de valeur, et peut-être vingt de plus, ne reverraient jamais le pays natal. Ce n'était toutefois pas la véritable raison, reconnut Ritter. La raison véritable était que d'autres avaient décidé que la vie de ces hommes n'avait pas d'importance, et ces autres risquaient d'en faire une mauvaise habitude. Ce genre de raisonnement finirait un jour par détruire son Agence. Comment vouliez-vous recruter des agents si le mot se répandait que l'Amérique ne protégeait pas ceux qui travaillaient pour elle ? Maintenir la confiance n'était pas uniquement une obligation morale. C'était de la simple efficacité.

— Mieux vaut mettre les choses en branle avant de révéler quoi que ce soit, remarqua-t-il. Il sera toujours temps d'obtenir le feu vert si nous sommes prêts à y aller. Faut présenter ça comme une occasion unique. C'est d'ailleurs l'autre grosse erreur que nous avons commise avec CHEVILLE OUVRIÈRE. L'opération était trop manifestement destinée à décrocher un permis de chasse et ça, ce n'est jamais couru d'avance. Cette fois-ci, il s'agit d'une mission de sauvetage ponctuelle. Je peux refiler le dossier à mes amis du NSC. Il a des chances de passer devant le Conseil mais en contrepartie, il faut qu'on soit prêt à démarrer aussitôt.

— Bob, est-ce à dire que vous êtes avec nous ? demanda Greer.

Ritter prit tout son temps pour répondre.

— Oui, absolument.

— Nous aurons quand même besoin d'un facteur de sécurité complémentaire, dit Young en considérant la carte à grande échelle et en se demandant comment les hélicoptères allaient passer.

— Oui, mon général, dit Kelly. Il faut que quelqu'un y aille d'abord en éclaireur. Les deux photos de Robin Zacharias étaient toujours sorties ; la première, en tenue impeccable de colonel de l'Air Force, au garde-à-vous, la casquette sous le bras, la poitrine bardée de rubans et d'ailes argentées, souriant avec confiance, sa famille bien rangée autour de lui ; et l'autre, celle d'un homme courbé, en loques, sur le point de recevoir un coup de crosse dans le dos. *Merde*, se dit-il, *pourquoi pas une croisade de plus ?*

— Je suppose que c'est pour moi.

17

Complications

Archie n'avait pas eu grand-chose à lui révéler, mais en définitive, Kelly n'avait pas besoin de plus. Tout ce qu'il lui manquait, à présent, c'était de pouvoir dormir encore un peu.

Filer quelqu'un en voiture, découvrit-il, s'avérait plus délicat que ne le suggéraient les séries télévisées, et encore plus difficile que lors de sa première expérience, à La Nouvelle-Orléans. Si vous suiviez de trop près, vous risquiez d'être repéré. Si vous vous laissiez trop distancer, vous risquiez de perdre le gars. Le trafic compliquait les choses un peu plus. Les camions pouvaient vous boucher la vue. Surveiller une voiture située un demi-pâté de maisons en avant vous conduisait fatalement à négliger les véhicules plus proches et ceux-ci, découvrit-il, pouvaient faire les trucs les plus délirants. Tous comptes faits, il bénissait Billy d'avoir choisi une Roadrunner rouge. Le coupé était facile à repérer, avec sa couleur vive, et même si le chauffeur aimait bien brûler de la gomme dans les virages et à tous les feux rouges, il ne pouvait pas non plus enfreindre trop systématiquement le code de la route sans attirer l'attention de la police, et ça, il n'y tenait pas plus que son poursuivant.

Kelly avait repéré la voiture juste après sept heures du soir, non loin du bar identifié par Archie. Quelle que soit l'allure du bonhomme, il n'était pas du genre discret, mais ça, sa voiture le lui avait déjà révélé. La boue était partie, remarqua-t-il aussitôt. La carrosserie venait apparemment d'être lavée et cirée et Kelly avait déjà pu constater, lors de leur rencontre précédente, que l'homme tenait énormément à son véhicule. Cela lui ouvrait d'intéressantes perspectives, qu'il considéra tout en continuant de filer Billy, toujours à une demi-rue d'écart, en s'imprégnant de son style de conduite. Il apparut bientôt que le type essayait au maximum d'éviter les artères principales et qu'il connaissait les voies secondaires comme un blaireau son terrier. Cela donnait un handicap à Kelly. En contrepartie, celui-ci conduisait une voiture parfaitement anonyme. Bien trop de vieilles Coccinelle grouillaient dans les rues pour qu'on en remarque une de plus.

Au bout de quarante minutes, le schéma devint clair. La Roadrunner tourna brusquement à droite et s'arrêta au bout d'une rue. Kelly soupesa les options possibles et continua d'avancer, au ralenti. Alors qu'il approchait, il vit descendre une fille, un sac au bras. Elle aborda une vieille connaissance, le Magicien, à plusieurs rues de son point de chute habituel. Kelly n'observa aucune tractation particulière — tous deux pénétrèrent dans un immeuble et y restèrent cachés une minute ou deux jusqu'à ce que la fille en ressorte — mais il n'avait pas besoin de cette confirmation. Leur manège collait avec ce que Pam lui avait expliqué. Mieux encore, il identifiait le Magicien, estima Kelly en tournant à gauche pour se retrouver à un feu rouge. Il venait d'apprendre deux choses qu'il avait ignorées jusqu'ici. Dans son rétro, il vit la Roadrunner franchir le carrefour. La fille avait pris la même direction et disparut de son champ visuel au moment où le feu passait au vert. Kelly tourna à droite à deux reprises, pour retrouver la Plymouth qui se dirigeait vers le sud, avec trois passagers à bord. Il n'avait pas remarqué auparavant l'homme — oui, ce devait être un homme —, tapi à l'arrière.

L'obscurité tombait rapidement, le bon moment de la journée pour John Kelly. Il continua de filer la Roadrunner, restant le plus longtemps possible tous feux éteints, et fut récompensé de sa filature en la voyant s'arrêter à une maison d'angle en meulière, et ses trois occupants en descendre, après avoir livré à quatre revendeurs leur quota pour la soirée. Il leur laissa quelques minutes puis gara sa voiture deux ou trois rues plus loin et revint à pied observer les lieux, jouant de nouveau les poivrots. L'architecture locale lui facilitait la tâche. Toutes les maisons d'en face avaient des perrons en marbre, bordés d'épais blocs de pierre rectangulaire qui lui permettaient de se dissimuler facilement. Il lui suffisait de s'asseoir sur le trottoir, le dos appuyé contre le rebord et, ainsi caché derrière, il devenait invisible. Il choisit son perron avec soin, assez près, mais pas trop, d'un réverbère en état de marche qui lui fournissait une ombre propice ; du reste, qui prêtait attention à un clochard ? Kelly avait adopté le même genre de démarche flageolante qu'il avait observée chez ce genre d'individu, et il n'hésitait pas à l'occasion à lever le sac en papier contenant sa bouteille pour faire semblant de boire au goulot tout en continuant de surveiller la maison d'angle en meulière.

Assis déjà depuis plusieurs heures, il se remémora les détails du rapport médico-légal. *Groupes sanguins O+, O− et AB−.* Le sperme retrouvé chez Pam correspondait à ces groupes et il se demanda duquel était Billy. Les voitures passaient dans la rue. Les piétons allaient et venaient. Trois d'entre eux au maximum lui accordèrent un regard, mais sans plus, tandis qu'il feignait d'être assoupi, sans cesser de lorgner la maison du coin de l'œil et de prêter l'oreille au moindre bruit annonciateur de danger tandis que les heures s'écoulaient. Un revendeur zonait sur le trottoir, une vingtaine de mètres derrière lui ; il tendit l'oreille pour l'écouter, entendant pour la première fois en quels termes il décrivait la marchandise et négociait le prix, écoutant également les voix des divers clients. Kelly avait toujours eu l'ouïe particulièrement fine — cela lui avait sauvé la vie plus d'une fois — et cela aussi constituait une base d'informations de valeur, à cataloguer mentalement pour les analyser à mesure que passait le temps. Un chien errant s'approcha de lui, le reniflant avec une curiosité amicale et Kelly ne le chassa pas. Cela n'aurait pas collé avec le personnage — un rat, encore, c'eût été différent — et préserver son incognito était fondamental.

A quoi ressemblait au juste ce quartier dans le temps ? se demanda Kelly. De son côté de la rue, les habitations étaient des alignements de maisons en brique assez ordinaires. Celles d'en face étaient quelque peu différentes, leur matériau était plus noble, leur superficie de moitié supérieure. Peut-être que cette rue avait marqué la frontière entre une classe laborieuse et une bourgeoisie un peu plus aisée au début du siècle. Peut-être que la maison de meulière avait été la demeure bourgeoise d'un commerçant ou d'un capitaine de bateau. Peut-être avait-elle résonné, le dimanche, des accents d'un piano joué par la fille qui avait étudié au conservatoire Peabody. Mais tous ces gens avaient déménagé pour aller s'installer à des endroits où il y avait de la verdure et cette maison de trois étages était, comme les autres, aujourd'hui abandonnée, fantôme brun venu d'un autre temps. Il fut surpris par la largeur peu commune des artères, peut-être parce que, à l'époque où on les avait tracées, le principal mode de transport était le fiacre ou la calèche. Kelly secoua la tête pour chasser ces rêveries incongrues. Il devait se concentrer sur le présent.

En définitive, plus de quatre heures s'étaient écoulées quand les trois personnages ressortirent enfin, les deux hommes en tête, la fille sur leurs talons. Plus petite que Pam, boulotte. Kelly leva la tête et risqua un coup d'œil. Il avait besoin d'examiner de plus près Billy qui devait être le chauffeur. Pas vraiment impressionnant, le bonhomme, autour d'un mètre soixante-douze, un truc brillant au poignet, montre ou gourmette ; ses gestes étaient vifs, économes — et pleins d'arrogance. L'autre type était plus grand, plus imposant, mais c'était un subordonné, estima Kelly à son attitude et sa façon de suivre. La fille suivait encore plus docilement, tête basse. Son corsage, si c'était bien un corsage, n'était pas complètement reboutonné et elle monta en voiture sans lever la tête pour regarder alentour ou faire quoi que ce soit dénotant un quelconque intérêt pour le monde extérieur. Ses mouvements étaient lents et saccadés, sans doute l'effet de la drogue, mais ça n'expliquait pas tout. Il y avait autre chose, que Kelly n'arrivait pas à cerner, mais qui le mettait malgré tout mal à l'aise... une inertie, peut-être. Non pas de la paresse dans les mouvements mais une sorte d'apathie. Kelly plissa les paupières lorsque lui revint soudain où il l'avait constatée auparavant. Durant l'opération FLEUR EN PLASTIQUE, les mouvements des villageois pour se rassembler quand on leur en avait intimé l'ordre. Des gestes résignés, automatiques, ceux de robots soumis au contrôle de ce commandant et de ses troupes. Ils auraient marché à la mort de la même façon. Et c'est ainsi qu'elle marchait. Et qu'elle continuerait.

Alors, tout était donc vrai. Ils se servaient bel et bien des filles comme mulets... entre autres activités. La voiture démarra sous ses yeux et l'attitude de Billy au volant confirma bien qu'il était le conducteur précédent. Le véhicule fit une brusque embardée, puis vira sec sur la gauche, accéléra dans un crissement de pneus pour traverser l'intersection et disparaître à la vue de Kelly. *Billy, un mètre soixante-douze, mince, montre ou gourmette, arrogant.* L'identification était désormais inscrite dans le cerveau de Kelly, avec le nom et la couleur des cheveux. Il ne l'oublierait plus. L'autre silhouette masculine fut enregistrée de même, le personnage sans nom — un destin beaucoup plus immédiat que ne le soupçonnait l'individu.

Kelly jeta un coup d'œil au bracelet-montre glissé dans sa poche. Une heure quarante. Qu'avaient-ils fabriqué là-dedans ? Puis il se souvint des autres révélations de Pam. Une petite fête, sans doute. Cette fille-là devait également avoir en elle des fluides de type O+, O− ou AB rhésus négatif. Mais Kelly ne pouvait pas non plus sauver le monde entier et le meilleur moyen de la sauver n'était certainement pas de la libérer tout de suite. Il se relaxa, imperceptiblement, et attendit car il ne voulait pas que son déplacement paraisse lié à quoi que ce soit au cas où quelqu'un l'aurait repéré, voire le surveillerait en ce moment même. Il y avait des lumières dans certaines de ces maisons, aussi traîna-t-il sur place une demi-heure encore, supportant la soif et quelques débuts de crampes avant de se relever et de clopiner jusqu'à l'angle de la rue. Il s'était montré très prudent ce soir, très prudent et très efficace, et il était temps de passer à la seconde phase de son activité nocturne. Temps de poursuivre ses efforts de diversion.

Il se cantonnait surtout aux ruelles, le pas lent, la démarche zigzaguant de gauche à droite en suivant la trajectoire ondulante d'un serpent — il sourit — avant de regagner les grandes artères, après juste une brève pause pour enfiler une paire de gants chirurgicaux en caoutchouc. Il passa devant plusieurs revendeurs avec leurs lieutenants, cherchant toujours le bon. Son itinéraire suivait une trame quadrillée, une spirale formée d'une série de virages à quatre-vingt-dix degrés qui se refermait sur l'endroit où était garée sa Volkswagen. Il devait se montrer prudent, comme toujours, mais il était le chasseur inconnu et le gibier n'avait pas conscience de sa situation, se prenant lui-même pour un prédateur. Ils avaient bien le droit d'avoir leurs illusions.

Il était presque trois heures du matin lorsque Kelly choisit sa proie. Un solitaire, comme il avait fini par le qualifier. Celui-ci n'avait pas de lieutenant, c'était peut-être un nouveau, qui apprenait les ficelles du métier. Il n'avait pas l'air si vieux que ça, en tout cas vu à quarante mètres de distance, tandis qu'il comptait ses billets à l'issue d'une nuit d'activité. Il y avait une bosse sur sa hanche droite, un pistolet, sans aucun doute, mais il restait tête baissée. Aux aguets, toutefois : entendant Kelly approcher, il releva la tête et se retourna pour lui jeter un bref coup d'œil avant de revenir bien vite à sa tâche, négligeant l'inconnu qui s'avançait, pour reprendre son décompte des billets. La distance se réduisait.

Kelly avait pris la peine de revenir à bord de son bateau un peu plus tôt dans la journée pour y récupérer quelque chose. Il avait pris le Scout parce qu'il ne voulait révéler à personne au port qu'il possédait un autre véhicule. Alors qu'il approchait de Junior — chacun avait hérité d'un surnom, si fugitif soit-il —, Kelly fit passer la bouteille de vin dans sa main gauche. De la droite, il tira alors légèrement la goupille fixée à l'extrémité du *bang stick*, le bâton percuteur, sanglé dans le pan intérieur de sa nouvelle saharienne qu'il venait de déboutonner. C'était une simple tige métallique, longue de quarante-cinq centimètres, avec un cylindre vissé au bout, la clavette tenant lieu de goupille accrochée à l'extrémité d'un court tronçon de fine chaîne métallique. De la main droite, Kelly dégagea le manche avec précaution, maintenant toujours la goupille en place jusqu'à ce qu'il soit tout près de Junior.

Le fourgue tourna de nouveau la tête, l'air importuné. Sans doute avait-il du mal à compter et il décida de reclasser les billets par valeurs. Peut-être l'approche de Kelly avait-elle troublé sa concentration ou peut-être était-il simplement idiot, ce qui semblait l'explication la plus probable.

Kelly trébucha, tomba sur le trottoir, tête baissée, ce qui lui donnait l'air d'autant plus inoffensif. Tout en se relevant, il jeta un coup d'œil en arrière. Il ne vit aucun autre passant à moins de cent mètres et les seuls feux de véhicules étaient rouges, et non blancs, signe que les voitures s'éloignaient. En relevant la tête, il constata qu'il n'y avait personne d'autre devant lui, excepté Junior, qui une fois achevé son travail nocturne, s'apprêtait à retourner au bercail, sans doute écluser un dernier verre.

Trois mètres maintenant, le fourgue l'ignorait toujours, comme il aurait ignoré un chien errant, et Kelly connut alors ce soulagement qui survenait juste avant le passage à l'acte, cet ultime instant de satisfaction surexcitée quand vous veniez de comprendre que ça allait marcher, que l'ennemi était dans la zone mortelle, inconscient que sa dernière heure était arrivée. Le moment où le sang pulse dans les veines, où l'on est seul à savoir que le silence va se déchirer, à connaître la merveilleuse satisfaction de la certitude. La main droite de Kelly sortit légèrement alors qu'il avançait encore d'un pas, mais toujours sans se diriger franchement vers la cible, comme s'il allait plutôt lui passer devant, et les yeux du criminel se relevèrent une fraction de seconde, histoire d'avoir une confirmation : il n'y avait aucune crainte dans ces yeux, tout juste une vague irritation ; l'homme n'avait pas bougé, bien sûr, parce que c'était aux autres de se bouger autour de lui, pas l'inverse. Kelly n'était qu'une chose pour lui, un élément de mobilier urbain, sans plus d'intérêt qu'une tache d'huile sur le bitume.

Dans la Marine, on appelait ça la loxodromie, l'itinéraire le plus court pour rejoindre un autre navire ou un point à terre. Ici, la loxodromie était d'un mètre. Lorsque Kelly ne fut plus qu'à un demi-pas, sa main droite sortit le *bang stick* de sous son blouson. Puis il pivota sur son pied gauche et fit chasser le droit, en même temps que sa main droite jaillissait presque comme pour asséner un coup de poing, dans une manœuvre appuyée par toute la force de ses quatre-vingt-dix kilos de masse corporelle. La partie renflée du *bang stick* atteignit le revendeur juste sous le sternum, propulsée violemment vers le haut. A l'instant du contact, la poussée combinée du bras de Kelly et de l'inertie de sa masse repoussa la chambre en arrière, chassant l'amorce contre le percuteur fixe : la cartouche de fusil partit, alors que la face avant en plastique vert gaufré de la douille était littéralement plaquée contre la chemise de Junior.

Le son évoquait le bruit sourd d'une boîte en carton qui

tombe sur le parquet. *Chtomp.* Sans plus, en tout cas rien à voir avec un coup de feu, parce que tout le volume de gaz en expansion généré par la poudre suivit la colonne ouverte par le projectile dans le corps de Junior. La charge légère — une cartouche à jupe mince, chargée de petit plomb de 8, le genre de grenaille qu'on employait pour le tir de compétition, ou à la rigueur l'ouverture de la chasse à la tourterelle — n'aurait occasionné que des blessures légères à plus de cinquante mètres, mais à bout touchant, l'effet était celui d'un fusil à éléphants. La violence du choc propulsa l'air hors des poumons avec un chuintement incroyablement intense, forçant la bouche de Junior à s'ouvrir comme s'il manifestait sa surprise. Et il l'aurait été à moins. Son regard croisa celui de Kelly : Junior était toujours vivant même si le cœur était déjà déchiqueté comme un ballon de baudruche et le bas des poumons réduit en bouillie. Par chance, il n'y avait pas de blessure de sortie. L'angle vertical du coup avait cantonné toute l'énergie du choc à l'intérieur de la cage thoracique ; la force de l'explosion avait même contribué à maintenir le corps debout durant une seconde, pas plus, mais pour Junior et Kelly, l'instant parut se prolonger des heures. Puis le corps s'affaissa, à la verticale, comme un immeuble qui s'effondre. Il y eut un étrange soupir grave, dû au mélange d'air et de gaz de combustion soufflé de la blessure d'entrée par le tassement de la chute, et une odeur nauséabonde, mélange de fumée âcre, de sang et d'autres choses, empuantit l'air, tel un résumé de l'existence qu'elle représentait. Les yeux de Junior étaient toujours ouverts, toujours braqués sur Kelly ; il continuait à le dévisager en cherchant à lui dire quelque chose, la bouche ouverte, tremblotante, jusqu'à ce que tout mouvement cesse en même temps que cette question à jamais inexprimée et destinée à rester sans réponse. Kelly prit la liasse de billets dans la main encore ferme de Junior et poursuivit son chemin, les yeux et les oreilles aux aguets, mais il n'y avait aucun danger immédiat. A l'angle de la rue, il se pencha vers le caniveau et rinça dans l'eau l'extrémité de son arme pour en ôter une éventuelle trace de sang. Puis il pivota, prit à l'ouest pour rejoindre sa voiture, toujours de la même démarche lente et saccadée. Quarante minutes plus tard, il était chez lui, plus riche de huit cent quarante dollars et soulagé d'une cartouche de fusil.

*

— Et c'est qui, celui-ci ? demanda Ryan.

— Vous ne croirez jamais : Bandanna ! répondit le policier en tenue. Un homme avec l'expérience du terrain, blanc, trente-deux ans. Il fourgue de la poudre. Enfin, plus maintenant.

Les yeux étaient ouverts, ce qui n'était pas terriblement fréquent chez les victimes de meurtre mais, pour celui-ci, la mort avait été une surprise, et même fort traumatisante, bien que le corps parût en étonnamment bon état. Il portait une blessure d'entrée d'un centimètre et demi de diamètre entourée, comme par un beignet, d'un anneau noir mat, d'environ trois millimètres d'épaisseur. C'était la marque laissée par la poudre et le diamètre de l'orifice trahissait indubitablement l'emploi d'un fusil de chasse de calibre 12. Sous la peau, il n'y avait qu'un trou, comme une boîte vide. Tous les organes internes avaient été carbonisés ou tout simplement décrochés par la gravité. C'était la première fois de toute sa vie qu'Emmet Ryan avait l'occasion de contempler ainsi *l'intérieur* d'un corps, comme si ce n'était pas vraiment un corps mais un mannequin.

— La cause du décès, observa le coroner avec une ironie bien matinale, est la vaporisation totale du cœur. Notre seule moyen d'identifier éventuellement le tissu cardiaque sera l'observation au microscope. Du steak tartare, ajouta l'homme avec un hochement de tête.

— Vu la blessure, manifestement un tir à bout portant. Le type a dû lui enfoncer le canon sous le diaphragme et presser la détente.

— Bon Dieu, il n'a même pas craché une goutte de sang, remarqua Douglas. L'absence de blessure de sortie faisait qu'il n'y avait pas une tache sur le trottoir et, de loin, Bandanna donnait vraiment l'impression d'être assoupi — si l'on exceptait ses grands yeux ouverts, sans vie.

— Plus de diaphragme, expliqua le médecin légiste en indiquant l'orifice d'entrée. Normalement, il se trouve entre ici et le cœur. Nous découvrirons sans doute que l'ensemble du système respiratoire a été également soufflé. Vous savez, je n'ai jamais vu un truc aussi propre de toute ma carrière. Et l'homme faisait ce métier depuis seize ans. Il faut me prendre des tas de photos. Ce gars-là va devenir un cas d'école.

— C'était un type expérimenté ? demanda Ryan au policier en tenue.

— Suffisamment pour ne pas se laisser avoir.

Le lieutenant se pencha, tâta autour de la hanche gauche.

— Il a toujours son arme.

— Une connaissance ? se demanda Douglas. Quelqu'un qu'il a laissé approcher bigrement près, en tout cas.

— Un fusil de chasse, ce n'est pas évident à planquer. Merde, même avec le canon scié, c'est plutôt volumineux. Il ne s'est pas méfié ? Ryan s'écarta pour laisser opérer le médecin légiste.

— Les mains sont propres, pas de trace de lutte. Qui que soit l'agresseur, il a fallu qu'il s'approche au plus près sans le moins du monde inquiéter notre client. Douglas observa un silence. Bon Dieu, un fusil de chasse, ça fait du boucan, merde ! Personne n'a rien entendu ?

— Le décès remonte à deux ou trois heures, approximativement, estima le médecin légiste, car une fois encore, il n'y avait pas de rigidité cadavérique.

— Les rues sont calmes à cette heure-ci, poursuivait Douglas. Et un fusil de chasse, ça fait un sacré putain de boucan.

Ryan examina les poches de pantalon. Là non plus, pas trace d'une liasse de billets. Il regarda alentour. Il y avait peut-être une quinzaine de badauds qui regardaient, attroupés derrière le barrage de police. On trouvait ce qu'on pouvait pour se distraire dans la rue et l'intérêt qu'on lisait sur leur visage n'était pas moins clinique et pas plus concerné que celui du médecin légiste.

— Le Duo, peut-être ? demanda Ryan, à personne en particulier.

— Non, sûrement pas, rétorqua aussitôt le légiste. Cette arme-ci était à canon simple. Un canon jumelé aurait laissé une marque à gauche ou à droite de l'orifice d'entrée et la distribution de la poudre aurait été différente. Au fusil, à cette distance, un seul coup suffit. En tout cas, une arme à canon simple.

— Amen, accepta Douglas. Quelqu'un se charge de faire le travail du Seigneur. Trois dealers en l'espace de deux jours. Si ça continue, Mark Charon risque de se retrouver au chômage.

— Tom, dit Ryan, pas aujourd'hui. *Encore un dossier, songea-t-il. Encore un braquage de revendeur de drogue, réalisé avec une efficacité remarquable — mais pas par le type qui a descendu Ju-Ju. La méthode diffère.*

*

Nouvelle douche, nouveau rasage, nouveau jogging dans Chinquapin Park qui lui permit de réfléchir. Désormais, il avait un visage et un lieu à associer avec la voiture. La mission commence à prendre forme, songea Kelly, en tournant à droite sur Belvedere Avenue pour traverser la rivière avant de rebrousser chemin par l'autre rive et boucler ainsi son troisième tour. C'était un parc agréable. Pas terrible, côté équipements sportifs, mais cela permettait aux gosses de courir et de jouer comme bon leur semblait ; et d'ailleurs, bon nombre ne s'en privaient pas, certains sous l'œil à moitié distrait de quelques mères du voisinage, dont beaucoup avaient pris un livre pour accompagner leur bébé assoupi qui ne tarderait pas à grandir pour profiter à son tour de l'herbe et du plein air. Un semblant de partie de base-ball était en cours. La balle échappa au gant d'un gamin de neuf ans et atterrit non loin du sentier de course à pied. Kelly se pencha sans ralentir et relança la balle au gamin qui, cette fois, la rattrapa et lui cria un merci. Un autre gosse, plus jeune, était en train de jouer avec un Frisbee, pas trop bien d'ailleurs, car il arriva dans les jambes de Kelly qui dut l'esquiver d'un saut, provoquant le regard embarrassé de la mère, auquel il répondit par un signe de main amical accompagné d'un sourire.

C'est ainsi que ça devrait être, se dit-il. Pas si différent de sa propre jeunesse à Indianapolis. Papa au boulot. Maman avec les gosses parce que c'était trop dur d'être une bonne mère et de travailler en même temps, surtout quand ils étaient petits ; ou en tout cas, les mères qui travaillaient, par force ou par choix, pouvaient toujours les confier à une amie, sûres que les petits pourraient jouer tranquillement et profiter de leurs vacances d'été dans la verdure et au bon air, en apprenant à jouer au ballon. Et pourtant, la société avait appris à accepter le fait qu'il n'en allait pas de même pour bon nombre de gens. Ce quartier était si différent de celui où il opérait, et les privilèges dont jouissaient ces gosses n'auraient pas du tout dû être des privilèges, car comment un gosse pouvait-il grandir convenablement sans un environnement tel que celui-ci ?

C'étaient là des pensées dangereuses, se dit Kelly. La conclusion logique était qu'il fallait essayer de changer le monde entier, et c'était au-delà de ses capacités, jugea-t-il à l'issue de ses cinq kilomètres de course, en sueur, crevé mais heureux, marchant pour décompresser avant de reprendre la voiture pour regagner son appartement. Le vent lui portait le bruit de rires d'enfants, de piaillements, de cris de colère, de « *tricheur !* » à la suite de quelque infraction à des règles pas vraiment comprises d'aucun des joueurs, ou traduisant un désaccord sur qui était « éliminé » ou qui était « chat » dans un autre jeu. Il monta en voiture, laissant derrière lui ces bruits et ces réflexions, car il trichait, lui aussi, en définitive, non ? Il enfreignait les règles, des règles importantes dont il était pourtant parfaitement conscient mais s'il le faisait, c'était au nom de la justice, tout du moins de ce qu'il appelait, lui, justice.

Vengeur ? s'interrogea-t-il en traversant une rue. *Vigilante* fut l'autre terme qui lui vint machinalement à l'esprit. C'était un terme plus approprié, estima-t-il. Il provenait du latin *vigiles*, qu'employaient les Romains pour baptiser ceux qui montaient la garde, la *vigilia* des heures nocturnes dans les rues de la cité, mais qui en fait étaient surtout chargés de prévenir d'éventuels incendies (s'il n'avait pas oublié ses cours de latin au lycée Saint-Ignace) ; étant des Romains, ils portaient sans doute également des armes, eux aussi. Il se demanda si, en ce temps-là, les rues de Rome étaient sûres, plus sûres que les rues de cette cité. Peut-être... sans doute. La justice romaine était... ferme. La crucifixion n'avait pas dû être une façon agréable de mourir et pour certains crimes, comme le parricide, la peine encourue était d'être enfermé dans un sac de toile en même temps qu'un chien, un coq et un troisième animal, puis d'être jeté dans le Tibre — non pas pour s'y noyer mais pour être déchiqueté par les bêtes rendues folles cherchant à s'évader du sac. Peut-être était-il l'héritier direct de cette époque, d'un *vigile*, à jouer ainsi les guetteurs nocturnes. Cela le confortait plus que de se dire qu'il enfreignait la loi. Et les vigilantes décrits dans les livres d'histoire américains étaient bien différents de ceux décrits par la presse. Avant l'organisation de véritables services de police, des milices privées de citoyens avaient patrouillé dans les rues et maintenu l'ordre de manière quelque peu expéditive. Comme lui ?

Eh bien non, pas vraiment, admit-il en garant la voiture. Alors, si c'était une vengeance, en définitive ? Dix minutes plus tard, un autre sac poubelle garni d'une tenue complète finissait au vide-ordures et Kelly se prit avec plaisir une nouvelle douche avant de passer un coup de fil.

— Salle de garde, infirmière O'Toole à l'appareil.
— Sandy ? C'est John. Vous quittez toujours à trois heures ?

*

— Vous tombez vraiment pile, observa-t-elle, derrière le comptoir d'accueil, en laissant échapper discrètement un sourire. Cette fichue bagnole est encore en panne. Et les taxis coûtent trop cher.
— Voulez que j'y jette un coup d'œil ?
— J'aimerais bien que quelqu'un la répare.
— Je ne promets rien, l'entendit-elle dire. Mais je ne prends pas cher.
— De quel ordre ? demanda-t-elle, connaissant d'avance la réponse.
— Vous m'autorisez à vous inviter à dîner ? Je vous laisse même le choix du resto.
— Bon, d'accord, mais...
— Mais, c'est encore trop tôt pour nous deux. Oui, m'dame, je sais. Votre vertu n'est pas en danger — promis.

Elle ne put que rire. C'était tellement incongru que ce grand bonhomme puisse être d'une telle timidité. Et pourtant, elle savait qu'elle pouvait lui faire confiance et puis, elle en avait marre de préparer à dîner pour une personne et d'être encore et toujours toute seule. Trop tôt ou pas, elle avait parfois besoin de compagnie.

— Trois heures et quart, lui dit-elle, à l'entrée principale.
— Je porterai même mon bracelet d'identité.
— D'accord. Un nouveau rire, qui surprit une autre infirmière qui passait avec un plateau de médicaments. D'accord, j'ai dit oui, pas vrai ?
— Tout à fait, m'dame. Bon, alors à tout à l'heure, rigola Kelly avant de raccrocher.

*

Avoir enfin un contact humain, ce serait chouette, se dit-il en sortant du studio. Pour commencer, il se rendit chez un chausseur, où il s'acheta une paire de bottillons noirs, pointure 45. Puis il trouva quatre boutiques analogues, où il fit la même chose, en essayant de changer de marque, même s'il ne put éviter de se retrouver avec une paire en double. Il rencontra le même problème avec l'achat des sahariennes. Ce genre de veste n'était disponible qu'en deux marques, et il se retrouva avec deux fois les mêmes paires, avant de découvrir qu'en fait tous les modèles étaient strictement les mêmes, mis à part l'étiquette à l'intérieur du col. Il s'aperçut qu'organiser la diversité dans son déguisement était plus difficile que prévu, mais cela ne diminuait pas la nécessité de se conformer à son plan. De retour au studio — qu'il en venait, perversement, à considérer comme son « logis », même s'il n'était pas dupe —, il décousit les étiquettes des vêtements avant de tous les mettre à bouillir dans la machine à laver avec une bonne dose d'eau de javel, en même temps que le reste d'habits sombres récupérés dans les ventes. Il n'avait plus que trois tenues complètes désormais et se rendit compte qu'il lui faudrait compléter sa garde-robe.

L'idée lui fit plisser le front. Se taper encore des ventes de particuliers l'ennuyait profondément. Comme la plupart des hommes, Kelly détestait le shopping, surtout quand ces aventures étaient nécessairement répétitives. Ses activités commençaient en outre à l'épuiser, tant à cause du manque de sommeil que de la tension nerveuse ininterrompue. Rien de tout cela n'était de la routine, en fait. Le risque était partout. Même s'il finissait par s'habituer à sa mission, il ne pourrait jamais se faire aux dangers et le stress était bien là. D'un côté, c'était un plus, la preuve qu'il ne prenait pas les choses à la légère, mais le stress pouvait également vous user un homme par petites touches insidieuses, telles que l'accélération du rythme cardiaque et l'augmentation de la tension sanguine, qui finissaient par provoquer l'épuisement. Il estimait gérer la question en faisant de l'exercice mais le manque de sommeil commençait à poser un problème. Tout bien considéré, ce n'était pas très différent de courir dans la brousse avec le 3ᵉ SOG, mais il était plus vieux, et le manque de soutien logistique, l'absence de compagnons avec qui partager le stress pendant les heures creuses faisaient payer leur tribut. *Dormir*, se dit-il avec un coup d'œil à sa montre. Il alluma la télé de la chambre et tomba sur un bulletin d'informations.

— Un nouveau dealer a été trouvé mort aujourd'hui dans l'ouest de Baltimore, annonçait le reporter.

— Je sais, répondit Kelly avant de piquer un petit roupillon.

*

— Voilà toute l'histoire, termina le colonel de Marines, à Camp Lejeune, Caroline du Nord, tandis qu'un de ses collègues faisait en gros la même chose, précisément à la même heure, à Camp Pendleton, Californie. Nous avons un boulot bien particulier : nous sélectionnons des volontaires exclusivement pour les Forces de reconnaissance. Nous avons besoin de quinze hommes. C'est une tâche dangereuse. Importante. Que vous serez fiers d'avoir accomplie, une fois qu'elle sera achevée. Le boulot va prendre deux ou trois mois. C'est tout ce que je peux dire.

A Lejeune, ils étaient peut-être soixante-quinze hommes, tous anciens combattants, tous membres des unités d'élite du Corps des Marines, installés sur des chaises inconfortables. Membres des unités de reconnaissance, tous étaient engagés volontaires — pas un seul appelé dans leurs rangs — et ils avaient rempilé pour rejoindre l'élite de l'élite. Il y avait dans leurs effectifs une légère surreprésentation des minorités mais cela n'avait d'intérêt que pour les sociologues. Ces hommes étaient d'abord, avant tout et définitivement des *Marines,* aussi uniformes que l'étaient leurs tenues et leurs bérets verts. Bon nombre avaient le corps lardé de cicatrices parce que leur boulot était autrement exigeant et risqué que celui du fantassin ordinaire. Leur spécialité : s'insinuer par petits groupes, observer et apprendre, ou tuer avec la plus extrême sélectivité. Nombreux étaient parmi eux les tireurs d'élite, capables de loger une balle dans un crâne désigné à quatre cents mètres, voire dans une poitrine à mille mètres, si la cible avait la courtoisie de demeurer immobile les deux petites secondes nécessaires au projectile pour parcourir le surcroît de distance. C'étaient des chasseurs. Rares étaient ceux à qui leur devoir donnait des cauchemars, et aucun ne serait jamais victime du syndrome de stress à retardement, car ils avaient à cœur d'être des prédateurs et non des proies, et les lions ignoraient de tels sentiments.

Mais c'étaient aussi des hommes. Plus de la moitié d'entre eux avaient des femmes, voire des enfants qui espéraient voir papa rentrer à la maison de temps en temps ; les autres avaient une petite amie et escomptaient bien se ranger dans un avenir indéterminé. Tous avaient déjà servi pour une période de treize mois. Beaucoup avaient déjà accompli deux périodes ; une poignée en avait même fait trois, et aucun parmi ce dernier groupe n'était volontaire. Certains auraient pu l'être, la plupart, sans doute, si seulement ils avaient connu la nature de la mission parce que chez eux, l'appel du devoir était d'une intensité peu commune, mais le devoir pouvait revêtir bien des formes, et ces hommes estimaient en avoir fait autant qu'il était possible d'exiger d'un homme pour une seule guerre. Aussi, leur tâche était-elle aujourd'hui d'entraîner leurs cadets, de transmettre les leçons qui leur avaient permis de retourner chez eux quand d'autres, presque aussi bons qu'eux, n'étaient jamais revenus ; c'était leur devoir réglementaire, leur fidélité au Corps, estimaient-ils, assis sur leur chaise et regardant le colonel sur l'estrade en se demandant toutefois en quoi consistait au juste ce boulot ; ils étaient emplis d'une intense curiosité, mais pas au point de risquer à nouveau leur vie après l'avoir risquée bien trop souvent déjà. Quelques-uns jetaient des coups d'œil furtifs à gauche et à droite, scrutant les visages de leurs cadets, et reconnaissant à leur expression ceux qui resteraient dans la salle et mettraient leur nom dans le chapeau. Beaucoup regretteraient de ne pas pouvoir rester, déjà conscients que ne pas savoir à quoi s'en tenir, et sans doute à jamais, laisserait un vide dans leur conscience — mais dans l'autre plateau de la balance, ils auraient mis le visage de leur femme et de leurs enfants et décidé que non, non, plus cette fois.

Au bout de quelques minutes, des hommes se levèrent et sortirent. Entre vingt-cinq et trente restèrent dans la salle pour s'inscrire comme volontaires. Leurs dossiers personnels allaient être rapidement rassemblés et évalués, et quinze d'entre eux se retrouveraient sélectionnés au terme d'un processus qui paraissait aléatoire mais ne l'était pas. Certaines cases spéciales devaient être remplies par des talents particuliers et, par la nature même de la sélection, certains des candidats se voyaient rejeter, alors qu'en fait ils auraient été des guerriers meilleurs et plus efficaces que certains des élus, mais c'était parce que leurs capacités personnelles faisaient double emploi avec celles d'un autre volontaire. Telle était la vie sous l'uniforme et tous ces hommes l'avaient acceptée, partagés qu'ils étaient entre soulagement et regret alors qu'ils s'en retournaient à leur tâche habituelle. D'ici la fin de la journée, les sélectionnés seraient rassemblés et informés de leur heure de départ, rien de plus. Ils remarquèrent que c'était un car qui devait les prendre. Ils ne devaient donc pas aller bien loin. Pour l'instant, du moins.

*

Kelly s'éveilla à deux heures et se récura. La mission de cet après-midi exigeait qu'il ait l'air civilisé, aussi mit-il une chemise, une cravate et un veston. Ses cheveux, qui continuaient de pousser depuis sa coupe en brosse, auraient eu besoin d'être rafraîchis mais il était un peu tard pour y penser. Il choisit une cravate bleue assortie à son blazer bleu et sa chemise blanche, puis il sortit prendre le Scout avec la dégaine du représentant de commerce qu'il était censé jouer, adressant au passage un petit salut de la main au gérant.

La chance lui sourit. Il y avait une place libre sur la boucle d'accès à l'entrée principale de l'hôpital. Il entra à pied et se retrouva dans le hall devant une imposante statue du Christ, haute de six ou sept mètres, qui semblait le dévisager avec une douce expression qui convenait plus à un hôpital qu'aux activités de Kelly au cours des douze heures précédentes. Il la contourna, en lui tournant le dos car il n'avait pas besoin d'avoir ce genre de question sur la conscience — pas maintenant.

Sandy O'Toole apparut à trois heures douze et quand il la vit franchir les portes en chêne, Kelly sourit jusqu'au moment où il put lire l'expression sur son visage. Un instant plus tard, il en comprenait la raison. Un chirurgien la talonnait, un petit bonhomme trapu en blouse verte, qui trottinait aussi vite que le permettaient ses jambes courtes tout en lui parlant d'une voix forte. Kelly hésita, l'œil curieux, tandis que Sandy s'arrêtait pour se retourner, lasse peut-être de fuir ainsi ou cédant simplement aux exigences du moment. Le toubib était de sa taille, voire un peu plus petit, et s'exprimait si vite que Kelly avait du mal à saisir tout ce qu'il disait tandis que Sandy le fixait, impassible.

— J'ai fait mon rapport sur l'incident, docteur, dit-elle lors d'une brève pause dans sa tirade.

— Vous n'avez pas le droit de faire une chose pareille ! Les yeux flamboyaient d'une telle colère dans ce visage basané et bouffi que Kelly se sentit obligé d'approcher.

— Oh, mais si, docteur. Votre prescription était erronée. Je suis chef d'équipe et j'ai obligation de dénoncer toute erreur de prescription médicale.

— Je vous ordonne de retirer ce rapport ! Les infirmières n'ont pas à donner d'ordres aux médecins ! Suivit une tirade dans un langage que Kelly n'appréciait pas, surtout en présence de l'image de Dieu. Il vit le teint sombre du médecin s'assombrir encore, en même temps qu'il serrait de près l'infirmière et que son ton continuait de monter. De son côté, Sandy tenait bon, refusant de se laisser intimider, irritant d'autant plus son interlocuteur.

— Excusez-moi, intervint Kelly, sans trop s'approcher — il s'agissait juste de manifester sa présence, ce qui lui valut momentanément un regard furieux de Sandy O'Toole. J'ignore le motif de votre discussion, mais si vous êtes docteur et que madame est infirmière, alors vous pourriez manifester votre désaccord sur un ton plus professionnel, suggéra-t-il d'une voix calme.

C'était comme si le chirurgien n'avait rien entendu. Depuis l'âge de seize ans, jamais Kelly n'avait été ignoré de manière aussi flagrante. Il s'effaça, attendant que Sandy prenne les choses en main mais le ton du docteur ne fit que monter encore ; l'homme était passé à une langue qu'il ne saisissait pas, mêlant à présent de farsi ses vitupérations en anglais. Sandy tenait toujours bon et Kelly se sentit fier d'elle, même si ses traits de plus en plus inexpressifs et impassibles devaient à présent masquer une peur bien réelle. Sa résistance passive ne fit que pousser le docteur à lever la main et la voix encore plus. Ce fut à l'instant où il la traita de « putain de connasse » — expression sans aucun doute apprise d'un autochtone — qu'il se tut. Le poing qu'il était en train de brandir à trois centimètres du nez de Sandy avait disparu, enfermé, constata-t-il avec surprise, dans la grosse patte poilue d'un type à la carrure imposante.

— Excusez-moi, dit Kelly de son ton le plus doux. Y a-t-il quelqu'un dans le service capable de réparer une main brisée ? Kelly avait refermé ses doigts autour de la main beaucoup plus délicate du chirurgien et il accentuait la pression de ses doigts, imperceptiblement.

Un vigile franchit la porte sur ces entrefaites, sans doute attiré par les éclats de voix. Les yeux du toubib se tournèrent aussitôt dans sa direction.

— Il n'arrivera pas assez vite pour vous secourir, docteur. Combien d'os y a-t-il dans la main humaine, monsieur ? demanda Kelly.

— Vingt-huit, répondit machinalement le chirurgien.

— Ça vous dit d'en avoir cinquante-six ? Kelly accentua sa pression.

Le chirurgien dévisagea Kelly et découvrit chez lui une expression ni fâchée ni ravie : l'homme se contentait de le regarder comme s'il n'était qu'un objet, et la politesse de sa voix n'était que la manifestation moqueuse de sa supériorité. Mais surtout, il savait que l'homme n'hésiterait pas.

— Faites vos excuses à la dame, ajouta Kelly.

— Je ne m'abaisse pas devant les femmes ! siffla le docteur. Un surcroît de pression sur la main le força à changer d'avis. Un poil de plus et les pièces allaient commencer à se séparer.

— Vous avez de bien mauvaises manières, monsieur. Vous n'avez que fort peu de temps pour en apprendre de meilleures, sourit Kelly. Tout de suite, commanda-t-il. S'il vous plaît.

— Je vous prie de m'excuser, infirmière O'Toole, dit l'homme sans vraiment le penser, mais l'humiliation était malgré tout une plaie saignante pour son personnage. Kelly libéra la main. Puis il souleva le badge d'identité du docteur et le lut avant de fixer de nouveau l'individu dans le blanc des yeux.

— N'est-ce pas plus agréable ainsi, docteur Khofan ? Maintenant, plus question d'élever la voix contre elle, en tout cas, pas lorsqu'elle aura raison et que vous aurez tort, entendu ? Et surtout, plus question de la menacer physiquement, c'est bien compris ? Kelly n'eut pas à expliquer pourquoi ce serait une mauvaise idée. Le chirurgien faisait jouer ses doigts pour calmer la douleur. Ce n'est pas le genre de l'établissement, d'accord ?

— Bon, bon, d'accord, dit l'homme, pressé de détaler.

Kelly lui reprit la main, la serra avec un sourire, avec juste une pression suffisante pour lui rappeler la leçon.

— Je suis ravi de voir que vous avez compris, monsieur. Je pense que vous pouvez disposer, à présent.

Et le docteur Khofan s'en alla, passant devant le vigile sans même un regard. Ce dernier lança un coup d'œil à Kelly mais n'insista pas.

— Aviez-vous besoin de faire ça ? demanda Sandy.

— Que voulez-vous dire ? répondit Kelly en tournant la tête.

— Je maîtrisais la situation. Elle se dirigeait vers la porte.

— Oui, tout à fait. Que s'est-il passé, au fait ? demanda Kelly d'une voix raisonnable.

— Il a prescrit le mauvais médicament... un patient âgé avec un problème de cervicales. Il est allergique au produit, c'est indiqué sur sa feuille de température... Les mots se bousculaient dans sa bouche, maintenant que Sandy se libérait de son stress. Cela aurait vraiment pu être dangereux pour M. Johnson. Et ce n'est pas la première fois avec lui, d'ailleurs. Le docteur Rosen pourrait bien s'en débarrasser ce coup-ci, mais l'autre tient à rester. Sans parler qu'il aime bien harceler les infirmières. Ça ne nous plaît pas. Mais je maîtrisais la situation !

— Bon alors, la prochaine fois, je le laisserai vous casser le nez. Kelly lui indiqua la porte. Il n'y aurait pas de prochaine fois ; il l'avait lu dans les yeux de ce petit salaud.

— Et après ? demanda Sandy.

— Après, il cessera de pratiquer la chirurgie pendant un petit moment. Sandy, je n'aime pas voir des gens faire des choses comme ça, d'accord ? Je n'aime pas les goujats et j'aime encore moins les voir brusquer des femmes.

— Ça vous arrive souvent de malmener les gens de la sorte ? Kelly lui ouvrit la porte.

— Non, pas très souvent. En général, ils écoutent mes avertissements. Faut voir les choses ainsi : s'il vous frappe, vous êtes blessée et il se retrouve blessé. Avec ma méthode, il n'y a aucun bobo, hormis quelques blessures d'amour-propre qui n'ont jamais tué personne.

Sandy n'insista pas. D'un côté, elle était ennuyée, estimant qu'elle avait bien tenu tête au docteur, qui du reste, n'était pas si bon chirurgien que ça et se montrait bien trop négligent en technique post-opératoire. Il ne traitait que les patients bénéficiant de l'aide sociale et encore, uniquement les cas simples, mais elle savait très bien que là n'était pas la question. Les patients de l'aide sociale étaient des hommes comme les autres et ils méritaient les meilleurs soins que pouvait fournir la médecine. Il l'avait terrorisée. Sandy avait été heureuse d'avoir bénéficié de la protection de Kelly mais, quelque part, elle se sentait flouée, pour ne pas avoir pu toute seule affronter Khofan. Son rapport allait sans doute le couler une bonne fois pour toutes et les infirmières du service échangeraient des rires sous cape. A l'hôpital, c'étaient les infirmières, au même titre que les sous-off dans n'importe quelle unité, qui menaient la danse après tout, et il fallait être un médecin bien idiot pour les contrarier.

Mais elle avait appris quelque chose sur Kelly, aujourd'hui. Ce regard qu'elle avait surpris chez lui et n'avait jamais pu oublier n'avait pas été une illusion. Lorsque John avait pris la main droite de Khofan, ses traits n'avaient trahi... aucune expression, même pas l'amusement d'humilier ce vermisseau et elle trouvait ça vaguement effrayant.

— Alors, qu'est-ce qu'elle a, votre voiture ? demanda Kelly en s'engageant sur Broadway pour remonter vers le nord.

— Si je le savais, elle ne serait pas en panne.

— Mouais, je suppose que c'est logique, admit-il avec un sourire.

Ce n'est plus le même. Comme un enfant substitué. Il est tout l'un ou tout l'autre. Avec Khofan, c'était une espèce de gangster. D'abord, il a essayé de calmer le jeu par des paroles raisonnables mais ensuite il s'est comporté comme s'il était prêt à l'estropier. Comme ça. Sans la moindre émotion. Comme s'il écrasait un insecte. Si c'est vrai, qu'y a-t-il derrière ? Est-ce de la colère ? Non, se dit-elle, sans doute pas. Il se maîtrise trop. Est-il psychopathe ? C'était une pensée effrayante — mais non, ça non plus n'était pas possible. Sam et Sarah n'auraient pas un ami comme ça, et ce sont deux personnes intelligentes.

Bon, alors quoi ?

— Enfin, j'ai pris ma caisse à outils. Je m'y connais pas trop mal en diesels. Mis à part notre petit copain, comment s'est passé le boulot ?

— Une bonne journée, dit Sandy, ravie de cette diversion. Nous avons laissé sortir une patiente qui nous causait vraiment du souci. Une petite fille noire, trois ans, une chute de berceau. Le docteur Rosen a fait un boulot superbe. D'ici un mois ou deux, on ne devinera même pas qu'elle s'est blessée.

— Sam est un bon élément, observa Kelly. Pas simplement un bon toubib — il a de la classe, en plus.

— Sarah aussi. *Un bon élément, c'est ce qu'aurait dit Tim.*

— Une grande dame, approuva Kelly en tournant à gauche sur North Avenue. Elle a fait beaucoup pour Pam, dit-il, rapportant cette fois simplement les faits sans se donner le temps de la réflexion. Puis Sandy vit ses traits changer de nouveau, se figer d'un seul coup, comme s'il avait entendu parler une autre voix.

La douleur ne s'en ira jamais, c'est ça ? se demanda Kelly. A nouveau, il la revit en imagination et, le temps d'une brève et cruelle seconde, il se dit — conscient aussitôt qu'il se mentait

— qu'elle était à côté de lui, assise là sur le siège de droite. Mais ce n'était pas Pam, plus jamais. Ses mains se crispèrent sur le skaï du volant, les phalanges livides, tandis qu'il s'efforçait d'oublier. De telles idées étaient de vrais champs de mines. Vous vous baladiez dedans, innocent, l'air de rien, et vous découvriez trop tard le danger. *Mieux vaudrait ne pas remuer les souvenirs*, se dit Kelly, *oui ça vaudrait mieux pour lui*. Mais sans souvenirs, bons ou mauvais, à quoi rimait la vie, et si l'on oubliait ceux auxquels on tenait, alors que devenait-on ? Et si l'on ne s'appuyait pas sur ces souvenirs, quelle valeur avait donc l'existence ?

Sandy lut tout cela sur son visage. Un enfant substitué, peut-être, mais pas toujours sur ses gardes. *Tu n'es pas un psychopathe. Tu ressens de la douleur et pas eux — en tout cas, pas pour la mort d'une amie. Alors, qu'es-tu donc ?*

18

Interférence

— Encore, lui dit-il.
Grincement.
— Vu. Je sais ce que c'est. Il était penché sur le moteur de la Plymouth Satellite, blazer et cravate ôtés, manches relevées. Il avait déjà les mains pleines de cambouis au bout d'une demi-heure de tâtonnements.
— C'est tout ? Sandy descendit de voiture, en prenant les clés, ce qui semblait curieux, réflexion faite, vu que la satanée bagnole refusait de démarrer. *Pourquoi ne pas les laisser dessus, histoire de faire tourner en bourrique un voleur de voitures ?* se demanda-t-elle.
— J'ai réussi à cerner le problème. C'est l'interrupteur du solénoïde.
— C'est quoi, ça ? demanda-t-elle. Debout à côté de Kelly, elle contemplait le mystère bleu huileux d'un moteur d'automobile.
— Le petit interrupteur dans lequel vous insérez votre clé n'est pas assez résistant pour encaisser tout le courant nécessaire à lancer le démarreur, alors ce premier interrupteur en commande un plus gros, celui-ci. Kelly indiqua l'élément avec sa clef à molette. Il active un électro-aimant qui referme un interrupteur plus volumineux, et c'est celui-là qui laisse passer le courant dans le moteur du démarreur. Vous me suivez jusqu'ici ?
— Je pense. Ce qui était presque vrai. Ils m'ont dit que j'avais besoin d'une batterie neuve.

— Je suppose que quelqu'un vous a déjà dit que les mécanos adorent...

— Mener en bateau les bonnes femmes parce qu'elles n'y pigent rien en mécanique ? termina Sandy avec une grimace.

— Quelque chose comme ça. Ça va quand même vous coûter un petit quelque chose, dit Kelly, en fouillant dans sa caisse à outils.

— Comment ça ?

— Je vais être trop crasseux pour vous emmener dîner. Il faudra qu'on mange ici, dit-il en disparaissant sous la voiture, chemise blanche, pantalon en worsted et tout. Une minute après, il en était ressorti, les mains sales. Essayez de nouveau.

Sandy remonta en voiture et mit le contact. La batterie était un peu faible mais le moteur démarra presque du premier coup.

— Laissez-le tourner, qu'il la recharge un peu.

— C'était quoi ?

— Un fil mal serré. Je n'ai eu qu'à revisser la cosse. Kelly contempla l'état de ses vêtements et fit la grimace. Il faudra quand même l'amener au garage, qu'ils vous mettent une rondelle crantée sur le boulon. Comme ça, il ne devrait plus se desserrer.

— Vous n'aviez pas besoin...

— Il faut bien que vous alliez bosser demain, non ? observa Kelly, sur un ton raisonnable. Où puis-je me laver ?

Sandy le conduisit chez elle et lui indiqua la salle de bains. Kelly se décrassa les mains avant de la rejoindre dans le séjour.

— Où avez-vous appris à réparer les voitures ? demanda-t-elle en lui tendant un verre de vin.

— Mon père était mécano à ses heures. Il était pompier, rappelez-vous ? Il avait dû apprendre sur le tas et ça lui plaisait bien. Je tiens ça de lui. Merci. Kelly trinqua. Il n'était pas connaisseur, mais le vin n'était pas mauvais.

— Était ?

— Il est mort quand j'étais au Viêt-nam, un infarctus au boulot. M'man est décédée elle aussi. Cancer du foie, quand j'étais à l'école primaire, expliqua Kelly sur le ton le plus égal possible. La douleur était lointaine à présent. Ça a été dur. Papa et moi, nous étions très proches. Il fumait et c'est sans doute ce qui l'a tué. Moi-même, j'étais malade à l'époque, une infection chopée à la suite d'une mission. Je ne pouvais pas rentrer à la maison. Alors, je suis resté là-bas quand j'ai été mieux.

— Je me demandais pourquoi personne ne venait vous rendre visite mais je ne vous ai pas posé la question, dit Sandy en se rendant compte à quel point John était solitaire.

— J'ai deux oncles et quelques cousins, mais on ne se voit guère.

Ça devenait plus clair, estima Sandy. Perdre sa mère si jeune, et d'une façon particulièrement douloureuse et lente. Il serait sans doute toujours un grand gosse, dur et fier, mais impuissant à changer les choses. Toutes les femmes qu'il avait connues lui avaient été d'une façon ou d'une autre arrachées par la force ; sa mère, sa femme, sa maîtresse. *Quelle rage doit-il ressentir,* se dit-elle. Cela expliquait tant de choses. Quand il avait vu Khofan la menacer, c'était un péril dont il pouvait la protéger. Elle persistait à penser qu'elle aurait très bien pu se débrouiller seule mais à présent, elle comprenait un peu mieux. Cela désamorça sa colère persistante et son attitude s'en ressentit. Il ne cherchait pas à trop l'approcher, il ne la déshabillait pas des yeux — une chose que Sandy détestait particulièrement, même si, étrangement, elle laissait ses patients le faire parce qu'elle sentait que ça les aidait à se requinquer. Non, il se comportait en ami, comprit-elle, comme aurait pu le faire un des camarades de régiment de Tim, mêlant familiarité et respect de son identité, voyant d'abord en elle une personne, et seulement une femme ensuite. Sandra Manning O'Toole se surprit à l'apprécier. Si imposant et rude que soit cet homme, elle n'avait rien à redouter de lui. Cela lui parut une observation bizarre pour entamer une relation, si relation il devait y avoir.

Un autre bruit sourd annonça l'arrivée du journal du soir. Kelly le ramassa et en parcourut la une avant de le poser sur la table basse. En cette période creuse de l'été, la découverte d'un nouveau cadavre de dealer faisait les gros titres. Sandy vit Kelly regarder l'article, en survoler les deux premiers paragraphes.

*

La mainmise croissante d'Henry sur le trafic local de drogue garantissait quasiment que la nouvelle victime était l'un de ses lointains sbires. Il n'avait connu l'homme que par son pseudonyme dans le milieu et n'avait appris sa véritable identité, Lionel Hall, que par le journal. Ils ne s'étaient jamais rencontrés en personne mais on disait que Bandanna était un type malin, de ceux qu'il valait mieux garder à l'œil. Pas si malin que ça, estima Tucker. Dans sa branche, l'échelle du succès était abrupte, ses barreaux glissants, le processus de sélection brutalement darwinien, et quelque part, Lionel Hall n'avait pas su se montrer à la hauteur des exigences de sa nouvelle profession. C'était regrettable, mais sans grande importance. Henry quitta sa chaise et s'étira. Il avait dormi tard, après avoir pris livraison l'avant-veille de quinze kilos de « marchandise », comme il avait pris l'habitude de l'appeler. L'aller-retour jusqu'au point d'emballage n'avait pas été de tout repos — ça commençait même à devenir chiant, estimait Tucker, cette couverture complexe à maintenir. Pareilles idées étaient dangereuses, toutefois, il en était conscient. Ce coup-ci, il se contenterait de regarder ses gars faire le boulot. Résultat, cela en faisait deux de plus au courant, mais il en avait marre de se taper tout seul les tâches subalternes. Il avait des laquais pour ça, des gagne-petit qui en étaient conscients et savaient que leur prospérité ne durerait qu'autant qu'ils suivraient précisément les ordres.

Les femmes étaient plus à l'aise que les hommes. Les hommes avaient un ego à nourrir au fond de leur esprit fertile, et plus l'esprit était petit, plus grand était l'ego. Tôt ou tard, l'un de ces bonshommes allait se rebeller, se pousser un peu trop du col. Ses putes étaient tellement plus faciles à amadouer, et puis il y avait toujours l'avantage complémentaire de les avoir sous la main. Tucker sourit.

*

Doris s'éveilla vers cinq heures, avec une migraine due aux barbituriques et encore accentuée par le double whisky que quelqu'un avait cru bon de lui refiler. La douleur lui annonçait qu'elle allait devoir vivre une nouvelle journée, que le mélange de médicaments et d'alcool n'avait pas fait le travail espéré lorsqu'elle avait considéré le verre, puis, après une hésitation, l'avait descendu avant le début de la petite fête. La suite, après le whisky et les médicaments, n'était plus qu'un vague souvenir qui se mêlait à tant d'autres nuits identiques qu'elle avait du mal à séparer la dernière des précédentes.

Ils étaient plus prudents désormais. Pam leur avait enseigné ça. Elle se rassit, regarda les menottes attachées à sa cheville et à une chaîne, elle-même fixée à un anneau vissé dans le mur. Si l'idée lui était venue, elle aurait pu tenter de l'arracher, tâche à la portée de toute jeune femme en bonne santé, au prix de quelques heures d'efforts. Mais l'évasion signifiait la mort, une mort particulièrement longue et douloureuse, et elle avait beau désirer fuir une vie devenue plus horrible que n'importe quel cauchemar, la perspective de la souffrance l'effrayait toujours. Elle se releva, faisant cliqueter la chaîne. Au bout de quelques secondes, Rick entra.

— Eh, chou, dit le jeune homme avec un sourire plus amusé qu'affectueux. Il se pencha, déverrouilla les menottes, lui indiqua la salle de bains. A la douche ! T'en as besoin.

*

— Où avez-vous appris la cuisine chinoise ? demanda Kelly.

— D'une collègue avec qui j'ai travaillé l'an dernier. Nancy Wu. Elle enseigne à l'université de Virginie, aujourd'hui. Ça vous plaît ?

— Vous plaisantez ? Si le plus court chemin pour gagner le cœur d'un homme passe par l'estomac, alors l'un des plus beaux compliments qu'un homme puisse faire à une femme est de demander du rab. Il s'était cantonné à un seul verre de vin mais attaqua sa seconde assiette aussi vite que le permettaient les bonnes manières.

— Ce n'est pas si réussi que ça, dit Sandy, quêtant à l'évidence un compliment.

— C'est tellement meilleur que ce que je me concocte, mais si vous envisagez d'écrire un livre de cuisine, vous aurez besoin d'un cobaye qui a plus de goût. Il leva les yeux. J'ai passé une semaine à Taipei, dans le temps, et c'était presque aussi bon.

— Qu'est-ce que vous faisiez là-bas ?

— J'étais en perm, histoire de me changer des pruneaux.

Kelly se tut. Tout ce qu'il avait pu faire là-bas, avec ses copains, n'était peut-être pas vraiment à raconter à une dame. Puis il se rendit compte qu'il était déjà allé trop loin.

— C'est ce que Tim et moi... j'avais déjà prévu que nous nous retrouvions à Hawaï mais... Elle se tut de nouveau.

Kelly voulait la toucher, tendre la main par-dessus la table, juste pour la réconforter mais il redoutait qu'elle prenne cela pour une avance.

— Je sais, Sandy. Alors, qu'avez-vous encore appris à cuisiner ?

— Pas mal de choses. Nancy est restée chez moi plusieurs mois et m'a obligée à faire tout le temps la cuisine. C'est une enseignante merveilleuse.

— Je veux bien le croire. Kelly nettoya son assiette. A quoi ressemble votre emploi du temps ?

— Je me lève d'habitude à cinq heures et quart, je pars sur le coup de six heures. J'aime bien arriver dans le service une demi-heure avant la relève, pour voir où en sont les patients et me préparer à accueillir les urgences. C'est un service où il y a du boulot. Et vous ?

— Eh bien, ça dépend. Quand je tire...

— Vous tirez ? s'étonna Sandy.

— Des explosifs. C'est ma spécialité. On passe un temps fou à tout préparer et monter. En général, il y a toujours quelques ingénieurs dans le coin qui s'agitent, se tracassent et me disent ce qu'il ne faut pas faire. Ils n'arrêtent pas d'oublier que c'est bougrement plus facile de faire sauter un truc que de le construire. J'ai pourtant une marque de fabrique.

— Laquelle ?

— Quand je bosse sous l'eau, je fais toujours détoner mes amorces quelques minutes avant l'explosion proprement dite, rigola Kelly. Pour faire fuir les poissons.

Elle resta quelques secondes interdite.

— Oh... pour qu'ils ne soient pas blessés ?

— Ouais. C'est une manie personnelle.

C'était encore un truc. Il avait tué des gens à la guerre, menacé un chirurgien de l'estropier définitivement, sous ses yeux et ceux d'un vigile, mais il se décarcassait pour protéger des *poissons* ?

— Vous êtes quand même bizarre.

Il eut la bonne grâce d'acquiescer.

— Je ne tue pas par plaisir. Je chassais dans le temps, mais j'ai renoncé. Je pêche un peu, mais pas à la dynamite. Quoi qu'il en soit, je pose les amorces à bonne distance du chantier principal, pour qu'elles n'aient pas d'effet dessus. Le bruit suffit à faire fuir la majorité des bancs. Pourquoi risquer de gâcher une bonne pêche ?

*

C'était machinal. Doris était un peu myope et les marques ressemblaient à de la crasse quand ses yeux étaient obscurcis par le rideau liquide, mais ce n'était pas de la crasse et elles ne partaient pas au lavage. Elles ne disparaissaient jamais, elles migraient simplement d'un endroit à l'autre au gré des fantasmes des hommes qui les lui infligeaient. Elle passa les mains dessus et la douleur lui rappela ce qu'elles étaient, des souvenirs des soirées les plus récentes, et aussitôt l'effort de se laver lui parut futile. Elle savait qu'elle ne serait plus jamais propre. La douche, c'était juste pour sentir bon, n'est-ce pas ? C'est d'ailleurs ce que Rick lui avait fait comprendre, et il était le plus gentil de toute la bande, se dit Doris, découvrant la pâle marque brune qu'il lui avait infligée, bien moins douloureuse pourtant que les bleus que Billy semblait tant apprécier.

Elle sortit pour se sécher. La douche était la seule partie de la pièce à être à peu près propre. Personne ne se fatiguait à nettoyer le lavabo ou le W.-C. et le miroir était fendu.

— Beaucoup mieux, commenta Rick en l'observant. Il tendit la main pour lui offrir un comprimé.

— Merci. Et c'était reparti pour une journée, avec un barbiturique pour mettre de la distance entre elle et la réalité, pour lui rendre la vie sinon confortable, sinon tolérable, du moins supportable. Tout juste. Avec un petit coup de main de ses amis, qui veillaient à ce qu'elle réussisse à endurer la réalité qu'ils créaient. Doris avala le cachet avec une gorgée d'eau prise au creux de la main, espérant que les effets se feraient rapidement sentir. Ça facilitait les choses, ça arrondissait les angles, ça mettait de la distance entre elle et son moi. Naguère encore, cette distance avait été trop grande pour apercevoir l'autre rive mais plus maintenant. Elle regarda le visage souriant de Rick au-dessus d'elle.

— Tu sais que j't'aime, chou, dit-il en avançant les mains pour la peloter.

Sourire résigné quand elle sentit le contact de ses doigts.

— Oui.

— Soirée spéciale ce soir, Dor. Henry doit passer.

*

Clic. Kelly entendit presque le déclic en descendant de la Volkswagen, à quatre rues de la maison d'angle en meulière, quand ses réflexions se mirent en branle. Franchir le « rideau d'arbres » était devenu une routine. Il avait instauré un niveau de confort que le dîner de ce soir avait accru, son premier repas partagé avec un autre être humain depuis... combien, cinq semaines, six ? Il revint à ses préoccupations immédiates.

Il se choisit un poste d'observation de l'autre côté de la rue transversale, trouvant une fois encore un perron de marbre et c'est dans son ombre favorable qu'il attendit l'arrivée de la Roadrunner. Toutes les quatre ou cinq minutes, il levait sa bouteille de pinard — il en avait une autre, maintenant, du gros rouge, cette fois — pour faire semblant de boire, tandis que son regard continuait de balayer les immeubles de gauche à droite et même de haut en bas pour surveiller les fenêtres des deux premiers étages.

Une partie des autres véhicules lui étaient plus familiers désormais. Il repéra la Karmann-Ghia noire qui avait joué son rôle dans la mort de Pam. Le chauffeur qui, remarqua-t-il, était un homme aux alentours de son âge, portant moustache, se mit à arpenter le trottoir à la recherche de son contact. Il se demanda quel pouvait être le problème de ce type pour l'amener, en vue de le soulager, à courir le risque de fréquenter cet endroit pour s'y fournir en drogues qui réduiraient son espérance de vie. Sans parler qu'il laissait derrière lui un sillage de corruption et de destruction engendré par l'argent de ce commerce illicite. Est-ce qu'il s'en moquait ? Ne voyait-il donc pas les ravages de l'argent de la drogue dans ce quartier ?

Mais encore une fois, c'était une réflexion qu'il fit tout son possible pour ignorer. Car il restait encore dans ce quartier de vrais habitants qui essayaient tant bien que mal d'y survivre. Que ce soit grâce aux allocations ou à de petits boulots, des gens vivaient ici, en danger constant, dans l'espoir peut-être de s'échapper un jour vers un endroit où la vraie vie était possible. Ils tâchaient du mieux possible d'ignorer les trafiquants et, dans leurs efforts de droiture un peu dérisoire, ils en venaient à ignorer les clochards comme Kelly, mais il ne pouvait se résoudre à leur en vouloir. Dans un tel environnement, ils devaient, tout comme lui, se concentrer sur leur propre survie. La conscience sociale était un luxe que la plupart des gens d'ici ne pouvaient guère se permettre. Il fallait jouir d'un minimum de sécurité personnelle avant de se permettre d'en offrir le surplus à plus nécessiteux que soi — et d'ailleurs, combien y en avait-il qui étaient encore plus nécessiteux ?

*

Il y avait des moments où c'était un pur plaisir d'être un homme, songea Henry dans la salle de bains. Doris avait ses charmes. Maria, l'idiote maigrichonne de Floride, Xantha, la plus accrochée à la drogue, ce qui n'était pas sans poser quelques soucis, et puis Roberta, et Paula. Aucune n'avait beaucoup plus de vingt ans, deux étaient encore adolescentes. Toutes pareilles et toutes différentes. Il se tapota les joues avec de la lotion après-rasage. Il aurait dû se choisir une vraie bergère, une régulière bien roulée, histoire de faire baver les autres mecs. Mais c'était dangereux. On se faisait remarquer. Non, comme ça, c'était impec. Il sortit de la salle de bains, rafraîchi, relaxé. Doris était toujours là, à moitié dans les vapes après son expérience et ses deux comprimés de récompense, le contemplant avec un sourire qu'il jugea exprimer un respect suffisant. Elle avait émis les bruits convenables au moment opportun, fait les trucs qu'il désirait sans se faire prier. Il pouvait préparer lui-même ses cocktails, après tout, et le silence de la solitude était une chose, tandis que le silence d'une pute abrutie dans votre salon, c'en était une autre, souvent assommante. Rien que pour être aimable, il se pencha, lui offrit un doigt à baiser, ce qu'elle fit obligeamment, le regard vague.

— Laissons-la cuver, confia-t-il à Billy en sortant.

— D'accord. De toute façon, j'ai une livraison à prendre, ce soir, lui rappela Billy.

— Oh ? Tucker l'avait oublié dans la chaleur du moment. Même Tucker était humain.

— Petit Bonhomme était trop court de mille sacs, l'autre soir. J'ai laissé courir. C'est la première fois, et il m'a expliqué qu'il s'était gourré dans ses comptes. En gage, il proposait cinq mètres de bitume en plus. C'est son idée.

Tucker hocha la tête. C'était la toute première fois que Petit Bonhomme commettait ce genre d'erreur et il avait toujours su manifester le respect convenable, son commerce tournait bien sur son bout de trottoir.

— Veille bien à ce qu'il sache qu'une seule erreur, c'est le maximum toléré par la maison.

— Oui, chef. Bobby inclina la tête, manifestant lui aussi le respect convenable.

— Et tâche également que ça ne s'ébruite pas.

C'était le problème. Il y en avait même plusieurs, réfléchit Tucker. Pour commencer, les revendeurs dans la rue étaient de vrais amateurs, bêtement avides d'en empocher un max, incapables de voir que chercher à bosser avec régularité était facteur de stabilité et que la stabilité était dans l'intérêt de tout le monde. Mais les petits dealers restaient de petits dealers — des criminels, après tout — et ça, il n'y changerait jamais rien. De temps en temps, l'un ou l'autre se faisait descendre après un braquage ou un règlement de comptes. Certains étaient même assez cons pour utiliser leur propre marchandise — Henry prenait grand soin de les éviter, avec un certain succès jusqu'ici. A l'occasion, l'un d'eux essayait de dépasser les limites, prétendant être à court de liquide, rien que pour gratter quelques centaines de billets quand il avait une affaire qui représentait considérablement plus. A ce genre de problème, il n'y avait qu'un seul remède et Henry avait appliqué cette règle avec une telle fréquence et une telle brutalité qu'il n'avait plus été nécessaire de la répéter pendant un bon bout de temps. Petit

Bonhomme avait sans doute dit la vérité. Son empressement à payer l'amende subséquente le confirmait, et prouvait également qu'il tenait à son approvisionnement régulier, dont le volume avait crû ces derniers mois en proportion de son chiffre d'affaires. Encore quelques mois sur ce rythme et il conviendrait de le tenir à l'œil.

Ce qui ennuyait le plus Tucker était qu'il devait s'embêter avec des bagatelles comme l'erreur de comptabilité de Petit Bonhomme. Il savait que ce genre de problème était destiné à se multiplier, rançon naturelle du passage de l'échelon de petit fournisseur à ses heures perdues à celui de distributeur de grande envergure. Il allait devoir déléguer son autorité, confier à Billy, par exemple, un plus haut niveau de responsabilité. Y était-il prêt ? Bonne question, se dit Henry, en quittant l'immeuble. Il glissa un billet de dix au gamin qui avait gardé sa voiture, sans cesser de réfléchir à la question. Billy avait un don pour tenir les filles. Un petit Blanc futé, natif du Kentucky, en plein pays minier. Casier vierge. Ambitieux. Bon équipier. Peut-être était-il prêt pour une promotion.

*

Enfin, se dit Kelly. Il était deux heures un quart lorsqu'il vit apparaître la Plymouth rouge, après s'être inquiété depuis plus d'une heure de ne pas la voir arriver. Il se rencogna dans l'ombre et se redressa un peu en tournant la tête pour mieux voir le bonhomme. Billy et son acolyte. Ils rigolaient tous les deux. L'autre trébucha sur les marches, peut-être avait-il un petit coup dans l'aile. Plus intéressant, lorsqu'il s'étala, un nuage de petits rectangles verts qui devaient être des billets s'envola en tourbillonnant.

C'est donc là qu'ils comptent leurs sous ? Intéressant. Les deux hommes s'empressèrent de récupérer le fric et Billy fila une tape sur l'épaule de l'autre homme, mi-taquin, en lui glissant à l'oreille quelque chose que Kelly ne put saisir, car il était trop loin.

Les bus passaient toutes les quarante-cinq minutes à cette heure avancée de la nuit et leur itinéraire empruntait des rues assez éloignées. Les patrouilles de police étaient parfaitement prévisibles. Dès vingt heures, le trafic habituel disparaissait et à partir de vingt et une heures trente, les habitants du quartier abandonnaient définitivement la rue pour se barricader à triple tour derrière leur porte, remerciant le Ciel d'avoir survécu un jour de plus, redoutant déjà les dangers du lendemain et laissant désormais la place au commerce illicite. Lequel commerce vivotait jusqu'aux alentours de deux heures, comme l'avait depuis longtemps constaté Kelly qui, après avoir bien réfléchi, décida qu'il savait désormais tout ce qu'il avait besoin de savoir. Il restait toujours des éléments aléatoires à prendre en compte. Il y en avait toujours mais, par définition, on ne pouvait pas prédire l'aléatoire, juste s'y préparer. Les itinéraires de remplacement, une vigilance constante, des armes étaient sa seule défense. Il restait toujours une part de hasard, et si inconfortable que soit cette idée, Kelly devait l'admettre comme un élément constitutif de la vie normale — même si sa mission était loin de l'être.

Il se leva, pesamment, et traversa la rue en direction de l'immeuble en meulière, de sa démarche habituelle d'ivrogne. Il put vérifier que la porte n'était pas verrouillée. La plaque de laiton derrière le bouton était inclinée, comme le lui confirma un coup d'œil insistant alors qu'il passait devant. L'image s'imprima dans sa mémoire et, tout en continuant d'avancer, il entreprit d'élaborer sa mission de la nuit suivante. Il entendit à nouveau la voix de Billy, un rire qui filtrait par une des fenêtres de l'étage, un son aux accents étranges, qui n'avaient rien de mélodieux. Une voix qu'il détestait déjà, et pour laquelle il avait déjà son plan. Pour la première fois, il était tout proche de l'un, voire de deux des hommes qui avaient assassiné Pam. Cela n'avait pas sur lui l'effet physique qu'on aurait pu escompter. Son corps se relaxa. Il ferait ça dans les règles.

A bientôt, les mecs, promit-il dans le silence de ses pensées. C'était en fait sa prochaine grande étape et il ne voulait pas risquer de flamber le coup. Kelly remonta le pâté de maisons, les yeux fixés sur les deux Bob, à quatre cents mètres de là, sur le trottoir opposé, tout à fait visibles grâce à leur taille et à la rue large et parfaitement rectiligne.

C'était un autre test — il devait être absolument sûr de lui. Il poursuivit vers le nord, sans traverser la rue, car s'il se dirigeait droit sur eux, ils pourraient le remarquer et cela risquait d'éveiller sinon leur méfiance, du moins leur curiosité. Son approche devait rester invisible et, en modifiant son angle d'attaque vis-à-vis de la cible au lieu de garder un cap constant, cela lui permettait de fondre plus aisément sa silhouette voûtée dans l'arrière-plan des façades et des voitures en stationnement. Une simple tête, une vague ombre sombre, rien de dangereux. Parvenu au dernier carrefour, il traversa la rue, profitant de l'occasion pour scruter les quatre points cardinaux. Puis, tournant à gauche, il remonta le trottoir. Large de quatre ou cinq mètres, et ponctué par les perrons de marbre, celui-ci lui laissait toute la place pour étaler les méandres de sa démarche titubante. Kelly s'arrêta pour porter à ses lèvres la bouteille de rouge emballée dans son sac en papier, avant de reprendre sa route. Tant qu'à faire, autant donner une preuve supplémentaire de son caractère inoffensif : il s'arrêta une nouvelle fois pour uriner dans le caniveau.

— Merde ! dit une voix. Gros Bob ou Petit Bob, il ne prit pas la peine de vérifier. Le dégoût exprimé par ce mot était suffisant, c'était le genre de chose à vous détourner de celui qui le prononçait. De toute façon, estima Kelly, il avait besoin de cet exutoire.

Les deux hommes étaient plus grands que lui. Gros Bob, le dealer, frisait le mètre quatre-vingt-dix. Petit Bob, son lieutenant, dépassait un mètre quatre-vingt-quinze, tout en muscles, mais avec un début de bedaine dû à la bière ou à une nourriture trop grasse. En tout cas, l'un et l'autre étaient passablement intimidants, estima Kelly, révisant rapidement sa tactique. Autant passer son chemin et les laisser tranquilles, non ?

Non.

Mais il les dépassa malgré tout une première fois. Petit Bob surveillait le trottoir d'en face. Gros Bob était adossé au mur de l'immeuble. Kelly traça une ligne imaginaire entre eux d'eux et compta trois pas avant de pivoter sur la gauche avec lenteur pour ne pas les alerter. Dans le même temps, il glissait la main droite sous sa vieille saharienne toute neuve. Lorsqu'elle en ressortit, la gauche la recouvrit, se refermant autour de la crosse du Colt automatique pour la prendre à deux mains tout en adoptant une posture de boxeur, en un mouvement qu'on devait baptiser par la suite position du tisserand. Il baissa les yeux pour se caler sur le trait peint en blanc au sommet du silencieux, en même temps qu'il élevait l'arme. Ses bras se tendirent en gardant les coudes souples, et le mouvement amena le viseur dans l'axe de la première cible, rapidement mais en douceur. L'œil humain est attiré par le mouvement, en particulier la nuit. Gros Bob l'aperçut, devina aussitôt qu'il se passait quelque chose d'anormal, mais sans trop savoir quoi. Son instinct aiguisé par la rue fit l'analyse correcte et lui dicta d'agir au plus vite. Trop tard. *Pistolet*, lui cria-t-il, et il esquissa un geste pour dégainer sa propre arme au lieu de chercher à esquiver, ce qui aurait pu retarder sa mort.

Le doigt de Kelly pressa deux fois la détente, la première lorsque le silencieux masqua la cible, la seconde dans la foulée, sitôt que le poignet eut compensé le léger recul du calibre .22. Sans bouger les pieds, il fit pivoter le buste sur la droite, dans un mouvement mécanique qui fit décrire au canon un arc de cercle parfaitement horizontal en direction de Petit Bob, qui avait déjà réagi en voyant son chef commencer à s'effondrer et qui s'apprêtait à dégainer le pistolet à sa ceinture. Kelly avait pivoté, mais pas assez vite : sa première balle était trop basse et ne fit pas grand mal. Mais la seconde pénétra dans la tempe et rebondit contre les portions les plus épaisses de la boîte crânienne en cabriolant comme un hamster en cage. Petit Bob tomba, la tête la première. Kelly ne s'attarda que le temps de vérifier que les deux hommes étaient bien morts, avant de se retourner et de repartir.

Et de six, songea-t-il en se dirigeant vers le coin de la rue ; son pouls ralentissait, l'adrénaline retombait, et le pistolet retrouva sa place habituelle dans son dos, près du couteau. Il était deux heures cinquante-six lorsque Kelly entama sa manœuvre de repli.

*

Les choses n'avaient pas trop bien commencé, songea le Marine. Le bus spécial était tombé en panne et le « raccourci » choisi par le chauffeur pour combler son retard avait abouti dans un embouteillage. Le bus n'avait franchi les portes de la base de Quantico que juste après trois heures du matin ; il suivit alors une jeep pour rejoindre sa destination finale où les Marines découvrirent des baraquements isolés déjà à moitié occupés par des hommes qui ronflaient à poings fermés. Ils se choisirent à leur tour des couchettes pour essayer de dormir un peu. Quelle que soit la mission passionnante, fascinante et dangereuse qu'on leur promettait, son démarrage ressemblait à une journée comme une autre dans la grosse Machine verte.

*

Elle s'appelait Virginia Charles et sa nuit ne se passait pas trop bien non plus. Aide-soignante à l'Hôpital Sainte-Agnès, à quelques kilomètres seulement de là où elle habitait, elle avait vu sa garde de nuit se prolonger à cause de l'arrivée tardive de sa remplaçante et de sa réticence à laisser sans surveillance la partie d'étage sous sa responsabilité. Bien qu'elle prît le même poste depuis huit ans, elle ignorait que l'horaire des bus changeait peu après l'heure habituelle de son départ et, ayant raté le premier, elle avait dû attendre une éternité le suivant. Elle en descendait tout juste, soit deux heures après l'heure où elle se couchait normalement ; en plus, elle avait manqué « Votre soirée » qu'elle regardait religieusement chaque soir. Quarante ans, divorcée d'un homme qui lui avait donné deux enfants — le premier soldat, heureusement en Allemagne et pas au Viêt-nam, le second encore au lycée — et pas grand-chose d'autre. Dans son boulot au syndicat, qui était à la fois servile et professionnel, elle avait réussi à faire au mieux pour ses deux fils, toujours inquiète, comme toutes les mères, de leurs fréquentations et des risques qu'ils couraient.

Elle était crevée en descendant de l'autobus et se demanda une fois encore pourquoi elle n'avait pas consacré une partie des économies rassemblées toutes ces années pour s'acheter une voiture. Mais qui disait voiture disait assurance, et elle avait encore un jeune fils à la maison qui aurait augmenté le coût de la prime et lui aurait créé d'autres soucis. Dans quelques années, peut-être, quand celui-ci revêtirait à son tour l'uniforme, ce qui était son seul espoir de lui donner la formation supérieure qu'elle souhaitait pour lui mais n'aurait jamais les moyens financiers de lui offrir.

Elle pressa le pas, malgré la raideur de ses jambes lourdes. Comme le quartier avait changé. Elle avait passé toute sa vie dans le même groupe de trois pâtés de maisons, et elle se souvenait encore d'une rue plus animée et surtout plus sûre, avec des voisins aimables. Elle se souvenait même qu'elle pouvait se rendre à pied à l'église de la Nouvelle Sion sans la moindre inquiétude, ces précieux mercredis soir où elle était libre, ce qu'elle avait également raté, à cause de son boulot. Mais elle se consolait en songeant aux deux heures supplémentaires qu'elle allait pouvoir engranger, tout en guettant la rue, à l'affût des dangers. Ça ne faisait jamais que trois pâtés de maisons à longer, après tout. Elle marchait vite, fumant une cigarette pour se tenir éveillée, se répétant d'être calme. Elle s'était déjà fait braquer — en fait, le terme local était « taxer » — à deux reprises au cours de l'année écoulée, chaque fois par des drogués qui avaient besoin d'argent pour assouvir leur coupable habitude, et le seul avantage de l'expérience avait été la leçon de choses que cela avait donné à ses deux fils. Du reste, on ne lui avait pas piqué grand-chose. Virginia Charles ne portait guère plus que le peu d'argent nécessaire à sa course en bus et son repas à la cafétéria de l'hôpital. C'était l'atteinte à sa dignité qui la blessait, mais pas autant que le souvenir de temps meilleurs dans un quartier peuplé d'une majorité de citoyens respectueux des lois. Encore une rue à traverser, se dit-elle en tournant le coin.

— Eh, mémé, t'as pas un dollar ? dit une voix, déjà sur ses talons. Elle avait aperçu une ombre et poursuivi sa route, sans tourner la tête, sans relever sa présence, l'ignorant avec l'espoir qu'on lui rendrait la politesse, mais ce genre de courtoisie se faisait rare. Elle continua d'avancer, baissant la tête, se répétant de continuer à marcher, qu'il n'y avait pas tant de petites frappes capables d'agresser une femme par-derrière. Une main plaquée sur son épaule démentit bientôt cette assertion.

— Aboule le fric, salope, reprit la voix, sans même une trace de colère, un ordre prosaïque, énoncé sur un ton égal qui définissait quelles étaient les nouvelles règles de la rue.

— J'ai pas assez pour t'intéresser, petit gars, répondit Virginia Charles, avec un mouvement d'épaules pour se dégager et continuer d'avancer, refusant toujours de se retourner, car sa seule sécurité était dans le mouvement. C'est alors qu'elle perçut un *déclic*.

— Je vais te saigner, dit la voix, toujours aussi calme, expliquant la dure réalité de la vie à cette pauvre conne.

Ce bruit la terrifia. Elle se figea, murmura une prière silencieuse et ouvrit son petit sac à main. Elle pivota lentement, la colère dominant encore la peur. Elle aurait pu hurler et, quelques années plus tôt, c'est ce qui aurait fait la différence. Des hommes auraient entendu le cri et auraient regardé, et ils seraient peut-être descendus pour mettre en fuite l'agresseur. Elle le voyait maintenant, un simple gosse, de dix-sept ou dix-huit ans, avec cet œil sans vie, agrandi sous l'effet d'une drogue quelconque et de cette inhumanité arrogante que procure la force. Très bien, se dit-elle, file-lui ton fric et rentre chez toi. Elle plongea la main dans son sac et en sortit une coupure de cinq dollars.

— Cinq sacs, royalement ? ricana le gosse. J'ai besoin de plus que ça, ma salope. Vite, ou je te saigne !

C'était ce regard qui la terrorisa vraiment, l'amenant pour la première fois à se démonter et à insister :

— Mais c'est tout ce que j'ai !

— Plus, ou tu saignes.

Kelly surgit au coin, à un demi-pâté de maisons de sa voiture ; il commençait juste à se détendre. Il n'avait rien entendu avant de tourner à l'angle, mais il y avait deux silhouettes, à six ou sept mètres de la Coccinelle rouillée, et un brusque reflet de lumière lui révéla que l'une des deux tenait un couteau.

Sa première pensée fut *merde !* Il avait déjà décidé de la conduite à tenir dans ce genre de situation. Il ne pouvait pas sauver le monde entier et il n'allait pas essayer. Empêcher une agression nocturne dans la rue était peut-être parfait pour une émission télévisée, mais il était en quête d'un gibier d'un autre calibre. Ce qu'il n'avait pas envisagé, en revanche, c'était un incident à deux pas de sa voiture.

Il se figea, considéra la situation, tandis que son cerveau se mettait à mouliner aussi vite que le permettait le nouvel afflux d'adrénaline. S'il survenait ici quoi que ce soit de grave, la police allait débarquer dans le quartier, elle risquait d'y traîner des heures, et il avait laissé deux cadavres à moins de quatre cents mètres derrière lui — même pas, parce qu'il n'était pas venu en ligne droite. Ce n'était pas bon du tout et il n'avait pas beaucoup de temps pour prendre une décision. Le garçon tenait la femme par le bras, il brandissait un couteau, il lui tournait le dos. Une cible à sept mètres, c'était facile, même dans le noir, mais pas avec un .22 dont la force de pénétration était excessive, et pas avec quelqu'un d'innocent, ou en tout cas de non menaçant, situé juste derrière. La femme portait une sorte d'uniforme, elle était plus âgée, quarante ans peut-être, constata Kelly en essayant de se glisser de son côté. C'est alors que la situation évolua de nouveau. Le garçon taillada le bras de la femme, et le rouge du sang éclata à la lueur des réverbères.

Virginia Charles étouffa un cri lorsque le couteau entailla son bras et elle fit un écart, du moins essaya-t-elle, laissant échapper le billet de cinq dollars. De son autre main, le garçon la prit à la gorge pour la maîtriser et elle lut dans ses yeux qu'il était en train de décider de l'endroit où porter son prochain coup. Puis elle décela le mouvement, un homme peut-être à cinq mètres et, dans sa douleur et sa panique, elle voulut appeler à l'aide. Ce n'était guère audible mais suffisant pour que l'agresseur le remarque. Elle avait les yeux fixés sur quelque chose — quoi ?

Le jeune se retourna, aperçut un ivrogne à dix pas de là. Ce qui avait été une inquiétude instantanée, automatique, se mua en sourire indolent.

Merde. Ça n'allait plus du tout. Kelly, tête baissée, leva les yeux pour considérer le garçon, conscient que la situation commençait à lui échapper.

— Peut-être que t'as de la thune, pépé ? lança-t-il, ivre de puissance et, sur un coup de tête, il fit un pas vers le bonhomme qui devait trimbaler plus de fric que cette mijaurée.

Kelly n'avait pas prévu cette réaction qui bouleversait ses plans. Il porta la main à son arme mais le silencieux se prit dans la ceinture et l'agresseur qui approchait prit instinctivement ce mouvement pour la menace qu'elle était. Il fit un autre pas, plus rapide, brandit la main qui tenait le couteau. Plus le temps de dégainer. Kelly stoppa, recula d'un demi-pas et se redressa complètement.

Malgré toute son agressivité, le braqueur n'était pas très habile. Son premier assaut était bien maladroit et il fut surpris de l'aisance avec laquelle l'ivrogne l'esquiva, puis se glissa à l'intérieur de sa trajectoire. Un direct du droit au plexus solaire lui vida les poumons, lui coupant le souffle mais sans bloquer entièrement ses mouvements. La main tenant le couteau revint, au hasard, alors que le garçon commençait à se plier en deux. Kelly saisit cette main, tordit et tendit le bras, puis enjamba le corps qui plongeait déjà vers l'asphalte. Un bruit de déchirement accompagné d'un craquement sonore annonça la dislocation de l'épaule de son adversaire et Kelly poursuivit le mouvement, rendant le bras inutilisable.

— Pourquoi ne rentrez-vous pas chez vous, m'dame, dit-il d'une voix calme à Virginia Charles, en détournant le visage avec l'espoir qu'elle ne l'aurait pas très bien vu. Normalement, non, se dit-il ; il avait agi à la vitesse de l'éclair.

L'aide-soignante se pencha pour récupérer sur le trottoir son billet de cinq dollars et repartit sans un mot. Kelly la surveilla du coin de l'œil, la vit soutenir de la main droite son bras blessé en essayant de ne pas tituber, sans doute était-elle en état de choc. Il remercia le ciel qu'elle n'ait pas besoin d'aide. Merde, elle risquait d'appeler quelqu'un, au moins une ambulance, et il aurait vraiment dû l'aider à panser sa blessure mais les risques s'accumulaient bien plus vite que sa capacité à les gérer. Le soi-disant braqueur s'était mis à gémir, la douleur de son épaule démise commençant à pénétrer la brume protectrice des narcotiques. Et celui-ci avait définitivement vu son visage, de près.

Merde, se dit Kelly. Bon, il avait tenté d'agresser une femme, et il avait attaqué Kelly avec un couteau, dans l'un et l'autre cas, même s'il avait échoué, on pouvait considérer cela comme des tentatives de meurtre. Et il ne devait pas en être à son coup d'essai. Il avait choisi la mauvaise donne et, ce soir, le mauvais terrain ; ce genre d'erreur avait son prix. Kelly prit le couteau dans la main inerte et l'enfonça d'un coup sec à la base du crâne, où il le laissa planté. Moins d'une minute après, sa Volkswagen était à l'autre bout de la rue.

Et de sept, se dit-il, en tournant vers l'est.

Merde.

19

Quantité de miséricorde

CELA commençait à devenir une habitude, au même titre que le café-chausson du matin au bureau, se dit le lieutenant Ryan. Encore deux dealers abattus, chacun de deux balles de .22 dans la tête, mais sans être dévalisés, cette fois-ci. Pas la moindre douille aux alentours, pas trace visible de lutte. L'une des victimes avait la main posée sur la crosse de son pistolet mais l'arme n'avait pas eu le temps de sortir de sa poche revolver. Là, c'était inhabituel. Au moins avait-il vu venir le danger et tenté, en vain, de réagir en conséquence. Là-dessus était venu l'appel radio, à quelques rues à peine, et Douglas et lui s'étaient rendus sur les lieux, laissant leurs adjoints poursuivre l'investigation. L'appel radio précisait que ce nouveau cas était intéressant.

— Waouh ! s'exclama Douglas en descendant le premier. Ce n'était pas souvent qu'on voyait un couteau saillir d'une nuque, dressé en l'air comme un piquet de clôture. Ils ne plaisantaient pas, remarqua-t-il.

Le tout-venant des meurtres dans ce quartier de la ville, voire dans n'importe quel quartier de n'importe quelle ville, relevait toujours plus ou moins d'une querelle domestique. Les gens tuaient d'autres membres de leur famille, ou des amis proches, pour les motifs les plus anodins. A la dernière Fête de Thanksgiving[1], un père de famille avait tué son fils pour une

---

1. Jour d'actions de grâce, traditionnellement fêté aux États-Unis le quatrième jeudi de novembre. (*N.d.T.*)

histoire de cuisse de dinde. Le cas « préféré » de Ryan était un homicide pour une tourte au crabe — moins par le côté amusant de l'anecdote que par son caractère excessif. Dans de tels cas, les facteurs aggravants étaient en général l'alcool et une vie sordide qui transformaient de banales disputes anodines en affaires de la plus grande importance. *Je n'avais pas l'intention* était la phrase la plus fréquemment entendue par la suite, suivie par l'une ou l'autre variante sur le thème du *mais aussi pourquoi s'est-il entêté à ce point ?* La tristesse de tels événements agissait sur l'âme de Ryan comme un acide lentement corrosif. L'identité de tous ces meurtres était encore ce qu'il y avait de pire. La vie humaine ne devrait pas s'achever comme autant de variations sur un thème unique. Elle était trop précieuse pour cela, c'était une leçon qu'il avait apprise dans le bocage normand et les forêts enneigées autour de Bastogne, quand il était jeune para au 101e régiment de parachutistes. Le meurtrier typique prétendait toujours ne pas avoir eu l'intention de commettre son acte et, fréquemment il allait aussitôt se livrer à la police, plein de remords, autant qu'il était possible de l'être devant la perte, par sa faute, d'un ami ou d'un être cher, de sorte que bien souvent c'étaient deux vies qui étaient détruites par ce crime. Des crimes dus à la passion et à la faiblesse de jugement ; c'était la raison essentielle du meurtre, dans la plupart des cas. Mais pas cette fois-ci.

— Merde, mais qu'est-ce qui lui est arrivé au bras ? demanda le médecin légiste. En dehors des marques d'aiguille, le bras était en effet retourné à tel point qu'il le regardait en fait à l'envers.

— L'épaule de la victime semble avoir été disloquée. Disons brisée, ajouta le légiste après une seconde de réflexion. Nous avons des ecchymoses autour des poignets, témoignant de la force de la prise. Quelqu'un lui a saisi le bras à deux mains et a bien failli l'arracher, comme on arrache une branche d'un arbre.

— Prise de karaté ? demanda Douglas.

— Quelque chose comme ça. Sûr que ça a dû ralentir ses ardeurs. Vous constatez comme moi la cause de la mort.

— Lieutenant, par ici, lança un sergent en tenue. C'est Virginia Charles, elle habite juste à côté. C'est elle qui a signalé le crime.

— Est-ce que vous allez bien, madame Charles ? demanda Ryan. Une secouriste des pompiers était en train de vérifier le pansement qu'il lui avait posé au bras, tandis que son fils, élève de terminale au lycée Dunbar, debout à côté d'elle, lorgnait d'un regard dénué de la moindre sympathie la victime du meurtre. En moins de quatre minutes, Ryan avait recueilli une jolie brassée d'informations.

— Un clochard, dites-vous ?

— Un ivrogne... c'est la bouteille qu'il a laissé échapper. Elle tendit le doigt. Douglas la recueillit avec le plus grand soin.

— Pouvez-vous le décrire ? demanda le lieutenant Ryan.

*

L'entraînement, éreintant, ressemblait à tous les entraînements dans une base de Marines, de Lejeune à Okinawa. La douzaine d'exercices quotidiens étaient suivis par une course au pas cadencé, rythmé par un adjudant. Ils prenaient un malin plaisir à doubler les formations de jeunes sous-lieutenants qui faisaient leurs classes d'élèves officiers, voire de la vraie bleusaille, genre aspirants venus en stage d'été à Quantico. Huit kilomètres, en longeant d'abord les cinq cents mètres du parcours du combattant, puis diverses autres installations d'entraînement, toutes baptisées en souvenir de Marines défunts, jusqu'à proximité de l'Académie du FBI mais là, ils quittaient brusquement la grand-route pour s'enfoncer dans les bois vers leur site d'entraînement. Cette routine matinale leur rappelait simplement qu'ils étaient des Marines, et la longueur du parcours en faisait des Marines de commandos de reconnaissance, pour qui la forme olympique était la norme. A leur arrivée, ils découvrirent avec surprise qu'un officier général les attendait. Sans parler du bac à sable et de la balançoire.

— Bienvenue à Quantico, Marines, leur dit Marty Young, une fois qu'ils eurent un peu récupéré et qu'on leur eut permis de se mettre au repos. Sur le côté, ils remarquèrent deux officiers de marine, uniforme blanc resplendissant, et un couple de civils, qui observaient et écoutaient. Tous les hommes plissèrent les paupières, la mission devenait soudain très intéressante.

— Pareil que sur les photos, observa tranquillement Cas, en contemplant le camp d'entraînement ; ils connaissaient leur sujet. Pourquoi le terrain de jeu ?

— Une idée à moi, dit Greer. Ivan a des satellites. Leurs plans de survol pour les six prochaines semaines sont affichés à l'intérieur du bâtiment A. Nous ignorons la qualité de leurs caméras et je préfère supposer qu'elles valent les nôtres, d'accord ? Soit on montre au gars d'en face ce qu'il a envie de voir, soit on lui présente un truc facile à deviner. Tout site vraiment inoffensif dispose d'un parking.

Le programme d'entraînement était déjà décidé. Chaque jour, les nouveaux arrivants déplaceraient les voitures au hasard. Tous les dix jours environ, ils en sortiraient les mannequins pour les répartir sur l'aire de jeu. A deux ou trois heures de l'après-midi, les véhicules seraient de nouveau déplacés et les mannequins arrangés autrement. Ils suspectaient, à juste titre, que ce rituel allait beaucoup amuser dans les rangs.

— Et une fois l'opération terminée, ça devient une véritable aire de jeu ? demanda Ritter, avant de répondre lui-même à la question. Merde, pourquoi pas ? Beau boulot, James.

— Merci, Bob.

— Ça paraît plus petit, vu comme ça, observa l'amiral Maxwell.

— Les dimensions sont exactes à huit centimètres près. Nous avons triché, dit Ritter. Nous avons le manuel technique soviétique pour la construction de bâtiments de ce genre. Votre général Young a fait du bon boulot.

— Il n'y a pas de vitres aux fenêtres du bâtiment C, nota Casimir.

— Vérifie sur les photos, Cas, suggéra Greer. Il y a pénurie de verre à vitres, là-bas. Ce bâtiment est juste équipé de volets, çà et là. La réserve — il indiqua le bâtiment B — est pourvue de barreaux. En bois, pour qu'on puisse les ôter ensuite. Nous n'avons pu que deviner la disposition intérieure, mais nous avons quelques hommes qui en sont revenus et la disposition des pièces s'inspire de leurs rapports. Ce n'est pas totalement de l'improvisation.

Les Marines examinaient le site, ayant quelque vague idée de la mission. Ils connaissaient le plan dans ses grandes lignes et réfléchissaient déjà au moyen d'appliquer leurs leçons de combat sur le terrain à cette aire de jeu improbable, entièrement aménagée, jusqu'aux mannequins d'enfants qui les regarderaient s'entraîner avec leurs yeux bleus de poupée. Des grenades M-79 pour faire sauter les tours de guet. Des incendiaires à travers les fenêtres des bâtiments. Des hélicos de combat pour arroser le tout dans la foulée... les « épouses » et les « gosses » regarderaient la répétition et ne répéteraient rien à personne.

Le site avait été sélectionné avec soin pour sa similarité avec un autre endroit — les Marines n'avaient pas besoin de savoir lequel ; il le fallait, c'est tout — et plusieurs paires d'yeux s'attardèrent sur une colline à huit cents mètres de là. D'en haut, on voyait partout. Après l'allocution d'accueil, les hommes se divisèrent en unités décidées à l'avance pour recevoir leurs armes. Au lieu des fusils M16-A1, on leur fournit des carabines CAR-15, plus courtes, plus maniables, préférables pour l'action rapprochée. Les grenadiers héritaient de lance-grenades M-79 classiques, dont la ligne de mire avait été passée au tritium radioactif pour être visible dans le noir, et leurs cartouchières étaient déjà chargées de balles à blanc car l'entraînement allait démarrer aussitôt. Ils commenceraient de jour pour se mettre en train et pour gagner du temps, mais presque aussitôt après, ils passeraient exclusivement à l'entraînement de nuit que le général n'avait pas évoqué. C'était évident de toute manière. Ce genre de mission ne se déroulait que de nuit. Les hommes se rendirent au stand de tir le plus proche pour se familiariser avec le matériel. On y avait déjà installé des encadrements de fenêtres, six en tout. Les grenadiers échangèrent des regards et tirèrent leur première salve. L'un d'eux, à sa honte, rata l'ouverture. Ses cinq compagnons le mirent en boîte aussitôt, après avoir vérifié que la bouffée blanche de leurs grenades au plâtre était bien apparue derrière les bois des fenêtres.

— Ça va, ça va, faut juste que je m'échauffe, dit le caporal, sur la défensive, avant de placer cinq coups au but en l'espace de quarante secondes. Il était lent — il faut dire qu'ils avaient eu quasiment une nuit sans sommeil.

*

— Quelle force physique faut-il avoir pour faire une chose pareille, je me demande... s'étonna Ryan.

— Sûr que ce n'est pas Wally Cox, observa le médecin légiste. Le couteau a sectionné la moelle épinière à l'endroit où elle pénètre dans le bulbe rachidien. La mort a été instantanée.

— Il nous l'avait déjà estropié. L'épaule est-elle en aussi mauvais état qu'on dirait en la voyant ? demanda Douglas, en s'écartant pour laisser le photographe finir son travail.

— Pire, même. On l'examinera mais je suis prêt à vous parier que toute la structure de l'articulation est bousillée. On ne répare pas une blessure comme celle-ci, pas complètement. Sa carrière de tireur était de toute façon terminée, avant même le coup de couteau.

Blanc, quarante ans ou plus, longs cheveux noirs, râblé, sale. Ryan consulta ses notes.

— Rentrez chez vous, m'dame, dit-il à Virginia Charles.

Douglas s'approcha de son lieutenant.

— Notre victime était encore en vie quand elle est repartie. Il a dû ensuite prendre son couteau avant de le lui... restituer. Hum, voyons, ces dernières semaines, nous avons vu quatre assassins extrêmement expérimentés et six victimes extrêmement défuntes.

— Et les quatre fois, par des méthodes différentes. Deux gars ligotés, dévalisés et exécutés au calibre .22, sans trace de lutte. Un autre avec une décharge de chevrotine dans les boyaux, également volé, sans la moindre chance de se défendre. Les deux de la nuit dernière simplement descendus, sans doute encore une fois au .22 mais pas de vol, ils n'étaient pas ligotés et ont été alertés avant de se faire abattre. Tous étaient des dealers. Or, ce gars-là n'est qu'un petit malfrat. Non, ça ne colle pas, Tom. Mais le lieutenant avait déjà commencé d'y réfléchir. Avons-nous déjà identifié celui-ci ?

C'est le sergent en uniforme qui répondit.

— Un drogué. Il a un casier, six arrestations pour vol à main armée. Et Dieu sait quoi d'autre.

— Ça ne colle pas, répéta Ryan. Ça ne colle pas du tout, et si notre gars était si malin, pourquoi aurait-il laissé un témoin le voir, pourquoi l'avoir laissé partir, pourquoi lui avoir parlé — et puis merde, pourquoi avoir zigouillé ce type, après tout ? Quel schéma cela suit-il ? Aucun. Certes, les deux couples de dealers avaient été abattus à la .22, mais cette arme de petit calibre était la plus usitée par les bandes de rue et si un des duos avait été dévalisé, pas les autres ; de plus, le second couple n'avait pas été tué avec la même précision meurtrière, même si tous les quatre avaient effectivement reçu deux balles dans la tête. L'autre dealer assassiné et dévalisé avait été abattu au fusil de chasse.

— Bon, reprit-il, nous avons l'arme du meurtre, nous avons la bouteille de vin, l'un et l'autre objet devraient nous fournir des empreintes. Quel que soit notre bonhomme, sûr qu'il s'est montré négligent.

— Un ivrogne qui aurait le sens de la justice, Em ? l'asticota Douglas. Qui que soit le type qui a descendu ce petit voyou...

— Ouais, ouais, je sais. Ce n'était pas Wally Cox. *Mais qui, alors ? Et même : quoi ?*

*

Dieu merci, j'avais les gants, songea Kelly, en contemplant les ecchymoses sur sa main droite. Il avait laissé sa colère prendre le dessus et ce n'était pas malin ! Récapitulant l'incident, il se rendit compte qu'il avait dû affronter une situation délicate. S'il avait laissé la femme se faire tuer ou sérieusement blesser, pour monter tranquillement en voiture et s'en aller, d'abord il n'aurait jamais pu se le pardonner vraiment et ensuite, si quelqu'un avait remarqué sa voiture, il se serait retrouvé suspecté d'un meurtre. Réflexion qui fit naître un reniflement de dégoût. Il était bel et bien suspect d'un meurtre, désormais. Enfin, lui ou un autre. De retour dans son studio, il se contempla dans la glace, toujours déguisé et emperruqué. Quoi qu'ait pu voir cette femme, ce n'était pas John Kelly, pas avec ce visage masqué par une barbe fournie, maculé de crasse et caché sous une longue perruque sale. Sa posture voûtée le faisait paraître plus petit d'une quinzaine de centimètres. Et la rue était mal éclairée. Et puis, ce qui avait surtout intéressé la femme, c'était de pouvoir fuir. Et pourtant ! Il avait quand même réussi à oublier sur les lieux sa bouteille de pinard. Il se souvenait de l'avoir laissée tomber pour parer le coup de couteau, et dans la chaleur de l'action, il avait oublié de la reprendre. *Crétin !* Il était en rogne après lui.

Quels indices pouvait avoir la police ? Le signalement dont ils disposeraient ne serait pas bon. Il portait une paire de gants de chirurgien, et même s'ils ne l'avaient pas protégé des ecchymoses, ils ne s'étaient pas déchirés et il n'avait pas saigné. Plus important que tout, il n'avait jamais touché la bouteille sans avoir de gants. Cela, il en était certain parce qu'il avait décidé dès le début de prendre ses précautions de ce côté-là. La police saurait qu'un clochard avait tué ce jeune voyou, mais il y avait des tas de clochards, et il ne lui fallait qu'une nuit supplémentaire. Cela voulait dire toutefois qu'il allait devoir modifier son plan d'attaque et que la mission de ce soir serait plus délicate que prévu, mais ses informations sur Billy étaient trop précieuses pour être négligées, et le petit salaud pouvait être assez malin pour changer lui aussi son programme. Et s'il utilisait plusieurs maisons pour faire ses comptes ou ne gardait la même que quelques nuits ? Si oui, alors attendre un jour ou deux risquait d'anéantir tout son travail de reconnaissance et de le forcer à reprendre à zéro avec un nouveau déguisement — à supposer qu'il réussisse à se trouver une couverture aussi efficace, ce qui n'était pas si évident. Kelly se dit qu'il avait tué six personnes pour en arriver là — la septième était une erreur qui ne comptait pas... excepté peut-être pour cette passante anonyme. Il inspira profondément. S'il l'avait regardée se faire malmener, voire tuer, aurait-il été capable de se regarder ensuite dans la glace ? Il dut bien admettre qu'il s'était sorti au mieux d'une situation difficile. Les merdes, ça arrive. Cela certes accroissait les risques mais sa seule inquiétude était d'échouer dans sa mission, pas de courir des dangers personnels. Il était temps de mettre de côté ces réflexions. Et il avait également d'autres responsabilités. Kelly décrocha le téléphone et composa un numéro.

— Greer.

— Clark, répondit Kelly. Au moins, c'était toujours amusant.

— Vous êtes en retard, observa l'amiral. Kelly était censé l'appeler avant le déjeuner et le reproche déclencha les protestations de son estomac. Enfin, pas de problème, reprit l'amiral, je viens juste de rentrer. Nous allons avoir besoin de vous bientôt. Ça a commencé.

Bigre, c'est rapide, pensa Kelly.

— Bien, monsieur.

— J'espère que vous êtes en forme. Dutch dit que oui, reprit James Greer, se radoucissant.

— Je pense pouvoir tenir le coup, monsieur.

— Vous connaissez Quantico ?

— Non, amiral.

— Prenez votre bateau. Il y a un mouillage là-bas et ça nous donnera un endroit pour bavarder. Dimanche matin. Dix heures pile. Nous vous attendrons, monsieur Clark.

— A vos ordres. Kelly entendit le déclic de la ligne.

Dimanche matin. Il ne l'avait pas prévu. Tout allait trop vite et cela rendait d'autant plus urgente son autre mission. Depuis quand le gouvernement se mettait-il à manifester une telle célérité ? Quelle qu'en soit la raison, elle affectait directement Kelly.

*

— Je déteste ça mais c'est ainsi que ça marche, dit Grichanov.

— Vous êtes vraiment liés à ce point à votre radar au sol ?

— Robin, ils parlent même de confier la mise à feu du missile à l'officier de contrôle d'interception depuis sa casemate ! Le dégoût dans sa voix était manifeste.

— Mais vous n'êtes plus que de vulgaires chauffeurs ! commenta Zacharias. On doit faire confiance à ses pilotes.

Je devrais l'envoyer discuter avec l'état-major, se dit Grichanov non sans un certain écœurement. *Moi, ils ne veulent pas m'écouter. Peut-être qu'ils l'écouteraient, lui.* Ses compatriotes avaient le plus grand respect pour les idées et les pratiques des Américains, même s'ils envisageaient de les combattre et de les défaire.

— C'est une combinaison de facteurs. Les nouveaux régiments de chasse seront déployés le long de la frontière chinoise, vois-tu...

— Comment ça ?

— Comment ? Tu n'es pas au courant ? Nous nous sommes déjà battus trois fois contre les Chinois, cette année, sur le fleuve Amour et plus à l'ouest.

— Oh, arrête ! C'était trop incroyable pour l'Américain. Vous êtes alliés !

Grichanov renifla.

— Alliés ? Amis ? De l'extérieur, oui, ça donne peut-être l'impression que tous les socialistes sont identiques. Mon ami, nous guerroyons contre les Chinois depuis des siècles. Ne lis-tu pas d'histoire ? Nous avons soutenu Tchang contre Mao pendant longtemps — nous lui formions son armée. Mao nous déteste. Nous avons fait la bêtise de lui fournir des réacteurs nucléaires et maintenant, il a des armes atomiques, et à ton avis, ses missiles peuvent atteindre mon pays ou le tien ? Ils ont des bombardiers Tu-16 — des *Badgers*, c'est comme ça que vous les appelez, non ? Peuvent-ils atteindre l'Amérique ?

Zacharias connaissait la réponse.

— Non, bien sûr que non.

— Mais ils peuvent atteindre Moscou, je te le garantis, et ils emportent des bombes d'une demi-mégatonne. C'est pour cette raison que les régiments de MiG-25 sont postés le long de la frontière chinoise. Le long de cet axe, nous n'avons aucune profondeur stratégique. Robin, nous avons livré de véritables batailles avec ces salopards de Jaunes, des engagements à l'échelon de la division ! L'hiver dernier, nous avons écrasé leur tentative d'occupation d'une île qui nous appartient. Ils ont frappé les premiers, tué un bataillon de gardes-frontière et mutilé les morts — pourquoi faire ça, Robin, à cause de leurs cheveux roux et de leurs taches de rousseur ? demanda Grichanov, amer, en citant mot pour mot un article vengeur de l'*Étoile rouge*. Les événements prenaient un tour étrange pour le Russe. Maintenant qu'il était parfaitement sincère, il avait plus de mal à convaincre Zacharias qu'avec tous les habiles mensonges qu'il aurait pu utiliser. Nous ne sommes pas alliés. Nous avons même cessé d'expédier par train des armes vers ce pays — les Chinois volent directement les marchandises dans les wagons.

— Pour les utiliser contre vous ?

— Et contre qui, selon toi ? Les Indiens ? Le Tibet ? Robin, ces gens-là sont différents de toi ou moi. Ils ne voient pas le monde comme nous. Ils sont comme les hitlériens contre lesquels s'est battu mon père, ils se croient supérieurs aux autres hommes, ils se prennent pour... comment dites-vous, déjà ?

— La race supérieure ? suggéra l'Américain.

— C'est le mot, oui. C'est ce qu'ils croient. Pour eux, nous sommes des animaux, des animaux utiles, certes, mais ils nous détestent et ils convoitent ce que nous avons. Ils veulent notre pétrole, notre bois et notre terre.

— Comment se fait-il que je n'en aie jamais été informé ? insista Zacharias.

— Merde, répondit le Russe. C'est donc pas différent dans ton pays ? Quand la France s'est retirée de l'OTAN, quand ils ont dit à vos soldats d'évacuer leurs bases, crois-tu qu'on nous en avait informés auparavant ? A l'époque, j'avais un poste au commandement en Allemagne et personne n'a pris la peine de m'informer qu'il se passait quoi que ce soit. Robin, vous nous considérez de la même façon que nous vous considérons : comme un immense colosse, mais la politique intérieure de ton pays est tout aussi mystérieuse pour moi que la mienne l'est pour toi. Tout cela reste bien déroutant, mais je peux te dire une chose, mon ami, c'est que mon nouveau régiment de MiG sera basé entre la Chine et Moscou. Je peux t'apporter une carte et te montrer.

Zacharias s'appuya contre le mur, grimaçant de nouveau à cause de ses douleurs dorsales persistantes. C'était franchement trop incroyable.

— Ça fait toujours mal, Robin ?

— Ouais.

— Tiens, mon ami. Grichanov lui tendit la flasque et, cette fois, elle fut acceptée sans résistance. Il regarda Zacharias boire une grande lampée avant de la lui rendre.

— Alors, qu'est-ce qu'il vaut, ce petit dernier ?

— Le MiG-25 ? Une vraie fusée ! répondit Grichanov avec

enthousiasme. Il vire probablement encore plus mal que votre Thud mais pour ce qui est de la vitesse en ligne droite, aucun chasseur ne peut rivaliser avec lui. Quatre missiles, pas de mitrailleuse. Le radar est le plus puissant jamais conçu pour un chasseur et il est impossible à brouiller.

— A courte portée ? demanda Zacharias.

— Une quarantaine de kilomètres, admit le Russe. Nous avons privilégié la fiabilité au détriment de la portée. On a bien essayé d'avoir les deux mais sans succès.

— C'est difficile pour nous aussi, reconnut l'Américain avec un grognement.

— Tu sais, je n'imagine pas une guerre entre mon pays et le tien. Franchement, non. Nous avons peu de choses que vous pourriez convoiter. Ce que nous avons — les ressources, la terre, l'espace —, tout cela, vous l'avez déjà. Mais les Chinois, ajouta-t-il, ils en ont besoin, et ils ont une frontière commune avec nous. Et nous leur avons fourni les armes qu'ils retourneront contre nous ; et ils sont si nombreux ! Des nabots, aussi méchants que ceux d'ici, mais tellement plus nombreux !

— Et qu'est-ce que tu peux y faire ?

Grichanov haussa les épaules.

— Commander mon régiment. Je compte défendre la mère patrie contre une attaque nucléaire venue de Chine. Je n'ai pas encore décidé comment.

— Ce n'est pas facile. Ça aide d'avoir de l'espace et du temps devant soi, et de savoir faire jouer les uns contre les autres.

— Nous avons des pilotes de bombardiers mais pas comparables aux vôtres. Tu sais, même sans résistance, je doute qu'on arrive à en amener une vingtaine au-dessus de ton pays. Ils sont tous basés deux mille kilomètres en retrait de là où je serai. Tu sais ce que ça veut dire ? Pas d'autre équipe pour pouvoir s'entraîner.

— Tu veux dire des rouges ?

— Chez nous, on les appelle les bleus, Robin. J'espère que tu comprends. Grichanov étouffa un rire, redevint sérieux. Mais oui, tout sera théorique. Certains chasseurs joueront peut-être les bombardiers mais leur endurance est trop faible pour que l'exercice soit valable.

— C'est pas des vannes ?

— Robin, je ne te demanderai pas de me faire confiance. Ce serait trop. Tu le sais et moi aussi. Mais pose-toi la question : est-ce que tu crois vraiment que ton pays fera la guerre contre le mien ?

— Sans doute pas, admit Zacharias.

— Est-ce que je t'ai interrogé sur vos plans de guerre ? Oui, ce sont certainement des exercices théoriques du plus grand intérêt et qui me paraîtraient sans doute des jeux stratégiques fascinants, mais est-ce que je t'ai demandé de m'en parler ? Son ton était celui d'un instituteur plein de patience.

— Non, tu ne m'as rien demandé, Kolya, c'est vrai.

— Robin, ce ne sont pas vos B-52 qui m'inquiètent. Ce sont les bombardiers chinois. Voilà la guerre à laquelle se prépare mon pays. Il regarda le sol de béton, tira sur sa cigarette, poursuivit à voix basse. Je me souviens, quand j'avais onze ans. Les Allemands étaient à moins de cent kilomètres de Moscou. Mon père a rejoint son régiment du génie — ils l'avaient composé avec des professeurs d'université. La moitié ne sont jamais revenus. Ma mère et moi, nous avons évacué la ville, vers un petit village de l'Est dont j'ai oublié le nom — c'était si déroutant pour moi, à l'époque, il faisait si noir tout le temps —, je me faisais du souci pour mon père, professeur d'histoire, au volant d'un camion. Nous avons perdu vingt millions de compatriotes tués par les Allemands, Robin. Vingt millions. Des gens que je connaissais. Les pères d'amis — le père de ma femme est mort à la guerre. Deux de mes oncles sont morts. Alors que je traversais la neige avec ma mère, je me suis promis qu'un jour je défendrais mon pays, à mon tour, et je suis devenu pilote de chasse. Je n'envahis pas. Je n'attaque pas. Je défends. Est-ce que tu comprends ce que je te dis, Robin ? Mon boulot est de protéger mon pays pour que les autres petits garçons n'aient pas à s'enfuir de chez eux en plein hiver. Certains de mes camarades de classe sont morts, il faisait si froid. C'est pour ça que je défends mon pays. Les Allemands voulaient ce que nous possédions, et maintenant c'est au tour des Chinois. Il indiqua la porte de la cellule. Des gens comme... comme ça.

Avant même que Zacharias n'ouvre la bouche, Kolya sut qu'il le tenait. Des mois de travail pour ce moment, songea

Grichanov, c'était comme de séduire une vierge, mais en plus triste. Cet homme ne reverrait plus jamais son pays. Les Vietnamiens comptaient les tuer tous dès qu'ils n'en auraient plus l'utilité. C'était un si colossal gâchis de talents, et son antipathie pour ses supposés alliés était devenue tout aussi réelle que celle qu'il feignait de manifester — il ne faisait plus semblant. Et ce, dès le premier instant où il avait débarqué à Hanoi et découvert par lui-même leur supériorité arrogante, leur incroyable cruauté et leur insondable stupidité. Avec quelques paroles aimables et moins d'un litre de vodka, il venait d'obtenir plus de résultats qu'eux avec leurs tortures et des années de fiel imbécile. Au lieu d'infliger la souffrance, il l'avait partagée. Au lieu de torturer l'homme à côté de lui, il lui avait offert de la tendresse, avait respecté ses vertus, apaisé ses blessures de son mieux, il l'avait protégé contre de nouveaux sévices et avait regretté amèrement d'avoir été l'agent nécessaire de ceux qu'il avait subis.

Il y avait une contrepartie, malgré tout. Pour réussir cette percée, il avait dû ouvrir son âme, raconter des histoires véridiques, déterrer les cauchemars de son enfance, réexaminer ses raisons véritables d'avoir choisi le métier qu'il aimait. Ce n'avait été possible, et envisageable, que parce qu'il avait su que l'homme assis près de lui était promis à une mort solitaire à l'insu de tous — il était déjà mort pour sa famille et son pays — et à une tombe anonyme. Cet homme n'était pas un fasciste hitlérien. C'était un ennemi, mais un ennemi honnête qui avait sans doute fait tout son possible pour épargner les non-combattants parce que, lui aussi, il avait une famille. Aucune illusion de supériorité raciale chez lui, pas même de la haine pour les Nord-Vietnamiens et cela, c'était encore le plus remarquable car lui, Grichanov, il était en train d'apprendre à les haïr. Zacharias ne méritait pas de mourir, se dit-il, tout en reconnaissant la suprême ironie de ce constat.

Kolya Grichanov et Robin Zacharias étaient amis désormais.

*

— Qu'est-ce que t'en dis ? demanda Douglas en posant l'objet sur le bureau de Ryan. La bouteille de vin était dans un sac en plastique transparent et sa surface était recouverte d'une couche uniforme de fine poudre jaune.

— Aucune empreinte ? Emmet l'examina avec surprise.

— Pas la moindre, Em. Que dalle. Le couteau vint rejoindre le premier indice. C'était un banal couteau à cran d'arrêt, également recouvert de poudre et emballé.

— Des marques, ici.

— Un bout d'empreinte de pouce, correspondant à celui de la victime. Sinon, rien d'exploitable. Des marques, des marques uniformes, dixit le service d'anthropométrie. Soit il s'est poignardé lui-même dans la nuque, soit notre suspect portait des gants.

Il faisait terriblement chaud à cette période de l'année pour mettre des gants. Emmet Ryan se cala contre le dossier et contempla les indices posés sur son bureau, puis Tom Douglas, assis à côté.

— Vas-y, Tom, continue.

— Nous avons eu quatre meurtres différents, avec un total de six victimes. Aucun indice. Cinq des victimes — pour trois des incidents — sont des dealers, abattus avec deux armes différentes. Mais à chaque fois, l'agression s'est déroulée sans témoin, toujours à peu près à la même heure, et dans un rayon de cinq pâtés de maisons.

— Un professionnel. Le lieutenant Ryan acquiesça. Il ferma les yeux, se remémorant les différents lieux des crimes, puis corrélant les données. Avec vol, sans vol, un changement d'arme. Mais le dernier crime avait eu un témoin. *Rentrez chez vous, m'dame.* Pourquoi était-il poli ? Ryan hocha la tête. La réalité ne ressemble pas à un roman d'Agatha Christie, Tom.

— Notre jeune gars d'aujourd'hui, Tom. Décris-moi la méthode utilisée par notre ami pour lui régler son compte ?

— Poignardé, là... Ça faisait un bail que je n'avais pas vu ça. Il a de la force, le mec. Je me rappelle un cas analogue... ça remonte à 58 ou 59. Ryan marqua un temps, rassemblant ses souvenirs. Un plombier, je crois, un grand type, baraqué, il avait trouvé sa régulière au pieu avec quelqu'un. Il a laissé partir le type, puis s'est emparé d'un poinçon, a maintenu la tête de sa femme...

— Faut vraiment être en rogne pour ne pas adopter la

solution de facilité. La colère, tu crois pas ? Sinon, pourquoi procéder de la sorte ? demanda Douglas. C'est tellement plus simple de trancher la gorge, et la victime est morte, pareil.

— Ça fait plus de gâchis, également. Et c'est bruyant... La voix de Ryan s'éteignit tandis qu'il réfléchissait. On ne se rendait pas compte à quel point les gens qu'on égorge peuvent être bruyants. Si vous leur coupiez la trachée, cela provoquait un gargouillis épouvantable et dans le cas contraire, la victime hurlait jusqu'à la fin. Sans parler des quantités de sang projeté dans tous les sens comme l'eau d'un tuyau qu'on coupe, vous éclaboussant les mains et les vêtements.

D'un autre côté, si vous vouliez tuer quelqu'un en vitesse, d'un coup, comme on tourne un interrupteur, si vous en aviez la force physique et si vous aviez déjà immobilisé la victime, la base du crâne, là où la moelle épinière rejoint le cerveau, c'était l'idéal : une mort rapide, tranquille, et relativement propre.

— Les deux dealers on été retrouvés à deux rues de là, l'heure de la mort est à peu près identique. Notre ami leur règle leur compte, poursuit son chemin, tourne au coin de la rue, et aperçoit Mme Charles en train de se faire agresser.

Le lieutenant Ryan hocha la tête.

— Pourquoi ne pas passer son chemin ? Traverser la rue, c'était ce qu'il avait de mieux à faire. Pourquoi se retrouver impliqué ? Un tueur avec des scrupules moraux ? demanda Ryan. C'était là que la théorie flanchait. Et si c'est le même type qui liquide les dealers, quel est son motif ? Hormis les deux dernières nuits, ça ressemble à des attaques à main armée. Peut-être que ces deux fois, quelque chose l'aura fait détaler avant qu'il ait pu piquer l'argent et la drogue. Une voiture passant dans la rue, un bruit quelconque ? Mais si on envisage l'hypothèse du voleur, ça ne colle plus avec Mme Charles et son ami. Tom, tout cela n'est que pure spéculation.

— Quatre méthodes différentes, aucune preuve matérielle, et un type qui porte des gants — un clochard, un ivrogne avec des gants !

— Pas suffisant, Tom.

— Je vais quand même demander au commissariat ouest de nous les ramasser.

Ryan acquiesça. Il n'y avait pas de raison.

*

Il était minuit quand il quitta son appartement. Le coin était si agréablement calme les soirs de semaine. L'immeuble était peuplé de résidents qui ne s'occupaient que de leurs affaires. Kelly n'avait même pas serré une seule main depuis qu'il avait vu le gérant. Quelques signes de tête amicaux, c'est tout. Il n'y avait aucun enfant dans l'immeuble, juste des gens d'âge mûr, pour l'essentiel des couples mariés, quelques veufs et veuves. En majorité des petits cadres, dont une proportion surprenante empruntait le bus pour aller travailler en ville, regardait la télé le soir et se couchait aux alentours de vingt-deux ou vingt-trois heures. Kelly monta dans la Coccinelle et s'éloigna rapidement, descendant Loch Raven Boulevard, longeant des églises et d'autres bâtiments d'habitation, puis les divers stades de la ville ; passant d'un milieu bourgeois à un milieu ouvrier, puis d'un milieu ouvrier à un milieu déshérité, comme son itinéraire habituel l'amenait à traverser le centre-ville et ses immeubles de bureaux déserts. Mais ce soir, il y avait une différence.

Ce soir, il allait enfin toucher ses premiers dividendes. C'était synonyme de risque, mais ça l'était toujours, se dit Kelly en fléchissant ses doigts sur le plastique du volant. Il n'aimait pas les gants de chirurgien. Le caoutchouc empêchait la chaleur de s'évacuer et même si la transpiration ne gênait pas sa prise, c'était quand même désagréable. De toute manière, il n'avait pas le choix, et il se rappela de tout un tas de choses qu'il n'appréciait pas au Viêt-nam, les sangsues, par exemple, un souvenir qui lui donna le frisson. C'était pire encore que les rats. Au moins, les rats ne vous suçaient pas le sang.

Kelly prit son temps pour contourner l'objectif sans itinéraire bien précis, histoire d'appréhender la situation. Bien lui en prit. Il avisa deux policiers en train d'interpeller un clochard, le premier tout près, l'autre deux pas en arrière, l'air de rien, mais la distance entre les deux flics lui indiqua ce qu'il avait besoin de savoir : le second couvrait son collègue. Ils voyaient dans ce pochard un individu potentiellement dangereux.

C'est toi qu'ils recherchent, Johnnie-boy, se dit-il, en braquant pour changer de rue.

Mais les flics n'allaient pas pour autant changer leur travail de routine, pas vrai ? Surveiller et interroger les clochards ne serait qu'une charge supplémentaire au cours des prochaines nuits. Ils avaient d'autres priorités, autrement importantes : répondre aux alertes au braquage chez les marchands de liqueurs, intervenir dans les disputes familiales, voire régler les infractions à la circulation. Non, traquer les ivrognes ne serait qu'un fardeau de plus pour des hommes déjà surchargés de travail. Le surcroît de danger était déjà plus ou moins prévisible et Kelly estimait qu'il avait déjà eu sa part de malchance pour cette mission. Une dernière, et il changerait de méthode. Pour adopter laquelle, il l'ignorait encore, mais si tout se passait bien, ce qu'il allait apprendre lui fournirait les informations nécessaires.

Merci, dit-il au destin, arrivé à une rue de la maison d'angle en meulière. La Roadrunner était garée là et il était encore tôt ; c'était une nuit de relève des compteurs ; la fille ne serait pas là. Il passa devant la maison, continua son chemin jusqu'à la rue suivante qu'il prit à droite, puis il tourna encore deux fois en faisant le tour du pâté de maisons. Il repéra une voiture de police et vérifia l'heure sur la montre du tableau de bord. Elle avait cinq minutes d'avance sur l'horaire habituel et le policier était seul au volant. Il ne repasserait pas avant deux heures, se dit Kelly, en tournant une dernière fois pour se diriger vers le bâtiment en meulière. Il se parqua aussi près que possible, puis descendit et s'éloigna à pied de son objectif, en direction du pâté de maisons voisin avant de retrouver son déguisement.

Il y avait deux dealers dans le secteur, mais ils opéraient seuls. Ils avaient l'air un peu tendus. Peut-être la nouvelle s'était-elle ébruitée, songea Kelly en retenant un sourire. Plusieurs de leurs collègues avaient disparu et il y avait de quoi s'inquiéter. Il les contourna de loin, amusé intérieurement à l'idée qu'aucun ne se doutait à quel point la Mort les avait frôlés. A quel point leur vie tenait à un fil, sans qu'ils en sachent rien. Mais il ne devait pas se laisser distraire par de telles idées, se dit-il en tournant une nouvelle fois au coin pour se diriger vers l'objectif. Il s'arrêta à l'angle, jeta un coup d'œil. Il était un peu plus d'une heure du matin, à présent, et la vie retrouvait son train-train ennuyeux comme après toute journée de travail, même illégal. L'activité diminuait sur le pavé, comme le lui avaient déjà révélé ses diverses reconnaissances. Il n'y avait rien d'inhabituel dans cette rue, et Kelly se dirigea vers le sud, passant entre les rangées d'habitations en meulière qui se dressaient de ce côté de la rue et les immeubles de brique édifiés en face. Il lui fallait toute sa concentration pour maintenir sa démarche inégale, d'allure inoffensive. Un des tortionnaires de Pam se trouvait maintenant à moins de cent mètres. Et peut-être même un second. Kelly laissa remonter le souvenir de son visage, de sa voix, des courbes de son corps. Il laissa son propre visage se muer en masque de pierre figée, ses poings se serrer tandis que ses jambes continuaient de tituber sur le large trottoir, mais seulement durant quelques secondes. Puis il fit le vide dans son esprit et prit lentement cinq profondes inspirations.

— La tactique, murmura-t-il pour lui, ralentissant le pas tout en observant la maison d'angle qui n'était plus qu'à une trentaine de mètres. Il s'emplit la bouche de vin puis le laissa de nouveau dégoutter sur sa chemise. *Chicago pour Serpent. Objectif en vue. En approche.*

La sentinelle, si tel était bien son rôle, se trahit. L'éclairage de la rue révéla des bouffées de fumée de cigarette qui s'élevaient de sous le porche, indiquant avec précision à Kelly où se trouvait sa première cible. Il fit passer le litre de vin dans sa main gauche et fléchit la droite, avec un mouvement pivotant du poignet pour s'assurer que les muscles étaient détendus et prêts à l'action. Arrivé à proximité des marches du perron, il s'affala dessus en toussant. Puis il les gravit laborieusement en direction de la porte, qu'il savait entrouverte, et se laissa choir contre le battant. Il s'effondra par terre et se retrouva aux pieds de l'homme qu'il avait vu accompagner Billy. En même temps, la bouteille de vin se brisa et Kelly ignora l'homme, geignant après la casse tout en étalant la flaque de mauvais rouge de Californie.

— C'est vraiment pas de veine, l'ami, dit une voix. Elle était d'une douceur surprenante. Tu ferais mieux de dégager, à présent.

Kelly continuait ses jérémiades, toujours à quatre pattes, et zigzaguant vers lui. Il se remit à tousser, tourna la tête pour vérifier la position des jambes et des souliers de la sentinelle et confirmer son identification.

— Allez, grand-père ! Des mains robustes se penchèrent, le saisirent et le soulevèrent. Kelly laissa pendre ses bras, dont l'un passa derrière l'homme qui avait commencé de le traîner vers la porte. Il tituba, accentua son pivotement : désormais la sentinelle le soutenait presque entièrement. Des années d'entraînement, de préparation et de soigneuse reconnaissance se concrétisèrent en un seul instant.

La main gauche de Kelly se plaqua contre le visage de l'homme. La droite enfonça le Ka-Bar entre les côtes et ses sens étaient si aiguisés que, du bout des doigts, il décela la palpitation du cœur qui cherchait à battre mais ne pouvait que se déchirer contre la double lame acérée du poignard de combat. Kelly la fit tourner, puis la laissa en place tandis que le corps était secoué d'un frémissement. Les yeux sombres étaient agrandis, ahuris, les genoux se dérobaient déjà. Il laissa l'homme s'affaler lentement, doucement, tout en continuant de maintenir le couteau mais il ne put s'empêcher d'éprouver une parcelle de satisfaction. Il avait travaillé trop dur en vue de ce moment pour arriver à évacuer toute émotion.

— Tu te souviens de Pam ? murmura-t-il au corps qui s'éteignait entre ses bras, et il vit que sa question n'avait pas été vaine. Derrière la douleur, les yeux l'avaient reconnu avant de se révulser.

Serpent.

Kelly attendit, comptant jusqu'à soixante avant de retirer le poignard qu'il essuya sur la chemise de la victime. C'était un bon poignard qui ne méritait pas d'être maculé par ce genre de sang.

Kelly se reposa quelques secondes, respirant profondément. Il avait touché la bonne cible, le sous-fifre. L'objectif principal était à l'étage. Tout se déroulait selon le plan. Il s'accorda précisément une minute pour se calmer et récupérer.

Les marches grinçaient. Kelly atténua le bruit en restant près du mur, pour minimiser le déplacement des lames de bois, progressant avec une lenteur extrême, les yeux rivés vers le haut parce qu'il n'y avait désormais plus aucune menace en dessous. Il avait déjà remis le couteau dans sa gaine. Son .45 rectifié .22

était à présent dans sa main droite, silencieux vissé sur le canon, braqué vers le bas, tandis que sa main gauche suivait à tâtons le plâtre fissuré du mur.

Arrivé à mi-hauteur, il commença à percevoir d'autres sons que le battement du cœur dans ses artères. Une claque, une plainte, un gémissement. Des bruits lointains, animaux, suivis d'un rire cruel, à peine audible, même lorsqu'il eut atteint le palier et tourné à gauche vers leur origine. Puis une respiration, lourde, rapide, basse.

Oh... merde ! Mais il ne pouvait plus reculer désormais.

— Je t'en supplie...

Une plainte, désespérée. Ses phalanges se crispèrent, livides sur la crosse du pistolet. Il s'enfonça lentement le long du couloir de l'étage, se guidant de nouveau grâce à sa main plaquée contre la paroi. Un rai de lumière provenait de la chambre principale. Il venait uniquement de l'éclairage de la rue, mais ses yeux s'étaient accoutumés à l'obscurité et il distingua des ombres sur un mur.

— Qu'est-ce qui se passe, Dor ? demanda une voix masculine au moment où Kelly arrivait à la hauteur de la porte. Très lentement, il passa la tête de l'autre côté de la barrière verticale que formait le battant en bois peint.

Il y avait un matelas par terre, et sur le matelas, une femme à genoux, tête baissée, tandis qu'une main lui pinçait un sein sans douceur, puis le tirait. Kelly vit la bouche de la femme s'ouvrir en un cri silencieux, et il se souvint de la photo que l'inspecteur lui avait montrée. *Tu as fait la même chose à Pam, pas vrai... espèce de salopard !* Du liquide dégoulinait de la bouche de la femme et le visage qui la contemplait souriait lorsque Kelly s'avança d'un pas dans la chambre.

Son ton était détendu, léger, presque humoristique.

— On a l'air de s'amuser. Je peux jouer, moi aussi ?

Billy se tourna, regarda l'ombre qui venait de parler, et ne vit qu'un bras tendu tenant un gros automatique. Son visage se tourna vers une pile de vêtements et une espèce de sac à dos. Il était nu, et sa main gauche tenait un instrument qui n'était ni une arme à feu ni un couteau. Ce genre d'accessoire était ailleurs, à dix pas de là, et son seul regard était impuissant à les rapprocher.

— N'y songe même pas, Billy, dit Kelly sur le ton de la conversation.

— Merde, qui...

— Par terre, bras et jambes écartés, ou je te dégomme ta petite zigounette. Kelly déplaça le canon du pistolet. Incroyable, l'importance que les hommes pouvaient attribuer à cet organe, à quel point toute menace dans cette direction pouvait intimider. Même pas une menace sérieuse, sans parler de la taille. Le cerveau constituait une cible bien plus volumineuse et facile à toucher. Allonge-toi, vite !

Billy obéit. Kelly repoussa la fille sur le matelas et chercha à sa ceinture la boucle de fil électrique. En quelques secondes, les poignets de l'homme étaient solidement ligotés. Sa main gauche tenait encore une paire de pinces que Kelly récupéra pour serrer le câble plus fort, provoquant un cri étouffé chez Billy.

Des pinces ?

Mon Dieu.

La fille le dévisageait, les yeux agrandis, le souffle court, mais ses mouvements étaient lents, sa tête inclinée. Elle devait être plus ou moins droguée. Et elle avait vu son visage, elle était en train de le regarder, de le mémoriser.

Pourquoi fallait-il qu'elle soit là ? Ce n'était pas prévu dans le plan. Ça crée une complication. Je devrais la... je devrais la...

Si tu fais ça, John, alors quel monstre es-tu donc ?

Oh, et merde !

C'est alors que ses mains se mirent à trembler. C'était un véritable danger. S'il la laissait vivre, alors quelqu'un saurait qui il était, aurait un signalement suffisant pour lancer une véritable chasse à l'homme, et cela pourrait bien, risquerait bien de l'empêcher d'accomplir sa mission. Mais le plus grand danger était pour son âme. S'il la tuait, alors, tout était perdu à jamais. Cela, il en était certain. Kelly ferma les yeux et secoua la tête. Tout était censé se dérouler sans la moindre anicroche.

Les tuiles, ça arrive, Johnnie-boy.

— Rhabillez-vous, dit-il à la fille en lui jetant un paquet de fringues. Vite, en silence, et ne bougez pas.

— Qui es-tu ? demanda Billy, fournissant à Kelly un exutoire à sa rage. Le dealer sentit quelque chose de froid et de rond contre sa nuque.

— Tu t'avises simplement de respirer un peu fort, et ta cervelle gicle sur le plancher, pigé ? Hochement de tête en guise de réponse.

Bon, et maintenant, qu'est-ce que je fais, moi ? se demanda Kelly. Il se tourna pour considérer la fille qui se débattait avec son pantie. La lumière joua sur ses seins et Kelly sentit son estomac se retourner quand il vit les marques sur la peau. Grouille ! lui dit-il.

Merde merde merde. Il vérifia les nœuds autour des poignets de Billy et décida de donner un tour de plus au niveau des coudes ; il serra, entravant douloureusement les épaules de son prisonnier, mais au moins était-il sûr qu'il ne manifesterait aucune velléité de résistance. Et comme si cela ne suffisait pas, il releva Billy en le soulevant par les bras, ce qui fit naître un hurlement.

— Ça fait bobo ? demanda-t-il avant de le bâillonner et de le tourner vers la porte. Avance ! S'adressant à la fille : Vous aussi.

Kelly les fit descendre l'escalier. Il y avait du verre brisé et les pieds de Billy dansèrent pour le contourner, mais il se coupa quand même. Ce qui surprit Kelly fut la réaction de la fille et son cri étouffé en découvrant le cadavre, en bas.

— Rick ! fit-elle avant de s'accroupir pour toucher le corps.

Ça portait donc un nom, songea Kelly en relevant la fille.

— Dehors, par-derrière !

Il les fit s'arrêter à la cuisine, les laissant seuls un instant, le temps de jeter un œil par la porte de derrière. Il pouvait apercevoir sa voiture et il n'y avait aucune activité en vue. La phase suivante était risquée, mais le danger était de nouveau devenu son compagnon. Kelly les fit sortir. La fille regarda Billy et celui-ci la regarda, lui faisant signe d'obéir. Kelly fut abasourdi de voir comment elle réagissait à ses prières silencieuses. Il la saisit par le bras et la prit à l'écart.

— Vous tracassez donc pas pour lui, mam'zelle. Il lui indiqua la voiture, tout en tirant Billy par le bras.

Une voix lointaine lui dit que si jamais elle essayait d'aider Billy, alors il aurait un prétexte pour...

Non, bordel !

Kelly déverrouilla la portière, poussa Billy à l'intérieur, puis fit monter la fille à l'avant, avant de contourner rapidement la voiture pour ouvrir la portière gauche. Avant de démarrer, il se pencha au-dessus du siège pour entraver les poignets et les genoux du dealer.

— Qui êtes-vous ? demanda la fille alors que la voiture s'ébranlait.

— Un ami, répondit Kelly, très calme. Je ne vais pas vous faire de mal. Si j'avais voulu, j'aurais pu vous laisser avec Rick, pas vrai ?

Sa réponse était lente, hésitante mais malgré tout, Kelly en resta ébahi.

— Pourquoi fallait-il que vous soyez obligé de le tuer ? Il était gentil avec moi.

Hé là, qu'est-ce qui se passe, là ? songea-t-il en la contemplant. Elle avait le visage écorché, elle était hirsute. Il reporta son attention sur la conduite. Une voiture de police arrivait en sens inverse et, malgré un bref instant de panique chez Kelly, elle les croisa tranquillement et disparut lorsqu'il tourna vers le nord.

Réfléchis vite, petit.

Kelly aurait pu faire tout un tas de choses mais une seule était réaliste. *Réaliste ?* se demanda-t-il. *Oh, sûr !*

*

Personne ne s'attend à entendre carillonner à sa porte à trois heures moins le quart du matin. Au début, Sandy crut avoir rêvé mais ses yeux étaient ouverts, et dans les méandres de son esprit, le son se répéta comme si elle s'était en fait réveillée une seconde plus tôt. Même ainsi, elle devait l'avoir rêvé, se dit-elle en secouant la tête. L'infirmière venait juste de commencer à refermer les yeux quand le bruit reprit. Sandy se leva, passa une robe de chambre et descendit, trop désorientée pour avoir peur. Il y avait une silhouette sous le porche. Elle alluma la lumière et ouvrit la porte.

— Éteignez cette putain de lampe ! Une voix rauque, malgré tout familière. Le ton était si impératif qu'elle bascula de nouveau l'interrupteur sans réfléchir.

— Qu'est-ce que vous faites ici ? Il avait une fille à côté de lui, dans un état franchement épouvantable.

— Faites-vous porter pâle. Vous n'allez pas bosser aujourd'hui. Vous allez rester pour vous occuper d'elle. Elle s'appelle Doris, dit Kelly, la voix basse, sur le ton impérieux d'un chirurgien au milieu d'une opération délicate.

— Attendez une minute ! Sandy se redressa, son esprit tournait à toute allure. Kelly portait une perruque de femme... enfin, non, trop sale pour ça. Il n'était pas rasé, il portait des vêtements affreux, mais une flamme étrange brûlait dans son regard. De la rage, en partie, une espèce de fureur, et les mains vigoureuses de l'homme qu'elle connaissait tremblaient à son côté.

— Vous vous souvenez de Pam ? demanda-t-il d'une voix insistante.

— Eh bien, oui, mais...

— Cette fille est dans la même situation. Je ne peux pas l'aider. Pas maintenant. J'ai autre chose à faire.

— Qu'est-ce que vous faites, John ? demanda Sandy, avec une autre sorte d'insistance dans la voix. Et puis, quelque part, tout fut soudain très clair. Les infos qu'elle avait vues à la télé pendant le dîner, sur le petit poste noir et blanc de la cuisine, le regard qu'elle avait lu dans ses yeux à l'hôpital ; ce regard qu'elle voyait maintenant, si proche de l'autre mais différent, cette compassion désespérée et cette confiance qu'il venait implorer...

— Quelqu'un lui a flanqué une raclée, Sandy. Elle a besoin d'aide.

— John, murmura-t-elle... John... c'est votre vie même que vous êtes en train de remettre entre mes mains...

Kelly ne put s'empêcher de rire, une espèce de rire lugubre, au-delà de l'ironie.

— Ouais, eh bien, vous vous êtes plutôt pas mal débrouillée la première fois, non ? Il poussa Doris à l'intérieur et s'éloigna vers une voiture, sans se retourner.

— Je crois que je vais être malade..., dit la fille qui s'appelait Doris. Sandy la conduisit en hâte vers la salle de bains du premier et l'assit juste à temps sur les toilettes. La jeune femme resta une minute ou deux, se vidant sur le siège de porcelaine blanche. Au bout d'une minute, elle leva enfin les yeux. Dans le reflet des lampes à incandescence fixées sur le carrelage blanc cassé, Sandra O'Toole vit l'image de l'enfer.

20

Dépressurisation

Il était quatre heures passées lorsque Kelly entra dans le port de plaisance. Il recula pour amener le Scout à cul contre le tablier arrière de son bateau, puis il descendit ouvrir le hayon après avoir scruté les ténèbres pour s'assurer de l'absence de témoin, ce qui, par chance, était le cas.

— Saute ! dit-il à Billy qui obéit. Kelly le poussa à bord, puis le dirigea vers le salon principal. Arrivé là, il sortit des chaînes, équipement courant sur un bateau, et attacha l'homme par les poignets à l'un des montants du bastingage. Dix minutes encore, et il avait démarré, mis le cap vers la baie et s'accordait enfin un instant de détente. Une fois le pilote automatique en marche, il relâcha les câbles électriques ligotant son prisonnier.

Kelly était épuisé. Traîner Billy de l'arrière de la Coccinelle à la soute du Scout avait été plus difficile qu'il ne l'avait escompté, et encore, il avait eu de la chance d'éviter la fourgonnette qui déposait aux coins de rue les liasses de journaux que les petits livreurs ouvriraient pour les distribuer avant six heures du matin. Il se cala dans le siège du pilote, but une gorgée de café et s'étira ; c'était sa façon de récompenser son corps de ses efforts.

Kelly avait baissé les lumières pour pouvoir naviguer sans être aveuglé par les reflets de l'éclairage intérieur du salon. Au loin sur bâbord, une demi-douzaine de cargos étaient mouillés au terminal de Dundalk, mais bien peu d'activité était discernable. Il y avait toujours quelque chose de relaxant sur les eaux à des heures comme celle-ci, les vents étaient faibles et la surface était un miroir ondulant doucement qui faisait danser les lumières du rivage. Les feux rouges et verts des bouées clignotaient pour indiquer aux navires les hauts-fonds à éviter. Le *Springer* passa devant Fort Carroll, octogone trapu de pierre grise, construit par le premier lieutenant Robert E. Lee, du Corps du génie de l'Armée américaine ; moins de soixante ans plus tôt, il abritait encore des pièces de trois cents millimètres. Les flammes orange de l'usine de Sparrow Point de la Bethlehem Steel luisaient au nord. Des remorqueurs se tenaient prêts à quitter leurs bassins pour sortir les navires de leur mouillage ou en aider d'autres à aborder, et le grondement de leurs diesels se réverbérait sur la surface des eaux avec un grognement lointain, amical. D'une certaine façon, ce bruit ne faisait que souligner le silence paisible qui précède l'aube. Le calme avait quelque chose de terriblement réconfortant, comme ce devrait toujours être le cas dans l'attente de l'aube d'un jour nouveau.

— Qui es-tu au juste, bordel ? demanda Billy, libéré de son bâillon et incapable de supporter le silence. Il avait les bras toujours ligotés dans le dos mais ses jambes étaient libres et il était assis sur le bastingage du salon.

Kelly sirota une gorgée de café, étendit les bras pour les décrisper, ignorant le bruit derrière lui.

— J'ai dit : qui es-tu au juste, bordel ! répéta Billy, plus fort.

La journée s'annonçait chaude. Le ciel était clair. Un tas d'étoiles étaient visibles et il ne voyait même pas trace du moindre soupçon de nuage. Pas de « ciel rouge du matin » annonciateur de grain, mais la température extérieure n'était descendue que jusqu'à vingt-cinq au cours de la nuit et cela laissait mal augurer de la journée à venir, terrassée sous le chaud soleil d'août.

— Écoute, connard, j'aimerais savoir qui tu es, merde !

Kelly bougea un peu les fesses dans son fauteuil, but une autre gorgée de café. Il avait mis le cap au cent vingt et un, longeant le bord sud du chenal de navigation, comme à son habitude. Un remorqueur brillamment éclairé arrivait en sens inverse, venant sans doute de Norfolk, avec deux barges, mais il faisait encore trop sombre pour discerner leur cargaison. Kelly vérifia que ses feux étaient bien allumés et disposés de manière réglementaire. Voilà qui devrait satisfaire les gardes-côtes qui avaient bien souvent à se plaindre du comportement des remorqueurs de la région. Kelly se demanda à quoi devait ressembler leur existence, à passer ainsi leurs journées à tirer des barges d'un bout à l'autre de la baie. Ce devait être bougrement ennuyeux, toujours faire la même chose, chaque jour des allers-retours, du nord au sud, à une vitesse régulière de six nœuds, en voyant toujours le même paysage. D'accord, ça payait bien. Un capitaine et son second, un mécanicien et un chef coq — il en fallait bien un. Peut-être un ou deux matelots, il n'était pas trop sûr. Tout ce petit monde payé au tarif syndical, qui était plutôt confortable.

— Eh, bon, d'accord. Je ne sais pas quel est le problème, mais on peut toujours en causer, d'accord ?

Quoique... la manœuvre de mouillage devait sans doute être délicate. Surtout dès qu'il y avait le moindre vent, les barges ne devaient pas être des trucs faciles à mettre à quai. Enfin, pas aujourd'hui. Aujourd'hui, la journée serait sans un poil de vent. Juste un peu plus torride que l'enfer. Kelly commença à virer au sud dès qu'il eut passé Bodkin Point et qu'il aperçut les feux rouges clignotant au sommet des tours du pont sur la baie, à Annapolis. Les premières lueurs de l'aube festonnaient l'horizon est. Cela avait quelque chose de triste, en fait. Les deux dernières heures avant le lever du soleil étaient le meilleur moment de la journée, mais c'était un spectacle que bien peu de gens se souciaient d'apprécier. Encore un exemple de ce que les gens ne voyaient jamais ce qui se passait autour d'eux. Kelly crut apercevoir quelque chose mais la vitre du pare-brise gênait la visibilité, aussi quitta-t-il le poste de pilotage pour monter sur la passerelle. Il prit ses 7 × 50 de marine et saisit le microphone de sa radio.

— Du yacht à moteur *Springer* au garde-côte Quarante et Un, à vous.

— Ici le garde-côte, *Springer*. Portagee en fréquence. Qu'est-ce que tu fabriques à une heure pareille, Kelly ? A vous.

— Je fais mon petit commerce en mer, Oreza. Et vous, quelle est votre excuse ? A vous.

— Je cherche des petits planqués dans ton genre à sauver, histoire de pas perdre la main, qu'est-ce que tu crois ? A vous.

— Ravi de l'apprendre, garde-côte. Tu pousses ces petits trucs en forme de manettes vers l'avant du bateau — c'est la partie pointue, en général — et il accélère. Et la partie pointue va dans le même sens que celui où on tourne la barre — enfin, à gauche pour aller à gauche, à droite pour aller à droite. A vous.

Kelly entendit le rire sur la FM.

— Compris, bien copié, *Springer*, je transmettrai à l'équipage. Merci du conseil, chef. A vous.

*

L'équipage du treize mètres s'emmerdait au bout de huit longues heures de patrouille sans grand-chose à faire. Oreza avait confié la barre à un jeune matelot et, appuyé au montant de la cabine, il sirotait son café en jouant avec la pédale du micro.

— Vous savez, *Springer*, je ne me laisse pas trop souvent raconter ce genre de vannes. A vous.

— Un bon marin respecte toujours ses aînés, garde-côte. Eh, c'est vrai que vos bateaux ont des roulettes en dessous ? A vous.

— Ouh là là ! observa un des bleus.

— Ah, la réponse est négative, *Springer*. On enlève les stabilisateurs dès que ces salauds de la Navy quittent le chantier naval. On n'aime pas voir les femmelettes dans votre genre choper le mal de mer rien qu'à les regarder. A vous !

*

Kelly étouffa un rire et obliqua à bâbord pour passer au large de la petite vedette.

— Ravi de constater que les voies navigables de notre beau pays sont en des mains aussi capables, garde-côte, spécialement à l'approche du week-end.

— Gaffe, *Springer*, ou je vous allume pour inspection de sécurité !

— Histoire de rentabiliser mes impôts ?

— J'ai horreur de voir gâcher l'argent du contribuable.

— Eh bien, garde-côte, c'était juste pour m'assurer qu'on était tous bien réveillés.

— Roger et merci beaucoup, chef. On somnolait un peu. Ça fait plaisir de constater qu'on a des vrais pros dans votre genre pour nous aider à garder l'œil ouvert.

— Bon vent, Portagee.

— Et à toi aussi, Kelly. Terminé. La fréquence radio fut de nouveau envahie par le bruit de fond habituel.

Et voilà qui réglait la question. Il eût été mal venu de l'inviter à bord pour discuter le bout de gras. Pas vraiment le moment. Kelly raccrocha le micro et redescendit. L'horizon oriental était rose orangé maintenant, d'ici dix minutes le soleil allait faire son apparition.

— A quoi rime toute cette histoire ? demanda Billy.

Kelly se versa une autre tasse de café et jeta un œil au pilote automatique. La chaleur était déjà telle qu'il ôta sa chemise. Les cicatrices de la décharge de chevrotine pouvaient difficilement être plus évidentes, nonobstant la pénombre du petit matin. Il y eut un silence remarquablement long, seulement ponctué d'une lente inspiration.

— T'es le...

Cette fois, Kelly se retourna pour contempler l'homme nu enchaîné sur le pont.

— Exact.

— Mais je t'ai tué, objecta Billy. On ne l'avait donc pas prévenu. Henry n'avait pas transmis l'information, l'estimant sans intérêt pour la marche du réseau.

— Tu crois ça ? demanda Kelly en se tournant de nouveau vers le tableau de bord. Un des diesels chauffait un peu plus que l'autre et il prit note de vérifier le système de refroidissement sitôt réglée son autre affaire. Autrement, le bateau se comportait avec sa docilité coutumière, doucement bercé par la houle presque invisible, progressant à une vitesse régulière de vingt nœuds, l'étrave efficacement relevée pour déjauger avec un angle de quinze degrés. Bien posé, comme disait Kelly. Il s'étira de nouveau, fit jouer ses muscles, exhibant à Billy ses balafres et ce qu'il y avait en dessous.

— C'est donc ça le fin mot de l'histoire... elle nous avait tout balancé sur ton compte avant qu'on la liquide.

Kelly parcourut les instruments de bord, puis consulta la carte à l'approche du pont sur la baie. Il n'allait pas tarder à traverser pour rejoindre le côté est du chenal. Il consultait à présent l'horloge de bord — elle lui tenait lieu de chronomètre — au moins une fois par minute.

— Pam était un super coup. Et jusqu'à la fin, dit Billy, le ton persifleur, remplissant le silence avec son fiel, y puisant comme une sorte de courage. Quoique, pas franchement maligne. Non, pas franchement maligne.

Juste passé sous le pont suspendu, Kelly débraya le pilote automatique et vira de dix degrés sur bâbord. Le trafic matinal était pour ainsi dire nul, mais il jeta néanmoins un coup d'œil prudent avant d'entamer la manœuvre. Deux feux de route au ras de l'horizon annonçaient l'approche d'un navire marchand, sans doute à douze mille mètres au large. Kelly aurait pu enclencher le radar pour vérifier, mais dans ces conditions de visibilité, c'eût été gâcher du courant.

— Est-ce qu'elle t'a causé des marques de la passion ? ricana Billy. Il ne vit pas les mains de Kelly se crisper sur la barre.

Les marques autour des seins semblent avoir été provoquées par une paire de pinces ordinaires, avait précisé le rapport médico-légal. Kelly l'avait intégralement mémorisé, jusqu'au dernier terme de sa sèche phraséologie médicale, comme s'il avait été gravé à la pointe de diamant sur une plaque d'acier. Il se demanda si les toubibs avaient éprouvé la même chose que lui. Sans doute. Leur colère s'était probablement manifestée par le détachement croissant des notes qu'ils dictaient. Les professionnels étaient comme ça.

— Elle a causé, tu sais, elle nous a tout raconté. Comment tu l'avais ramassée, comment vous vous étiez envoyés en l'air. C'est qu'elle avait bien retenu nos leçons. Tu nous dois bien ça ! Avant de s'enfuir, je parie que ça, elle te l'a pas dit, elle nous a tous baisés, trois ou quatre fois chacun. Je suppose qu'elle croyait que c'était rusé de sa part, hein ? Je parie qu'elle se doutait pas qu'on aurait l'occasion de la sauter encore un coup.

O+, O−, AB−, songea Kelly. Le groupe O était de loin le plus répandu, et donc cela pouvait très bien signifier qu'ils étaient plus de trois. *Et de quel groupe sanguin es-tu, Billy ?*

— Rien qu'une pute. Jolie, mais rien qu'une conne de petite

pute. Et c'est comme ça qu'elle est morte, tu savais pas ? Elle est morte pendant qu'elle baisait un mec. On l'a étranglée et son mignon petit cul se trémoussait avec ardeur, jusqu'au moment où sa tronche est devenue toute violette. Marrant à regarder, assura Billy avec un rictus que Kelly n'avait pas besoin de voir. J'ai pris mon pied avec elle — trois fois, mec ! Et je lui ai fait mal, je lui ai fait drôlement mal, tu m'entends ?

Kelly ouvrit grand la bouche, pour respirer lentement et régulièrement, empêcher ses muscles de se crisper tout de suite. La brise matinale s'était formée, faisant rouler la coque sur quatre ou cinq degrés de part et d'autre de la verticale, et il se laissait porter par les oscillations du roulis, se forçant à accepter le mouvement apaisant de la mer.

— Je vois pas vraiment pourquoi t'en fais un tel bazar, je veux dire, c'est jamais qu'une pute qui est morte. On devrait être capable de trouver comme qui dirait un arrangement. Tu sais que t'es quand même con, mec ! Il y avait soixante-dix mille sacs, là-bas, dans la baraque, non mais quel con ! Soixante-dix mille ! Billy s'interrompit, voyant que ça ne marchait pas. Pourtant, un homme en colère faisait des erreurs et il avait déjà réussi à ébranler ce mec-là. Ça, il en était sûr, aussi reprit-il : Tu sais, la vraie tasse, je suppose, c'est qu'elle avait besoin de dope. Du reste, si elle avait pu faire son turbin ailleurs, on vous aurait pas revus. Et puis, t'as quand même merdé, toi aussi, souviens-toi.

Oh oui, je me souviens.

— Je veux dire, t'as vraiment été con. T'as jamais entendu parler du téléphone ? Bon Dieu, mec. Dès que notre tire s'est retrouvée embourbée, on a appelé Burt et pris sa voiture. On repart zoner, tranquilles, et qu'est-ce qu'on voit ? Nos deux tourtereaux, à peine repérables dans cette jeep ! Faut-il vraiment qu'elle t'ait ensorcelé, mec !

Le téléphone ? C'était donc un truc aussi simple qui avait tué Pam. Les muscles de Kelly se crispèrent. *Bougre de crétin, Kelly.* Puis ses épaules s'affaissèrent, rien qu'une seconde, quand il comprit à quel point il avait trahi sa confiance, et une partie de lui-même reconnut combien étaient vains ses efforts de vengeance. Mais vains ou pas, il devait aller jusqu'au bout. Il se raidit sur son siège de pilote.

— Je veux dire, enfin merde, une tire aussi facile à repérer, comment un mec peut-il être con à ce point ? demanda Billy, ayant enfin constaté que ses piques venaient cette fois de porter vraiment. Maintenant on allait peut-être enfin pouvoir entamer les négociations. Disons que je suis même surpris que tu sois encore en vie... eh, je veux dire, ça n'avait rien de personnel. Peut-être que t'étais pas au courant du boulot qu'elle faisait pour nous. On pouvait pas la laisser se barrer avec ce qu'elle savait, d'accord ? Mais je peux te dédommager. Passons un marché, d'accord ?

Kelly vérifia le pilote automatique, puis la surface. Le *Springer* suivait un cap régulier, sans encombre, et rien en vue ne risquait de croiser sa route. Il quitta son siège pour en prendre un autre, à quelques pas de Billy.

— Elle t'a dit qu'on était en ville pour écouler de la drogue ? Elle t'a dit ça ? demanda Kelly, les yeux à la hauteur de ceux de Billy.

— Ouais, tout à fait. Billy commença à se détendre. Puis il fut intrigué en voyant Kelly se mettre à pleurer devant lui. Peut-être tenait-il là une chance d'échapper à son sort. Bigre, je suis vraiment désolé, mec, dit-il, mais pas vraiment sur le ton qui convenait. Je veux dire, c'est vraiment pas de pot pour toi.

Pas de pot pour moi ? Kelly ferma les yeux. Il n'était qu'à quelques centimètres du visage de Billy. *Dieu du ciel, elle me protégeait. Même après que j'eus trahi sa confiance. Elle ne savait même pas si j'étais ou non en vie, mais elle a menti pour me protéger.* C'était plus qu'il ne pouvait en supporter, et Kelly se laissa simplement aller durant plusieurs minutes. Mais même cela avait un but. Ses yeux s'asséchèrent au bout d'un moment et, tout en s'essuyant le visage, il se débarrassait en même temps de tout reste de sentiment humain qu'il aurait encore pu éprouver pour son prisonnier.

Kelly se redressa et regagna le siège de pilote. Il ne voulait plus regarder ce salaud en face. Sinon, il risquait réellement de perdre tout contrôle, et c'était un risque qu'il ne voulait pas courir.

*

— Tom, je crois que tu pourrais bien avoir raison, en fin de compte, dit Ryan.

D'après le permis de conduire — déjà vérifié : pas d'arrestation, mais une longue liste d'infractions au code de la route —, Richard Oliver Farmer était âgé de vingt-quatre ans et il ne vieillirait plus. Il avait expiré des suites d'un unique coup de couteau dans la poitrine, qui avait traversé le péricarde et transpercé le cœur de part en part. La taille de la blessure — d'ordinaire, ce genre de plaie traumatique se refermait au point de devenir difficilement décelable pour le profane — indiquait que l'assaillant avait fait tourner la lame autant que le permettait l'espace intercostal. L'ouverture était importante, dénotant une lame d'environ cinq centimètres de large. Plus important, il y avait des indices supplémentaires.

— Pas vraiment malin, annonça le médecin légiste. Ryan et Douglas hochèrent la tête de concert, en regardant la victime. M. Farmer avait porté une chemise à col boutonné en coton blanc. Il y avait également un veston, présentement accroché à un bouton de porte. L'inconnu qui l'avait tué avait essuyé son couteau sur la chemise. En trois fois, apparemment, et l'une d'elles avait laissé l'empreinte indélébile de la lame, marquée du sang du défunt, qui portait un revolver à sa ceinture mais n'avait pas eu l'occasion de l'utiliser. Encore une victime du métier et de la surprise mais, cette fois, exercés avec moins de circonspection. Le plus jeune des deux policiers indiqua l'une des taches avec son pinceau.

— Tu sais ce que c'est ? demanda Douglas. La question était purement rhétorique ; il y répondit lui-même aussitôt. C'est un Ka-Bar, le couteau de combat réglementaire des Marines. J'en ai un moi-même.

— Et joliment affûté, leur précisa le légiste. Coupure très propre, presque chirurgicale dans la façon de trancher la peau. Il a dû quasiment couper le cœur en deux. Un coup d'une précision extrême, messieurs, le couteau a pénétré parfaitement à l'horizontale de manière à ne pas être bloqué par les côtes. La plupart des gens croient que le cœur est sur la gauche. Notre ami ne s'est pas laissé avoir. Une seule pénétration. Il connaissait son affaire.

— Un de plus, Em. Un criminel armé. Notre gars s'est approché et a agi si vite...

— Ouais, Tom. Maintenant, je te crois. Ryan hocha la tête et monta à l'étage rejoindre l'autre groupe d'enquêteurs. Dans la chambre de devant, il y avait une pile de vêtements d'hommes, un sac en toile contenant une tonne de billets, un pistolet et un couteau. Un matelas avec des taches de sperme, certaines encore humides. Et un sac à main de femme. Tant d'indices à cataloguer pour les plus jeunes des inspecteurs. Le groupe sanguin des taches de sperme. L'identité complète des trois individus — ils supposaient qu'il y en avait eu trois — qui s'étaient trouvés dans cette pièce. Et même une voiture garée dehors à éplucher. Enfin, quelque chose qui ressemblait à un meurtre ordinaire. L'endroit devait être truffé d'empreintes. Les photographes avaient déjà pris une douzaine de pellicules. Mais pour Ryan et Douglas, l'affaire avait déjà pris un tour particulier.

— Tu connais ce mec, Farber, qui travaille à Hopkins ?

— Ouais, Em, celui qui avait bossé sur l'affaire Gooding avec Frank Allen. C'est moi qui l'avais contacté. Très fort, le gars, admit Douglas. Un peu spécial, mais fort. Seulement, faut que je sois au tribunal cet après-midi, tu te souviens ?

— D'accord, je pense que je pourrai me débrouiller seul. Je te dois une bière, Tom. T'as pigé ce coup-ci plus vite que moi.

— Eh bien, merci, peut-être qu'un de ces quatre je pourrai être lieutenant, moi aussi.

Ryan rigola et sortit de sa poche une cigarette en redescendant les marches.

*

— Tu comptes résister ? demanda Kelly avec un sourire. Il venait de retourner dans le salon après avoir amarré le bateau le long du quai.

— Pourquoi que je devrais t'aider en quoi que ce soit ? demanda Billy sur un ton qui se voulait plein de défi.

— D'accord. Kelly sortit le Ka-Bar et le tint tout près d'un endroit particulièrement sensible. On peut commencer tout de suite si tu veux.

Le corps tout entier se ratatina, mais une partie encore plus que le reste.

— D'accord, d'accord !

— Bien. Je veux que ça te serve de leçon. Je ne veux plus que tu fasses souffrir une fille à l'avenir. Kelly dénoua les fers qui enchaînaient Billy pour le relever, mais en laissant ses bras solidement entravés.

— Va te faire foutre, mec ! Tu vas me tuer ! Et je te dirai pas un mot.

Kelly le fit pivoter pour le regarder droit dans les yeux.

— Je ne vais pas te tuer, Billy. Tu quitteras cette île vivant. Je te le promets.

La confusion sur les traits était suffisamment amusante pour faire naître chez Kelly un bref sourire. Puis il secoua la tête. Il se dit qu'il était en train d'emprunter un sentier fort étroit et risqué entre deux pentes également dangereuses, et à ses deux extrémités l'attendait la folie, sous deux formes différentes mais également destructrices. Il devait se détacher de la réalité du moment mais continuer à garder prise sur elle. Kelly l'aida à descendre du bateau et le conduisit vers sa casemate-atelier.

— Soif ?

— J'ai envie de pisser, aussi.

Kelly le guida vers l'herbe.

— Vas-y. Kelly attendit. Billy n'appréciait pas d'être tout nu, pas devant un autre homme, pas en position d'infériorité. Assez absurdement, il n'essayait plus de parler à Kelly, du moins pas comme il conviendrait. Couard comme il l'était, c'est plus tôt qu'il avait tenté d'asseoir sa virilité, cherchant moins à s'adresser à Kelly qu'à lui-même en narrant son rôle dans les derniers instants de Pam, se créant une illusion de puissance, quand le silence aurait pu — enfin sans doute pas — le sauver. Mais il aurait peut-être suscité des doutes, surtout s'il avait eu l'adresse de lui broder une histoire qui se tienne un peu ; mais la couardise et la stupidité vont souvent de pair, n'est-ce pas ? Kelly le laissa seul, le temps d'ouvrir la serrure à combinaison. Il alluma l'éclairage et poussa Billy à l'intérieur.

On aurait dit, et de fait c'était bien un cylindre d'acier, de quarante-deux centimètres de diamètre, posé sur des pieds métalliques munis de grosses roulettes orientables, abandonné tel qu'il l'avait laissé. Le tampon de fermeture à l'extrémité était ouvert, pendu à ses charnières.

— Tu vas entrer là-dedans, lui dit Kelly.

— Va te faire foutre, mec ! Toujours le défi. Kelly se servit du manche du coutelas pour le frapper à la nuque. Billy tomba à genoux.

— D'une façon ou de l'autre, tu vas rentrer là-dedans — que tu saignes ou pas, vraiment, je m'en fous. Ce qui était un mensonge, mais tout à fait efficace. Kelly le souleva par la peau du cou et poussa sa tête et ses épaules par l'ouverture. Ne bouge pas.

C'était tellement plus facile que prévu. Kelly prit une clef au râtelier mural et déboulonna les fers qui entravaient les mains de Billy. Il sentit son prisonnier se crisper, s'imaginant avoir une chance mais Kelly avait été prompt : il n'avait qu'un seul boulon à dévisser pour libérer les deux mains et une petite pique du couteau au bon endroit encouragea l'homme à ne pas reculer, préalable nécessaire à toute résistance. Billy était simplement trop pleutre pour accepter la douleur comme prix d'une chance d'évasion. Il trembla mais ne manifesta pas la moindre résistance, quelles qu'aient été ses velléités.

— Allez, dedans ! Une petite poussée l'y aida et quand les pieds eurent passé le bord, Kelly releva le tampon et le boulonna en place. Puis il sortit, éteignit les lumières. Il avait besoin de manger un morceau et de faire un somme. Billy pourrait attendre. L'attente ne ferait que lui faciliter la tâche.

*

— Allô ? La voix semblait très inquiète.
— Salut, Sandy, John à l'appareil.
— John ? Que se passe-t-il ?
— Comment va-t-elle ?
— Vous parlez de Doris ? Elle dort en ce moment, lui dit Sandy. John, qui... enfin, que lui est-il arrivé ?

Kelly étreignit dans sa main le combiné téléphonique.

— Sandy, je veux que vous m'écoutiez avec le plus grand soin, d'accord ? C'est vraiment important.

— D'accord, allez-y. Sandy était dans sa cuisine, devant une cafetière. Dehors, elle apercevait les gosses du quartier qui jouaient au base-ball sur un terrain vide, spectacle dont la réconfortante normalité lui semblait désormais bien lointaine.

— Primo, ne dites à personne qu'elle est là. En tout cas, n'en dites pas un mot à la police.

— John, elle est sérieusement blessée, elle est accro aux barbituriques, et elle a sans doute plusieurs problèmes médicaux pour couronner le tout. Je dois...

— Sam et Sarah, alors. Personne d'autre. Sandy, vous avez bien compris ? *Personne d'autre.* Sandy... Kelly hésita. C'était trop dur à dire mais il fallait que ce soit bien clair. Sandy, j'ai mis votre vie en danger. Les types qui ont tabassé Doris sont les mêmes qui...

— Je sais, John. J'avais plus ou moins deviné. L'expression de l'infirmière était neutre mais, elle aussi, elle avait vu la photo du corps de Pamela Starr Madden. John, elle m'a dit que vous... que vous aviez tué quelqu'un.

— Oui, Sandy, tout à fait.

Sandy O'Toole ne fut pas surprise. Elle avait procédé aux déductions qui s'imposaient quelques heures auparavant mais l'entendre confirmer de sa bouche — c'était son ton, surtout. Calme, terre à terre. *Oui, Sandy, tout à fait.* C'est toi qui as sorti les poubelles ? Oui, Sandy, tout à fait.

— Sandy, ces gens-là sont particulièrement dangereux. J'aurais pu abandonner Doris à son sort, mais franchement, comment aurais-je pu ? Bon Dieu, Sandy, est-ce que vous avez vu ce qu'ils ont...

— Oui. Cela faisait un bout de temps qu'elle n'avait plus travaillé aux urgences et elle en avait presque oublié les horreurs que les gens pouvaient infliger à leurs semblables.

— Sandy, je suis désolé d'avoir...

— John, c'est fait. Je me débrouillerai, d'accord ?

Kelly se tut quelques instants, puisant du courage dans la voix de cette femme. Peut-être était-ce là ce qui les différenciait. Son propre instinct le poussait à agir, à identifier les individus nuisibles et à leur régler leur compte. *Traquer et détruire.* L'instinct de Sandy était de protéger d'une autre manière et ce qui frappa l'ancien SEAL, c'est qu'elle était peut-être bien la plus forte des deux.

— Il va falloir que je lui procure les soins appropriés. Sandy repensa à la jeune femme dans la chambre du fond, à l'étage. Elle l'avait aidée à se déshabiller et avait été horrifiée par les marques dans sa chair, les traces de sévices physiques. Mais le pire encore, c'étaient ses yeux, morts, dépourvus de cette étincelle de défi qu'elle voyait chez ses patients, même lorsqu'ils étaient en train de perdre leur combat pour la vie. Malgré ses années de travail auprès de cas désespérés, elle ne s'était jamais doutée qu'on pouvait ainsi détruire quelqu'un volontairement, par une malveillance délibérée, sadique. Désormais, elle pouvait fort bien se retrouver à son tour dans la ligne de mire de tels individus, elle en était consciente, mais à leur égard, plus que la peur, c'était le mépris qui l'emportait.

Pour Kelly, ces sentiments étaient précisément inversés.

— D'accord, Sandy, mais je vous en conjure, soyez prudente. Promettez-le-moi.

— Promis. Je vais appeler le docteur Rosen. Elle marqua un temps. John ?

— Oui, Sandy ?

— Ce que vous êtes en train de faire... c'est mal, John. Elle se détestait d'avoir à lui dire cela.

— Je sais.

Sandy ferma les yeux, continuant de voir les gosses qui couraient après leur balle de base-ball dehors, puis elle vit John, où qu'il soit, connaissant parfaitement l'expression qui devait se lire sur son visage. Elle savait également qu'elle allait devoir lui dire ce qui allait suivre et elle prit une profonde inspiration.

— Mais je m'en fiche, désormais. Complètement. Je comprends, John.

— Merci, murmura Kelly. Vous tiendrez le coup ?

— Ça ira.

— Je serai de retour dès que possible. Je ne sais pas ce qu'on pourra faire avec elle...

— Ça, c'est mon problème. On va s'en occuper. On trouvera bien une solution.

— D'accord, Sandy... Sandy ?

— Quoi, John ?

— Merci. La ligne fut coupée.

Pas de quoi, songea-t-elle en raccrochant. Quel type

étrange ! Il tuait des gens, mettait un terme à l'existence de ses semblables, et le faisait avec une détermination impitoyable qu'elle n'avait pas vue — qu'elle n'avait nul désir de voir — mais que traduisait avec éloquence sa voix dépourvue d'émotion. Mais il avait pris le temps de sauver Doris, quitte à se mettre lui-même en danger. Elle n'arrivait toujours pas à comprendre, se dit-elle en reprenant le téléphone pour composer un numéro.

*

Le docteur Sidney Farber avait tout à fait l'allure qu'imaginait Emmet Ryan : la quarantaine, petit, barbu, juif, la pipe au bec. Il ne se leva pas à l'entrée de l'inspecteur, se contentant d'indiquer une chaise à son hôte d'un geste de la main. Ryan avait fait parvenir au psychiatre des extraits des dossiers avant le déjeuner et, manifestement, le toubib les avait lus. Tous étaient ouverts sur son bureau, classés en deux rangées.

— Je connais votre collègue, Tom Douglas, dit Farber en tirant sur sa pipe.

— Oui, docteur. Il m'a dit que votre travail dans l'affaire Gooding nous a été d'une aide considérable.

— Un grand malade, ce M. Gooding. J'espère qu'il bénéficiera du traitement dont il a besoin.

— Et celui-ci, quel est son état ? demanda le lieutenant Ryan.

Farber leva les yeux.

— Il est en aussi bonne santé que vous et moi — voire en meilleur état physique. Mais l'important n'est pas là. Ce que vous venez de dire : « Celui-ci. » Vous supposez un seul meurtrier pour tous ces incidents. Dites-moi pourquoi. Le psychiatre se cala dans son fauteuil.

— Je n'y ai pas songé au début. Tom l'a discerné avant moi. C'est l'habileté du travail.

— Exact.

— Avons-nous affaire à un psychopathe ?

Farber hocha la tête.

— Non. L'authentique psychopathe est incapable d'affronter la vie. Il appréhende le réel d'une manière très particulière, très excentrique, et généralement tout à fait différente de celle du reste de la population. Dans presque tous les cas, le désordre se manifeste d'une façon parfaitement évidente et reconnaissable.

— Pourtant Gooding...

— M. Gooding est ce que nous... on a trouvé un nouveau terme : « psychopathe organisé ».

— D'accord, très bien, mais ce n'était pourtant pas si évident que cela pour ses voisins.

— C'est exact, mais le désordre de M. Gooding se manifestait dans la façon horrible avec laquelle il tuait ses victimes. Avec ces meurtres, en revanche, il n'y a aucun aspect rituel. Pas de mutilation. Pas de pulsion sexuelle — indiquée habituellement par des coupures au niveau du cou, je ne vous apprends rien. Non... Farber hocha de nouveau la tête. Ce bonhomme agit en pro. Il ne manifeste pas la moindre décharge émotionnelle. Il tue des gens, c'est tout, et il le fait pour des motifs sans doute rationnels, à ses yeux en tout cas.

— Lequel, alors ?

— A l'évidence, il ne s'agit pas du vol. C'est autre chose. L'homme est très coléreux mais j'ai déjà rencontré des cas analogues.

— Où ça ? demanda Ryan. Farber indiqua le mur opposé. Dans un cadre en chêne, il y avait un carré de velours rouge sur lequel était épinglé un insigne de l'infanterie de combat, des ailes de para et l'éclair des Rangers. L'inspecteur ne put que manifester sa surprise.

— Plutôt stupide, en fait, expliqua Farber avec un geste méprisant. Le petit garçon juif qui veut montrer qu'il est un dur. Enfin — Farber sourit — je suppose que j'ai réussi.

— Je n'ai pas trop aimé l'Europe moi non plus, mais je n'ai pas vu les coins chouettes.

— Quelle unité ?

— La planque. La 2e compagnie du 506e.

— 101e régiment de parachutistes, c'est ça ?

— Tout juste, doc, répondit l'inspecteur, confirmant que lui aussi, il avait été jeune et insouciant, et se rappelant qu'il n'avait alors que la peau sur les os, lorsqu'il sautait des portes de la soute des C-47. J'ai sauté sur la Normandie et sur Eindhoven.

— Et Bastogne ?

Ryan hocha la tête.

— Là, c'était vraiment pas drôle mais au moins, on y est allés en camion.

— Eh bien, voilà ce à quoi vous êtes confronté, lieutenant Ryan.

— Comment cela ?

— Voilà la clé du problème. Farber brandit la transcription de l'interview avec Mme Charles. Le déguisement. Il faut que ce soit un déguisement. Il faut être un homme vigoureux pour introduire un couteau dans la nuque de quelqu'un. Ce n'est pas un alcoolique. Ces gens-là ont toutes sortes de problèmes physiques.

— Mais celui-là ne correspond pas du tout au schéma, objecta Ryan.

— Je crois que si, mais ce n'est pas évident. Remontez le temps. Vous êtes dans l'Armée, membre d'élite d'une unité d'élite. Vous prenez le temps de reconnaître l'objectif, exact ?

— Toujours, confirma l'inspecteur.

— Appliquez cela à une ville. Comment procédez-vous ? Vous vous camouflez. Donc, notre ami décide de se déguiser en ivrogne. Combien y a-t-il de clochards dans les rues ? Sales, puants, mais quasi inoffensifs, sinon entre eux. Ils sont invisibles et vous les évacuez de votre champ visuel. Tout le monde fait ça.

— Vous n'avez toujours pas...

— Mais comment fait-il pour arriver et repartir ? Vous croyez qu'il prend le bus... le taxi ?

— Une voiture.

— Un déguisement, c'est une chose qu'on met et qu'on ôte. Farber saisit la photo prise sur les lieux du meurtre après l'agression de Mme Charles. Il commet son double meurtre à deux pâtés de maisons de là, dégage le secteur, et se retrouve ici — qu'est-ce que vous imaginez ? Et là, c'était évident, au milieu de la photo, un emplacement libre entre deux voitures garées.

— Nom de Dieu ! L'humiliation éprouvée par Ryan valait le coup d'œil. Que voyez-vous d'autre qui m'ait échappé, docteur Farber ?

— Appelez-moi Sid. Pas grand-chose. Cet individu est très

habile, il change ses méthodes, et ce cas-ci est le seul où il a manifesté sa colère. Car il s'agit bien de cela, voyez-vous. C'est le seul crime où se traduit de la rage — à l'exception peut-être de celui de ce matin, mais nous y reviendrons plus tard. Ici, nous voyons de la rage. D'abord, il estropie sa victime, puis il la tue d'une manière particulièrement compliquée. Pourquoi ? Farber marqua une pause pour souffler des ronds de fumée, l'air contemplatif. Il était en colère, mais pourquoi était-il en colère ? Ce devait être une action non prévue. Il n'aurait pas pu organiser quoi que ce soit, Mme Charles étant présente sur les lieux. Pour une raison quelconque, il a dû faire une chose qu'il n'avait pas prévu de faire, et cela l'a mis en colère. En outre, il l'a laissée s'en aller — sachant pertinemment qu'elle l'avait vu.

— Vous ne m'avez toujours pas dit...

— C'est un ancien combattant. En excellente forme physique. Cela signifie qu'il est plus jeune que nous, et supérieurement entraîné. Ranger, béret vert, quelque chose comme ça.

— Qu'est-ce qu'il fait dans les rues ?

— Je n'en sais rien. Il va falloir que vous lui demandiez. Mais ce que vous avez là, c'est quelqu'un qui prend son temps. Il observe ses victimes. Il choisit toujours le même moment de la journée — quand elles sont fatiguées, que la circulation est clairsemée, pour réduire les risques de se faire repérer. Il ne les vole pas. Il leur prend peut-être leur argent, mais ce n'est pas pareil. Maintenant, parlez-moi du meurtre de ce matin, demanda Farber d'une voix douce mais sur un ton parfaitement explicite.

— Vous avez la photo. Il y avait des masses de billets dans un sac, au premier. Nous ne les avons pas encore comptés mais au bas mot, cela fait cinquante mille dollars.

— De l'argent de la drogue ?

— C'est ce qu'on pense.

— Il y avait d'autres personnes ? Il les a enlevées ?

— Deux, pensons-nous. Un homme, c'est établi, et sans doute une femme.

Farber hocha la tête et tira quelques instants sur sa bouffarde.

— De deux choses l'une. Soit, c'est l'individu qu'il cherchait depuis le début, soit il n'est qu'une étape supplémentaire vers autre chose.

— Donc, tous les dealers qu'il a tués ne seraient qu'un camouflage.

— Les deux premiers, ceux qu'il a ligotés...

— Interrogés. Ryan fit la grimace. Nous aurions dû nous en douter. Ce sont les seuls qui n'ont pas été tués à l'extérieur. Il a procédé ainsi pour avoir plus de temps.

— Il est toujours facile de déduire a posteriori, observa Farber. N'ayez pas trop de regrets. Ce meurtre avait toutes les apparences d'un vol et vous n'aviez aucun autre élément au départ. Le temps que vous arriviez sur place, il y avait tout un tas d'autres informations à examiner. Le psychiatre se cala contre le dossier et sourit au plafond. Il adorait jouer les détectives. Jusqu'à celui-ci — il tapota du tuyau de sa pipe les photos du dernier meurtre — vous ne disposiez pas de grand-chose, en fait. C'est celui qui éclaircit tout le reste. Votre suspect s'y connaît en armes. Il s'y connaît en tactique. Il est très patient. Il traque ses victimes comme un chasseur le cerf. Il change ses méthodes pour vous perdre, mais aujourd'hui, il a commis une erreur. En outre, cette fois-ci, il a quelque peu donné libre cours à sa rage, car il a utilisé un couteau de manière délibérée et révélé le genre d'entraînement qu'il avait subi en nettoyant son arme aussitôt après.

— Mais il n'est pas fou, avez-vous dit.

— Non. Je doute qu'il soit dérangé au sens clinique du terme, mais il ne fait aucun doute qu'il a une motivation puissante. Les gens comme lui sont extrêmement disciplinés, tout comme vous et moi nous l'étions. La discipline est manifeste dans sa façon d'opérer — mais sa colère apparaît également dans ses motivations. Quelqu'un a poussé cet homme à se lancer là-dedans.

— « M'dame. »

Là, Farber fut pris de court.

— Exact ! Excellent. Pourquoi ne l'a-t-il pas éliminée ? C'est le seul témoin dont nous disposions. Il s'est montré poli avec elle. Il l'a laissée s'en aller... intéressant... mais pas assez pour fournir une piste.

— Sinon pour affirmer qu'il ne tue pas par plaisir.

— Correct. Farber secoua la tête. Tout ce qu'il réalise suit un objectif et il peut appliquer son entraînement de pointe à l'accomplissement de sa mission. Car il s'agit bel et bien d'une mission. C'est un fauve réellement dangereux qui rôde en ce moment dans vos rues.

— Il traque les trafiquants de drogue. C'est manifeste, observa Ryan. La personne — ou les deux personnes — qu'il a enlevée…

— Si l'une des deux est une femme, elle survivra. L'homme, non. Selon l'état du corps, nous serons en mesure de dire s'il était ou non sa cible.

— La rage ?

— Ce sera évident. Encore une chose… si la police est lancée à la recherche de votre bonhomme, n'oubliez pas qu'il surpasse à peu près tout le monde dans le maniement d'armes. Il aura l'air inoffensif. Il évitera la confrontation. Il ne veut pas tuer les gens à tort et à travers, sinon il aurait descendu Mme Charles.

— Mais si nous l'acculons…

— Je ne vous le conseille pas.

*

— Tout baigne ? demanda Kelly.

Le caisson de recompression faisait partie des quelques centaines d'appareils produits au terme d'un contrat d'équipement de la Marine par la *Dyskra Foundry and Tool Company, Inc.*, Houston, Texas, comme l'indiquait la plaque du constructeur. Coulé en acier de haute qualité, il était conçu pour reproduire les pressions engendrées par la plongée autonome. Il était muni à une extrémité d'un hublot de dix centimètres de côté formé de trois couches de Plexiglas. Il était même équipé d'un petit sas permettant de faire passer des objets, comme les vivres et la boisson, et l'intérieur du caisson était éclairé par une ampoule de vingt watts logée sous une grille protectrice. Sous le caisson proprement dit était installé un puissant compresseur diesel qu'on pouvait contrôler depuis un siège pliant installé devant deux manomètres. Le premier portait des cercles concentriques gravés successivement en millimètres, en pouces de mercure, livres par pouce carré, kilogrammes par centimètre carré, et enfin en « bars » ou multiples de la pression atmosphérique, qui était de 14,7 PSI ou 1013 Pa. L'autre cadran indiquait la profondeur d'eau équivalente en mètres et en pieds. Tous les trente-trois pieds, soit tous les dix mètres de profondeur simulée, la pression atmosphérique s'accroissait de 14,7 PSI ou 1 bar.

— Écoute, quoi que tu veuilles savoir, c'est d'accord... entendit Kelly par l'interphone.

— Je me doutais bien que tu te rangerais à mon avis. Kelly tira sur la corde de lancement du compresseur. Il s'assura que l'unique robinet de vidange était hermétiquement fermé. Puis il ouvrit la vanne de mise en pression, admettant dans la chambre l'air venu du compresseur, et regarda les aiguilles tourner lentement dans le sens des aiguilles d'une montre.

— Tu sais nager ? demanda Kelly en observant le visage de l'homme.

Billy releva brutalement la tête, inquiet.

— Que... ? Écoute, s'il te plaît, me noie pas, d'accord ?

— Ça risque pas d'arriver. Alors, tu sais nager ?

— Ouais, bien sûr.

— T'as déjà fait de la plongée ?

— Non, non, jamais, répondit un dealer fort perplexe.

— Parfait, eh bien, tu vas apprendre quel effet ça fait. Tu devrais bâiller et te déboucher les oreilles, disons, histoire d'égaliser la pression, lui indiqua Kelly tout en gardant l'œil sur le « profondimètre » qui venait de dépasser les trente pieds.

— Écoute, pourquoi tu me poses pas simplement tes putains de question, d'accord ?

Kelly coupa l'interphone. Il y avait déjà trop de terreur dans sa voix. Kelly n'aimait pas franchement faire souffrir les gens et il redoutait de finir par éprouver de la compassion pour Billy. Il stabilisa le mano à cent pieds de profondeur et ferma la valve de pressurisation, mais en laissant le moteur tourner. Pendant que Billy s'accoutumait à la pression, il alla chercher un tuyau qu'il fixa au pot d'échappement du moteur. Puis il le dévida jusqu'à l'extérieur pour évacuer le monoxyde de carbone à l'air libre. Le processus allait prendre du temps, c'était juste une question de patience. Kelly travaillait de mémoire et c'était pénible. Il y avait certes une table de décompression, utile quoique simplifiée, fixée sur le côté du caisson, et sa dernière ligne renvoyait à un manuel qu'il ne possédait pas. Il n'avait pas plongé depuis un bon bout de temps et encore, la dernière fois il s'était agi d'un travail d'équipe, cette plate-forme pétrolière dans le Golfe. Kelly passa une heure à ranger des affaires dans l'atelier, et entretenir ses souvenirs et sa rage avant de revenir s'installer sur le pliant.

— Comment te sens-tu ?

— Bon, écoute, très bien, vu ? En fait, la voix était plutôt nerveuse.

— Prêt à répondre à quelques questions ?

— N'importe quoi, d'accord ? Mais laisse-moi sortir d'ici !

— A la bonne heure. Kelly exhiba un bloc-notes. As-tu déjà été arrêté, Billy ?

— Non. Il y avait une certaine fierté dans la voix, nota Kelly. Parfait.

— Servi dans l'armée ?

— Non. La question était stupide.

— Donc, tu n'as jamais été emprisonné, on n'a jamais pris tes empreintes, rien de tout ça ?

— Jamais. Hochement de tête derrière la vitre.

— Comment puis-je savoir que tu dis la vérité ?

— C'est vrai, c'est vrai, c'est vrai !

— Ouais, probablement, mais faut que je m'en assure, pas vrai ? Kelly tendit la main gauche et tourna le robinet de vidange. L'air évacua le caisson avec un sifflement bruyant tandis qu'il surveillait les jauges.

Billy ne savait à quoi s'attendre et la surprise fut désagréable. Au cours de l'heure précédente, il s'était retrouvé soumis à quatre fois la pression atmosphérique normale. Son corps s'y était adapté. L'air inspiré par les poumons, également pressurisé, avait pénétré dans la circulation sanguine et désormais, la pression dans l'ensemble de son organisme s'était égalisée à quatre kilos par centimètre carré. Divers gaz, l'azote en particulier, étaient dissous dans le sang et lorsque Kelly évacua l'air de la chambre, des bulles de ces gaz commencèrent à se former. Les tissus autour des bulles résistèrent au début mais pas trop bien et presque aussitôt, les parois des cellules commencèrent à s'étirer voire, dans certains cas, à se rompre. La douleur commença aux extrémités, d'abord diffuse et lancinante, pour évoluer bientôt et devenir la sensation la plus intense et la plus désagréable que Billy ait jamais connue. Elle arrivait par vagues, exactement synchronisées avec les battements de son cœur qui avait maintenant accéléré. Kelly écouta le gémissement qui se mua en cri, et la pression n'était redescendue qu'à vingt mètres. Il ferma la valve de vidange et rouvrit celle de pressurisation. Au bout de deux minutes, la pression était revenue à quatre bars. La douleur s'atténua presque entièrement, ne laissant que ces espèces de courbatures analogues à celles dues à un exercice intense. Ce n'était pas une chose à laquelle Billy était habitué et, pour lui, ce genre de douleur n'avait rien de la sensation agréable que connaissent les athlètes. A vrai dire, les yeux agrandis et terrifiés révélaient à Kelly à quel point son hôte était éperdu de frayeur. Ils n'avaient plus rien d'humain et c'était tant mieux.

Kelly brancha l'interphone.

— C'est la peine pour une vie ôtée. Je pensais que tu le saurais. Bien, maintenant, as-tu déjà été arrêté, Billy ?

— Seigneur, non !

— Jamais de séjour en prison, jamais de relevé d'empreintes...

— Non, mec, c'est comme les excès de vitesse, j'me suis jamais fait aligner.

— Servi dans l'armée ?

— Non, j'te l'ai déjà dit.

— Bien, merci. Kelly cocha le premier groupe de questions. A présent, parlons d'Henry et de son réseau.

Il y eut une autre surprise à laquelle Billy ne s'était pas attendu. A partir de trois bars, l'azote, qui constitue la majeure partie de ce que le commun des mortels appelle l'air, a un effet narcotique assez analogue à celui de l'alcool ou des barbituriques. Malgré sa terreur, Billy éprouva un brusque sursaut d'euphorie, qu'accompagnait un obscurcissement du jugement. Encore un avantage supplémentaire de la technique d'interrogatoire que Kelly avait toutefois choisie, d'abord, pour la gravité des dommages qu'elle était susceptible d'infliger.

*

— Il a laissé le fric ? demanda Tucker.

— Plus de cinquante mille. Ils comptaient encore quand je suis parti, dit Mark Charon. Ils s'étaient retrouvés dans la salle de cinéma, les deux seuls clients au balcon. Mais cette fois, Henry ne mangeait pas de pop-corn, nota le policier. Ce n'était pas souvent qu'il voyait Tucker agité de la sorte.

— J'ai besoin de savoir ce qui se passe. Dis-moi tout ce que vous savez.

— Nous avons eu plusieurs dealers qui se sont fait descendre ces huit ou dix derniers jours...

— Ju-Ju, Bandanna, deux autres que je ne connais pas. Ouais, ça je sais. Tu crois qu'il y a un rapport ?

— C'est tout ce qu'on a, Henry. C'est Billy qui a disparu ?

— Ouais. Rick est mort. Couteau ?

— Merde, quelqu'un lui a littéralement arraché le cœur, exagéra Charon. Une de tes filles a disparu également ?

— Doris, confirma Henry d'un signe de tête. Il a laissé le fric... pourquoi ?

— Ça pourrait être un vol qui a mal tourné, mais je vois pas ce qui aurait pu clocher. Ju-Ju et Bandanna s'étaient bien fait dévaliser — merde, peut-être que ces affaires sont sans relation. Peut-être que ce qui s'est passé l'autre nuit était... enfin, autre chose.

— Quoi, par exemple ?

— Eh bien, disons, une attaque directe contre ton organisation, Henry, répondit Charon sur un ton patient. A ton avis, qui voudrait faire une chose pareille ? Pas besoin d'être flic pour comprendre les motivations, pas vrai ? Une partie, et même une bonne partie, de lui-même goûtait le plaisir, si fugace soit-il, d'avoir la mainmise sur Tucker. Que sait Billy ? Beaucoup de choses ?

— Énormément... merde, je venais juste de lui donner... Tucker s'interrompit.

— Ça va, ça va, je n'ai pas besoin de savoir et je ne veux pas le savoir. Mais quelqu'un d'autre est au courant, t'as intérêt à pas l'oublier. Un peu tardivement, Mark Charon commençait à apprécier à quel point son bien-être était associé à celui d'Henry Tucker.

— Pourquoi ne pas avoir au moins maquillé ça en vol ? insista Tucker en fixant l'écran sans le voir.

— Quelqu'un cherche à te transmettre un message, Henry. Et là, ne pas dérober l'argent est un signe de mépris. A ton avis, qui n'a pas besoin d'argent ?

*

Les cris s'amplifiaient. Billy revenait juste d'une nouvelle excursion par vingt mètres de fond, où il était resté une ou deux minutes. C'était bien pratique de pouvoir contempler son visage. Kelly le vit agripper ses oreilles quand les deux tympans éclatèrent, à moins d'une seconde d'écart. Puis les yeux et les sinus avaient été affectés. Ce serait bientôt le tour des dents, s'il y avait la moindre cavité — ce qui devait être probable, estima Kelly, mais ce ne devrait pas être trop douloureux, enfin, pas encore.

— Billy, dit-il après avoir rétabli la pression et ainsi éliminé le plus gros de la douleur. Je ne suis pas sûr de croire ça.

— Espèce d'enculé ! hurla dans le micro l'occupant du caisson. Je lui ai réglé son compte, tu le sais ? J'ai regardé ta petite poupée chérie mourir avec la bite d'Henry enfoncée dans son con bien mouillé, et je t'ai vu chialer comme un mouflet en entendant ça, pauvre connard de dégonflé !

Kelly prit bien soin d'avoir les yeux plaqués au hublot quand sa main rouvrit le robinet de vidange, ramenant Billy de vingt-cinq mètres de fond, juste de quoi lui donner une bonne leçon. Les hémorragies allaient toucher les articulations principales, car les bulles d'azote tendaient à s'y rassembler pour une raison quelconque, et la réaction instinctive au malaise de la décompression était de se rouler en boule, d'où le nom que portait à l'origine en anglais la maladie des caissons : *the bends*, le « mal plié ». Mais Billy ne pouvait pas se plier à l'intérieur de l'étroit cylindre, malgré ses efforts. Son système nerveux central était également touché, à présent, les fibres arachnéennes étaient pincées et la douleur avait désormais de multiples facettes : l'impression d'écrasement des articulations et des extrémités, et en même temps celle d'avoir le corps parcouru de filaments incandescents. Les spasmes nerveux commencèrent lorsque les minuscules fibres électriques se rebellèrent contre ce qui leur arrivait : Billy fut secoué de sursauts incontrôlables, comme s'il était soumis à des électrochocs. L'atteinte neurologique était quelque peu inquiétante à un stade aussi précoce. Cela suffisait pour le moment. Kelly rétablit la pression et regarda les spasmes décroître.

— Maintenant, Billy, sais-tu comment c'était pour Pam ? demanda-t-il, en fait juste pour entretenir le souvenir.

— Ça fait mal ! Il pleurait maintenant. Il avait tendu les bras, ses mains étaient plaquées sur son visage mais il ne pouvait pas dissimuler sa souffrance.

— Billy, reprit Kelly, patient. Tu vois comment ça se passe ? Si je trouve que tu mens, ça fait mal. Si je n'aime pas ce que tu me dis, ça fait mal. Tu veux que je continue à te faire mal ?

— Seigneur... non, je t'en supplie ! Les mains s'écartèrent et leurs yeux étaient à moins de quarante-cinq centimètres d'écart.

— Tâchons de nous montrer un petit peu plus courtois, d'accord ?

— ... désolé...

— Je suis désolé moi aussi, Billy, mais tu dois faire ce que je te dirai, d'accord ? Il obtint un hochement de tête. Kelly saisit un verre d'eau. Il vérifia l'état des joints du sas avant d'ouvrir la porte et de poser le verre à l'intérieur. Bien. Si tu ouvres la porte située près de ta tête, tu pourras avoir quelque chose à boire.

Billy obéit et bientôt, Kelly le vit aspirer de l'eau à l'aide d'une paille.

— Et maintenant, revenons à nos moutons, d'accord ? Dis-m'en un peu plus sur Henry. Où habite-t-il ?

— J'en sais rien, hoqueta Billy.

— Mauvaise réponse ! aboya Kelly.

— Non, s'il te plaît ! J'en sais rien, on se rencontre dans un bar au bord de la nationale 40, il ne nous laisse aucune indication sur...

— Il faudra faire mieux que ça ou l'ascenseur remonte de six étages. Prêt ?

— *Nooooon !* Le cri était si fort qu'il traversa les trois centimètres d'acier. *Je t'en supplie, non ! Je n'en sais rien... Je n'en sais vraiment rien.*

— Billy, je n'ai pas de raison particulière d'être sympa avec toi, lui rappela Kelly. Tu as tué Pam, tu te souviens ? Tu l'as torturée à mort. Tu as pris ton pied à te servir de pinces sur elle. Combien d'heures, Billy, combien d'heures toi et tes amis l'avez-vous fait souffrir ? Dix ? Douze ? Merde, Billy, ça n'en fait jamais que sept qu'on cause tous les deux. Tu me racontes que tu bosses pour ce type depuis deux ans et tu saurais même pas où il habite ? J'ai du mal à le croire. On remonte ! annonça Kelly d'une voix mécanique, la main sur la vanne. Il lui suffit de l'entrouvrir. Le premier sifflement de l'air qui s'échappait véhiculait une frayeur telle que Billy se mit à hurler avant même que le premier soupçon de douleur ait eu une chance de revenir.

— J'EN SAIS RIEEEN MEEEEERDE !

Bigre ! Et si c'était vrai ?

Eh bien, se dit Kelly, *on ne risque rien à vérifier.* Il le fit remonter un poil, à vingt-cinq mètres, juste de quoi lui rappeler les vieilles douleurs sans aggraver encore les effets. La crainte de la souffrance était à présent aussi terrible que la souffrance elle-même, estima Kelly, et s'il allait trop loin, la douleur risquait de devenir son propre narcotique. Non, cet homme était un pleutre qui avait trop souvent joui en infligeant à d'autres souffrance et terreur, et s'il découvrait qu'on pouvait survivre à la douleur, si redoutable soit-elle, alors il pourrait finir par trouver en lui du courage. C'était un risque que Kelly ne voulait pas courir, si infime soit-il. Il referma le robinet de vidange et laissa remonter la pression jusqu'à cent dix pieds — trente-trois mètres —, cette fois autant pour atténuer la douleur que pour accroître la narcose.

*

— Mon Dieu, dit Sarah dans un souffle. Elle n'avait pas vu les clichés post mortem de Pam et sa seule tentative de question avait été découragée par son mari, avertissement qu'elle avait suivi.

Doris était nue, et d'une passivité troublante. Ce qui lui était encore arrivé de mieux, c'est que Sandy l'avait aidée à prendre un bain. Sam avait ouvert sa trousse et l'auscultait au stéthoscope. Son rythme cardiaque dépassait quatre-vingt dix, vigoureux mais trop rapide pour une fille de son âge. La tension sanguine était également élevée. La température, normale. Sandy entra, portant les tubes à essai de 5cc remplis de sang qui seraient analysés au labo de l'hôpital.

— Qui peut faire des choses pareilles ? murmura Sarah, pour elle seule. Il y avait de nombreuses marques sur les seins, l'ombre d'une ecchymose à la joue droite et d'autres œdèmes, plus récents, aux jambes et à l'abdomen. Sam examina les yeux, pour contrôler le réflexe pupillaire, qui était positif — hormis cette absence totale de réaction volontaire.

— Les mêmes que ceux qui ont tué Pam, répondit rapidement le chirurgien.

— Pam ? demanda Doris.

— Vous la connaissiez ? Comment ?

— L'homme qui vous a amenée ici, dit Sandy. C'est lui qui...

— Celui que Billy a tué ?

— Oui, répondit Sam, puis il se rendit compte à quel point sa réponse pouvait paraître absurde.

*

— Je ne connais que le numéro de téléphone, dit Billy, d'une voix d'ivrogne due à la pression partielle d'azote élevée ; en outre, le soulagement de la douleur contribuait à le rendre plus docile.

— Donne-le-moi, ordonna Kelly. Billy obtempéra et Kelly le recopia. Il avait à présent deux pages entières de notes manuscrites. Des noms, des adresses, quelques numéros de téléphone. En apparence fort peu, mais bien plus que ce qu'il possédait à peine vingt-quatre heures auparavant.

— Comment entre la drogue ?

Billy détourna la tête du hublot.

— J'en sais rien...

— Il faudra faire mieux que ça.

Chhhhhhhh...

Encore une fois, Billy hurla et cette fois, Kelly le laissa crier, tout en regardant l'aiguille du profondimètre remonter jusqu'à vingt-cinq mètres. Billy se mit à hoqueter. Sa fonction pulmonaire était maintenant touchée, et la quinte de toux ne faisait qu'amplifier la douleur qui emplissait chaque centimètre cube de son corps délabré. Tout son corps lui donnait l'impression d'être gonflé comme un ballon, ou plus précisément, une collection de ballons, grands et petits, tous sur le point d'exploser, pressant tous les uns contre les autres, et il sentait que certains étaient moins résistants que d'autres, et les plus faibles étaient situés aux endroits les plus critiques. Ses yeux lui faisaient mal, ils lui donnaient l'impression de vouloir jaillir de leurs orbites, et la dilatation concomitante des sinus maxillaires supérieurs ne faisait qu'accentuer la douleur, comme si l'ensemble de son visage allait se détacher du reste du crâne ; il y porta soudain les mains, cherchant désespérément à le maintenir en place. La douleur dépassait tout ce qu'il avait jamais ressenti et tout ce qu'il avait jamais pu infliger. Ses jambes s'arquaient autant que le permettait l'étroit diamètre du cylindre, ses rotules lui donnaient l'impression de creuser des sillons dans l'acier, tant elles pressaient fort contre la paroi. Il était encore capable de bouger les bras, qui se tortillaient autour de sa poitrine, cherchant un soulagement, mais ne faisant qu'accroître la souffrance alors qu'il se débattait pour maintenir ses yeux dans leur orbite. Il n'y avait plus ni lumière, ni obscurité, ni son, ni silence. La seule réalité était la douleur.

— Je t'en supplie... t'en supplie..., chuinta le haut-parleur près de l'oreille de Kelly. Il fit remonter lentement la pression, s'arrêtant cette fois à cent dix pieds de profondeur.

Le visage de Billy était marbré, comme à la suite d'une horrible allergie. Certains capillaires sanguins venaient de se rompre juste sous l'épiderme et un gros vaisseau avait éclaté à la surface de l'œil gauche. Bientôt, la moitié du « blanc » devint rouge, presque pourpre, en fait, accentuant encore sa ressemblance avec l'animal vicieux, terrorisé qu'il était.

— La dernière question était de savoir comment entre la drogue.

— J'en sais rien, gémit-il.

— Billy, reprit Kelly d'une voix douce dans le micro, il y a une chose que tu dois bien comprendre. Jusqu'à présent, ce qui t'est arrivé, eh bien, ça fait très mal, mais je ne t'ai pas encore fait vraiment mal. Je veux dire, pas vraiment.

Les yeux de Billy s'agrandirent. Aurait-il été capable de considérer les choses sans passion, il se serait certainement fait la remarque que l'horreur doit bien s'arrêter quelque part, une observation où il y avait du vrai et du faux.

— Tout ce qui t'est arrivé jusqu'ici, ce sont des choses que les médecins peuvent encore réparer, d'accord ? Ce n'était pas un trop gros mensonge, et ce qui suivit n'en était pas un du tout : La prochaine fois que nous laisserons s'échapper l'air, Billy, alors il va commencer de se produire des dégâts irréversibles. Des vaisseaux sanguins à l'intérieur de tes yeux vont éclater, et tu seras aveugle. D'autres vaisseaux dans le cerveau lâcheront à leur tour, d'accord ? Rien de tout cela n'est réparable. Tu seras aveugle et tu seras fou. Mais la douleur ne disparaîtra pas. Jusqu'à la fin de tes jours, Billy, tu seras aveugle, fou, et tu souffriras. T'as quel âge ? Vingt-cinq ans ? Tu as encore pas mal de temps devant toi. Quarante ans, peut-être, aveugle, fou, estropié. Alors, ce ne serait peut-être pas une mauvaise idée de ne pas mentir, vu ?

« Je reprends : comment entre la drogue ?

Pas de pitié, se dit Kelly. Il aurait tué un chien, un chat ou un chevreuil, soumis aux conditions qu'il infligeait à ce... cet objet. Mais Billy n'était pas un chien, un chat ou un chevreuil. C'était un être humain, dans un sens. Pire que le souteneur, pire que le dealer. Si les rôles avaient été inversés, Billy n'aurait jamais ressenti ce que lui-même ressentait. C'était un individu dont l'univers était en fait très réduit. Il ne contenait qu'une seule personne, lui-même, entourée d'objets dont l'unique fonction était d'être manipulés pour son amusement ou son profit. Billy était de ces hommes qui jouissent d'infliger de la souffrance, qui jouissent d'instaurer leur domination sur des *choses* dont les sentiments n'avaient aucune importance, quand bien même ils existeraient. Quelque part, il n'avait jamais appris qu'il existait d'autres êtres humains dans son univers, des *gens* dont le droit à la vie et au bonheur était égal au sien ; à cause de cela, il avait couru le risque imprévu de heurter un autre individu dont il n'avait jamais reconnu l'existence propre. Il allait peut-être devoir réviser son jugement, désormais, même s'il était un petit peu tard. Voilà qu'il était en train d'apprendre que son avenir se révélait un univers bien solitaire, partagé non pas avec des gens mais avec la souffrance. Assez intelligent pour discerner cet avenir, Billy craqua. Son visage était éloquent. Il se mit à parler d'une voix inégale, étranglée mais qui, en fin de compte, était parfaitement sincère. Simplement, c'était dix bonnes années trop tard, estima Kelly, quittant des yeux ses notes pour regarder le robinet de vidange. Cela aurait dû être regrettable et ça l'était assurément pour tous ceux et celles qui avaient partagé l'univers pour le moins tordu de Billy. Peut-être n'avait-il tout simplement jamais imaginé que quelqu'un puisse un jour le traiter comme il en avait traité tant d'autres, plus petits et plus faibles que lui. Mais là aussi, la prise de conscience venait bien trop tard. Trop tard pour Billy, trop tard pour Pam et, en un sens, trop tard pour Kelly. Le monde était plein d'iniquité et ne débordait pas de justice. C'était aussi simple que ça, n'est-ce pas ? Billy ignorait que la justice pouvait guetter, peut-être pas de manière suffisamment manifeste pour l'avertir. Alors, il avait joué. Et il avait perdu. Et Kelly garderait sa pitié pour d'autres.

— Je n'en sais rien... Je n'en...

— Je t'aurai prévenu, n'est-ce pas ? Kelly ouvrit le robinet, le remontant directement jusqu'à quinze mètres. Les vaisseaux sanguins oculaires avaient dû se rompre précocement. Kelly crut voir un peu de rouge dans les pupilles agrandies, tandis que leur propriétaire continuait de hurler même après que ses poumons furent vides d'air. Les genoux, les pieds, les coudes tambourinaient contre l'acier. Kelly laissa faire, attendant avant de rétablir la pression.

— Dis-moi ce que tu sais, Billy, ou cela ne fera qu'empirer. Parle vite.

Son ton était celui de la confession, désormais. L'information avait quelque chose de remarquable mais elle devait être vraie. Aucun individu dans son genre n'aurait assez d'imagination pour l'inventer. La dernière partie de l'interrogatoire dura trois heures, entrecoupée par un seul sifflement de la valve, et encore, durant seulement une seconde ou deux. Kelly laissa, puis reprit certaines questions pour voir si les réponses changeaient, mais non. En fait, leur renouvellement apporta de nouvelles informations qui permettaient de relier entre eux certains éléments, de composer un tableau général de plus en plus limpide et, dès minuit, Kelly était sûr d'avoir vidé l'esprit de Billy de toutes les données utiles qu'il contenait.

Il fut presque saisi d'un sursaut d'humanité lorsqu'il reposa ses crayons. Si Billy avait manifesté la moindre pitié à l'égard de Pam, peut-être aurait-il agi différemment car ses blessures personnelles n'étaient, comme l'avait dit Billy, qu'une simple affaire de métier — plus précisément, elles avaient été occasionnées par sa propre stupidité et il ne pouvait pas, en toute conscience, s'en prendre à un homme qui avait tiré avantage de ses erreurs personnelles. Mais Billy ne s'était pas arrêté là. Il avait torturé une jeune femme que Kelly avait aimée et pour cette raison, Billy n'avait rien d'un homme et il ne méritait pas sa sollicitude.

Quelle importance, de toute façon. Les dégâts étaient faits, et ils progressaient à leur vitesse propre maintenant que les fragments de tissus, affaiblis par le trauma barométrique, se baladaient dans les vaisseaux sanguins, les obstruant les uns après les autres. Les pires manifestations étaient dans le cerveau. Bientôt, les yeux aveugles proclamèrent la folie qu'ils contenaient et même si l'ultime phase de décompression s'effectua lentement et en douceur, ce qui sortit de la chambre n'était pas un homme — mais ce n'en avait jamais été un.

Kelly dévissa les boulons de fermeture du sas. Il reçut en pleine figure une puanteur infecte à laquelle il aurait pourtant dû s'attendre. La montée et le relâchement de la pression dans la vessie et les intestins de Billy avaient eu des effets prévisibles. Il lui faudrait nettoyer au jet le caisson, par la suite, songea-t-il en extrayant la créature pour la déposer sur le sol de béton. Il se demanda s'il devait l'enchaîner à quelque chose mais le corps gisant à ses pieds était désormais inutile à son propriétaire, ses principales articulations quasiment détruites, le système nerveux central tout juste bon à transmettre la douleur. Billy respirait encore et c'était tant mieux, se dit Kelly en sortant pour gagner son lit, content d'en avoir terminé. Avec de la chance, il n'aurait pas à renouveler l'expérience. Avec de la chance et de bons soins médicaux, Billy pourrait vivre quelques semaines. Si on pouvait appeler ça vivre.

21

Possibilités

Kelly fut à vrai dire surpris de dormir aussi bien. Ce n'était pas convenable, s'inquiéta-t-il, d'avoir ainsi dormi dix heures sans interruption après ce qu'il avait fait subir à Billy. C'était bien le moment d'avoir des scrupules, observa-t-il devant sa glace tout en se rasant ; et tardifs, qui plus est. Quand un individu s'amusait à faire souffrir des femmes et à fourguer de la drogue, il devait envisager les conséquences. Kelly s'essuya le visage. Il n'éprouvait aucun soulagement d'avoir infligé de la souffrance — cela, il en était sûr. Il ne s'était jamais agi que de recueillir les informations nécessaires tout en exerçant la justice d'une manière particulièrement appropriée. Mais être en mesure de catégoriser ses actions en termes familiers ne suffisait pas toutefois à faire taire sa conscience.

Il fallait qu'il aille quelque part. Après s'être habillé, Kelly sortit une bâche en plastique qu'il alla ranger dans le coffre arrière de son bateau. Il avait déjà fait ses bagages et le reste de ses affaires trouva place dans le salon principal.

Le voyage allait durer plusieurs heures, un trajet ennuyeux, effectué de nuit sur plus de la moitié du parcours. Mettant le cap au sud vers la pointe Lookout, Kelly prit tout son temps pour scruter la collection d'« épaves » qui longeaient l'île de Bloodsworth. Construits pour la Grande Guerre, les navires formaient une collection extrêmement bigarrée. Bâtis en bois ou parfois en béton — ce qui pouvait paraître étrange — ils avaient tous survécu à la première campagne d'attaque par submersibles mais n'étaient déjà plus viables commercialement dès les années vingt, quand les équipages de la marine marchande étaient devenus bien moins chers que ceux des remorqueurs qui sillonnaient régulièrement la baie de Chesapeake. Kelly remonta sur le pont et tandis que le pilote automatique réglait sa course vers le sud, il les examina à la jumelle, car l'un d'eux avait sans doute un certain intérêt. Il ne put toutefois noter le moindre mouvement et ne vit aucune embarcation parmi les marécages qu'était devenu leur cimetière marin. C'était prévisible. L'entreprise ne devait pas déborder d'activité, même si c'était une cachette habile pour le trafic auquel Billy prenait récemment encore une part active. Il obliqua vers l'ouest. L'affaire pourrait attendre. Kelly fit un effort délibéré pour changer le cours de ses pensées. Il allait bientôt intégrer une équipe, se retrouver de nouveau associé à des hommes comme lui. Un changement bienvenu, estima-t-il, au cours duquel il aurait tout le temps d'envisager sa tactique pour la prochaine phase de son opération.

*

Les agents en patrouille n'avaient reçu qu'un bref compte rendu sur l'incident avec Mme Charles mais leur seuil de vigilance s'était accru lorsqu'ils avaient eu vent de la méthode employée pour mettre un terme à la vie de son agresseur. Nul n'avait eu besoin d'avertissement supplémentaire. Les patrouilles automobiles se faisaient en majorité en binôme, même si certains officiers, poussés par l'expérience — ou par un excès de confiance — agissaient en solo, avec une décontraction qui aurait hérissé Ryan et Douglas s'ils les avaient vu opérer. L'un des agents s'approchait tandis que son collègue restait en retrait, la main négligemment posée sur son arme de service. Le premier agent relevait alors l'ivrogne et le fouillait, cherchant des armes et découvrant souvent des couteaux mais pas d'arme à feu — leurs possesseurs les mettaient au clou en échange d'argent pour s'acheter du vin ou, parfois, de la drogue. Dès la première nuit, onze individus répondant à ce signalement furent interpellés et identifiés, dont deux appréhendés pour leur attitude considérée comme suspecte. Mais en définitive, rien de concluant n'en sortit.

*

— Bon — j'ai découvert quelque chose, dit Charon. Sa voiture était garée dans le parking du supermarché, près d'une Cadillac.

— Quoi donc ?

— Ils cherchent un type déguisé en clochard.

— Tu te fous de moi ? demanda Tucker avec un certain dégoût.

— C'est bien la consigne, Henry, confirma l'inspecteur. Ils ont ordre d'agir avec prudence.

— Merde, renifla le dealer.

— Blanc, pas très grand, la quarantaine. Un type plutôt robuste et qui sait se remuer quand il le faut. Ils filent l'information au compte-gouttes mais à peu près au même moment où il intervenait dans une partie fine, deux nouveaux dealers se sont retrouvés refroidis. Je parie que c'est le même gars qui les élimine.

Tucker secoua la tête.

— Rick et Billy aussi ? Ça ne tient pas debout.

— Henry, que ça tienne ou non debout, c'est comme ça que ça se passe, vu ? Bon, t'aurais intérêt à prendre ça au sérieux. Quel qu'il soit, ce mec est un pro ! Tu piges ? Un vrai pro.

— Eddie et Tony, dit doucement Tucker.

— C'est ma meilleure hypothèse, Henry, mais ce n'est qu'une hypothèse. Charon quitta l'emplacement de parking.

Rien de tout cela ne tenait debout, se répéta Tucker en démarrant à son tour pour s'engager sur Edmondson Avenue. Pourquoi Eddie et Tony chercheraient-ils à... à quoi faire ? Merde, mais qu'est-ce qui se passait ? Ils ne savaient pas grand-chose de son trafic, au mieux son existence et le fait qu'il voulait qu'on le laisse opérer tranquille et qu'on lui laisse son territoire, tandis qu'il devenait peu à peu leur principal fournisseur. Pour eux, entraver son commerce sans avoir d'abord suborné sa méthode d'importation de la matière première n'était pas logique. Suborner... ce n'était pas le terme correct... mais...

Suborner. Billy était-il toujours en vie ? Et à supposer que

Billy ait conclu un marché, sans que Rick soit dans le coup...
une possibilité ; Rick avait été plus faible mais plus fiable que
Billy.

*Billy élimine Rick, emmène Doris et la planque quelque part
— Billy sait y faire, pas vrai ? — mais pourquoi ? Billy avait
établi le contact avec — avec qui ? Un petit salaud ambitieux, ce
Billy*, songea Tucker. *Pas si malin que ça, mais ambitieux et
brutal, ça, aucun doute.*

*Possibilités. Billy établit le contact avec quelqu'un. Qui ?
Que sait-il ? Il sait où la marchandise est raffinée, mais pas
comment elle entre... peut-être l'odeur, l'odeur de formaldé-
hyde imprégnant les sachets en plastique.* Jusqu'ici, Henry
s'était montré prudent de ce côté ; quand Eddie et Tony
l'avaient aidé à emballer la marchandise lors de la phase de mise
en route, Tucker avait pris la peine de revérifier tous les
emballages, simple question de prudence. Mais pas pour les
deux dernières expéditions... *Bigre.* Ça, c'était une erreur,
non ? Billy savait en gros dans quel coin s'opérait le raffinage
mais pouvait-il découvrir seul l'endroit précis ? Henry ne le
pensait pas. Il n'y connaissait pas grand-chose en bateaux,
d'ailleurs il appréciait modérément la navigation, et c'était un
art qu'on n'apprenait pas si aisément.

Eddie et Tony s'y connaissaient en bateaux, espèce d'idiot, se
rappela Tucker.

Mais *pourquoi* le doubleraient-ils maintenant, juste quand ça
commençait à marcher ?

Qui d'autre avait-il froissé ? Bon, il y avait la bande de New
York, mais il n'avait jamais eu de contact direct avec eux. Il
avait envahi leur marché, malgré tout, tirant parti d'une pénurie
dans les livraisons pour établir une tête de pont. Pouvaient-ils
l'avoir mal pris ?

Et la bande de Philadelphie ? Ceux-là étaient devenus
l'interface entre New York et lui, et il se pouvait qu'ils soient
devenus voraces. Peut-être avaient-ils découvert ce qui était
arrivé à Billy ?

Peut-être Eddie avait-il décidé d'avancer ses pions, trahissant
du même coup Tony et Henry.

Peut-être, peut-être un tas de choses. Quoi qu'il en soit,
Henry contrôlait toujours la filière d'approvisionnement. Mais

surtout, il devait tenir et défendre coûte que coûte ce qu'il avait, c'est-à-dire son territoire et sa filière. Son réseau commençait tout juste à rapporter vraiment. Il lui avait fallu des années d'efforts pour en arriver là, se dit-il en tournant à droite pour rentrer chez lui. Tout reprendre à zéro impliquait des dangers que l'on n'envisageait pas de gaieté de cœur quand on les avait déjà courus. Trouver une nouvelle ville, monter un nouveau réseau. Et la filière du Viêt-nam ne tarderait pas à se tarir. Le nombre des corps dont il dépendait déclinait. Le moindre problème risquait de tout flanquer par terre. S'il réussissait à maintenir son affaire, son scénario le plus pessimiste l'amenait à ramasser dix millions de dollars — plus près de vingt, même, s'il la jouait fine — avant de décrocher pour de bon. L'option n'était pas sans attraits. Deux ans de bénéfices élevés pour parvenir à ce stade. Il se pouvait bien qu'il ne puisse pas repartir de zéro. Il faudrait d'abord qu'il résiste et se batte.

Résiste et bats-toi, mon gars. Un plan commençait à se former. Il ferait courir le mot : qu'il voulait Billy et qu'il le voulait vivant. Il en parlerait à Tony et le sonderait pour voir quelles étaient les chances que Billy ait décidé de jouer sa propre partie, qu'il soit en relation avec des rivaux du nord. Ce serait son point de départ pour recueillir de l'information. Après, il aviserait.

*

Il y a un coin possible, se dit Kelly. Le *Springer* avançait au ralenti, en silence. Le truc était de trouver un endroit habité mais sans attirer l'attention. Rien d'excessif dans ces exigences, observa-t-il en souriant. Ce n'étaient pas les méandres du fleuve qui manquaient, et il en avisa justement un. Il scruta soigneusement la rive. On aurait dit une école, sans doute une boîte privée, et aucune fenêtre n'était éclairée. Il y avait une ville derrière, une bourgade assoupie, avec quelques lumières, des voitures qui passaient toutes les deux minutes, sur la route principale, de sorte que personne ne risquait de l'apercevoir. Il laissa son bateau poursuivre sur son erre et découvrit le reste du méandre. Encore mieux : c'était une ferme, apparemment une plantation de tabac, avec des bâtiments anciens et une maison de maître imposante, à cinq ou six cents mètres en retrait ; les propriétaires étaient à l'intérieur, profitant de la climatisation. L'éclairage et la lumière de la télé les empêcheraient de voir dehors. Il allait risquer le coup.

Kelly mit les moteurs au ralenti et gagna l'avant pour mouiller un simple grappin. Il agit à gestes rapides et silencieux, mit à l'eau son petit canot et le hala vers l'arrière. Hisser Billy par-dessus le bastingage ne souleva pas de difficulté, mais faire redescendre le corps dans le canot s'avéra impossible. Il retourna en hâte dans la cabine arrière et revint avec un gilet de sauvetage qu'il passa autour du cou de Billy avant de le jeter par-dessus bord. C'était plus facile ainsi. Il attacha le gilet à la poupe. Puis il souqua ferme pour gagner le rivage au plus vite. Il ne lui fallut que trois ou quatre minutes avant que l'étrave du canot ne touche la rive boueuse. C'était bien une école, constata Kelly. Elle avait sans doute un programme d'été et presque à coup sûr du personnel d'entretien qui arriverait dans la matinée. Kelly descendit du canot et tira Billy sur la rive avant d'ôter le gilet de sauvetage.

— Tu vas rester ici, à présent.

— ... rester...

— C'est ça.

Kelly remit à l'eau le canot pour regagner son yacht. Sa position de nage l'amena à contempler Billy. Il l'avait laissé nu. Sans identification. Le corps ne portait aucune marque distinctive en dehors de celles créées par Kelly. L'homme avait répété à plusieurs reprises qu'on n'avait jamais relevé ses empreintes. Si c'était vrai, alors la police n'aurait aucun moyen de l'identifier aisément et sans doute ne l'identifierait-elle jamais. D'ailleurs, dans son état, il ne pourrait guère survivre longtemps. Les dégâts cérébraux étaient plus profonds que ce qu'avait prévu Kelly, et cela indiquait que d'autres organes internes avaient dû être sévèrement endommagés. Mais Kelly avait manifesté une certaine pitié, après tout. Les corbeaux auraient peu de chances de lui faire la peau. Juste les toubibs. Bientôt, Kelly regagnait le *Springer* et continuait à remonter le Potomac.

Deux heures encore et il apercevait le port de la base des Marines de Quantico. Fatigué, il manœuvra avec prudence, choisissant un mouillage à l'extrémité de l'un des quais.

— Qui va là ? demanda une voix dans la nuit.

— Je m'appelle Clark, répondit Kelly. On devrait m'attendre.

— Ah, ouais. Belle embarcation, commenta l'homme en regagnant la cabine de son petit poste de garde. Au bout de quelques minutes, une voiture descendait la colline, en provenance du quartier des officiers.

— Vous êtes en avance, observa Marty Young.

— Autant se mettre en route le plus vite possible, mon général. Vous montez à bord ?

— Merci, monsieur Clark. Il contempla le salon. Comment vous êtes-vous trouvé cette belle bête ? Moi qui dois me contenter d'un méchant petit dériveur.

— Je ne sais trop quoi dire, répondit Kelly. Désolé. Le général Young accepta l'excuse de bonne grâce.

— Dutch dit que vous devez faire partie de l'opération.

— Oui, mon général.

— Sûr de pouvoir vous en tirer ? Young nota le tatouage sur l'avant-bras de Kelly et se demanda ce qu'il dénotait.

— J'ai bossé du côté de Phoenix pendant plus d'un an, mon général. Quel genre de gars se sont engagés ?

— Ils font tous partie des Forces de reconnaissances. On les entraîne dur.

— Vous les tirez du pieu à cinq heures trente ? demanda Kelly.

— Tout juste. J'enverrai quelqu'un vous prendre. Young sourit. Vous aussi, on veut vous voir en bonne forme.

Kelly se contenta de sourire. C'est de bonne guerre, mon général.

*

— Merde, alors qu'est-ce qui est si important ? demanda Piaggi, ennuyé qu'on vienne l'embêter si vite un soir de fin de semaine.

— J'ai l'impression que quelqu'un cherche à me doubler. Je veux savoir qui.

— Oh ? Et c'est ça qui rendait la réunion importante,

même si l'horaire était mal choisi, s'avisa Tony. Raconte-moi un peu ce qui s'est passé.

— Quelqu'un est en train de liquider les dealers sur la rive ouest, dit Tucker.

— J'ai lu les journaux, lui assura Piaggi. Il remplit le verre de vin de son invité. C'était dans ce genre de moments qu'il importait de la jouer normale au maximum. Tucker ne ferait jamais partie de la famille à laquelle appartenait Piaggi, mais il n'en restait pas moins un associé de valeur. Pourquoi est-ce si important, Henry ?

— Le même type a descendu deux de mes gars : Rick et Billy.

— Les deux qui...

— Tout juste. Et une de mes filles a disparu également. Il leva son verre et but une gorgée, en fixant Piaggi droit dans les yeux.

— Le vol ?

— Billy avait dans les soixante-dix mille, en liquide. Les flics ont retrouvé l'argent, sur place. Tucker lui donna quelques détails encore. D'après la police, ce serait un vrai boulot de professionnel.

— Tu as d'autres ennemis dans le milieu ? s'enquit Tony. Ce n'était pas une question terriblement futée — tout le monde avait des ennemis, dans le milieu —, mais l'habileté du tueur était le facteur important.

— Je me suis arrangé pour que les flics connaissent mes principaux rivaux.

Piaggi hocha la tête. Cela faisait partie de la pratique courante dans le métier, mais c'était quelque peu risqué. Il écarta l'objection d'un haussement d'épaules. Henry pouvait se conduire en véritable cow-boy, voire être une source de tracas pour Tony et ses collègues. Mais Henry savait se montrer prudent quand il le fallait et l'homme semblait savoir doser ces deux qualités.

— Un règlement de comptes ?

— Les mecs n'auraient pas craché sur une somme pareille.

— Exact, concéda Piaggi. J'ai un tuyau pour toi, Henry. Moi, je ne laisserais pas un tel pacson traîner n'importe où.

Oh, vraiment ? se demanda Tucker, le regard toujours impassible.

— Tony, soit le mec a merdé, soit il cherche à me dire quelque chose. Il a tué sept ou huit zigues, en beauté. Il a liquidé Rick au couteau. J'ai pas franchement l'impression qu'il ait merdé, si tu vois ce que je veux dire ? Le plus curieux, c'est que chaque homme estimait que c'était plutôt l'autre qui serait du genre à le poignarder. Henry avait l'impression que c'était l'arme favorite des Ritals. Piaggi aurait juré que c'était la marque de fabrique des Blacks.

— D'après ce que j'avais entendu, quelqu'un était en train d'abattre les dealers au pistolet — un petit calibre.

— L'un d'eux a été descendu d'une décharge de chevrotine en plein buffet. Les flics mettent le grappin sur tous les clodos, et ils font ça avec soin.

— Pas au courant, admit Piaggi. Cet homme disposait de sources de valeur, mais, d'un autre côté, il vivait plus près de ce quartier de la ville et il était logique que son réseau de renseignements soit plus rapide que celui de Piaggi.

— Ça ressemble à du travail de pro, conclut Tucker. Et un type vraiment bon, tu crois pas ?

Piaggi hocha la tête d'un air entendu, mais il était pris dans un dilemme. L'existence d'habiles tueurs dans la Mafia était pour l'essentiel une invention du cinéma et des séries télévisées. La moyenne des meurtres commis par le crime organisé était certes perpétrée par des professionnels mais qui exerçaient en général d'autres activités lucratives. Il n'y avait pas une catégorie spécifique de tueurs qui passeraient leur temps à attendre patiemment un coup de fil, rempliraient leur contrat, puis regagneraient leur appartement chic pour guetter le coup de téléphone suivant. Il y avait effectivement des spécialistes dans le milieu, plus habiles ou plus expérimentés que d'autres pour tuer, mais ce n'était pas la même chose. Tel ou tel acquérait simplement une réputation d'insensibilité à faire le boulot — et cela garantissait que l'élimination serait effectuée avec un minimum de dégâts, et non pas avec un maximum de talents artistiques. Les véritables psychopathes étaient rares, même au sein de la Mafia, et les assassinats à la va-vite étaient la règle plutôt que l'exception. Aussi, dans la bouche d'Henry le terme « professionnel » signifiait-il un concept qui n'existait qu'au niveau de la fiction, l'image télé de l'homme de main de la Mafia. Mais comment Tony expliquait-il ça, lui ?

— C'est pas un de mes gars, Henry, dit-il après quelques instants de réflexion. Qu'il n'en ait à vrai dire aucun était un tout autre problème, se dit Piaggi, en contemplant l'effet de ses révélations sur son associé. Henry avait toujours fait la supposition que Piaggi en connaissait un rayon question meurtres. Piaggi savait pour sa part que Tucker avait plus d'expérience que lui sur cet aspect terminal du boulot, en tout cas plus qu'il ne désirait jamais en avoir, mais ce n'était qu'une des explications qu'il aurait un jour à lui fournir, et ce n'était manifestement pas le moment. Pour l'instant, il observait le visage de Tucker, cherchant à déchiffrer ses pensées tout en finissant de siroter son verre de chianti.

Comment puis-je savoir s'il dit vrai ? Il n'y avait pas besoin d'être grand clerc pour deviner le cheminement de ses pensées.

— T'as besoin d'un coup de main, Henry ? demanda Piaggi, histoire de rompre un silence qui devenait gênant.

— Je ne pense pas que ce soit toi. Je pense que t'es trop malin, dit enfin Tucker, en finissant son verre.

— Ravi de l'entendre. Tony sourit et les resservit tous les deux.

— Et Eddie ?

— Comment ça ?

— Est-ce qu'il a une chance de devenir un ponte ? Les yeux baissés, Tucker fit tourbillonner le vin au fond de son verre. Un bon point pour Tony, c'est qu'il savait toujours créer le climat propice à une discussion d'affaires. C'était une des raisons pour lesquelles ils avaient été attirés l'un vers l'autre. Tony était calme, sérieux, toujours poli, même quand vous posiez une question épineuse.

— C'est assez délicat, Henry, et je devrais vraiment pas en discuter avec toi. On ne « devient » jamais vraiment un ponte. Tu devrais le savoir.

— Pas de promotion personnelle dans la branche, c'est ça ? Enfin, bon, pas de problème. De toute façon, je sais que je détonnerais un peu. Autant continuer à bosser ensemble, Anthony. Tucker en profita pour sourire, soulager quelque peu la tension et, espérait-il, mettre en condition Tony pour qu'il réponde à sa question. Son vœu fut exaucé.

— Non, dit Piaggi après quelques instants de réflexion. Personne ne croit qu'Eddie a ce qu'il mérite.

— Peut-être qu'il cherche un moyen de le démentir.

Piaggi secoua la tête.

— Je ne crois pas. Dans cette affaire, Eddie va se ramasser un joli paquet. Il le sait très bien.

— Alors qui ? insista Tucker. Qui d'autre en sait suffisamment ? Qui d'autre commettrait des meurtres en série pour dissimuler ce genre de manœuvre ? Qui d'autre s'amuserait à les camoufler en travail de pro ?

Eddie n'est pas assez malin. Piaggi le savait, ou croyait le savoir.

— Henry, éliminer Eddie entraînerait des problèmes graves. Il marqua un temps. Mais je vérifierai.

— Merci, dit Tucker. Il se leva et laissa Tony seul avec son vin.

Piaggi resta assis à table. Pourquoi fallait-il que les choses soient aussi compliquées ? Henry était-il digne de confiance ? Sans doute. Il était son seul lien avec la filière et le rompre risquait de causer des problèmes à tout le monde. Tucker pouvait devenir un type important mais ce ne serait jamais un ponte. D'un autre côté, il n'était pas con, et il fourguait. Dans la filière, il y avait pas mal de gars comme lui, dedans-dehors, vacataires, membres associés, baptisez-les comme vous voulez, dont la valeur et le statut étaient proportionnels à leur utilité. Bon nombre avaient en fait réussi à acquérir plus de pouvoir que certains pontes authentiques mais il restait toujours une différence. Dans une dispute sérieuse, être un ponte comptait pour beaucoup — dans la plupart des cas, c'était même essentiel.

Cela pouvait expliquer bien des choses. Eddie était-il jaloux de la position d'Henry ? Avait-il une envie telle d'être admis au sein du réseau qu'il était prêt à perdre les bénéfices de l'arrangement actuel ? Ça ne tenait pas debout, se dit Piaggi. Mais qu'est-ce qui tenait debout ?

*

— Ho-hé, du *Springer* ! lança une voix. Le caporal de Marines fut surpris de voir la porte de cabine s'ouvrir immédiatement. Il s'était attendu à devoir secouer ce... civil... pour le tirer de son lit douillet. Au lieu de ça, il vit sortir un homme en treillis et rangers. Sans être l'uniforme « réglementaire » des Marines, sa tenue s'en rapprochait assez pour montrer que son porteur était sérieux. Le sous-officier remarqua que certains insignes avaient été décousus, à l'endroit d'une étiquette d'identité ou d'une marque quelconque et, quelque part, cela rendait ce M. Clark encore plus sérieux.

— Par ici, monsieur, indiqua le caporal. Kelly le suivit sans un mot.

Ce *Monsieur* ne voulait rien dire, Kelly le savait. En cas de doute, un Marine aurait appelé « monsieur » un réverbère. Il suivit la jeune recrue jusqu'à une voiture et ils démarrèrent, franchirent le passage à niveau et grimpèrent la colline tandis qu'il rêvait de quelques heures de sommeil supplémentaire.

— Vous êtes le chauffeur du général ?

— Oui, monsieur. Et ce fut là toute leur conversation.

Ils étaient à peu près vingt-cinq, debout dans la brume matinale, à s'étirer et bavarder entre eux tandis que les sous-off d'encadrement arpentaient les rangs, traquant l'œil livide et l'expression vague. Toutes les têtes se tournèrent lorsque la voiture du général s'immobilisa. Un homme en descendit. Ils virent qu'il portait une drôle de tenue et se demandèrent qui diable était ce zigue, d'autant plus qu'il ne portait aucun insigne de grade. Il se dirigea droit vers le sergent-chef.

— Vous êtes Gunny Irvin ?

Le sergent-chef artilleur Paul Irvin hocha poliment la tête tout en jaugeant le visiteur.

— Correct, monsieur. Etes-vous M. Clark ?

Kelly acquiesça.

— Enfin, j'essaie de l'être, à une heure pareille.

Les deux hommes échangèrent un regard. Paul Irvin était sombre et sérieux. Pas franchement aussi menaçant que l'aurait escompté Kelly, il avait les yeux d'un type réfléchi, prudent, comme il sied à un homme de son âge et de son expérience.

— En forme ? demanda Irvin.

— Qu'un moyen de le savoir, répondit « Clark ».
Large sourire d'Irvin.
— Bien. Je vous laisse donner la cadence, monsieur. Notre capitaine est je ne sais où à se branler.
Et merde !
— Bien, on va se dérouiller un peu. Irvin se retourna vers l'escouade, mettant les hommes au garde-à-vous. Kelly prit place du côté droit, au second rang.
— Bonjour, Marines !
— *Reconnaissance !* aboyèrent-ils en réponse.
La séance d'échauffement n'avait rien d'une sinécure mais Kelly n'avait pas besoin de se faire remarquer. Il observa toutefois Irvin avec soin ; l'homme se prenait de plus en plus au sérieux, accomplissant les exercices comme une espèce de robot. Une demi-heure plus tard, ils étaient tous effectivement dérouillés et Irvin les fit se remettre au garde-à-vous en préparation de leur parcours d'entraînement.
— Messieurs, je voudrais vous présenter un nouveau membre de notre équipe. M. Clark. Il conduira l'entraînement avec moi.
Kelly prit sa place et glissa, dans un murmure : Je ne sais foutre pas où on va.
Irvin eut un sourire mauvais.
— Pas de problème, monsieur. Vous n'aurez qu'à nous suivre dès que vous vous retrouverez à la traîne.
— Passe devant, tête de mule, rétorqua Kelly, sur le même ton. On était entre pros.
Quarante minutes plus tard, Kelly menait toujours le train. Rester en tête lui permettait de fixer le rythme et c'était le seul avantage. Ne pas trébucher était son autre souci principal, et ça devenait difficile car avec la fatigue, ce sont ces contrôles délicats qui pâtissent en premier.
— A gauche, gauche ! dit Irvin en tendant le doigt. Kelly n'aurait pu deviner qu'il aurait besoin de dix secondes pour retrouver assez de souffle pour parler. Sans oublier qu'il avait la charge de chanter la cadence. Le nouvel itinéraire, un simple chemin de terre, les mena dans la pinède.
Des bâtiments. Bon Dieu, j'espère que c'est enfin notre destination. Même ses pensées étaient hachées maintenant. Le

sentier sinuait un peu mais il avisa des voitures et ce qui devait être... quoi ? Il faillit s'arrêter, de surprise, et de son propre chef, il lança : « Au pas gymnastique, marche ! » pour ralentir la formation.

Des mannequins ?

— Section, halte ! lança Irvin. Avant d'ajouter : Repos !

Kelly toussa deux ou trois fois, légèrement penché en avant. Il bénissait ses séances de jogging dans le parc et autour de son île qui lui avaient permis de survivre à cet exercice matinal.

— Un peu lent, fut le seul commentaire que se permit Irvin.

— Bonjour, monsieur Clark. Un des véhicules était donc vrai, nota Kelly. James Greer et Marty Young lui faisaient signe d'approcher.

— Bonjour. J'espère que vous avez bien dormi, leur dit Kelly.

— Vous étiez volontaire, John, remarqua Greer.

— Z'ont mis quatre minutes de plus, ce matin, observa Young. Enfin, pas mal pour un bleu, malgré tout.

Kelly se retourna, à moitié écœuré. Il lui fallut une bonne minute pour comprendre où il se trouvait.

— Merde !

— Voilà votre colline, indiqua Young.

— Les arbres ici sont plus hauts, nota Kelly en estimant la distance.

— La colline aussi. C'est une esquisse.

— Ce soir ? Il n'était pas difficile de deviner le sens des paroles du général.

— Vous pensez être à la hauteur ?

— Je suppose qu'on aura besoin de le savoir. Pour quand la mission est-elle prévue ?

Greer intervint :

— Vous n'avez pas besoin de la date pour l'instant.

— Quel délai de préparation aurons-nous ?

L'officier de la CIA soupesa la question avant de répondre.

— Trois jours avant le départ. Nous examinerons les paramètres de mission dans quelques heures. En attendant, regardez comment se débrouillent ces hommes. Greer et Young regagnèrent leur voiture.

— A vos ordres, répondit Kelly dans leur dos. Les Marines

étaient en train de préparer du café. Il prit une tasse et se mêla aux hommes du peloton.

— Pas mal, dit Irvin.

— Merci. J'ai toujours considéré que c'était un des trucs les plus importants à savoir dans ce métier.

— Quoi donc ?

— Comment détaler le plus loin et le plus vite possible.

Irvin rigola, puis vint le moment de la première corvée de la journée, un truc qui permit aux hommes de décompresser tout en rigolant eux aussi un bon coup. Il s'agissait de déplacer les mannequins. C'était devenu un rituel, quelle bonne femme allait avec quels gosses. Ils avaient découvert qu'on pouvait donner des poses aux modèles, et les Marines ne s'en privaient pas. Deux d'entre eux avaient apporté des habits de rechange, à chaque fois de simples bikinis qu'ils s'empressèrent, avec force mines, de passer à deux des silhouettes féminines allongées. Kelly les regarda faire avec une surprise incrédule, puis il se rendit compte qu'on avait poussé le souci du réalisme jusqu'à... peindre le corps des mannequins. *Seigneur, et on dit que les marins sont vicieux !*

*

L'USS *Ogden* était un bâtiment neuf, sorti des chantiers navals de New York en 1964. Long de cent soixante-seize mètres, il avait une silhouette assez inhabituelle. Si la moitié avant de la superstructure était à peu près normale, avec ses huit canons antiaériens, la partie arrière était plus étrange : plate sur le dessus, creuse en dessous. La plate-forme permettait l'atterrissage des hélicoptères et, juste au-dessous, il y avait un radier, sorte de bassin intérieur qu'on pouvait emplir d'eau pour manœuvrer une péniche de débarquement. Ce bâtiment et ses onze sister-ships avaient été conçus pour soutenir les opérations de débarquement, déposer à terre un bataillon de Marines dans le cadre de ces opérations d'assaut amphibies que le Corps avait inventées dans les années 20 et perfectionnées dans les années 40. Mais la flotte de navires d'assaut amphibies du Pacifique était privée d'affectation aujourd'hui — les Marines étaient directement amenés à terre, ils arrivaient en général à bord d'appareils civils réquisitionnés qui allaient se poser sur des aéroports classiques — aussi une partie de ces bâtiments étaient-ils reconvertis pour d'autres missions. C'était le cas de l'*Ogden*.

Des grues étaient en train de charger des semi-remorques sur le pont d'envol. Dès qu'elles furent solidement arrimées, des matelots entreprirent de dresser toute une série d'antennes radio. D'autres équipements similaires étaient boulonnés en divers emplacements de la superstructure. Toute cette activité se déroulait au grand jour — il est difficile de dissimuler un bâtiment de guerre de 17 000 tonnes — et il était clair que l'*Ogden*, comme deux autres bâtiments similaires, était en cours de transformation en ELINT, une plate-forme d'acquisition de renseignements par surveillance électronique. Il quitta la base navale de San Diego juste comme le soleil commençait à se coucher, avec un escorteur mais sans le bataillon de Marines qu'il était prévu d'embarquer. Ses trente officiers et quatre cent quatre-vingt-dix hommes d'équipage s'attelèrent aussitôt à leur mission de surveillance routinière, effectuant leurs exercices d'entraînement, bref, accomplissant les tâches auxquelles on pouvait s'attendre quand on s'était engagé dans la Marine plutôt que de risquer la loterie de la conscription. Au crépuscule, le bâtiment était largement sous l'horizon et la teneur de sa nouvelle mission avait été communiquée aux diverses parties intéressées qui toutes n'étaient pas alliées du pavillon que battait le navire. Avec toutes ces remorques et la vingtaine d'antennes ressemblant à des souches d'arbres brûlés qui encombraient son pont d'envol — et pas un seul Marine à bord —, il ne constituait visiblement une menace directe pour personne. C'était évident pour quiconque aurait pu l'observer.

Douze heures plus tard, et deux cent milles au large, les quartiers-maîtres rassemblèrent une partie de l'équipage et demandèrent à des jeunes matelots passablement perplexes de déboulonner les ancrages de toutes les remorques — qui étaient vides — sauf une, et de démonter l'ensemble des antennes qui encombraient le pont d'envol. Celles fixées à la superstructure resteraient en place. Les antennes démontées descendirent à la cale en premier, dans les vastes soutes à matériel. On y poussa ensuite les remorques vides, ce qui permit de dégager entièrement la plate-forme d'appontage.

*

A la base navale de Subic Bay, le commandant de l'USS *Newport News,* son second et son officier de tir examinèrent leurs missions pour le mois à venir. Le bâtiment était l'un des derniers authentiques croiseurs encore en service dans le monde, avec ses canons de 203 mm comme en avaient bien peu d'autres unités. Semi-automatiques, leur charge propulsive n'était pas conditionnée en sacs isolés mais sous la forme de cartouches chemisées en laiton qui différaient seulement par la taille de celles que tout chasseur de chevreuil pourrait charger dans sa carabine Winchester de calibre 7,62 mm. Disposant d'une portée de près de trente kilomètres, le *Newport News* avait une puissance de feu assez redoutable, comme un bataillon de l'armée nord-vietnamienne avait pu l'apprendre à ses dépens moins de quinze jours plus tôt. Cinquante balles par tube et par minute. Le canon central de la tourelle numéro deux avait été endommagé, de sorte que le croiseur ne pouvait plus déverser que quatre cents projectiles à la minute sur son objectif, mais cela restait l'équivalent de cent bombes de cinq cents kilos. Pour son prochain déploiement, apprit le capitaine, le croiseur devrait s'attaquer à un certain nombre de batteries antiaériennes installées sur la côte vietnamienne. Ça lui convenait parfaitement, même si la mission qu'il brûlait d'accomplir était d'entrer de nuit dans le port d'Haiphong.

*

— Ton gars a l'air de connaître son affaire — jusqu'à présent, du moins, observa le général Young, aux alentours de deux heures et quart.

— C'est beaucoup lui demander de faire une chose pareille dès la première nuit, Marty, rétorqua Dutch Maxwell.

— Enfin, merde, s'il veut jouer avec mes Marines... Young était comme ça. Ils étaient tous « ses » Marines. Il s'était envolé de Guadalcanal en compagnie de Foss, il avait couvert le

473

régiment de Chesty Puller en Corée, et il était de ces hommes qui avaient perfectionné l'appui tactique aérien pour en faire la véritable forme d'art qu'il était devenu aujourd'hui.

Ils se trouvaient au sommet de la colline qui dominait le site récemment construit par Young. Quinze Marines étaient postés sur les pentes et leur mission était de détecter et d'éliminer Clark alors qu'il cherchait à atteindre son perchoir imaginaire. Même le général Young jugeait que le test était rude pour la première journée de Clark au sein de l'équipe, mais Jim Greer ne s'était pas privé de lui vanter les qualités de son gars et les civils avaient toujours besoin d'être remis en place. Même Dutch Maxwell était d'accord là-dessus.

— Quelle façon merdique de gagner sa vie, observa l'amiral qui avait dix-sept cents appontages à son actif.

— Celle des lions, des tigres et des ours, rétorqua Young dans un rire. Sapristi ! J'imagine pas vraiment qu'il y arrivera du premier coup. On a quelques bons éléments dans cette unité, pas vrai, Irvin ?

— Oui, mon général, approuva aussitôt le sergent-chef artilleur.

— Alors, qu'est-ce que vous pensez de Clark ? demanda ensuite Young.

— M'a l'air de connaître deux-trois trucs, admit Irvin. Plutôt en bonne forme pour un civil — et puis, j'aime bien son regard.

— Oh ?

— Vous avez noté, mon général ? Il a le regard froid. Il n'est pas né de la veille. Ils s'entretenaient à voix basse. Kelly était censé arriver ici mais ils ne voulaient pas que le son de leur conversation lui facilite la tâche, ou n'ajoute des bruits inopportuns susceptibles de masquer les murmures des bois. Mais ce soir, ce ne sera pas son jour, ajouta le sous-officier. J'ai bien prévenu mes gars de ce qui arriverait si jamais ce type franchissait les lignes du premier coup.

— Vous ne savez donc pas jouer franc-jeu, dans les Marines ? objecta Maxwell en dissimulant un sourire. Irvin lui répondit du tac au tac :.

— Amiral, « franc-jeu », ça veut dire que tous mes gars rentrent chez eux vivants. Rien à cirer des autres, si vous me passez l'expression.

— Marrant, sergent, mais ça a toujours été ma définition, moi aussi. *Ce gars aurait fait un sacré major,* observa Maxwell, sans rien dire.

— Tu suis le championnat de base-ball, Marty ? Les hommes se détendirent. Impossible que Clark puisse y arriver.

— Je crois que les Orioles sont imbattables, cette année.

— Messieurs, il me semble que nous perdons notre concentration, suggéra Irvin, sur un ton diplomate.

— Absolument. Veuillez nous excuser, répondit le général Young. Les deux officiers généraux retombèrent dans le silence, regardant les aiguilles lumineuses de leurs montres progresser vers le trois de l'heure convenue pour interrompre l'exercice. Durant tout ce temps, ils n'entendirent pas une seule fois la voix, ou même la respiration d'Irvin. Cela dura une heure. Une heure assez confortable pour le général des Marines, mais l'amiral n'appréciait pas trop d'être dans les bois, avec tous ces insectes qui lui suçaient le sang, et sans doute des serpents et toutes sortes de bestioles désagréables qu'on ne rencontrait pas d'habitude dans le poste de pilotage d'un chasseur. Ils écoutèrent la brise murmurer dans les pins, entendirent le froissement d'ailes de chouettes, de chauves-souris et peut-être d'autres volatiles nocturnes, et guère autre chose. Finalement, leur montre marqua deux heures cinquante-cinq. Marty se leva et s'étira, plongeant la main dans sa poche à la recherche d'une cigarette.

— Quelqu'un aurait une clope ? Je suis à court, et je m'en fumerais bien une, murmura une voix.

— Tenez, Marine, dit le général Young, aimablement. Il tendit une cigarette vers l'ombre et battit son fidèle Zippo. Puis il sursauta, recula d'un pas. Merde !

— Personnellement, général, je crois que Pittsburgh est meilleur cette année. Les Orioles sont un tantinet faibles, côté lanceurs. Kelly tira une bouffée, sans inspirer la fumée, puis il écrasa par terre la cigarette.

— Depuis combien de temps êtes-vous ici ? demanda Maxwell.

— Les lions, les tigres et les ours, sapristi ! imita Kelly. J'ai « tué » aux alentours d'une heure et demie, monsieur.
— L'enculé ! s'exclama Irvin. C'est moi que vous avez tué.
— Et vous avez eu la politesse de rester silencieux.

Maxwell alluma sa lampe torche. M. Clark — l'amiral avait délibérément décidé de débaptiser le garçon, même mentalement — se tenait devant eux, un couteau à lame de caoutchouc dans la main, le visage maquillé d'ombres vertes et noires, et pour la première fois depuis la bataille de Midway, il sentit son corps frissonner de peur. Le jeune visage se fendit d'un sourire tandis qu'il rengainait son « couteau ».

— Comment diable avez-vous fait ça ? insista Dutch Maxwell.

— Plutôt bien, je pense, amiral. Kelly étouffa un rire et se pencha pour saisir la gourde de Marty Young. Général, si je vous disais comment, tout le monde serait capable de faire pareil, pas vrai ?

Irvin se leva pour rejoindre le civil.

— Monsieur Clark... Monsieur, je pense que vous ferez l'affaire.

LEXIQUE

On trouvera dans ce lexique la liste des principaux sigles et acronymes techniques, politiques ou militaires rencontrés dans le cours du récit, avec leur traduction et, le cas échéant, une brève définition ou un court descriptif technique lorsque ces termes n'ont pas été explicités par l'auteur.

J.B.

Je tiens ici à remercier Christian Zuccarelli pour son aide précieuse en matière de vocabulaire maritime.
Le lecteur intéressé pourra se reporter aux ouvrages de références ci-dessous (liste non limitative) :
Camille Rougeron, *L'Aviation nouvelle* (Larousse, Paris, 1955) ; *La Puissance militaire des USA* (Bordas, Paris, 1981) ; *La Puissance militaire soviétique* (Bordas, Paris, 1981) ; Miller, Kennedy, Jordan, Richardson, *L'Équilibre militaire des superpuissances* (Bordas, Paris, 1983) ; Enzo Angelucci, *Les Avions* (Sequoia-Elsevier, Bruxelles, 1979) ; *Boeing B-52 Stratofortress* (Atlas, Paris, 1983) ; William Prochnau, *Les Minutes de l'Heure H* (Denoël, Paris, 1984).

RAPPEL DE QUELQUES NOTIONS UTILES :

En navigation maritime ou aérienne, on emploie toujours ces unités non métriques :
1 mille (nautique) = 1852 mètres.
1 nœud (mesure de vitesse) = 1 mille nautique à l'heure.
1 pied (mesure d'altitude ou de profondeur) = 0,3048 m. En gros, pour convertir en mètres, on multiplie par trois et on ôte un zéro.
1 pouce = 2,54 cm
1 livre = 453,6 grammes.

DÉNOMINATIONS DES APPAREILS :

Les armées américaines attribuent à leurs appareils aériens une ou deux lettres préfixes indiquant sa catégorie, suivie de chiffres précisant son type (les numéros sont en général attribués dans l'ordre chronologique de réception par les diverses armes), éventuellement complétés d'une ou deux lettres pour distinguer les variantes ou évolutions dans la série du type. En outre, ces engins héritent traditionnellement d'un nom de baptême : ainsi le F-105G est un chasseur (F = Fighter), type 105, dit « Thunderchief », en l'occurrence du modèle biplace équipé pour les contre-mesures électroniques (série G).

En voici les principales catégories (qui peuvent être précédées d'une lettre indice complémentaire précisant les attributions de l'appareil : D (drone), plate-forme de lancement d'engins-cibles, W (Weather) avion de surveillance météo, K (Kerosene), avion-citerne de ravitaillement en vol, et ainsi de suite.

A [Attack]	appareils d'appui tactique
B [Bomber]	bombardier
C [Carrier]	avion ou hélicoptère de transport (matériel et personnel)
E [Eye = Œil]	Avions d'observation / avions-radar
F [Fighter]	chasseur
H [Helicopter]	hélicoptère (AH : attaque)/(CH : transport)
P [Pursuit]	ancien qualificatif des chasseurs et intercepteurs (exemple : le Lockheed P-38) abandonné après 1945.
T [Training]	avion d'entraînement
V [vertical]	appareil à décollage vertical
X [eXperimental]	prototype expérimental (XB : bombardier prototype, FX, chasseur prototype, etc.
Y	prototype d'évaluation (avion de pré-série) avec la même déclinaison : YB...

Par ailleurs, durant la Seconde Guerre mondiale, les Alliés avaient adopté un code à base de prénoms pour désigner les appareils engagés par l'aviation japonaise : *Tony, Claude, Val* ou *Zeke* (dans ce cas, pour le célèbre chasseur Mitsubishi A6M3 ZERO)

Durant la Guerre froide, l'OTAN a systématisé le procédé avec les appareils et engins soviétiques (dans l'attente de connaître leur désignation officielle), en leur attribuant un surnom dont l'initiale était calquée sur la classification américaine : chasseurs MiG-25 « Foxbat » ou Sukhoï Su-15 « Flagon », bombardiers Myasichtchev Mya-4 « Bison » ou Tupolev-22 « Backfire ».

Ce système de codification avec lettres-indices et numéros matricule s'applique également aux autres armes et matériels (véhicules de l'Armée de terre et bâtiments de la Marine) : ainsi, les porte-avions sont-ils affectés des lettres-indices CV (Carrier Vessel).

NOTA : Pour les divers engins, la définition est généralement indiquée à l'entrée correspondant au nom sous lequel ils apparaissent dans le corps du récit mais des renvois permettent à chaque fois, quelle que soit la dénomination, d'établir les correspondances. Les entrées sont classées successivement par ordre numérique puis alphabétique.

A-4 « Skyhawk »
Bombardier d'attaque léger à aile delta de l'aéronavale américaine, construit par McDonnell-Douglas. Livré entre 1956 et 1972.

A-6 « Intruder »
Avion d'attaque subsonique tout temps embarqué. Construit par Grumman et livré entre 1963 et 1975. Il a été utilisé jour et nuit au Viêt-nam pour ses qualités de pénétration et de bombardement précis grâce à ses équipements de navigation évolués.

A-6B « Prowler »
Évolution du précédent aux capacités ECM renforcées.

A-7A « Corsair »
Bombardier d'attaque monoplace monoréacteur embarqué dérivé du Crusader. Construit par Vought et mis en service dès fin 1967, dans le golfe du Tonkin dans sa version A fabriquée à 199 exemplaires.

AAA « Triple-A » [Anti-Aircraft Artillery]
Artillerie antiaérienne. Regroupe la DCA classique et les missiles surface-air.

ADAMS [classe Charles F. Adams]
Classe de 33 destroyers lance-engins (DDG) construits au début des années 60, équipés de lanceurs balistiques Tartar, de tubes lance-missiles ASROC en sus de leurs canons de 127mm. Mais il leur manque une plate-forme pour hélicoptère.

AFB [Air Force Base]
Voir BA.

AGI [Auxiliary General Intelligence]
Auxiliaire des services de renseignements.

AH-1 « HueyCobra »
Hélicoptère biplace d'attaque [= AH] construit par Bell et utilisé en grand nombre au Viêt-nam à partir de septembre 1967. Dérivé du célèbre hélicoptère de transport multitâche Bell Huey Iroquois, il s'en distingue par une cellule affinée grâce à sa disposition biplace en tandem — mitrailleur à l'avant, pilote en retrait au-dessus — et par un armement puissant qui peut être extrêmement varié.

AICHI D3AI
Voir VAL.

AIRPAC
Commandant des opérations aéronavales dans le Pacifique.

ANV Armée nord-vietnamienne. Par extension : un ANV = un soldat nord-vietnamien.

ASAP [As Soon As Possible] : jargon militaire. « Le plus vite possible. »

ASM Air Surface Missile : Missile air-surface.

AUSTIN [classe]
Série de douze navires d'assaut amphibies de la Marine américaine, construits à partir de 1964. Il s'agit d'une variante rallongée (coque de 183m) des navires de transport d'assaut de la classe RALEIGH. Équipés de quatre tourelles doubles de 76mm, ils emportent 6 hélicoptères Sea Knight, et sont équipés d'un radier de 50 m (pouvant abriter jusqu'à vingt péniches de débarquement) recouvert d'un pont d'envol. Leur taille leur permet d'emporter, outre les barges, le matériel et les troupes.

B-24J « Liberator »
Gros quadrimoteur caractérisé par son empennage à double dérive, construit par Consolidated à partir de 1941 et utilisé comme bombardier, avion de transport et de reconnaissance durant la Seconde Guerre mondiale. On en construisit plus que tout autre appareil du côté allié (plus de 18 000 exemplaires).

B-47 « Stratojet »
Bombardier stratégique hexaréacteur construit par Boeing en 1951 et mis en service en 1956. Le prototype XB-47 a volé dès 1947. Ce fut le premier appareil à voilure en flèche et ailes affinées grâce à l'installation des réacteurs dans des nacelles au-dessous de celles-ci. Les 1 600 exemplaires qui équipaient le SAC furent remplacés au cours des années 60 par le B-52, plus gros, plus puissant, doté d'une capacité d'emport et d'une autonomie bien supérieurs.

B-52 « Stratofortress »
Bombardier stratégique octoréacteur construit par Boeing.
Sans doute l'appareil le plus célèbre au monde. Tout, dans cet engin, dépasse les normes : son poids (229 t dans sa version B-52H), son rayon d'action (plus de 20 000 km), sa capacité d'emport (grappes de plusieurs dizaines de missiles nucléaires dans sa version stratégique), le nombre d'exemplaires construits (744, dont la moitié est encore en service) et la longévité : l'avant-projet date de 1946, les prototypes XB et YB-52 ont volé en 1952, la mise en service est intervenue en 1955 et il est probable que, faute de remplaçant, cet appareil volera encore en 2005... Le « Buff » a été décliné en de nombreuses versions : bombardier stratégique nucléaire ou classique (les B-52D et F engagés au Viêtnam), plate-forme de contre-mesures électroniques, lanceur de missiles de croisière.

B-70 « Valkyrie »
Conçu en 1964 par North American, ce bombardier révolutionnaire capable d'atteindre Mach 3 devait remplacer le B-52. Mais le projet était trop coûteux et les deux seuls prototypes (XB-70A) construits

furent mués en avions expérimentaux, dont l'un devait être détruit en vol, heurté par un avion d'accompagnement.

BA Base aérienne [aux États-Unis : AFB = Air Force Base]

« BACKFIRE »
Voir TU-26.

« BADGER »
Voir TU-16.

BOEING B-47 « Stratojet »
Voir B-47.

BOEING B-52 « Stratofortress »
Voir B-52.

BŒING C-135 « Stratolifter »
Voir C-135.

BOEING CH-46 « Seaknight »
Voir CH-46.

BOEING KC-135 « Stratotanker »
Voir KC-135.

C-2A « Greyhound »
Version avion de transport (39 passagers) du biturbopropulseur GRUMMAN E-2 « Hawkeye », utilisé comme avion radar d'alerte avancée par la marine américaine.

C-4 Type de charge explosive.

C-47A « Skytrain »
Version militaire du célèbre DC-3 construit par Douglas depuis 1935, utilisé entre autres comme transport de parachutistes et décliné en de nombreuses versions : transport de troupes, de matériel, avion-hôpital, sous diverses dénominations (C-53 « Skytrooper », « Dakota » de la RAF) et à plus de dix mille exemplaires pendant la Seconde Guerre mondiale.

C-135 « Stratolifter »
Version militaire du célèbre quadriréacteur civil Boeing 707, décliné en de nombreuses variantes, dont le C-135, transport de troupes et le KC-135, « Stratotanker », ravitailleur en vol.

C-141 « Starlifter »
Quadriréacteur de transport stratégique construit par Lockheed. C'est l'avion le plus utilisé par le MAC (Commandement du transport aérien militaire). Pendant la guerre du Viêt-nam, ils effectuaient des missions d'approvisionnement à l'aller et des rapatriements sanitaires au retour.

CAR-15 [CAR = carabine. 15 = nombre de balles par chargeur]
Fusil automatique léger de l'armée américaine.

CH-46 « Seaknight »
Hélicoptère birotor construit par Boeing-Vertol et affecté au transport

d'assaut (25 hommes avec leur équipement), à la recherche/sauvetage et au dragage de mines, utilisé par la Navy et le Corps des Marines.

CIA [Central Intelligence Agency] : Service central du renseignement américain.

CIC [Combat Information (ou Intelligence) Centre]
Poste d'information de combat. PC de combat à bord d'un bâtiment de guerre où sont centralisées toutes les informations radio, radar, sonar, télémétrie, etc.

CINCPAC [Commander IN Chief PACific]
Commandant en chef des opérations dans le Pacifique.

CNO [Chief of Naval Operations]
Chef des opérations navales.

CO [Commanding Officer]
Dans la marine américaine, acronyme désignant le commandant d'un bâtiment ou d'une flotte.

CONSOLIDATED B-24J « Liberator »
Voir B-24J.

CONSTELLATION (CV-64)
Porte-avions de la classe « Kitty Hawk », construits entre 1957 et 1961. Le « Connie » et ses *sister-ships* reprennent le plan des porte-avions de la classe « Forrestal » avec des améliorations, en particulier par déplacement des ascenseurs pour dégager le pont et accélérer les manœuvres de catapultage et d'appontage.

CQR [acronyme phonétique pour « secure »]
Ancre de marine pour les fonds d'algues ou sableux, dite « ancre-charrue ».

CTF Commander Task Force : Commandant de la *Task Force*.

CURTISS SB2C-4
Voir SB2-C.

DANFORTH Ancre marine de conception récente, munie d'un bras rectiligne et de pattes longues et larges pour mieux accrocher le fond.

DANIEL WEBSTER [SSBN-626]
Sous-marin lanceur d'engins appartenant aux 31 bâtiments de la classe La Fayette construits dans les années 60. Il s'en distingue par la disposition particulière de ses gouvernails de profondeur (sur le sonar de coque et non sur le kiosque). Long de 130 m et jaugeant 8 250 tonnes en immersion, il est équipé de missiles Poseidon.

DC-130 « Hercules »
Version transport (indice C) et commandement d'engins-cibles (indice D pour drone) d'un quadriturbopropulseur multirôle construit par Lockheed et décliné en de multiples variantes (transport d'assaut, contre-mesures électroniques, avion-citerne, surveillance météo, interdiction de nuit, etc.) ; livré à plus de 1 600 exemplaires à 30 armées de par le monde !

DFC [Distinguished Flying Cross]
    Croix de la valeur militaire. Plus haute distinction spécifique aux aviateurs américains.

DOUGLAS C-47A
    Voir C-47 « Skytrain ».

DRONE Engin-cible sans pilote utilisé pour l'entraînement des pilotes de chasse, la formation des servants de batteries de DCA ou de missiles sol-air.
    Le qualificatif officiel est RPV [Remotely Piloted Vehicle : Engin piloté à distance]

EC-121 « Warning Star »
    Quadrimoteur de transport tactique reconverti en appareil de surveillance électronique pour son engagement au Viêt-nam.

ECM [Electronic Counter Measures]
    Contre-mesures électroniques : dispositifs électroniques embarqués ou au sol destinés à brouiller les systèmes de repérage adverses — radars et systèmes de guidage.

ELINT [ELectronic INTelligence]
    Renseignements électroniques : tous dispositifs de collecte de renseignements par des moyens de surveillance électronique installés sur des engins terrestres, aériens ou maritimes spécialement équipés (« plate-formes de surveillance électronique »).

ENTERPRISE
    Porte-avions américain de la classe ESSEX, construit pendant la Seconde Guerre mondiale, engagé dans la flotte du Pacifique.

ENTERPRISE (CVN-65)
    Premier porte-avions nucléaire américain (et dans le monde), mis en service en novembre 1961. Long de 326 mètres, il pèse 90 000 tonnes en charge, possède huit moteurs nucléaires. Son équipage est de 5 500 hommes. Il emporte 90 appareils (avions et hélicoptères) dont, depuis 1975, un certain nombre d'engins anti-sous-marins (ce qui l'a fait passer dans la catégorie « CVN »).

F-4 « Phantom » II
    Biréacteur construit par McDonnell-Douglas à partir de 1961 et utilisé, entre autres, par l'aéronavale américaine comme intercepteur puis comme chasseur multirôle et avion de reconnaissance. Construit à plus de 5 000 exemplaires en 1977, cet appareil capable d'atteindre mach 2,6 a équipé également les Marines et l'US Air Force ainsi que de nombreuses armées alliées.

F4F-4 « Wildcat »
    Chasseur monoplan construit par Grumman et principal appareil utilisé par l'aéronavale américaine entre 1941 et 1943.

F6F-3 « Hellcat »
    Successeur du « Wildcat » ci-dessus, mis en service dès la fin 1943, il a

servi jusqu'à la guerre de Corée mais c'est surtout lors de la bataille de la mer des Philippines qu'il s'est particulièrement illustré.

F-14 « Tomcat »
Chasseur multirôle biplace embarqué, étudié par Grumman à partir de 1969. Les premiers exemplaires ont été embarqués sur l'*Enterprise* en 1974. Il a été construit à près de 500 exemplaires, malgré un coût de production bien plus élevé que prévu.

F-86 « Sabre »
Construit par North American en 1949, c'est le premier chasseur américain de série à ailes en flèche. Appareil remarquable, extrêmement maniable, il s'est illustré dans la guerre de Corée face aux MiG-15 soviétiques. Construit à près de 6000 exemplaires dans les années cinquante, il a équipé une trentaine d'armées de l'air.

F-86H Ultime évolution du F-86 « Sabre » en 1959.

F-89D « Scorpion »
Chasseur biplace, premier intercepteur tout temps produit par Northrop jusqu'en 1956. Mais avec sa voilure droite, il n'avait que des performances subsoniques.

F-104G « Starfighter »
Construit par Lockheed à partir de 1954 (et par la suite, sous licence, par Canadair, Fiat, Mitsubishi...), ce chasseur construit à plus de 2000 exemplaires a été décliné en de multiples versions mono et biplaces (chasseur-bombardier, appareil de reconnaissance ou d'entraînement), qui n'ont pas été, pour certaines, sans influer défavorablement sur ses qualités de vol initiales.

F-105 « Thunderchief »
Chasseur-bombardier construit par Republic-Fairchild, décliné en de nombreuses versions mono et biplaces. La version G « Wild Weasel » (Fouine enragée) est un biplace ECM (équipé de matériels de contre-mesures électroniques).

FBI [Federal Bureau of Investigation] : Bureau fédéral d'enquêtes.

« FIREBEE »
Variante du RPV 147SC construit par Teledyne Ryan et employé à l'origine comme engin-cible.

FOD [Foreign Object Damage]
Terme de vocabulaire aéronautique. Dégâts occasionnés par des corps étrangers (par introduction dans les tuyères d'entrée de réacteurs). Par extension, désigne une inspection effectuée sur le pont d'envol d'un porte-aéronefs ou autour d'une plate-forme d'atterrissage d'hélicoptères, visant à éliminer de tels corps suspects.

GRU [Glavnoï Razvedyvatelnoï Upravlenyïe] : Service du renseignement militaire soviétique.

GRUMMAN C-2A
Voir C-2A « Greyhound ».

GRUMMAN F4F-4
   Voir F4F-4 « Wildcat ».

GRUMMAN F6F-3
   Voir F6F-3 « Hellcat ».

GRUMMAN F-14
   Voir F-14 « Tomcat ».

GRUMMAN TBF-1
   Voir TBF-1 « Avenger ».

HF [High Frequency]
   Gamme de fréquences entre 3 et 30 MHz, utilisée pour les communications radio civiles (CB, radio-amateurs) et militaires (radio-téléphonie, talkie-walkies, etc.)

HRD [High Resiliency Depth]
   Fond de bonne résistance (indication de la qualité des fonds sur les cartes marines).

HUEY COBRA
   Voir BELL AH-1.

ICBM [InterContinental Ballistic Missile]
   Missile balistique intercontinental.

INTRUDER
   Voir A-6.

IP [Insertion Point]
   Point d'insertion (lors d'une attaque aérienne).

KAMAN SH-2 « Seasprite »
   Voir SH-2.

KGB [Komitet Gosudartsvennoy Bejopasnosti]
   Comité pour la Sécurité de l'État : Services de renseignements soviétiques.

KC-135 « Stratotanker »
   Évolution du Boeing C-135 destinée à servir à la fois de citerne volante de ravitaillement en vol, pour le Strategic Air Command et de transport logistique pour le commandement aérien. Cette dernière utilisation ne fut d'ailleurs qu'épisodique.

KITTY HAWK (CV-63)
   Porte-avions de 80 000 tonnes et 324 mètres de long. Construit à la fin des années 50, il reprend la disposition des bâtiments de la classe FORRESTAL mais avec des améliorations substantielles (déplacement des ascenseurs et de l'île latérale pour accélérer la rotation des appareils sur la piste d'envol et la piste oblique). Malgré des dimensions légèrement différentes, on range dans la même classe les porte-avions *Constellation*, *America* et *Kennedy* construits par la suite.

LOCKHEED C-141 « Starlifter »
   Voir C-141.

LOCKHEED C-130 « Hercules »
   Voir DC-130.

LOCKHEED F-104G « Starfighter »
   Voir F-104G.

LOCKHEED SR-71 « Blackbird »
   Voir SR-71.

LST [Landing Ship / Tank]
   Navire de débarquement de blindés. (Voir [classe] Newport.)

L-T « Lieutenant »

LZ [Landing Zone] : Zone d'atterrissage (d'hélicoptères).

M-16A1 Fusil automatique de 5,56 mm.
   Dérivé du fusil d'assaut AR-10, utilisé par l'Aviation puis l'Armée américaine au Viêt-nam, et devenu depuis l'arme standard des forces armées américaines.

M-60 Mitrailleuse légère de calibre 7,62 mm, équipement standard de l'Armée américaine depuis 1959.
   M-79 Lance-grenades de 40 mm utilisé par l'infanterie américaine. D'une portée maximale de 400 m et 150 m en tir précis.

MAC [Military Airlift Command] : Commandement du transport aérien militaire américain.

McDONNELL DOUGLAS F-101 « Voodoo »
   Voir RF-101.

McDONNELL DOUGLAS F-4 « Phantom II »
   Voir F-4 « Phantom ».

MiG Avions militaires soviétiques issus des usines du constructeur Mikoyan-Gourevitch.

MiG-17 « Fresco »
   Chasseur soviétique, construit à partir de 1954, évolution directe du MiG-15 et rival direct du F-86 américain.

MiG-25 « Foxbat »
   Intercepteur soviétique. Il avait été mis en chantier au début des années 60 pour répondre à la menace du futur bombardier supersonique B-70 américain, destiné à succéder au B-52. Après l'abandon de ce projet, le MiG-25, armé de missiles AA-6 ou AA-7, n'a retrouvé un emploi possible que plusieurs années plus tard, comme appareil d'interception de missiles de croisière.

MIRANDA (Carte)
   Carte plastifiée que porte sur lui tout officier de police américain et sur laquelle sont inscrits les droits que l'on doit énoncer à un inculpé au moment de son arrestation (« Tout ce que vous direz désormais pourra être retenu contre vous. Vous avez le droit de ne pas parler et de faire

appel à un avocat... », etc.), conformément à la loi Miranda (d'où son nom).

MISSISSIPPI
L'un des derniers cuirassés américains, en service jusqu'à la fin des années quarante. A ne pas confondre avec son homonyme qui est un croiseur nucléaire mis en service en 1976.

MO [du latin : Modus Operandi]
En police criminelle, méthode employée pour commettre un meurtre.

NAUTILUS (SSN-571)
Premier navire à propulsion nucléaire jamais construit, ce sous-marin mis en service début 1955 était équipé d'une coque à dessin traditionnel, inspirée de celle des submersibles allemands de la Seconde Guerre mondiale. Avec le *Seawolf* (SSN-575), il servit de prototype aux sous-marins nucléaires employés par la suite par la Marine américaine.

NSA [National Security Agency] : Agence pour la sécurité nationale.

NSC [National Security Council] : Conseil national de sécurité.

NEWPORT [Classe]
Navires de débarquement blindés de fort tonnage. Longs de 160 mètres, capables d'atteindre 20 nœuds, ils sont armés de plusieurs tourelles de 76 mm et peuvent emporter jusqu'à 500 tonnes de matériel.

NEWPORT NEWS
Croiseur de la classe BALTIMORE.
Ces croiseurs de 13 700 tonnes furent les plus puissants croiseurs lourds jamais construits. Ils avaient été équipés de trois tourelles triples de 203 mm, six tourelles doubles de 127 mm et 48 tubes de 40, 22 et 20 mm. Une partie de ces bâtiments datant de la Seconde Guerre mondiale furent refondus dans les années 50 (superstructure allégée, canons de gros calibre supprimés) pour être reconvertis en croiseurs lance-engins.

NORTH AMERICAN F-86 « Sabre »
Voir F-86.

NORTH AMERICAN XB-70A « Valkyrie »
Voir B-70.

NORTH-AMERICAN ROCKWELL RA-5 « Vigilante »
Voir RA-5 « Vigilante ».

NORTHROP F-89D « Scorpion »
Voir F-89D.

OCS [Officer Candidate School]
École d'élèves officiers (équivalent américain des EOR français, Élèves Officiers de réserve).

OGDEN Transport d'assaut amphibie de la classe AUSTIN.
Voir [classe] AUSTIN.

OSS [Office of Strategic Services]
   Bureau des Services stratégiques : services du renseignement militaire américain pendant la Seconde Guerre mondiale. Remplacé en 1947 par la CIA.

PCVN Parti communiste vietnamien (parti au gouvernement au Nord-Viêtnam).

POW [Prisoner Of War] : Prisonnier de guerre.

PPV Préparation pré-vol (vérifications techniques avant le décollage).

PUEBLO
   Navire-espion américain arraisonné par les Nord-Coréens le 23 janvier 1968, ce qui provoqua une grave crise diplomatique. Les 82 marins ne furent libérés que onze mois plus tard.

PVO-STRANY [Protivo Vojdouchnoï Oboronyi-Strany]
   Forces de défense aérienne de l'URSS.

RA-5 « Vigilante »
   Version reconnaissance (RA-5C) de l'avion d'attaque embarqué (A-5A ou B) construit par North American Aviation (aujourd'hui, Rockwell International). Ce biréacteur révolutionnaire étudié dès 1956 pouvait emporter des charges nucléaires. Tous les appareils des séries initiales ont été reconvertis en RA-5C, suréquipés en matériel photo et électronique pour assurer la surveillance de la flotte et des autres forces armées. Les fans de la BD *Buck Danny* d'Hubinon et Charlier connaissent sa silhouette caractéristique qui est celle évoquée dans l'album « Prototype FX-13 ».

RAM [Radar-Absorbing Material] : Matériau absorbant les ondes radar.

REMF [REserve Military Forces] : Réservistes de l'Armée américaine.

REPUBLIC-FAIRCHILD F-105
   Voir F-105.

RESCAP [RESCUE Air Patrol]
   Patrouille héliportée spécialisée dans le sauvetage et la récupération des aviateurs abattus.

RF-101 « Voodoo »
   Version avion de reconnaissance tout temps (RF) d'un biréacteur d'attaque tactique construit par McDonnell Douglas entre 1954 et 1961 à près de 500 exemplaires.

ROCKEYE Nettoyage à la bombe anti-personnel.

RPV [Remotely Piloted Vehicle]
   Engin piloté à distance, du sol ou généralement d'un autre appareil en vol (voir Drone).

SA Désignation OTAN pour les missiles sol-air soviétiques.

SA-2 « Guideline »
   Principal type de missile sol-air soviétique, déployé par batteries de 6 guidées par radar.

SA-6 « Gainful »
   Missile soviétique de théâtre d'opérations, également utilisé pour protéger les districts militaires.
SAC [Strategic Air Command]
   Commandement aérien stratégique américain.
SAM ou SA [Surface to Air Missile] : missiles sol-air.
SB2-C « Helldiver »
   Bombardier en piqué monomoteur embarqué sur les porte-avions, utilisé durant la guerre du Pacifique. Construit par Curtiss, à plus de 7 000 exemplaires, de 1943 à 1950.
SEAL acronyme pour SEa Air & Land [Terre/Air/Mer]
   En anglais, SEAL = phoque, d'où leur insigne. Commandos de la Marine américaine (équivalent des « marsouins » français) engagés dans les opérations délicates.
SERE [Survival/Evasion/Resistance/Escape]
   Survie, Esquive, Résistance, Évasion : Stage commando que suivent les aviateurs américains pour apprendre à survivre s'ils sont abattus en territoire hostile.
SH-2 « SeaSprite »
   Hélicoptère multirôle embarqué construit par Kaman de 1959 à 1972. Utilisé d'abord pour le transport, l'observation, la recherche et le sauvetage, il a été progressivement modifié pour la défense anti-sous-marins et le lancement de missiles air-surface.
sigint [Signals Intelligence]
   Branche du renseignement chargée d'intercepter et de décrypter les communications radio.
SIOP [Single Integrated Operational Plan]
   Plan opérationnel intégré unique. Ce plan, déclenché par le commandement national des États-Unis, organise à l'avance la chronologie et la coordination de l'ensemble des opérations militaires à partir de scénarios simulés sur ordinateur.
727 B-727
   Triréacteur civil construit par Boeing.
SKATE [Classe]
   Classe de 4 sous-marins à propulsion nucléaire de l'US Navy, construits entre 1955 (SSN-578 *Skate*) et 1959 (SSN-584 *Seadragon*) ; premiers navires opérationnels après le prototype *Nautilus*. Armés de six tubes lance-torpilles, ils étaient dotés d'une coque dessinée pour optimiser les performances en immersion.
SOG [Special Operations Group]
   Groupe d'opérations spéciales en commando.
SR-71 LOCKHEED SR-71 « Blackbird »
   Appareil de reconnaissance américain construit par Lockheed. Il s'agit d'un biréacteur révolutionnaire dont la cellule est construite en titane. Capable de voler à 3 000 km/h à 30 000 m d'altitude.

SRS [Strategic Reconnaissance Squadron]
　　Escadron (Armée de terre) ou escadrille (Aviation) de reconnaissance stratégique.

TBF-1 « Avenger »
　　Bombardier lance-torpilles monomoteur embarqué sur les porte-avions. En service de 1942 à 1950. Les premières unités, embarquées sur le *Hornet*, furent engagées dans la bataille de Midway. Près de 10 000 unités ont été produites par Grumman.

TF-77 [Task Force = Escadre]
　　L'une des six escadres composant la Septième Flotte de la Marine américaine (Flotte du Pacifique ouest, basée à Yokosuka au Japon) et constituée de 2 porte-avions et 19 bâtiments de surface.

THUD
　　Voir F-105.

TO & E [Table of Organisation and Equipment] : Tableau d'affectation.

TRIPLE-A
　　Voir AAA.

TU-16 « Badger »
　　Construit par Tupolev, ce bombardier biréacteur est utilisé par l'aviation navale soviétique comme avion d'attaque tactique et comme bombardier stratégique, mais dans ce rôle, handicapé par un rayon d'action trop faible, il a été remplacé par le Tu-26 « Backfire ».

UDT [Underwater Demolition Team]
　　Unité de démolition sous l'eau. Unités de plongeurs de combat de la Marine américaine, spécialisées dans les missions de sabotage.

USAF [United States Air Force] : Armée de l'air des États-Unis.

USMC [United States Marine Corps] : Corps des Marines des États-Unis.

USN [United States Navy] : Marine de guerre des États-Unis.

USS *** Préfixe d'identification d'un bâtiment de guerre américain. [Voir à chaque nom.]

VAL Désignation alliée du bombardier japonais AICHI D3AI. Bombardier en piqué sur porte-avions construit en 1941 qui s'illustra particulièrement lors de l'attaque de Pearl Harbor.

VHF [Very High Frequency]
　　Très hautes fréquences : gamme de fréquences radio entre 30 et 300 MHz, utilisée pour des transmissions civiles (TV, FM, radio-amateurs, radio-téléphones) et professionnelles ou militaires, en particulier par l'aviation (bande de 108 à 136 MHz). Par extension, désigne toute communication ou appareil radio utilisant cette bande de fréquences.

« VIGILANTE »
　　Voir RA-5 « Vigilante ».

VOUGHT A-7A
   Voir A-7A « Corsair ».

WILD WEASEL [Fouine enragée]
   Nom générique des avions d'attaque tactique de l'Armée américaine équipés de systèmes d'arme anti-radar, en particulier les F-4G et F-105G. Par extension, nom des aviateurs et spécialistes radar composant leur équipage. [Voir F-105G.]

XO [Executive Officer]
   Dans la marine américaine, acronyme désignant le second.

YORKTOWN
   Porte-avions américain de la classe ESSEX construit pendant la Seconde Guerre mondiale et engagé dans la flotte du Pacifique.

ZA Zone d'Atterrissage d'hélicoptères [= LZ, Landing Zone].

*La composition de cet ouvrage
a été réalisée par l'Imprimerie BUSSIÈRE,
l'impression et le brochage ont été effectués
sur presse CAMERON dans les ateliers de B.C.A.,
à Saint-Amand-Montrond (Cher),
pour le compte des Éditions Albin Michel.*

*Achevé d'imprimer en septembre 1994.
N° d'édition : 13843. N° d'impression : 1701-94/404.
Dépôt légal : octobre 1994.*